Wolfram von Eschenbach

Parzival

Wolfram von Eschenbach

Parzival

Aus dem Mittelhochdeutschen
übertragen und herausgegeben
von Wolfgang Spiewok

ANACONDA

Dieses Werk erschien erstmals
als Band 1 der Sammlung Dieterich

(diese Ausgabe wurde vermittelt von der Aufbau Media GmbH,
Berlin)

Die Deutsche Bibliothek verzeichnet diese Publikation in der
Deutschen Nationalbibliographie; detaillierte bibliographische
Daten sind im Internet unter http://dnb.ddb.de abrufbar.

Umschlagmotiv: Buchmalerei, Zürich um 1310-1340,
„Walther von Klingen im Speerzweikampf".
Aus: Große Heidelberger Liederhandschrift (Codex Manesse),
© akg-images, Berlin

Umschlaggestaltung: dyadesign, Düsseldorf, www.dya.de

Printed in Czech Republik 2005
ISBN 3-938484-37-3

info@anaconda-verlag.de

EINLEITUNG

von Wolfgang Spiewok

Er muß ein lebensvoller, kenntnisreicher und – für seine Zeit – weitgereister Mann gewesen sein, dieser Wolfram von Eschenbach, der in den ersten Jahren des 13. Jahrhunderts eins der umfangreichsten, gedankentiefsten und wirkungsvollsten Epen des deutschen Hochmittelalters schrieb: den ›Parzival‹, so genannt nach dem Namen seines literarischen Helden. Wenngleich sich dieses Werk – neben den unvollendeten Epen ›Willehalm‹ und ›Titurel‹ die bedeutendste epische Schöpfung des Dichters – in seiner Eigenart so gar nicht dem Kanon zeitgenössischer ästhetischer Leitsätze fügen will und den eigenwilligen Autor in literarische Fehden verwickelt hat, sahen viele seiner Zeitgenossen in Wolframs ›Parzifal‹ eine literarische Pioniertat. Dies bezeugt die Fülle der überlieferten Handschriften – wir zählen 86 vollständige Handschriften und Bruchstücke –; dies bezeugen zahlreiche Versuche, seinen Stil nachzuahmen, seine unvollendeten Werke zu ergänzen, Motive neugestaltend aufzunehmen; dies bezeugen schließlich Aussagen zur Bedeutung des Autors und zum Wert seines Werkes. Wirnt von Grafenberg, ein Mitstrebender, Verfasser des Epos ›Wigalois‹ (1204/1209), rühmt, kein weltlicher Dichter habe je Hervorragenderes geleistet. Dabei ist der ›Parzival‹ mit seinen rund 25 000 Versen, seinem barocken Stil, seinen beziehungsreichen sprachlichen Bildern, seiner Vielfalt symbolischer Hintergründigkeit und seiner Problemfülle keineswegs leichte literarische Kost. Man bedenke zudem, daß die dichterischen Werke jener Zeit nicht durch Lektüre genossen wurden, wie wir es gewohnt sind, sondern daß sie vor größerem oder kleinerem Publikum auf Adelssitzen mit kunstvoller Rhetorik vorgetragen werden mußten, da die Kunst des Lesens und Schreibens nicht eben weit verbreitet war. Dies erklärt, warum wir bei einer Anzahl von 86 überlieferten Handschriften von einer großen Wirkung und Verbreitung sprachen.

Dennoch erwähnt keine Chronik, keine Urkunde den Dichter des ›Parzival‹. Was wir von ihm wissen, verdanken wir vor allem ihm selbst, geizt er doch – auch hierin von den Gepflogenheiten zeitgenössischer Kunstübung abweichend – durchaus nicht mit Hinweisen auf eigene Lebensumstände und Schicksale, die freilich nicht immer entschlüsselt und in biographische Daten oder Fakten umgemünzt werden können. Historische Anspielungen – Belagerung Erfurts durch den Landgrafen Hermann von Thüringen im Jahre 1203, Erwähnung des eben genannten Landgrafen, der zwischen 1155 und 1217 lebte, im ›Willehalm‹ usw. – und die Aufstellung einer ungefähren Chronologie durch zum Teil recht komplizierte Werkvergleiche haben dazu veranlaßt, Wolframs Lebens- und Schaffenszeit zwischen 1170 und 1220 anzusetzen. Sein Erstlingswerk, den ›Parzival‹, hat er mit großer Wahrscheinlichkeit zwischen 1200 und 1210 geschaffen, danach die beiden unvollendeten Epen ›Willehalm‹, die Geschichte vom Zusammenstoß zwischen Christentum und Heidentum in Südfrankreich zur Zeit Ludwigs des Frommen, und ›Titurel‹, die Geschichte einer tragisch endenden Liebe. Dazwischen entstehen mehrere lyrische Schöpfungen – insgesamt fünf Tagelieder (so genannt nach ihrem zentralen Motiv: schmerzliche Trennung der Liebenden bei Anbruch des Tages) und zwei sogenannte Minnelieder –, die, wie sein ›Parzival‹, zu einem guten Teil den unverkennbaren Stempel Wolframscher Originalität tragen. Seine Heimat haben wir im Mittelfränkischen zu suchen. Im Frauenmünster des etwa drei Kilometer südöstlich von Ansbach gelegenen Städtchens, das sich heute in Erinnerung seines großen Sohnes stolz Wolframs-Eschenbach nennt, befand sich sein Grabmal, beschrieben im ›Ehrenbrief‹ (1462) Jakob Püterichs von Reichertshausen, eines dichtenden Ritters aus dem 15. Jahrhundert, und von dem Nürnberger Patrizier Kreß, der es 1608 bei einem Besuch noch mit eigenen Augen sah. Nach Kreß lautete die Grabschrift ›Hie ligt der streng Ritter Herr Wolfram von Eschenbach ein Meistersinger‹. Beide Gewährsleute bezeugen übereinstimmend, Wolframs Wappen sei ein Topf mit fünf herausragenden Blumen gewesen, während das Bild in der berühmten ›Manessischen Handschrift‹ aus dem 14. Jahrhundert zwei aufrecht stehende Beile oder Standarten zeigt.

Obwohl das Städtchen, nach dem er sich selbst nennt, in Franken liegt, zählt sich Wolfram zu den Bayern. Man hat daher vermutet, er gehöre einem bayrischen Dienstadelsgeschlecht der Eschenbacher Freiherrn an. Wie dem auch sei, sicher ist, daß er dem herrschenden Feudaladel angehörte, obwohl er nach eigenem Zeugnis mit Reichtümern und Glücksgütern nicht eben gesegnet war. Im 4. Buch seines ›Parzival‹ bekennt er mit galliger Selbstironie: ›... dort, wo ich oft vom Pferd steige und wo ich Hausherr bin – also bei mir daheim, in meiner eigenen Behausung –, hat die Maus keine Freude zu erwarten, wenn sie ihre Nahrung zusammenstehlen will. Vor mir braucht man schon gar nichts zu verstecken, ich finde ohnehin nichts. Oft genug muß ich, Wolfram von Eschenbach, solches erdulden.‹ Diese trübe wirtschaftliche Lage gestattete eine viele Jahre umfassende künstlerische Beschäftigung natürlich nur dann, wenn sich reiche Geldgeber – Mäzene – fanden, die ein Werk in Auftrag gaben und seine aufwendige Herstellung finanzierten. Man überlege nur, wie viele Kälber oder Ziegen ihr Leben lassen mußten, um das Pergament für ein großes episches Werk zu liefern; man überlege, daß der Dichter – vielleicht auch ein oder mehrere Schreiber – unterhalten sein wollten usw. Wolframs Mäzene waren der Landgraf Hermann von Thüringen, in dessen Auftrag der ›Willehalm‹ gedichtet wurde, die Grafen von Wertheim, deren Stammburg – die Wettenburg – unweit der Stadt Wertheim am Main liegt, und die Edelherren von Dürne mit dem Stammsitz – der Burg Wildenberg – im Odenwald. Nachweisbar sind schließlich Beziehungen zu Adelsgeschlechtern in Österreich und in der Steiermark. Unsicher bleibt, in wessen Auftrag der ›Parzival‹ entstanden ist; alle Lösungsversuche dieser Frage enden bei mehr oder weniger glaubhaften Vermutungen.

Trotz drückender persönlich-familiärer Lebensumstände ist Wolfram von Eschenbach stolz auf seinen Stand und seinen Dichterberuf. Am Ende des 2. Buches seines ›Parzival‹ sagt er von sich: ›Dem Rittertum gehöre ich an durch Geburt und Erziehung.‹ Und unmittelbar davor heißt es: ›Ich bin Wolfram von Eschenbach, und ich verstehe mich einigermaßen auf die Sangeskunst.‹ In seinem dichterischen Können erkennt er eine besondere, innere Begabung, die nicht vom Zwang getreuer Nachgestaltung oder Übersetzung lateinischer und französischer Vorlagen beengt oder gar gebrochen werden dürfe. Damit verläßt er die gebahnte Straße zeitgenössischer Kunstübung, die von jedem Autor das Zeugnis der Quellenabhängigkeit als Nachweis dichterischer Wahrheit und bildungsbeflissener Kunstvollendung forderte. Wolfram, dem offenkundig eine geregelte Ausbildung versagt geblieben ist, lehnt sich dagegen auf und erklärt im Prolog seines ›Willehalm‹ polemisch: ›Was in den Büchern geschrieben steht, davon habe ich wenig gelernt. Meine Bildung besteht einzig und allein in meiner künstlerischen Begabung; ihr verdanke ich mein Können.‹ Doch man lasse sich nicht täuschen! Wenngleich Wolfram mit solchen und ähnlichen Bemerkungen seinen Abstand zu den zeitgenössischen Autoren bekundet, die ihre Gelehrsamkeit betont zur Schau tragen, so ist er selbst doch keineswegs bildungsfeindlich. Im Gegenteil! Den Mangel an geistlicher Schulbildung gleicht er – ein wahrhaft genialer Autodidakt – durch begieriges Zusammenraffen verschiedenartigster Wissensstoffe aus, seien es astrologische Kenntnisse, seien es fabulöse Beschreibungen der geheimen Kräfte edler Steine, seien es umfassende Berichte über die zeitgenössische deutsche Literatur und Volkssage. Und was er an Wissen erwirbt, das macht er seiner Dichtkunst dienstbar, auch wenn es in seiner kompakten Fülle manchmal den Fluß der Handlung übermäßig einzudämmen droht. Zuweilen wird sich der Leser kaum des Eindrucks erwehren können, daß etwa beim endlosen Aufzählen der merkwürdigsten Personennamen oder beim unbekümmerten Jonglieren mit geographischen Namen ein wenig hintergründige Ironie waltet, die das Übermaß an Stoff durch die Würze heiteren Spottes über die Eigenarten zeitgenössischer Kunstübungen genießbar zu machen sucht. Das Verkennen dieses Zuges Wolframscher Gestaltung hat gelegentlich dazu geführt, daß Aussagen, die im Dienste ironisch-übertreibender Selbstverteidigung stehen, für bare Münze genommen wurden. Wenn er nämlich sagt, man dürfe sein Werk keinesfalls als ein ›gelehrtes Buch betrachten‹, da er selbst ›weder lesen noch schreiben‹ könne, so ist dies nur als ironisierender Kontrapunkt zur betonten Buchgelehrsamkeit anderer aufzufassen. Höchst töricht wäre es, dem Verfasser so umfangreicher epischer Werke, die zudem von gründlicher Kenntnis der zeitgenössischen Literatur zeugen – sei es Heinrich von Veldeke, Hartmann von Aue, Gottfried von Straßburg, Eilhart von Oberge, Walther von der Vogelweide, Reinmar von Hagenau oder das Nibelungenlied –, die Beherrschung des Lesens und Schreibens absprechen zu wollen. Inwieweit dieser zweifelsfrei vorhandene ironische Grundzug Wolframscher Gestaltung als Erklärung für mancherlei ›Schnitzer‹ bei der Wiedergabe französischer Vorlagen dienen kann, bleibe dahingestellt. Daß Wolfram die französische Sprache in einem für seine Zwecke ausreichenden Maße beherrschte, dürfte sicher sein.

Wolfram von Eschenbach lebt und schafft in einer Zeit, von der Walther von der Vogelweide, berühmtester deutscher Lyriker des Mittelalters, zu sagen weiß: ›Treulosigkeit lauert im Hinterhalt, Gewalttätigkeit treibt Straßenraub; Frieden und Recht sind todwund.‹ Es ist dies eine Zeit, von Krisen politischer und religiöser Art gezeichnet, vom blutigen Fehdewesen feudaler Anarchie überschattet, von Rechtsunsicherheit und Faustrecht verdunkelt. Nachdem das römische Kaisertum und deutsche Königtum unter dem staufischen Herrscher Friedrich I., genannt Barbarossa, ›Rotbart‹ (Regierungszeit 1152 bis 1190), eine kurze Phase verhältnismäßiger Stabilisierung der Zentralgewalt durchsetzen konnte, verfiel seine Macht unter der Herrschaft Heinrichs VI. – der sich auf eine abenteuerliche Eroberungspolitik im Mittelmeergebiet einließ – und in der Zeit der staufisch-welfischen Rivalitätskämpfe – die seit 1198 im Gegenkönigtum Philipps von Schwaben und Ottos IV. ihren Ausdruck fanden – mehr und mehr. Als nach dem Tode Philipps (1208) Otto IV. für wenige Jahre die welfische Partei an die Macht bringt, als sechs Jahre später der Staufer Friedrich II. mit Unterstützung der römischen Kurie der staufischen Partei die Herrschergewalt in Deutschland zurückzugewinnen vermag, ist nichts mehr zu retten, zumal sich Friedrich II. – eine hochbegabte und allseitig gebildete Persönlichkeit – auf die Errichtung eines vorbildlichen Königreiches in Sizilien und auf die Eroberung Italiens verlegt. So bleibt Deutschland den Territorialfürsten überlassen, und der Weg führt folgerichtig nicht – wie in Frankreich – zur absoluten Monarchie, sondern zur deutschen Kleinstaaterei.

Die Zentralgewalt scheitert also in der Auseinandersetzung mit drei mächtigen Gegnern: mit der römischen Kurie – vor allem durch Papst Innozenz III. (Amtszeit 1198–1216) repräsentiert –, die nach der Weltherrschaft strebt; mit den deutschen Territorialfürsten, die ihre Rechte und Pfründen nicht beschnitten sehen wollen; mit den reichen lombardischen Städten, die sich der Unterwerfung und Ausplünderung erfolgreich widersetzen. Die hier geschilderte politische Krise ist begleitet von einer religiösen. Gegen die zunehmende Verweltlichung, den immer offener zutage tretenden Macht- und Besitzhunger der römisch-katholischen Kirche und ihrer Hierarchie setzen gefährliche Gegenbewegungen ein. Den weltlichen Feudalherren ist nicht allein an der Eindämmung des rentegierigen Machthungers der kirchlichen Potentaten gelegen, sondern sie sind ihrerseits hungrig auf die Erträge klerikaler Besitztümer. Auf der anderen Seite führt der immer schroffer werdende Bruch mit urchristlichen Tugendidealen viele Menschen zum Nachdenken über die Widersprüche zwischen Kirchenlehre und Realität. Es bildet sich eine von urchristlichen Idealen ausgehende Laienbewegung, die ohne die Vermittlerrolle von Kirche und Priestertum auskommen und unmittelbar den Weg zu Gott und seinen Lehren finden will. Es bilden sich ferner – und dies wird der Kirche weit gefährlicher – religiöse Sekten – vor allem die asketisch-mystischen Katharer und die bibelgläubig-kirchenfeindlichen Waldenser –, die neue religiöse Lehren und Riten entwickeln und die Berechtigung der kirchlichen Hierarchie wie ihres Dogmengebäudes in Frage stellen. Eine der vielen Auswirkungen der religiösen

Krise ist ein neues, tolerantes Verhältnis der abendländischen Feudalherren zu ihren morgenländischen Standesgenossen, das mit dem kirchlichen Dogma vom bösen, der Vernichtung und Verdammnis verfallenen Heiden brach. Zu deutlich hatten die Erfahrungen der zahlreichen Kreuzzüge – seit dem ersten, vorwiegend französischen 1096–1099, in dem Jerusalem erobert wurde, und besonders seit dem von Friedrich I. angeführten dritten Kreuzzug 1189–1192, in dem schließlich wenigstens Palästinas Küstenstädte zurückgewonnen wurden – erkennen lassen, daß der Islam eine ungeheure Macht darstellte, daß das kirchlich-dogmatische Schreckgespenst des bösartig-unkultivierten Heiden eine Schimäre war, daß die Feudalstaaten des Orients mit dem Glanz und der Pracht adliger Lebenshaltung und der Höhe feudaler Kulturleistungen weit eher als Vorbild für das Abendland gelten konnten. Es entsteht das Bild des ›edlen Heiden‹, die Vorstellung der Zusammengehörigkeit auf der Ebene der herrschenden Klasse und das Streben nach einer toleranteren Haltung in religiöser Hinsicht.

Wenn es auch auf den ersten Blick merkwürdig erscheinen mag, die Gestaltung märchenhafter, wirklichkeitsferner, illusionärer Stoffe und Motive – wie sie für die Epik jener Zeit typisch ist – in Zusammenhang zu bringen mit den Krisen und Problemen der diese Kunst tragenden Epoche, so ist beider Zusammenhang doch unleugbar vorhanden. Die Literatur dieser Zeit, die ungefähr umgrenzt ist von den Jahren 1170 und 1230 und die wir die Literatur der feudalhöfischen Klassik nennen, ist natürlich zunächst

Ausdruck des wachsenden kulturellen Anspruchs des weltlichen Feudaladels. War Dichtung bislang – zumindest als geschriebene Dichtung, also als Literatur – vorwiegend ein Privileg der Geistlichkeit, schöpfte sie ihre Stoffe vor allem aus dem Reservoir der Bibel, der Liturgie oder Dogmatik, diente sie in erster Linie religiöser Bildung und Erziehung oder doch klerikalen Interessen, so bahnt sich nun ein entscheidender Umschwung an. Nach dem Vorbild besonders der französischen Feudalkultur erstrebt man nunmehr eine Literatur, in der sich das gewachsene Selbstgefühl des weltlichen Feudaladels ausdrückt, die sich vom Jenseits ab- und dem Diesseits zuwendet, die nicht nur geeignet erscheint, den ökonomischen und politischen Herrschaftsanspruch des Feudaladels kulturell zu bestätigen, sondern die diesen Feudaladel selbst auf die Höhe einer kultivierten Lebensweise zu führen vermag. Namentlich die epische Dichtung dieser Zeit ist daher in hohem Maße Vorbilddichtung, fast Lehrdichtung für adlige Lebenshaltung und Lebensführung. Das Bild des epischen Helden – und es ist fast immer der Adlige, der als ›Ritter‹ die Gestalt dieses Helden sozial bestimmt – soll nicht schlechthin das Bild des feudalen Wegelagerers, Fehdehelden oder Rauhbeins dichterisch verklären, sondern es dient mit allen äußeren Merkmalen, mit allen Charakterzügen, mit allen Besonderheiten seines Verhaltens in der Gesellschaft oder in der kämpferischen Bewährung – der ›âventiure‹ als kulturelles, zur Nachahmung empfohlenes Leitbild für den Angehörigen des Feudaladels.

Dieser Typus des literarischen Helden erscheint allerdings erst auf einer verhältnismäßig hohen Stufe feudaler Epenentwicklung. Zuvor waren zwei Vorstufen zu überwinden: die Stufe des Legendenhelden und die Stufe des Helden vor- und frühhöfischer Epik. Der Legendenheld – erstes episches Heldenbild in der deutschen Literatur überhaupt – krankt im Grunde daran, daß er – exemplarische Gestaltung religiöser Erziehungsziele – als Vorbild für irdische Nachfolge Christi gedacht ist und daher weitgehend entmenschlichtes Gestaltungsmodell bleibt. Im vor- und frühhöfischen Epos – etwa im ›Rolandslied‹, im ›König Rother‹ und in Heinrich von Veldekes ›Eneide‹ – bemerken wir eine zunehmende Hinwendung zum Diesseits, einen Umschlag von Kontemplation und Passivität in heldische Aktivität, die im ›Rolandslied‹ im Zeichen des Kreuzzugsgedankens steht, im ›König Rother‹ und in der ›Eneide‹ jedoch – bei ständiger Zurückdrängung religiöser Bezüge – von einer neuen Triebkraft ausgelöst wird, der ›Minne‹, was mit unserem Wort ›Liebe‹ nur sehr unzureichend übersetzt ist. Wesentlich für uns sei zunächst, daß sich der Held des vor- und frühhöfischen Epos bereits in vorbildlicher Haltung vorstellt, die in erster Linie von seiner Fähigkeit zu heroischer Bewährung gekennzeichnet ist. Der Anlaß zur Entfaltung kämpferischer Qualitäten wird jedoch zunehmend kulturell verfeinert: griff der Held im ›Rolandslied‹ noch im Dienste Gottes – also als Gottes- und Kreuzzugsstreiter – zum Schwert, so wird seine Aktivität jetzt durch die ›Minne‹ ausgelöst, wobei es vom Handlungsablauf her um die Erringung einer ersehnten Frau bei Überwindung verschiedenartiger Widerstände geht. Durch Einführung des Minnemotivs wird das Heldenbild zunehmend vermenschlicht, individualisiert, denn es werden ja nun sehr persönliche – erotische – Beziehungen zum Antrieb heldischer Aktivität, zum Ausgangspunkt feudalliterarischer Erziehungsanliegen gemacht. Der Minnekult zeigt also die kulturelle Überwindung der christlich-asketischen Lebensauffassung an. Indem er jedoch zu einem Wesensteil feudaler Kultur und Ideologie wurde, entstand – angesichts der im Hochmittelalter herrschenden Feudalehe, die allgemein eine Konvenienzehe war – ein Widerspruch zwischen feudalethischen Traditionswerten und dem neuen Erziehungsethos, der von den Schöpfern der feudalhöfischen Literatur sehr verschiedenartig gelöst und überdies Anlaß zu heftigen literarisch-ideologischen Auseinandersetzungen wurde. Die zunehmende Individualisierung des Helden geht nun aber Hand in Hand mit der Privatisierung der handlungsbestimmenden Triebkräfte. War noch im ›Rolandslied‹ die Persönlichkeit des vorbildlichen, mit selbstverständlicher Machtfülle ausgestatteten Herrschers ein Bestandteil der Dichtung, ging es hier noch um staatliche, die große Gemeinschaft der Streiter unter den Leitstern einer gemeinsamen Idee stellende Ziele, so geht es in der Folge mehr und mehr um nur individuelle Selbstvervollkommnung des Helden, der vor allem um sein persönliches Glück, um sein persönliches Anliegen kämpft. Diese Entwicklung gipfelt im feudalhöfischen Artusepos. Zur Artusepik werden jene Epen der französischen und der deutschen Literatur des Mittelalters gezählt, deren Helden zur legendären Rittergemeinschaft um den König Artus – eine Gestalt der keltischen Sagenwelt – gehören. Der keltische Stoffkreis um König Artus war feudalideologischen Verklärungs- und Erziehungsanliegen insofern besonders zugänglich, als er die besten Voraussetzungen für den epischen Ausbau zu einer aristokratischen Wunschwelt bot.

Das Artusepos, in Frankreich zwischen 1150 und 1180 von Chrétien de Troyes geschaffen, in Deutschland heimisch gemacht durch Hartmann von Aue mit den beiden Epen ›Erec‹ (1180/1185) und ›Iwein‹ (1200), entwickelt das Heldenideal des vor- und frühhöfischen Epos insofern weiter, als der Held seine vorbildliche Haltung nicht von vornherein besitzt und in kämpferischen Bewährungsproben nur noch entfaltet. Der Artusheld wird vielmehr in seiner *Entwicklung* gezeigt: Er überwindet eine gesellschaftlich anfechtbare Haltung, um – bei Lösung eines inneren Konfliktes zwischen Pflicht und Neigung – in einem Reifeprozeß heldische Vorbildlichkeit zu erringen. Im ›Erec‹ wird die Minne nicht nach dem bekannten Schema zum Stimulans heroischer Bewährung, sondern hemmt vielmehr die Entfaltung heldischer Aktivität. Erst unter dem Druck der öffentlichen Meinung überwindet Erec diese fehlerhafte Haltung und wird damit auf einer höheren Ebene zum vorbildlichen Mitglied der ritterlich-höfischen Gesellschaft. Im ›Iwein‹ wiederum wird das einseitige Streben nach gesellschaftlichem Ansehen zum Hemmnis der Persönlichkeitsentwicklung. Erst dadurch, daß die Minne den Helden nötigt, nach einer sittlichen Begründung für seinen kämpferischen Tatendrang zu fragen, gewinnt sie in diesem Epos ihren erzieherischen Wert zurück.

Unabhängig davon, daß das Bild des epischen Helden im Artusepos durch den Entwicklungsgedanken vertieft und durch die Eigenart der Konfliktgestaltung stärker individualisiert erscheint, bleibt die Bewährung kämpferischer Fähigkeit das entscheidende Kennzeichen heldischer Vorbildlichkeit; die Gestaltung konzentriert sich zudem immer stärker auf die Selbstvervollkommnung des Helden. Die Bewährung vorbildlich-kämpferischer Fähigkeiten erfolgt in der sogenannten ›âventiure‹, das heißt in der zweckfreien, jeder gesellschaftlichen Bezogenheit baren abenteuerlichen Tat an sich. Um die ständige Bewährung in der ›âventiure‹ zu sichern und die nötige Staffage zu schaffen, wird in zunehmendem Maße ein Ensemble von Unholden, Zauberern, Untieren usw. aufgeboten, die jene bereits im Stoffkreis enthaltenen märchenhaften Züge verstärken und den Dichtungen das Odeur räumlicher wie zeitlicher Ferne oder Unbestimmtheit verleihen. Außerdem wird der Zug zu symbolträchtiger Gestaltung immer deutlicher, wie denn schließlich das Bild der Artusrunde selbst hochstilisierter symbolhafter Ausdruck der Heldenauffassung ist. Zwar sind die Artusritter – deren Leben und Taten den Stoff der Artusepen bilden – an den Hof des Königs Artus gebunden, doch ist diese Bindung denkbar locker. Artus, der an der für den Artushof bezeichnenden Rundtafel nur noch als Primus inter pares, als Erster unter Gleichgestellten, erscheint, ist nicht mehr wie Karl der Große im ›Rolandslied‹ mit herrscherlicher Machtfülle ausgestattet und kann von seinen Rittern nur noch in engen Grenzen Gehorsam fordern. Seine Taten vollbringt der Artusritter nicht mehr im gesellschaftlichen Auftrag oder im politischen Dienst seines Herrschers, sondern in eigener Sache, zur Erhöhung des eigenen

Ansehens – das nur noch mittelbar dem Ansehen des Hofes dient –, zur Beförderung des eigenen Glückes. Der Hof des Königs Artus verdankt seine Bedeutung nicht mehr der Machtfülle des Herrschers, sondern den ruhmreichen Taten der Artusritter.

Nur vor diesem Hintergrund ist die Leistung Wolframs von Eschenbach erkenn- und begreifbar. Wenngleich von Wolframs Originalität die Rede war, so muß doch gesagt werden, daß auch er seine Quelle hatte, und gerade die Quellenfrage hat eine kaum noch übersehbare Menge wissenschaftlicher Literatur entstehen lassen. Ursache hierfür ist nicht zuletzt die Neigung des Dichters, uns von hintergründiger Ironie durchleuchtete Vexierbilder vorzusetzen. Der Sachverhalt ist der: Wir besitzen nur ein einziges Parzivalepos, das vor Wolframs Werk entstanden ist, und dies ist der ›Perceval (›Dringdurchstal‹) ou li Contes del Graal‹ von Chrétien de Troyes, gedichtet im Auftrag des 1191 verstorbenen Grafen Philipp von Flandern. Auch Chrétiens zügig und anmutig erzählendes Epos, das in Monologen und Dialogen die Handelnden ihre Motive zergliedern läßt, spricht von einer Quelle, die Chrétien schlicht ›le livre‹ (›das Buch‹) nennt, ohne daß trotz vielen Bemühens je ein solches Buch ermittelt worden wäre. Nun aber wirft Wolfram dem Chrétien vor, die Geschichte von Parzival oder dem Gral verfälscht zu haben. Die echte Quelle habe er, Wolfram, bei einem provenzalischen Dichter namens Kyot gefunden, und dieser Kyot sei sein eigentlicher Gewährsmann. Kyot – den Wolfram an sechs Stellen seines ›Parzival‹ (besonders 8,416; 9,453; 16,827) erwähnt – habe die Geschichte vom Gral in einer unbeachteten arabischen Handschrift in Toledo entdeckt. Verfasser dieser Handschrift sei der heidnische Naturforscher Flegetanis gewesen, der von Salomon abstammte und – frevelhaft-bedauerlicher Götzendienst! – ein Kalb anbetete. Den Namen des Grals habe dieser Mann in den Sternen gelesen, und der Gral selbst sei von einer Engelschar, die zum Himmel auffuhr, auf der Erde zurückgelassen worden, wo er seitdem von dazu berufenen Menschen gehütet werde. Kyot habe darauf in lateinischen Chroniken Britanniens, Frankreichs, Irlands und anderer Länder nach ausführlicher Kunde über dieses Gralsvolk geforscht, bis er schließlich in Anjou auf die gesuchte Quelle gestoßen sei. Auf dieser Quelle fußend, habe er sein Werk in französischer Sprache gedichtet.

Nun ist in der gesamten altfranzösischen Literatur von einem Dichter namens Kyot oder Guiot – wie der Name im Provenzalischen lauten müßte – als Verfasser einer Parzival- oder Gralsgeschichte nichts bekannt. Nimmt man Wolframs bieder vorgetragenes Zeugnis für bare Münze, so gerät man in größte Schwierigkeiten, wenn es darum geht, die eigene Leistung des Übersetzers oder Nachgestalters Wolfram zu ermitteln. In der Tat hat man sogar versucht, einen Kyotschen ›Parzival‹ aus dem Werk Wolframs zu rekonstruieren! Dies erscheint nun geradezu als Gipfel interpretatorischer Gutgläubigkeit. Betrachtet man nämlich Wolframs Quellenzeugnis in aller Nüchternheit, so muß allein schon die Phantastik der Angaben zu äußerster Vorsicht mahnen. Hinzu kommt, daß Wolfram unter seinen Dichter-Zeitgenossen offenbar dadurch in Verruf geriet, daß er eine ihnen bekannte Quelle in geradezu ›unerhörter‹

Weise verfälscht habe. Gottfried von Straßburg wirft ihm in seinem ›Tristan‹-Epos vor, er sei ein ›Erfinder merkwürdiger Geschichten, ein Verderber der Quelle‹. Diese Tatsachen lassen keinen anderen Schluß zu, als daß Wolfram – vielleicht gar als Reaktion auf Gottfrieds Vorwurf – ein spöttisches Versteckspiel mit der herrschenden Quellengläubigkeit trieb. Seine eigentliche Quelle war der ›Perceval‹ von Chrétien de Troyes, der – da unvollendet – allerdings nur bis zum 13. Buch einen Vergleich mit Wolframs Werk zuläßt. Daß wir in Chrétiens Werk in der Tat Wolframs Quelle sehen müssen, bezeugen zahlreiche Gemeinsamkeiten kompositorischer Art, so die Gegenüberstellung von Gralskreis und Artuskreis, so der Kontrast und das Nebeneinander von Parzivalhandlung und Gawans eingeschobenen Abenteuern. Der Vergleich von Chrétiens ›Perceval‹ und Wolframs ›Parzival‹ beweist jedoch ebenso unwiderleglich, daß wir in Wolfram weder einen Übersetzer noch einen Nachgestalter sehen dürfen; denn er hat aus Chrétiens Epos unverkennbar ein völlig eigenes Werk geschaffen. Wolframs Vertiefung des Gedichts wird namentlich im Ausbau des Gralskreises, in neuartiger Charakteristik der Figuren – vor allem beim epischen Helden – und im gedankenreichen Reflektieren und Beantworten damals hoch aktueller politisch-religiöser Fragen erkennbar. Es führt jedoch nicht weit, die Aussage und Bedeutung des Wolframschen ›Parzival‹ aus dem Vergleich mit seiner Quelle erschließen zu wollen. Zu Verständnis und Wertung dieses Epos gelangt man einzig und allein, wenn man ausgeht von einem in sich geschlossenen, einheitlichen, harmonisch von der künstlerischen Idee bis zum Detail der Figurencharakterisierung durchkomponierten Werkes.

Was geschieht in Wolfram von Eschenbachs ›Parzival‹? Die ersten zwei Bücher des insgesamt sechzehn Bücher umfassenden Werkes gehören Parzivals Vater Gachmuret. Gachmuret, jüngerer und daher nicht erbberechtigter Sohn des Königs Gandin von Anschauwe (Anjou), zieht auf Abenteuer ins Morgenland und nimmt Dienst bei dem heidnischen Baruc von Baldac (Kalif von Bagdad). Er befreit die von Feinden belagerte Heidenkönigin Belakane von Zazamanc, gewinnt damit ihre Hand und ihr Land, verläßt sie aber bald, getrieben von unbändiger Abenteuerlust. Belakane gebiert ihm einen Sohn, dessen Haut schwarz und weiß gefleckt ist und der daher den Namen Feirefiz (›bunter Sohn‹) erhält. – In einem Turnier erringt der zurückgekehrte Gachmuret als Sieger die Hand und die Reiche der Königin Herzeloyde von Waleis (Valois). Dennoch hält es ihn nicht daheim. Auf einem seiner gewohnten Abenteuerzüge findet er im Dienste des Baruc den Tod. Herzeloyde schenkt einem Sohn das Leben, der den Namen Parzival erhält.

Nach Gachmurets Tod zieht sich Herzeloyde in die Waldeinsamkeit zurück, um ihren Sohn fern der Welt aufzuziehen und ihn vor den Gefahren des Rittertums zu bewahren. Da begegnen dem unerfahrenen Knaben eines Tages vier Ritter in glänzenden Rüstungen, deren vordersten er – der elementaren Religionsunterweisung seiner Mutter eingedenk (Gott ist hell wie der Tag, der Teufel ist schwarz und untreu) – für Gott hält. Zur Mutter zurückgekehrt, verlangt er nach einem Pferd, da er – den Hinweis der Ritter nutzend – an den Artushof ziehen und selbst ein Ritter werden will. In der Hoffnung, der Spott der Welt werde ihn zu ihr zurücktreiben, hüllt ihn seine Mutter in ein Narrenkleid und gibt ihm eine jämmerliche Mähre. Zum Abschied erteilt sie ihm vier Lehren: Er möge einen Wasserlauf nur an hellen Stellen überschreiten, einen jeden freundlich grüßen, die Lehren erfahrener Männer beherzigen und von schönen Damen Kuß und Ring gewinnen. Als Parzival scheidet, bricht Herzeloyde das Herz.

In seiner Unerfahrenheit befolgt Parzival die Lehren seiner Mutter wortwörtlich, ohne ihren eigentlichen Sinn zu begreifen. Er wagt es nicht, ein seichtes Gewässer zu durchreiten, da es durch Pflanzenwuchs dunkel erscheint; er findet eine schöne Dame schlafend in ihrem Zelt und raubt ihr Kuß, Ring und Brosche, so daß für Jeschute – so heißt diese Dame – nach der Rückkehr ihres eifersüchtigen Gatten Orilus ein jammervoller Lebensabschnitt beginnt. Der weiterziehende Parzival findet an einem Felsen eine klagende Jungfrau, seine Base Sigune, die einen toten Ritter, Schionatulander, in ihrem Schoße hält. Sigune erkennt Parzival, nennt ihm seinen Namen und unterrichtet ihn über seine Familie. Auf seiner Weiterreise gelangt Parzival schließlich zum Artushof. Voll Verlangen nach der glänzenden Rüstung des Roten Ritters Ither, tötet er ihn im Zweikampf mit einem geschickten Speerwurf und legt danach seine Rüstung an. Von Artus führt ihn sein Weg zu Gurnemanz, dem Meister höfischer Erziehung, der ihn freundlich aufnimmt und ihm sowohl die Leitsätze adliger Bildung wie das Ritual der Messe erklärt. Unter anderem schärft er Parzival ein, im Gespräch nicht allzu viele neugierige Fragen zu stellen (Buch 3).

Nachdem er Gurnemanz verlassen hat, befreit Parzival die Königin des Landes Brobarz, Condwiramurs, die in ihrer Hauptstadt Pelrapeire belagert wird. Er gewinnt ihr Herz und ihr Land. Dennoch hält es ihn nicht lange bei seiner jungen Gattin. Abenteuerlust und die Ungewißheit über das Schicksal seiner Mutter treiben ihn wieder fort (Buch 4). Er gelangt an einen See, auf dem ein vornehmer Mann zu fischen scheint. Der Fischer weist Parzival den Weg zur nächsten Burg. Es ist die Gralsburg Munsalwäsche, in der der Gralskönig Anfortas an einer schweren Verwundung durch eine vergiftete Lanze dahinsiecht. Dies ist die Strafe Gottes für unerlaubten Minnedienst. Anfortas könnte durch eine Mitleidsfrage Parzivals erlöst werden, doch obwohl Parzival auf der Burg viel Wunderbares und Merkwürdiges beobachten kann – so versorgt der nicht näher beschriebene Gral das ganze Gralsvolk reichlich mit Speisen und Getränken –, enthält er sich jeder Frage, da er die Lehre von Gurnemanz strikt befolgen will. Am Morgen findet er die Burg leer. Er zieht unwillig davon; zum Abschied wird er von einem Burgknappen mit Schimpfworten bedacht. Sein Weg führt ihn erneut zu Sigune und ihrem toten Geliebten. Als Sigune erfährt, daß er die erlösende Frage nicht gestellt hat, verflucht sie ihn. Weiterreitend stößt Parzival auf Jeschute und Orilus; er besiegt Orilus im Zweikampf und versöhnt ihn mit seiner Gattin (Buch 5). Parzival gelangt nun in die Nähe des Zeltlagers von König Artus. Drei Blutstropfen im weißen Schnee rufen die

Erinnerung an seine Gattin Condwiramurs wach, die Parzival in sehnsuchtsvolles Sinnen versinken läßt. Fast geistesabwesend, besiegt er zwei angreifende Artusritter; erst als der verständnisvolle Gawan – der berühmteste Ritter der Artusrunde – ein Tuch über die Blutstropfen wirft, erwacht Parzival aus seiner Versunkenheit. Gawan führt ihn zu Artus, der ihn in die Tafelrunde aufnimmt. Doch nicht lange kann sich Parzival dieser Ehrung erfreuen; denn es erscheint die abschreckend häßliche Gralsbotin Cundry und verflucht ihn als einen Ehrlosen. Zugleich erscheint ein fremder Ritter, Kingrimursel, der Gawan einer heimtückischen Mordtat beschuldigt und ihn zum Zweikampf herausfordert, der in vierzig Tagen stattfinden soll.

Für Parzival bricht eine Welt zusammen. Obwohl er sich bemüht hat, allen Erfordernissen vorbildlichen Rittertums zu genügen, ist er gescheitert. Mit Gott und der Welt zerfallen, reitet er davon (Buch 6). In den folgenden Büchern, die in erster Linie Gawan gehören, taucht Parzival bloß ab und an im Hintergrund der Ereignisse auf; nur im 9. Buch, das in die Gawanhandlung eingeflochten ist, steht er im Mittelpunkt des Geschehens.

Gawan gelangt auf seinem Weg nach Ascalun, dem Ort des Zweikampfes, zunächst nach Bearosche, wo er den Landesfürsten Lippaut aus schwerer Bedrängnis befreit. Lippauts kindliches Töchterchen Obilot erwählt in früher Reife Gawan zum Minneritter (Buch 7). Ein ernsthafteres Liebeserlebnis hat Gawan in Ascalun mit Antikonie, der Schwester des Landesherrschers Vergulacht. Als Gawan erkannt wird, gerät er trotz versprochenen freien Geleits in große Gefahr, doch Antikonie und der ehrenfeste Kingrimursel retten ihn. Gawan wird freigegeben unter der Bedingung, daß er für den von Parzival besiegten Vergulacht den Gral suche (Buch 8).

Auf der Gralssuche trifft Gawan auf die Herzogin Orgeluse von Logroys, die ehemalige Minnedame des Anfortas. Seit ihr der König Gramoflanz den geliebten Gatten Cidegast erschlagen hat, verfolgt sie Gramoflanz mit unerbittlichem Haß. Alle Ritter, die in ihren Dienst treten, schickt sie gegen ihn in den Kampf. Dabei behandelt sie ihre Minneritter recht hochmütig und abschätzig, um zu erproben, wer ihrer Gunst am ehesten würdig sei. Gawan besteht alle Abenteuer, in die sie ihn verwickelt: Er besiegt den gewaltigen Lischoys Gwelljus, Herzog von Gowerzin (Buch 10); er besteht sein Hauptabenteuer in der Wunderburg des Zauberers Clinschor (Schastel marveile) und erlöst damit zahlreiche verzauberte Ritter und Damen, unter ihnen seine Großmutter Arnive, seine Mutter Sangive und seine Schwestern Itonje und Cundrie (Buch 11); er besiegt schließlich am nächsten Morgen, wenngleich verwundet, den mit Orgeluse heranziehenden Turkoyten (fürstlichen Begleiter) Florand von Itolac. Nun endlich führt ihn Orgeluse zum Lande des hochmütigen, kampfeskühnen Gramoflanz, der nur dann kämpfen will, wenn ihn mindestens zwei Ritter gleichzeitig angreifen. Gawan bricht einen Zweig von einem bestimmten Baum und fordert Gramoflanz heraus, der ausnahmsweise zu einem Zweikampf bereit ist, als Gawan sich zu erkennen gibt. Man verabredet, diesen Kampf auf dem Feld von Joflanze vor einer großartigen Kulisse von Rittern und Edelfrauen auszutragen (Buch 12).

Als Gawan alle Proben bestanden hat, ergibt sich ihm Orgeluse voller Liebe. Gawan zieht nun mit allen Bewohnern der Wunderburg nach Joflanze, nachdem er auch Artus mit seinem Hofstaat und die Gefolgschaft Orgeluses eingeladen hat, ihm zu Ehren auf dem Kampfplatz zu erscheinen (Buch 13). Es kommt jedoch nicht zum Kampf zwischen ihm und Gramoflanz, und das hat folgende Ursachen: Parzival, der inzwischen durch den frommen und weisen Einsiedler Trevrizent, den Bruder des Anfortas, belehrt und mit Gott versöhnt worden ist (Buch 9), gelangt auf der Suche nach dem Gral unversehens in die Nähe des Lagers und wird von dem ausreitenden Gawan für Gramoflanz gehalten. Im folgenden Kampf ist Gawan der Niederlage nahe, als Knappen das Mißverständnis aufklären und damit den Abbruch des Kampfes herbeiführen. Der hinzukommende Gramoflanz verschiebt seinen Zweikampf mit dem erschöpften Gawan, wird aber am nächsten Morgen von Parzival gleichfalls im Kampf erschöpft, so daß nun Gawan seinerseits großmütig einen späteren Zeitpunkt festlegt. Da Gramoflanz jedoch Gawans Schwester Itonje liebt, wird der Streit zwischen den beiden Herausforderern schließlich beigelegt (Buch 14).

Dem nun beginnenden Festtrubel entzieht sich Parzival und reitet heimlich davon. Er reitet seiner schwersten Prüfung entgegen; denn er trifft mit seinem Halbbruder Feirefiz zusammen, der mit einem großen Heer ausgezogen ist, um seinen Vater Gachmuret zu suchen. Im Bruderkampf zerspringt Parzivals Schwert, und als der großherzige Feirefiz daraufhin das eigene Schwert fortwirft und eine gegenseitige Vorstellung herbeiführt, erkennen sich die Brüder. Glücklich reiten beide zu Artus, wo alsbald auch die Gralsbotin Cundry erscheint und verkündet, Parzival sei von Gott zum Gralsherrscher berufen worden. Geführt von Cundry und begleitet von Feirefiz, reitet Parzival zur Gralsburg (Buch 15) und erlöst endlich Anfortas durch die Frage: ›Oheim, was fehlt dir?‹ Auch Condwiramurs, die Parzival inzwischen zwei Söhne, Loherangrin und Kardeiz, geboren hat, wird zum Gral berufen. Während Kardeiz seines Vaters Nachfolger in der Welt wird, soll Loherangrin später die Nachfolge im Amt des Gralsherrschers antreten. Als Parzival seine Frau und Loherangrin abholt, trifft er unterwegs auf Sigune, die inzwischen am Sarg ihres Geliebten entschlafen ist. Parzival läßt die Liebenden in einem Sarkophag zur letzten Ruhe betten.

Feirefiz entbrennt in Liebe zur Gralsträgerin Repanse de Schoye, Schwester des Anfortas. Er läßt sich ihr zuliebe taufen, erhält ihre Hand und zieht mit ihr nach Indien, wo er und später sein Sohn Johannes das Christentum verbreiten.

Den Schluß bildet ein Abriß der Loherangrin-Geschichte. Loherangrin rettet und heiratet die Fürstin von Brabant, muß sie jedoch verlassen, als sie nach seinem Namen fragt. Gott hat nämlich nach der erlösenden Frage Parzivals bestimmt, ein zum Weltdienst ausersehener Gralsritter müsse sofort nach Munsalwäsche zurückkehren, wenn er nach seiner Herkunft befragt werden sollte (Buch 16).

Im Nebeneinander von Parzivalhandlung und Gawanhandlung zeichnet sich deutlich ein zweisträngiger Aufbau des Werkes ab. Parzivals Weg wird zeitweilig verdunkelt durch die Darstellung der Schicksale Gawans. Die eigentliche Parzivalhandlung füllt die Bücher 3 bis 6, 9, 14 bis 16. Mit dem 16. Buch fließen beide Handlungsstränge zusammen. Die ersten zwei Bücher (Gachmurethandlung) sind durch die Gestalt des Feirefiz mit den letzten zwei Büchern verbunden und bilden mit diesen gleichsam einen Rahmen des Gesamtwerkes.

Parzivals Weg führt vom unerfahrenen Naturkind über die Station des vorbildlichen Artusritters bis zum Ziel des Gralskönigtums. Wolfram geht also über Hartmann von Aue hinaus. Für Hartmann war vorbildliches Artusrittertum höchstes Ziel, während diese Entwicklungsphase im ›Parzival‹ nur eine Zwischenstufe auf dem Wege zu einem höheren Ziele ist, und dieses Ziel ist die Gralswelt.

Auf der ersten Stufe zieht das unerfahrene, törichte Naturkind Parzival aus der Einöde in die Ritterwelt, ausgestattet mit ebenso elementaren wie undifferenzierten Lehren über Religion und Weltverhalten. Beide Lehren versteht er auch nur sehr formal, nicht in ihrem tieferen Sinngehalt. Die erste Begegnung mit Sigune macht Parzival seine Persönlichkeit bewußt und weist zugleich auf seine Fähigkeit zum Mitempfinden und auf seine natürliche Hilfsbereitschaft hin. Formale Auslegung erhaltener Lehren, Unerfahrenheit und naiver Egoismus führen indes dazu, daß Parzival unwissend schwere Schuld auf sich lädt (Tod der Mutter, Bloßstellen Jeschutes, Totschlag seines Verwandten Ither).

Der Weg zu vorbildlichem Artusrittertum wird gebahnt durch die höfische Erziehung an Gurnemanz' Hof. Parzival wird in untadeligem, höfischem Benehmen, in einwandfreier ritterlicher Waffenführung und in den Einzelheiten kirchlichen Rituals unterwiesen. Dank diesen Lehren gewinnt er in Pelrapeire hohen Ruhm und die Hand einer liebenswürdigen Frau – Ziel allen artusritterlichen Aventürestrebens. Auch sein Vergehen an Jeschute macht er wieder gut.

Doch Artusreife ist nicht gleichbedeutend mit Gralsreife; denn bei seinem ersten Besuch auf der Graslburg versagt Parzival kläglich. Obwohl er durchaus die innere Fähigkeit besitzt, die Frage zu stellen, die den Gralskönig Anfortas von seinem Leiden erlösen würde, erweist sich die Formschule adlig-höfischer Bildung in diesem Falle als bedenkliches Hindernis für echte menschliche Teilnahme und Bewährung. Wieder macht ihm Sigune frühzeitig seine selbstverschuldete Lage bewußt, noch bevor ihn die Gralsbotin Cundry von der scheinbaren Höhe einer glanzvollen Laufbahn dadurch hinabstürzt, daß sie ihn vor allen Artusrittern verflucht als einen Menschen, der über seinem Selbst die Verantwortung für den anderen vergessen hat. Die dann einsetzende menschliche Krise Parzivals ist zugleich eine religiöse Krise, da er in naiver Gleichsetzung von Ritterdienst und Gottesdienst im Grunde Gott für sein persönliches Versagen verantwortlich macht. Der Weg zur Besinnung und Selbsterkenntnis führt Parzival für fünfeinhalb Jahre in die Einsamkeit, die er ausfüllt mit höchster Bewährung ritterlich-kämpferischer Leistung bei unerschütterlicher Treue zu seiner Frau und mit nimmermüdem, zähem Ringen mit Gott um seine Berufung zum Gral, das heißt letztlich um eine neue, reifere Stellung zur Gesellschaft und zu Gott. Ein Markstein auf diesem Wege ist die Begegnung mit Trevrizent, in deren Verlauf Parzival – erste Voraussetzung für jene höhere Reife – zur Erkenntnis seiner menschlichen Schuld und seines oberflächlich-formalen Gottesverhältnisses geführt wird. Der Beginn neuer Persönlichkeitsreife wird schon bei der dritten Begegnung mit Sigune angedeutet; denn Sigune vergibt Parzival seine Schuld und ist bemüht, ihm bei der Gralssuche zu helfen. Die Berufung zum Dienst am Gral durch Cundry macht deutlich, daß Parzival auf einer neuen, über der Artuswelt liegenden Ebene die Stufe menschlich-ritterlicher Vollendung erreicht hat, so daß die Mitleidsfrage eigentlich nur noch märchenhaft-symbolischer Schlußakkord ist.

Der Gralswelt, die Parzival nun endlich erreicht hat, wird kontrastierend die Artuswelt gegenübergestellt. Vornehmster Repräsentant dieser Welt ist Gawan, der – den Antrieben des Ruhmstrebens und der Minne folgend – märchenhaft-glänzende Erfolge hat und dessen Entwicklungsgang dem der Helden in Hartmann von Aues Epen ›Erec‹ und ›Iwein‹ durchaus entspricht. Ihm läßt sich Gachmuret vergleichen; denn er ist in seinem Ruhm- und Abenteuerstreben wie in seinen Minneerlebnissen dem Artusritter verwandt, wenn er auch selbst der Artusrunde nicht angehört.

Wir kehren nunmehr zurück zu der Frage, welche Beziehungen es gibt zwischen der Artusepik Hartmannscher Prägung und den gesellschaftlich-religiösen Krisen der Zeit, in der sie entstand; wir schließen die Frage an, inwieweit und wodurch sich Wolframs Leistung über die Leistung Hartmanns erhebt.

Ungeachtet der Tatsache, daß durch den Entwicklungsgedanken Hartmanns epische Helden an Individualität gewinnen und zugleich – wenn auch hochstilisierter – Ausdruck realer gesellschaftlicher Widersprüche sind, ungeachtet auch der Tatsache, daß – vor allem im ›Iwein‹ – durch ethische Begründung kämpferischer Leistung eine Humanisierung des vorbildlichen epischen Helden erreicht wird, bleibt doch der Artusheld Hartmanns ein in erster Linie auf persönliche Vervollkommnung bedachter Aventüreheld, der sich nur im Hinblick auf ebendiese persönliche Vervollkommnung König Artus und seinem Hof verpflichtet weiß. Artus selbst erkennt die Aventürebewährung als die einzig legitime Bewährung seiner Ritterschar an. Überdies fehlt dem Artusepos, wie es uns bei Hartmann begegnet, fast jede religiöse Problematik. Wenn wir also überlegen, welche Antwort Hartmann von Aue in seinen Ritterepen auf die bewegenden Fragen seiner Zeit zu geben weiß, so ergibt sich, daß er Lösungen nur in der kulturell-ethischen Selbstvervollkommnung des Adels, in der Humanisierung ritterlichen Tuns sieht. Wo er – wie in der Legende ›Gregorius‹ – die Frage nach dem Verhältnis von weltlicher Bewährung und Gottbezogenheit stellt, sieht er einen Ausweg zunächst nur in der unbedingten Verneinung allen menschlich-ritterlichen Tuns. Die in der Verserzählung ›Der arme Heinrich‹ angedeutete Synthese wird episch kaum ausgeformt. Anders Wolfram.

Im bewußten Kontrast zur Artuswelt hat Wolfram in seiner Gralswelt eine eindeutige – wenn auch utopische – Antwort auf die entscheidenden Fragen seiner Zeit zu geben versucht. Wenn man die Merkmale der Gralswelt mosaikartig zusammenfügt, so ergibt sich in mancher Hinsicht eine erstaunliche Parallele zu der von der staufischen Partei vertretenen Idee eines starken Kaiser- und Königtums, das sich selbst rechtfertigt durch Sicherung von Gerechtigkeit und Frieden.

Im Gegensatz zu Artus besitzt der Gralskönig unbezweifelbare herrscherliche Macht, der sich sämtliche Gralsritter bedingungslos unterordnen. Bemerkenswert ist das Gemeinschaftsbewußtsein dieser Ritter, die in geschlossenen Grenzsicherungsgruppen zur Verteidigung der Gralswelt aufbrechen und dazu einen klaren, politisch-religiös motivierten Auftrag haben. Sie kämpfen nicht um ihr persönliches Ansehen oder im Dienst einer Dame, sondern um den Gral zu schützen und um Buße für ihre Sünden zu leisten.

Die politisch-religiöse Motivierung des Kampfes läßt folgerichtig den Minnekult als ethisch-erzieherische Idee zurücktreten. Kampf im Dienste einer Dame wird geradezu zu einem Vergehen, und Anfortas hat dafür eine furchtbare Strafe hinzunehmen. Obwohl in der Gralswelt Ritter und Edelfrauen leben, ist die Ehe einzig und allein dem Gralskönig gestattet. Die übrigen Angehörigen der Gralsgemeinschaft dürfen nur dann eheliche Bindungen eingehen, wenn sie als Sendboten des Grals in die Welt beordert werden, um – sofern es sich um Gralsritter handelt – in gefährdeten Reichen für Gerechtigkeit und Frieden zu sorgen oder – sofern es sich um weibliche Angehörige der Gralsgemeinschaft handelt – als Ehefrauen weltlicher Herrscher den Einfluß des Gralsordens zu erweitern und durch ihre Kinder den notwendigen Nachwuchs zu sichern. Minne wird bei

Wolfram somit zur echten, ehebegründenden Liebe, sie ist Voraussetzung und Inhalt der Ehe.

Ferner ist bemerkenswert, daß – trotz unbezweifelbarer Frömmigkeit des Autors und obwohl er wesentliche religiöse Fragen aufgreift – die Kirche oder doch kirchlich-institutionelle Besonderheiten im ›Parzival‹ keine Rolle spielen. Unverkennbar schlägt sich in der religiösen Komponente des Werkes Gedankengut der christlichen Laienbewegung Deutschlands nieder; denn der ritterliche Laie Wolfram hat ganz eigene kultische und theologische Vorstellungen: So kann der Einsiedler Trevrizent auch ohne Priesterweihe dem sündigen Parzival die Absolution erteilen; so geht Sigune in ihrer selbstgewählten Klausur ganz in Gott auf, ohne jemals eine Messe zu hören; so sichert schließlich der Gral auch ohne Vermittlung der Kirche die unmittelbare Verbindung zwischen Gott und der ritterlichen Ordensgemeinschaft des Gralsvolkes. Der Gral – wohl ein keltisches Wort, das ›Gefäß‹ bedeutet –, Mittelpunkt der Gralsgemeinschaft, wird bei Wolfram, im Unterschied zu anderen, legendenhaften Berichten – wie etwa in Robert de Borons um 1180 gedichteten Versroman ›Joseph d'Arimathie‹ –, in denen er als Abendmahlsschüssel oder Abendmahlskelch aufgefaßt ist, nicht näher beschrieben. Wolfram nennt ihn ›ein Ding‹ auch ›einen Stein‹ mit dem unübersetzbaren Namen ›Lapsit exillis‹. Dieser Stein erscheint als Spender aller irdischen Speisen und Getränke, als Born der Gesundheit und Jugend, als lebenspendendes und -erhaltendes Gnadengeschenk Gottes; all diese Kräfte verleiht ihm eine Hostie, die Gott jährlich am Karfreitag durch eine Taube hinabsendet.

Dies ist nun freilich eine ganz erhebliche Abweichung von kirchlich-liturgischen und offiziell-theologischen Lehren. Doch Wolfram geht noch weiter: Zur Kultstätte der Gralsburg haben nicht nur Christen, sondern auch Heiden Zutritt, wie denn der heidnische Ritter in allem gleichberechtigt neben dem Christenritter steht. Symbolisch überhöhten Ausdruck gewinnt diese Gleichberechtigung und Gemeinsamkeit vor allem in der brüderlichen Verbundenheit von Parzival und Feirefiz, ja, Feirefiz erweist sich im Kampf mit seinem christlichen Halbbruder sogar als der menschlich Reifere, sittlich Überlegene. Letzte und kühnste Zielvorstellung des von Wolfram offenkundig vertretenen Toleranzgedankens ist die visionäre Synthese von Abendland und Morgenland auf der Grundlage gleicher feudaler Lebenshaltung, gleicher Kultur und gleicher Ideologie. Daß diese Synthese schließlich doch nur unter dem Vorzeichen des Christentums möglich sei – Feirefiz läßt sich taufen und verbreitet gemeinsam mit Repanse de Schoye im Orient das Christentum –, erscheint geradezu als Zugeständnis an die kirchliche Lehre, die sonst inhaltlich weitgehend in Frage gestellt oder aufgehoben wird.

Wesentliches Merkmal der Gralswelt ist schließlich eine eindeutige Antwort auf die Frage nach der Aufgabe des Adels in der Gesellschaft. Wenn auch nach außen ziemlich abgeschlossen, trägt der Gralsorden doch Verantwortung nicht nur für die Geheimnisse des Grals, sondern für die ganze menschliche Gesellschaft. Wann immer in einem Land mit dem Aussterben des Herrschergeschlechts Gefahren anarchischer Zerrüttung, kriegerischer Zerwürfnisse, recht- und gesetzloser Zustände drohen, übernimmt – mit der Legitimation göttlicher Berufung – ein Gralsritter das Herrscheramt, um den Frieden zu sichern, um Recht und Gerechtigkeit zum Siege zu verhelfen. Sicherlich trägt diese Vorstellung eines Wirkens für das Wohl der Gemeinschaft alle Merkmale einer Utopie, doch bleibt es Wolframs unbestrittenes Verdienst, mit dieser humanistischen Gesellschaftsutopie wie auch mit seiner utopischen Synthese von Orient und Okzident dem Feudaladel seiner Zeit einen Ausweg aus der politischen und religiösen Krise gewiesen zu haben. In Parzival, der als Gralsherrscher Gottbezogenheit und weltliche Tätigkeit verbindet, der in dieser Tätigkeit das Ideal des Rex justus et pacificus, des Recht und Frieden wahrenden Königs, verkörpert, wird die dichterische Erkenntnis gestaltet, daß Selbstvervollkommnung keine ausreichende Antwort auf die drängenden Fragen der Zeit sein kann, daß der Adel Aufgaben und Pflichten in der Gesellschaft hat, die er nur in gemeinsamem Handeln unter einer starken Zentralgewalt zu bewältigen vermag. In der brüderlichen Verbundenheit von Parzival und Feirefiz, die dank ihrer Herrschermacht das Geschehen in Abend- und Morgenland bestimmen, entwirft der Dichter in visionärer Schau das Ideal einer adligen Gesellschaft, die sich von engen Dogmen der Kirche gelöst und zu einer harmonischen, von Toleranz und gegenseitiger Achtung getragenen Gemeinschaft entwickelt hat. Damit wird zugleich der Anspruch der Kirche zurückgewiesen, der einzige Mittler zwischen Menschheit und Gottheit zu sein; denn die im Gralsvolk vorgestellte ideale Menschengemeinschaft zeichnet sich durch kirchenunabhängige Beziehung zwischen

Mensch und Gott aus, wobei Gottbezogenheit keineswegs – wie bislang von klerikalen Ideologen immer wieder betont – in Askese und Weltverneinung erreicht wird, sondern im sinnvollen, gesellschaftsbezogenen Wirken im Dienste und Auftrag Gottes. So wird denn Walthers von der Vogelweide bange Frage, ob weltliches Ansehen und weltlicher Besitz vereinbar seien mit der Gnade Gottes, positiv beantwortet und damit die das ganze Mittelalter bewegende Dualismusfrage auf der Ebene des Gralkönigtums gelöst. Vor dem Hintergrund dieser neuartigen gedanklichen Zusammenhänge wird verständlich, warum Wolframs Werk in seiner Zeit einen so großen Widerhall fand und so großes Aufsehen erregte.

Diese Wirkung läßt sich – wie eingangs gesagt – nicht allein an der Zahl der Handschriften und an den Aussagen dichtender Zeitgenossen ablesen. Sie ist auch erkennbar in der starken Nachwirkung von Wolframs Werk, in Versuchen, seinen Stil nachzuahmen, seine unvollendeten Epen zu ergänzen oder zu vollenden, und in der Aufnahme von wesentlichen Motiven seiner Dichtungen. So erzählt Ulrich von dem Türlin in seinem ›Willehalm‹ (1261/1269) die Vorgeschichte des gleichnamigen Wolframschen Torsos, während Ulrich von Türheim dieses Epos mit seinem ›Rennewart‹ (1250) zu vollenden sucht. Das anonyme Epos ›Lohengrin‹ (1283/1290) schreibt den lakonischen Schlußbericht des ›Parzival‹ aus. Die späteren Epiker sehen in Wolfram von Eschenbach – neben Hartmann von Aue und Gottfried von Straßburg – einen der drei großen Meister epischer Kunstübung. In der von unbekannten Verfassern stammenden Dichtung vom ›Wartburgkrieg‹ (13. Jahrhundert) tritt Wolfram, bereits Sagengestalt geworden, in einem Rätselstreit mit Klingsor – Wolframs Clinschor – auf, in dem es um mystisch-religiöse Fragen geht, und er kann selbst den Teufel verjagen, als dieser ihn auf sein Wissen hin prüfen will. Die Meistersinger verehren in Wolfram einen der zwölf alten großen Meister und benennen verschiedene Kompositionen nach ihm. So bleibt Wolfram von Eschenbach mit seinem Werk bis ins 14. und 15. Jahrhundert hinein lebendig, oft zitiert, häufig inhaltlich oder stilistisch nachgeahmt. Schon im Jahre 1477 wird sein ›Parzival‹ als eins der ersten Epen feudalhöfischer Klassik gedruckt. Noch im 19. Jahrhundert verstand man sich zu dem Versuch, das Gralsrätsel künstlerisch zu lösen. Bedeutsamstes Ergebnis ist Richard Wagners Musikdrama ›Parsifal‹ (Uraufführung 1882).

Seine editorische Wiedererstehung verdankt Wolframs ›Parzival‹ wissenschaftlichen Bemühungen des 19. Jahrhunderts, die – unter dem Einfluß der Romantik – ihr Augenmerk den Zeugnissen einer nationalen Kultur im Mittelalter zuwandten. Die erste, noch heute in Überarbeitung gültige Edition (7. Ausgabe, neu bearbeitet von E. Hartl, 1952) lieferte 1833 der berühmte Philologe Karl Lachmann. Zahlreiche weitere Ausgaben der Urfassung folgten, zuletzt, 1963, die von Gottfried Weber mit einer umfangreichen Nacherzählung (3. Auflage 1977).

Übersetzerische Bemühungen beginnen schon im 18. Jahrhundert. So verfaßt Johann Jakob Bodmer 1752 eine Nachdichtung der Gralsszenen in Hexametern. Es folgen ›Parzival‹-Übersetzungen von San Marte (1836), Simrock (1842), Bötticher (1884), Pannier (1897), Hertz (1897), Matthias (1925), Stapel (1937), Knorr

(1940) und Mohr (1977). Eine Übersetzung ins Französische legte Tonnelat (1934) vor; ins Englische übersetzte den ›Parzival‹ Hatto (1980).

Die wissenschaftliche Literatur zu Wolfram von Eschenbach und speziell zum ›Parzival‹ ist nur noch mit großer Mühe einigermaßen übersehbar. Forschungsberichte und Bibliographien stammen von Joachim Bumke (Wolfram von Eschenbach. 5. Auflage 1981; Sammlung Metzler 36. – Die Wolfram von Eschenbach Forschung. Bericht und Bibliographie. 1970) und von Ulrich Pretzel/Wolfgang Bachofer (Bibliographie zu Wolfram von Eschenbach. 2. Auflage 1968; Bibliographien zur deutschen Literatur des Mittelalters 2).

PARZIVAL

ERSTES BUCH

Ist Unentschiedenheit dem Herzen nah, so muß der Seele daraus Bitternis erwachsen. Verbindet sich – wie in den zwei Farben der Elster – unverzagter Mannesmut mit seinem Gegenteil, so ist alles rühmlich und schmachvoll zugleich. Wer schwankt, kann immer noch froh sein; denn Himmel und Hölle haben an ihm Anteil. Wer allerdings den inneren Halt völlig verliert, der ist ganz schwarzfarben und endet schließlich in der Finsternis der Hölle. Wer dagegen innere Festigkeit bewahrt, der hält sich an die lichte Farbe des Himmels.

Dieses geflügelte Gleichnis erscheint törichten Menschen allzu flink. Sie erfassen seinen Sinn nicht: es schlägt Haken vor ihnen wie ein aufgescheuchter Hase. Es ist wie der Spiegel und der Traum des Blinden, die ja nur ein flüchtiges, oberflächliches Bild geben, ohne greifbaren Gegenstand dahinter. Ihr trüber Schein ist unbeständig, und sie machen wirklich nur kurze Zeit Freude. Wer mich an der Innenfläche der Hand rupfen wollte, wo doch nie ein Haar wuchs, der müßte schon sehr nahe greifen können, sehr gewitzt sein. Riefe ich da vor Schrecken noch ach und weh, gäbe das ein trauriges Bild von meinem Verstande. Was suche ich aber auch gerade dort Beständigkeit, wo es in ihrer Natur liegt zu verschwinden, wie die Flamme im Quell oder der Tau in der Sonne.

Nun habe ich noch keinen klugen Mann kennengelernt, der nicht gern erfahren hätte, welchen tieferen Sinn diese Geschichte hat und was sie an guten Lehren bietet. Sie wird freilich, wie ein tüchtiger Turnierritter, nicht versäumen, zu fliehen und zu jagen, zu weichen und anzugreifen, die Ehre zu nehmen und auszuzeichnen. Wer sich in all diesen Wechselfällen auskennt, den hat sein Verstand recht geleitet. Er wird nicht hinter dem Ofen hocken, nicht irregehn und sich auch sonst gut in der Welt zurechtfinden. Unredliche Gesinnung gegen andere führt ins Feuer der Hölle und zerstört alles Ansehen wie Hagelwetter. Die Zuverlässigkeit solcher Gesinnung hat einen so kurzen Schwanz, daß sie schon den dritten Stich nicht mehr abwehren kann, wenn im Walde die Bremsen über sie herfallen.

Meine Worte über dieserlei Unterschiede sind aber nicht nur für den Mann bestimmt. Den Frauen setze ich folgende Ziele: Die auf meinen Rat hören will, soll genau überlegen, wem sie Lob spendet und Ehre erweist und wem sie danach ihre Liebe und ihr Ansehen hingibt, damit sie später ihre Keuschheit und Treue nicht bereut. Gott möge die ehrsamen Frauen bei allem Tun stets das rechte Maß finden lassen! Schamhaftigkeit ist aller Tugenden Krone! Um mehr Glück brauche ich für sie nicht zu bitten!

Die Falsche, die diesen inneren Halt nicht gewinnt, erlangt kein wahres Ansehen. Wie lange hält denn dünnes Eis, auf das die Augustsonne brennt?! So rasch vergeht ihr Ansehen. Die Schönheit mancher Frau wird weit und breit gepriesen. Ist aber das

Herz unecht, so achte ich ihren Wert dem einer goldgefaßten Glasscherbe gleich. Umgekehrt halte ich es nicht für wertlos, wenn jemand einen edlen Rubin mit all seinen geheimen Kräften in billiges Messing faßt. Damit möchte ich das Wesen einer rechten Frau vergleichen. Tut sie ihrem Frauentum Genüge, dann werde ich weder nach ihrem Äußeren noch nach der sichtbaren Hülle ihres Herzens urteilen. Hat sie ein edles Herz, so ist ihr hohes Ansehen ohne Makel.

Wollte ich, wie ich wohl könnte, Mann und Frau eingehend betrachten, so bedürfte es einer langen Geschichte. Hört nun, worum es in unserer Erzählung geht! Sie berichtet euch von Lust und Leid, von Freude und Sorge. Angenommen, statt einmal gäbe es mich dreimal, von denen jeder für sich das leistete, was meinem Können gleichkäme: selbst dann gehörte außerordentliche dichterische Phantasie dazu, und sie hätten Mühe genug damit, wenn sie euch kundtun wollten, was ich allein euch jetzt erzählen will.

Ich will euch auf eigene Art eine Geschichte erzählen, die von unerschütterlicher Treue, von rechtem fraulichem Wesen und von Mannestum berichtet, das nie einem Zwang sich beugte. Wo er auch einen Kampf ausfocht, nie ließ unseren Helden sein mutiges Herz im Stich; er war wie aus Stahl und errang in siegreichen Kämpfen hohen Ruhm. Kühn war er, und nur langsam gewann er die rechte Lebenserfahrung. Ihm gilt mein Gruß, dem Helden, der jede Unlauterkeit sorglich mied, dessen Anblick die Augen der Frauen entzückte und ihre Herzen mit Sehnsucht füllte. Freilich ist er, den ich zum Helden dieser Erzählung erwählt habe und von dem sie mit all ihren wunderbaren Begebenheiten handeln soll, zu diesem Zeitpunkt meiner Geschichte noch nicht geboren.

Wo französisches Erbrecht von alters her galt, da gilt es heute noch. Auch in einem bestimmten deutschen Landstrich, wie ihr sicher wißt, wird danach verfahren. Der Herrscher in diesem Lande konnte, ohne sich dessen schämen zu müssen, verfügen, daß das gesamte väterliche Erbteil dem ältesten der Brüder zufalle. Für die jüngeren Brüder war es natürlich ein Unheil, daß ihnen der Tod des Vaters den Anteil entzog, der ihnen zu seinen Lebzeiten zustand. Worüber erst alle gemeinsam verfügten, gehörte nun einem einzigen. Gewiß hat es ein recht weiser Mann so eingerichtet, daß Alter Besitz haben soll, denn wenn die Jugend viele Vorzüge hat, so bringt das Alter Seufzer und Leid mit sich. Und nichts ist schlimmer als Alter und Armut zugleich. Daß nun aber, außer dem ältesten Sohn, Könige, Grafen und Herzöge vom Erbe ausgeschlossen werden, ist eine merkwürdige Einrichtung, das dürft ihr mir glauben.

Durch diese Rechtsbestimmung verlor der gefaßte, doch kühne Held Gachmuret alle Burgen und das Land, in dem sein Vater glanzvoll und mit großer königlicher Machtvollkommenheit Zepter und Krone getragen hatte, bis er in ritterlichem Kampf den Tod fand. Man beklagte ihn schmerzlich, denn sein Leben lang waren seine Zuverlässigkeit und seine Herrschaft ohne Makel gewesen. Sein ältester Sohn befahl daraufhin alle Fürsten des Landes zu sich. Sie kamen, wie es Rittern geziemt; durften sie doch von seiner Hand mit Recht große Lehen erwarten. Hört, was sie taten, als ihnen der Anspruch auf Belehnung bestätigt war: Die ganze Versammlung, Reiche und weniger Begüterte, trug, wie ihnen ihre Treue gebot, eine untertänige, gleichwohl nachdrückliche Bitte vor. Der König möge doch an Gachmuret in brüderlicher Gesinnung handeln und sein eigenes Ansehen dadurch mehren, daß er ihn nicht völlig enterbe; vielmehr solle er ihm einen Grundbesitz in seinem Reich überlassen, so daß der junge Edelmann seiner vornehmen Geburt und seinem freien Stand entsprechend leben könne. Damit war der König durchaus einverstanden. Er sprach: »Ihr versteht es noch, bescheiden zu bitten. Ich will euch das und mehr gewähren. Warum nennt ihr meinen Bruder nicht Gachmuret von Anjou? Anjou ist der Name meines Reiches, also soll man uns beide danach nennen.« Und der edle König fuhr fort: »Mein Bruder kann auch darüber hinaus meiner ständigen Hilfsbereitschaft sicher sein. Er sei mein Hausgenosse, und ich will vor euch allen eindeutig dartun, daß wir beide Kinder derselben Mutter sind. Hat er auch nur geringen Besitz, so habe ich ja Reichtum im Überfluß. Daran soll er seinen wohlbemessenen Anteil haben, damit ich mein Heil bei dem nicht aufs Spiel setze, der mit Recht nach seinem Ermessen gibt und nimmt.«

Als die mächtigen Fürsten allesamt erkannten, daß ihr Herr es aufrichtig meinte, war dies für sie ein Freudentag. Ein jeder verneigte sich tief vor ihm. Doch Gachmuret unterdrückte nun nicht länger die Stimme seines Herzens und sprach freundlich zum König: »Mein Herr und Bruder, ginge es mir darum, Euer oder eines anderen Hausgenosse zu werden, so hätte ich freilich für mein bequemes Leben gesorgt. Denkt aber wohlwollend und verständig daran, wie es um meinen Ruhm bestellt ist, und gewährt mir Euren Rat und Eure Hilfe, wie ich ihn mehren kann. Ich besitze nur meine Rüstung. Hätte ich doch darin schon Taten genug vollbracht, um weithin, wo man meiner gedenkt, Ruhm und Ansehen zu genießen!« Gachmuret fuhr fort: »Ich habe sechzehn Knappen, von denen nur sechs Rüstungen besitzen. Gebt mir noch vier Edelknaben, die gut erzogen und von vornehmer Abkunft sind. An allem, was ich erringe, sollen sie ihren wohlbemessenen Anteil haben. Ich will in die Welt hinausziehen, wie ich sie auch schon früher durchstreifte. Ist mir das Glück hold, so wird mir edler Frauen Gunst zuteil. Bin ich würdig genug, mit Ritterdienst darum zu werben, so will ich dies in rechter Treue tun; das ist meine wohlerwogene Absicht. Gott möge mich auf glückhafte Wege leiten! Vordem, als unser Vater Gandin noch Euer Reich beherrschte, sind wir gemeinsam ausgeritten und haben um der Frauengunst willen so manches gefährliche Abenteuer bestanden. Damals wart Ihr Ritter und Dieb zugleich, denn Ihr verstandet Neigung zu erdienen und sie zugleich vor aller Augen zu verbergen. Ach, könnte auch ich heimlichen Liebesbeweis erlangen! Wäre ich doch so gewandt wie Ihr in diesen Dingen, daß ich bei den Frauen uneingeschränkte Gunst fände!«

Der König seufzte und sprach: »Ach, daß meine Augen dich je erblickten; denn du hast mir mit diesen scherzhaften Worten das Herz zerrissen und wirst es noch mehr zerreißen, wenn du wirklich Abschied nimmst. Mein Vater hat uns doch beiden ein überreiches Erbe hinterlassen. Das soll zu gleichen Teilen dir und mir gehören; denn ich habe dich von

Herzen lieb. Nimm an glänzenden Edelsteinen, rotleuchtendem Gold, Bediensteten, Waffen, Pferden und Gewändern so viel, daß du deinen Wunsch erfüllen und ritterliche Freigebigkeit üben kannst. Hervorragende Manneskühnheit besitzt du ohnehin. Selbst wenn du zu Gylstram geboren oder aus Rinculat gekommen wärst, wollte ich dich doch stets und immer an meiner Seite wissen, denn du bist im wahrsten Sinne mein Bruder.«

»O Herr, Ihr rühmt mich, da es gute Erziehung und Sitte von Euch fordern. Nun laßt mir aber auch in gleichem Maße Euren Beistand zuteil werden. Wenn Ihr und meine Mutter die bewegliche Habe des Erbgutes mit mir teilen wollt, so wird mein Ansehen gewiß steigen. Doch mein Herz strebt nach Höherem. Ich weiß gar nicht, warum es sich so stürmisch regt und mir fast die Brust zersprengt. Ach, wohin wird mich mein Verlangen treiben? Wenn's mir beschieden ist, will ich's zu ergründen suchen. Doch nun ist die Stunde des Abschieds gekommen.«

Der König gab ihm alles und mehr, als er verlangt hatte. Fünf auserlesene, erprobte, mutige, kräftige und feurige Rosse gab er ihm, die besten im ganzen Reiche. Auch allerlei kostbare Goldgefäße und viele Goldbarren. Vier Saumschreine ließ ihm der König ohne Zögern oder Bedauern füllen, und es bedurfte vieler Edelsteine, bis sie randvoll waren. Die Knappen, die diese Arbeit verrichteten, waren trefflich gekleidet und beritten. Als Gachmuret aber vor seine Mutter trat, die ihn fest in die Arme schloß, forderte der Abschiedsschmerz sein Recht. Die gütige Frau sprach zu ihm: »Sohn König Gandins, willst du nun nicht länger bei mir bleiben? Ach, ich habe dich in meinem Leibe getragen, und du bist doch auch Gandins Sohn. Ist Gott erblindet oder ertaubt, daß er mich nicht erhört und mir seine Hilfe versagt? Soll mir denn wirklich neuer Schmerz beschieden sein? Meines Herzens Kraft und meiner Augen Glanz habe ich schon begraben. Wenn er, ein gerechter Richter, mich noch weiterhin berauben will, so ist gelogen, was man von seiner helfenden Liebe sagt, denn er vergißt mich ganz und gar.«

Da sprach der junge Herr von Anjou: »Herrin, Gott möge Euch über den Tod meines Vaters trösten! Wir beide wollen ihn von Herzen beklagen. Von mir wird Euch nie jemand eine Unheilsbotschaft bringen. Um meines Ansehens willen ziehe ich aus, in fremden Landen ritterliche Taten zu vollbringen. So ist es mir nun einmal bestimmt, Gebieterin.«

Die Königin sprach: »Lieber Sohn, da du dein Denken und Tun in den Dienst hoher Liebe stellen willst, so lehne nicht ab, wenn ich dich auch aus meinem Besitz für die Fahrt ausrüste. Laß deine Kämmerer vier schwere Saumschreine bei mir holen. Darin sind große, noch nicht zugeschnittene Seidenbahnen und kostbare Samtstoffe. Lieber Sohn, laß mich wissen, wann du wiederkommst. Damit wirst du mir große Freude machen.«

»Gebieterin, ich weiß nicht, in welches Land ich verschlagen werde. Doch wohin mich auch der Weg von Euch führt, Ihr habt edle Großmut an mir geübt und mich der Stellung eines Ritters gemäß ausgestattet. Auch der König hat mich in einer Weise verabschiedet, daß ich ihm dankbar zu Diensten sein werde. Ich bin gewiß, Ihr werdet ihn dafür um so mehr lieben, wie es mir auch ergehen mag.«

In der Geschichte heißt es, der furchtlose Held erhielt dank der liebevollen Zuneigung einer ihm vertrauten Frau außerdem Kleinodien im Werte von tausend Mark. Auch heute noch würde ein Jude diesen Betrag darauf leihen, ohne Gefahr dabei zu laufen. Dies sandte ihm seine liebevolle Freundin. Sein Ritterdienst trug ihm also der Frauen Liebe und Gunst ein, doch von Liebesleid wurde er nie erlöst.

Nun nahm der Held Abschied. Mutter, Bruder und Heimat sollte er freilich nie wiedersehen; für viele war das ein herber Verlust. Wer ihm nämlich je einen Gefallen erwiesen hatte, durfte auf seine volle Dankbarkeit rechnen; denn er schätzte jeden Dienst weit über Gebühr. Seine vornehme Erziehung ließ ihn gar nicht daran denken, daß die anderen dazu verpflichtet waren. Er war von lauterster Gesinnung. Doch wer sein eigenes Lob singt, dem schenkt man selten Glauben. Seine Gefährten und jene, die in fremden Landen Zeugen seiner Taten waren, sollten ihn rühmen, denn ihnen würde man Glauben schenken.

Gachmuret ließ sich stets vom Gebot rechten Maßhaltens leiten; andere Möglichkeiten nutzte er nicht. Von sich selbst machte er nicht viel Aufhebens; große Komplimente nahm er gelassen hin, und unüberlegter Übermut war ihm fremd. Eines freilich stand für den wackeren Jüngling fest: In keines gekrönten Hauptes Gefolgschaft, sei es König, Kaiser oder Kaiserin, wollte er sich einreihen, es wäre denn der Mächtigste auf Erden. Diesen festen Vorsatz trug er tief im Herzen. Nun hörte er, ein solch gewaltiger Herrscher lebe in Bagdad. Zwei Drittel der Erde oder mehr seien ihm untertan. Sein Ansehen unter den Heiden war so groß, daß man ihn den Baruc nannte.

Seine Macht wirkte selbst auf gekrönte Häupter so anziehend, daß viele Könige in seine Dienste traten. Die Würde des Baruc gibt es übrigens noch heute. Wie die Leitsätze christlichen Lebens, zu denen uns die Taufe verpflichtet, in Rom festgelegt werden, so werden dort die religiösen Lebensregeln der Heiden festgelegt. Sie nahmen in Bagdad ohne Widerrede ihren gleichsam päpstlichen Rechtsspruch entgegen, und der Baruc erteilte ihnen Ablaß für ihre Sünden.

Nun wollte der Baruc den zwei Brüdern von Babylon, Pompejus und Ipomidon, Ninive entreißen, das seit eh und je im Besitz ihrer Vorfahren gewesen war. Sie setzten sich natürlich nach Kräften zur Wehr. Gerade zu dieser Zeit traf der junge Herr von Anjou ein, und der Baruc erzeigte sich ihm sehr huldreich. Der edle Held Gachmuret trat also in seinen Dienst. Nun habt Verständnis dafür, daß er – als Fürst – andere Wappenzeichen wählte, als sie ihm sein Vater Gandin einst übergeben hatte. Als Symbol für seine Zukunftserwartungen führte der Edle fortan auf seiner Satteldecke einen Anker, der aus weißem Hermelinpelz geschnitten war. Die gleichen Wappenzeichen trug er auf Schild und Kleidung. Aus Seide, grüner als der Smaragd, etwa in der Farbe von Achmardi, war seine Reitdecke, und aus ebendiesem Stoff, kostbarer als Samt, ließ er Waffenrock und Umhang arbeiten. Alles wurde mit Ankern aus weißem Hermelin benäht und mit goldenen Kordeln verziert. Aber seine Anker fanden nirgends Grund, wurden nirgends festgemacht. Der edle Fremdling mußte die Last seines Wappens, das Ankerzeichen, durch viele Länder tragen, und nirgendwo gönnte er sich Rast oder Verweilen. Wie viele Lande er wohl durchritten oder auf Schiffen umfahren hat? Sollte ich euch die Antwort mit einem Schwur erhärten, so könnte ich nur mit meinem ritterlichen Ehrenwort versichern: so viele in dieser Geschichte überliefert sind! Einen anderen Zeugen habe ich nicht. Darin heißt es, daß seine Heldenkraft im ganzen Heidenland – in Marokko und in Persien – stets rühmlich die Oberhand behielt. Doch auch andernorts blieb seine Ritterfaust siegreich: so in Damaskus, in Aleppo, in ganz Arabien und vor der Stadt Arabie, kurz überall dort, wo ritterlicher Streit ausgetragen wurde. Am Ende gewann er solchen Ruf, daß ihm kein Held mehr entgegenzutreten wagte. Sein Ruhmbegehren griff unersättlich nach immer neuen Siegen, so daß der Kampfesruhm aller anderen Helden vor dem seinen verblaßte und zunichte wurde. Dies mußte jeder erfahren, der gegen ihn zum Zweikampf antrat. So genoß er in Bagdad schließlich den Ruf, seine Heldenkraft sei unbezwinglich.

Einst zog er aus Bagdad in das Königreich Zazamanc. Dort beklagte man allenthalben Isenhart, der sein Leben im Ritterdienst für eine Frau verloren hatte. Die liebliche, tugendreiche Belakane hatte ihn in den Tod getrieben. Und zwar brachte ihm die Liebe zu ihr den Tod, da sie ihm die ihre versagte. Dafür nahmen nun seine Verwandten Rache in offener Fehde und durch Überfälle aus dem Hinterhalt. Sie bedrängten die Herrscherin mit einem großen Heer, gegen das sie sich unverzagt zur Wehr setzte. Zu dieser Zeit kam Gachmuret in ihr Land, das zudem der Schotte Friedebrant mit seinem Schiffsheer noch verwüstet hatte, ehe er abzog.

Doch hört zunächst, wie es unserem Ritter unterwegs ergangen war. Ein Seesturm, dem er mit knapper Not entronnen war, hatte ihn an die Küste des Landes getrieben. Er segelte also in den Hafen, gerade vor den Palast der Königin, von dem aus viele Augen auf ihn herabsahen. Als er seine Blicke umherschweifen ließ, standen da viele Zelte, die – außer von der Seeseite – die Stadt rings umschlossen. Zwei gewaltige Heere hatten ihre Lager aufgeschlagen. Nun ließ er Erkundigungen einziehen, wem die befestigte Stadt gehöre; denn weder er noch jemand seiner Schiffsbesatzung hatten je von ihr vernommen. Man ließ seine Boten wissen, sie wären in Patelamunt. Diese Antwort gab man höflich und freundlich, und die Belagerten beschworen ihn bei ihren Göttern, ihnen beizustehen. Sie bedürften dringend der Hilfe, denn es ginge für sie in diesem Kampfe um Leben und Tod. Als der junge Herr von Anjou von ihrer schweren Bedrängnis erfuhr, bot er – wie dies bei Rittern ja üblich ist – seinen Dienst gegen entsprechenden Sold an. Er wolle sich aber auch für eine andere Belohnung dem Grimm ihrer Feinde entgegenstellen. Da sprachen verletzte und unverwundete Ritter wie aus einem Munde, ihm sollten in diesem Fall ihr ganzes Gold und all ihre Edelsteine gehören. Alles sollte ihm gehören, auch wolle man ihn mit größter Gastfreundschaft aufnehmen. Nun war freilich Gachmuret kaum auf Gold angewiesen; denn er hatte aus Arabien viele Goldbarren mitgebracht. Auch waren die Bewohner von Zazamanc dunkel wie die Nacht, so daß ihm ein Aufenthalt nicht eben sehr verlockend schien. Dennoch entschloß er sich zu bleiben, und man rechnete es sich zur Ehre an, ihm die beste Unterkunft einzuräumen. Die Edelfrauen indes lehnten immer noch in den Fenstern und verfolgten seinen Einzug. Sie betrachteten aufmerksam seine Knappen und seine Rüstung mit ihren Verzierungen.

Der großzügige Held hatte seinen schneeweißen Schild mit zahlreichen Zobelfellen schmücken lassen, in denen der Marschall der Königin einen großen Anker zu erkennen meinte. Dieser Anblick erfüllte ihn mit Zuversicht; denn er glaubte, diesen Ritter oder sein Ebenbild schon einmal gesehen zu haben, und zwar in Alexandrien, als es vom Baruc belagert wurde. Damals hatte der Held alle Gegner ruhmreich überwunden.

So ritt denn unser hochgestimmter Ritter gemächlich in die Stadt hinein. Zehn Lasttiere ließ er beladen und durch die Gassen vorantraben. Ihnen folgten zwanzig Knappen. Doch vorher noch konnte man sein Dienstvolk betrachten; denn Pagen, Köche und Küchenknaben hatten sich an die Spitze des Zuges gesetzt. Stattlich war sein Gefolge: zwölf Edelknaben, wohlerzogen und von bestem Benehmen – unter ihnen einige Sarazenen –, schlossen sich den Knappen an. Darauf folgten acht Rosse mit kostbaren Seidendecken. Das neunte war mit des Ritters Sattelzeug beladen. Neben ihm trug ein stattlicher Knappe den schon erwähnten Schild des Ritters. Im Anschluß daran ritten die unentbehrlichen Posaunenbläser. Ein Tamburinschläger schlug sein Instrument und warf es zuweilen hoch in die Luft. Dies aber genügte unserem Helden noch nicht; denn nun folgten Flötenspieler und drei kunstreiche Fiedler. Sie alle ritten ohne jede Hast daher. Der Ritter selbst ritt mit seinem erfahrenen, weitberühmten Steuermann am Ende des Zuges.

Die gesamte Bevölkerung der Stadt, Frauen und Männer, bestand aus Mohren und Mohrinnen. Unser Edelmann sah viele zerborstene, von Lanzen arg durchstoßene Schilde an Hauswänden und Türen hängen. Wehklagen und Schmerzensschreie waren zu hören, denn man hatte die Verwundeten, bei denen ärztliche Kunst vergebens und Genesung nicht zu erwarten war, der Kühlung wegen in die offenen Fenster gelegt. Man sah es ihnen an, daß sie sich mit den Feinden gemessen hatten. So ergeht es eben denen, die nicht weichen wollen. Viele Pferde, von Lanzenstößen und Schwerthieben verletzt, wurden ihm entgegengeführt. Der Weg aber war beiderseits von dunklen Schönen gesäumt, schwarz wie die Raben.

Sein Gastgeber empfing ihn herzlich, was ihm später erfreulichen Lohn eintrug. Er war übrigens ein kraftvoller Held, der manchen Stich und Hieb ausgeteilt hatte, da er eins der Tore verteidigte. Gachmuret fand bei ihm zahlreiche Ritter mit verbundenen Armen und wunden Köpfen. Sie waren nur leicht verletzt, so daß sie noch genügend Kraft hatten und kämpfen konnten.

Der Burggraf der Stadt bat seinen Gast liebenswürdig, nach Belieben über ihn selbst und seinen Besitz zu verfügen. Er führte ihn zu seiner Gemahlin, die Gachmuret mit einem Kuß willkommen hieß, was diesem allerdings wenig Vergnügen machte. Darauf bewirtete man ihn mit einem kleinen Mahl. Dann begab sich der Marschall sogleich zur Königin, die ihm für die gute Nachricht reichen Botenlohn gewähren sollte. Er sprach: »Gebieterin, all unsere Bedrängnis hat sich in Freude verwandelt. Der Mann, den wir eben willkommen hießen, ist solch hervorragender

Ritter, daß wir unseren Göttern, die ihn zu uns führten und sich unser damit hilfreich angenommen haben, zeit unseres Lebens dafür danken müssen.«

»So sage mir doch bei deiner Treue, wer dieser Ritter ist!«

»Gebieterin, er ist ein vortrefflicher Held, ein Kriegsmann des Baruc, ein Herr von Anjou aus hohem Geschlecht. Wenig schont er sein Leben, wenn man ihn erst auf die Feinde eindringen läßt! Wohlüberlegt greift er im Kampfe an und löst sich wieder vom Feinde, wenn er ihm arge Verluste beibringen konnte. Ich sah ihn glänzend fechten, als die Babylonier Alexandrien entsetzten und den Baruc unter Aufbietung aller Kräfte vertreiben wollten. In diesem Kampfe, der für sie mit einer Niederlage endete, wurden viele von ihnen niedergehauen. Dabei verrichtete dieser ausgezeichnete Held solche Taten, daß sich seine Feinde nur noch durch die Flucht retten konnten. Zudem habe ich gehört, daß sein Kampfesruhm schon über viele Länder verbreitet ist und den Ruhm aller anderen Helden überstrahlt.«

»So richte es auf irgendeine Weise ein, daß ich hier im Palast mit ihm sprechen kann. Diesen Tag über haben wir ja Waffenruhe. Also kann der Held ohne weiteres zu mir heraufreiten. Oder sollte ich mich vielleicht zu ihm hinabbegeben? Seine Hautfarbe ist allerdings anders als die unsere. Ach, hoffentlich nimmt er keinen Anstoß daran! Vorher möchte ich jedoch mit meinen Ratgebern sprechen und Klarheit darüber gewinnen, ob ich ihn mit allen Ehren empfangen soll. Wie soll ich mich verhalten, wenn er sich dazu entschließt, vor mein Angesicht zu treten? Ist er mir denn soweit ebenbürtig, daß ich ihm den Willkommenskuß bieten darf?«

»Gebieterin, er stammt aus königlichem Geschlecht, dafür will ich mich voll verbürgen. Ich will auch, Gebieterin, Eure Fürsten wissen lassen, daß sie kostbare Kleidung anlegen und hier bei Euch bleiben sollen, bis wir hergeritten kommen. Und weist bitte Eure Hofdamen ebenso an. Ich reite nun hinunter, um den edlen Gast zu Euch zu bringen, dem es bisher an einnehmendem Wesen nicht gefehlt hat.«

Und so geschah es auch. Der Marschall erfüllte ohne Zögern die Bitte seiner Königin. Eilends brachte man Gachmuret prächtige Gewänder, die – wie ich hörte – äußerst kostbar waren, und die legte er an. Auf seinen Wunsch waren reichgestickte Anker aus arabischem Gold angebracht. Darauf schwang sich unser Held, der Liebenswürdigkeit wohl zu lohnen wußte, auf sein Roß, das ein Babylonier einst im Zweikampf gegen ihn geritten hatte. Den hatte er so wuchtig vom Pferde gestochen, daß ihm der Fall übel bekommen war. Begleitete ihn sein Gastgeber? Natürlich, und zwar mit seinem ganzen ritterlichen Gefolge, und er tat das gern. Vor dem Palast der Königin, in dem sich inzwischen viele prächtig gekleidete Ritter eingefunden hatten, saßen sie ab. Gachmuret voran schritten seine Pagen, von denen sich immer zwei bei den Händen hielten. Als ihr Herr in den Saal trat, sah er viele Damen, herrlich gekleidet. Als die mächtige Königin den Herrn von Anjou erblickte, erfüllte brennende Sehnsucht ihr Herz. Er bot einen so herrlichen Anblick, daß er – es mochte ihr angenehm sein oder nicht – ihr Herz der Liebe öffnete, das weibliches Schamgefühl bisher verschlossen gehalten hatte. Sie ging ihm einige Schritte entgegen und bat ihn um den Willkommenskuß. Dann ergriff sie seine Hand und führte ihn zu der Seite, die dem feindlichen Lager zugekehrt war. Dort ließen sie sich in einem weitgeschwungenen Fenster auf einer gesteppten Samtdecke nieder, die über ein weiches Polster gebreitet war. Die Hautfarbe der Königin übertraf das Tageslicht wahrhaftig nicht. Wohl war sie von fraulichem Wesen und feingebildet, doch nicht wie die taubenetzte Rose, denn sie war tiefschwarz. Ihre Krone war aus einem leuchtenden Rubin gefertigt, der ihr Haupt durchschimmern ließ. Die Hausherrin versicherte ihrem Gast, sie sei über seine Ankunft sehr erfreut: »Herr, man hat mir von Euren ritterlichen Vorzügen berichtet. Ich vertraue auf Eure Erziehung und bitte Euch um Nachsicht, wenn ich Euch jetzt die Not klage, die mir das Herz beschwert.«

»Meiner Hilfe seid sicher, Gebieterin. Was Euch bedroht hat oder noch bedroht, soll durch meine Hand abgewendet werden. Sie soll Euch zu Diensten sein. Ich bin nur ein einzelner Ritter, doch jeder, der Euch etwas antat oder antun will, soll auf meinen Schild stoßen. Aber das wird auf die Feinde wenig Eindruck machen.«

Höflich mischte sich einer der Fürsten ins Gespräch: »Wenn wir nur einen erfahrenen Anführer hätten, so sollte es unseren Feinden nun, da Friedebrant wieder in See gestochen ist, schlecht genug ergehn. Der muß sich jetzt um die Befreiung seines eigenen Landes kümmern; denn die Angehörigen König Hernants, den er Herlindes wegen erschlug, machen ihm schwer zu schaffen und kennen keine

Grenzen in ihrer Rachsucht. Einige tapfere Helden hat er allerdings zurückgelassen, so Herzog Hüteger samt Gefolge, dessen Rittertaten uns hohe Verluste zugefügt haben. Sie kämpfen gewandt und stark. Ferner liegt Gaschier von der Normandie, der edle und wohlerfahrene Streiter, vor der Stadt, der viele Krieger heranführte. Noch zahlreicher sind die Ritter Kaylets von Hoskurast; unter ihnen ist manch grimmer Fremdling. All die genannten und andere Streiter dazu hat der Schottenkönig Friedebrant mit seinen Verbündeten ins Land gebracht. Im Westen, zum Meeresufer hin, lagert das trauernde Heer Isenharts. Seit ihr Herrscher im Kampf gefallen ist, sah man keinen Streiter dieses Heeres, der nicht tiefsten Gram erkennen ließ. Ihre Tränen fließen reichlich aus gebrochenem Herzen.«

Mit ritterlichem Anstand wandte sich der Gast nun an die Hausherrin: »Erklärt mir doch bitte, warum man Euch so grimmig mit Waffengewalt heimsucht. Ihr verfügt doch über viele kühne Streiter, und es bekümmert mich, daß der Haß der Feinde sie verfolgt und ihnen allenthalben zu schaden trachtet.«

»Ich will es Euch sagen, edler Herr, da Ihr es wünscht. Mir diente einmal ein vornehmer Ritter. Er war wie ein Zweig, der die Blüten aller männlichen Vorzüge trug. Er war tapfer und klug, in seiner Treue so fest wie ein angewachsener Fruchtschößling. An vornehmer Erziehung übertraf er alle anderen Ritter, dazu war er keuscher als eine Frau. Kühnheit und Kraft besaß er, und nirgends tat es ihm an Freigebigkeit je ein Ritter gleich – was nach uns sein wird, weiß ich ja nicht, darüber mögen andere urteilen. Von schlechtem Benehmen wußte er nichts. Er war von schwarzer Hautfarbe, ein Mohr wie ich. Sein Vater, gleichfalls hochberühmt, war Tankanis. Isenhart hieß mein Geliebter, und mein Frauentum war schlecht beraten, als ich seinen Dienst hinnahm, ohne ihm das ersehnte Glück zu gewähren. Das muß ich nun zeit meines Lebens beklagen. Seine Verwandten glauben, ich sei an seinem Tode schuld, doch ich bin Verrats nicht fähig, sosehr mich die Seinen dessen auch beschuldigen. Meine Liebe zu ihm war größer als die ihre. Dafür habe ich auch Zeugen, mit deren Hilfe ich meine Worte beweisen will. Meine und seine Götter wissen recht wohl die volle Wahrheit. Um seinetwillen muß ich viel Kummer leiden. Meine schamhafte weibliche Art brachte mich dazu, seinen Liebeslohn hinauszuschieben und meinen Schmerz zu verlängern. Meine jungfräuliche Reinheit trieb den Helden dazu, in ritterlichem Streit hohen Ruhm zu erringen. Schließlich wollte ich erproben, ob er würdig sei, mein Geliebter zu werden. Das stellte sich auch bald heraus, denn um meinetwillen gab er in der Tat seine gesamte ritterliche Kriegsausrüstung hin. – Das dazugehörige Zelt, groß wie ein Palast, brachten die Schotten hier auf den Plan. – Als er alles fortgegeben hatte, achtete er wie in Lebensüberdruß nicht mehr auf sein Leben. Ohne Rüstung stürzte er sich in manches Abenteuer, so daß ihm schließlich Unglück widerfahren mußte. Einst ritt der tapfere Fürst Prothizilas aus meinem Gefolge auf Abenteuer aus, was ihn teuer genug zu stehen kommen sollte. Er trug im Wald von Azagouc mit einem kühnen Helden einen Zweikampf aus. Dabei fand er sein Ende, doch auch sein Gegner wurde getötet, und dieser Gegner war Isenhart, mein Geliebter. Sie rannten sich gegenseitig die Lanzen durch Schild und Leib. Noch heute beweine ich arme Frau dies Unheil; ständig schmerzt mich der Tod beider Männer. Aus meiner Treue erblüht nur Jammer; noch nie gab ich mich einem Manne zu eigen.«

In diesem Augenblick wollte es Gachmuret scheinen, als hätte solch ehrbar treue Frauenwürde noch nie im Herzen einer Frau gewohnt, wenn sie auch eine Heidin war. Ihre Tugend, die Tränen, die ihre Wangen netzten, aus ihren Augen stürzten und sich über ihre zobelbedeckte Brust ergossen, waren eine vollgültige Taufe. Ständige Wiederholung ihres Schmerzes war ihr zu qualvoller Lust geworden, zu einer wahren Schule des Leides. Und sie fuhr fort: »Übers Meer kam der Schottenkönig mit seiner Streitmacht und überfiel mich mit Krieg; denn er war Isenharts Vetter. Freilich konnten sie mir, ich gestehe es, nicht mehr Schaden zufügen, als ich durch Isenharts Tod schon erlitt.«

Manch Seufzer entrang sich der Herrscherin, doch unter Tränen warf sie oft genug heimliche, verschämte und freundliche Blicke auf Gachmuret. Ihre Augen sagten dem Herzen bald, daß er ein schöner Mann sei. Auch die helle Hautfarbe war ihr nicht ungewohnt; denn sie hatte schon früher manchen hellhäutigen Heiden kennengelernt. So erwachte unversehens in beiden ein inniges gegenseitiges Verlangen, und sie konnten die Blicke nicht mehr voneinander lösen.

Bald darauf ließ sie den Abschiedstrunk bringen. Hätte sie's wagen dürfen, wär's wohl unterblieben. Es bedrückte sie freilich, daß der Abschied nicht länger hinausgeschoben werden konnte; denn nun mußten sich auch die anderen Ritter zurückziehen, die sich gern länger mit den Damen unterhalten hätten. Doch sie war ihm schon ganz und gar ergeben, wie auch er ihr bereits sein Herz geweiht hatte, und so war sein Leben zugleich das ihre. Da erhob er sich und sprach: »Gebieterin, ich falle Euch zur Last. Ich halte mich schon zu lange bei Euch auf. Das zeugt nicht eben von Höflichkeit und Takt. Eure große Bedrängnis erregt meine Teilnahme und meinen Wunsch, Euch zu dienen. Verfügt über mich, Gebieterin! Mein rächender Arm trifft jedes Ziel, das Ihr ihm weist. Jeden Dienst, den Ihr von mir fordert, will ich leisten!«

Sie aber sprach: »Herr, das glaub ich Euch gern.«

Sein Gastgeber, der Burggraf, war dann bemüht, Gachmuret etwas die Zeit zu kürzen. Er fragte ihn, ob er wohl einen Spazierritt unternehmen wolle. »Seht Euch dabei die Kampfstätten an und wie wir unsere Tore bewachen!« Gachmuret, der tapfere Streiter, entgegnete, er wolle gern den Schauplatz der ritterlichen Kämpfe sehn. Viele kampffreudige Ritter, darunter erfahrene Männer und junge, unerprobte Streiter, begleiteten zu Pferd den Helden. Sie führten ihn ringsum zu den insgesamt sechzehn Toren und berichteten, keines davon würde geschlossen, »seit man Isenharts Tod an uns wütend rächt. Nachts wie tags wogte der Kampf unentschieden hin und her. Seitdem blieben die Tore geöffnet. Vor acht Toren treten uns die Streiter des treuen Isenhart zum Kampf entgegen und haben uns schon arge Verluste zugefügt. Sie kämpfen verbissen, die edlen Fürsten, die Streiter des Königs von Azagouc.« Vor jedem Tor flatterte über den mutigen Kampfesgruppen eine hell leuchtende Fahne. Darauf war ein Ritter zu sehen, von einer Lanze durchbohrt, so wie einst Isenhart sein Leben verlor. Dieses Bild hatte sein Heer zum Wappenzeichen gewählt.

»Um den Schmerz unserer Gebieterin zu beschwichtigen, tun wir folgendes: Unsere Fahnen tragen ihr Bild, das zwei Finger zum Schwur erhebt als Zeichen dafür, daß ihr noch nie solch Leid widerfuhr wie damals, als Isenhart den Tod fand, was meiner Gebieterin wahrhaft tiefes Herzeleid bereitet hat. Seit wir den Sinn des Zeichens unserer Gegner erkannt haben, tragen also unsere Fahnen das Bild der Königin, Frau Belakanes, aus schwarzem Stoff geschnitten und mit weißem Samt bekleidet. Ihr Schmerz bekräftigt nur um so mehr ihre Treue. Hoch über diesen acht Toren flattern unsere Fahnen. Vor den anderen acht Toren aber bedrängt uns das Heer des stolzen Friedebrant, eine christliche Streitschar von jenseits des Meeres. Jedes Tor wird von einem Fürsten geschützt, der unter seinem Banner Ausfälle unternimmt und sich zum Kampfe stellt. Dabei konnten wir einen Grafen Gaschiers gefangennehmen, der uns hohes Lösegeld bietet. Er ist Kaylets Neffe und muß nun für allen Schaden einstehen, den jener uns zufügt. Solch glücklicher Fang gelingt uns freilich selten. Seht, zwischen dem Stadtgraben und ihren Zelten liegt ein schmales Wiesenstück und eine Sandebene, etwa dreißig Anlaufstrecken lang. Dort werden viele ritterliche Lanzenkämpfe ausgetragen.«

Sein Gastgeber fuhr in seinem Bericht fort: »Unter unseren Gegnern ist ein Ritter, der sich täglich regelmäßig zum Lanzenkampf einstellt. Sollte er im Dienst seiner Dame, die ihn hersandte, den Tod finden, was hätten ihm seine tollkühnen Herausforderungen eingebracht? Es ist der stolze Hüteger, über den ich noch etwas mehr sagen will. Seit wir belagert werden, fand sich der verwegene Held jeden Morgen kampfbereit am Tor vor dem Palast ein. Er durchstach manchen unserer Schilde, und so hat man viele Kleinodien dieses tapferen Gegners davongeführt, die von den Turnierausrufern, die sie aus den Schilden lösten, als sehr kostbar erklärt wurden. Auch hat er viele unserer Ritter niedergeworfen. Bewundernden Augen zeigt er sich recht gern, und sogar unsere Damen preisen ihn. Und wes Ruhm die Frauen singen, der wird überall gerühmt; Lob und Lust sind ihm gewiß.«

Inzwischen hatte die müde Sonne ihren Glanz hinter ihren Lidern verborgen, und der Ausritt mußte beendet werden. Der Gast ritt mit seinem Gastgeber und fand das Abendessen schon zubereitet. Darüber muß ich euch noch etwas sagen. Es wurde mit Anstand aufgetragen; man bediente sie genauso, wie es den Vorschriften ritterlicher Lebensführung entspricht. Überraschend trat die mächtige Königin im Glanz ihrer Schönheit an Gachmurets Tisch, der mit Reiherbraten und Fisch bedeckt war. Sie war gekommen, um persönlich darüber zu wachen, daß man ihn gut bewirte. Ihre Jungfrauen begleiteten sie. Zu Gachmurets Bestürzung kniete sie an seiner Seite nieder und schnitt dem Ritter die Speisen eigenhändig mundgerecht; denn die Herrscherin freute sich dieses Gastes. Auch den Trunk kredenzte sie ihm und war um sein Wohl besorgt. Er begriff den Sinn ihres Tuns und ihrer Worte gar wohl. Nun saßen aber am einen Ende des Tisches seine Spielleute, am anderen sein Kaplan. Voll Beschämung sah er daher die

Herrscherin an und sprach sehr verlegen: »So ehrenvolle Behandlung, wie Ihr sie mir zuteil werden laßt, o Gebieterin, habe ich zeit meines Lebens nicht erfahren. Hätte ich Euer Tun bestimmen dürfen, so hätte ich heute abend eine Aufnahme erfahren, wie ich sie verdiene, und Ihr wäret nicht hergeritten. Wenn ich Euch bitten darf, Gebieterin, so wollt mich nicht mit hohen Ehren überhäufen; Ihr habt mir schon zu viele erwiesen.«

Sie ließ sich auch nicht abhalten, zu seinen Knappen zu gehen und sie zu tüchtigem Zulangen aufzufordern, und tat das, um ihren Gast zu ehren. Die Edelknaben waren sehr eingenommen von der Königin. Danach unterließ es die Herrscherin nicht, sich zum Sitz des Gastgebers und seiner Gemahlin, der Burggräfin, zu begeben. Die Königin hob den Pokal und sprach: »Laß dir unseren Gast, der dein Haus beehrt, wohl anbefohlen sein. Darum möchte ich euch beide bitten.« Sie verabschiedete sich und trat noch einmal zu ihrem Gast, dessen Herz schon von Liebe zu ihr beschwert war. Doch ihr war gleiches widerfahren. Das verrieten ihr Herz und ihre Augen, die ja am stärksten beteiligt sind. Mit zurückhaltendem Anstand sprach die Herrscherin zu ihm: »Befehlt, Herr! Was Ihr auch wünscht, sei Euch gewährt, denn Ihr verdient es. Doch nun laßt mich Abschied nehmen. Wenn Ihr hier alles nach Wunsch und Behagen findet, wird es uns sehr freuen.« Die Leuchter, auf denen man vier Kerzen vor ihr hertrug, waren aus Gold, und sie ritt dahin zurück, wo es noch viele solcher Leuchter gab.

Die geblieben waren, beendeten nun ihr Mahl. Unser Held war traurig und froh: froh über die hohe Ehrung, die ihm zuteil geworden; doch bedrängte ihn andererseits quälendes Weh. Das war die starke Liebe, die auch den stolzesten Sinn beugt.

Die Burggräfin zog sich sogleich zurück, und für unseren Helden wurde eilends das Lager bereitet. Beim Abschied sprach der Gastgeber zu seinem Gast: »Ich wünsche Euch einen guten Schlaf. Ruht Euch gut aus, denn morgen werdet Ihr's brauchen!« Danach entließ er seine Hausgenossen. Die Betten für Gachmurets Junker hatte man, wie er es gewohnt war, rings um das seine angeordnet, wobei die Kopfenden seinem Lager zugekehrt waren. Mächtige, strahlende Kerzen erleuchteten den Raum. Doch unsern Helden verdroß, daß die Nacht so lang war. Der Gedanke an die dunkelhäutige Mohrin, die Königin des Landes, raubte ihm zuweilen fast die Besinnung. Wie eine Weidenrute wand er sich ruhelos hin und her, so daß vor Anspannung alle seine Glieder knackten. Nach Kampf und Liebe verlangte es ihn heiß. Nun wünscht ihm nur, daß sein Verlangen in Erfüllung gehe. Sein Herz, von ritterlichem Kampfbegehren geweitet, pochte so heftig, daß seine Schläge zu hören waren. Die Brust des Helden dehnte und spannte sich wie die Sehne auf der Armbrust. Zu heftig plagte ihn seine Begierde.

So lag unser Ritter schlaflos, bis er das Morgengrauen gewahrte. Sogleich ließ er seinen Kaplan die Frühmesse vorbereiten, der sie dann Gott zu Ehren und Gachmuret zum Heile sang. Danach trug man schleunigst seine Rüstung herbei, worauf er ungesäumt zum Kampfe ritt. Er schwang sich auf ein Roß, das in raschem Sprung feurig vorpreschen, aber auch, dem Zügeldruck gehorchend, gewandt die Kehre vollziehen konnte. Man sah, wie er hoch auf dem Helm seinen Anker dem Tor entgegenführte. Frauen und Männer beteuerten, nie solch glänzenden Ritter erblickt zu haben. Er gliche geradezu ihren Göttern. Gewaltige Lanzen trug man ihm nach.

Und wie war sein Waffenschmuck? Sein Pferd trug eine Panzerdecke, die es vor Schwerthieben schützte. Darüber lag eine zweite, leichtere Decke aus grünem Samt. Auch Waffenrock und Überwurf waren aus grünem, in Arabie gewebtem Achmardi. Ihr könnt mir glauben: seine Schildriemen bestanden aus bunter, mit kostbaren Edelsteinen geschmückter Borte. Der Schildbuckel war aus rotem, im Feuer geläuterten Gold. Auch harter Kampf wurde ihm nicht schwer, denn er tat seinen Ritterdienst um Liebeslohn. Die Königin saß bereits inmitten ihrer Hofdamen an einem Fenster. Und siehe da: Wo er bisher stets gesiegt hatte, wartete auch schon Hüteger. Als er den unbekannten Ritter auf sich zugaloppieren sah, dachte er bei sich. ›Wann und wie ist denn dieser Franzose hergekommen? Wer hat wohl den kühnen Streiter gesandt? Wenn ich den für einen Mohren hielte, wäre ich wahrlich von allen guten Geistern verlassen!‹

Beide trieben nun ihre Pferde, die schon aufeinander zustrebten, mit den Sporen aus dem leichten in den gestreckten Galopp. Beide gaben ein rechtes Beispiel ritterlicher Kraft und schenkten einander nichts beim Zusammenprall. Die Lanze des tapferen Hüteger zersplitterte, so daß die Holzstückchen hoch durch die Luft wirbelten. Er selbst aber wurde von seinem Gegner hinters Roß auf den Rasen geschleudert. So etwas war ihm bisher noch nicht widerfahren. Gachmuret sprengte auf ihn los und ritt ihn nieder. Hüteger raffte sich zwar mehrmals auf und suchte sich zu wehren, doch in seinem Arm stak die Lanze Gachmurets. Der forderte ihn auf, sich zu ergeben, und so hatte Hüteger schließlich seinen Meister gefunden.

»Wer hat mich besiegt?« fragte der tapfere Streiter.

Der Sieger im Kampf antwortete: »Ich bin Gachmuret von Anjou!«

Darauf erwiderte jener: »Ich ergebe mich dir!«

Gachmuret nahm sein Unterwerfungsgelöbnis entgegen und sandte ihn dann in die Stadt. Natürlich wurde von den Damen, die zugesehen hatten, sein Lob in allen Tönen gesungen.

Jetzt eilte Gaschier von der Normandie herbei, ein kraftvoller, stolzer Held und gefährlicher Lanzenkämpfer. Der treffliche Gachmuret war schon zum nächsten Zweikampf bereit. Seine Lanze hatte einen starken Schaft und eine breite Spitze. Als nun die beiden Gegner aufeinanderstießen, zeigte sich Gachmurets Überlegenheit. Gaschier wurde beim Zusammenprall samt seinem Roß zu Boden geschleudert und – mochte es ihm nun gefallen oder nicht – zur Ergebung gezwungen. Da sprach unser Kampfesheld Gachmuret: »Gebt mir Eure Hand, die hier so tapfer gestritten hat, auf Ehrenwort! Reitet dann zurück zum schottischen Heer und heißt es, uns mit weiteren Feindseligkeiten zu verschonen! Dann folgt mir in die Stadt!« Seinem Gebot wurde in allen Punkten Folge geleistet, und die Schotten mußten den Kampf einstellen.

Da aber kam Kaylet herangeritten. Vor ihm wich Gachmuret zurück, denn er war sein Vetter. Warum sollte er ihm Leid zufügen? Lange genug rief der Spanier ihm freilich seine Herausforderungen nach. Auf dem Helm trug er als Wappenzier einen Strauß. Geschmückt war dieser Held – wie ich berichten muß – mit einem langwallenden Seidenmantel. Laut tönten die Glöckchen seines Zaumzeugs und kündeten weit in der Runde die Ankunft des Recken, einer Blüte männlicher Schönheit. Solch blühender Schönheit erfreuten sich später nur noch Beacurs, der Sohn Lots, und Parzival. Die waren damals freilich noch nicht geboren, galten aber zu ihrer Zeit als besonders schön.

Gaschier ergriff Kaylets Pferd beim Zügel: »Meiner Treu, wenn Ihr's mit dem Herrn aus Anjou dort aufnehmt, wird Eure Kampfeswut bald abgekühlt sein. Ich mußte mich ihm ohne Vorbehalt ergeben. Nehmt daher, lieber Herr, meinen Rat und meine Bitte sehr ernst. Ich habe Gachmuret versprochen, euch alle zur Waffenruhe zu bewegen; dies mußte ich ihm in die Hand geloben. Laßt also mir zuliebe von Eurem Kampfbegehren, sonst werdet auch Ihr im Zweikampf seine überlegene Kraft spüren.«

Da sprach König Kaylet: »Wenn der Ritter dort mein Vetter Gachmuret, Sohn König Gandins, ist, dann verzichte ich auf den Kampf gegen ihn. Gebt die Zügel wieder frei!«

»Ich lasse sie nicht eher los, bis ich Euer Haupt ohne Helm sehe; meines ist jetzt noch betäubt.« Da band Kaylet seinen Helm los und nahm ihn ab.

Gachmuret mußte allerdings noch weitere Kämpfe bestehen. Es war schon spät am Vormittag. Die Stadtbewohner freuten sich, diesen Kämpfen zuzusehen, und stiegen schleunigst auf die Mauergänge der Verteidigungswerke. Gachmuret schien ihnen wie ein Vogelnetz: Was darunter geriet, wurde gefangengenommen. Der Edle hatte mittlerweile – wie mir berichtet wird – ein anderes Roß bestiegen. Das flog nur so dahin und zeichnete sich zweifach aus: beim Angriff zeigte es sich kampfeskühn, aber auch zurückhaltend und besonnen. Was Gachmuret auf dessen Rücken vollbrachte, kann ich nur größte Kühnheit nennen: er ritt nämlich weiter bis dahin, wo, westlich der Stadt am Meere, das Heer der feindlichen Mohren lagerte; dort nahm er Aufstellung.

Einer ihrer Fürsten hieß Razalic. Er war der mächtigste Mann im Lande Azagouc und ließ keinen Tag vergehen, ohne zum Lanzenkampf vor die Stadt zu reiten. Er machte damit seiner Abkunft alle Ehre, denn er stammte aus königlichem Geschlecht. Nun aber setzte der Held von Anjou seine Kraft matt. Das beklagte die schwarze Edelfrau, die Razalic auf diesen Kampfplatz gesandt hatte. Ohne Aufforderung reichte ein Knappe seinem Herrn Gachmuret eine Lanze mit einem Schaft aus Bambusrohr. Damit schleuderte er den Mohren hinters Pferd in den Sand. Ohne ihm Zeit zur Besinnung zu lassen, zwang er ihn zur Ergebung. Damit war der Krieg beendet, und Gachmuret hatte großen Ruhm errungen. Als er sah, daß dennoch hinter acht fliegenden Fahnen Heerhaufen gegen die Stadt vorrückten, bat er den kühnen, jedoch unterlegenen Razalic, sie unverzüglich umkehren zu lassen und ihm dann in die Stadt zu folgen. Razalic mußte sich fügen.

Auch Gaschier traf in der Stadt ein. Erst seine Ankunft zeigte Gachmurets Gastgeber an, daß sein Gast zum Kampf ausgeritten war. Daß der vor lauter Verdruß nicht wie ein Strauß Eisenstücke und große Kieselsteine verschlang, lag einzig daran, daß er nichts dergleichen zur Hand hatte. Er knurrte vor Zorn, ja er brüllte wie ein Löwe, raufte sich die Haare und rief: »Wie unglaublich dumm habe ich mich trotz meines Alters benommen! Die Götter sandten mir einen kühnen und würdigen Gast ins Haus. Mußte er allein die überschwere Last des Kampfes tragen, so ist mein Ansehen ein für allemal dahin! Was sollen mir nun noch Schild und Schwert? Wer mich an diesen Tag erinnert, wird mir mit gutem Grund die Ehre absprechen dürfen.«

Er verließ die Seinen und sprengte in größter Hast zum Stadttor hin. Da kam ihm auch schon ein Knappe entgegen, der einen Schild schleppte, der außen und innen das Bild eines von einer Lanze durchbohrten Ritters trug, also offenkundig aus Isenharts Reich stammte. Dazu trug er einen Helm und das Schwert, das Razalic mutig im Zweikampf geschwungen hatte. Das hatte man dem tapferen dunkelhäutigen Heiden abgenommen, dessen Ruhm groß und weit verbreitet war. Falls er später ungetauft gestorben ist, möge sich des mutigen Helden jener erbarmen, dessen Allgewalt alles vermag.

Als der Burggraf diese Trophäen sah, empfand er so große Freude wie nie zuvor. Er erkannte die Wappenzeichen und stürmte durch das Tor. Dort erblickte er seinen jugendlichen Gast, der auf weitere Zweikämpfe wartete. Da ergriff sein Gastgeber Lachfilirost die Zügel seines Streitrosses und zog ihn mit Gewalt zur Stadt zurück, so daß er an diesem Tage niemanden mehr aus dem Sattel heben konnte. Burggraf Lachfilirost Schachtelakunt sprach zu ihm: »Herr, sagt mir doch, ob Ihr tatsächlich Herrn Razalic bezwungen habt? Dann ist unser Land fortan sicher vor allen kriegerischen Überfällen. Er ist der Anführer all dieser Mohren, der Streiter des treuen Isenhart, die uns dieses Elend aufgebürdet haben. Nun hat unsere Not ein Ende gefunden. Ein erzürnter Gott muß sie veranlaßt haben, mit ihrem Heer gegen uns zu ziehen: Jetzt ist ihre Niederlage vollkommen.«

Er führte seinen Gast in die Stadt zurück; das war Gachmuret durchaus nicht recht. Doch da ritt die Königin ihnen auch schon entgegen. Sie löste ihm die Helmbänder und faßte die Zügel seines Rosses; daher mußte ihn sein Gastgeber aus seiner Hut entlassen. Nur die Knappen folgten beharrlich ihrem Herrn Gachmuret. Wohlbedacht führte die Königin ihren Gast, der Sieg und Ruhm davongetragen hatte, vor aller Augen durch die Stadt. Als sie am Ziel waren, stieg sie vom Roß und sprach: »Ach, wie treu besorgt ihr Knappen doch seid! Ihr glaubt wohl, diesen Helden zu verlieren? Dem ist jetzt auch ohne euren Beistand alle Bequemlichkeit sicher. Nehmt nur sein Roß und führt es mit euch. Hier will ich allein der Gefährte eures Herrn sein.«

In der Burg fand sich Gachmuret von vielen Damen umgeben. Die Königin nahm ihm mit dunkler Hand selbst die Rüstung ab. Dann wurde er zu einer prächtigen Bettstatt geleitet, über der eine Zobeldecke lag; damit wurde einmal mehr angedeutet, welch hohe Ehrerbietung man ihm erweisen wollte. Die Jungfrauen verließen nun den Raum und schlossen die Tür; nur die Königin blieb zurück. War auch ihrer beider Haut von unterschiedlicher Farbe: sie und ihr Herzliebster Gachmuret gaben sich unbeschwert dem Genuß berauschender und lauterer Liebe hin.

Indessen brachten die Stadtbewohner ihren Göttern reiche Opfer. Was Gachmuret bei Kampfesende dem tapferen Razalic auferlegt hatte, erfüllte dieser auch getreulich, wenngleich ihn der Schmerz über den Tod seines Herrn Isenhart aufs neue überwältigte. Als der Burggraf Razalics Ankunft bemerkte, erhob sich großes Freudengeschrei. Alle Fürsten von Zazamanc, dem Reich der Königin, strömten zusammen und dankten Gachmuret für die ruhmvollen Taten, die er vollbracht hatte. Vierundzwanzig Ritter hatte er in eindrucksvollen Zweikämpfen niedergeworfen und die Mehrzahl der Streitrosse als Kampfesbeute in die Stadt geschickt. Drei Fürsten waren in Gefangenschaft geraten, die nun, gefolgt von zahlreichen Rittern, auf dem Hofe vor dem Palast eintrafen. Ausgeruht, durch ein Mahl gestärkt, prächtig geschmückt und herrlich gekleidet, trat Gachmuret nun als gebietender Gastgeber auf. Die vorher Jungfrau, jetzt zur Frau erblüht war, führte ihn an ihrer Hand. Sie sprach: »Ich und mein Reich gehören nun diesem Ritter – oder haben unsere Gegner etwas dawider?«

Gachmuret aber wandte sich mit einer höflichen Bitte an die Harrenden, der man auch gern folgte: »Tretet näher, Herr Razalic, und bietet meiner Gattin den Willkommenskuß; und Ihr, Herr Gaschier, tut desgleichen!«

Auch Hüteger, den wackeren, im Zweikampf verwundeten Schotten, bat er, sie auf den Mund zu küssen. Darauf nötigte er die Herren zum Sitzen, um, selbst stehend, wohlüberlegt fortzufahren: »Gern sähe ich auch meinen Neffen vor mir, wenn der, der ihn gefangennahm, es freundlich gestatten will. Schon aus Verwandtschaftsgründen muß ich mich für seine Befreiung verwenden.«

Da begann die Königin zu lachen und gab Befehl, ihn unverzüglich herbeizubringen. So nahte sich denn der liebenswerte, schöne Graf, der von Kampfeswunden gezeichnet war, hatte er sich doch trefflich geschlagen. Durch Gaschier von der Normandie wurde er herbeigeführt. Er war überaus fein gebildet, denn sein Vater war ein Franzose. Kaylet war sein Oheim, und sein Name war Killirjakac. Er war im Dienste einer Frau ausgezogen, und an Schönheit übertraf er alle andern Ritter. Von Angesicht war er Gachmuret sehr ähnlich, was die Verwandtschaft erkennen ließ. Als Gachmuret ihn erblickte, bat er die mächtige Königin, ihm den Willkommenskuß zu gewähren und ihn zu umarmen. Dann sprach er: »Nun komm auch zu mir!« Und er empfing ihn gleichfalls mit einem Kuß. Beide waren glücklich, einander wiederzusehen, und Gachmuret sprach sogleich: »Ach, du blühender Jüngling, warum hast du, noch nicht zu voller Mannesstärke gereift, den Weg hierher genommen? Sag, ob dies eine Frau dir auferlegt hat!«

»O Herr, an Frauendienst denk ich noch nicht. Mein Vetter Gaschier hat mich hergeführt, er mag wohl wissen, wie und warum. Durch tausend Ritter hab ich sein Heer verstärkt und stehe ihm so dienstbereit zur Seite. Um seinetwillen kam ich aus der Champagne nach Rouen in die Normandie zur Heeresversammlung und führte ihm eine Schar junger Helden zu. Nun aber will ihn offenbar das Unheil mit ausgeklügelter Überlegung treffen, es sei denn, Ihr gebietet dem um Eurer Ehre willen Einhalt. Laßt doch unsere Verwandtschaft zu seinen Gunsten sprechen und mildert die Härte seiner Gefangenschaft.«

»Dafür sollst du selber sorgen. Begib dich aber zunächst mit Herrn Gaschier zu Kaylet und bringe ihn zu uns!«

Sie erfüllten des Helden Bitte und brachten Kaylet herbei. Auch er wurde von Gachmuret sehr liebenswürdig empfangen und von der Königin umarmt. Sie küßte ihn überaus freundlich und vergab sich dabei nichts, war er doch ihres Gatten Vetter und von königlichem Geblüt. Lachend nahm der Gastgeber nun wieder das Wort: »Weiß Gott, Herr Kaylet, ich hätte sicher treulos genug gehandelt, wäre ich darauf aus gewesen, Euch zum Vorteil des Königs von Gascogne, der Euch ja oft genug zornmütig zu schaffen macht, Toledo und Euer spanisches Reich zu nehmen; schließlich seid ihr ja mein Vetter. Doch Ihr habt die besten Kämpfer, die Blüte Eurer Ritterschaft, hierhergebracht. Wer hat Euch nur zu dieser Heerfahrt genötigt?«

Da sprach der glänzende junge Kaylet: »Mein Vetter Schiltunc, Friedebrants Schwiegervater, bat mich dringend um Beistand. Da wir miteinander verwandt sind, habe ich allein sein Heer durch sechstausend berühmte Ritter verstärkt, die sich wahrlich aufs Kämpfen verstehen. Um seinetwillen hatte ich zunächst noch mehr Ritter mitgebracht, doch ein Teil von ihnen ist bereits wieder abgezogen. So lagerten hier die kampfesmutigen Scharen der Schotten. Ferner stießen Streiter aus Gruonlant zu ihm, zwei Könige mit großer Heeresmacht. Sie führten auf zahlreichen Schiffen eine wahre Flut ritterlicher Kämpfer heran, die mein Wohlgefallen fanden. Um seinetwillen hielt sich auch Morholt hier auf, der sich im Kampf durch Kraft und Überlegung auszeichnet. Sie alle sind bereits abgezogen. Ich aber will mich samt meinen Streitern ganz dem Willen meiner Gebieterin, Frau Belakane, fügen, der mein ritterlicher Dienst gilt. Du schuldest mir dafür bei unserer Verwandtschaft keinen Dank. Du selbst gebietest ja nun über alle kühnen Streiter dieses Landes. Wären sie getauft und hellhäutig wie die meinen, so könten sie im Kampf jedem gekrönten Haupt höchst gefährlich werden. Doch nun möchte ich auch gerne wissen, was dich hierher verschlagen hat. Berichte jetzt, wie und warum bist du hierhergekommen!«

»Gestern kam ich, und heute wurde ich Herrscher dieses Reiches. Die Königin schlug mich in ihre Bande, so daß ich mich, dem Rat der Sinne folgend, nur mit den Waffen der Liebe wehrte.«

»Ich glaube, diese angenehme Art zu kämpfen hat dir nun gleich auf beiden Seiten die Heere unterworfen.«

»Du spielst wohl darauf an, daß ich vor dir zurückwich? Du hast mich zwar laut genug herausgefordert. Was wolltest du mir denn abgewinnen? Wir sollten uns lieber vertragen.«

»Hinter dem Anker auf deinem Schild konnte ich dich ja nicht vermuten; denn mein Oheim Gandin ist nie damit ausgezogen.«

»Ich dagegen erkannte deinen Strauß auf dem Helm und auch den Schlangenkopf auf deinem Schild. Dein Strauß reckte sich hoch genug, und ich sah an deiner ganzen Haltung, wie sehr es dir mißfiel, als die beiden Streiter sich mir ergeben mußten. Es war aber wohl das beste, was sie tun konnten.«

»Mir wäre es wahrscheinlich ebenso ergangen, und ich muß gestehen: Selbst den Teufel, der mir immer widerwärtig sein wird, hätten die Frauen wie Zuckerwerk verschlungen, wenn er wie du den Sieg über so viele Recken errungen hätte.«

»Du lobst mich gar zu sehr!«

»Nein, Schmeicheln liegt mir nicht. Du mußt dich meines Beistands schon in andrer Form bedienen.«

Nun riefen sie Razalic herbei. Höflich sprach Kaylet zu ihm: »Euch hat mein Vetter Gachmuret gefangengenommen.«

»So ist's, Herr. Ich mußte dem Helden hier versprechen, daß ihm das Reich Azagouc stets willig zur Verfügung steht, da es unserm Herrscher Isenhart nicht mehr vergönnt ist, dort die Krone zu tragen. Im Dienste dieser Dame, die nun die Gattin Eures Vetters ist, verlor er sein Leben. Mit meinem Kuß habe ich ihr verziehen. Doch ich verlor zugleich meinen Herrscher und meinen Blutsverwandten. Wenn Euer Vetter mich für diesen Verlust nach ritterlicher Art entschädigen will, so strecke ich ihm die gefalteten Hände entgegen. Er wird dann Besitz, Ruhm und alles gewinnen, was Tankanis seinem Erben Isenhart hinterlassen hat, dessen einbalsamierter Leichnam in unserem Heerlager ruht. Seit diese Lanzenspitze sein Herz durchbohrte, habe ich täglich seine Wunde betrachtet.«

Er zog die Spitze an einer seidenen Schnur aus dem Halsausschnitt seines Gewandes, danach ließ der wackere Held sie wieder auf seine bloße Brust zurückgleiten. »Es ist noch früh am Tag. Wenn Herr Killirjakac bereit ist, im Heer eine Botschaft von mir auszurichten, so werden ihm die Fürsten hierher folgen.« Als Ausweis gab er ihm einen Ring auf den Weg. Und wirklich ritten alsbald sämtliche höllenschwarzen Fürsten durch die Stadt auf den Palast zu. Dort gab ihnen Gachmuret ihre Länder im Reich Azagouc als Fahnlehen. Ein jeder von ihnen war glücklich über sein Lehen. Den größeren Teil behielt sich allerdings ihr Gebieter Gachmuret vor.

Nach den Fürsten von Azagouc drängten mit stattlichem Gefolge die Fürsten von Zazamanc heran. Auf Geheiß ihrer Gebieterin wurde jeder nach Gebühr mit Grundbesitz und dessen Nutzung belehnt, denn Gachmuret verfügte jetzt über reiche Besitztümer. Nun hatte der gefallene, aus fürstlichem Geschlecht stammende Prothizilas ein Herzogtum hinterlassen. Damit belehnte Gachmuret den Mann, der im Kampfe nie den Mut sinken ließ und mit streitgewohnter Hand oft genug Sieg und Ruhm davongetragen hatte. Lachfilirost Schachtelakunt nahm es als Fahnlehen entgegen.

Die Fürsten von Azagouc führten jetzt den Schotten Hüteger und den Normannen Gaschier vor ihren Gebieter; beiden gab er auf ihre Bitte die Freiheit. Dafür dankten ihm die Fürsten. Sie baten den Schotten Hüteger nachdrücklich: »Überlaßt unserem Herrn als Lohn für seine Kampfleistung das Zelt Isenharts vor der Stadt. Daß er Friedebrant seine Rüstung, die größte Kostbarkeit unseres Reiches, überließ, mußte er mit dem Leben bezahlen; all sein Lebensglück ging dahin, er selbst liegt nun hier auf dem Totenlager. Ungelohnter Frauendienst hat ihn ins Unglück gestürzt.« Auf der ganzen Welt war nämlich nichts Trefflicheres zu finden als Isenharts Helm, aus einem riesigen harten Diamanten gefertigt, ein verläßlicher

Begleiter im Streit. Da versprach Hüteger mit Handschlag, nach der Rückkehr ins Reich seines Herrschers Friedebrant die gesamte Kampfausrüstung Isenharts auszulösen und sie in bestem Zustand zurückzusenden. Dies versprach er freiwillig. Nun baten sämtliche Fürsten den König, sich verabschieden zu dürfen, und verließen darauf den Palast. Sosehr sein Land auch verwüstet war, Gachmuret konnte solche Abschiedsgeschenke verteilen, als wüchse das Gold auf den Bäumen. Höchst kostbar waren diese Geschenke. Nach dem Willen der Königin beschenkte er sowohl seine Streiter als auch seine Verwandten, und alle nahmen seine Gaben an.

Die zahlreichen schweren Kämpfe, die dem Hochzeitsfest vorangegangen waren, wurden an diesem Tag durch Aussöhnung beigelegt. Man berichtet mir – ich habe es nicht erfunden –, daß Isenhart von den Seinen bestattet wurde, wie es einem König ziemt. Ferner stellten sie Gachmuret aus freiem Entschluß die gesamten Jahresabgaben seiner Besitzungen in Azagouc zur Verfügung. Gachmuret aber überließ die zusammengebrachten Reichtümer seinen neuen Untertanen mit der Weisung, sie untereinander aufzuteilen. Am nächsten Morgen verließen die Belagerungsheere ihre Lager vor der Stadt. Die einzelnen Heerhaufen, die viele Tragbahren mit sich führen mußten, trennten sich. Bald stand nur noch das gewaltige Zelt Isenharts auf dem Plan. Der König ließ es auf sein Schiff tragen und sagte seinen Untertanen, er ließe es nach Azagouc bringen, täuschte sie jedoch damit.

Der stolze, kühne Ritter blieb so lange, bis sich seine Abenteuerlust kaum noch bezähmen ließ. Es vergällte ihm alle Lebenslust, daß er sich nicht in ritterlichen Kämpfen erproben konnte. Dennoch liebte er seine dunkle Gattin mehr als das eigne Leben. Nie zeigte sich aber auch eine Frau anmutiger als sie, denn ihr Herz war stets von edlem Gefolge begleitet: von keuscher Zurückhaltung und fraulicher Wesensart.

Nach einer Weile bat nun Gachmuret den Mann aus Sevilla, mit ihm zusammen fortzusegeln. Dieser Mann, ein Weißer wie Gachmuret, hatte ihm schon früher viele Seemeilen weit das Ruder geführt und ihn auch an diesen Ort gebracht. Der kluge Steuermann sprach: »Verbergt Eure Absicht nur ja recht sorgsam vor den Dunkelhäutigen. Meine Schiffe segeln so rasch, daß sie uns nicht einholen können. Wir wollen in voller Fahrt das Weite gewinnen.«

Gachmuret befahl, all sein Gold aufs Schiff zu bringen. Vom Abschiednehmen muß ich euch nun berichten: Heimlich bei Nacht fuhr der edle Ritter davon. Als er seine Gattin verließ, trug sie ein drei Monate altes Kind unterm Herzen. Ihn aber trieb der Wind rasch davon.

Die Herrscherin fand in ihrem Täschchen einen Brief von der Hand ihres Gemahls in französischer Sprache, die ihr vertraut war. Darin las sie: ›Hiermit versichert der Liebende der Geliebten seine ungeschmälerte Liebe. Heimlich wie ein Dieb habe ich die Fahrt angetreten, da ich uns den Schmerz des Abschiednehmens ersparen möchte. O Gebieterin, ich kann es nicht verschweigen: Hättest du den gleichen Glauben wie ich, so würde ich mich in Sehnsucht nach dir verzehren, wird mir doch der Abschied auch so schon schwer. Solltest du einen Sohn gebären, so wird er gewiß Löwenstärke zeigen, denn er entstammt dem Geschlecht derer von Anjou. Die Liebe selbst wird ihm als Schutzgöttin beistehen, so daß er seinen Feinden ein gefährlicher Gegner im Kampf sein und wie ein Hagelschauer über sie kommen wird. Mein Sohn soll dereinst wissen, daß Gandin, der im ritterlichen Zweikampf fiel, sein Großvater ist. Dessen Vater namens Addanz traf das gleiche Schicksal; denn er brachte seinen Schild niemals heil nach Hause zurück. Von Geschlecht war er ein Bretone. Er und Utepandragun waren Söhne zweier Brüder, über die folgendes gesagt sei: Der eine hieß Lazaliez, der andere Brickus. Ihren Vater Mazadan entführte die Fee Terdelaschoye, deren Herz er gefesselt hatte, ins Land Feimurgan. Diese beiden haben mein Geschlecht begründet, das nun zu immer höherem Glanz emporsteigt; denn alle seine Angehörigen waren gekrönte Häupter und genossen großes Ansehen. Gebieterin, wenn du dich taufen ließest, könntest du mich zurückgewinnen.‹

Nach nichts anderem stand ihr Sinn: »Ach, sogleich könnte dies geschehen! Ohne Zögern würde ich mich dazu entschließen, wenn er nur zurückkäme! Wem überläßt der Held hier sein Kind, die Frucht seiner Liebe? Wehe über dich, du zärtlicher Liebesbund, wenn mich nun durch dich fortan des Schmerzes Übermaß drücken soll! Seinem Gott zu Ehren«, sprach die Frau, »würde ich mich gern taufen lassen und ganz nach seinem Willen leben.« So rang ihr Herz mit dem Kummer, während ihr Glück sich auf einen dürren Zweig zurückzog, wie es die Turteltaube tut: Ist der Liebste fern, so wählt sie einen dürren Zweig zum Sitz und Zeichen ihrer Treue.

Als ihre Zeit gekommen war, gebar die Herrscherin einen zwiefarbenen Sohn, an dem Gott ein Wunder getan hatte: seine Haut war nämlich weiß und schwarz gescheckt. Die Königin bedeckte seine weißen Hautstellen mit Küssen. Feirefiz von Anjou nannte die Mutter das Kind, und ihr Sohn wurde ein Waldvernichter; so viele Lanzen zerbrach und Schilde durchstach er. Haar und Haut waren bei ihm weiß und schwarz gefleckt wie das Gefieder einer Elster.

Über ein Jahr war schon vergangen, seit Gachmuret in Zazamanc, wo er den Sieg errang, reichen Ruhm geerntet hatte, doch noch immer kreuzte er auf dem Meer, da ihm die kräftigen Winde ungünstig waren. Da erblickte er fern ein rotseidenes Segel. Es war das Segel des Schiffes, mit dem der Schotte Friedebrant die versprochenen Boten zu Frau Belakane gesandt hatte. Durch sie wollte er für den kriegerischen Einfall um Verzeihung bitten, wenngleich er um ihretwillen einen Verwandten verloren hatte. Die Gesandtschaft führte den Diamanthelm, ein Schwert, ein Panzerhemd und ein Paar Beinpanzer mit sich. Daß Gachmuret diesem Schiff begegnete, mögt ihr für einen höchst wunderbaren Zufall halten, doch meine Erzählung schwört, daß es sich so zugetragen hat. Sie übergaben ihm die Rüstung. Er hingegen versprach, ihre Botschaft getreulich zu überbringen, sobald er zur Königin zurückkehrte. Dann trennten sie sich. Wie ich vernahm, trugen ihn Wind und Wellen endlich in einen Hafen. Von dort brach er auf nach Sevilla. Der tapfere Ritter entlohnte seinen Steuermann für alle Mühen reichlich mit Gold. Dann trennten sie sich, was dem Schiffer recht leid tat.

ZWEITES BUCH

Der König des spanischen Reiches war Gachmuret wohlbekannt, war es doch sein Vetter Kaylet. Er begab sich zu ihm nach Toledo, doch Kaylet war zu einem Turnier ausgeritten, auf dem es heiß hergehen sollte. Wie mir meine Erzählung versichert, ließ auch Gachmuret Vorbereitungen treffen: Turnierlanzen wurden sorgfältig gefärbt und mit grünen Stoffstreifen versehen. An jeder Lanze war eine Fahne befestigt, die drei glänzendweiße Anker aus Hermelin trug, so daß jedermann über den Aufwand staunte. Die Fahnen waren in der Tat verschwenderisch reichlich bemessen: Eine Spanne unterhalb der Spitze befestigt, reichten sie bis zum Griff. Einhundert solcher Lanzen wurden vorbereitet und Gachmuret von Dienstmannen seines Vetters nachgeführt. Diese bezeigten ihm größte Ehrerbietung und Aufmerksamkeit, was ihrem Herrn nur lieb sein konnte.

Gachmuret mußte Kaylet, ich weiß nicht wie lange, nachreiten, bis er schließlich im Lande Valois auf ein Lager fremder Ritter stieß. Viele Zelte waren auf der Ebene vor Kanvoleis errichtet. Das ist keine Phantasie, ich erzähle – wenn ihr erlaubt – die reine Wahrheit. Gachmuret ließ seine Schar halten und sandte den umsichtigen Anführer seiner Knappen voraus in die Stadt, wo er für seinen Herrn eine Unterkunft suchen sollte. Der beeilte sich, und man folgte ihm, die Saumtiere hinter sich herziehend. Der Knappe fand aber kein einziges Haus, das nicht schon ein zweites Dach aus Schilden gehabt hätte und dessen Wände nicht so mit Lanzen behängt waren, daß man kein Mauerwerk mehr sah. Die Königin von Valois hatte nämlich zu Kanvoleis ein Turnier zu so schweren Bedingungen ausgeschrieben, daß sie noch heute manchen Feigling vor Entsetzen erstarren ließen; das wäre sicher nichts für einen Angsthasen gewesen. Die Königin war noch unvermählt und verhieß dem Turniersieger als Preis ihre Hand und ihre beiden Reiche. Diese Lockung wurde vielen Rittern zum Verhängnis, denn sie wurden beim Turnier hinters Roß auf den Rasen geschleudert. Für den, der so zu Fall kam, war allerdings alle Aussicht auf den Preis dahin. Tapfere Helden gaben dort Proben ihrer ritterlichen Kraft. Manches Streitroß wurde zu stürmischem Angriffsstoß gespornt, viele Schwerter ließ man hell erklingen.

Eine Schiffbrücke, durch ein Tor versperrt, führte in der Wiesenniederung über einen Fluß. Ein Knappe öffnete das Tor, ohne viel zu fragen. Oberhalb der Brücke stand der Palast, in dessen Fenstern die Königin mit vielen Edelfrauen saß. Neugierig verfolgten sie, was die Knappen taten. Die aber waren sich inzwischen einig geworden und schlugen das Zelt auf, das einst König Isenhart verloren hatte, als Belakane ihm den Lohn für seinen Frauendienst nicht gewähren wollte. Mit Mühe wurde das prächtige Zelt aufgeschlagen, das dreißig Saumpferde tragen mußten. Der freie Platz war gerade groß genug, um die Spannschnüre zu verankern. Der edle Ritter

Gachmuret nahm indes vor der Stadt ein kleines Mahl. Danach traf er sorgfältig alle Vorbereitungen, um auf vornehm-eindrucksvolle Weise in die Stadt einzureiten. Rasch bündelten seine Knappen die Turnierlanzen, so daß jeder ein Bündel von fünf Lanzen in der einen Hand und in der andern eine sechste Lanze mit einem Banner trug. So setzte sich der Zug des glänzenden Ritters in Bewegung.

Am Hofe der Königin hatte man inzwischen vernommen, daß ein Fremdling aus fernen Landen, allen Anwesenden unbekannt, seinen Einzug halten würde. »Sein Gefolge, Heiden und Franzosen, zeigt sich insgesamt höfisch gebildet. Einige davon scheinen ihrer Sprache nach aus Anjou zu stammen. Ihr Sinn ist stolz, ihre Kleidung von gutem Stoff und bestem Schnitt. Ich habe mich seinen Knappen zugesellt, die sich gesittet benehmen. Sie behaupten, ihr Herr pflege alle Bedürftigen, die ihn aufsuchen, durch Gaben von ihrer Not zu befreien. Ich fragte sie, wer ihr Herr denn sei. Sie erwiderten, er sei der König von Zazamanc.« Diese Nachricht überbrachte der Königin ein Page, und er fuhr fort: »Seht nur, was für ein Zelt! Eure Krone, selbst Euer Reich sind nicht halb soviel wert!«

»Soviel Lob ist nicht nötig. Ich sehe schon, es muß einem edlen und reichen Ritter gehören!« erwiderte die Königin. »Doch wann wird er selbst seinen Einzug halten?« Sie gebot dem Pagen, sich danach zu erkundigen.

Mittlerweile zog unser Held schon durch die Straßen der Stadt mit höfischem Pomp, so daß die Schlafenden vom Lager aufschreckten. Viele Schilde sah Gachmuret blinken. Die hellen Posaunen an der

Spitze des Zuges dröhnten mit gewaltigem Schall. Zwei Tamburins, mit voller Kraft geworfen und geschlagen, verursachten solches Getöse, daß die ganze Stadt widerhallte. Darein mischte sich der Klang der Flöten, die ein Marschlied bliesen. Nun wollen wir nicht vergessen zu schildern, wie Herr Gachmuret selbst einzog. Fiedler ritten neben ihm. Nachlässig hatte der edle Recke ein nacktes, nur mit leichtem Stiefel bekleidetes Bein vor sich über den Sattel gelegt. Rot wie ein Rubin, als züngelten Flammen darüber hin, leuchteten seine vollen Lippen. Seine ganze Gestalt war berückend schön. In blonden Locken quoll sein Haar unter der kostbaren Kopfbedeckung hervor. Von grünem Samt, mit schwarzem Zobel verbrämt war sein Umhang über einem schneeweißen Gewand. Am Wege aber drängten sich dicht die Schaulustigen.

Eifrig fragte man allenthalben, wer der bartlose, mit solcher Pracht einziehende Ritter wäre. Bald flog die Kunde durch die ganze Stadt; denn Gachmurets Gefolge gab wahrheitsgetreu Auskunft. Nun näherte sich Gachmurets Zug, von einer neugierigen Menge geleitet, der Brücke. Da ließ der Glanz, den die Schönheit der Königin verbreitete, Gachmurets lässig übergeschlagenes Bein jäh in den Steigbügel fahren. Wie ein Falke, der nach Beute Ausschau hält, federte der edle Recke im Sattel empor. Unser Held erkannte, welch erwünschter Aufenthaltsort dies sei, und die Gastgeberin, Königin von Valois, gewährte ihm auch gern Gastrecht.

Bald erfuhr der König von Spanien, auf dem Leoplan sei das Zelt aufgeschlagen, das auf des tapferen Razalic Bitte hin vor Patelamunt stehengeblieben und Gachmuret übereignet worden war. Als ein Ritter die Botschaft brachte, fuhr er flink wie ein Reh vom Lager auf und war vor Freude außer sich. Der Ritter berichtete weiter: »Ich sah, wie Euer Vetter in gewohnter Pracht einzog. Vor seinem großen Zelt waren hundert Lanzen mit Fahnen rings um einen Schild in den Rasen gestoßen. Die Fahnen sind alle grün, und auf jeder führt der tapfere Held drei weiße Anker aus Hermelin.«

»Er ist also zum Turnier gerüstet? Dann wird man schon erleben, wie er dazwischenfährt und mit seinen Angriffen alles durcheinanderwirbelt. Lange genug hat mir der stolze König Hardiz mit unversöhnlichem Zorn zugesetzt! Gachmurets starker Arm wird ihn im Zweikampf zu Boden schmettern. Das Glück hat sich doch noch nicht von mir gewendet!«

Sogleich sandte er Boten dahin, wo Gaschier, der Normanne, mit großem Gefolge lagerte und wo sich auch der strahlendschöne Killirjakac aufhielt. Beide waren auf seine Bitte hin zum Turnier gekommen. Gemeinsam mit Kaylet ritten sie nun, geleitet von vielen Rittern, zu Gachmurets Zelt, wo sie den edlen König von Zazamanc mit herzlicher Zuneigung willkommen hießen. Aufrichtig beteuerten sie ihm, die Zeit der Trennung, in der sie seinen Anblick entbehren mußten, sei ihnen gar zu lang erschienen. Dann fragte der berühmte Held, welche Ritter sich zum Turnier eingefunden hätten. Sein Vetter antwortete: »Viele kühne, furchtlose Ritter aus fernen Landen sind gekommen, Ritter, die die Liebe hierhertrieb. So ist auch König Utepandragun mit vielen Bretonen am Ort. Wie ein Dorn peinigt ihn der Verlust seiner Gemahlin, der Mutter des Artus. Mit einem zauberkundigen Pfaffen, den Artus verfolgte, ist sie davongegangen. Es ist nun fast drei Jahre her, daß er Sohn und Frau zugleich verlor. Dann ist sein Schwiegersohn Lot von Norwegen hier, im ritterlichen Kampf wohlerfahren, ein tapferer, besonnener Held, frei von allem Falsch und sehr ruhmbegierig. Er hat auch seinen Sohn Gawan mitgebracht, der für den ritterlichen Zweikampf aber noch zu jung ist. Der kleine Bub hat mich besucht und mir erzählt, er würde sich gar zu gern im ritterlichen Zweikampf versuchen, fühlte er sich nur erst stark genug, im Anrennen eine Lanze zu zerbrechen. Wie zeitig doch seine Kampfbegier erwacht ist! Ferner hat hier der König von Patrigalt einen ganzen Wald von Lanzen aufgerichtet. Sein Aufgebot ist freilich nichts gegen das der Portugiesen, die gleichfalls erschienen sind. Wir nennen sie die Draufgänger, denn sie wollen recht viele Schilde durchbohren. Dann haben sich auch die Provenzalen mit ihren prächtig bemalten Schilden eingefunden. Außerdem sind natürlich die Ritter aus Valois zur Stelle. Als Einheimische sind sie in der Überzahl und können sich daher im Kampfgetümmel besser behaupten. Noch viele Ritter, die ich nicht sämtlich mit Namen kenne, sind zu Ehren ihrer Damen erschienen. Alle haben sie wie wir mit großem Gefolge, dem Wunsch der Königin entsprechend, in der Stadt Quartier genommen. Nun will ich dir noch die nennen, die draußen vor der Stadt lagern und den Waffengang mit uns nicht scheuen. Da ist der edle König von Ascalun, der stolze König von Arragonien, Cidegast von Logroys und Brandelidelin, König von Punturtoys. Weiter der tapfere Lähelin und Morholt von Irland, der schon viele edle Ritter von uns gefangennahm. Ferner lagern da die hochgemuten Deutschen. Auch der Herzog von Brabant ist in dies Reich gekommen, und zwar um des Königs Hardiz willen. Der König von Gascogne gab ihm seine Schwester Alize zur Gemahlin, so daß sein Frauendienst schon im voraus gelohnt wurde. Sie alle brennen darauf, mir im Turnier entgegenzutreten. Ich aber vertraue jetzt ganz auf deine Hilfe. Gedenke unsrer Blutsverwandtschaft und stehe mir in rechter Freundschaft bei!«

Da sprach der König von Zazamanc: »Für das, was ich dir zu Ehren hier vollbringen werde, danke mir nicht. Wir beide wollen ein Herz und eine Seele sein. Ist denn dein Strauß noch ohne Nest? Trage deinen Schlangenhelm ruhig seinem halben Greifen entgegen. Mein Anker wird, wenn er anrennt, fest in den Grund geschlagen sein, so daß sich Hardiz hinter seinem Pferd auf dem Sand einen rettenden Platz suchen kann. Wenn ich mit deinem Gegner zusammengerate, dann muß einer von uns beiden zu Boden; das verspreche ich dir fest.«

Hoch erfreut und aller Sorgen ledig, ritt Kaylet zurück in sein Quartier. In diesem Augenblick erhob sich Kampfgeschrei um zwei stolze Helden. Schyolarz von Poitou und Gurnemanz von Graharz hatten auf dem Turnierplatz einen Zweikampf begonnen als Auftakt für das Vorabendturnier: hier ritten sechs heran, dort drei, denen sich bald noch eine kleine Schar anschloß. Im Nu war ein Treffen nach allen Regeln der Turnierkunst im Gange, es gab kein Halten mehr.

Dies ereignete sich um die Mittagszeit, während Gachmuret noch in seinem Zelt ruhte. Als der König von Zazamanc vernahm, auf dem Turnierfeld seien die ritterlichen Kampfspiele schon in vollem Gange, begab er sich gemächlich zum Kampfplatz, wobei er viele Lanzen mit hellen Fähnlein mit sich führte. Er wollte nämlich erst in aller Ruhe zusehen, wie sich die beiden Parteien im Kampf bewährten. Auf dem Feld, wo die Kämpfer wild durcheinanderwirbelten und die Pferde unter den Sporenstichen hell aufwieherten, breitete man seinen Teppich aus. Seine Knappen umgaben ihn als schützenden Ring, denn aus allen Richtungen hallte der Klingklang der Schwerter. Hell klangen die Schwerter derer, die begierig um Kampfesruhm stritten, und darein mischte sich das wuchtige Dröhnen der Lanzenstöße. Gachmuret brauchte wirklich niemanden nach der Herkunft des Lärms zu fragen, denn das Gewühl der aufeinanderprallenden Kämpfer umgab ihn wie eine von Ritterfäusten errichtete feste Wand. Das ritterliche Treffen spielte sich unmittelbar beim Palast ab, so daß die Damen die Anstrengungen der Helden gut sehen konnten. Die Königin bedauerte, daß sich der König von Zazamanc nicht ins Gewühl gestürzt hatte, und sprach: »Ach, wo bleibt denn der, von dem ich so Erstaunliches vernommen habe?«

Aber nicht nur sie fragte nach ihm. Mittlerweile war nämlich der König von Frankreich verstorben, dessen Gemahlin unseren Helden schon lange vor seinem Abschied aus Valois in große Herzensnot verstrickt hatte. Nun hatte die edle Königin einen Boten zum Turnierort gesandt, um zu erfahren, ob Gachmuret aus den Heidenlanden zurückgekehrt sei. Große Zuneigung zwang sie zu diesem Schritt.

Auf dem Kampffeld vollbrachten indes auch viele tapfere, doch arme Ritter beachtliche Taten. Sie vermaßen sich freilich nicht, den von der Königin ausgesetzten Preis – Hand und Reiche – erringen zu wollen. Dafür trachteten sie nach anderem Gewinn.

Gachmuret hatte nun die Rüstung angelegt, die seiner Gemahlin als Sühnegabe gesandt worden war. Friedebrant von Schottland hatte sie als Ersatz für allen Schaden bestimmt, den er bei seinem kriegerischen Einfall angerichtet hatte. Auf der ganzen Erde gab es keine solche Rüstung. Gachmuret betrachtete den Diamanthelm: Ja, das war ein Helm! Ein Anker wurde auf ihm befestigt, den große Edelsteine zierten – eine gewichtige Last! Auch sonst wurde Gachmuret prächtig gekleidet. Wie sein Schild verziert war? Ein kostbarer Schildbuckel aus arabischem Gold war aufgehämmert, so schwer, daß Gachmuret sein Gewicht wohl fühlte. Er war so glänzend poliert, daß man sich darin spiegeln konnte. Darunter war ein Anker aus Zobelpelz angebracht. Seine übrige Kleidung besäße ich gern selbst, denn alles war überaus wertvoll.

Sein Waffenrock war verschwenderisch großzügig geschnitten; er war so lang, daß er bis auf den Teppich herabwallte. Ich glaube, so etwas Schönes hat später niemand mehr im Streit getragen. Ich kann ihn nur so beschreiben: er glänzte wie ein züngelndes Feuer in der Nacht. Nirgendwo war eine stumpfe Stelle zu entdecken. Sein Glanz zog aller Augen auf sich und war so stark, daß er kranke Augen geradezu schmerzte. Er war aus dem Gold gewirkt, das Greifen mit ihren Klauen von einem Fels des Kaukasus reißen und es, wie heute noch, verbergen. Kostbareres Gold gibt es nirgends. Araber reisen dorthin, entreißen es mit List den Greifen und bringen es nach Arabien, wo man den grünen Achmardi und die kostbaren Seidenstoffe webt. Gachmurets Waffenrock hatte nicht seinesgleichen! Der Held zog nun den Schildrand bis zum Hals hinauf. Ein prächtiges Roß, bis zu den Hufen vortrefflich gerüstet, stand bereit, die Knappen erhoben den Kampfruf. Gachmuret schwang sich in den Sattel, und im Handumdrehen hatte der Held bei seinen Angriffen eine erkleckliche Anzahl starker Lanzen verbraucht. Immer wieder brach er sich Bahn mitten durch das dichte Kampfgewühl, und dem Anker folgte der Strauß. Poytwin von Prienlascors und viele andre edle Ritter hob Gachmuret aus dem Sattel; alle mußten sich ihm ergeben. Die Ritter, die das Kreuz der Armut trugen, zogen ihren Nutzen aus dem Kampfeseifer unsres Helden, denn er überließ ihnen die erbeuteten Pferde und schaffte ihnen so reichen Gewinn.

Doch nun nahten vier gleichartige Banner, jedes mit einem Greifenschweif. Verwegene Scharen ritten hinter diesem Feldzeichen, und ihr Anführer verstand sich gut auf den Waffengang. Die da dem Feldzeichen des Greifenschweifes folgten, waren ein rechter Hagelschauer ritterlicher Kampfkraft. Den Vorderteil des Greifen trug der König von Gascogne, ein klug handelnder Ritter, als Wappenzeichen auf seinem Schild. Er war so prächtig geschmückt, daß er vor jedem Frauenauge bestehen konnte. Als er den Strauß auf Kaylets Helm erblickte, sprengte er den anderen voraus, doch der Anker Gachmurets schnitt ihm den Weg ab. Der edle König von Zazamanc hob ihn aus dem Sattel und nahm ihn gefangen. Rundum entstand wildes Gedränge. Der unebene Boden wurde von Pferdehufen glattgestampft, wie Kämme verrichteten die Schwerter ihre Arbeit. Ein ganzer Wald von Lanzen wurde vertan und mancher Ritter vom Pferd geschleudert. Wie ich hörte, schleppten sie sich an den Rand des Kampfplatzes zu den Hasenherzen.

Der Kampf tobte so nahe am Palast, daß die Edelfrauen sahen, wer da Kampfesruhm erntete. Soeben fiel von der berstenden Lanze des um Frauengunst ringenden Riwalin, Königs von Lochnois, ein Regen weißer Holzsplitter. Wenn er anstürmte, hörte man es nur so krachen. Mittlerweile entriß Morholt der Partei Gachmurets einen Ritter, Killirjakac. Er hob ihn aus dem Sattel und zwang ihn gegen die Regel vor sich aufs Pferd. Zuvor hatte Morholt König Lac den Sold gezahlt, den der sich, niederstürzend, auf der Erde suchen mußte, nachdem er sich nach Kräften zur Wehr gesetzt hatte. Da überkam den riesenstarken Morholt das Verlangen, ihn ohne Hilfe des Schwertes zu überwinden, und er nahm also den edlen Recken gefangen. Inzwischen stach Kaylet den Fürsten Lämbekin, Herzog von Brabant, vom Pferd. Und was tat dessen Gefolge? Die kampfbegierigen Helden schützten ihren Herrscher mit den Schwertern. Darauf stieß der König von Arragonien den alten Utepandragun, König der Bretagne, hinters Roß aufs Feld. Da standen viele Blumen um ihn. Ach, wie freundlich bin ich doch, dem edlen Bretonen vor Kanvoleis solch liebliches Lager zu bereiten. Ich sage euch: Nicht zuvor und wohl auch nie danach wagte ein Bauer seinen Fuß dorthin. So brauchte er nicht länger auf seinem Pferd sitzen zu bleiben. Allerdings ließ man ihn nicht im Stich, sondern die Seinigen verteidigten ihn zu Roß, so daß ein großes Kampfgetümmel entstand. Nun zog der König von Punturtoys heran, wurde aber vor Kanvoleis derart hinters Roß gefegt, daß er lang ausgestreckt dalag. Dies vollbrachte der stolzgemute Gachmuret. Heran, ihr Herren, heran, heran! Und diese Herausforderung wurde im verbissenen Zusammenprall beantwortet.

Doch die Punturteisen nahmen Gachmurets Vetter Kaylet gefangen, und nun wurde das Turnier rauher. Als König Brandelidelin seinem Gefolge entrissen und gefangen wurde, nahm dieses im Gegenzug einen König der anderen Partei gefangen. Viele edle Ritter irrten in ihrer Eisenrüstung umher, und ihre Schwarte wurde mit Hufschlägen und Keulenhieben der Knappen tüchtig gegerbt. Viele hatten schwarze Beulen, da die wackeren Helden schwere Quetschungen erlitten. Ich erzähle euch dies alles nicht etwa als Ausschmückung. Nein, es ging wirklich wild genug her, und die Liebe war der Antrieb der edlen Ritter. Viele schön bemalte Schilde und prächtig verzierte Helme bedeckte nun schon der Staub. Manche edlen Herren hatten die Ehre, beim Sturz auf der blumigen Wiese im kurzen Gras Platz zu nehmen. Ich sehne mich nicht nach solcher Auszeichnung, sondern bleibe lieber auf meinem Fohlen sitzen.

Nun löste sich der König von Zazamanc aus dem Gewühl, um ein ausgeruhtes Pferd zu besteigen. Man band ihm den Diamanthelm ab – nicht weil er prahlen wollte, sondern ihn verlangte nach kühlendem Wind. Auch die Panzerkappe streifte man ihm ab; sein Mund war rot und stolz geschwungen!

Da näherten sich die Boten der oben genannten Frau, ein Kaplan und drei Pagen, geleitet von kräftigen Knappen, die zwei Lastpferde mit sich führten.

Es waren Boten der Königin Ampflise. Der kluge Kaplan erkannte auf den ersten Blick in Gachmuret den Gesuchten und begrüßte ihn sogleich auf französisch: »Edler Herr, seid mir und meiner Herrscherin herzlich willkommen. Es ist die Königin von Frankreich, die in Liebe zu Euch entbrannt ist.« Damit überreichte er einen Brief, in dem unser Edelmann Grüße und ein Ringlein fand, das dem Boten als Ausweis dienen sollte. Dieses Ringlein hatte die edle Dame nämlich einst von Gachmuret als Geschenk erhalten. Als er die Schriftzüge erkannte, verneigte er sich höflich vor dem Boten. Wollt ihr nun hören, was in dem Briefe stand?

›Liebe und Grüße sende ich Dir, die ich nie frei war von Herzweh, seit ich um Deine Liebe wußte. Deine Liebe ist Schloß und Fessel meines Herzens und Glückes. Deine Liebe wird mich noch töten. Solange ich Deine Liebe entbehre, kann mir Liebe nur Leid bringen. Komm zurück und nimm aus meiner Hand Krone, Zepter und das Reich, das mir durch Erbfolge zugefallen ist. Durch Deine Liebe hast Du ein Anrecht darauf. Als Angebinde nimm die wertvollen Geschenke in den vier Saumschreinen. Auch sollst Du im Lande Valois vor der Hauptstadt Kanvoleis als mein Ritter kämpfen. Sollte die Königin dieses Landes, Herzeloyde, es bemerken, so kümmert es mich nicht, denn mir wird daraus kaum Nachteil erwachsen. Ich bin schöner und mächtiger als sie und kann Liebe weit liebevoller empfangen und gewähren. Steht Dein Sinn nach edler Liebe, so nimm als Liebeslohn meine Krone entgegen.‹

Sonst fand Gachmuret nichts in dem Brief. Als ihm ein Knappe die Panzerkappe wieder über das Haupt zog, zeigte er sich gutgelaunt. Man band ihm den starkwandigen, festen Diamanthelm auf, denn er wollte seine Kräfte erneut erproben. Die Boten sollten sich im Zelt ausruhen. Er aber schaffte Raum im Kampfgedränge. Der eine unterlag, der andere blieb Sieger. Hier konnte jeder nachholen, was er bisher an Taten versäumt hatte, denn es bot sich genug Gelegenheit zum Einzel- oder Massenkampf. Man verzichtete bereits auf die Täuschungsmanöver, die man ›Freundesstiche‹ nennt. Hier galt keine vertraute Gevatterschaft mehr, der zornige Kampfeseifer ließ keinen Platz dafür. Unordnung griff allmählich um sich, man kümmerte sich nicht länger um ritterliche Kampfesregeln. Was einer erbeutete, hielt er fest und scherte sich nicht um die Wut des anderen. Aus vielen Reichen waren Kämpfer gekommen, die jetzt mit ihren Fäusten Rittertaten vollbrachten und sich vor keiner Niederlage fürchteten.

Gachmuret aber erfüllte Ampflises briefliche Bitte und kämpfte nunmehr als ihr Ritter. Ja, nun entbrannte der Kampf erst richtig! Ob Liebe ihn trieb oder Freude daran, die eigene Stärke zu beweisen? Seine große Liebe und seine unwandelbare Treue verliehen ihm jedenfalls immer neue Kraft. Er wurde gewahr, wie sich König Lot mit seinem Schild nur mühsam schützte und schon halb zur Flucht gewandt hatte. Dies verhinderte Gachmuret. In kraftvollem Anlauf fegte er das Kampfgewühl auseinander und stach den König von Arragonien, Schafillor, mit einer Bambuslanze aus dem Sattel. Die Lanze, mit der er den stolzen Helden zu Fall brachte, trug keine Fahne; er hatte sie aus dem Heidenland mitgebracht. Obwohl Schafillor von seinem Gefolge mit aller Kraft verteidigt wurde, nahm Gachmuret den edlen Ritter gefangen. Die Partei aus der Stadt trieb nun die gegnerische Partei bald auf das weite Feld hinaus. Das Vorabendturnier war so kampfbewegt gewesen, daß es ohne weiteres als vollwertiges Turnier gelten durfte. Zum Beweis dafür lagen viele zerbrochene Lanzen herum.

Da entbrannte Lähelin in hellem Zorn: »Sollen wir uns diese Schmach bieten lassen? An allem ist nur der schuld, der den Anker trägt. Einer von uns beiden wird noch heute den andern dort hinwerfen, wo er nicht eben sanft gebettet liegt. Sie haben uns ja fast besiegt!«

Als Gachmuret und Lähelin aufeinander losritten, wichen die anderen zurück, denn das war kein Kinderspiel mehr! Sie kämpften so verbissen, daß sie einen ganzen Wald von Lanzen vertaten. »Lanzen, ihr Herren! Lanzen! Lanzen!« Immer wieder hörte man den Ruf aus beider Mund. Schließlich mußte Lähelin jedoch eine schmähliche Niederlage hinnehmen, denn der König von Zazamanc warf ihn mit einer Bambuslanze wohl eine Lanzenlänge weit hinters Pferd und nahm ihn gefangen. Gachmuret ließ die Ritter zwar wie reifes Obst zu Boden fallen; ich selbst aber würde lieber süße Birnen auflesen! Viele, die sich Gachmuret gegenübersahen, riefen: »Hier kommt der Anker, fort, nur fort!«

Da ritt ihm ein Fürst aus Anjou entgegen, offenbar von tiefem Schmerz erfüllt, denn er trug den Schild umgekehrt, die Spitze nach oben gerichtet. Dennoch erkannte Gachmuret das Wappen. Warum kehrte er sich von ihm? Wenn ihr wollt, sage ich euch den Grund: Das Wappen hatte ihm einst der stolze Galoes, König Gandins Sohn, also Gachmurets getreuer Bruder, übergeben, bevor er um der Liebe willen im Zweikampf den Tod fand. Nun band Gachmuret den Helm ab. Tiefer Schmerz verbot es ihm, weiterhin Gras und Staub im Kampfe glattzustampfen. Er haderte mit sich, seinen Vetter Kaylet nicht gefragt zu haben, warum sein Bruder nicht gleichfalls zum Turnier nach Kanvoleis gekommen sei. Deshalb also wußte er nichts davon, daß er vor Muntori den Tod gefunden hatte. Zuvor hatte er bitteres Leid ertragen müssen, das ihm die edle Liebe zu einer mächtigen Königin bereitet hatte. Nach seinem Tode war sie so verzweifelt, daß ihr bei der Klage um den Toten aus Treue das Herz brach.

Wenngleich Gachmuret in seinem Kummer den Kampf abgebrochen hatte, waren an dem halben Tag von seiner Hand so viele Lanzen zerbrochen worden, daß er wohl einen ganzen Wald vertan hätte, wäre das eigentliche Turnier zustande gekommen. Wohl hundert gefärbte Lanzen, die man ihm gereicht, hatte der stolze Held verbraucht. Seine glänzenden Banner waren, wie es der Brauch wollte, den Turnierausrufern zugefallen. Nun ritt Gachmuret zu seinem Zelt zurück, gefolgt vom Pagen der Königin von Valois. Ihm übergab man den von Stichen und Hieben zerfetzten Waffenrock Gachmurets, und er trug ihn zu seiner Herrscherin. Mit der Goldstickerei war er auch jetzt noch kostbar genug. Er glänzte wie glühendes Feuer, und man erkannte daran den Reichtum seines Trägers. Da sagte die Königin froh zu dem Waffenrock: »Eine edle Frau hat dich mit diesem Ritter in mein Reich gesandt. Doch nun erfordert der Anstand, die anderen nicht zurückzusetzen, die Abenteuerlust herführte. Jeder soll wissen: Ich bin allen wohlgesinnt, denn sie sind mir durch Adams Rippe verwandt. Ich denke aber, Gachmuret hat den höchsten Preis errungen.«

Die andern setzten inzwischen den Ritterkampf mit solch zornigem Eifer fort, daß sie bis zum Einbruch der Dunkelheit unverdrossen aufeinander einschlugen. Die städtische Partei hatte die anderen im Verlaufe des Kampfes bis zu ihren Zelten gedrängt. Nur der König von Ascalun und Morholt von Irland verhinderten ihr Eindringen ins Lager. Es gab Gewinn und Verlust: viele hatten Einbußen erlitten, andere Ruhm und Ehre davongetragen. Doch nun ist es Zeit, daß man sie auseinanderbringt, denn niemand erkennt mehr den anderen, und keiner sorgt für Beleuchtung. Und wer wollte im Finstern würfeln? Die müden Streiter mochten daher des Kampfes endlich satt sein.

Wo Gachmuret sich niedergelassen hatte, herrschte keine Finsternis. Es schien so, als sei heller Tag; es war aber nicht das Licht des Tages, sondern der Schein von vielen dicken Kerzenbündeln, die man auf Ölbaumzweigen befestigt hatte. Prächtige Polster waren mit Sorgfalt ausgelegt, vor ihnen große Teppiche. Nun kam, geleitet von vielen Edeldamen, die Königin zum Zelt geritten, denn sie wollte den edlen König von Zazamanc gern kennenlernen. Viele kampfesmüde Ritter drängten ihr nach. Als sie ins Zelt trat, hatte man das Mahl bereits beendet. Eilends erhoben sich der Gastgeber und die vier Könige, die er gefangengenommen hatte; ihrem Beispiel folgten zahlreiche Fürsten. Gachmuret hieß die Königin mit bestem Anstand willkommen. Er gefiel ihr sehr, als sie ihn ansah, und froh erregt sprach die Königin von Valois: »Wenn Ihr hier, wo ich Euch aufsuche, auch der Gastgeber seid, so bin ich doch Gastgeberin in diesem Reiche. Wollt Ihr den Willkommenskuß annehmen, so sei er Euch gern gewährt.«

Er erwiderte: »Euern Kuß will ich gern empfangen, wenn Ihr ihn auch diesen Edelleuten gewähren wollt. Sollte er jedoch den Königen und Fürsten versagt sein, so wage ich es nicht, Euch darum zu bitten.«

»Ihr habt recht, und es soll auch geschehen, wenngleich ich bis jetzt noch keinen von ihnen kenne.«

Sie gewährte also allen, die dank ihrer Würde darauf Anspruch erheben durften, den Willkommenskuß, wie es Gachmuret gewünscht hatte. Darauf bat er die Königin, sich niederzulassen. Mit feinem Anstand nahm Herr Brandelidelin an ihrer Seite Platz. Taufeuchte grüne Binsen waren lose über die Teppiche gestreut. Darauf ließ sich der nieder, der das Entzücken der edlen Königin von Valois erregte, die bereits von Liebe zu ihm bedrängt wurde. Er hatte so nahe vor ihr Platz genommen, daß sie ihn mit der Hand berühren und dicht an ihre Seite ziehen konnte. Die Gachmuret den Platz so nahe bei sich anwies, war noch Jungfrau. Wollt ihr jetzt hören, wie sie hieß? Es war die Königin Herzeloyde; Rischoyde, die Gemahlin von Gachmurets Vetter, König Kaylet, war ihre Base. Frau Herzeloyde strahlte im Glanz ihrer Schönheit, die das Zelt auch dann hell genug gemacht hätte, wenn alle Kerzen erloschen wären. Hätte nicht Gachmurets bitteres Leid seine große Freude über Herzeloydes Besuch gedämpft, dann wäre sicher schon in diesem Augenblick die Liebe zu ihr erwacht. So aber tauschten sie nur höfliche Begrüßungsworte.

Nach einer Weile traten Schenken mit kostbaren Gegenständen aus Azagouc herein, die wirklich großen Wert besaßen. Edle Junker trugen sie ins Zelt. Es waren große, kostbare Pokale, ohne Goldschmuck aus Edelsteinen geschnitten, und sie gehörten zu den zahlreichen Gaben, die Isenhart Frau Belakane gebracht hatte, damit sie seine Herzensqual ende. In diesen buntleuchtenden Pokalen aus Smaragden, Karneolen und Rubinen bot man den Gästen zu trinken.

Da kamen zwei Ritter vor das Zelt geritten, die von der anderen Partei gefangengenommen und nun auf Ehrenwort beurlaubt worden waren; sie traten in das Zelt. Einer war Kaylet. Als er König Gachmuret mit trauriger Miene sitzen sah, sprach er: »Was fehlt dir? Überall heißt es, daß dir allein der Siegespreis gebührt und du damit Frau Herzeloydes Hand und Reich errungen hast. Ob Bretone oder Irländer, ob er in welscher Sprache – französisch oder brabantisch – spricht: alle sind sich darin einig, daß dir im ritterlichen Kampf niemand ebenbürtig ist. Dafür sehe ich hier den besten Beweis. An Kraft und Tapferkeit hast du es nicht fehlen lassen, wenn diese Edlen, die sich noch keinem Gegner beugten, durch dich in solch große Bedrängnis kamen. Hier sehe ich Herrn Brandelidelin, dann den kühnen Lähelin, auch Hardiz und Schafillor. Ach, ich denke auch an den Mohren Razalic, den du vor Patelamunt lehrtest, wie man sich ergeben muß. Dein Kampfesruhm strahlt weit und breit.«

»Meine Gebieterin hier wird glauben, du seist von Sinnen, wenn du mich über Gebühr rühmst. So teuer kannst du mich auf dem Markt nicht ausbieten, denn mancher wird Fehler genug an mir entdecken. Du lobst mich zu überschwenglich. Sag lieber, wie es dir gelang, zu uns zu kommen.«

»Die edlen Herren aus Punturtoys haben mich und diesen Herrn aus der Champagne freigelassen. Morholt, der meinen Neffen gefangengenommen hat, will ihn entlassen, wenn du dafür Herrn Brandelidelin die Freiheit gibst. Gehst du nicht darauf ein, so behält man mich und meinen Neffen als Geiseln. Du solltest dich uns also gnädig erweisen. Wir haben solch ein Vorabendturnier erlebt, daß man hier und jetzt vor Kanvoleis wohl auf das Turnier verzichten wird. Das weiß ich genau. Die stärksten Kämpfer der anderen Partei sitzen gefangen in deinem Zelt. Sag selbst, wie sollte man uns jetzt standhalten? Du hast großen Ruhm errungen!«

Jetzt wandte sich die Königin mit der zärtlichen, herzlichen Bitte an Gachmuret: »Ihr dürft mir das Recht nun nicht verweigern, das ich auf Euch habe. Auch möchte ich Euern Ritterdienst lohnen. Sollte aber beides, wie Ihr meint, Euern Ruhm beeinträchtigen, so laßt mich auf der Stelle Abschied nehmen.«

Da erhob sich eilends der Kaplan der wohlerzogenen, klugen Königin Ampflise und sprach: »Halt! Er gehört mit vollem Recht meiner Gebieterin, die mich in dieses Reich sandte, um sich seiner Liebe zu versichern. Sie verzehrt sich in Sehnsucht nach ihm, und ihre Liebe gibt ihr ein Recht auf ihn. Ihr allein soll er gehören, denn sie liebt ihn mehr als alle andern Frauen. Diese drei untadeligen Junker und Fürstensöhne hier sind ihre Boten. Der eine heißt Lanzidant aus Gruonlant und ist von vornehmem Geschlecht.

Er ist nach Kärlingen gekommen und hat dort die Landessprache erlernt. Der zweite heißt Liedarz und ist der Sohn des Grafen Schyolarz.« Auch wer der dritte war, sollt ihr erfahren. Seine Mutter hieß Beaflurs, sein Vater Pansamurs. Beide stammten von den Feen ab. Ihr Sohn hieß Liachturteltart. Alle drei liefen zu Gachmuret und riefen: »O Herr, die Königin von Frankreich gewährt dir sogleich den Gewinn edler Liebe. Wenn du klug bist, kannst du also ohne jeden Einsatz spielen und ohne Verzug ungetrübtes Glück genießen.«

Als man diese Botschaft gehört hatte, sprach die Königin zu Kaylet, der ja vorher gekommen war und dessen Knie ein Zipfel ihres Mantels bedeckte: »Sprich, ist dir Schlimmeres geschehen, als man dir ansehen kann? Ich bemerkte, wie man auf dich einschlug.« Die liebliche Schöne streichelte mit weichen, weißen Händen, einem wahren Meisterwerk Gottes, seine Quetschungen. Wangen, Kinn und Nase waren nämlich blau gefleckt und schlimm geprellt. Er hatte die Base der Königin zur Gemahlin, und daher erklärte es sich, daß ihn die Königin durch die Berührung mit ihren Händen besonders ehrte. Danach sprach sie gemessen zu Gachmuret: »Die edle Französin trägt Euch sehr eifrig ihre Liebe an. Bezeigt aber Eure Achtung für alle andern Frauen dadurch, daß Ihr mir Recht widerfahren laßt. Bleibt, bis in dieser Sache der Rechtsspruch gefällt ist, sonst laßt Ihr mich in Schande zurück.«

Dies versprach der edle Ritter. Darauf nahm sie Abschied und ritt davon. Kaylet, der edle Recke, hatte sie aufs Pferd gehoben, so daß sie keinen Schemel brauchte. Danach ging er ins Zelt zurück zu seinen Freunden. Er sprach zu Hardiz: »Eure Schwester Alize hat mir einst ihre Liebe angetragen, und ich nahm, was mir geboten wurde. Nun hat sie einen anderen geheiratet, und dieser Bund erhob sie mehr, als ich es hätte tun können. Bei Eurer edlen Bildung – bezähmt Euern unbändigen Zorn. Fürst Lämbekin hat sie zur Gemahlin genommen. Trägt sie auch keine Königskrone, so steht sie doch in hohem Ansehen: Hennegau und Brabant sind ihr zu Diensten und mancher wackere Ritter. Bezeigt mir von neuem freundliches Entgegenkommen und freundschaftliche Gesinnung und nehmt dafür meinen Dienst an.«

Der König von Gascogne erwiderte, wie ihm sein Mannesmut befahl: »Eure Worte waren schon immer verführerisch. Wollte sich aber einer, dem Ihr viel Schmach zugefügt habt, um Eurer Worte willen mit Euch versöhnen, so müßte er doch aus Furcht vor Mißdeutung darauf verzichten. Ich bin schließlich der Gefangene Eures Vetters.«

»Der fügt keinem Menschen Unrecht zu. Von Gachmuret werdet Ihr sicherlich die Freiheit zurückerhalten. Das soll meine erste Bitte an ihn sein. Wenn Ihr dann frei seid, hoffe ich durch meine Ergebenheit die Zeit zu erleben, da Ihr mich Euren Freund nennt. Die erlittene Unbill solltet Ihr verschmerzen. Wie immer Ihr Euch aber zu mir stellt, Eure Schwester würde mich gewiß nicht töten.« Diese Worte erregten allgemeines Gelächter.

Doch die Heiterkeit wurde gedämpft, denn ihr Gastgeber wurde ob seiner treuen Gesinnung von Sehnsuchtsschmerz erfüllt. Herzenskummer ist nun einmal ein peinigender, spitzer Stachel. Jeder sah deutlich genug, daß Kummer ihn bedrückte, den die Freude über den errungenen Sieg nicht bezwingen konnte. Da geriet sein Vetter in Zorn und sprach zu ihm: »Du zeigst dich wirklich nicht sehr höflich!«

»Ach nein, ich kann mich des Kummers nicht erwehren, ich sehne mich nach der Königin. In Patelamunt ließ ich eine zärtliche Frau von untadeliger Wesensart zurück; das macht mich traurig. Ihre edle, keusche Zurückhaltung läßt mich nach ihrer Liebe verlangen. Reich und Volk gab sie mir zu eigen. So nimmt mir Frau Belakane jede Mannesfreude, und es ist wohl auch nicht unmännlich, sich seiner Untreue in der Liebe zu schämen. Die übergroße Fürsorge meiner Gemahlin verwehrte es mir, mich im Ritterkampf zu erproben, und ich wollte mich durch ritterliche Kampfestaten von meiner Mißstimmung befreien. Hier habe ich nun einige vollbracht. Manch unwissender Tor freilich meint, ihre dunkle Hautfarbe hätte mich fortgetrieben. O nein, sie war für mich wie die Sonne! Weil sie solch unvergleichliche Frau ist, fühle ich jetzt tiefes Herzeleid. An edler Würde überragte sie alle andern Frauen. Und noch etwas erfüllt mich mit Jammer: Ich sah, wie man den Schild mit meines Bruders Wappen umgekehrt trug, so daß die Spitze nach oben wies!«

Wehe über diese Worte, denn nun wird die Geschichte wirklich betrüblich. Die Augen des edlen Spaniers Kaylet füllten sich mit Tränen: »Wehe über dich, törichte Königin, denn um deiner Liebe willen hat Galoes sein Leben hingegeben. Alle Frauen sollten ihn aufrichtig und von Herzen beklagen, wenn sie dafür Lob ernten wollen. Ach, Königin von Averre, wie wenig es dich auch bekümmern mag, durch dich verlor ich einen Blutsverwandten! Im ritterlichen Zweikampf, in dem er dein Liebeszeichen trug, fand er den Tod. Die Fürsten seines Gefolges zeigen tiefstes Herzeleid; zum Zeichen ihres Jammers haben sie die breite Seite ihrer Schilde nach unten gekehrt. Ihre tiefe Trauer ist der Grund dafür, und so ziehen sie in ritterliche Kämpfe. Schmerz bedrückt sie, seit mein Vetter Galoes nicht mehr um Liebe dienen kann.«

Neues Herzeleid kam zum alten, als Gachmuret den Bericht über seines Bruders Tod vernahm. Voll Kummer sprach er: »Wie hat meines Ankers Spitze ihren Grund gefunden in tiefem Schmerz!« Er entledigte sich der Rüstung. Sein Schmerz ließ ihn in herbe Trauer sinken. In wahrer, treuer Verbundenheit sagte er: »Galoes von Anjou! Künftig darf niemand daran zweifeln: Nie wurde ein mannhafterer Adelssproß geboren! Aus deinem Herzen erblühte die Frucht wahrer Großmut. Mich rührt das Andenken an deine gütige Wesensart.« Dann wandte er sich an Kaylet: »Wie geht es meiner armen Mutter Schoette?«

»Daß es Gott erbarme! Als Gandin und dein Bruder Galoes ihr genommen wurden und sie auch dich nicht mehr an ihrer Seite sah, brach der Tod ihr das Herz.«

Da sprach König Hardiz: »Zeigt Euch nun mannhaft! Wenn Ihr ein rechter Mann seid, darf Euch der Schmerz nicht überwältigen!«

Gachmurets Schmerz war jedoch zu stark, so daß ein Tränenstrom aus seinen Augen floß. Doch er sorgte noch für die Bequemlichkeit der Ritter und zog sich dann in sein Schlafgemach zurück, ein kleines Samtzelt, wo er die Nacht hindurch mit dem Kummer rang.

Als der neue Tag anbrach, kamen die beiden Heere innerhalb und außerhalb der Stadt überein, alle, die kampfgerüstet am Turnierort weilten, ob jung oder alt, ob zaghaft oder tapfer, sollten auf weiteres Turnieren verzichten. Noch am späten Vormittag waren die Streiter vom Kampf so erschöpft und die Pferde vom ständigen Anspornen so abgetrieben, daß die kühnen Ritter sich dem Zwang der Übermüdung beugten. Nun ritt die Königin persönlich zu den edlen Herren aufs Turnierfeld und führte sie in die Stadt. Dort bat sie die Vornehmsten, zum Leoplane zu reiten. Man erfüllte ihre Bitte und begab sich dahin, wo dem tiefbetrübten König von Zazamanc die Messe gelesen wurde. Nach dem Segen traf auch Frau Herzeloyde ein und erhob Anspruch auf Gachmuret, was allenthalben Billigung fand. Da sagte er: »Herrscherin, ich habe bereits eine Gattin und liebe sie mehr als mein Leben. Doch auch wenn ich ledig wäre, wüßte ich, womit ich Euerm Anspruch entginge, wenn jemand meine Sache vertreten wollte.«

»Um meiner Liebe willen sollt Ihr von der Mohrin lassen. Der Segen der Taufe ist mächtiger. Laßt ab von den Heiden und liebt mich nach unserm Christenglauben, denn heftig verlangt mich nach Eurer Liebe. Oder sollte die Königin der Franzosen mir Euer Herz entfremden? Ihre Boten sprachen verlokkende Worte und gingen dabei bis zum Äußersten.«

»Sie ist ja auch meine wahre Gebieterin. Nach Anjou brachte ich eine ritterliche Erziehung, die ich ihrem klugen Rat verdanke. Noch heute erfreue ich mich der Wohltat, daß mich meine edle Gebieterin heranbildete, die frei ist von allem Makel. Wir waren damals noch Kinder und freuten uns doch, einander zu sehen. Jetzt und immer genießt Königin Ampflise den Ruhm wahren Frauentums. Aus den Einkünften ihres Landes gewährte mir die edle Frau großzügigste Unterstützung, denn ich war damals weit ärmer als jetzt. Daher nahm ich ihre Hilfe dankbar an. Doch Ihr, Herrscherin, mögt mich auch jetzt noch zu den Armen zählen; Ihr solltet mich bedauern, denn ich habe meinen edlen Bruder verloren. Bei Eurer vornehmen Bildung, dringt nicht länger in mich! Wendet Eure Liebe dorthin, wo die Freude zu Hause ist. In mir ist nur Trauer.«

»Laßt mich nicht länger in Sehnsucht brennen und sagt mir, wie Ihr Euch meinem Anspruch entziehen wollt.«

»Ich will Eure Frage beantworten. Hier wurde ein Turnier ausgeschrieben, doch es fand nicht statt. Viele Zeugen werden das bestätigen.«

»Das Vorabendturnier hat es verhindert. Selbst die Übermütigsten sind so ermattet davon, daß das eigentliche Turnier nicht zustande kam.«

»Ich habe doch nur Eure Stadt verteidigt, und das mit vielen anderen, die sich dabei auszeichneten. Erlaßt mir daher die erzwungene Rechtfertigung; hier hat sich mancher Ritter weit mehr bewährt als ich. Euer Anspruch auf mich ist nicht aufrechtzuerhalten. Ich wünschte mir von Euch nur die einem jeden zustehende Anerkennung.«

Wie mir die Erzählung berichtet, nahmen nun der Ritter und die Jungfrau einen Richter, der über der Herrscherin Klage entscheiden sollte. Es war schon fast Mittag, als man das Urteil verkündete: »Ein Ritter, der zu ritterlichem Streit hergekommen ist, seinen Helm festgebunden und den Turniersieg davongetragen hat, gehört der Königin.«

Dieses Urteil fand Zustimmung. Da sprach die Königin: »Herr Ritter, nun gehört Ihr mir! Ich werde mich bemühen, Eure Zuneigung zu gewinnen und Euch so glücklich zu machen, daß Ihr Euern Kummer vergeßt und wieder froh werdet.«

Er litt aber noch immer unter seinem Schmerz. Nun war jedoch der April bereits vergangen. Das erste Gras sproß, und die Flur ergrünte, was selbst schüchterne Herzen ermutigt und mit Frohsinn erfüllt. Die linden Mailüfte brachten viele Bäume zum Blühen, und Gachmurets Abkunft von den Feen ließ ihn Liebe fühlen oder nach ihr verlangen. Und die liebende Frau wollte sie ihm auch gewähren. So sah er Herzeloyde an, und sein schöngeschwungener Mund sprach mit edlem Anstand: »Gebieterin, wenn ich mich an Eurer Seite glücklich fühlen soll, so laßt mir meine Freiheit. Habe ich meinen Schmerz erst überwunden, so werde ich mich sicher nach ritterlichen Kampfestaten sehnen. Verbietet Ihr mir das Turnieren, so bleibt mir nur die erprobte List, mit der ich mich meiner Gemahlin entzog, die ich durch ritterliche Taten gewann. Als sie mich dem Kampfe fernhielt, verließ ich ihr Volk und ihr Reich.«

Da sprach sie: »Herr, bestimmt nur selbst, was Ihr tun wollt. Lebt, wie es Euch gefällt.«

»Ich möchte noch manche Lanze zerbrechen. Gebieterin, Ihr solltet Euch damit einverstanden erklären, daß ich allmonatlich an einem Turnier teilnehme.«

Dies versprach sie, wie ich erfuhr. So erhielt er das Reich und die Jungfrau.

Als die Zustimmung erteilt und das Urteil gefällt wurde, waren die drei Pagen der Königin Ampflise anwesend und auch ihr Kaplan, so daß er alles hörte und sah. Heimlich flüsterte er Gachmuret zu: »Man hat meiner Gebieterin berichtet, daß Ihr vor Patelamunt den höchsten Siegespreis davontrugt und dort Herrscher seid über zwei Königreiche. Auch sie besitzt ein Reich und möchte Euch Hand und Besitztum antragen.«

»Da sie mich zum Ritter gemacht hat, unterstehe ich nunmehr den Gesetzen des Ritterstandes und muß ihnen widerspruchslos Folge leisten. Hätte ich nicht den Schild von ihr erhalten, so wäre alles anders gekommen. Ritterliches Urteil hält mich hier fest, ob ich betrübt oder froh darüber bin. Kehrt zurück und sagt ihr, ich möchte ihr gern zu Diensten stehen und trotz allem auch fernerhin ihr Ritter sein. Selbst wenn alle Königreiche mein wären, trüge ich schmerzliche Sehnsucht nach ihr im Herzen.«

Er bot ihnen reiche Geschenke, doch sie schlugen seine Gabe aus. Die Boten kehrten also heim, ohne ihrer Herrscherin Schande zu bereiten, ja sie verabschiedeten sich nicht einmal, wie es häufig aus Zorn geschieht. Die drei fürstlichen Knappen waren fast blind vom Weinen.

Indes erfuhren diejenigen, die bisher aus Trauer ihre Schilde umgekehrt getragen hatten, draußen auf freiem Felde von ihren Freunden: »Königin Herzeloyde hat den Herrn von Anjou erhalten.«

»Welcher Herr von Anjou war denn hier? Unser Gebieter ist ja leider anderswo. Er zog um Ritterruhmes willen zu den Sarazenen, was für uns recht schmerzlich ist.«

»Der Mann, der den höchsten Ruhmespreis davontrug und viele Ritter fällte, der gewaltig dreinstach und zuschlug und den kostbaren Anker auf dem Helm mit den funkelnden Edelsteinen trug, ist ja der, von dem ihr sprecht. König Kaylet sagte mir, der Herr von Anjou sei Gachmuret. Er hat hier wahrhaftig großen Erfolg errungen.«

Da liefen die anderen sogleich zu ihren Pferden. Als sie zu ihrem Herrn kamen, wurden ihre Gewänder naß von Tränen. Man hieß sich gegenseitig willkommen, und auf beiden Seiten war die Freude gemischt mit Schmerz. Gachmuret küßte seine Getreuen und sprach: »Überlaßt euch meines Bruders wegen nicht uferloser Betrübnis. Ich kann ihn euch ersetzen. Kehrt den Schild um und laßt wieder Freude in eure Herzen einziehn. Fortan werde ich das Wappen meines Vaters tragen, denn mein Anker hat Grund gefunden in seinem Reich. Der Anker ist das Zeichen des Kriegsdienst suchenden fahrenden Helden; nehme und trage ihn fortan, wer mag. Da ich nun große Macht errungen habe, muß ich mich meinen Herrscherpflichten widmen. Wenn ich des Volkes Herrscher sein soll, so würde mein Kummer es nur traurig machen. Helft mir denn, Frau Herzeloyde, und laßt uns alle Könige und Fürsten hier bitten, meine Einladung anzunehmen und zu bleiben, bis Ihr mir die ersehnte Erfüllung schenkt.«

Beide baten darum, und die Edlen sagten ohne Säumen zu. Ein jeder machte sich's bequem. Die Königin aber sprach zu ihrem Geliebten: »Vertraut

Euch nun meiner treusorgenden Liebe an!«, und führte ihn heimlich hinweg.

Wenn auch der Gastgeber nicht dabei war, so wurden seine Gäste doch trefflich bedient. Zwar stand Gachmurets und Herzeloydes Gesinde bereit, doch Gachmuret ging allein davon – nur von zwei Pagen geleitet. Die Königin und ihre Jungfrauen führten ihn dorthin, wo er das Glück fand und all seine Trauer verflog. Sein Leid wurde besiegt, und neu erstand seine Lebenslust, was an der Seite der Geliebten nicht verwunderlich ist. Die Königin Herzeloyde verlor dabei ihre Jungfernschaft. Sie schonten ihre Lippen nicht, sondern versengten sie mit heißen Küssen und hielten ihrem Glück jede Trauer fern.

Danach vollbrachte Gachmuret eine hochherzige Tat: Er gab allen Gefangenen die Freiheit wieder. Dazu versöhnte er Hardiz und Kaylet. Nun wurde ein so herrliches Fest gefeiert, daß jeder, der es ihm gleichtun wollte, über große Reichtümer verfügen müßte. Gachmuret war gewillt, seinen Besitz nicht zu schonen. Alle gewöhnlichen Ritter erhielten arabisches Gold, den anwesenden Königen und Fürsten aber überreichte er mit eigener Hand Edelsteine. Auch das fahrende Volk der Spielleute war ausgelassen froh, denn alle wurden reich beschenkt. Doch laßt nun dahinziehen, die da seine Gäste waren; der Edle aus Anjou verabschiedete sie. Ein Pantherbild aus Zobelpelz – das Wappen seines Vaters – nagelte man auf seinen Schild; ein hauchdünnes weißes Seidenhemd seiner Gemahlin, der Königin, das sie auf bloßem Leib zu tragen pflegte, zog er über seine Rüstung. Achtzehn solcher Hemden, von Lanzenstößen und Schwertschlägen zerfetzt, trug er später heimwärts, ehe er endgültig Abschied nahm von seiner Gemahlin, und sie trug diese Zeugen siegreicher Kämpfe auf der bloßen Haut, wenn ihr Geliebter nach ritterlichen Kämpfen, in denen er so manchen Schild durchbohrte, zurückkehrte. Sie liebten einander in unwandelbarer Treue.

Gachmuret genoß bereits hohes Ansehen, als ihn seine Manneskühnheit zu ernstem Streit fern übers Meer führte. Diese Fahrt erfüllt mich mit Kummer. Er erhielt nämlich sichere Nachricht, daß sein ehemaliger Dienstherr, der Baruc, von den beiden Königen von Babylon, Ipomidon und Pompejus, mit großer Heeresmacht überfallen worden sei. Pompejus, wie er in dieser Geschichte genannt wird, war ein hochgemuter und edler Mann. Es ist nicht der Pompejus, der einst vor Julius Cäsar aus Rom geflohen war. Sein Oheim war König Nabuchodonosor, der in trügerischen Schriften gelesen hatte, er sei ein Gott, worüber heute jeder lachen würde. Die beiden Brüder, die bei allen Unternehmungen Leben und Besitz in die Waagschale warfen, entstammten vornehmem Geschlecht: ihr Ahnherr war Ninus, der vor der Gründung von Bagdad das Land beherrscht und auch Ninive erbaut hatte. Nun aber waren sie dem Baruc zinspflichtig, und sowohl Zinslast als auch Schande drückten sie. So war ein Krieg ausgebrochen, in dem beide Parteien abwechselnd Siege errangen und Niederlagen hinnehmen mußten und Helden große Taten vollbrachten. Gachmuret fuhr also zu Schiff übers Meer und fand den Baruc mitten im Heerlager. Man nahm ihn mit Freuden auf, doch ich beklage seine Reise.

Was da geschah, wie es dort zuging, wie das Kriegsglück wechselte, das erfuhr Frau Herzeloyde nicht. Sie strahlte vor Schönheit und Glück wie die Sonne und war ganz erfüllt von ihrer Liebe. Sie lebte in Reichtum und Jugendschönheit, im Überfluß des Glücks und sah selbst ihre kühnsten Wünsche übertroffen. Sie wandte ihr Herz dem Guten zu und gewann dadurch die Zuneigung ihrer Mitmenschen; ihr vorbildlicher Lebenswandel fand reiches Lob, und ihre Keuschheit wurde gepriesen. Sie war Königin über drei Länder, denn sie war nicht nur Herrscherin von Valois und Anjou, sondern trug in ihrer Hauptstadt Kingrivals auch die Krone von Norgals. Ihren Gemahl liebte sie so sehr, daß sie jeder andern Frau einen ebenso edlen Geliebten gegönnt hätte. Als er aber ein halbes Jahr ferngeblieben war, erwartete sie sehnlichst seine Rückkehr, denn sie lebte einzig von der Hoffnung auf Gachmurets Wiederkehr. Doch da brach die Klinge ihres Glücks in der Mitte des Griffs entzwei. Weh und ach! Daß Güte solches Leid erfährt und Treue solchen Schmerz zeitigt! Das aber ist der Lauf der Welt: heute Freude, morgen Leid.

Eines Tages befiel die edle Frau während der Mittagsruhe ein beängstigender Traum. Furchtbarer Schrecken überkam sie. Ihr war, als trüge ein Meteor sie hoch durch die Lüfte, wo feurige Blitze sie gewaltig erschütterten. Alle zuckten auf sie nieder, so daß es in ihren langen Zöpfen von Funken nur so knisterte und zischte. Mit fürchterlichem Krachen hallte der Donner und ließ feurige Tränen auf sie niederregnen. Als sie wieder zu sich kam, zerrte ein Greif an ihrer rechten Hand. Und von neuem wandelte sich das Traumbild. Merkwürdigerweise schien es ihr, sie wäre die Amme eines Drachen, der ihren Leib zerriß, an ihren Brüsten sog und dann rasch davonflog, so daß sie ihn nicht mehr sah. Er riß ihr das Herz aus der Brust; dies Entsetzliche mußte sie bei vollem Bewußtsein mit eigenen Augen ansehen. Wohl kaum hat je eine Frau im Schlaf solche Ängste ausstehen müssen. War Herzeloyde bislang eine glänzende Dame, ach, so sollte sich das jetzt ganz und gar ändern und Herzensweh ihren Glanz verdüstern. Unfaßbar großer Verlust wird sie treffen, schweres Herzeleid naht sich ihr! Hatte sie erst reglos dagelegen, so warf sich die edle Frau nun im Schlafe hin und her und begann laut zu wehklagen. Da sprangen die Jungfrauen, die bei ihr saßen, hinzu und weckten sie.

In diesem Augenblick kam Tampanis, der kluge erste Knappe ihres Gemahls, mit vielen Junkern geritten. Nun war des Glückes Ende da, denn die Ankömmlinge verkündeten unter Klagen den Tod ihres Herrn. Die Nachricht traf Frau Herzeloyde so schwer, daß sie ohnmächtig zu Boden sank. Die Ritter aber fragten: »Wie konnte unser Herr in seiner Rüstung, die ihn so zuverlässig schützte, den Tod finden?«

Wie sehr den Knappen der Schmerz auch quälte, er berichtete doch den Helden: »Mein Herr mußte so jung sein Leben lassen, weil er der großen Hitze wegen seine Kettenhaube ablegte. Verfluchte heidnische Hinterlist hat uns den tapferen Helden geraubt. Ein Ritter hatte Bocksblut in eine lange Flasche gefüllt und zerschlug sie auf Gachmurets Diamanthelm, der nun weicher wurde als ein Schwamm. Möge ihn, den man als Lamm darstellt, das Kreuz zwischen den Füßen, erbarmen, was sich nun abspielte! Hei, wie wurde da gekämpft, als die Ritterscharen zusammenstießen! Die Ritter des Baruc setzten sich mit Heldenkraft zur Wehr. Viele Schilde wurden auf dem

Feld vor Bagdad durchstoßen, als sie aufeinanderprallten. Die Reiterhaufen verkeilten sich so ineinander, daß sich die Wimpel verwickelten, und mancher stolze Held mußte sein Leben lassen. Mein Herr vollbrachte solche Taten, daß der Ruhm aller andern dagegen verblaßte. Dann aber sprengte Ipomidon heran. Mit dem Tod übte er Vergeltung an meinem Herrn, denn er stach ihn vor den Augen von vielen tausend Rittern aus Alexandrien nieder. Mein geradsinniger Herr hatte sich gegen den König gewandt, dessen Lanze ihm den Tod bringen sollte, denn sie durchstieß den Helm und durchbohrte seine Stirn, in der man später die abgebrochene Spitze fand. Dennoch hielt sich der Recke im Sattel und ritt zu Tode verwundet noch vom Schlachtfeld auf einen freien Platz. Sein Kaplan beugte sich über den Sterbenden, der mit wenigen Worten beichtete; dies Hemd und die Lanzenspitze, die ihn uns genommen hat, schickte er hierher. Er befahl seine Pagen und Knappen der Huld der Königin und starb ohne Sünde.

Man überführte ihn nach Bagdad, wobei der Baruc keine Kosten scheute. Der Sarg, in dem der Held ohne Tadel ruht, wurde mit Gold und kostbaren Edelsteinen geschmückt, sein jugendblühender Leichnam einbalsamiert. Vor Kummer wurde vielen Menschen das Herz schwer. Sein Sargdeckel besteht aus einem kostbaren Rubin, so daß er darunter zu sehen ist. Auf unsere Bitte ließ man uns über seinem Grab ein Kreuz errichten, das an den Märtyrertod erinnert, mit dem uns Christus erlöst hat; es soll ihm Trost spenden und seiner Seele Schutz sein. Auch dafür stellte der Baruc die Mittel bereit. Das Kreuz besteht aus einem kostbaren Smaragd. Wir errichteten es ohne Hilfe der Heiden, deren Religion ja nichts weiß von dem Kreuz, an dem uns Christus durch seinen Tod erlöst hat. Die Heiden beten nun wahrhaftig Gachmuret an als ihren mächtigen Gott, doch nicht des Kreuzes oder der christlichen Lehre wegen, die uns am Jüngsten Tag Erlösung bringen wird. Mannestreue und reuige Beichte werden Gachmuret im Himmel strahlenden Glanz verleihen. Er war ohne Falsch.

In seinen Diamanthelm ritzte man eine Inschrift, dann wurde der Helm an der Spitze des Kreuzes befestigt. Die Inschrift lautet: ›Durch diesen Helm traf ein Lanzenstoß den edlen, tapferen Helden. Er hieß Gachmuret, als mächtiger König herrschte er über drei Königreiche, und die Krone eines jeden Reiches machte ihm mächtige Fürsten untertan. In Anjou geboren, verlor er vor Bagdad sein Leben im Kampf für den Baruc. Sein Ruhm war so groß, daß sich ihm niemand vergleichen kann, wo man auch Ritter daraufhin prüfen wollte. Noch ist kein Ritter geboren, der ihm an Tapferkeit gleichkäme. Mit hilfreicher Tat und Mannesrat stand er seinen Freunden stets bei. Um der Frauen willen nahm er harte Prüfungen auf sich. Er war getauft und christlichen Glaubens. Sein Tod wurde wahrhaftig auch von den Sarazenen bedauert. Seit er zum Manne gereift war, strebte er kühn nach Mannesruhm; mit ritterlichem Ruhm starb er auch. Treulosigkeit kannte er nicht. Wünscht ihm Heil, der hier ruht!‹«

Und wirklich verhielt es sich so, wie der Knappe berichtet hatte. Viele aus Valois brachen in Tränen aus, und sie hatten wahrlich Grund zum Wehklagen. Die Herrscherin aber trug ein Kind unter dem Herzen, das sich in ihr bereits bewegte, als man sie ohne Hilfe liegenließ. Es hatte sich schon seit achtzehn Wochen geregt. Doch nun rang seine Mutter, die Königin Herzeloyde, mit dem Tode. Die andern waren offenbar alle wie von Sinnen, daß sie ihr nicht beisprangen, denn sie trug ja den in sich, der die herrlichste Blüte des Ritterstandes werden konnte, wenn der Tod jetzt an ihm vorüberging. Da kam, um ihr klagen zu helfen, ein kluger Alter zur Herrscherin, als sie schon mit dem Tode rang. Sogleich zwang er ihr die zusammengebissenen Zähne auseinander, so daß man ihr Wasser einflößen konnte. Da kam sie wieder zur Besinnung und sprach: »Wehe, wo ist mein Geliebter?«, und brach in herzzerreißende Klagen aus. »Gachmurets Herrlichkeit war meines Herzens ganzes Glück. Sein kühner Kampfeseifer hat ihn mir genommen. Nun bin ich ihm Gattin und Mutter zugleich, wenn auch viel jünger als er, denn ich trage ihn in mir, seinen Lebenskeim, den unsre Liebe in mich senkte. Wenn Gott treu ist, so lasse er ihn mir zur Frucht reifen. Habe ich doch mit meinem hochsinnigen und lieben Mann schon schwersten Verlust erlitten. Wie grausam hat der Tod an mir gehandelt! Nie hat Gachmuret Frauenliebe genossen, ohne sein Weib an seinem Glück teilnehmen zu lassen und ihr Leid mitzutragen. Wahre Gattentreue hieß ihn so handeln, denn er war ohne Falsch.«

Hört nun weiter, was die Herrscherin danach tat. Mit Armen und Händen umschloß sie ihren Leib mit dem Kind darin und sprach: »Gott lasse mich die edle Frucht Gachmurets gebären; das ist mein Herzenswunsch. Gott bewahre mich vor törichter Selbstgefährdung; es wäre Gachmurets zweiter Tod, wenn ich mich an mir selbst verginge, solange ich in mir trage, was ich von der Liebe dessen empfing, der mir immer wahre Gattentreue bewies.«

Dann riß sich die Herrscherin das Hemd von der Brust, unbekümmert, wer es sah. Sie faßte ihre zarten weißen Brüste und drückte sie mit echt weiblicher Regung an ihre roten Lippen. »Du bist«, sprach die wissende Frau, »Gefäß für die Nahrung eines Kindes; es hat sie für sich bereitet, seit es sich in mir regte.« Ihre innigsten Wünsche sah sie erfüllt, nun diese Nahrung, die Milch ihrer Brüste, ihr Herz wie ein Dach überwölbte. Sie drückte sie heraus und sprach dabei: »Treue hat dich entstehen lassen. Wäre ich nicht schon getauft, wollte ich mich mit dir taufen. Mit dir und meinen Tränen will ich mich reich benetzen, vor aller Augen und im geheimen, um Gachmuret so zu beklagen.«

Darauf ließ die Herrscherin das blutbespritzte Hemd holen, in dem Gachmuret in des Barucs Heer umgekommen war – gefallen voll Kampfesmut und wahrer Manneskühnheit. Sie verlangte auch nach der Lanzenspitze, die Gachmuret den Tod gebracht hatte. Ipomidon von Ninive, der kühne und edle Babylonier, hatte an ihm im Kampf solche Vergeltung geübt, daß das Hemd von vielen Schlägen zerfetzt war. Die Herrscherin wollte es sich überstreifen, wie sie sonst getan hatte, wenn ihr Gemahl nach ritterlichen Kämpfen heimgekehrt war, doch man nahm es ihr aus der Hand. Die Edelsten des Reiches bestatteten die Lanzenspitze und das blutgetränkte Hemd im Münster, als würde der Tote selbst beigesetzt. Großes Wehklagen erhob sich nun in Gachmurets Reich.

Vierzehn Tage darauf brachte die Herrscherin ein

Kindlein zur Welt; es war ein Sohn und so kräftig gebaut, daß seine Geburt sie fast das Leben kostete. Nun beginnt die eigentliche Erzählung, denn erst jetzt ist der geboren, von dem sie handelt. Bisher habt ihr von seines Vaters Glück und Unglück, von seinem Leben und Sterben so mancherlei vernommen. Nun wißt ihr, wo die Hauptperson dieser Geschichte herstammt, und sollt auch erfahren, wie man ihn behütete. Man hielt ihn nämlich von Kindheit an allem ritterlichen Tun und Treiben fern.

Nachdem die Königin sich erholt und ihr Kindlein wieder zu sich genommen hatte, beschaute sie mit ihren Hofdamen sein Gliedlein zwischen den Beinen. Immer wieder wurde er geherzt und geliebkost, da er so recht wie ein Mann gebaut war. Später sollte er mit den Schwertern wie ein Schmied umgehen und viele Funken aus den Helmen seiner Gegner schlagen, denn er trug Manneskühnheit im Herzen. Der Königin machte es Freude, ihn immer wieder zu küssen. Eindringlich sprach sie zu ihm: »Bon fils, cher fils, beau fils!« Voll Eifer ergriff sie ihre zartroten Male – ich meine ihre Brustspitzen – und schob sie ihm ins Mäulchen. Und die ihn in ihrem Schoß getragen hatte, war auch seine Amme: allen unweiblichen Wesens bar, nährte sie ihn selbst an ihren Brüsten. Es schien ihr fast, als hätte sie Gachmuret wieder in die Arme geschlossen. Sie entzog sich ihren Mutterpflichten nicht leichtfertig, sondern gab sich ihnen demütig hin. Sinnend sprach Frau Herzeloyde: »Die höchste Königin hat ihre Brüste Jesus gereicht, der später für uns in Menschengestalt einen qualvollen Tod am Kreuz erlitt und uns damit seine Treue bewies. Wer seinen Zorn mißachtet, dessen Seele hat einen schweren Stand vor seinem Gericht, wie rein er auch sei oder gewesen sein mag. Das ist die lautere Wahrheit.« Die Herrscherin des Reiches benetzte sich mit dem Schmerzenstau ihres Herzens. Ihre Augen regneten Tränen auf das Knäblein nieder, denn sie war eine rechte Frau: ihr Mund konnte ebenso seufzen wie lachen, sie war glücklich über die Geburt ihres Sohnes, doch ihre Freude ertrank im Strom ihres Leides.

Wenn jemand von Frauen besser zu sprechen weiß als ich, so macht mir dies nichts aus. Ich höre gern, was ihnen große Freude macht. Nur einer einzigen verweigere ich getreuen Dienst. Mein Zorn über sie hat sich stets erneuert, seit ich sie einmal untreu fand. Ich bin Wolfram von Eschenbach und verstehe mich einigermaßen auf die Sangeskunst. Ich bin aber auch wie eine Zange, die meinen Zorn auf diese Frau festhält. Sie hat mir solches Unrecht angetan, daß mein Groll gegen sie unstillbar ist. Deshalb grollen mir nun die anderen Frauen. Ach, warum tun sie das? Zwar schmerzt mich ihr Groll, doch entschuldigt sie ihr Frauenstolz; denn ich habe einmal das Maß überschritten und mir dadurch selbst geschadet; das soll mir so rasch nicht wieder geschehen. Doch sie mögen sich nicht leichtfertig meinen Bollwerken nähern; sie dürfen kräftiger Gegenwehr sicher sein. Ihr Wesen und Tun weiß ich durchaus gerecht einzuschätzen. Wird eine Frau von Keuschheit geleitet, so werde ich ihren Ruhm streitbar vertreten, und ihr Schmerz ist mir von Herzen leid. Wer allerdings einer einzigen Frau zuliebe von allen andern Edelfrauen mit Geringschätzung spricht, dessen Rühmen hinkt. Einer jeden, die sehen und hören möchte, wer ich wirklich bin, sei ohne Trug folgendes gesagt: Dem Rittertum gehöre ich an durch Geburt und Erziehung. Sollte mir eine Frau nur um der Dichtkunst willen ihre Liebe schenken, meinen ritterlichen Mut jedoch nicht achten, ich würde an ihrem Verstande zweifeln. Wenn ich um die Liebe einer rechten Frau werbe, so möge sie ihre Gunst danach bemessen, wie ich mir mit Schild und Lanze den Lohn der Liebe zu erdienen weiß. Um hohen Einsatz spielt, wer mit Rittertat um Liebe wirbt.

Wenn ich nun mit der Erzählung der Geschichte fortfahre und mancherlei überraschende Dinge berichte, so mögen die Frauen dies nicht als Schmeichelei auffassen. Wer aber will, daß ich weitererzähle, darf diese Geschichte keineswegs als gelehrtes Buch betrachten. Ich selbst kann nämlich weder lesen noch schreiben. Es gibt ihrer freilich viele, die Dichtung auf Bildung und Gelehrsamkeit gründen. Diese meine Geschichte fügt sich nicht den Grundsätzen gelehrter Schulweisheit. Ehe man sie für ein Buch solcher Art nähme, wollte ich lieber nackt und ohne Badetuch im Bad sitzen, wenn ich nur wenigstens den Badewedel zur Hand hätte.

DRITTES BUCH

Es betrübt mich, daß so viele den Namen Frau tragen. Alle haben zwar helle Stimmen, aber die Mehrheit neigt zur Falschheit, und nur wenige sind ohne Falsch. Es gibt also in Wirklichkeit zwei Gruppen, und daß man ihnen unterschiedslos den gleichen Namen gibt, hat mein Herz schon immer verdrossen. Frauentum, zu deinem Wesen gehört und gehörte noch stets die Treue. Viele meinen, Not und Entbehrung taugen zu nichts. Wer sie jedoch um der Treue willen erduldet, dessen Seele bleibt vom Höllenfeuer verschont.

Eine Frau nahm sie tatsächlich um der Treue willen auf sich, und dafür wird sie im Himmel ewigen Lohn erhalten. Ich glaube, kaum jemand möchte schon in jungen Jahren auf irdische Macht und irdischen Reichtum verzichten um der himmlischen Herrlichkeit willen. Ich jedenfalls kenne niemand, und dies gilt für Männer und Frauen; sie alle würden eine solche Wahl nicht treffen. Die mächtige Herrscherin Herzeloyde jedoch ließ ihre drei Königreiche fahren und nahm die Last der Trübsal auf sich. Sie war so geläutert von allem Makel, daß weder Auge noch Ohr an ihr ein Fehl entdeckten. Nur noch ein Nebelstreif war ihr die Sonne; sie floh die Freuden der Welt. Tag und Nacht vergingen ihr ohne Unterschied, denn ihr Herz war voll Trauer um den verlorenen Gatten.

Die leiderfüllte Herrscherin zog sich in einen Wald zurück, und zwar in die Einöde Soltane. Doch sie wollte sich nicht an den Wiesenblumen erfreuen, denn ihr Herzenskummer war so groß, daß kein Blumenkranz, ob rot oder gelb, von ihr beachtet wurde. Dorthin brachte sie das Kind des edlen Gachmuret, um es vor den Gefährdungen der Welt zu schützen. Ihre Begleiter mußten roden und das Feld bebauen, während sie ihren Sohn liebevoll umsorgte. Ehe er verständiger wurde, versammelte sie ihr Gefolge – Männer und Frauen – um sich und verbot ihnen, über Ritter zu sprechen, wenn ihnen ihr Leben lieb wäre. »Erführe nämlich mein Herzensliebling etwas vom Ritterleben, erwüchse mir daraus schweres Leid. Seid also verständig und sagt ihm nichts vom Rittertum.« Das war allerdings schwer.

Der Knabe wuchs also in der Einöde Soltane in aller Abgeschiedenheit auf und wurde so um die königliche Erziehung gebracht. Nur in einem Punkt war dies anders: Mit eigener Hand schnitzte er sich Bogen und Pfeile und erlegte auf der Pirsch viele Vögel. Hatte er aber einen Vogel erlegt, der zuvor mit lautem Schall gesungen hatte, dann weinte er und raufte sich in Verzweiflung die Haare. Er selbst war schön und wohlgestaltet. Jeden Morgen wusch er sich am Bach auf der Wiese. Kummer kannte er nicht, wäre nicht der Gesang der Vögel gewesen, dessen Süße ihm seltsam tief ins Herz drang, so daß sich seine kindliche Brust voll Sehnsucht weitete. Dann lief er bitterlich weinend zur Königin. Sie fragte: »Wer hat dir etwas getan? Du warst doch nur draußen auf der Wiese.« Er konnte es jedoch nicht erklären, wie es bei Kindern häufig ist.

Die Königin ging dem lange nach, bis sie ihn eines Tages zu den Wipfeln der Bäume hinaufstarren und dem Vogelsang lauschen sah. Sie bemerkte wohl, daß sich die Brust ihres Kindes bei dem Gesang sehnsuchtsvoll weitete, bezwungen von angestammter Wesensart und kindlichem Lebensdrang. Ohne recht zu wissen, warum, richtete Frau Herzeloyde ihren Haß auf die Vögel und wollte ihren Gesang zum Verstummen bringen. Sie befahl ihren Ackersleuten und Knechten, alle Vögel zu fangen und zu töten. Doch die Vögel waren flinker als die Häscher, so daß einige dem Tode entgingen und am Leben blieben; die sangen nur um so fröhlicher.

Da sprach der Knabe zur Königin: »Was wirft man den Vögeln vor?« Und er verlangte, daß man sie auf der Stelle in Frieden ließe. Seine Mutter küßte ihn auf den Mund und rief: »Warum nur breche ich das Gebot des höchsten Gottes? Sollen die Vögel um meinetwillen auf ihren frohen Gesang verzichten?« Der Knabe aber fragte sogleich die Mutter: »Ei Mutter, was ist das, Gott?«

»Ich will ihn dir genau beschreiben, mein Sohn. Er hat sich entschlossen, Menschengestalt anzunehmen, und ist strahlender noch als der helle Tag. Merke dir eine Lehre, mein Sohn: Solltest du je in Not geraten, so flehe ihn um Beistand an, denn er hat der Menschheit in seiner Treue noch stets geholfen. Ein anderer heißt Höllenfürst. Der ist schwarz und voll Untreue. Vor ihm und vor zweifelndem Schwanken mußt du dich hüten!« So erklärte seine Mutter ihm den Unterschied zwischen Dunkelheit und Licht. Danach sprang er schnell davon.

Er lernte den Jagdspeer werfen und erlegte mit ihm manchen Hirsch, was seiner Mutter und ihrem Gefolge Nutzen brachte. Im Sommer wie im Winter zog er mit Erfolg auf die Jagd, und hört nur das Erstaunliche: Hatte er ein Wild erlegt, dessen Gewicht einem Maultier zu schaffen gemacht hätte, so trug er es unzerlegt auf seinen Schultern heim.

Eines Tages jagte er auf einem langgestreckten Abhang. Gerade brach er einen Zweig, um auf einem Blatt die Locktöne des Wildes nachzuahmen, als er auf einem Waldweg in der Nähe den Klang von Hufschlägen vernahm. Er wog seinen Jagdspeer in der Hand und sprach: »Was habe ich gehört? Wollte doch der Teufel in zornigem Grimm herbeikommen, ich würde es mit ihm aufnehmen. Meine Mutter erzählt schreckliche Dinge von ihm, aber ich glaube, ihr fehlt nur Mut.« Und voller Kampfbegier stand er bereit.

Seht nur, da kamen drei Ritter galoppiert, herrlich anzusehen, von Kopf bis Fuß gewappnet, so daß der Knabe jeden der drei allen Ernstes für einen Gott hielt. Daher blieb er nicht stehen, sondern warf sich mitten auf dem Weg auf die Knie und rief laut: »Hilf mir, Gott, denn du kannst Hilfe bringen!«

Der vorderste Reiter wurde zornig, als der Knabe auf dem Wege kniete. »Dieser närrische Bursche aus Valois hemmt unsern eiligen Ritt!«

Was man uns Bayern nachrühmt, muß ich auch den Leuten aus Valois zuerkennen: sie sind zwar noch dümmer als die Bayern, doch im Kampfe stehen sie ihren Mann. Wer in diesen beiden Ländern aufwächst, ist ein Muster an Anstand und Schicklichkeit.

Jetzt kam mit verhängten Zügeln noch ein Ritter in prachtvoller Rüstung herangesprengt, der es offenbar sehr eilig hatte. Voll Kampfbegier verfolgte er zwei Ritter, die großen Vorsprung gewonnen hatten. Sie hatten aus seinem Reich eine Edelfrau entführt, was dieser Held als schwere Schmach empfand. Ihn bekümmerte die Verzweiflung der Jungfrau, die leiderfüllt vor ihnen herritt. Die drei Ritter gehörten zu seinem Gefolge. Er saß auf einem prächtigen Kastilianer, und sein Schild sah arg mitgenommen aus. Der Ritter hieß Karnachkarnanz und war der Graf von Ulterlec. Er rief: »Wer versperrt uns den Weg?«, und ritt auf den Knaben zu. Dem aber erschien er wie ein Gott. So viel Glanz hatte er noch nie erblickt. Der Saum des Waffenrocks streifte das taufunkelnde Gras. Die Steigbügel waren mit klingenden Goldglöckchen verziert und hatten genau die richtige Länge. Wenn er den rechten Arm bewegte, erklangen gleichfalls Glöckchen. Er wünschte ihren hellen Klang als Begleitung der Schwertschläge, denn der Held war schnell bei der Hand, wenn es um ritterlichen Ruhm ging. So also ritt der prächtig geschmückte mächtige Fürst dahin.

Karnachkarnanz fragte nun den, der ein wahrer Blütenkranz männlicher Schönheit war: »Junker, habt Ihr hier zwei Ritter vorbeireiten sehen? Sie verdienen es nicht, überhaupt noch Ritter genannt zu werden, denn sie geben sich mit Frauenraub und Schändung ab und sind daher ehrlos. Sie schleppen ein geraubtes Mädchen mit sich.«

Als er so sprach, hielt ihn der Knabe für Gott, denn Frau Herzeloyde, die Königin, hatte Gott als Lichtgestalt beschrieben. Daher rief er laut und überzeugt: »Hilf mir, hilfreicher Gott!« Immer wieder warf sich der Sohn Gachmurets anbetend auf die Knie.

Der Fürst entgegnete: »Ich bin nicht Gott, doch seine Gebote erfülle ich gern. Wenn du richtig hinsiehst, wirst du hier vier Ritter erkennen.«

Da fragte der Knabe: »Du sprichst von Rittern. Was ist das? Hast du nicht die Stärke Gottes, dann sage mir, wer die Ritterwürde verleiht.«

»Das tut König Artus. Wenn Ihr an seinen Hof kommt, Junker, wird er Euch zum Ritter machen, daß Ihr Euch dessen nie zu schämen braucht. Es scheint, als wäret Ihr ritterlicher Herkunft.«

Nun betrachteten ihn die Helden genauer und erkannten, daß Gott an ihm ein wahres Wunderwerk vollbracht hatte. Der Erzählung – die es verläßlich überlieferte – entnehme ich, daß es seit Adams Zeit keinen schöneren Mann gegeben hat. Später war sein Lobpreis in aller Frauen Munde.

Der Knabe sprach weiter – und erregte damit Gelächter: »Ei, edler Ritter, was bist du eigentlich für ein Wesen? Du hast dir am ganzen Leib von oben bis unten viele Ringe umgebunden.« Er betastete die Eisenteile der Rüstung des Fürsten, betrachtete den Kettenpanzer und meinte: »Die Jungfrauen meiner Mutter tragen ihre Ringe an Schnüren; sie sind bei ihnen nicht so miteinander verflochten.« Dann sprach er in seiner Einfalt: »Wozu braucht man, was dir so gut paßt? Ich kann nichts davon losbekommen.«

Da zeigte der Fürst ihm sein Schwert: »Sieh her! Wenn mich jemand zum Kampf herausfordert, so setze ich mich mit dem Schwert zur Wehr. Um mich vor seinen Schlägen zu schützen, muß ich mich so kleiden; gegen Stoß und Stich muß ich gewappnet sein.«

Darauf sagte der Knabe eifrig: »Hätten die Hirsche so ein Fell, dann könnte sie mein Jagdspeer nicht verwunden. Mit ihm habe ich schon viele erlegt.«

Die Ritter wurden ärgerlich, daß sich ihr Herr so lange bei dem närrischen Knaben aufhielt. Der Fürst aber sprach: »Gott schütze dich! Ach, wäre ich so schön wie du! Gott hätte dich vollkommen geschaffen, wenn du auch mit Verstand zu leben wüßtest. Seine Allmacht halte alles Unheil von dir fern!«

Danach ritt er mit den Seinen davon, und sie erreichten bald eine Rodung, wo der Edle auf die Pflüger Frau Herzeloydes stieß. Er sah, wie ihre Leute eifrig das Feld bestellten; nie hätte ihnen größeres Leid widerfahren können. Sie säten, eggten und schwangen die Peitschen über den kräftigen Ochsen. Der Fürst bot ihnen einen guten Morgen und fragte, ob sie eine Jungfrau in Bedrängnis gesehen hätten. Bereitwillig beantworteten sie seine Frage: »Heute morgen ritten zwei Ritter mit einer Jungfrau vorüber, die sehr niedergeschlagen schien; die sie mit sich führten, spornten die Pferde zu großer Eile.« Der Entführer war ein gewisser Meljakanz. Karnachkarnanz holte ihn ein und entriß ihm im Kampfe die Jungfrau, die sehr betrübt gewesen war. Sie hieß Imane von der Beafontane.

Nachdem die vier Helden an ihnen vorübergesprengt waren, waren die Knechte recht bestürzt. Sie sprachen untereinander: »Was für ein Unheil! Wenn unser Junker die von Hieben gezeichneten Helme der Ritter gesehen hat, dann haben wir schlecht aufgepaßt. Zu Recht werden wir von der Königin zornige Vorwürfe hören, denn er ist heute morgen, als sie noch schlief, mit uns hierhergelaufen.«

Wirklich war es dem Knaben von Stund an gleichgültig, wer die kleinen und großen Hirsche erlegte. Er lief zur Mutter und erzählte ihr das Erlebnis. Bei seinen Worten erschrak sie so sehr, daß sie niedersank und ohnmächtig vor ihm lag. Nachdem sie das Bewußtsein wiedererlangt und den Schwächeanfall überwunden hatte, sprach sie: »Mein Sohn, wer hat dir etwas vom Ritterstand erzählt? Wo hast du davon erfahren?«

»Mutter, ich habe vier Männer gesehen, die noch strahlender waren als Gott. Sie haben mir vom Rittertum erzählt. König Artus muß mich durch seine Herrschergewalt zum Ritter machen, wie es die Ritterehre verlangt.«

Da packte sie erneut Verzweiflung. Die Herrscherin suchte vergeblich nach einem klugen Einfall, um ihn von seinem Vorsatz abzubringen. Der töricht-edle Knabe verlangte von seiner Mutter immer wieder ein Pferd, so daß ihr das Herz schwer wurde. Endlich dachte sie bei sich: ›Ich werde es ihm zwar nicht abschlagen, aber es muß ein recht erbärmlicher Gaul sein.‹ Und weiter überlegte die Königin bei sich: ›Die Menschen sind mit Spott schnell bei der Hand. Mein Kind soll seine herrliche Gestalt in Narrenkleider hüllen. Wird er dann gezaust und verprügelt, findet er sicher zu mir zurück.‹ Ach, wie groß waren ihre Herzensqualen!

Die Herrscherin nahm grobes Sackleinen und schnitt aus einem Stück Hemd und Hose zurecht; die Hose bedeckte allerdings seine nackten Beine nur zur Hälfte. So kleideten sich jedoch Narren. Oben war noch eine Kapuze. Seinen Füßen wurden Bauernstiefel aus ungegerbter Kalbshaut angepaßt. Und wieder gab es großes Wehklagen. Die Königin bat ihn, noch eine Nacht zu bleiben, da sie etwas auf dem Herzen hatte. »Du sollst nicht davonziehen, ohne von mir einige gute Ratschläge zu erhalten. Ziehst du auf ungebahnten Wegen, so meide dunkle Furten; seichte und durchsichtig klare Furten kannst du ohne weiteres durchreiten. Zeige dich höflich und grüße alle Menschen, denen du begegnest. Hält dich ein alter, erfahrener Mann zu gutem Benehmen an, dann folge willig seiner Lehre und zürne ihm nicht. Kannst du von einer edlen Frau Ring und freundlichen Gruß erringen, so greife zu, denn es vertreibt alle trüben Gedanken. Zögere nicht lange beim Küssen und schließe sie fest in die Arme. Wenn sie keusch und rechtschaffen ist, erlangst du Glück und edlen Sinn. Ferner sollst du erfahren, mein Sohn, daß der stolze, kühne Lähelin deinen Fürsten zwei Reiche – Valois und Norgals – entrissen hat, die eigentlich dir untertan sein sollten. Einen deiner Fürsten, Turkentals, hat er getötet, deine Untertanen ließ er erschlagen oder in die Gefangenschaft führen.«

»Das werde ich ihm heimzahlen, Mutter, so Gott will. Mein Jagdspeer wird sein Blut fließen lassen!«

Früh bei Tagesanbruch hatte der Knabe rasch seinen Entschluß gefaßt: er wollte zu Artus, so schnell wie irgend möglich. Frau Herzeloyde küßte ihn und lief ihm nach. Als sie den Sohn, der frohgemut davonritt, nicht mehr sehen konnte, geschah etwas zutiefst Trauriges. Die makellos reine Herrscherin sank zu Boden, und der Schmerz zerriß ihr Herz unbarmherzig, so daß sie starb. Der Tod aus Mutterliebe hält der edlen Frau alle Höllenqualen fern. Wohl ihr, daß sie eine rechte Mutter war! Eine Wurzel wahrer Güte, ein Baumstamm weiblicher Demut – so trat sie die Fahrt ins andere Leben an, die ihr reichen Lohn bringen sollte. Ach, daß wir heutzutage ihresgleichen nicht mehr haben – nicht einmal im elften Verwandtschaftsgrad! Derart macht sich Untreue breit. Wirklich treue Frauen jedoch mögen dem Knaben, der seine Mutter verlassen hat, Glück auf den Weg wünschen.

Der schöne Knabe wandte sich zunächst zum Wald von Briziljan. Er kam an einen Bach, den selbst ein Hahn durchwaten konnte. Obwohl ihn nur überhängende Blumen und Gräser dunkel erscheinen ließen, durchquerte der Knabe ihn nicht. Da sein Verstand nicht weiter reichte, ritt er den ganzen Tag am Bach entlang. Die Nacht verbrachte er, so gut es ging, bis der helle Tag heraufdämmerte. Da brach der Knabe auf und gelangte zu einer durchsichtig klaren Furt. Die Wiese auf der andern Seite wurde von einem kostbaren Zelt geschmückt. Es war aus dreifarbigem Samt, hoch, geräumig, und kostbare Borten deckten die Nähte. Daneben hing ein lederner Überzug, den man darüberstülpen konnte, wenn es regnete. Im Zelt fand er die Gemahlin des Herzogs Orilus von Lalant. Die edle Herzogin lag da in bezaubernder Schönheit; man sah, daß sie die Geliebte eines Ritters war. Sie hieß Jeschute. Die edle Frau war eingeschlafen. Ihr Mund war brennendrot, Waffe der Liebe und Herzensqual des liebesdurstigen Ritters. Im Schlaf hatten sich ihre von heißer Liebesglut gezeichneten Lippen leicht geöffnet. Sie lag da, ein wahres Wunder an Vollkommenheit. Ihre kleinen glänzenden Zähne, schneeweiß wie Elfenbein, reihten sich lückenlos aneinander. Es wird mir wohl nicht vergönnt sein, jemals so hoch gerühmte Lippen zu küssen; bisher ist es mir jedenfalls nicht beschieden gewesen. Die Zobeldecke bedeckte sie nur bis zu den zarten Hüften; der Hitze wegen hatte sie die Decke fortgeschoben, als ihr Geliebter sie allein ließ. Ihr Körper war wohlgestaltet, wie von Künstlerhand geformt, die alle Gaben an ihr offenbaren wollte. Gott selbst war es, der ihren betörend schönen Körper geschaffen hatte. Die bezaubernde Frau ließ einen schlanken Arm und eine schneeweiße Hand sehen, an der unser Knabe einen Ring entdeckte. Der Ring zog ihn unwiderstehlich zum Bett, wo er mit der Herzogin zu ringen begann. Er erinnerte sich nämlich seiner Mutter und ihres Ratschlags, der sich auf den Frauenring bezog. Der schöne Knabe sprang also mit einem Satz vom Teppich aufs Bett. Als er unversehens in ihren Armen lag, fuhr die liebliche keusche Frau erschrocken empor, denn an Weiterschlafen war nicht zu denken. Schamvoll und entrüstet rief die edle, wohlerzogene Frau: »Wer hat mich entehrt? Junker, Ihr nehmt Euch zuviel heraus! Sucht Euch eine andere!«

Obwohl die Edelfrau in laute Klagen ausbrach, kümmerte er sich nicht um ihre Worte, sondern zwang ihre Lippen an die seinen, preßte die Herzogin sogleich heftig an sich und nahm ihr auch einen Ring. Als er an ihrem Hemd eine Brosche entdeckte, riß er sie mit Gewalt ab. Obwohl die Edeldame nur eine schwache Frau und seine Stärke für sie wie die Macht eines ganzen Heeres war, kam es doch zu stürmischem Ringen. Danach klagte der Knabe über Hunger. Die strahlendschöne Dame rief: »So eßt mich nur nicht selbst! Wüßtet Ihr, was gut für

Euch ist, so nähmt Ihr Euch andere Speise. Dort stehen Brot, Wein und zwei junge Rebhühner, die ein Hoffräulein gebracht hat, ohne dabei freilich an Euch zu denken.«

Er kümmerte sich nicht um die Gastgeberin, sondern füllte sich tüchtig den Magen und trank danach in langen Zügen. Der Edelfrau schien sein Verweilen im Zelt eine Ewigkeit zu dauern. Sie hielt ihn für einen Burschen, der den Verstand verloren hatte. Vor Scham brach ihr der Schweiß aus den Poren. Dennoch sprach die Herzogin: »Junker, laßt meinen Ring und meine Brosche hier und macht, daß Ihr fortkommt. Kehrt mein Gemahl zurück, so trifft Euch sein Zorn, den Ihr lieber fliehen solltet.«

Der hochgeborene Knabe aber sprach: »Warum sollte ich den Zorn Eures Mannes fürchten? Doch wenn es Eurer Ehre schadet, will ich fortziehen.« Er ging zu ihrem Bett, küßte sie zu ihrem Verdruß ein zweites Mal und ritt ohne ihren Abschiedsgruß davon. Vorher sagte er noch: »Gott schütze Euch! – Dies riet mir meine Mutter.«

Der Knabe war sehr vergnügt über seine Beute. Nachdem er eine Weile geritten war – er mochte wohl eine Meile hinter sich gebracht haben –, kehrte der zurück, von dem ich nun erzählen will. An der Spur im taufeuchten Gras erkannte er, daß seine Gattin Besuch gehabt hatte. Auch einige Zeltschnüre waren losgerissen. Offenbar hatte ein Knappe das Gras niedergetreten. Der vornehme, berühmte Fürst fand seine Frau niedergedrückt im Zelt: »Wehe, edle Frau«, sprach der stolze Orilus, »habe ich Euch nicht treu gedient? Nun aber wird mein Ritterruhm mit Schande bedeckt. Ihr habt einen anderen Geliebten!«

Mit tränengefüllten Augen wies die Edelfrau den Vorwurf zurück und beteuerte ihre Unschuld, aber er glaubte ihr nicht. Da sagte sie voll Angst: »Ein Narr kam hergeritten. Wie viele Menschen mir auch begegneten – nie sah ich so viel Schönheit. Mit Gewalt nahm er mir meine Brosche und einen Ring.«

»Ah, er gefällt Euch also! Ihr habt Euch ihm hingegeben!«

Sie aber rief: »Da sei Gott vor! Seine groben Stiefel und sein Jagdspieß zeigten mir deutlich genug, mit wem ich es zu tun hatte! Ihr solltet Euch Eurer Worte schämen! Schlecht stünde es einer Fürstin an, sich einem Narren hinzugeben.«

Der Fürst entgegnete darauf: »Edle Frau, ich habe Euch nie etwas zuleide getan, es sei denn, Ihr bereut es, um meinetwillen auf die Königswürde verzichtet zu haben und lediglich Herzogin zu heißen. Der Handel kommt mich nun teuer zu stehen. Dabei ist mein Mannesmut so bekannt, daß selbst Euer Bruder und mein Schwager Erec, Sohn König Lacs, Euch darum gram sein dürfte. Jeder Kundige weiß von meinem Ritterruhm, der nur getrübt wurde, als mich Erec vor Prurin im Zweikampf zu Boden streckte. Dafür errang ich vor Karnant großen Siegesruhm, als ich ihn in regelrechtem Zweikampf hinter das Pferd fegte, so daß er sich mir ergeben mußte. Meine Lanze fuhr so weit durch seinen Schild, daß sie sogar Eure kostbaren Angebinde hindurchdrückte. Damals dachte ich gar nicht daran, daß Ihr Euch einem anderen Geliebten zuwenden könntet, vieledle Frau Jeschute. Ihr könnt mir glauben, daß der stolze Galoes, Sohn König Gandins, von mir im Zweikampf getötet wurde. Ihr saht selber zu, als Pliopliheri im Turnier gegen mich anritt und mir den Zweikampf aufzwang. Mein Stoß schleuderte ihn so wuchtig hinters Pferd, daß ihn der Sattel nie mehr drückte. Oft genug habe ich den Siegeslorbeer errungen und viele Ritter zu Boden gestreckt. All das nützt mir freilich nichts, wie die große Schmach zeigt, die mir widerfahren ist. Ich weiß, jeder einzelne Ritter von des Artus' Tafelrunde haßt mich, seit ich im Kampf um den Sperber zu Kanedic vor den Augen vieler edler Jungfrauen acht von ihnen niederstreckte. Euch errang ich den Ruhm, mir den Sieg. Ihr saht mir dabei zu und Artus, an dessen Hof die liebliche Cunneware, meine Schwester, lebt. Ihr Mund darf nicht lächeln, bis sie den Mann erblickt, dem höchster Ruhmespreis gebührt. Wenn dieser Mann mir doch begegnete! Das setzte einen Kampf, wie ich ihn heute früh austrug gegen einen Fürsten, der mich zum Zweikampf herausforderte. Ich wurde sein Unglück, denn mein Lanzenstoß brachte ihm den Tod. Ich will mich nicht vom Zorn dazu hinreißen lassen, Euch zu sagen, daß mancher Mann seine Frau wegen geringerer Vergehen gezüchtigt hat. Fortan aber könnt Ihr lange warten, ehe ich Euch ritterlichen Dienst leiste oder Ehrerbietung bezeige. In Euern weißen Armen, in denen ich früher so manchen glücklichen Tag in Liebe lag, will ich nie mehr erglühen. Eure Lippen sollen ihre Farbe verlieren, Eure Augen sich röten! All Euer Glück will ich vernichten und Euer Herz seufzen lehren!«

Da sah die Fürstin den Fürsten an und sprach jammervoll: »Vernichtet durch Euer Betragen nicht Euer ritterliches Ansehen! Ihr seid doch treu und lebenserfahren und habt mich in Eurer Gewalt, so daß Ihr mich empfindlich strafen könnt. Aber vorher hört meine Rechtfertigung. Laßt Euch aus Achtung vor den Frauen doch dazu herbei! Danach könnt Ihr mich immer noch bestrafen. Ich wollte nur, daß mich ein anderer tötete, damit man diese Tat nicht Euch zum Vorwurf machen kann. Und ich würde gern sterben, da Ihr mich haßt.«

Der Fürst aber sagte: »Ihr werdet mir gar zu übermütig, meine Dame! Doch das soll Euch vergehn! Von jetzt an ist's vorbei mit der Gemeinsamkeit von Tisch und Bett. Kein andres Kleid sollt Ihr tragen als das, in dem ich Euch hier sitzen fand. Ein Bastseil wird jetzt Euer Zaumzeug sein, Euer Pferd wird hungern müssen, und Euer reichgeschmückter Sattel soll gleich einen kläglichen Anblick bieten!« Damit riß er die Samtdecke herunter und zerschlug ihren Reitsattel; danach band er ihn notdürftig mit Bastschnüren zusammen. Trotz Keuschheit und rechtem Frauentum mußte sie seinen Zorn über sich ergehen lassen, der sie wie ein Blitz aus heiterem Himmel überfiel. Danach sagte er: »Meine Dame, wir reiten los. Finde ich den, der hier Eure Liebe genoß, so will ich frohlocken. Ich wollte den Kampf mit ihm aufnehmen, selbst wenn er wie ein wilder Drache Feuer aus den Nüstern bliese!«

Die edle Frau brach auf, bitterlich weinend, voller Jammer und tiefbetrübt. Nicht das eigne Unglück, sondern die leidvolle Verbitterung ihres Mannes bedrückte sie. Sein Kummer schmerzte sie so sehr, daß sie lieber tot gewesen wäre. Beklagt ihre Treue, denn von nun an lebt sie in tiefer Betrübnis! Frau Jeschutes Herzeleid würde mein Mitgefühl wecken, auch wenn alle andern Frauen mich haßten.

Sie verfolgten die Spur des Knaben, doch der hatte

es gleichfalls eilig. Der furchtlose Jüngling ahnte nicht, daß man ihn verfolgte. Wer sich ihm unterwegs nahte, den grüßte der wackere Bursche; dabei sagte er stets: »Das riet mir meine Mutter!«

Unser törichter Knabe ritt gerade einen Abhang hinunter, als er vor einem Felswinkel hörte, wie eine Frau im höchsten Jammer schrie, als sei all ihr Glück vernichtet. Rasch ritt er näher, und nun hört, was sie dort tat: Frau Sigune riß sich vor Herzeleid die langen braunen Zöpfe aus. Als der Knabe genauer hinsah, erblickte er im Schoß der Jungfrau den toten Fürsten Schionatulander. Das war der Grund ihrer Verzweiflung.

»Ob traurig oder fröhlich, meine Mutter hieß mich alle grüßen; Gott beschütze Euch!« sprach der Knabe. »Ich mache einen traurigen Fund in Eurem Schoß. Von wem habt Ihr den verwundeten Ritter?« – Unbeeindruckt von ihrem Schweigen fragte er weiter: »Wer hat ihn durchbohrt? War's mit einem Jagdspeer? Er scheint tot, edle Frau. Wollt Ihr mir nicht sagen, wer Euch den Ritter erschlagen hat? Ich würde gern mit ihm kämpfen, wenn ich ihn noch einholen kann.«

Bei diesen Worten griff der wackere Knabe nach seinem Köcher, in dem viele spitze Wurfspieße steckten. Er besaß auch noch die beiden Erinnerungspfänder, die er in seiner Einfalt Jeschute genommen hatte. Hätte er den feinen Anstand seines Vaters gehabt, wäre er einem besseren Ziel zugestrebt, als er die Herzogin allein fand. Seinetwegen erduldete sie nun großen Kummer, denn länger als ein Jahr mußte sie die Verachtung ihres Mannes tragen. Der Frau geschah Unrecht damit.

Nun laßt euch aber von Sigune erzählen, die mit gutem Grund ihr Unglück jammervoll beklagte. Sie sprach zu dem Knaben: »Du hast edlen Sinn. Gepriesen sei deine anmutsvolle Jugend und dein liebliches Antlitz! Du wirst gewiß viel Glück im Leben haben. Den Ritter hier traf kein Wurfspieß; er fiel im ritterlichen Zweikampf. Du bist ein guter Mensch, daß du an seinem Geschick solchen Anteil nimmst.« Ehe sie den Knaben davonreiten ließ, fragte sie nach seinem Namen und beteuerte, sein Äußeres lasse Gottes Meisterhand erkennen.

»Bon fils, cher fils, beau fils, so wurde ich daheim genannt.«

Nach diesen Worten war ihr klar, wen sie vor sich hatte, und auch euch sei er näher vorgestellt, damit ihr wißt, wer der Held dieser Erzählung ist, der gerade bei der Jungfrau weilt. Sie sagte sogleich: »Du heißt Parzival, und der Name bedeutet ›Mittenhindurch‹. Weil deine Mutter so treu war, pflügte nämlich die große Liebe eine Furche mitten durch ihr Herz, denn dein Vater ließ sie voll Herzeleid allein. Dies erzähle ich dir nicht, um mich meiner Kenntnis zu rühmen. Doch deine Mutter ist die Schwester der meinen, und so kann ich dir ohne Trug die Wahrheit über deine Herkunft sagen. Dein Vater war aus Anjou, und mütterlicherseits stammst du aus Valois. Geboren bist du in Kanvoleis. Ich kann dir alles wahrheitsgetreu sagen. Du bist auch König von Norgals und solltest in der Hauptstadt Kingrivals die Krone tragen. Dieser Fürst hier wurde um deinetwillen erschlagen, denn er verteidigte stets dein Reich. Nie hat er seine Treue gebrochen. Junger, stattlicher, anmutsvoller Mann, zwei Brüder haben dir viel Böses zugefügt. Lähelin raubte dir zwei Reiche, und Orilus tötete im Zweikampf diesen Ritter, deinen Vetter. Mich aber stieß er in Jammer und Not. Dieser Fürst aus deinem Land, in dem deine Mutter mich erzog, hat mir in Treue und Liebe gedient. Lieber und wakkerer Vetter, höre unsere Geschichte: Ein Hundehalsband stürzte ihn ins Verderben. In deinem und meinem Dienst hat er den Tod gefunden, und mich ließ er in verzehrender Sehnsucht nach seiner Liebe zurück. Ich war töricht genug, ihm meine Liebe zu verweigern, und nun hat das böse Schicksal all mein Glück zerstört. Jetzt liebe ich ihn im Tode.«

Er sprach darauf: »Base, dein Kummer und die große Schmach, die man mir zugefügt hat, schmerzen mich. Kann ich mich rächen, so tue ich das mit Freuden!« Er fieberte geradezu nach dem Kampf. Sie aber wies ihm einen falschen Weg, fürchtete sie doch, er würde sein Leben verlieren und ihr damit noch größeren Verlust aufbürden. So gelangte er auf eine ebene, breite Landstraße, die zu den Bretonen führte. Er grüßte jeden, dem er begegnete, ob zu Fuß oder zu Pferd, ob Ritter oder Kaufmann, und stets fügte er hinzu, er täte dies auf seiner Mutter Rat. Und sie hatte ihm diesen Rat ja auch wirklich ohne böse Absicht gegeben. Als der Abend nahte, überkam ihn große Müdigkeit. Da erblickte dieser Gefährte der Unerfahrenheit ein stattliches Haus. Dort wohnte ein habgieriger Mann, wie man ihm bei Menschen niederer Herkunft oft begegnet. Er war ein hartherziger Fischer. Der Hunger ließ den Knaben hinreiten, und er klagte dem Hausherrn seine Not. Der aber sagte: »Ich gebe Euch nicht einmal ein halbes Brot, und wenn Ihr dreißig Jahre darum bittet. Wer mit meiner

Mildtätigkeit rechnet, verliert Zeit und Mühe. Ich sorge nur für mich und meine Kinder. Ihr kommt mir heute nicht ins Haus. Ja, hättet Ihr Geld oder Schmuck, wollte ich Euch schon aufnehmen.«

Da zeigte ihm der Knabe die Brosche von Frau Jeschute. Als der bäuerische Grobian die erblickte, zog er seinen Mund freundlich in die Breite und sprach: »Du süßes Kind, willst du bleiben, so werden dir alle, die hier wohnen, Ehrerbietung erweisen.«

»Du sollst das Gold haben, wenn du mich heute beköstigst und mir morgen den Weg zu Artus zeigst, denn zu ihm zieht es mich hin.«

»Das tu ich«, sprach der Bauerntölpel, »denn noch nie sah ich solch wohlgestalteten Jüngling. Schon deiner ungewöhnlichen Schönheit wegen bringe ich dich vor die Tafelrunde des Königs.«

Der Knabe blieb die Nacht über, aber schon am frühen Morgen sah man ihn unterwegs; er hatte den Tag kaum erwarten können. Auch sein Wirt war zeitig aufgestanden und lief nun vor ihm her; Parzival ritt hinterdrein, und beide hatten es eilig.

Herr Hartmann von Aue, Frau Ginover, Eurer Herrin, und König Artus, Eurem Herrn, kommt nun ein Gast ins Haus, den ich geschickt. Bittet darum, ihn nicht zu verspotten, denn er ist weder eine Geige noch eine Rotte, auf der man nach Belieben spielen kann. Die Höflinge sollen an ihre gute Erziehung denken und mit anderen Dingen spielen. Sonst drehe ich Eure Edelfrau Enite samt ihrer Mutter Karsnafite durch die Spottmühle, so daß von ihrem Ruhm nichts bleibt. Reizt man mich zum Spott, so werde ich meinen Schützling mit Spott auch verteidigen.

Der Fischer und der wackere Knabe hatten sich

der Hauptstadt so weit genähert, daß sie Nantes in der Ferne erblickten. Da sprach der Fischer: »Mein Kind, Gott schütze dich! Sieh hin, in diese Stadt mußt du reiten.«

Der weltfremde Knabe meinte jedoch: »So führe mich doch weiter!«

»Das werde ich wohl bleibenlassen! Die Hofgesellschaft ist so vornehm, daß das Erscheinen eines Mannes aus niederem Stand als schweres Vergehen gelten würde.« Der Knabe ritt also allein weiter über eine schmale, von leuchtendbunten Blumen übersäte Wiese. Ihn hatte kein Curvenal erzogen, und von höfischem Benehmen wußte er, wie jeder weltunerfahrene Mensch, nicht das mindeste. Sein Zaumzeug war aus Bast, sein Pferdchen derart elend, daß es oft strauchelte und in die Knie brach. Brüchig und alt war sein Sattelzeug, und an ihm selbst war weder Samt noch Pelzwerk zu entdecken. Mantelschnüre brauchte er nicht, denn statt Überrock und Mantel trug er seinen Jagdspieß. Sein Vater, dem man höfisches Benehmen nachrühmte, war besser gekleidet, als er vor Kanvoleis auf seinem Teppich saß. Da kam dem Knaben, dem nie der Angstschweiß ausbrach, ein Ritter zu Pferd entgegen. Er grüßte ihn in bekannter Weise: »Gott behüte Euch! So riet es mir meine Mutter.«

»Junker, Gott lohne es Euch und ihr!« antwortete da der Sohn von Artus' Base. Utepandragun hatte ihn erzogen, und der Held erhob Erbschaftsansprüche auf die Bretagne. Es war Ither von Gaheviez, und man nannte ihn den ›Roten Ritter‹. Seine Rüstung war so grellrot, daß die Augen schmerzten. Sein Pferd war rot und flink, und auch das Zaumzeug war rot. Seine Satteldecke war aus rotem Samt, der Schild röter noch als eine Flamme; ganz rot, gut geschnitten und bequem war sein Überrock; rot waren Schaft und Spitze der Lanze; rot war nach seinem Wunsch auch sein Schwert, das der größeren Schärfe wegen gehärtet worden war. Der König von Kukumerland trug in seiner Hand einen rotgoldenen Becher mit kunstvoller Gravierung, den er von der Tafelrunde mitgenommen hatte. Weiß war seine Haut, rot sein Haar. Mit aufrichtiger Bewunderung sprach er zu dem Knaben: »Gepriesen sei deine Anmut! Dich brachte sicher eine makellose Frau zur Welt. Heil der Mutter, die dich geboren hat! Noch nie sah ich solche Mannesschönheit. Du bist wie der Glanz wahrer Liebe, ihr Unterliegen und ihr Sieg zugleich: Sieg meint erfülltes Frauenglück, Unterliegen sehnsuchtsvolle Frauenqual. Lieber Freund, wenn du in die Residenz willst, so tu mir einen Gefallen. Sage König Artus und seinem Gefolge, ich sei keineswegs geflohen. Gern will ich hier alle erwarten, die sich zum Zweikampf rüsten. Man soll sich über das Geschehene nicht wundern. Ich ritt vor die Tafelrunde, um Anspruch auf mein Reich zu erheben. Aus diesem Grund riß ich den Becher vom Tisch, leider so unachtsam, daß der Wein über Frau Ginovers Schoß floß. Meinen Rechtsanspruch, wie es auch möglich gewesen wäre, durch ein angesengtes und umgekehrtes Strohbündel anzumelden, unterließ ich, da ich mich dabei mit Ruß beschmutzt hätte.« So sprach der kühne Held. Und weiter: »Es geschah also nicht in räuberischer Absicht; dessen bedarf ich nicht, der ich eine Krone trage. Freund, sage der Königin, ich hätte sie versehentlich begossen, während die Edelleute dasaßen, ohne mich daran zu hindern! Warum lassen sie – Könige oder Fürsten – ihren Herrscher vor Durst umkommen? Warum holen sie nicht seinen goldenen Becher zurück? Tun sie es nicht, ist ihr Ruhm dahin.«

Der Knabe sprach: »Ich richte aus, was du mir aufgetragen hast!« Dann ritt er von ihm fort und in Nantes ein. Neugierig folgte ihm die Schar der Pagen bis auf den Palasthof, wo lebhaftes Treiben war. Sogleich entstand ein Gedränge um ihn. Da eilte Iwanet, ein Edelknabe, herbei und bot ihm freundschaftliche Hilfe an. Unser Knabe sprach zu ihm: »Gott beschütze dich! So hieß mich meine Mutter reden, als ich von daheim Abschied nahm. Doch ich sehe hier so manchen Artus. Wer wird mich nun zum Ritter machen?«

Iwanet begann zu lachen und sagte: »Den richtigen siehst du nicht! Aber das wird bald geschehen!« Und er führte ihn zum Palast, wo sich die vornehme Hofgesellschaft versammelt hatte. Parzival übertönte das laute Stimmengewirr und rief: »Gott schütze euch, ihr Herren, vor allem jedoch den König und seine Gemahlin! Meine Mutter hat mir eingeschärft, diese beiden ganz besonders zu grüßen, dann aber auch alle, die durch Heldenruhm ihren Platz an dieser Tafelrunde gefunden haben. Leider weiß ich nicht, wer von euch der Herrscher ist. Ein roter Ritter läßt ihm sagen, daß er ihn draußen auf dem Feld erwartet; ich glaube, er will kämpfen. Er bedauert aber, daß er die Königin mit Wein begossen hat. Ach, hätte ich seine Rüstung aus der Hand des Königs, ich wäre überglücklich! Sie ist so richtig ritterlich.«

Der sorglos-fröhliche Knabe geriet nun ins Gedränge, denn er wurde von einem zum anderen geschoben. Man betrachtete ihn und überzeugte sich, daß noch nie solch liebenswertes Kind geboren worden war. Gott war in wahrer Schöpferlaune, als er den furchtlos-kühnen Parzival erschuf. Dieses Meisterwerk Gottes, dem niemand gram sein konnte, wurde nun vor Artus gebracht. Auch die Königin betrachtete ihn, ehe sie den Palast verließ, wo sie zuvor mit Wein begossen worden war. Artus blickte den Knaben an und sprach zu dem weltfremden Toren: »Junker, Gott vergelte Euern Gruß, für den ich mich gern mit Gut und Blut dankbar erweisen will. Mit Freuden bin ich dazu bereit.«

»Geb's Gott, es wäre so! Es dauert mir zu lange, bis ich endlich Ritter werde, das Warten gefällt mir gar nicht. Haltet mich also nicht weiter hin, sondern macht mich zum Ritter!«

»Das will ich gern tun«, sprach der Hausherr, »wenn ich wirklich dessen würdig bin. Du gefällst mir so gut, daß ich dich außerdem reich beschenken werde. Ich tue es von Herzen gern. Gedulde dich bis morgen; ich werde dich vorzüglich ausrüsten.«

Der wohlgeborene Knabe blieb jedoch, stelzte ungeduldig wie eine Trappe hin und her und rief: »Hier nehme ich keine Geschenke! Kann ich nicht die Rüstung des Ritters haben, dem ich begegnet bin, so sind mir alle Königsgaben gleichgültig! Die kann ich auch von meiner Mutter bekommen; sie ist schließlich auch eine Königin!«

Artus aber erklärte dem Knaben: »Diese Rüstung trägt ein solcher Held, daß ich sie dir nicht zu schenken wage. Ohnehin lebe ich schuldlos in tiefer Betrübnis, seit er mir nicht mehr freund ist. Es ist Ither von Gaheviez, der meine Lebensfreude mit Trauer überschattet.«

»Ihr wäret nicht gerade ein freigebiger König, wenn Euch dies Geschenk zu kostbar schiene. Gebt es ihm doch«, sprach Keye, »und laßt ihn zu ihm aufs Feld. Wenn uns jemand den Becher bringen soll, so steht hier die Peitsche, dort der Kreisel. Laßt also das Knäblein den Kreisel umhertreiben, damit die Weiber sein Lob singen können. Er wird oft genug fechten und solche Prüfungen bestehen müssen. Das Leben der beiden schert mich wenig. Man muß Hunde aufs Spiel setzen, wenn man den Eber jagen will.«

»Ich will ihm nichts versagen, müßte ich nicht fürchten, daß er dabei getötet wird, den ich zum Ritter schlagen soll«, sprach der wohlwollende Artus. Dennoch setzte der Knabe seinen Willen durch, was zu großem Jammer führen sollte. Er verließ den König in großer Eile, von jung und alt gefolgt. Iwanet aber zog ihn an der Hand zu einer niedrig gelegenen Galerie, wo er sich umsah. Die Galerie war so tief, daß er sehen und hören konnte, was sich darauf abspielte und was ihn traurig machen sollte. Die Königin hatte sich nämlich in Begleitung von Rittern und Edelfrauen an ein Fenster begeben, aus dem man ihn neugierig musterte. Bei ihnen saß die stolze, schöne Frau Cunneware. Sie hatte bei ihrem Leben gelobt, erst dann wieder zu lachen, wenn sie den Mann erblicken würde, der höchsten Ruhm errungen hatte oder erringen sollte. Wirklich hatte sie noch nie gelacht, bis der Knabe an ihr vorüberritt. Da aber ertönte helles Lachen aus ihrem süßen Mund, doch dies bekam ihrem Rücken übel. Seneschall Keye packte nämlich Frau Cunneware von Lalant bei den Locken, wand ihre langen blonden Zöpfe um seine

Faust und hielt sie eisern fest. Ohne daß ihr Rücken aufgerufen war, beim Eid den Richterstab zu berühren, wurde er mit einem Stecken derart traktiert, daß sie die Schläge durch Kleid und Haut spürte, bis der Stab brach. Dabei rief der unvernünftige Keye: »Ihr habt Euer vornehmes Ansehen schmählich verloren; doch ich habe es eingefangen und bleue es Euch wieder ein, daß Ihr es in allen Gliedern spürt! An Hof und Residenz des Königs Artus kamen viele edle Helden geritten, ohne daß Ihr gelacht hättet. Nun bringt Euch ein Bursche zum Lachen, der von ritterlichem Benehmen aber auch gar nichts weiß!«

Im Zorn tut man oft Schlimmes, doch das Recht zur Züchtigung der Jungfrau hätte ihm nicht einmal der Kaiser zusprechen können; Cunnewares Freunde beklagten sie sehr. Selbst wenn die Schläge einen wehrhaften Mann getroffen hätten, wäre der Vorfall unerhört, entstammte sie doch fürstlichem Geschlecht. Wären ihre Brüder Orilus und Lähelin zugegen gewesen, hätte man sie nicht so mißhandelt.

Nun lebte am Hofe der stumme Antanor, den man ob seines Schweigens für einen Narren hielt. Seine Rede war jedoch an die gleiche Bedingung geknüpft wie ihr Lachen: er wollte erst dann sprechen, wenn die Jungfrau, die man gezüchtigt hatte, zu lachen begann. Als sie wirklich gelacht hatte, wandte er sich an Keye: »Weiß Gott, Herr Seneschall, der Knabe, um dessentwillen Ihr Cunneware von Lalant geschlagen habt, wird es Euch zu Euerm Verdruß noch heimzahlen. Darauf könnt Ihr Euch verlassen!«

»Da Ihr mir droht mit Euren ersten Worten, werden sie Euch wenig Freude bringen!« Und Antanors Fell wurde mit Schlägen tüchtig durchgegerbt. Keye flüsterte dem klugen ›Narren‹ die Antwort mit Faustschlägen in die Ohren. Dem jungen Parzival, der die Demütigung Antanors und der Edelfrau mit ansehen mußte, tat ihre Not von Herzen leid. Seine Hand fuhr mehr als einmal zum Jagdspeer, doch vor der Königin war ein solches Gedränge entstanden, daß er auf den rächenden Wurf verzichten mußte. Iwanet nahm nun Abschied vom Sohn König Gachmurets, der allein zu Ither aufs Feld hinausritt. Dem erzählte er, es habe sich niemand gefunden, der mit ihm kämpfen wolle: »Der König hat mir auch etwas geschenkt! Ich habe ihm gesagt, du hättest den Wein versehentlich vergossen und deine Ungeschicklichkeit täte dir leid. Da nun niemand mit dir kämpfen will, gib mir dein Pferd und deine Rüstung. Das hat man mir im Palast geschenkt, damit ich ein Ritter werden kann. Weigerst du dich, so fordere ich dich hiermit zum Kampf heraus. Gib also freiwillig, wenn du klug bist!«

Der König von Kukumerland antwortete: »Hat dir Artus meine Rüstung geschenkt, so müßte er dir auch mein Leben gegeben haben. Sieh zu, ob du's mir nehmen kannst! Wie großzügig er doch seine Freunde beschenkt! Zwar hat er dir bereits Huld genug erzeigt, doch dein Dienst wird jetzt erst gebührend belohnt!«

»Was mir gehört, will ich mir schon verdienen! Auch hat er es mir gern gegeben. Also her damit! Schluß mit dem Geschwätz! Ich will nicht länger Knappe sein! Ein Ritter will ich werden!« Und er griff nach dem Zaum von Ithers Roß. »Du bist wohl gar Lähelin, über den sich meine Mutter beklagt hat!«

Da kehrte der Ritter die Lanze um und stieß mit

dem stumpfen Ende so wuchtig zu, daß der Knabe samt seiner Mähre auf die Blumen purzelte. Der Held war in Wut geraten und schlug mit dem Lanzenschaft so hart zu, daß Blut hervorspritzte. Parzival, der unerschrockene Knabe, sprang auf und stand zornentbrannt auf dem Rasen. Blitzschnell ergriff er seinen Jagdspeer. Durch den Sehschlitz zwischen Helmdach und Visier, der auch von der Kettenhaube nicht geschützt wird, fuhr der Speer durch Ithers Augenhöhle und durchstieß noch seinen Nacken. Tot fiel der treue Held zu Boden. Der Tod Ithers von Gaheviez ließ Frauen seufzen, machte ihre Herzen wund vor Schmerz und ihre Augen tränennaß. Die seine Liebe empfangen hatten, sahen ihr Glück zerstört, ihre Lebenslust vernichtet; ein steiniger Leidensweg begann für sie.

Der einfältige Parzival wälzte den Toten hin und her, denn er brachte die Rüstung nicht herunter. Was war das doch für eine merkwürdige Sache! Mit seinen schönen weißen Händen konnte er weder die Helmschnüre noch die Verschnürung der Beinpanzer aufknoten oder abreißen. Dennoch versuchte es der unerfahrene Knabe immer wieder. Da begannen das Roß des Toten und Parzivals Schindmähre so laut zu wiehern, daß es Iwanet, Frau Ginovers blutsverwandter Page, vor der Stadt am Ende des Wallgrabens hörte. Als er das Pferd wiehern hörte, aber niemanden darauf sah, lief der schmucke Knappe rasch herbei, fühlte er doch zu Parzival freundschaftliche Zuneigung. Er fand Ither tot und Parzival in tölpelhafter Verlegenheit. Schnell sprang er hinzu und bewunderte Parzivals ruhmvolle Tat, die er im Kampf mit dem König von Kukumerland vollbracht hatte.

»Gott lohne es dir! Doch sag, was soll ich tun! Ich weiß mir keinen Rat. Wie ziehe ich ihm die Rüstung aus? Wie lege ich sie an?«

»Das zeige ich dir schon!« sprach der hübsche Iwanet zum Sohn König Gachmurets. Auf der Wiese vor Nantes wurde dem Toten die Rüstung abgenommen und dem Lebenden angelegt, der noch völlig weltfremd und unerfahren war. Iwanet sagte: »Die groben Bauernstiefel gehören nicht unter die Beinpanzer! Von nun an mußt du auch Ritterkleidung tragen!«

Diese Worte verdrossen Parzival; der wackere Knabe sprach: »Was mir meine Mutter gegeben hat, behalte ich, was immer auch geschieht!«

Dies erschien dem feinen Iwanet zwar unverständlich, doch er fügte sich, ohne gekränkt zu sein, und schnallte Parzival die glänzenden eisernen Beinpanzer über die groben Bauernstiefel. Zwei goldene Sporen wurden befestigt, doch nicht mit Lederriemen, sondern mit golddurchwirkten Borten. Ehe er ihm den Brustpanzer anlegte, band er die Kniebergen um. So wurde der vor Ungeduld brennende Parzival von geschickten Händen im Nu von Kopf bis Fuß gewappnet. Als er nach seinem Köcher verlangte, sprach der edle Iwanet: »Ich gebe dir keinen Jagdspieß; einem Ritter ist solche Waffe nicht erlaubt!« Dafür gürtete er ihm ein scharfes Schwert um; er zeigte ihm, wie man es aus der Scheide zieht, und mahnte ihn, nie zu fliehen. Dann führte er den hochbeinigen Kastilianer des toten Helden heran, und Parzival, dessen kraftvolle Behendigkeit wir noch öfter bewundern werden, sprang in voller Rüstung in den Sattel, ohne die Steigbügel zu benutzen. Iwanet wurde nicht müde, ihn zu unterrichten, wie er, vom

Schild gedeckt, seine Feinde nach allen Regeln der Kunst bekämpfen sollte. Nicht sehr erfreut war Parzival, als er ihm die Lanze in die Hand drückte, und er fragte: »Wozu ist das Ding eigentlich nütze?«

»Wenn dich jemand angreift, durchbohrst du mit der Lanze seinen Schild, so daß sie zersplittert. Gelingt dir das oft genug, dann rühmt man dich vor den Frauen.«

Die Erzählung berichtet, zwischen Köln und Maastricht gäbe es keinen Maler, der ein eindrucksvolleres Bild von ihm hätte malen können, als er es, stattlich zu Pferde sitzend, in Wirklichkeit bot. Er sprach zu Iwanet: »Lieber Freund und Gesell, ich habe nun alles, was ich wollte. Geh jetzt in die Residenz, versichere König Artus meiner Ergebenheit und erhebe Klage über die große Schmach, die mir widerfahren ist. Bring ihm seinen goldenen Becher und sage, einer seiner Ritter hat mich beleidigt, denn er mißhandelte die Jungfrau, die um meinetwillen zu lachen begann. Ihre Schmerzensschreie und ihre unverschuldete Not haben mich im tiefsten Herzen getroffen. Tu dies bei deiner Freundschaft und lasse dir meine Kränkung leid sein! Ich muß dich verlassen. Gott schütze dich! Er nehme uns beide in seine Hut!«

Ither von Gaheviez ließ er jämmerlich liegen. Ither, der im Leben vom Glück begünstigt wurde, sah noch im Tode liebenswert aus. Wäre er wenigstens im regelrechten ritterlichen Zweikampf umgekommen, von der Lanze durch den Schild getroffen, so hätte man dieses schreckliche Unheil eher verschmerzen können. So aber tötete ihn ein Jagdspeer! Iwanet streute bunte Blumen wie eine Decke über ihn. Ihm zu Häupten stieß er den Schaft des Jagdspeers in den Boden. Der unschuldige, hübsche Knabe hatte einen Holzstab auf die Speerspitze gespießt, so daß der Jagdspeer als Kreuzzeichen diente. Dann brach er auf und verbreitete in der Residenz die Nachricht, die viele Frauen mit Schrecken erfüllte und viele Ritter weinen ließ; ihr Jammer war Zeichen ihrer Treue. Viele Hofleute empfanden tiefes Weh.

Der Tote wurde in feierlichem Zeremoniell in die Stadt geholt. Sogar die Königin ritt aus der Stadt und ließ eine Monstranz mitführen. Vor der Leiche des Königs von Kukumerland, den Parzival getötet hatte, brach Königin Ginover in Klagen aus: »Weh und ach, dies schreckliche Unglück wird Artus' königliches Ansehen zunichte machen, denn der in der Tafelrunde höchsten Ruhm genießen sollte, liegt tot vor Nantes. Er hat sein Erbteil gefordert und statt dessen den Tod gefunden. Er gehörte zum ritterlichen Gefolge des Artushofes, und nie hat man ihm eine Untat nachsagen können. Freche Falschheit war ihm fremd und unbekannt. Zu früh muß ich nun diese Krone allen Ruhms ins Grab legen. Sein Herz, ein sicherer Schrein wahrer Vornehmheit, war ihm stets ein guter Ratgeber, wenn es mit kühnem Mut und fester Mannestreue um Frauenliebe zu ringen galt. Jetzt ist in die Herzen der Frauen ein ewiges Saatkorn der Trauer gesenkt. Aus deiner Wunde erwächst uns Herzeleid. Ach, dein Haar war so rot, daß selbst dein Blut die leuchtenden Blumen nicht röter färben kann! Dein Tod läßt das Lachen der Frauen verstummen.«

Der berühmte Ither erhielt ein königliches Begräbnis. Sein Tod ließ die Frauen klagen. Seine Rüstung war sein Verderben, denn um ihretwillen trachtete der einfältige Parzival ihm nach dem Leben. Als er verständiger geworden war, bereute er diese Tat.

Das Roß des toten Ither ertrug mühelos die größten Anstrengungen. Ritte bei Kälte und Hitze, über Stock und Stein brachten es nie in Schweiß. Blieb auch der Reiter zwei Tage im Sattel, er mußte den Sattelgurt nicht einmal ein Loch enger schnallen. Der unerfahrene Jüngling brachte in voller Rüstung an einem einzigen Tag eine Strecke Weges hinter sich, wie sie ein Mensch mit Verstand ungewappnet nicht einmal in zwei Tagen bewältigt. Da Parzival nicht wußte, wie man das Pferd mit dem Zügel zurückhält, ließ er es die ganze Zeit galoppieren und nur selten traben. Gegen Abend gewahrte er Spitze und Dach eines Turmes. Als der einfältige Jüngling beim Weiterreiten am Horizont weitere Türme des Gebäudes wie aus der Erde emporwachsen sah, glaubte er, Artus habe sie ausgesät. Er hielt ihn daher für einen wundertätigen Heiligen. Der törichte Jüngling sprach zu sich: ›Die Leute meiner Mutter wissen aber auch gar nichts vom Ackerbau. Was sie im Wald säen, wächst nicht so hoch empor. Wahrscheinlich regnet es dort zuviel!‹

Der Herr der Burg, auf die er zuritt, hieß Gurnemanz von Graharz. Auf einer weiten grünen Wiese vor der Burg stand eine breitästige Linde. Der Weg und sein Roß führten Parzival geradewegs dorthin, wo er den Burg- und Landesherrn geruhsam sitzen fand. Todmüde ließ Parzival den Schild hin und her baumeln, was gegen alle Regel verstieß und nicht Ritterart war. Fürst Gurnemanz saß ganz allein, und der Lindenwipfel warf seinen Schatten über diesen Meister adliger Erziehung. Der redliche Gurnemanz empfing seinen Gast, wie es sich gehört. Da bei dem Fürsten weder Ritter noch Knechte waren, erwiderte Parzival den Gruß ebenso einfältig wie unbekümmert: »Meine Mutter riet mir, den Rat eines Graukopfs anzunehmen. Weil's meine Mutter mir gesagt hat, stehe ich Euch zu Diensten.«

»Wenn Ihr gekommen seid, um von mir belehrt zu werden, so bitte ich um Eure Freundschaft. Wollt Ihr meinen Rat, so müßt Ihr sie mir schenken.« Damit warf der Fürst einen Sperber in die Luft, der auf seiner Hand gesessen hatte. Der Vogel strich hinauf zur Burg und ließ dabei ein goldnes Glöckchen an seinem Fuß erklingen. Er war des Fürsten Bote, denn sofort stürzten viele gutgekleidete Junker aus der Burg. Der Fürst befahl ihnen, seinen Gast in die Burg zu führen und es ihm bequem zu machen.

Der meinte: »Meine Mutter hatte recht. Bei einem Graukopf ist man gut aufgehoben.«

Die Knappen führten ihn in die Burg, wo er viele edle Ritter erblickte. Man bat ihn, auf dem Hof beim Reiterstein abzusitzen, doch er erklärte in seiner Einfalt: »Mich hat ein König zum Ritter gemacht, und ich steige nicht von diesem Roß, was auch geschieht! Doch grüßen will ich euch – das riet mir meine Mutter.«

Sie dankten ihm und ihr. Nachdem man den Willkommensgruß gewechselt hatte, kostete es noch viele gute Worte, bis man ihn vom Pferd herab und in eine Kemenate brachte, so müde auch Roß und Reiter waren. Dann drangen sie in ihn: »Laßt Euch die Rüstung abnehmen und macht es Euch bequem!« Bald war er von der Rüstung befreit, doch als seine Helfer die groben Bauernstiefel und die Narrenkleidung darunter entdeckten, fuhren sie zurück. Peinlich berührt unterrichtete man den Burgherrn, der vor Verlegenheit nicht wußte, was er tun sollte. Ein Ritter aber sprach wohlwollend: »Wahrhaftig, noch nie sah ich ein so vollkommenes Menschenkind! Auf ihm liegt der Glanz des Glücks und läßt Reinheit, Liebreiz und Hoheit erkennen. Doch wie ist der liebenswerte Jüngling nur gekleidet! Es empört mich, diese Augenweide aller Menschen in solchen Lumpen zu sehen! Wohl der Mutter, die den vollendet schönen Jüngling geboren hat! Er ist so kostbar ausgestattet und machte in seiner Rüstung einen durchaus ritterlichen Eindruck, bis man den anmutigen Jüngling schließlich entwappnete. Übrigens habe ich einige blutunterlaufene Stellen an ihm entdeckt, die wohl von einer Quetschung herrühren.«

Der Burgherr entgegnete dem Ritter: »Das Ganze hängt sicher mit dem Gebot einer Frau zusammen.«

»O nein, Herr! Mit seinem Benehmen könnte er keine Frau dazu bewegen, seinen Ritterdienst anzunehmen, obwohl er äußerlich durchaus liebenswert ist.«

Da meinte der Burgherr: »Sehen wir uns diesen merkwürdig gekleideten Jüngling einmal näher an!«

Sie gingen zu Parzival, den eine Lanze verwundet hatte, ohne dabei zu zerbrechen. Gurnemanz war um ihn bemüht, wie sich ein treusorgender Vater der eigenen Kinder nicht liebevoller annehmen könnte. Er wusch ihm die Wunden und verband ihn eigenhändig. Dann wurde das Abendessen aufgetragen, und der jugendliche Gast konnte es kaum erwarten, denn er hatte wahren Bärenhunger. Er war ja frühzeitig, ohne Mahlzeit, beim Fischer aufgebrochen; seine

Wunden, die schwere Rüstung, die er vor Nantes errungen hatte, und der weite Tagesritt von dem Bretonen Artus, wo man ihm auch nichts vorgesetzt hatte, ließen ihn nun Müdigkeit und Hunger fühlen. Der Burgherr lud ihn ein, mit ihm zu speisen, und sein Gast aß mit großem Appetit. Er fiel so gierig über die Speisen her, daß sie im Nu verschwanden. Der Burgherr sah mit heimlichem Vergnügen zu und nötigte ihn immer wieder, tüchtig zuzulangen, um seiner Erschöpfung Herr zu werden.

Als Parzival gesättigt war, hob man die Tafel auf. »Ich vermute, daß Ihr müde seid«, sagte der Burgherr. »Ihr seid wohl früh aufgebrochen?«

»Weiß Gott, ja! Meine Mutter hat sicher noch geschlafen, sie steht nicht so zeitig auf.«

Der Burgherr lachte und führte ihn zu seinem Nachtlager. Dort bat er ihn, sich zu entkleiden, was Parzival, wenn auch ungern, schließlich tat, da es nicht zu vermeiden war. Über den nackten Körper des edelsten Knaben, den je eine Mutter geboren hat, wurde eine Hermelinpelzdecke gebreitet. Parzival war todmüde und schlief so fest, daß er sich nicht ein einziges Mal umdrehte. Er schlief bis in den hellen Tag hinein. Am späten Vormittag ließ ihm der Fürst vor dem Teppich seines Schlafgemachs ein Bad richten, wie man es dort jeden Morgen zu nehmen pflegte. In das Badewasser warf man duftende Rosen. Bei diesem Tun erwachte der Gast, ohne daß man ihn gerufen hätte, und der edle, anmutige Jüngling setzte sich in die Badekufe.

Ich weiß nicht, wer sie dazu veranlaßt hat, jedenfalls erschienen wunderschöne, prachtvoll gekleidete Jungfrauen, die Blicke sittsam niedergeschlagen. Mit zarten weißen Händen wuschen und strichen sie seine Quetschungen. Trotz seiner Einfalt fanden sie ihn keineswegs abstoßend. Diesmal wurde seine Einfalt nicht zum Ärgernis, und er genoß das Bad vergnügt und mit Behagen. Die Jungfrauen nahmen sich seiner zwar ohne Zudringlichkeit, doch mit heiterer Unbefangenheit an, obwohl er sich aus Schüchternheit an ihrem fröhlichen Geplauder nicht beteiligte. Über Dunkelheit brauchte er nicht zu klagen, denn die Jungfrauen verbreiteten gleichsam eines zweiten Tages Helligkeit. Tageslicht und Mädchenschönheit lagen miteinander im Widerstreit, doch Parzivals Schönheit übertraf sie beide. Als man ihm das Badelaken reichte, nahm er es nicht, denn er schämte sich vor den Jungfrauen und wollte nicht unter ihren Blikken aufstehen. Nun verließen ihn die Jungfrauen, da längeres Verweilen unschicklich gewesen wäre. Ich denke mir aber, sie hätten gern gesehen, ob ihm weiter unten etwas passiert war, denn die Frau ist treu besorgt um ihren Liebsten, wenn er in Nöten ist.

Unser Gast begab sich wieder zu seinem Lager, wo man ihm ein weißes Gewand mit golddurchwirktem seidenem Hosengurt zurechtgelegt hatte. Scharlachrote Hosen zog man ihm über. O ja, nun boten seine wohlgeformten Beine den rechten Anblick! Scharlachfarben, wenn auch etwas dunkler, waren Rock und Mantel, beide lang herabfallend, von feinem Zuschnitt, mit weißem Hermelin gefüttert und mit breitem schwarzgrauem Zobel besetzt. Dies alles zog der hübsche Jüngling an. Ein kostbarer Gürtel hielt den Mantel zusammen, den eine wertvolle Spange zierte. Parzivals Lippen brannten vor Aufregung in hellem Rot.

Nun kam der Burgherr herbei, begleitet von stolzem ritterlichem Gefolge. Er begrüßte den Gast, und die Ritter versicherten einander, noch nie so viel Schönheit gesehen zu haben. Sie priesen die Frau, die der Welt solch ein Kind geschenkt hatte. Nicht aus Höflichkeit, sondern in voller Überzeugung äußerten sie: »Wirbt er mit Ritterdienst um Frauengunst, wird er mit Sicherheit erhört. Freundlicher Gruß und Liebeserfüllung sind ihm bei seiner vornehmen Gestalt gewiß!« Hier wurde vorausgesagt, was später ein jeder bekunden sollte, der ihn erblickte.

Der Burgherr nahm ihn bei der Hand und verließ mit ihm den Raum. Der Fürst fragte, wie er des Nachts geruht habe. »Herr, ich wäre zugrunde gegangen, hätte mir nicht meine Mutter in der Abschiedsstunde geraten, mich an Euch zu wenden.«

»Gott lohne Euch und ihr die freundliche Meinung, Herr. Ihr seid zu gütig.«

Unser einfältiger Held begab sich nun in die Burgkapelle, wo Gott und dem Burgherrn die Messe gelesen wurde. Der Burgherr lehrte ihn dabei, daß die Teilnahme am Meßopfer, das Kreuzzeichen und die Abkehr vom Teufel des Menschen Glück vermehren. Danach gingen sie in den Palast, wo der Tisch schon gedeckt war. Der Gast nahm Platz an der Seite des Burgherrn und ließ sich das Essen schmecken. Der Burgherr wandte sich ihm höflich zu: »Mein Herr, verübelt mir nicht, wenn ich Euch nun frage, woher Ihr kommt.«

Parzival berichtete, wie er von seiner Mutter fortgeritten war, wie er Ring und Brosche erlangt und die Rüstung errungen hatte. Der Burgherr, der den Roten Ritter kannte, seufzte und betrauerte seinen Tod, und er gab nun seinem Gast den Namen ›Roter Ritter‹.

Nachdem man die Tafel aufgehoben hatte, begann die Erziehung des ungebärdigen Parzival. Der Burgherr sprach nämlich zu seinem Gast: »Ihr plappert wie ein unmündiges Kind. Warum laßt Ihr nicht endlich Eure Mutter aus dem Spiel und sprecht von andern Dingen? Haltet Euch an meine Lehren, und Ihr werdet gut dabei fahren. So will ich denn beginnen: Versäumt es nie, Euer Verhalten zu überprüfen. Ein unbedachter Mensch taugt nichts. Er steht gleichsam in der Mauser, verliert alles Ansehen und fährt schließlich in die Hölle. Dem Äußeren nach habt Ihr die Gaben zum Herrscher. Doch so hoch Ihr emporsteigt, vergeßt nie, Euch der Notleidenden zu erbarmen; bekämpft ihr Elend durch Freigebigkeit und Güte. Seid stets leutselig und nicht hochmütig. Der notleidende Edle ringt mit der Scham, was bitter genug für ihn ist. Erweist Euch ihm stets hilfsbereit, denn wenn Ihr seine Not lindert, so ist Euch Gottes Gnade sicher. Ein solcher Mensch ist nämlich weit schlimmer dran als jene, die offen um milde Gaben betteln. Ihr müßt aber auch klug hauszuhalten wissen! Sinnlose Verschwendung ist kein Zeichen echten Herrschertums, ebensowenig allerdings das geizige Anhäufen von Schätzen. Findet stets das rechte Maß. Ich habe wohl bemerkt, daß Euch gute Lehren bitter nötig sind. Streift Euer ungebührliches Betragen ab! Stellt keine überflüssigen Fragen, doch will Euch jemand mit seiner Rede ausforschen, so seid schnell bei der Hand mit einer wohlüberlegten Antwort. Ihr habt doch Eure fünf gesunden Sinne, also gebraucht sie und kommt endlich zu Verstande. Paart stets Kühnheit mit Erbarmen, dann habt Ihr meine Lehren recht begriffen. Will sich ein bezwungener Ritter ergeben, so verschont ihn, wenn er Euch nicht solch bitteren Schmerz zugefügt hat, daß tiefes Herzeleid zurückblieb. Ihr werdet oft die Rüstung tragen. Legt Ihr sie ab, dann wascht Euch die Rostspuren von Gesicht und Händen, damit Ihr einen angenehmen Anblick bietet; denn Frauen achten darauf. Seid manneskühn und frohgemut zugleich, dann werdet Ihr Ruhm gewinnen. Und schließt die Frauen in Euer Herz, das veredelt den Jüngling. Ein rechter Mann verrät sie nie! Legt Ihr es darauf an, sie zu betrügen, werdet Ihr viele hinters Licht führen können, doch Falschheit in der Liebe läßt Euer Ansehen rasch schwinden. Der tückisch schleichende Bösewicht verflucht die dürren Äste im Wald, denn sie brechen und knacken und wecken den Wächter. Kampf entbrennt oft in Gehölz und Verhau. Genauso ist es in der Liebe! Sie hat ein feines Gefühl für Falschheit und Hinterlist, und seid Ihr erst einmal in Ungnade bei ihr gefallen, dann kommt Schande über Euch, und Ihr quält Euch Euer Leben lang mit bitteren Selbstvorwürfen. Nehmt Euch diese Lehren zu Herzen! Noch eins sei Euch über das Wesen der Frau gesagt: Mann und Frau sind untrennbar eins wie Sonne und Tag. Aus einem Samenkorn erblühen sie und sind nicht voneinander zu trennen. Haltet Euch das stets vor Augen!«

Dankbar für die empfangenen Belehrungen verneigte sich der Gast vor dem Burgherrn. Er erwähnte seine Mutter nicht mehr, doch bewahrte er sie treu im Herzen. Der Burgherr sprach nun Worte, die ihm

Ehre machten: »Ihr müßt jetzt lernen, wie sich ein rechter Ritter zu benehmen hat. Wie kamt Ihr angeritten! Ich kenne viele Wände, wo der Schild besser hing als an Euerm Halse. Noch ist Zeit, aufs freie Feld hinauszureiten. Dort sollt Ihr die Kunst der Waffenführung lernen. Bringt ihm sein Pferd! Mir bringt das meine! Auch allen Rittern bringt die Pferde! Die Junker sollen uns begleiten, und ein jeder soll eine starke, neue Turnierlanze haben!«

Der Fürst sprengte aufs Feld hinaus, wo erst die Kunst des Reitens geübt wurde. Er lehrte seinen Gast, sein Pferd mit Schenkelhilfe und mit Sporen aus dem Galopp in den Angriff zu werfen, die Lanze richtig einzulegen und sich mit dem Schild vorm Gegenstoß zu decken. »Seht«, sagte er, »so müßt Ihr's machen!« Parzivals Fehler korrigierte er auf diese Weise besser als mit einer Weidenrute, mit der man bösen Kindern das Fell gerbt.

Danach befahl er einen starken Ritter zu sich, der gegen Parzival zum Turnier antreten sollte. Beim ersten Lanzenstechen geleitete er seinen Schützling bis zum Kampfplatz, und nun jagte der Jüngling zum ersten Mal seine Lanze durch einen Schild, daß alle nur so staunten, denn er schleuderte den kräftigen Ritter einfach hinters Pferd. Ein zweiter Kämpfer trat an. Inzwischen hatte Parzival, von Jugendkühnheit und Jugendkraft strotzend, eine starke neue Lanze ergriffen. Der anmutige bartlose Jüngling zeigte sich als würdiger Sohn Gachmurets und bewies seine angeborene Tapferkeit. Er warf sein Pferd in voller Karriere in den Angriff und zielte genau zwischen die vier Schildnägel, so daß sich des Burgherrn Ritter nicht im Sattel halten konnte; er wankte und krachte auf den Boden. Bald lagen überall Lanzensplitter umher, denn Parzival warf noch fünf Gegner aus dem Sattel, bis ihn der Burgherr zur Burg zurückführte. Errang er diesmal den Siegesruhm im Kampfspiel, so sollte er sich später auch im ernsthaften Kampf bewähren. Alle erprobten Ritter, die seine Angriffe beobachtet hatten, bestätigten seine Geschicklichkeit und Kraft. Einer meinte: »Nun wird wohl unser Fürst von seinem Kummer erlöst und noch einmal jung werden. Er sollte ihm seine Tochter, unsere künftige Herrscherin, vermählen. Ist er klug, dann nimmt seine kummervolle Trübsal ein Ende. Für drei gefallene Söhne kam ihm Ersatz ins Haus geritten. Jetzt lächelt ihm wieder das Glück!«

Als der Fürst am Abend in die Burg zurückkehrte, war der Tisch bereits gedeckt. Er bat seine Tochter, an der Mahlzeit teilzunehmen. Nun hört, was der Burgherr zur schönen Liaze beim Eintritt sagte: »Ehre diesen Ritter durch deinen Willkommenskuß, denn das Glück ist ihm hold. Euch aber möchte ich bitten, dem Mädchen ihren Ring zu lassen, falls sie einen trüge. Freilich hat sie weder Ring noch Brosche, und wer sollte ihr auch solche Kostbarkeiten schenken, wie sie die Edelfrau im Walde trug. Diese hatte einen, der ihr gab, was Ihr später in Euern Besitz brachtet. Liaze könnt Ihr allerdings nichts nehmen.«

Der Gast schämte sich sehr, doch er küßte sie auf den Mund, der rot wie eine Flamme war. Liaze war ein liebliches und keusches Mädchen.

Der Tisch war niedrig und lang, der Burgherr saß unbeengt und bequem am Kopfende der Tafel und wies seinem Gast den Platz zwischen sich und seiner

Tochter an. Er gebot ihr, dem Roten Ritter mit ihren zarten weißen Händen vorzuschneiden, was er essen wollte. Niemand sollte sie daran hindern, miteinander vertraut zu werden. Das Mädchen tat folgsam alles, was der Vater wollte; sie und der Gast boten eine wahre Augenweide. Gleich nach der Mahlzeit verschwand das Mädchen wieder.

So umsorgte man unsern Helden vierzehn Tage lang. Er fühlte jedoch Unrast im Herzen, und zwar aus folgendem Grunde: Bevor er in einem Frauenarm erglühen mochte, wollte er erst viele Kampfestaten vollbringen. Ihm schien, solch edles Streben verbürge höchstes Glück in diesem Leben wie im Leben nach dem Tode, und das ist auch wirklich so.

Eines Morgens nahm er Abschied von seinem Gastgeber und verließ die Stadt Graharz. Der Burgherr begleitete ihn noch ein Stück Weges, das Herz von neuem Leid erfüllt. Schließlich sprach der Fürst: »Ihr seid nun der vierte Sohn, den ich verliere. Ich hoffte, durch Euch für die drei schweren Heimsuchungen entschädigt zu werden. Vorher waren es wenigstens nur drei. Wollte nun jemand mein Herz in vier Stücke schneiden und meinen drei edlen, mutig gestorbenen Söhnen wie auch Euch, der Ihr fortreitet, je ein Stück überbringen, so wäre ich zufrieden damit. Daß uns am Ende Trauerbande umstricken, ist das Los ritterlichen Lebens. Der Tod meines herrlichen Sohnes Schenteflurs schmerzt mich ganz besonders. Er verlor sein Leben im Kampf mit Clamide und Kingrun, vor denen er Condwiramurs beschützte, als sie diesen Freiern weder ihre Hand noch ihr Land überlassen wollte. Vor Schmerz darüber hat mein Herz so viele Wunden, wie ein Zaun Lücken zählt. Viel zu früh laßt Ihr mich in tiefer Hoffnungslosigkeit zurück. Ach, warum holt mich nicht der Tod, nachdem Ihr Liaze, die schöne Jungfrau, und mein Land verschmäht habt! Mein zweiter Sohn war der Graf Lascoyt. Ihn erschlug mir Iders, Noyts Sohn, um einen Sperber. Das hat mir alle Freude geraubt. Mein dritter Sohn endlich hieß Gurzgri. Ihn begleitete auf seinen Fahrten die schöne Mahaute, die ihr stolzer Bruder Echkunacht meinem Sohn zur Frau gegeben hatte. Auf dem Weg nach der Hauptstadt Brandigan kam er zum Schoydelacurt, wo er sein Leben ließ; dort erschlug ihn Mabonagrin. Durch dieses Unglück verlor Mahaute ihre glänzende Schönheit und meine Frau, seine Mutter, das Leben; der große Schmerz um den letzten Sohn gab ihr den Tod.«

Der Gast nahm Anteil am Herzeleid seines Gastgebers, das ihm so ausführlich geschildert wurde. Er sprach jedoch: »Herr, ich bin noch völlig unerfahren. Erst wenn ich ein rechter Ritter geworden bin und mit einiger Berechtigung um Liebe werben darf, sollt Ihr mir Eure Tochter Liaze, das schöne Mädchen, zur Frau geben. Doch genug der Klagen! Wenn ich Euch von Eurem Schmerz befreien kann, so wird es eines Tages gewiß geschehen.« Damit nahm der Jüngling Abschied von dem getreuen Fürsten und seinem Gefolge. Der dreifache Schmerz des Fürsten war um ein weiteres Leid vermehrt, mußte er doch ein viertes Mal schmerzlichen Verlust dulden.

VIERTES BUCH

Parzival zog also von dannen. Nach Gestalt und Betragen war er ein vollkommener Ritter, doch ihn bedrängte gärende Unruhe. Die Weite schien ihm zu eng, die Breite zu schmal, das Grün der Wiesen und Bäume zu blaß, das Rot seiner Rüstung farblos. Sein Herz verwirrte seine Augen. Nachdem er Einfalt und Unwissenheit hinter sich gelassen hatte, ließ ihm die von Gachmuret überkommene Wesensart keine Ruhe; wie unter einem Zwang mußte er an die schöne Liaze denken, das reizende Mädchen, das ihn in jeder Weise ausgezeichnet hatte; nur ihre Liebe hatte sie ihm nicht geschenkt. Willenlos ließ er sich von seinem Roß davontragen, wohin es sich auch wandte, ob es galoppierte oder trabte. Auf dem Ritt durch den Wald sah er keine Wegkreuze, keine Hauszäune und keine Wagenspuren. Sein Ritt führte ohne Weg und Steg durch unerschlossene Wildnis, über unbekannte Berge und durch fremde Täler. Doch wie es im Sprichwort heißt: Wer ziellos reitet, findet die Axt. Spuren davon gab es genug, sofern niedergebrochene große Stämme ihr Werk sein sollten. Doch Parzivals Weg führte nicht in die Irre, sondern immer geradeaus, bis er noch am gleichen Tag, da er in Graharz aufgebrochen war, über ein unwirtliches Hochgebirge ins Königreich Brobarz gelangte.

Es ging schon auf den Abend zu, als er an einem reißenden Fluß hielt, der mit lautem Brausen von Fels zu Fels sprang. Er folgte seinem Lauf und kam zur Stadt Pelrapeire. König Tampenteire hatte sie seiner Tochter vererbt. Deren Untertanen waren zu dieser Zeit in großer Bedrängnis. Das Wasser des Flusses schoß dahin wie ein Pfeil, der, sauber geschnitzt und gefiedert, von der Sehne der gespannten Armbrust fortgeschnellt wird. Eine Holzbrücke, deren Belag überall mit Reisiggeflecht ausgebessert war, führte auf der Höhe der Stadt über den Fluß. Gleich hinter der Brücke ergoß sich der Fluß ins Meer. Pelrapeire war also gut gesichert. Seht: Wie Kinder, wenn man es ihnen erlaubt, auf einer Schaukel hin und her schwingen, so schwankte die Brücke, auch ohne Seil, hin und her. Diese Ausgelassenheit war allerdings kein Jugendübermut.

Jenseits der Brücke standen mit festgeschnallten Helmen mindestens sechzig Ritter. Sie alle schrien: »Halt! Zurück!« Drohend schwangen sie die Schwerter, wenn sie sich vor Schwäche auch kaum auf den Beinen halten konnten. Wie er so königlich über die Ebene auf die Brücke zuritt, hielten sie ihn nämlich für Clamide, dessen Erscheinen sie gewohnt waren. Als sie ihn mit solchem Geschrei empfingen, wollte sein Pferd, sosehr er es auch anspornte, die altersschwache Brücke nicht betreten. Parzival jedoch, der keine Furcht kannte, saß ab und zog sein Pferd auf die schwankenden Bohlen. Ein Feigling hätte kaum den Mut, solch ungleichem Kampf entgegenzugehen. Er mußte ein wachsames Auge auf den drohenden Gegner haben und außerdem darauf achten, daß sein Pferd nicht strauchelte. Da wurde es unversehens still auf der anderen Seite. Die Ritter verschwanden samt Helmen, Schilden und blitzenden Schwertern in der Stadt und verrammelten das Tor hinter sich, denn sie fürchteten, ihm folge ein großes Heer.

Parzival schritt über die Brücke, ritt auf das Tor zu und gelangte unterhalb des hochaufragenden prächtigen Palastes auf ein Schlachtfeld, wo so mancher im Kampf um ritterlichen Ruhm den Tod gefunden hatte. Am Tor entdeckte er einen eisernen Ring, mit dem er kräftig anklopfte. Niemand achtete jedoch auf sein lautes Einlaßbegehren, außer einer schönen Jungfrau, die von einem Fenster auf den unten wartenden tapferen Helden herniederblickte. Die sittsame Schöne rief: »Mein Herr, solltet Ihr als Feind gekommen sein, dann brauchen wir Euch nicht. Auch ohne Euch werden wir von Land und See her hart genug bedrängt durch ein erbittertes, angriffslustiges Heer.«

Er rief zurück: »Edle Frau, hier steht ein Mann, der Euch nach Kräften helfen will. Mein Lohn sei Euer Gruß. Ich stehe Euch zu Diensten!«

Das Mädchen war so klug, zur Königin zu eilen und ihm Einlaß zu verschaffen; damit sollte ihre große Not ein Ende finden. Als Parzival in die Stadt kam, sah er links und rechts der Straße eine große Menschenmenge. Zur Wehr gerüstet, hatten sich in langer Reihe Schleuderer und Fußkämpfer aufgestellt, dazu zahlreiche Speerwerfer. Ferner sah er viele tapfere Fußknechte, die besten des Landes; sie trugen lange, starke Spieße, scharf und unbeschädigt. Auf Befehl ihrer Anführer hatten sich auch viele Kaufleute versammelt, mit Beilen und Wurfspießen bewaffnet. Alle waren allerdings erbärmlich mager und schwach. Der Marschall der Königin hatte alle Mühe, Parzival durch die Menge auf den Burghof zu führen, der zur Verteidigung hergerichtet war. Nirgends hatte er so viele Türme über den Kemenaten, so viele befestigte Gebäude, Fluchttürme und Verteidigungserker gesehen wie hier. Von allen Seiten strömten zu Pferd und zu Fuß Ritter herbei, um ihn willkommen zu heißen. Die aschgrauen oder leimgelben Gesichter der Menschen waren jämmerlich anzusehen. Mein Dienstherr, der Graf von Wertheim, wäre da sicher nicht Soldritter geworden, denn von solchem Sold hätte er nicht leben können. Den Bewohnern war die Nahrung ausgegangen, so daß sie Hunger litten. Es gab weder Käse noch Fleisch oder Brot. Sie brauchten nicht in den Zähnen zu stochern, und beim Trinken hinterließen ihre Lippen keine Fettspuren. Ihre Bäuche waren eingefallen, die Hüften stachen knochig hervor, und über den Rippen war die Haut zusammengeschrumpft wie ungarisches Pferdeleder. Die Not des Hungers hatte sie vom Fleisch fallen lassen. Bei ihnen tropfte kein Bratenfett in die glühenden Kohlen.

Das verdankten sie einem edlen Helden, dem stolzen König von Brandigan; sie mußten dafür büßen, daß Clamides Werbung abgewiesen worden war. Fiel bei ihnen ein Faß oder eine Kanne um, so floß kein Met mehr heraus. Man hörte keine Trühendinger Krapfen in Fett prasseln; solche Töne hatten ihre Ohren schon lange nicht mehr erfreut. Ich müßte von Sinnen sein, sie deshalb zu schelten, denn dort, wo ich oft vom Pferd steige und wo ich Hausherr bin – also bei mir daheim, in meiner eigenen Behausung –, hat die Maus keine Freude zu erwarten, wenn sie ihre Nahrung zusammenstehlen will. Vor mir braucht man schon gar nichts zu verstecken, ich finde ohnehin nichts. Oft genug muß ich, Wolfram von Eschenbach, solches erdulden.

Doch genug geklagt! Es geht weiter mit unserer Erzählung. Freudlos lebten die Menschen von Pelrapeire in furchtbarem Elend. Die treuen Helden darbten, doch ihre ungebrochene Tapferkeit ließ sie ausharren. Diese Not sollte euer Mitleid wecken! Rettet sie nicht der Allmächtige, so sind ihre Tage gezählt. Hört mehr von den erbarmungswürdigen, armen Menschen. Sie hießen den kraftstrotzenden Recken in peinlicher Verlegenheit willkommen. Doch hielten sie ihn für vornehm genug, daß er bei dieser Lage weniger auf ihre Gastfreundschaft rechnete. Er ahnte wirklich nichts von ihrer großen Not. Man legte einen Teppich auf den Rasen, und zwar unter eine Linde, die ummauert war, so daß die Zweige in die Breite wuchsen und Schatten spendeten. Dort befreite ihn das Hausgesinde von seiner Rüstung. Als er am Brunnen die Rostspuren abgewaschen hatte, stach seine Gesichtsfarbe deutlich von der ihren ab. Fast schien es, der helle Glanz der Sonne würde verdunkelt, und so hielt man ihn natürlich für einen vornehmen Fremdling. Man reichte ihm einen Mantel, der aufs Haar dem Rock glich, den er in Graharz getragen hatte. Der Zobelbesatz roch noch nach frisch erlegtem Wild. Dann fragte man: »Wollt Ihr der Königin, unserer Herrscherin, Euern Besuch abstatten?«

Der Held erwiderte, er wolle es gern tun, und so gingen sie zu einem Palast, zu dem eine hohe Treppe hinaufführte. Parzival erblickte oben ein strahlendschönes Antlitz, dessen Liebreiz seine Augen entzückte. Noch ehe sie ihn willkommen hieß, erschien ihm die Königin schon wie eine strahlende Sonne. Die Herzöge Kyot von Katalonien und Manphilyot führten die Königin des Landes, ihre Nichte, herbei. Sie hatten dem Schwert aus Liebe zu Gott entsagt. Die edlen, stattlichen grauhaarigen Fürsten geleiteten die Herrscherin höflich bis zur Mitte der Treppe. Dort empfing sie den edlen Helden mit einem Willkommenskuß, wobei sich zwei leuchtendrote Lippenpaare trafen. Darauf reichte sie Parzival die Hand und führte ihn in den Palast, wo man sich niederließ. Die Frauen und Ritter, die da saßen oder standen, waren alle von Kräften gekommen; die Burgherrin und ihr Gefolge kannten keine Freude mehr. Dennoch hätte die glänzende Schönheit von Condwiramurs im Wettstreit alle andern übertrumpft, ob Jeschute, Enite, Cunneware von Lalant und wie die berühmtesten Schönheiten alle heißen mögen. Sie alle und die beiden Isolden dazu übertraf der Glanz ihrer Schönheit bei weitem; Condwiramurs hätte bei einem Vergleich den Siegespreis davongetragen, besaß sie doch den idealen Beaucorps, zu deutsch ›schönen Körper‹. Gesegnete Frauen hatten diese beiden, die dort beieinandersaßen, geboren. Frauen und Männer schauten wie gebannt auf das Paar. Parzival hatte also zu wohlmeinenden Freunden gefunden.

Ich will euch sagen, was für Gedanken ihm durch den Kopf gingen: ›Sieh an, Liaze ist dort und auch hier! Gott will meiner Trübsal ein Ende machen. Vor meinen Augen sitzt Liaze, die Tochter des edlen Gurnemanz!‹ Dabei war Liazes Schönheit nichts gegen den Liebreiz der Jungfrau und Landesherrin vor ihm. Gott hatte es ihr an nichts fehlen lassen: sie war wie eine von süßem Tau genetzte Rose, die ihre Blütenpracht in frischem Glanz erstrahlen läßt, weiß und rot zugleich, und sie brachte ihren Gast in arge Herzensbedrängnis. Nun hatte ihm der edle Gurnemanz unter den ritterlichen Lehren eingeschärft, keine unnützen Fragen zu stellen. Parzival war fest entschlossen, die empfangenen Lehren streng zu befolgen, und so saß er denn an der Seite der herrlichen Königin, ohne ein Wort über die Lippen zu bringen. Nun ja, zuweilen fehlen die Worte selbst einem Mann, der schon häufiger in Damengesellschaft war.

Die Königin aber dachte bei sich: ›Ich glaube, ich gefalle ihm nicht, da ich so mager geworden bin. Doch nein, vielleicht schweigt er bewußt aus einem andern Grund: Er ist ja mein Gast, und mir als Gastgeberin kommt es zu, die Unterhaltung zu eröffnen. Seit wir Platz genommen haben, hat er mich mit freundlichen Blicken betrachtet. Er wollte sicher nur seine gute Erziehung beweisen. Ich habe also schon viel zu lange geschwiegen und will nun das Wort nehmen.‹ Sie wandte sich an ihren Gast: »Mein Herr, als Gastgeberin muß ich wohl zuerst das Wort an Euch richten. Ihr habt meinen Willkommenskuß erwidert und, wie mir eine Jungfrau berichtet hat, Eure Dienste angeboten. Solche Gäste hatten wir noch nie, doch mein Herz hat sich danach gesehnt. Herr, ich möchte Euch fragen, woher Ihr kommt.«

»Gebieterin, ich ritt heute von einem Manne fort, der in tiefer Trauer zurückblieb. Der Fürst, den ich verließ, ist unverbrüchlich treu und heißt Gurnemanz von Graharz. Von ihm ritt ich an einem Tage bis hierher.«

Da sprach die edle Jungfrau: »Hätte das ein anderer gesagt, so würde ich's nicht glauben, daß er an einem einzigen Tag einen Weg zurückgelegt hat, den meine schnellsten Boten nicht einmal in zwei Tagen bewältigen. Ich kenne Euern Gastgeber; denn seine Schwester war meine Mutter. Die Schönheit seiner Tochter ist sicher vor Trauer dahingewelkt, haben wir doch mit tränenfeuchten Augen und Klagen so manchen leidvollen Tag gemeinsam verbracht. Wenn Ihr Euerm ehemaligen Gastgeber gewogen seid, so nehmt an diesem Abend vorlieb mit dem, womit wir alle hier uns schon lang bescheiden müssen. Ihr werdet damit auch ihm einen Dienst erweisen. Nun aber laßt mich von unserer Not berichten; denn wir müssen schreckliche Entbehrungen erdulden.«

Da sprach ihr Oheim Kyot: »Herrin, ich schicke Euch zwölf Brote, drei Schulterstücke, drei Schinken, acht Käselaibe und zwei Fäßchen Wein; auch mein Bruder wird etwas beisteuern, da es wirklich not tut.«

Und Manphilyot erklärte: »Herrin, ich schicke Euch das gleiche.«

Da war die Jungfrau herzlich froh und dankte ihnen sehr. Die beiden nahmen Abschied und ritten zu ihren Jagdhütten in der Nähe. Die beiden Alten hausten nämlich unbewaffnet in einer wilden Gebirgsschlucht und wurden dort vom feindlichen Heer nicht behelligt. Bald erschien ein Bote mit der versprochenen Nahrung, so daß die vom Hunger entkräfteten Menschen gespeist werden konnten. Zu dieser Zeit hatten die Burgleute gar nichts mehr zu essen; vor dieser Speisung waren schon viele Hungers gestorben. Auf den Rat ihres Gastes Parzival ließ die Königin Brot, Käse, Fleisch und Wein an die kraftlosen Menschen verteilen, so daß für sie und

Parzival eine einzige Brotscheibe blieb; die sie einträchtig miteinander teilten. Die rasch verzehrte Mahlzeit rettete nun vielen das Leben, die kurz vor dem Hungertode standen. Ich will also wohl glauben, daß man dem Gast ein weiches Lager bereitete. Die Kost war schmal gewesen, und als Beizvögel hätten die Burgleute bei dieser Mahlzeit den Kropf nicht voll bekommen; außer dem jugendfrischen Parzival, der sich nun zum Schlafen zurückzog, trugen alle die Zeichen schwerer Entbehrungen.

Ob man ihm mit Strohfackeln voranleuchtete? O nein, er erhielt weit bessere Beleuchtung. Unser schöner Jüngling begab sich zu einer prächtigen, königlich geschmückten Bettstatt, die wahrlich nicht von Armut zeugte. Vor diesem Lager war ein Teppich ausgebreitet. Parzival duldete die begleitenden Ritter nicht lange bei sich, sondern bat sie, sich zu entfernen. Als ihm die Pagen die Schuhe ausgezogen hatten, schlief er sofort ein, bis ein Tränenstrom ihn weckte, den tiefer Herzenskummer aus strahlenden Augen fließen ließ. Ich will euch erzählen, wie es dazu kam. Um jedem Mißverständnis vorzubeugen: Hier wurde die weibliche Würde nicht verletzt; denn die jungfräuliche Königin, von der jetzt die Rede sein soll, war sittsam und keusch. Die Not des Krieges und der Tod so vieler lieb gewordener Helfer hatten ihr Herz so stark bewegt, daß sie nicht schlafen konnte. Der Königin war es also nicht um jene Liebe zu tun, die aus Jungfrauen Frauen macht; sie suchte Beistand und den Rat eines guten Freundes. Zudem war sie trefflich gewappnet, und zwar mit einem weißseidenen Nachtgewand! Welche Frau, die sich so zum Manne begibt, ist wohl besser zum Kampf gerüstet? Auch hatte die edle Frau einen langen Samtmantel übergeworfen. Vom Kummer getrieben, ging sie ihren Weg; ihre Jungfrauen, die Kämmerer und alle andern ließ sie ungestört schlafen. Leise und geräuschlos glitt sie in die Kemenate, wo Parzival allein ruhte. Der Platz vor der Bettstatt war von Kerzen taghell erleuchtet. Condwiramurs schritt geradewegs auf das Bett zu und kniete auf dem Teppich davor nieder.

Beide, er und die Königin, wußten nicht das mindeste von der Liebe der körperlichen Vereinigung. Dazu kam es nicht, denn die Jungfrau war viel zu schamhaft, als daß sie an solche Freuden gedacht hätte. Ob er sie in sein Bett zog? Aber nein, auch er versteht nichts von solchen Dingen, und als er sie dann zu sich nahm, geschah es in größter Herzenseinfalt, in einer Art Waffenstillstand, ohne daß die versöhnungstiftenden Glieder zueinander fanden. Beide dachten nicht einmal daran.

Die Jungfrau war so tieftraurig, daß aus ihren Augen viele Tränen auf den jungen Parzival niederflossen. Er hörte ihr Schluchzen, und als er sie erwachend vor sich sah, war er erfreut und bestürzt zugleich. Der Jüngling richtete sich auf und sprach zur Königin: »Herrin, wollt Ihr mich verspotten? Nur vor Gott solltet Ihr auf den Knien liegen! Setzt Euch doch auf mein Bett oder legt Euch an meiner Statt nieder und laßt mich woanders ein Ruhelager suchen.«

Sie aber sprach: »Wenn Ihr mir gelobt, nicht ehrlos zu handeln und begehrlich mit mir zu ringen, dann lege ich mich an Eurer Seite nieder.«

Er versprach es, und sogleich schlüpfte sie zu ihm

ins Bett. Nun war es noch so tief in der Nacht, daß kein Hahn krähte. Auch waren die Hühnerbalken leer; die Hungersnot hatte alle Hühner heruntergeholt. Die leidgeprüfte Herrscherin fragte höflich, ob er ihre Klage hören wolle. Sie sagte: »Ich fürchte, meine Erzählung wird Euch den Schlaf rauben, und das wäre nicht gut. König Clamide und sein Seneschall Kingrun haben alle meine Burgen und das Land verheert – bis auf Pelrapeire. Mein Vater Tampenteire ließ mich arme Waise in schrecklicher Bedrängnis zurück! Ich hatte ein großes, wehrhaftes Heer von Verwandten, Fürsten, Gefolgsleuten, von Reichen und Armen; nun aber ist in den Verteidigungskämpfen mehr als die Hälfte gefallen. Wie könnte ich noch fröhlich sein! Es ist jetzt so weit, daß ich mir lieber das Leben nehmen will, als daß ich meine Jungfräulichkeit und mich selbst hingebe und Clamides Frau werde. Er erschlug mir den ritterlichen und tugendhaften Schenteflurs. Der Bruder Liazes war eine Blüte männlicher Schönheit und frei von allem Falsch.«

Als der Name Liaze fiel, fühlte unser dienstwilliger Parzival erneut Sehnsuchtsschmerz; seine Zuneigung ließ ihn wieder in trübe Gedanken verfallen. Er sprach zur Königin: »Herrin, kann Euch denn niemand helfen?«

»O doch, Herr, wenn nur der Seneschall Kingrun nicht wäre. Schon viele meiner Ritter hat er im ritterlichen Zweikampf gefällt. Morgen wird er wieder erscheinen und denken, meine Arme müßten sich endlich für seinen Herrscher öffnen. Ihr habt meinen Palast gesehen, und ehe ich dulde, daß Clamide mit Gewalt von mir Besitz ergreift, stürze ich mich lieber von der höchsten Spitze in den Burggraben. Damit bleibt ihm sein letzter Triumph versagt.«

Parzival beteuerte: »Gebieterin, ob Kingrun nun Franzose, Bretone oder sonstwoher ist, Ihr könnt sicher sein, meine Faust wird Euch nach Kräften schützen!«

Inzwischen war die Nacht vergangen, und der Tag brach an. Die edle Frau erhob sich, verneigte sich und dankte ihm von ganzem Herzen. Dann glitt sie leise in ihr Gemach zurück, und niemand außer Parzival wachte und bemerkte es. Er selbst konnte nicht mehr schlafen; auch stieg die Sonne rasch empor und ließ ihren Glanz durch die Wolken strahlen. Parzival hörte viele Glocken läuten: Die Stadtbevölkerung, die Clamide in solches Elend gestürzt hatte, strömte in das Münster und in die Kirchen der Stadt.

Da erhob sich der Jüngling. Der Hofkaplan der Königin sang Gott und seiner Herrscherin die Messe, und der Gast erfreute sich am Anblick der Königin, bis das Benediktus erklang. Nun verlangte er nach seiner Rüstung und ließ sich wappnen. Als er seine Manneswehr trug, sah man so recht, welch kraftstrotzender Ritter er war. Da rückte auch schon mit vielen Fahnen Clamides Heer heran. Wie die Erzählung berichtet, ritt Kingrun auf einem Roß aus Iserterre an der Spitze des Heeres. Vor dem Stadttor erwartete ihn bereits der Sohn König Gachmurets, begleitet von den Gebeten der Stadtbewohner. Und dies war sein erster ernsthafter Zweikampf.

Parzival nahm solch weiten Anlauf, daß beim wuchtigen Zusammenprall die Sattelriemen rissen und die Rosse auf die Hinterhand geworfen wurden. Die Streiter sprangen aus den Sätteln und rissen die

Schwerter aus den Scheiden. Kingrun trug Wunden an Arm und Brust davon und verlor in diesem Kampf allen Heldenruhm, in dem er sich bis zu diesem Tag, dem Ende seines hoffärtigen Stolzes, gesonnt hatte. Man erzählte von ihm, er sei stark genug, auf dem Schlachtfeld sechs angreifende Ritter zugleich zu besiegen. Nun aber zahlte es ihm Parzival mit starker Faust derart heim, daß der bestürzte Seneschall Kingrun dachte, ihn bombardiere unablässig eine Steinschleudermaschine. Es war aber Parzivals Schwert, das seinen Helm so erdröhnen ließ. Parzival schmetterte ihn zu Boden und setzte ihm ein Knie auf die Brust. Da bot Kingrun, was er noch nie getan hatte, sein Unterwerfungsgelöbnis. Parzival nahm es jedoch nicht an, sondern forderte ihn auf, dieses Gelöbnis vor Gurnemanz zu tun.

»Nein, Herr, dann töte mich lieber sofort, denn ich erschlug seinen Sohn Schenteflurs. Was willst du mehr: Gott hat dich mit Ehren überhäuft, denn wo immer man von deinem Sieg über mich erzählen wird, magst du dich deines Ruhmes freuen.«

Da sprach Parzival: »Dann biete ich dir eine andere Möglichkeit. Leiste das Gelöbnis der Königin, der dein Herrscher in seinem Zorn schweres Leid zugefügt hat!«

»Da wäre ich verloren! Ich würde mit Schwertern so zerstückelt, daß von mir nur Sonnenstäubchen übrigblieben; denn ich habe vielen tapferen Männern dort in der Stadt Kummer bereitet.«

»So zieh von hier in die Bretagne und leiste dein ritterliches Unterwerfungsgelöbnis einer Jungfrau, die um meinetwillen Schmerzen dulden mußte, die sie von Rechts wegen nicht erleiden durfte. Sage ihr, daß ich, was immer mir geschieht, nicht eher unbeschwert froh sein kann, bis ich für sie einen Schild mit der Lanze durchbohrt und sie dadurch gerächt habe. Sage Artus, seiner Gemahlin und seinem ganzen Gefolge, daß ich ihm zu Diensten bin. Sage ihnen ferner, ich käme nicht eher zu ihnen, bis ich die Schmach gesühnt habe, die ich und jene Jungfrau tragen müssen; sie hat mich angelacht und ist dadurch in große Not geraten. Versichere ihr, ich sei ihr ergebener Diener und zu jedem Dienst bereit!«

Diesmal nahm Kingrun den Vorschlag an, und die beiden Helden schieden voneinander. Parzival, die Kampfeszuversicht der Einwohner, kehrte in die Stadt zurück, wo man ihn mit seinem inzwischen eingefangenen Pferd erwartete. Und wirklich sollten die Bewohner der Stadt durch ihn befreit werden, denn als das Belagerungsheer Kingrun im Kampfe unterliegen sah, verbreitete sich Unsicherheit. Parzival wurde nun zur Königin geführt, die ihn in die Arme schloß, fest an sich drückte und rief: »Nie werde ich eines anderen Mannes Frau als dessen, den ich in den Armen halte!«, und sie half ihm eifrig beim Ablegen der Rüstung. Nach der großen Anstrengung konnte man ihn zwar nur kärglich bewirten, doch die Einwohner drängten heran, huldigten ihm und baten, er möge ihr Herrscher werden. Auch die Königin bat ihn, ihr geliebter Gatte zu werden, da er im Kampf mit Kingrun so großen Ruhm errungen hatte.

Da sichtete man von der Brustwehr zwei braune Segel, die ein kräftiger Wind in den Hafen der Stadt trieb. Die Schiffe führten eine Ladung, die alle Stadtbewohner hell begeistern sollte: sie bestand – welch gütige Fügung des allwissenden Gottes! – ausschließlich aus Nahrung. Die hungernde Menge stürzte von den Zinnen zu den Schiffen, um sie zu plündern. Die abgemagerten, dürren, vom Fleische gefallenen Männer, deren Bäuche zusammengeschrumpft waren, hätten bei ihrem Körpergewicht fliegen können wie das Laub im Winde. Der Marschall der Königin schützte jedoch die Schiffe, indem er jedem den Tod durch den Strang androhte, der etwas anrühren sollte. Dann führte er die Kaufleute, die mit den Schiffen gekommen waren, in die Stadt vor seinen neuen Herrscher. Parzival befahl, für die Waren den doppelten Preis zu zahlen. Obwohl dies selbst den Kaufleuten zu großzügig schien, blieb es dabei. Nun tropfte bei den Städtern wieder Bratenfett in die glühenden Kohlen; jetzt möchte selbst ich dort Soldritter sein, denn niemand trinkt etwa Bier, sondern jeder ist mit Wein und Nahrung reichlich versehen.

Nun laßt euch berichten, was Parzival in dieser Lage tat. Mit eigener Hand teilte er die Nahrung zunächst in kleine Portionen und bewirtete die Edlen seiner Umgebung, denn er wollte ihre leeren Mägen nicht überladen. Daß er ihnen die Speisen so abgewogen zuteilte, bekam ihnen vortrefflich. Erst gegen Abend erlaubte ihnen der wohlmeinende, leutselige Parzival eine zweite Mahlzeit.

Nun fragte man ihn und die Königin, ob sie ihr Beilager halten wollten, und beide sagten ja. Er lag aber so sittsam neben ihr, daß heutzutage viele Frauen mit solch einem Manne unzufrieden wären. Ach, daß sie heute nur daran denken, sich aufreizend zu schmücken, und damit alle gute Erziehung verleugnen. Vor Fremden spielen sie die Keusche, doch ihr eigentliches Verlangen straft dies heuchlerische

Gehabe Lügen. Mit aufreizendem Wesen quälen sie den Liebenden. Ein treuer, ehrenfester Mann, der Maß zu halten weiß, ist rücksichtsvoll zu seiner Geliebten. Er denkt – und das ist recht so –: ›Ich habe dieser Frau Jahr um Jahr in Hoffnung auf Liebeslohn gedient. Nun hat sich mein Sehnen erfüllt; ich liege neben ihr. Dabei wäre ich zufrieden gewesen, mit der Hand ihr Gewand berühren zu dürfen. Verlangte ich jetzt gierig mehr, so handelte ich unrecht und falsch. Warum soll ich sie in Gewissenskonflikte und uns beide in Schande stürzen? Mit edlen Frauen sollte man vor dem Schlafengehen lediglich zärtlich plaudern!‹

So lag also unser Jüngling aus Valois, den man den Roten Ritter nannte, still und zufrieden neben ihr. Er ließ die Königin unberührt. Sie aber glaubte, schon jetzt seine Frau geworden zu sein. Also setzte sich die jungfräuliche Gattin am Morgen aus Liebe zu ihm die Haube der Ehefrau auf und überließ ihrem Herzallerliebsten das ganze Reich mit allen Burgen und Städten.

Zwei Tage und drei Nächte lebten sie zusammen und waren glücklich in ihrer Liebe. Er aber dachte immer öfter daran, daß seine Mutter ihm geraten hatte, die Frau fest in die Arme zu schließen, und auch Gurnemanz hatte ihn gelehrt, daß Mann und Frau untrennbar eins wären. Sie schlangen also Arme und Beine ineinander, und wenn ich es schon sagen soll: er fand das nahe Süße, und beide übten den alten, stets neuen Brauch. Dabei war ihnen wohl und nicht wehe zumute.

Vernehmt nun folgendes: Clamide, der sich Pelrapeire mit einem gewaltigen Heer näherte, wurde von üblen Nachrichten beunruhigt. Ein Knappe, dessen Pferd an beiden Flanken von Sporenstichen blutete, meldete: »Auf dem Schlachtfeld vor Pelrapeire wurde ritterlich und hart gekämpft! Der Seneschall und Heerführer Kingrun wurde von einem Ritter besiegt und ist auf dem Weg zu dem Bretonen Artus. Seinem letzten Befehl gehorsam, liegen die Truppen untätig vor der Stadt. Ihr und Eure beiden Heere finden Pelrapeire zur Verteidigung gerüstet. In der Stadt weilt nämlich ein edler, kampfesdurstiger Ritter. Eure Söldner reden davon, die Königin habe aus der Tafelrunde um König Artus Ither von Kukumerland gerufen, denn beim Zweikampf wurde sein siegreiches Wappen ins Feld geführt.«

Der König fuhr den Knappen an: »Condwiramurs wird mein! Sie und ihr Land! Mein Seneschall Kingrun hat mir versichert, die Belagerten müßten die Stadt aus Hunger übergeben und die Königin würde mir ihre Liebe schenken.«

Der Knappe wurde also zum Dank für seine Botschaft zornig abgefertigt, und der König ritt mit seinem Heer unbeirrt weiter. Da kam ihm ein Ritter auf abgetriebenem Pferd entgegen und berichtete das gleiche. Nun wurde Clamides Frohsinn und ritterliche Siegesgewißheit doch gedämpft; die Botschaft traf ihn hart. Da sprach ein Fürst aus dem Gefolge des Königs: »Kingrun hat nur für sich, nicht für uns alle gekämpft! Selbst wenn man ihn erschlagen hätte, dürften doch nicht gleich beide Heere – dieses und die Belagerer vor der Stadt – den Mut sinken lassen.« Er bat seinen Herrscher, nicht zu verzagen. »Wir werden das Blatt schon wenden! Setzen sie sich wirklich zur Wehr, dann werden wir so oft stürmen, bis sie den Mut verlieren. Feuert Gefolgsleute und Blutsverwandte an und stürmt mit beiden Heeren die Stadt! Wir reiten an den Berghang heran und greifen dann die Tore zu Fuß an. Ihnen soll die Lust schon vergehen!«

Dies riet Galogandres, Herzog von Cippones. Und wirklich brachte er die Städter in Bedrängnis, doch er fand schließlich vor den Verteidigungswerken den Tod. Ebenso erging es dem Grafen von Narant, einem Fürsten aus Uckerland und vielen wackeren Soldrittern, die man tot hinwegtragen mußte. Hört, wie sich die Belagerten verteidigten: An den Mauern ließen sie mit Seilwinden lange Baumstämme hinab, die mit starken Holzspießen gespickt waren, so daß die Angreifer in große Not gerieten. Das hatte man geübt, ehe Clamide Kingruns Niederlage mit einem Sturmangriff vergalt. Auch hatten die Versorgungsschiffe griechisches Feuer mitgebracht, so daß die Verteidiger die Belagerungsmaschinen verbrennen konnten. Fahrbare Mauertürme, Wurfmaschinen, Sturmböcke und Mauerbrecher – alles wurde vom Feuer vernichtet.

Inzwischen war der Seneschall Kingrun in die Bretagne gelangt und fand König Artus in Briziljan im Jagdschloß Karminal. Er berichtete, warum Parzival ihn als Gefangenen hergesandt hatte, und tat sein Unterwerfungsgelöbnis vor Frau Cunneware von Lalant. Die Jungfrau war freudig überrascht, daß der Rote Ritter an ihrem Schmerz Anteil nahm. Die Neuigkeit war bald überall bekannt, und der besiegte Edelmann wurde schließlich vor den König geführt. Ihm und seinem Gefolge sagte er, was ihm aufgetragen worden war. Da erschrak Keye, wurde puterrot und stieß hervor: »Du bist also Kingrun! Ha, viele Bretonen hast du bezwungen, Seneschall Clamides! Ist dein Bezwinger auch unversöhnlich, dein Hofamt soll dir doch hier zugute kommen! Wir haben die Küche unter uns, ich hier und du in Brandigan. Hilf mir also, Frau Cunneware mit großen Krapfen zu versöhnen!« An andere Sühne dachte er nicht.

Genug davon. Kehren wir nach dieser Unterbrechung zurück nach Pelrapeire. Clamide war inzwischen vor der Stadt eingetroffen, und ein furchtbarer Sturmangriff begann. Die Belagerten setzten sich mutig zur Wehr. Von Siegesgewißheit und neuem Kampfgeist beseelt, kämpften die Helden so verbissen, daß der Angriff abgeschlagen wurde. Sie öffneten sogar die Tore und unternahmen einen Ausfall, und ihr Herrscher Parzival stürzte sich an ihrer Spitze in den Kampf. Seine Arme teilten wuchtige Schläge aus, hell klang sein Schwert, wenn es auf hartgeschmiedete Helme herabsauste, und alle Ritter, die er niederschmetterte, gerieten in Todesnot. Die Städter übten nämlich Rache, indem sie die Gefallenen durch die Schlitze der Panzerhemden erstachen, bis Parzival diese Kampfesweise untersagte. Als sie merkten, daß sie ihn damit erzürnten, nahmen sie noch vor Abbruch des Kampfes zwanzig Ritter lebendig gefangen.

Parzival entdeckte nun, daß Clamide mit seiner Ritterschar dem Kampfgetümmel vor den Toren auswich und auf der andern Stadtseite kämpfte. Der tollkühne Jüngling galoppierte durch unwegsames Gelände, umging das Heer und fiel dem König in den Rücken. Seht, jetzt war die Zeit gekommen, da sich

Clamides Sold schlecht auszahlte. Die Städter kämpften nämlich so hartnäckig, daß die starken Schilde in ihren Händen von den Schwertschlägen regelrecht zerstückelt wurden. Auch Parzivals Schild wurde von Wurfgeschossen und Schwerthieben kurz und klein geschlagen; selbst seine Feinde konnten ihm ihre Bewunderung nicht versagen, obwohl sein Kampfesmut sie teuer zu stehen kam. Galogandres, der die Fahne trug und das Heer immer wieder anfeuerte, sank an des Königs Seite tödlich getroffen zu Boden. Als nun Clamide selbst in Gefahr geriet, wurden er und die Seinen von Furcht ergriffen. Clamide brach den Angriff ab, und die tapferen Städter trugen Sieg und Ruhm davon.

Drei Tage lang ließ Parzival, der edle Held, die Gefangenen aufs beste bewirten. Im Heer der Belagerer breitete sich indessen Mutlosigkeit aus. Nach drei Tagen ließ der stattliche, tüchtige junge Landesherr die Gefangenen das Unterwerfungsgelöbnis tun und sagte: »Ihr wackeren Männer! Versprecht mir, auf meinen Befehl wieder hier zu erscheinen!« Er ließ ihnen die Rüstungen, und so kehrten sie zum Belagerungsheer zurück. Obwohl ihre geröteten Gesichter reichlichen Weingenuß verrieten, sprachen die Gefährten bedauernd: »Ihr Armen habt sicher Hunger leiden müssen!«

Jene Ritter, die gefangengenommen worden waren, antworteten jedoch: »Ihr braucht uns nicht zu bedauern! In der Stadt gibt es so viel zu essen, daß die Bewohner sich und euch ein ganzes Jahr beköstigen könnten, wenn ihr so lange bleiben wolltet. Auch hat die Königin den herrlichsten Gemahl, der je zum Ritter geschlagen wurde. Er muß von vornehmster

Geburt sein, ist er doch ein wahrer Schirmherr ritterlicher Ehre!«

Als Clamide das hörte, verdrossen ihn die vergeblichen Mühen. Er sandte daher Boten in die Stadt und ließ folgendes erklären: Wer der Königin beigelegen hat, »soll sich zum Zweikampf stellen, wenn er ihn wagt und von der Königin dazu bestimmt ist, sie und ihr Land gegen mich zu verteidigen. Unter dieser Bedingung soll Waffenstillstand sein zwischen beiden Heeren!«

Als er durch solche Botschaft zum Kampf herausgefordert wurde, war Parzival von Herzen froh. Der furchtlose Jüngling erwiderte: »Ich verbürge mich mit meiner Ehre, daß mir aus unserm Heer niemand helfen wird, wenn ich in Bedrängnis geraten sollte.« Also wurde zwischen den beiden Heeren Waffenstillstand geschlossen, und die beiden Kampfschmiede Parzival und Clamide wappneten sich. Der König von Brandigan schwang sich auf einen gepanzerten Kastilianer mit Namen Guverjorz. Clamides Vetter Grigorz, König von Ipotente, hatte es ihm mit anderen kostbaren Geschenken aus dem Norden über den Uckersee gesandt. Gebracht hatte die Geschenke der Graf von Narant in Begleitung von eintausend gewappneten Fußknechten, denen nur die Schilde fehlten. Wenn man der Erzählung trauen darf, hatten sie den Sold zwei Jahre im voraus erhalten. Außerdem hatte Grigorz seinem Vetter fünfhundert erprobte, helmbewehrte und kampfestüchtige Ritter geschickt, die Clamides Heer dabei unterstützten, Pelrapeire von Land und Meer her einzuschließen, so daß es den Stadtbewohnern übel genug ergangen war.

Parzival ritt auf den Kampfplatz, wo das entscheidende Treffen stattfinden und Gott offenbaren sollte, ob ihm die Tochter König Tampenteires bestimmt war oder nicht. Hoch aufgerichtet sprengte er im Galopp heran, ohne sein Roß schon zur Karriere zu spornen. Man hatte es für diesen Kampf gut gepanzert. Über dem Kettenpanzer lag eine rotsamtene Decke. Parzival trug einen leuchtendroten Schild und einen Waffenrock von gleicher Farbe. Der Kampf wurde von Clamide eröffnet, der mit einer kurzen, ungeglätteten Lanze bewaffnet war, mit der er seinen Gegner niederwerfen wollte. Er nahm weiten Anlauf, sein Roß Guverjorz brauste heran, und nun begann zwischen den beiden bartlosen Jünglingen ein Zweikampf nach allen Regeln der Kunst. Nie haben Menschen und Tiere härter gekämpft! Die Pferde dampften vor Anstrengung; die Ritter kämpften bis zur völligen Erschöpfung der Tiere, die endlich beide unter ihren Reitern zusammenbrachen. Nun ließ jeder feurige Funken vom Helm seines Gegners sprühen. Pausen gab es nicht, keiner ließ den andern zur Ruhe kommen. Die Schilde wurden so schnell in Stücke gefetzt, als würden Federn spielerisch in die Luft geworfen. Dennoch fühlte sich Gachmurets Sohn völlig frisch, während Clamide glaubte, die Städter hätten den Waffenstillstand gebrochen. Er forderte seinen Gegner auf, an seine Ehre zu denken und Schleuderwürfe zu verbieten. Die Schwerthiebe Parzivals prasselten nämlich so gewaltig und rasch auf ihn nieder, daß sie an Schleudersteine erinnerten. Der Landesherr antwortete: »Auf Ehre, dich treffen keine Schleuderwürfe! Ließe ich meine Hand sinken, würde dir keine ›Schleuder‹ mehr auf Brust, Haupt und Schenkel trommeln.«

Clamide ermüdete rascher als sonst, doch wogte der Kampf lange unentschieden hin und her, bis König Clamide schließlich unterlag: ein mächtiger Schwerthieb Parzivals mähte ihn nieder, so daß ihm das Blut aus Ohren und Nase schoß und den grünen Rasen rötete. Parzival riß ihm Helm und Kettenhaube herunter, und der Besiegte, der betäubt am Boden saß, erwartete wehrlos den Todesstreich. Der Sieger rief: »Nie wieder wirst du meine Frau bedrängen! Lerne jetzt, was Sterben heißt!«

»Halt ein, edler, kühner Held! Du hast mich bezwungen, und damit ist deine Ehre schon dreißigmal größer als vorher. Wie willst du deinen Ruhm noch mehren? Mit Recht kann Condwiramurs mich den unglücklichen Verlierer und dich den glücklichen Sieger nennen. Du hast dein Land befreit! Wie ein geleertes Schiff nach oben steigt, so hat meine Macht an Gewicht verloren. Verblaßt ist mein Heldenglück! Was nützt es dir, mich zu erschlagen? Die erlittene Schmach wird sich noch bis auf den letzten meiner Nachkommen forterben! Du hast Sieg und Ruhm errungen! Töten mußt du mich nicht, denn ich bin schon jetzt ein lebender Toter: verloren habe ich die Frau, die Herz und Sinne mir in Bande schlug und mich doch nie erhörte! Sie und ihr Land muß ich Unglücklicher dir lassen!«

Da dachte der Sieger daran, daß Gurnemanz ihn gelehrt hatte, kraftvoll-kühne Männlichkeit mit Erbarmen zu paaren. Er folgte der Lehre und sprach zu Clamide: »Du mußt aber dein Unterwerfungsgelöbnis vor Liazes Vater tun!«

»Nur dies nicht, Herr! Ich erschlug seinen Sohn und fügte ihm dadurch bitteres Herzeleid zu. Verlange nur dies nicht von mir! Ich kämpfte mit Schenteflurs um Condwiramurs, und er hätte mich getötet, wäre mir nicht mein Seneschall zu Hilfe geeilt. Gurnemanz von Graharz sandte seinen Sohn mit einem großen Heer nach Brobarz: neunhundert kampferprobte Ritter auf Panzerrossen und eintausendfünfhundert gewappnete Fußknechte, denen nur die Schilde fehlten. Sie kämpften gut und machten mir arg zu schaffen, doch fast alle sind im Kampf gefallen. Später hat mich dieser Krieg allerdings noch größere Menschenopfer gekostet, so daß ich Glück und Ehre verloren habe. Was verlangst du also noch?«

»Ich will dich nicht länger ängstigen. Reite zu dem Bretonen Artus; auch Kingrun ist zu ihm geritten. Sage ihm, ich stehe ihm zu Diensten, doch er möge die Schmach beklagen, die mir beim Abschied widerfuhr und mein Begleiter war. Mich hat eine Jungfrau angelacht, und daß man sie meinetwegen schlug, hat mich tiefer als alles andere getroffen. Vor dieser Jungfrau sollst du dein Unterwerfungsgelöbnis tun. Sage ihr, das Geschehene täte mir weh, und erfülle ihr jeden Wunsch. Tust du das nicht, stirbst du auf der Stelle.«

Da erwiderte der König von Brandigan: »Wenn ich zwischen diesen Möglichkeiten wählen muß, entscheide ich mich für die letztere und reite hin.«

Mit diesem Gelöbnis nahm der Abschied, den sein Hochmut zu Fall gebracht hatte. Der heldenhafte Parzival schritt zu seinem erschöpften Roß. Mit einem Satz, ohne den Steigbügel zu benutzen, sprang er in den Sattel, so daß die Reste seines zerhauenen Schildes nur so herumwirbelten.

Die Städter waren überglücklich, doch im Belagerungsheer, wo man die Niederlage Clamides beobachtet hatte, war man sehr niedergeschlagen. König Clamide, dessen Muskeln und Glieder schmerzten, wurde von den Seinen ins Heerlager geführt. Er ließ die Toten auf Tragbahren einsammeln und bestatten. Sein Heer zog davon, der edle Clamide aber ritt nach Löver.

Die Ritter der Tafelrunde hatten sich in Dianasdrun bei dem Bretonen Artus versammelt. Ich versichere euch, die Ebene von Dianasdrun trug mehr Zeltstangen, als der Spessart Bäume hat. Mit großem Gefolge und vielen Edelfrauen feierte Artus das Pfingstfest. Zahlreiche Banner und Schilde mit den verschiedensten Wappenzeichen und viele prunkvolle Zelte konnte man sehen. Heutzutage ist so etwas kaum vorstellbar, denn wer könnte einer solchen Frauenschar auch nur die Reisekleider stellen! Und jede der anwesenden Damen hätte es als Herabsetzung empfunden, wäre nicht ihr Anbeter an ihrer Seite gewesen. Es gab dort allerdings auch viele Grünschnäbel, und ich hätte mich gehütet, diesem Gewühl mein Eheweib anzuvertrauen! Ich wäre unruhig geworden, wenn so viele unbekannte Gesichter sie umdrängt hätten. Der eine oder andere hätte ihr womöglich erklärt, er liebe sie heiß und die Liebespein verdunkle sein Lebensglück; stets wolle er ihr dienen, wenn sie ihn nur von dieser Qual erlöse! Ich hätte mich gewiß vorher mit ihr aus dem Staube gemacht.

Nun habe ich schon wieder von mir gesprochen! Hört also, woran man das Zelt des Artus erkennen konnte: vor dem Zelt saß sein ganzes Gefolge vergnügt bei der Tafel. Da gab es viele edle, ehrenfeste

Ritter und ebenso viele reizende Jungfrauen, die nur ans Lanzenstechen dachten und ihre Anbeter wie Armbrustbolzen gegen die Feinde schossen. Erging es ihnen übel im Kampfe, dann vergalten sie die erlittenen Schmerzen vielleicht mit Freundlichkeit.

Der Jüngling Clamide ritt geradewegs in den Zeltring des Artus. Die Gemahlin des Königs und die andern Frauen blickten erstaunt auf das gepanzerte Roß und den gewappneten Reiter, dessen Helm und Schild arg mitgenommen waren. Ihr habt ja bereits gehört, wie er gezwungen wurde, in diesem Aufzug am Artushof zu erscheinen. Nachdem er vom Roß gestiegen war, drängte er sich durch die Schar der Neugierigen zu Frau Cunneware von Lalant und sprach: »Seid Ihr es, edle Frau, der ich zu Diensten sein soll? Ich tue es allerdings nicht ganz freiwillig. Der Rote Ritter läßt Euch sagen, daß er Euch zu Diensten steht und die Euch widerfahrene Schmach zu seiner eignen Sache macht. Außerdem hat er mich gebeten, in dieser Angelegenheit vor Artus Klage zu führen. Wenn ich nicht irre, seid Ihr seinetwegen gezüchtigt worden. Edle Frau, ich will Euch mein Unterwerfungsgelöbnis leisten, wie es mein ritterlicher Gegner befahl. Seid Ihr einverstanden, so leiste ich es gern, war ich doch schon dem Tode verfallen.«

Da ergriff Frau Cunneware von Lalant seine gepanzerte Hand. Frau Ginover, die in Abwesenheit des Königs tafelte, saß ganz in der Nähe. Aber auch Keye stand am Tisch und hörte die Neuigkeit. Nun fuhr ihm denn doch der Schreck in die Glieder, worüber sich Frau Cunneware unverhohlen freute. Er aber sprach zu ihr: »Edle Frau, dieser Ritter ist zu seinem Tun gezwungen worden, doch man hat ihn offenbar falsch unterrichtet. Ich handelte, wie es bei Hofe Brauch ist, und wollte Euch nur besseres Benehmen lehren. Ihr aber grollt mir. Folgt meinem Rat und laßt den Gefangenen von seiner Rüstung befreien. Er hat schon lange genug stehen müssen.«

Da bat die liebliche Jungfrau, ihm Helm und Kettenhaube abzunehmen. Nachdem man die Bänder gelöst und die Rüstungsteile entfernt hatte, erkannte man Clamide. Auch Kingrun erkannte ihn auf den ersten Blick; vor Verzweiflung rang er die Hände, daß sie knackten wie dürre Holzscheite. Aufspringend stieß er den Tisch zurück und fragte seinen Herrn, was geschehen sei. Niedergeschlagen antwortete Clamide: »Seit meiner Geburt verfolgt mich das Unheil! Ich verlor ein so glänzendes Heer, daß kein Mensch, den eine Mutter je an ihrer Brust gestillt hat, größeren Verlust hinnehmen mußte. Doch mehr als der Verlust meines Heeres schmerzt mich, daß ich auf meine Liebe verzichten muß. Der erzwungene Verzicht lastet so schwer auf mir, daß Glück und Frohsinn dahin sind. Condwiramurs ließ meine Schläfen grau werden. Welche Strafe Gottes den Pilatus von Poncia oder den elenden Judas, der mit seinem Kuß am schändlichen Verrat Jesu beteiligt war, getroffen hat, ich wollte alle Qualen auf mich nehmen, wäre nur die Herrscherin von Brobarz mein liebend Weib, könnte ich sie in meine Arme schließen! Was danach käme, wäre mir gleich! Doch leider verschmäht sie den König von Iserterre! Mein Land, mein Volk zu Brandigan werden dies nie verwinden, so wie in Brandigan auch mein Vetter Mabonagrin lange genug schwere Mühsal auf sich nehmen mußte. König Artus, von eines Ritters Hand besiegt, habe ich zu dir reiten müssen. Du weißt sehr wohl, daß dir in meinem Reiche viel Arges widerfahren ist. Vergiß dies, edler Mann! Übe während meiner Gefangenschaft nicht zornig Vergeltung. Frau Cunneware, der ich mich als Gefangener unterworfen habe, nehme mich in ihre Hut!« Der großmütige Artus aber verzieh ihm ohne weiteres.

Als die Frauen und Männer des Lagers erfahren hatten, der König von Brandigan sei eingetroffen, herrschte ein großes Gedränge von Neugierigen, da sich die Nachricht wie ein Lauffeuer verbreitet hatte. Der betrübte Clamide bat höflich, sich den anderen Rittern anschließen zu dürfen: »Wenn Ihr mich für würdig haltet, edle Frau, so stellt mich Gawan vor! Ich bin sicher, er wird es Euch nicht abschlagen. Erfüllt er Euern Wunsch, so ehrt er Euch und den Roten Ritter.«

Darauf bat Artus selbst seinen Neffen, König Clamide in die Gemeinschaft seiner Freunde aufzunehmen, was ohnehin geschehen wäre. Freundschaftlich empfing die Runde der Edlen den zwar besiegten, doch aufrechten Ritter. Kingrun aber raunte Clamide zu: »Zum Teufel, wenn dich doch nie ein Bretone hier als Besiegten gesehen hätte! Du bist mächtiger und reicher als Artus, und dazu hast du ihm die Jugend voraus! Soll dieser Artus nur deshalb zu Ruhm und Ehre kommen, weil Keye im Zorn eine edle Fürstin verprügelt hat? Sie folgte der Stimme ihres Herzens und ehrte durch ihr Lachen den, der fraglos höchsten Ruhm errungen hat! Die Bretonen sind jetzt des Glaubens, ihr Ruhmesbaum sei gewaltig in die Höhe geschossen! Dabei haben sie keinen Finger gerührt, als Ither, der König von Kukumerland, tot in die Stadt gebracht wurde oder als Ihr vor Pelrapeire Euerm Gegner unterlagt. Auch mich hat er in ehrlichem Kampf bezwungen. Ja, dort sah man Funken von den Helmen sprühen und Schwerter durch die Luft wirbeln!«

Bei Hofe aber waren sich alle darin einig, daß Keye übel gehandelt habe.

Nun laßt uns hier abbrechen und wieder zu unserm anderen Schauplatz zurückkehren. Das verwüstete Land, in dem Parzival jetzt die Krone trug, wurde wieder aufgebaut, und bald herrschte von neuem Frohsinn und festliche Geselligkeit. Der verstorbene Schwiegervater Tampenteire hatte Parzival in Pelrapeire glänzende Edelsteine und rotes Gold in Fülle hinterlassen. Das verteilte er unter die Bedürftigen, und man liebte ihn ob seiner Freigebigkeit. Bald tauchten zu seines Reiches Ruhm auch wieder viele Banner und neue Schilde auf, denn er wie die Seinen veranstalteten zahlreiche Turniere. Oft ließ der furchtlose junge Held an den Grenzen seines Reiches fremde Eindringlinge seine Heldenstärke fühlen, und man rühmte seine Kampfestaten als die gewaltigsten, die je vollbracht wurden.

Hört nun von der Königin! Hätte es ihr je besser gehen können? Die liebliche, ędle junge Frau sah alle ihre Wünsche auf Erden erfüllt. Ihre Liebe war stark und unerschütterlich, und von ihrem Manne wußte sie, daß er sie ebenso liebte wie sie ihn. Wenn ich nun davon erzähle, daß sie voneinander scheiden mußten, so wäre hinzuzufügen, daß ihnen der Abschied viel Leid bringen sollte. Vor allem die edle Frau bedaure ich! Nachdem Parzival ihr Volk, ihr Land und sie selbst aus großer Not erlöst hatte, hatte sie ihm ihre Liebe geschenkt. Eines Morgens nun sprach er vor Aug und Ohr vieler Ritter: »Edle Frau, wenn Ihr erlaubt, möchte ich fortziehen und erkunden, wie es um meine Mutter steht. Ich weiß nicht, ob es ihr gut geht oder schlecht, und möchte ihr daher einen kurzen Besuch abstatten, vielleicht auch unterwegs, wenn es sich so fügt, das eine oder andre Abenteuer bestehen. Diene ich Euch mit ritterlichen Taten, so lohnt es mir später mit Eurer Liebe.«

Er bat also um Urlaub, und da sie ihn – wie es in der Erzählung heißt – liebte, wollte sie seine Bitte nicht abschlagen. Parzival ließ all sein Gefolge zurück und zog allein von dannen.

FÜNFTES BUCH

Wer hören möchte, wohin Parzival in seinem Drang nach Abenteuern gelangte, der wird bald erstaunliche Dinge erfahren. Laßt nur Gachmurets Sohn dahinreiten! Überall, wo es wohlmeinende Menschen gibt, möge man ihm Glück auf den Weg wünschen, denn ihm ist bestimmt, schwere Not zu leiden, doch später wird er auch Glück und Ehre gewinnen. Jetzt aber lag es ihm schwer auf der Seele, daß er von seiner Frau Abschied nehmen mußte, die liebreizender und herrlicher war als alle Frauen, von denen man je las oder hörte. Der Gedanke an Condwiramurs bedrückte ihn so sehr, daß er allen Lebensmut verloren hätte, wäre er nicht solch beherzter Ritter gewesen. Er überließ seinem Roß die Zügel, und das zog sie ohne Leitung des Reiters über Baumstrünke und Moosflechten hinter sich her. In der Erzählung wird berichtet, er habe an einem einzigen Tage eine solche Strecke Weges zurückgelegt, wie sie auch ein Vogel nur mit größter Anstrengung bewältigt hätte. Wenn dieser Bericht stimmt, so ritt er weiter noch als damals, da er Ither durchbohrt hatte oder als er von Graharz in das Land Brobarz gekommen war.

Wollt ihr hören, was er erlebte? Am Abend gelangte er an einen See, wo Fischer mit ihrem Boot vor Anker lagen; ihnen gehörte dieser See. Sie waren dem Ufer nahe genug, um alles zu hören, was der heranreitende Parzival ihnen zurief. Er entdeckte im Boot einen Mann, der so prächtige Kleider trug, wie sie ein Herrscher über alle Reiche dieser Erde nicht prächtiger besitzen könnte. Sein warm gefütterter Hut war mit Pfauenfedern geschmückt. An diesen Fischer wandte sich Parzival und bat, ihm um Gottes willen und als wohlerzogener Mensch zu sagen, wo eine Herberge zu finden sei. Der Mann, von tiefem Gram gezeichnet, erwiderte: »Herr, meines Wissens sind Land und Gewässer im Umkreis von dreißig Meilen völlig menschenleer, abgesehen von einer Burg hier in der Nähe, zu der ich Euch guten Gewissens weisen kann. Wohin sonst wolltet Ihr zu dieser Tageszeit? Wendet Euch am Fuße jenes Felsens nach rechts. Wenn Ihr an den Burggraben gelangt, werdet Ihr Euch wahrscheinlich etwas gedulden müssen. Bittet, daß man die Zugbrücke herunterlasse und Euch Einlaß gewähre.«

Parzival befolgte den Rat des Fischers und machte sich nach einem Abschiedsgruß auf den Weg. Der Fischer rief ihm noch zu: »Wenn Ihr richtig hinkommt, werde ich heute abend selbst für Euer Wohl sorgen. Bemeßt Euern Dank danach, wie man Euch aufnimmt. Seht Euch aber vor: Es gibt dort auch Irrwege, und am Felshang könnt Ihr leicht in die Irre reiten. Ich möchte es Euch nicht wünschen.«

Parzival brach auf und trabte unverdrossen auf dem richtigen Weg bis an den Burggraben. Die Brücke war hochgezogen, und die vortrefflich befestigte Burg stand da wie hingemeißelt. Sturmangriffe brauchte sie nicht zu fürchten, es sei denn, die Angreifer hätten Flügel gehabt oder wären vom Wind hineingetragen worden. Viele Türme und Paläste, alle ausgezeichnet bewehrt, standen darin. Wären auch alle Heere der Welt herangezogen, die Verteidiger hätten zu ihrer Rettung nicht einmal ein Brot opfern müssen, und wenn die Belagerung dreißig Jahre gedauert hätte.

Ein Knappe bemerkte den Ankömmling und fragte, was er wünsche und woher er käme. Parzival antwortete: »Mich hat der Fischer hergesandt. Im Vertrauen darauf, hier Unterkunft zu finden, habe ich mich dankbar vor ihm verneigt. Er hieß mich herreiten und läßt bitten, die Zugbrücke niederzulassen.«

»Herr, dann seid willkommen! Da es der Fischer befiehlt, wird man Euch um seinetwillen achtungsvoll und fürsorglich aufnehmen.«

So sprach der Knappe und ließ die Zugbrücke hinab. Der tapfere Parzival ritt in die Burg hinein und auf einen weiträumigen Hof, der keine Spuren von Kampfspielen zeigte, war der Rasen doch überall kurz und grün. Hier gab es offenbar keine Turnierkämpfe; über diesen Hof – wie über die Wiese von Abenberg – wurden nie die Banner turnierender Scharen getragen. Wenngleich man also unterhaltsame Kampfspiele seit langem nicht mehr kannte und die Burginsassen tiefes Herzeleid trugen, ließ man Parzival nichts merken. Zu seiner Begrüßung hatten sich alle Ritter eingefunden, und einige jugendliche Pagen haschten eifrig nach seinem Zaum, denn jeder wollte der erste sein. Sie hielten ihm die Steigbügel, so daß er vom Pferd steigen mußte. Dann baten ihn die Ritter ins Haus und führten ihn in sein Gastzimmer. Im Handumdrehen wurde er von der Rüstung befreit, und als der bartlose Jüngling in der Anmut seiner Jugend vor ihnen stand, gab es keinen, der ihn nicht für einen Günstling des Glückes hielt.

Der Jüngling bat um Waschwasser und spülte die Rostflecken von Gesicht und Händen. Als sich der schmucke Gast zu ihnen gesetzt hatte, schien es allen, er strahle so hell wie ein neuer Tag. Man brachte einen Mantel aus kostbarer arabischer Seide, den der schöne Jüngling lose über die Schultern warf. Man bewunderte ihn unverhohlen, und der Kämmerer sprach zuvorkommend: »Diesen Mantel trug meine Herrscherin, Königin Repanse de Schoye, und sie stellt ihn Euch zur Verfügung, solange man für Euch noch keine Kleider angefertigt hat. Ich konnte sie guten Gewissens darum bitten, denn Ihr seid, wenn ich mich nicht täusche, ein vornehmer Edelmann.«

»Gott lohne Euch die freundlichen Worte, Herr. Trifft Euer Urteil zu, so kann ich mich glücklich schätzen, daß Gott mich so ausgezeichnet hat.«

Man reichte ihm eine Erfrischung und sorgte für sein Wohl. Die gramerfüllten Ritter waren an seiner Seite fröhlich und guter Dinge. Man behandelte ihn achtungsvoll und tischte reichlich auf, gab es doch in der Burg mehr Vorräte, als sie Parzival zur Zeit der Belagerung in Pelrapeire vorgefunden hatte. Seine Rüstung hatte man fortgetragen, was ihn nach einer Weile sehr verdroß, denn er nahm einen Scherz für bare Münze: Der zungenfertige Hofnarr forderte nämlich in seinem Übermut den kraftstrotzenden Gast barsch auf, sogleich vor dem Hausherrn zu erscheinen, als habe Parzival dessen Zorn erregt. Für diesen Spaß hätte ihn der Jüngling fast umgebracht. Da sein herrlich ziseliertes Schwert nicht zur Hand war, ballte er die Faust in solchem Zorn, daß unter den Nägeln das Blut hervorspritzte und den Ärmel netzte.

»Beruhigt Euch, Herr«, begütigten ihn die Ritter, »jener Mann hat das Recht, hier seine Scherze zu treiben, wie traurig wir andern auch sind. Verzeiht es ihm! Er wollte Euch nur sagen, daß der Fischer gekommen ist. Laßt Euern Zorn verrauchen und geht zu ihm, denn Ihr seid sein hochwillkommener Gast.«

Sie traten in einen Palast, wo über den Versammelten hundert Kronleuchter mit vielen Kerzen hingen, während ringsum an den Wänden kleinere Kerzenhalter befestigt waren. Im Saal sah er hundert Ruhelager, von den Bediensteten sorgfältig gerichtet und mit Steppdecken gepolstert. Je vier Gefährten fanden Platz auf einem Lager. Zwischen den Polstersitzen war freier Raum, vor ihnen lagen runde Teppiche. Der Sohn König Frimutels konnte sich das eben leisten! Und noch etwas gab es dort, was den Bewohnern nicht zu kostbar war: im Saal standen drei viereckige Marmorkamine, auf deren Rosten Aloeholz brannte. Solch gewaltige Feuerbrände, noch dazu von so kostbarem Holz genährt, hat man selbst hier zu Wildenberg nie gesehen.

In der Nähe des mittleren Kamins hatte sich der Burgherr auf einem Ruhelager niedergelassen. Allen Frohsinns bar, war sein Leben ein ständiges Dahinsiechen. Als der strahlendschöne Parzival den Palast betrat, wurde er von seinem Gastgeber freundlich empfangen. Er ließ ihn nicht lange warten, sondern bat ihn, näher zu treten und sich zu setzen. »Kommt an meine Seite! Ihr steht mir zu nahe, als daß ich Euch einen Platz weiter hinten zuweisen dürfte«, so sprach der schmerzgequälte Burgherr. Die großen Feuer ließ er wegen seiner Krankheit brennen, und er trug auch warme Kleidung: sein Pelzrock und der Mantel darüber waren außen und innen mit großen, langen Zobelfellen besetzt. Noch das geringste der schwarzgrauen Felle war wertvoll genug. Den gleichen kostbaren Zobel zeigte die Pelzmütze auf seinem Haupt. Rings um die Mütze lief eine goldgewirkte arabische Borte, und in ihrer Mitte glänzte ein Rubin.

Viele stattliche Ritter saßen in der Runde, denen man nun etwas Trauriges zeigte. Zur Tür herein kam ein Knappe gelaufen, in der Hand trug er eine Lanze, aus deren Spitze Blut quoll und den Schaft hinabrann bis zu Ärmel und Hand. Da begann im weiten Palast ein solches Weinen und Klagen, daß nicht einmal dreißig Völker so viele Tränen vergießen könnten! Der Knappe trug die Lanze rings durch den Palast und eilte durch die gleiche Tür wieder hinaus. Als sie den Knappen und die Lanze in seiner Hand, die sie offenbar an ein schreckliches Unheil gemahnte, nicht mehr sahen, verstummte das Wehklagen der Ritter.

Wenn ihr wollt, erzähle ich jetzt davon, mit welch höfischem Anstand dort bedient wurde. An der Stirnseite des Palastes tat sich eine stählerne Tür auf, und zwei liebliche Mädchen betraten den Saal. Es waren zwei schöne Jungfrauen, die jedem Manne, der sich durch Ritterdienst auszeichnete, den Liebeslohn hätten gewähren können. Blumenkränze zierten ihr Haar. Jede hielt einen goldenen Leuchter mit brennenden Kerzen in der Hand, und lang fielen ihre blonden Locken herab. Die Gewänder, in denen sie den Saal betraten, sollen nicht vergessen sein: das

Kleid der Gräfin von Tenabroc und das ihrer Gefährtin war in Rotbraun gehalten und über den Hüften von Gürteln eng gerafft.

Den beiden Mädchen folgte eine Herzogin mit ihrer Gefährtin. Sie trugen zwei zierliche Elfenbeinstützen. Als sich alle vier Damen verneigten, erglühten ihre Lippen wie rote Flammen. Mit vollendeter Anmut stellte nun das zweite Paar die Elfenbeinstützen vor den Burgherrn. Dann traten die vier, alle von gleichem Liebreiz und in gleicher Weise gekleidet, beiseite.

Doch seht, acht andere, zu diesem Dienst berufene Edeldamen ließen nicht auf sich warten. Vier von ihnen trugen große Kerzen, die andern vier eine kostbare Steinplatte, die bei Tage das Sonnenlicht hindurchließ: es war ein ungeheuer großer Granathyazinth! Als man ihn zu einer Tischplatte verarbeitete, hatte man ihn ganz dünn geschliffen, damit er nicht zu gewichtig sei. Dieser kostbare Tisch gab eine Vorstellung vom Reichtum des Burgherrn!

Genau nach der Vorschrift traten alle vor ihn hin und verneigten sich. Vier legten die Platte auf die bereitstehenden Stützen aus schneeweißem Elfenbein. Dann traten die acht Damen mit höfischem Anstand beiseite und gesellten sich zu den ersten vier. Die acht Damen der zweiten Gruppe trugen grasgrüne Kleider, bei denen man mit dem Stoff, Samt aus Azagouc, nicht gegeizt hatte. Um die Hüfte wurden sie von kostbaren schmalen, langen Gürteln eng gerafft. Zierliche Blumenkränze schmückten die Locken der acht Jungfrauen.

Auch die Töchter der Grafen Iwan von Nonel und Jernis von Ril waren hier – meilenweit entfernt von ihrer Heimat – zum Hofdienst ausersehen. Die beiden Fürstinnen erschienen in prachtvollen Gewändern, und sie trugen jeweils auf einem Mundtuch zwei haarscharfe wunderbare Messer herbei. Diese Messer waren aus gehärtetem blitzendem Silber, sehr kunstreich gearbeitet und so sorgfältig geschärft, daß man Stahl damit schneiden konnte. Vor ihnen schritten vier gleichfalls zum Hofdienst berufene Edeldamen. Es waren junge, makellos reine Jungfrauen, und sie begleiteten das blitzende Silber mit brennenden Kerzen. Feierlich schritten die sechs heran. Hört jetzt, was sie taten. Nachdem sie sich verneigt hatten, trugen zwei von ihnen das Silber zur farbenprächtigen Tafel und legten es darauf nieder. Dann traten die sechs Jungfrauen zu den erstgenannten zwölf, so daß – wenn ich recht gezählt habe – nun achtzehn Edeldamen beisammenstanden. Seht, da erschienen bereits wieder sechs Damen in kostbaren Gewändern aus golddurchwirkter Seide und aus Seidenstoff von Ninive. Wie die letzten sechs Edeldamen trugen sie Kleider aus verschiedenfarbigen Stoffen, die sehr teuer sind. Jetzt endlich erschien die Königin. Ihr Antlitz strahlte so hell, daß alle meinten, der neue Tag sei angebrochen. Ihr Gewand war aus arabischer Seide, und auf grünem Seidentuch trug sie den Inbegriff paradiesischer Vollkommenheit, Anfang und Ende allen menschlichen Strebens! Dieser Gegenstand wurde ›Gral‹ genannt und übertraf alle Vorstellungen irdischer Glückseligkeit. Die Edelfrau, die allein den Gral herbeitragen durfte, hieß Repanse de Schoye. Mit dem Gral hatte es nämlich folgende Bewandtnis: Wer ihn hütete, mußte unberührt und makellos sein. Vor dem Gral trug man kostbare Leuchter herein: es waren sechs große, durchsichtig klare Glasgefäße, in denen Balsam brannte. Nachdem sie in feierlichem Zug den Saal betreten hatten, verneigten sich die Königin und die Jungfrauen, die jene Balsamgefäße trugen. Die makellose Königin stellte den Gral vor den Burgherrn. In der Erzählung heißt es, Parzival habe die Trägerin des Grals eingehend betrachtet, mußte er doch daran denken, daß er ihren Mantel trug. Gemessen schritten die sieben zu den anderen achtzehn Damen. Man nahm die vornehmste in die Mitte, so daß ihr zur Seite je zwölf Edeldamen standen und die gekrönte Jungfrau so recht im Glanz ihrer Schönheit strahlte.

Zu den Rittern, die sich im Palast niedergelassen hatten, traten nun die Kämmerer mit massiven goldenen Becken. Je einer bediente vier Ritter, dazu ein wohlgestalteter Page, der ihnen ein weißes Handtuch reichte. Da gab es wirklich großen Reichtum zu bewundern, denn nun wurden hundert Tischtafeln hereingetragen und je eine vor vier edlen Rittern aufgestellt. Alle Tafeln wurden sorgfältig mit blütenweißen Tüchern gedeckt. Der schmerzgebeugte Burgherr und Parzival wuschen sich in einem Becken die Hände. Niederknieend reichte ihnen ein Grafensohn ein buntfarbenes Seidenhandtuch. Wo keine Tafel aufgestellt war, wurden die Ritter von je vier Knappen aufmerksam bedient. Zwei knieten nieder und schnitten die Speisen vor, während zwei andere Getränke und Speisen herbeitrugen. Hört mehr noch über den großen Aufwand, der dort getrieben wurde. Vier Wagen waren dazu bestimmt, jeden Ritter bei Tische mit kostbarem goldenem Tafelgeschirr zu versorgen. Man zog die Wagen an den Wänden entlang, und vier Ritter stellten die Gefäße auf die Tische. Jedem Wagen folgte ein Aufseher, der die Gefäße nach Gebrauch wieder in Verwahrung zu nehmen hatte. Und hört noch weiter: Hundert Knappen mußten vor dem Gral ehrfurchtsvoll das Brot aufheben und auf weißes Linnen legen, um sich danach zu den Speisetafeln zu begeben. Man hat mir versichert – und ich wiederhole es bei eurem Eid, so daß ihr mit mir lügt, wenn ich die Unwahrheit sage –, daß vor dem Gral alles bereitstand, wonach man nur verlangte. Man fand dort warme und kalte Speisen, bekannte und unbekannte Gerichte, Fleisch von Haustieren und Wildbret. Vielleicht wird der eine oder andere einwenden, das sei unmöglich. Er tut aber unrecht daran; der Gral war wirklich ein Hort des Glücks, ein Füllhorn irdischer Köstlichkeiten, so daß man ihn fast mit der Herrlichkeit des Himmelreichs vergleichen könnte. In zierlichen Goldschalen empfing man Würzzutaten für die einzelnen Speisen: Brühsoßen, Pfeffer, Obsttunken. Dem Mäßigen und dem Vielfraß wurde hier genug getan und jeder aufmerksam bedient. Wonach man den Kelch auch ausstreckte, welchen Trank man nannte – ob Maulbeerwein, Traubenwein oder roten Sinopel: dank der Wunderkraft des Grals wurde der Becher nach Wunsch gefüllt. Die ganze vornehme Gesellschaft war also beim Gral zu Gast.

Parzival bemerkte wohl alle Pracht und das ganze wunderbare Geschehen, doch seine höfische Erziehung ließ ihn auf jede Frage verzichten. Er dachte nämlich bei sich: ›Gurnemanz hat mir wohlwollend und unzweideutig eingeschärft, keine unnützen Fragen zu stellen. Soll ich durch ungeschicktes Benehmen wieder Mißfallen erregen wie bei ihm? Auch ohne Fragen werde ich schon erfahren, was es mit dieser Rittergesellschaft auf sich hat.‹

Während er so vor sich hinsann, näherte sich ein Knappe mit einem Schwert. Allein die Scheide war tausend Mark wert, und der Schwertgriff war aus einem Rubin geschnitten. Diese Klinge mochte wohl gewaltige Taten vollbringen! Der Burgherr überreichte das Schwert seinem Gast und sprach: »Herr, ich habe es oft in den Kampf getragen, bis Gott mich mit einer schweren Wunde heimsuchte. Nehmt es als Entschädigung, wenn die Bewirtung nicht Euren Erwartungen entsprach. Führt es stets bei Euch; wenn Ihr es erproben müßt, wird es Euch im Kampf ein verläßlicher Beschützer sein.«

Wehe über ihn, daß er auch jetzt nicht fragte! Das betrübt mich noch heute – um seinetwillen! Als man nämlich das Schwert in seine Hände legte, wollte man ihn zum Fragen ermuntern. Auch fühle ich Mitleid mit seinem freundlichen Gastgeber, der an einer unheilbaren Wunde dahinsiecht und durch eine einzige Frage hätte erlöst werden können!

Das Mahl war beendet. Die Bediensteten griffen zu und trugen das Eßgeschirr wieder hinaus. Man belud die vier Wagen, und die Edelfrauen verrichteten ihre Aufgabe in umgekehrter Reihenfolge. Zunächst begleiteten sie die Vornehmste vor den Gral. Gemessen verneigten sich die Königin und die Jungfrauen vor dem Burgherrn und vor Parzival und brachten wieder hinaus, was sie herbeigetragen hatten. Parzival blickte ihnen nach, und ehe sie die Tür schlossen, erblickte er im anschließenden Gemach auf einem Ruhelager einen Greis, wie er ihn ehrfurchtgebietender nie zuvor gesehen hatte. Ich versichere ohne

Übertreibung, sein Haar war schlohweißer als der Nebel. Wer dieser Greis war, danach mögt ihr später fragen. Auch über die Person des Burgherrn, über seine Burg und sein Land werde ich zur rechten Zeit ausführlich und bereitwillig Auskunft geben. Mein Erzählen gleicht eben der Sehne und nicht dem gekrümmten Bogen. Das ist natürlich nur ein Gleichnis: Manchem scheint schon der Bogen rasch, doch rascher noch ist der von der Sehne abgeschnellte Pfeil. Wenn ich mich richtig ausgedrückt habe, wäre also die Sehne mit einer geradlinig fortschreitenden Erzählung zu vergleichen, was auch den Zuhörern eher behagt. Wer aber auf umständliche Weise erzählt, die sich mit der Krümmung des Bogens vergleichen läßt, der will euch nur zu Umwegen verleiten. Wenn ihr den ungespannten Bogen betrachtet, wird die Sehne wie eine gerade Linie sein, es sei denn, der Bogen wird gespannt, um den Pfeil davonzuschnellen. Erzählt jemand umständlich und mit vielen Abschweifungen, so langweilt er seine Zuhörer. Seine Erzählung bleibt nicht haften, sondern nimmt den bequemsten Weg – zum einen Ohr hinein, zum anderen heraus! Wollte ich meine Zuhörer solcherart belästigen, wäre alle Mühe vergebens! Dann könnte ich meine Dichtung gleich einem Holzbock oder einem Baumstrunk vortragen.

Nun will ich euch mehr über jene gramgebeugten Menschen erzählen. In der Burg, in die Parzival geritten war, vernahm man nie den fröhlichen Lärm von Turnier oder Tanz. Man war dort so in Trauer versunken, daß jeder Scherz unterblieb. Obwohl es an nichts mangelte, kam keine Fröhlichkeit auf, wenngleich etwas Frohsinn selbst den Ärmsten wohl tut.

Der Burgherr wandte sich an seinen Gast: »Ich glaube, Euer Lager ist gerichtet. Wenn Ihr müde seid, möchte ich Euch raten, zur Ruhe zu gehen.«

Bei diesem Abschied müßte ich eigentlich in laute Wehklagen ausbrechen, denn dieses Scheiden wird beiden großes Elend bringen. Der hochgeborene Parzival erhob sich vom Ruhelager und trat auf den Teppich davor, und der Burgherr wünschte ihm eine gute Nacht. Zugleich sprangen alle Ritter auf; einige näherten sich Parzival, um den Jüngling in sein Schlafgemach zu geleiten. Dieses Gemach war so prächtig und mit einem so prunkvollen Bett ausgestattet, daß ich vor solchem Reichtum meine Armut nur um so bitterer empfinde. Solch einem Bett war Armut fern! Eine leuchtendbunte, wie Feuer flammende Seidendecke war darübergebreitet. Als Parzival im Raum nur ein Bett erblickte, bat er die Ritter, sich ebenfalls zur Ruhe zu begeben, und sie gingen mit einem Abschiedsgruß.

Jetzt wurde Parzival in anderer Weise umsorgt: Während die vielen Kerzen mit dem Glanz seiner Schönheit wetteiferten, so daß selbst der Tag nicht heller erstrahlen könnte, setzte sich Parzival auf eine Polsterbank vor seinem Bett, die mit einer Steppdecke bedeckt war. Da sprangen diensteifrig flinke Pagen herbei und zogen ihm die Schuhe von den weißen Füßen. Andere hochgeborene und liebreizende Knaben nahmen ihm die übrige Kleidung ab. Jetzt traten vier schöne Jungfrauen durch die Tür, um nachzusehen, wie man den Helden bediente und ob er weich genug läge. Wie es in der Erzählung heißt, schritt vor einer jeden ein Knappe mit brennender Kerze. Der gewandte Parzival sprang mit einem Satz unter das Deckbett, doch sie sagten: »Bleibt um unsertwillen noch ein Weilchen wach!« Zwar hatte Parzival die Decke in aller Eile bis zum Hals heraufgezogen, doch der Anblick seines entblößten blanken Körpers hatte bereits ihre Augen entzückt, bevor er sie noch, jetzt bedeckt, begrüßen konnte. Auch bezauberte sie insgeheim sein brennendroter Mund, den dank seiner Jugend auch kein Härlein umgab. Hört nun, was die vier hübschen Jungfrauen brachten. Drei trugen auf weißen Händen Maulbeerwein, Traubenwein und gewürzten Rotwein; die vierte Jungfrau bot auf weißem Linnen paradiesisch schönes Obst dar. Als sie vor ihm niederkniete, bat er sie, sich doch zu ihm zu setzen. Sie aber antwortete: »Verwirrt mich nicht, ich kann Euch sonst nicht so bedienen, wie mein Herr es wünscht.« Parzival aß und trank ein wenig und plauderte dabei freundlich mit den Jungfrauen. Dann verabschiedeten sie sich und gingen davon. Parzival legte sich nieder, und als die Pagen sahen, daß er eingeschlafen war, stellten sie die für ihn bestimmten Kerzen auf den Teppich und verschwanden leise.

Parzival blieb auf seinem Lager nicht allein; bis zum frühen Morgen bedrängten ihn böse Träume. Sein Schlaf wurde gestört von den Vorboten künftigen Leides; der Jüngling durchlebte einen ähnlich angstvollen Traum wie seine Mutter, als sie sich vor Sehnsucht nach Gachmuret verzehrte. Der Teppich seines Traums war von Schwerthieben arabeskenhaft gesäumt und zeigte in der Mitte die Bilder vieler ritterlicher Zweikämpfe. Mehr als einmal mußte er im Traum die Prüfung des ritterlichen Angriffs bestehen: die Traumbilder gaben ihm keine Ruhe, so daß er lieber wachend dreißigmal den Tod erlitten hätte. Als diese schrecklichen Traumerlebnisse ihn schließlich schweißüberströmt auffahren ließen, da schien bereits der Tag durch die Fenster. Parzival sprach zu sich: ›Wo bleiben die Pagen? Warum sind sie mir nicht beim Ankleiden behilflich?‹ Nachdem unser Held eine Weile vergebens gewartet hatte, schlief er zum zweitenmal ein. Niemand weckte ihn, alle hielten sich verborgen. So erwachte der Jüngling erst am späten Vormittag. Als der unerschrockene, edle Held sich aufrichtete, erblickte er auf dem Teppich seine Rüstung und zwei Schwerter. Das eine hatte ihm der Burgherr geschenkt, das andere hatte Ither von Gaheviez getragen. Nun grübelte er: ›Was bedeutet das? Ich soll offenbar die Rüstung anlegen! Im Schlafe habe ich so viele Ängste leiden müssen, daß mir heute noch Kampfesnot bevorstehen dürfte. Befindet sich der Burgherr in Kriegsgefahren, so gehorche ich gern und leiste ihm Hilfe. Treu will ich auch der Dame beistehen, die mir gütig diesen neuen Mantel überlassen hat. Stünde ihr doch der Sinn nach meinem Dienst! Ich würde ihr ohne Eigennutz und nicht etwa um den Lohn ihrer Liebe dienen! Meine königliche Gemahlin ist schließlich mindestens ebensoschön wie sie, eher noch schöner.‹

Er tat, was zu tun war, und wappnete sich von Kopf bis Fuß. Am Ende gürtete er beide Schwerter um und begab sich zur Tür. An der Treppe fand er sein Roß angebunden, daneben lehnten, ihm hochwillkommen, Schild und Lanze. Ehe unser Held Parzival das Pferd bestieg, durcheilte er viele Gemächer und rief nach den Burgbewohnern. Als er niemanden hörte oder sah, war er sehr bekümmert; am Ende geriet er in Zorn und stürmte auf den Hof, wo er am Abend seiner Ankunft vom Pferd gestiegen war. Dort waren Erde und Gras zerstampft und die Tautropfen von den Grashalmen gestreift. Laut rufend lief der Jüngling zu seinem Pferd und schwang sich schließlich mit Scheltworten in den Sattel. Das Burgtor fand er weit geöffnet, und hindurch führte eine breite Spur von Pferdehufen. Nun zögerte er nicht länger und ritt in schnellem Trab auf die Zugbrücke. Da zog ein verborgener Knappe am Seil, so daß das hochschnellende Brückenende das Pferd fast zu Fall gebracht hätte. Parzival wandte sich um. Nun hätte er sich gern danach erkundigt, was es mit dieser Burg auf sich hatte. Der Knappe aber rief ihm zu: »Ihr seid nicht einmal wert, daß Euch die Sonne bescheint! Zieht ab, Ihr beschränkter Dummkopf! Hättet Ihr doch Euern Schnabel aufgetan und den Burgherrn gefragt! Ruhm und Ehre habt Ihr verspielt!«

Als Parzival mit lauter Stimme Aufklärung forderte, erhielt er keine Antwort. Sosehr er auch rief, der Knappe tat, als schliefe er im Gehen, und schlug die Burgpforte kurzerhand zu. Er ging zu früh für den, der jetzt schweren Zeiten entgegenreitet, den Glück und Frohsinn verlassen sollten. Sie sind dahin für ihn! Als Parzival zum Gral kam, wurde um sein Lebensglück gewürfelt, und dies nur mit seinen Augen, ohne daß seine Hand einen Würfel berührt hätte. Wenn ihn jetzt Kummer heimsucht und verstört, so war ihm das bisher fremd gewesen; herbeigewünscht hatte er ihn freilich auch nicht!

Parzival folgte der deutlich sichtbaren Spur und dachte dabei: ›Die Reiter vor mir werden wohl heute noch mannhaft für die Sache meines Gastgebers kämpfen müssen. Sind sie einverstanden, so tue ich mit und werde ihrer Runde nicht von Nachteil sein. Bei mir gibt's kein Zurückweichen! Ich werde ihnen im Kampf zur Seite stehen, um mir die gastliche Aufnahme und das herrliche Schwert zu verdienen, das mir ihr vornehmer Herrscher geschenkt hat. Noch trage ich es unverdient, und sie halten mich vielleicht für einen Feigling.‹

Der treue Parzival folgte der Spur der Hufe. Schade, daß er so davonritt! In unserer Erzählung wird es dafür um so abenteuerlicher zugehen!

Die Spur wurde bald schwächer. Offenbar hatten sich die Voranreitenden getrennt, denn die breite Fährte wurde immer schmaler und verschwand zu Parzivals Verdruß schließlich ganz und gar. Nun widerfuhr dem Jüngling ein Erlebnis, das ihn sehr betrüben sollte: unser kühner Held hörte nämlich das laute Wehklagen einer Frau. Durch taufeuchtes Gras reitend, sah er vor sich auf einem Lindenstamm eine Jungfrau sitzen, der ihre Treue Schmerz gebracht hatte, denn sie hielt einen toten einbalsamierten Ritter in den Armen. Wen dies Bild nicht rührt, ist sicher keiner Treue fähig! Parzival ritt zu ihr hin. Obwohl sie seine leibliche Base war, erkannte er sie nicht, sie, die treu war wie niemand sonst. Er grüßte und sprach: »Edle Frau, Euer Kummer tut mir von Herzen leid. Wenn ich Euch irgend helfen kann, so verfügt über mich.«

Schmerzbewegt dankte sie ihm und fragte, woher er käme: »Wie geht es zu, daß es jemand in diese Einöde verschlug? Einem unkundigen Fremdling mag Übles zustoßen. Ich habe davon gehört und mit eigenen Augen gesehen, daß hier viele Männer im Kampf den Tod gefunden haben. Reitet fort, wenn Euch Euer Leben lieb ist! Doch vorher sagt mir, wo Ihr diese Nacht verbracht habt.«

»Etwa eine Meile entfernt steht eine Burg, wie ich sie stolzer und großartiger nie erblickt habe. Erst vor kurzem bin ich dort fortgeritten.«

Sie aber sagte vorwurfsvoll: »Wer Euch Vertrauen schenkt, den sollt Ihr nicht belügen. Euer Schild verrät, daß Ihr hier fremd seid. Seid Ihr aber aus bewohnten Landstrichen hergeritten, so könnt Ihr Euch in diesem undurchdringlichen Wald kaum zurechtgefunden haben. Nun ist dreißig Meilen im Umkreis nie ein Gebäude aus Holz oder Stein errichtet worden außer einer einzigen Burg. Sie ist allerdings das Herrlichste, was es auf Erden gibt. Doch nie hat jemand sie gefunden, der sie mit Vorbedacht suchte, obgleich viele sich darum gemüht haben. Nur der erblickt die Burg, der dazu berufen ist, ohne es zu wissen. Herr, ich kann nicht glauben, daß Ihr sie kennt. Ihr Name ist Munsalwäsche, und das Königreich des Burgherrn heißt Salwäsche. Der greise Titurel vererbte es auf seinen Sohn, König Frimutel. Dieser edle Held trug in vielen ritterlichen Kämpfen den Ruhmeskranz davon, bis er im Dienst um die Liebe einer Dame den Tod fand. Er hinterließ vier edle Kinder, von denen drei bei allem Reichtum in Trauer leben. Das vierte Kind, ein Sohn, hat als Sündenbuße ein Leben in Armut erwählt; er heißt Trevrizent. Sein Bruder Anfortas verbringt sein Leben im Lehnstuhl; er kann weder reiten noch gehen, weder liegen noch stehen. Er ist zwar Burgherr zu Munsalwäsche, doch Gottes Zorn hat ihn schlimm getroffen. Herr, wärt Ihr wirklich zu der gramgebeugten Burggesellschaft gelangt, so hätte der Burgherr von seinem langen Leiden erlöst werden können.«

Parzival aber erklärte der Jungfrau: »Ich habe dort höchst wunderbare Dinge erlebt und viele wunderschöne Edelfrauen bestaunt!«

Da erkannte sie ihn endlich an der Stimme und rief: »Du bist Parzival! Sag schnell, hast du den Gral und den unglückseligen Burgherrn gesehen? Laß mich die frohe Botschaft vernehmen! Heil dir zu deiner glückbringenden Fahrt, wenn er endlich von furchtbaren Qualen erlöst ist! Du wirst nun über alle Geschöpfe dieser Erde erhoben! Alle Kreatur ist dir untertan! Unermeßlicher Reichtum und höchste Machtvollkommenheit sind dein!«

Unser Held Parzival aber fragte: »Woran habt Ihr mich denn erkannt?«

Sie erwiderte: »Ich bin die Jungfrau, die dir schon einmal ihr Leid geklagt und dir deinen Namen genannt hat! Du brauchst dich unserer Verwandtschaft nicht zu schämen. Deine Mutter ist meine Tante. Sie ist eine Blüte weiblicher Keuschheit, auch ohne Tau von lauterster Reinheit. Gott lohne es dir! Du hast wirklich Erbarmen gezeigt mit meinem Geliebten, der mir in ritterlichem Zweikampf getötet wurde. Hier halte ich ihn in den Armen! Kannst du den Schmerz ermessen, den mir Gott mit seinem Tod auferlegt hat? Er war ein mannhafter Ritter, und sein Tod hat mich schwer getroffen. Nun erneuere ich Tag für Tag meine Totenklage.«

»Ach, wo blieb das Rot deiner Lippen! Bist du in der Tat Sigune, die mir sagte, wer ich wirklich sei? Dein Haupt ist kahl; verschwunden sind deine langen braunen Locken! Im Wald von Briziljan warst du noch voller Liebreiz, obwohl du großen Kummer tragen mußtest. Doch jetzt sind Schönheit und Lebenskraft dahin! Mich würde schaudern in so furchtbarer Gesellschaft. Laß uns diesen Toten begraben!«

Da netzten Tränen ihr Gewand. Sigune hätte Frau Lunetes Rat sicher nicht befolgt; die riet nämlich ihrer Herrin: »Laßt den Mann, der Euern Gatten erschlagen hat, am Leben, dann kann er Euch für den Toten entschädigen!« Sigune dachte nicht an solche Entschädigung, obwohl es viele wankelmütige Frauen tun, über die ich mich hier nicht weiter auslassen will! Hört mehr über Sigunes Treue! Sie sprach zu Parzival: »Könnte mich je noch etwas erfreuen, so wäre es die Nachricht, daß der schmerzbeladene Anfortas von seinem Dahinsiechen erlöst ist. Hast du ihn vor deinem Abschied erlöst, gebührt dir höchster Ruhm! Du trägst da sein Schwert an der Seite. Kennst du seine geheime Wunderkraft, dann kannst du dich furchtlos in jeden Streit wagen. Seine Schneiden sind eine vorzügliche Arbeit. Trebuchet aus edlem Geschlecht hat es gemacht. Bei Karnant fließt ein Brunnen, nach dem der König dieses Landes, Lac, genannt ist. Beim ersten entscheidenden Schlag bleibt das Schwert unversehrt, doch beim zweiten zerspringt es. Bringst du es dann zu diesem Brunnen, so fügt es sein Wasserstrahl wieder zusammen. Du mußt aber noch vor Tagesanbruch zum Quell Lac gehen, wo er aus der Felswand springt. Ist kein Stück verloren und setzt man die Teile genau an den Bruchstellen zusammen, so wird das Schwert im Brunnenwasser wieder ganz, Fugen und Schneiden werden sogar noch härter als vorher, auch die Gravierung verliert nichts von ihrer Schönheit. Man muß allerdings den richtigen

Segensspruch wissen, und ich fürchte, du hast ihn in der Burg nicht erfahren. Hast du ihn aber doch erlernt, so verläßt dich nie das Glück. Glaube mir, lieber Vetter: All das Wunderbare, was du dort erblickt hast, gehört dann dir! Hoch über alle andren Edlen erhoben, trägst du die Krone des Heils! Alles, was der Mensch erstrebt, erhältst du im Überfluß. Hast du die entscheidende Frage getan, so gibt es keinen Menschen auf Erden, der sich an Macht und Reichtum mit dir messen kann.«

Er aber sagte: »Ich habe nicht gefragt!«

»Weh, daß Ihr mir je unter die Augen kamt!« rief die schmerzgebeugte Jungfrau. »Ihr habt versäumt zu fragen! Warum habt Ihr es nicht getan? Als Ihr beim Grale wart, habt Ihr doch so viel Wunderbares gesehen! Ihr saht viele lautere Edelfrauen, unter ihnen die edle Garschiloye und Repanse de Schoye; Ihr saht die beiden scharfen Silbermesser und die blutige Lanze! Weh, was wollt Ihr überhaupt bei mir? Ehrloser und verfluchter Mensch! Ihr seid gefährlich wie der Zahn eines tollwütigen Wolfs. Schon in jungen Jahren hat die bittere Galle der Falschheit die Treue in Euch überwuchert! Ihr hättet Euch Eures Gastgebers, den Gott so furchtbar gestraft hat, erbarmen und nach der Ursache seiner Qualen fragen müssen! Zwar lebt Ihr, doch Euer Lebensglück ist tot!«

Er bat bestürzt: »Liebe Base, sei nicht so hart zu mir! Habe ich Unrecht getan, so will ich gern dafür büßen.«

Die Jungfrau aber sprach verächtlich: »Die Buße sei Euch geschenkt! Ich weiß genau, daß Ihr in Munsalwäsche Ehre und Ritterruhm verspielt habt! Von nun an hört Ihr von mir kein einziges Wort mehr.« So mußte Parzival die Jungfrau schließlich verlassen.

Es fiel unserem starken Helden schwer aufs Herz, daß er keine Frage gestellt hatte, als er an der Seite des gramgebeugten Burgherrn saß. Seine Selbstanklage und die Hitze des fortschreitenden Tages trieben ihm den Schweiß aus den Poren. Um frische Luft zu schöpfen, band er den Helm los und trug ihn in der Hand. Auch die Fintale löste er, und seine Schönheit überstrahlte alle Rostflecken. Da stieß er auf eine neue Spur. Offenbar gingen vor ihm ein beschlagenes und ein unbeschlagenes Pferd; das letztere trug wahrscheinlich eine Dame. Es fügte sich, daß er in die gleiche Richtung ritt. Das Pferd der Dame war schlecht genährt, so daß man unter der Haut die Rippen zählen konnte. Es war ein Schimmel, und sein Halfter war aus Bastschnur. Die Mähne fiel bis zu den Hufen hinab, und die Augen lagen tief in den großen Augenhöhlen. Die Mähre der Dame machte einen kraftlosen, abgetriebenen Eindruck. Sie fand vor Hunger kaum noch Schlaf und war dürr wie Zunder. Es war fast ein Wunder, daß sie überhaupt noch laufen konnte, zumal sie eine Edelfrau trug, die von Pferdepflege nichts verstand. Der Sattel war unbequem und schmal, der Sattelbogen zerbrochen; von den Zierglöckchen waren viele abgerissen. Als Sattelgurt mußte die arme Edelfrau mit einem groben Strick vorliebnehmen, was ihrem vornehmen Geschlecht nicht angemessen war. Ihr Hemd hatten Äste und Dornen zerrissen; es bestand eigentlich nur noch aus Fetzen, unter denen allerdings ihre weiße Haut heller hervorglänzte als das Gefieder eines Schwans. Eigentlich trug sie nur zusammengeknotete

Lumpen. Wo sie die Haut geschützt hatten, leuchtete sie in hellem Weiß, während die unbedeckten Stellen von den Strahlen der Sonne schmerzhaft gerötet waren. Trotz allem waren ihre Lippen frisch und rot, von solch praller Röte, daß man Feuer daraus hätte schlagen können. Von welcher Seite man sie angreifen mochte, man hätte sie stets ungeschützt gefunden. Es wäre ungerecht gewesen, sie für ein ›Viel an‹ zu halten, denn sie trug wahrhaftig nicht viel am Leibe. Bei eurer Ehre, ihr könnt mir glauben, sie wurde ohne Schuld von Haß verfolgt, denn nie hatte sie weibliche Güte vermissen lassen. Nun werdet ihr fragen, warum ich hier so ausführlich über Armut erzähle. Ganz einfach, weil es eigentlich um Reichtum geht, denn ich zöge eine solche Frau auch nackt mancher prächtig herausgeputzten vor.

Als Parzival ihr einen Gruß zurief, erkannte sie ihn sogleich, war er doch der schönste Jüngling auf der ganzen Welt. Sie sagte: »Ich habe Euch schon einmal gesehen; das hat mir allerdings großes Leid gebracht. Gott schenke Euch mehr Glück und Ansehen, als Ihr es eigentlich um mich verdient habt! Nur Ihr seid schuld daran, daß meine Kleidung nun viel armseliger ist als bei unserer letzten Begegnung. Wärt Ihr damals nicht zu mir gekommen, so könnte jetzt niemand meine Ehre anzweifeln.«

Parzival erwiderte erstaunt: »Edle Frau, überlegt doch, gegen wen sich Euer Zorn richtet! Seit ich den Schild des Ritters trage und etwas von ritterlichem Benehmen weiß, habe ich weder Euch noch einer andern Frau je Schmach zugefügt. Ich hätte ja sonst meine Ehre verloren! Im übrigen fühle ich Mitleid mit Euerm Kummer.«

Da weinte die edle Dame im Weiterreiten so heftig, daß die Tränen über ihre Brüste flossen, die blendendweiß und zierlich gerundet emporragten, als seien sie kunstreich gedrechselt. Doch auch der geschickteste Drechsler hätte sie nicht so herrlich formen können wie die Natur. Trotz ihres Liebreizes tat die Dame unserem Helden doch in tiefster Seele leid. Sie war indes bemüht, ihre Blöße mit Händen und Armen vor Parzivals Blicken zu verbergen. Da sprach er: »Edle Frau, nehmt doch um Gottes willen und als Zeichen meiner aufrichtigen Hilfsbereitschaft meinen Umhang und legt ihn um!«

»Ach Herr, auch wenn mein ganzes Glück davon abhinge, wagte ich es nicht, ihn anzurühren. Wollt Ihr uns beide vor dem Tode bewahren, so reitet nur fort, so weit Ihr könnt. Ich selbst wäre zwar nicht traurig über den Tod, doch ich fürchte, daß Ihr Euch in Gefahr bringt.«

»Edle Frau, wer sollte uns wohl nach dem Leben trachten? Gottes Allmacht hat es uns gegeben, und wenn ein ganzes Heer anrückte, es uns zu nehmen, so wäre ich doch zu unserer Verteidigung bereit.«

Sie antwortete: »Ein edler Held ist's, der danach trachtet. Er ist so kampfbegierig, daß sogar sechs Ritter Euresgleichen in Bedrängnis gerieten. Mir ist schon bange, daß Ihr neben mir reitet. Ich war einst seine Ehefrau, doch jetzt, so elend, bin ich nicht einmal wert, seine Magd zu sein. Das ist das Werk seines Zorns, mit dem er mich verfolgt.«

Von neuem wandte sich Parzival zur Edelfrau: »Wie groß ist das Gefolge Eures Gatten? Hielte ich mich wirklich an Euern Rat und ergriffe die Flucht, so fändet Ihr mein Verhalten am Ende selber schändlich! Lieber sterben als fliehen!«

Die Herzogin in ihrer Blöße aber erwiderte: »Nur ich bin bei ihm! Doch solltet Ihr bei einem einzigen Gegner auf siegreichen Ausgang des Kampfes hoffen, so täuscht Ihr Euch gründlich!«

Das Hemd der Edelfrau bestand zwar nur noch aus Fetzen und aus der Halskrause, doch bei aller äußeren Armseligkeit trug sie den Ruhmeskranz weiblicher Lauterkeit. Sie war voll echter fraulicher Güte und frei von allem Falsch.

Parzival band die Fintale wieder um, denn er wollte den Kampf bestehen. Er setzte den Helm auf, band ihn fest und rückte ihn so zurecht, daß er ein gutes Blickfeld hatte. Da warf sein Hengst den Kopf empor und wieherte Jeschutes Mähre zu. Der Ritter, der Parzival und der entblößten Edelfrau voranritt, hörte es und wollte wissen, wer an der Seite seiner Gattin ritt. Zornig riß er sein Roß herum, daß es aus dem Weg geworfen wurde, und schon war Herzog Orilus kampfbereit. Voll männlicher Kampfbegier legte er eine Lanze aus Gaheviez ein, die mit seinen Wappenfarben bemalt war. Seinen Helm hatte Trebuchet gearbeitet. Der Schild war für den Helden in Toledo, im Lande Kaylets, hergestellt worden. Schildrand und Schildbuckel waren besonders fest. Die kostbare Seide für Umhang und Waffenrock des stolzen Fürsten stammte aus Alexandrien, aus dem Heidenland. Die Panzerdecke des Pferdes war in Tenabroc aus festen Stahlringen gewirkt worden. Über diesen Panzer hatte er hoffärtig noch eine Seidendecke geworfen, der man ihre Kostbarkeit ansah. Wertvoll und leichtgewichtig war seine Rüstung: Beinschienen, Kettenhemd und Kettenhaube. Ferner trug der tapfere Ritter eiserne Knieschützer, die in Bealzenan, der Hauptstadt von Anjou, geschmiedet waren. Was die entblößte, traurig hinter ihm reitende Edelfrau auf dem Leibe trug, war mit dieser Ausrüstung freilich nicht zu vergleichen. Sein Plattenharnisch war in Soissons gehämmert worden. Sein Roß stammte vom See Brumbane bei Munsalwäsche, wo es sein Bruder, König Lähelin, im Kampf erbeutet hatte.

Doch auch Parzival war kampfbereit. In gestrecktem Galopp sprengte er Orilus von Lalant entgegen, auf dessen Schild er einen lebensgetreu abgebildeten Drachen erblickte. Auch auf dem Helm des Orilus war ein hoch aufgerichteter Drache befestigt. Viele kleine goldene Drachen, mit zahlreichen Edelsteinen verziert, schmückten außerdem Pferdedecke und Umhang, und ihre Augen waren aus Rubinen. Die beiden furchtlosen Helden gönnten sich nicht einmal Zeit zu einer Kampfansage, denn dazu bestand keinerlei Veranlassung. Sie nahmen einen weiten Anlauf, so daß beim Zusammenstoß große weiße Lanzensplitter durch die Luft wirbelten. Ich wäre glücklich, könnte ich solch einen Zusammenprall, wie er in meiner Erzählung geschildert wird, einmal mit eignen Augen sehen. Als die beiden mit voller Wucht zusammenprallten, mußte sich Frau Jeschute eingestehen, noch nie zuvor einen so mitreißenden Lanzenkampf erlebt zu haben. Abseits auf ihrem Pferde haltend, rang die vom Glück verlassene Frau angstvoll die Hände, wünschte sie doch keinem der beiden Helden ein Leid.

Bald waren beide Pferde in Schweiß gebadet, denn jeder Ritter wollte unbedingt den Siegesruhm erringen. Weithin leuchteten die blitzenden Schwerter, die von den Helmen sprühenden Funken und die in wuchtigen Schwüngen kreisenden Klingen. Hier waren zwei der hervorragendsten Kämpfer in harter Kraftprobe aneinandergeraten, mochte sie nun den kühnen und berühmten Helden Sieg oder Niederlage bringen. Obwohl die beiden Rosse willig parierten, trieben die Kämpfer sie auch noch mit den Sporen an und ließen die blitzenden Schwerter sausen. Parzival gebührt alles Lob, daß er sich gegen einen Ritter und etwa hundert Drachen wacker verteidigte. In diesem Kampf trug der Drache auf dem Helm des Orilus manche Wunde davon; viele Edelsteine, durchsichtig und leuchtend wie das Tageslicht, wurden heruntergeschlagen. Der Schwertkampf wurde nicht etwa zu Fuß, sondern zu Pferde ausgetragen. Im Wirbel des Schwertes, von der Hand eines furchtlosen Helden geführt, wurde Frau Jeschute die Neigung ihres Gatten wiedergewonnen. Immer wieder rasselten die beiden Kämpfer so wuchtig zusammen, daß die stählernen Panzerringe an den Knien zersprangen. Beide zeigten, was rechtes Kämpfen heißt!

Ich will euch erklären, warum der eine Kämpfer so zornig war: Man hatte seiner edlen Gattin Gewalt angetan, und da er ihr rechtmäßiger Schutzherr war, durfte sie von ihm Schutz erwarten. Er glaubte, sie sei ihm untreu geworden und habe in den Armen eines Geliebten Keuschheit und guten Ruf vergessen; das aber empfand er als persönliche Beschimpfung. Daher hatte er sie mit einer Strenge bestraft, daß, abgesehen vom Tod, nie eine schuldlose Frau grausamer gepeinigt worden ist. Orilus war eben überzeugt, dem Manne sei Gewalt über die Frau gegeben und er dürfe sie also nach Gutdünken lieblos behandeln, ohne daß sich jemand einzumischen hätte. Der kühne Held Parzival aber warb bei ihm mit dem Schwert um Huld für Frau Jeschute. Solch Anliegen trägt man nach meiner Erfahrung im allgemeinen freundlicher vor, doch hier wurden keine Schmeichelworte laut. Ich denke, in diesem Streit haben beide recht, allerdings jeder auf seine Art. Wenn Gott, der zwischen Recht und Unrecht zu unterscheiden weiß, hier schlichten will, so möge er beide am Leben lassen; denn Schmerzen bereiten sie einander genug.

Es tobte also ein erbitterter Kampf, denn jeder wollte seinen Kampfesruhm behaupten. Herzog Orilus von Lalant kämpfte nach allen Regeln der Kunst, und ich meine, an Kampferfahrung kam ihm niemand gleich. Oft schon war er in solchen Kämpfen Sieger geblieben, denn seine Fechtkunst und seine Kraft waren groß. Im Vertrauen auf seine körperliche Überlegenheit packte er plötzlich den jungen, starken Parzival und wollte ihn aus dem Sattel heben. Doch Parzival war schneller und riß ihn aus dem Sattel. Wie eine Hafergarbe schwenkte er ihn kräftig hin und her, sprang mit ihm aus dem Sattel und preßte ihn quer über einen Baumstamm. Orilus, der noch nie in solche Bedrängnis geraten war, mußte also wider Erwarten eine Niederlage hinnehmen. »Nun sollst du mir büßen, daß sich die Edelfrau über deine blinde Wut so gehärmt hat! Entweder du behandelst sie gut und liebevoll, oder du stirbst!«

»So rasch wird nichts daraus!« erwiderte Herzog Orilus. »Noch bin ich nicht besiegt!«

Da drückte der edle Held Parzival seinen Brustkorb so kraftvoll zusammen, daß ein wahrer Blutregen durch das Visier spritzte. Damit zwang er den Fürsten zum Nachgeben, denn sterben wollte er schließlich nicht. Orilus sprach hastig zu Parzival: »Ach, kühner, starker Mann! Womit habe ich den Tod von deiner Hand verdient?«

Parzival erwiderte: »Ich lasse dich gern am Leben, aber du mußt dieser Frau wieder deine Neigung schenken!«

»Das kann ich nicht! Sie hat mich zu schwer beleidigt! Einst genoß sie hohes Ansehen, doch dann hat sie ihren guten Ruf mit Füßen getreten und mich in Verzweiflung gestürzt. Alles andere will ich um den Preis meines Lebens tun! Gott hat mir das Leben gegeben; nun hältst du es in deiner Hand, und ich kann nur auf deinen Edelmut vertrauen. Ich will mein Leben«, fuhr der Fürst fort, »auch teuer erkaufen! Mein Bruder ist Herrscher über zwei Königreiche. Tötest du mich nicht, soll eines dir gehören. Er liebt mich so sehr, daß er mein Versprechen auf jeden Fall einlösen wird. Ferner will ich mein eigenes Herzogtum aus deiner Hand als Lehen nehmen. So hast du durch diesen Sieg deinen Heldenruhm gewaltig erhöht! Erlasse mir aber, kühner, tapferer Held, die Versöhnung mit dieser Frau. Fordere von mir anderes, was deine Ehre mehrt! Was mir auch geschieht: Mit dieser ehrvergessenen Herzogin versöhne ich mich nicht!«

Da sprach der edelmütige Parzival: »Kein Mensch, kein Reich und kein Besitz retten dir das Leben, wenn du nicht versprichst, in die Bretagne zu reiten und eine Jungfrau aufzusuchen, die meinetwegen von einem Manne gezüchtigt wurde. Tritt sie nicht selber für ihn ein, so trifft ihn meine Rache! Du sollst vor der vornehmen Jungfrau Unterwerfung geloben und ihr versichern, daß ich ihr zu Diensten bin. Tust du das nicht, wirst du erschlagen! Sage auch Artus und seiner Gemahlin, ich sei ihnen gern zu Diensten; zum Lohne möchten sie die Jungfrau für die erlittene Züchtigung entschädigen. Schließlich bestehe ich darauf, daß du dich hier mit dieser Edelfrau aufrichtig und ohne jeden Hintergedanken versöhnst! Widersetzt du dich, dann verläßt du diesen Platz tot auf einer Bahre. Bedenke das und handle danach! Und nun gelobe mir, was ich von dir verlangt habe!«

Herzog Orilus sprach nun zum König Parzival: »Wenn nichts dich von deinem Vorsatz abbringen kann, dann gehorche ich, denn ich will leben!«

Die liebreizende Frau Jeschute hatte aus Furcht vor ihrem Gatten die beiden Kämpfer nicht zu trennen gewagt, doch sie beklagte die Not ihres Feindes. Als Orilus gelobt hatte, sich mit Frau Jeschute zu versöhnen, ließ Parzival seinen Gegner aufstehen. Der besiegte Fürst sprach: »Edle Frau, da ich nun einmal in diesem Kampf um Euretwillen eine Niederlage hinnehmen mußte, kommt in meine Arme, denn zum Zeichen der Versöhnung will ich Euch küssen. Zwar wurde mein Ritterruhm Euretwegen arg geschmälert, doch was hilft's! Es sei vergeben und vergessen!«

Rasch sprang die Edelfrau in ihrer Blöße vom Pferd auf den Rasen, und obwohl seine Lippen vom Blut gerötet waren, küßte sie ihn, wie er es gewünscht hatte.

Unverweilt ritten nun die beiden Helden und die Edelfrau zu einer Einsiedlerklause in einer Felswand. In dieser Klause fand Parzival einen Reliquienschrein und daneben eine Lanze mit buntbemaltem Schaft. Der Einsiedler, dem diese Klause gehörte, hieß Trevrizent. Nun erwies sich Parzival als Mann von Ehre. Aus freiem Willen legte er seine Hand auf die Reliquie und tat folgenden Schwur: »Ich schwöre jetzt bei meiner Ritterehre. Ob ich sie besitze oder nicht, das sollen meine ritterlichen Kampfestaten bezeugen! Rittertum, du hast deinen Namen in der Vergangenheit mit Ruhm umkränzt und stehst auch heute noch in vollem Glanz! Schwöre ich falsch, so will ich auf Erden ewiger Schande verfallen und all mein Ansehen verlieren! Für die Wahrheit meiner Worte lege ich als Pfand mein Lebensglück in die Hand des Allerhöchsten! Kraft seiner Allmacht soll er mich im Diesseits und im Jenseits mit Schmach und Unheil strafen, wenn diese Edelfrau gefehlt hat, als ich ihr die Spange abriß und einen Goldring nahm! Als ich das tat, war ich kein Ritter, sondern ein Narr, in dumpfer Unwissenheit aufgewachsen. Sie weinte damals aus lauter Verzweiflung heiße Tränen! Ich versichere Euch, sie ist völlig schuldlos! Dafür setze ich mein Glück und meine Ehre zum Pfande! Ihr könnt von ihrer Unschuld überzeugt sein! Hier, nehmt den Ring und gebt ihn ihr zurück! Bei meiner eignen Torheit kann ich mich dafür bedanken, daß die Spange verschleudert wurde.«

Orilus nahm die Gabe entgegen, wischte sich das Blut von den Lippen, küßte seine Herzallerliebste und bedeckte ihre Blöße. Er steckte ihr den Ring wieder an den Finger und legte seinen Umhang über ihre Schultern. Dieser Umhang war aus kostbarer, weit herabfallender Seide, jetzt allerdings zerfetzt von den Schwertstreichen eines Helden. Nie trug eine Edelfrau einen Waffenrock, der im Kampf so zerschlitzt worden wäre. Dabei hatte sie an keinem Turnier teilgenommen, auch keine Lanze im Kampf zerbrochen. Ein tüchtiger Knappe und Lämbekin hätten einen Zweikampf eher zustande gebracht. So wurde Jeschute von ihrem Kummer erlöst.

Fürst Orilus sprach zu Parzival: »Held, dein freiwilliger Eid macht mich froh und vertreibt all mein Leid. Ich habe zwar eine Niederlage erlitten, doch sie hat mir Glück gebracht. Nun kann ich diese edle Frau für die lieblose und harte Behandlung entschädigen, ohne um meine Ehre fürchten zu müssen. Ich hatte die reizende Frau verstoßen, ohne daß sie sich schuldig gemacht hatte. Als sie allerdings deine Schönheit erwähnte, kam mir der Verdacht, eine Liebschaft sei im Spiele. Gott lohne dir, daß du ihre Unschuld bezeugt hast! Ich habe mich gröblich an ihr vergangen, als ich damals in das Jungholz vor dem Wald von Briziljan geritten war.«

Als er weiterzog, nahm Parzival aus der Einsiedlerklause die Lanze aus Troyes mit, die der ungestüme Taurian, Bruder des Dodines, dort vergessen hatte. Was meint ihr wohl, wie und wo die beiden Helden die Nacht verbrachten? Ihren Helmen und ihren Schilden war es übel genug ergangen; sie waren ganz und gar zerbeult und zerhauen. Obwohl der einsichtige Fürst ihn in sein Lager einlud, nahm Parzival Abschied von ihm und von Jeschute, und alle Bitten des Orilus halfen nichts. So schieden die beiden Helden voneinander.

Die Erzählung berichtet uns dies: Als der berühmte Fürst Orilus an seinem Zeltplatz anlangte, wo ein Teil seines Gefolges auf ihn wartete, waren alle herzlich froh, die glückstrahlende Herzogin mit ihrem Gatten versöhnt zu sehen. Rasch befreite man Orilus von seiner Rüstung, und er reinigte sich von Blut und Rost. Danach nahm er die schöne Herzogin bei der Hand und führte sie an den Ort endgültiger Versöhnung, wo er zwei Bäder bereiten ließ. Weinend lag Frau Jeschute in den Armen ihres Geliebten, doch sie weinte als rechte Frau vor Glück und nicht vor Leid. Es ist ja bekannt: Zu tränenfeuchtem Aug gesellt sich süßer Mund! Laßt mich bei diesem Thema noch verweilen: Große Liebe ist Quelle von Glück und Leid! Wer alle Liebesgeschichten kennte, käme sicher zu keinem andern Schluß. Jeschute und Orilus versöhnten sich rückhaltlos. Zunächst begaben sie sich gesondert ins Bad. Um Frau Jeschute bemühten sich zwölf schöne Jungfrauen. Sie hatten ihr auch, als sie schuldlos den Zorn des geliebten Gatten dulden mußte, hilfreich beigestanden, so daß sie allnächtlich ihre Bettdecke vorfand, nachdem sie tagsüber fast nackt mit ihrem Gatten reiten mußte. Voll Freude badeten sie ihre Herrin.

Vielleicht wollt ihr hören, wie Orilus davon erfuhr, daß Artus seine Residenz verlassen hatte. Ein Ritter berichtete ihm: »Ich sah auf freiem Feld viele Zelte, wohl tausend oder mehr! Unweit von uns lagert Artus, der mächtige, edle König, Herrscher der Bretonen, mit einer großen Zahl liebreizender Edelfrauen. Es ist zwar nur eine Meile weit, doch dazwischen liegt unwegsames Gelände. Man hört das laute, fröhliche Lärmen der Ritter. Sie lagern talabwärts an beiden Ufern des Plimizöl.«

Herzog Orilus sprang eilends aus dem Badezuber, und Jeschute folgte ihm. Die zärtliche, liebreizende

Schöne verließ ihr Bad und ging zu seinem Lager, wo alles Trauern ein Ende fand. Sie wurde nun von einem stattlicheren Gewand bedeckt, als sie es lange Zeit tragen mußte. Fürstin und Fürst fanden in inniger Umarmung höchste Liebeserfüllung. Dann kleideten die Jungfrauen ihre Herrin an; dem Fürsten brachte man seine Rüstung. Jeschute trug ein prächtiges Kleid. Auf ihrer Lagerstatt sitzend, aßen sie mit gutem Appetit gebratene Vögel, die man mit Fallen gefangen hatte. Beim Essen gab Orilus seiner Frau Jeschute manchen zärtlichen Kuß.

Nach dem Mahl brachte man der Edelfrau ein kräftiges, gleichmäßig ausschreitendes und stattliches Roß, tadellos gesattelt und gezäumt. Man hob sie in den Sattel, denn sie sollte ihren tapferen Gatten begleiten. Sein eigenes Pferd wurde gewappnet, als ginge es in den Kampf. Das Schwert, mit dem er an diesem Tag gekämpft hatte, wurde vorn an den Sattel gehängt. Von Kopf bis Fuß gewappnet, schritt Orilus zu seinem Pferd, und unter den Blicken der Herzogin sprang er mit einem Satz in den Sattel. Er gebot seinem Gefolge, nach Lalant zurückzukehren, und machte sich dann mit Jeschute auf den Weg. Ein einziger Ritter, auf dessen Rückkehr seine Gefolgsleute vor ihrem Abzug warten sollten, begleitete ihn, um ihm den Weg zu weisen.

Bald kamen sie nahe an das Lager von Artus und sahen, daß sich seine Zelte eine Meile weit flußabwärts am Wasserlauf hinzogen. Nun schickte der Fürst den Ritter, der ihn hergeführt hatte, zurück; seine einzige Begleitung war die schöne Frau Jeschute. Der ehrenfeste, leutselige Artus saß gerade inmitten seiner vornehmen Hofgesellschaft im Freien und nahm das Abendessen ein. Da nahte sich der treue Orilus. Helm und Schild waren von Parzivals Schlägen so zerhauen, daß man keine Verzierung mehr erkannte.

Der tapfere Ritter schwang sich vom Pferd, und Frau Jeschute faßte es beim Zügel. Hilfsbereit sprangen zahlreiche Junker hinzu, so daß um die beiden großes Gedränge herrschte, und alle riefen: »Wir werden die Pferde schon versorgen!« Nachdem der edle Held den zerhauenen Schild auf den Rasen gelegt hatte, fragte er nach der Jungfrau, um derentwillen er gekommen war. Man wies ihm den Weg zu der vielgerühmten Frau Cunneware von Lalant. In voller Rüstung trat er näher, und König wie Königin begrüßten ihn. Er dankte und tat dann vor seiner schönen Schwester sein Unterwerfungsgelöbnis. An den Drachenbildern seines Umhangs erkannte sie, daß einer ihrer Brüder vor ihr stand, doch wußte sie nicht, welcher. So sagte sie: »Du bist einer meiner beiden Brüder, entweder Orilus oder Lähelin. Weder vom einen noch vom andern nehme ich das Unterwerfungsgelöbnis an, denn ihr wart stets hilfsbereit, sobald ich darum bat. Ich handelte treulos und unehrenhaft, stellte ich mich auf die Seite eurer Feinde!«

Der Fürst kniete vor der Jungfrau nieder und sprach: »Du hast recht. Ich bin dein Bruder Orilus. Der Rote Ritter zwang mich dazu, dir Unterwerfung zu geloben, denn nur so konnte ich mein Leben retten. Empfange also mein Unterwerfungsgelöbnis, damit alles genauso geschieht, wie ich ihm versprochen habe.«

Da nahm sie mit ihrer weißen Hand vom Träger des Drachenwappens das Treuegelöbnis entgegen, doch sprach sie ihn gleich darauf von allen Verpflichtungen frei. Nachdem dies geschehen war, erhob er sich und sagte: »Meine Treue läßt mich Anklage erheben! Wer hat dich geschlagen? Die Schläge, die du empfangen hast, werden mich immer brennen. Ist die Zeit der Rache gekommen, dann wird jeder begreifen, daß man mir großes Leid zugefügt hat. Mit mir klagt der kühnste Mann, den je eine Mutter geboren hat. Er nennt sich der Rote Ritter. Herr König und Frau Königin, er versichert, daß er euch, vor allem aber meiner Schwester, stets zu Diensten ist; zum Lohne dafür möchtet ihr die Jungfrau für die erlittene Züchtigung entschädigen. Sicher wäre es mir bei dem unverzagten Helden zugute gekommen, hätte er gewußt, daß Cunneware und ich Geschwister sind und mir daher ihr Leid besonders zu Herzen geht.«

Erneut traf Keye der Zorn aller Ritter und Edelfrauen, die am Ufer des Plimizöl lagerten. Gawan, Jofreit – Idöls Sohn –, der gefangene König Clamide, von dessen Not ihr ja gehört habt, und viele andere Edelleute, deren Namen ich der Kürze wegen ungenannt lasse, drängten heran, und ihre angebotenen Dienste wurden höflich angenommen. Nun wurde Frau Jeschute auf ihrem Pferd herangeführt; König Artus und seine königliche Gattin hießen sie herzlich willkommen, und die Damen wechselten Begrüßungsküsse. Dann sprach Artus zu Jeschute: »Euern Vater, König Lac von Karnant, schätze ich sehr. Daher habe ich Euer schweres Los, von dem ich hörte, von Anfang an beklagt. Ihr seid so reizend anzusehen, daß Euch Euer Gemahl dies alles hätte ersparen sollen. Euer strahlender Liebreiz errang Euch ja zu Kanedic den Preis im Schönheitswettbewerb; Ihr erhieltet den Sperber und führtet ihn auf Eurer Hand davon. Soviel Leid mir Orilus auch zugefügt hat, so bestürzte mich doch Euer Kummer und würde mich stets bestürzen. Ich freue mich daher, daß Ihr die Zuneigung Eures Gatten zurückgewonnen habt und nach schwerer Prüfung wieder so gekleidet seid, wie es einer Edelfrau zukommt.«

Sie antwortete: »Edler Herr, Gott vergelte es Euch! Ihr fügt Euerm Ansehen neuen Glanz hinzu.«

Frau Cunneware von Lalant führte Frau Jeschute und ihren Gatten mit sich fort. Neben dem Zeltring von König Artus stand auf dem Rasen ihr Zelt, über einem sprudelnden Quell errichtet. Der runde Zeltknopf an der Spitze war halb von den Klauen eines Drachens umklammert. Unter diesem Drachen vereinigten sich die vier Spannseile, so daß es schien, als sei er lebendig und zöge das Zelt im Flug hoch in die Lüfte. Daran erkannte Orilus das Zelt seiner Schwester, war es doch ihr Familienwappen. Im Zelt befreite man ihn von seiner Rüstung, und seine reizende Schwester bot ihm achtungsvoll alle Bequemlichkeit. Im ganzen Lager aber sprach man laut und unverhohlen davon, wie der Rote Ritter nun Kraft und Heldenruhm vereine.

Keye bat Kingrun, den Tafeldienst bei Orilus zu übernehmen. Das war für Kingrun nicht ungewohnt, hatte er doch Clamide in Brandigan oft genug diesen Dienst geleistet. Daß Keye sich dem Tafeldienst entzog, hatte seinen Grund: sein Unstern hatte ihm geraten, der Schwester des Fürsten die Haut mit einem Stab zu gerben. Also nahm er Rücksicht auf die Gefühle von Orilus, und Frau Cunneware hatte ihm ja auch noch nicht verziehen. Zwar brachte er persönlich Speisen in Hülle und Fülle herbei, doch Kingrun mußte sie zu Orilus hineintragen. Die lobenswerte Cunneware schnitt dem Bruder die Speisen mit ihren zarten weißen Händen zurecht, und auch Frau Jeschute von Karnant aß mit weiblichem Anstand. König Artus versäumte es nicht, die beiden zu besuchen, die im trauten Beisammensein ihre Mahlzeit einnahmen, und sagte: »Solltet ihr hier schlecht bedient werden, so ist es nicht meine Schuld. Jedenfalls werdet ihr an keinem Ort gastfreundlicher und lieber bewirtet! Frau Cunneware, versorgt Euren Bruder nach besten Kräften! Gott gebe euch eine gute Nacht!«

Damit begab sich Artus zur Ruhe. Orilus wurde ein Ruhelager bereitet, auf dem Frau Jeschute bis zum Morgen in Liebe bei ihm liegen konnte.

SECHSTES BUCH

Wollt ihr nun hören, warum Artus dem Rat seiner Edlen folgte und seine Burg Karidöl wie auch sein Land verließ? Nach dem Bericht der Erzählung war er, von Edlen aus seinem Reich und anderen Reichen begleitet, bereits acht Tage geritten, um den Mann zu suchen, der sich der Rote Ritter nannte und ihn mit Ehren überhäufte. Als dieser Unbekannte König Ither durchbohrte und sowohl Clamide als auch Kingrun zu den Bretonen an Artus' Hof sandte, hatte er König Artus von großen Sorgen befreit. Artus wollte ihn daher auffordern, sich den Rittern der Tafelrunde anzuschließen. Deshalb suchte er den Roten Ritter. Vor dem Ausritt hatte er jedoch eine kluge Vorsichtsmaßnahme getroffen: Alle ritterlichen Begleiter mußten das Gelöbnis tun, ohne seine Erlaubnis keinen Zweikampf zu beginnen. Er sprach zu ihnen: »Wir werden viele Länder durchreiten, in denen zahlreiche Ritter uns durchaus die Stirn bieten können. Vielleicht werden wir zum Kampf erhobene Lanzen sehen. Ich möchte nicht, daß ihr dann um die Wette loshetzt wie eine Meute wilder Jagdhunde, die der Jägermeister von der Leine gelassen hat. Läßt es sich nicht vermeiden, könnt ihr auf mich rechnen und auf meine Kampfentschlossenheit vertrauen.«

Nachdem ihr von diesem Versprechen erfahren

habt, wollt ihr vielleicht hören, wo Parzival hingeraten ist: Nach dem Bericht der Erzählung war in der Nacht mitten im Frühling frischer Schnee gefallen und hatte Parzival über und über bedeckt. Was man sonst von Artus, dem Maienritter, erzählt, hat sich nämlich immer zu Pfingsten oder in der Maienblüte abgespielt. Stets läßt man ihn liebliche Maienlüfte atmen. In dieser Erzählung geht es also ein wenig bunt durcheinander, denn Maienzeit und Schneefall werden zusammen genannt.

Artus' Falkner aus Karidöl ritten gegen Abend zum Plimizöl auf die Beizjagd. Dabei erlitten sie argen Verlust, ging doch ihr bester Jagdfalke verloren. Er strich rasch fort und blieb die Nacht über im Wald. Er hatte sich so vollgekröpft, daß er selbst die Lockspeise verschmähte. Die Nacht über stand er in der Nähe von Parzival. Beiden war der Wald unbekannt, und beide froren sehr. Als Parzival den Tag grauen sah, war der Weg unter einer Schneedecke verschwunden. So ritt er durch weglose Wildnis, über Baumstämme und Steine. Langsam wurde es heller, auch der Wald lichtete sich. Auf einer Lichtung lag ein gefällter Stamm, auf den er langsam zuritt. Ohne daß er es merkte, war ihm auf seinem Weg der Falke des Artus gefolgt. Auf der Lichtung hatten sich an die tausend Wildgänse niedergelassen; die Luft war erfüllt von ihrem Geschnatter. Da stieß der Falke herab und schlug seine Fänge in eine Wildgans, die sich losriß und sich mit knapper Not unter dem Astwerk des gefallenen Baumes barg, ohne allerdings wieder hochfliegen zu können. Aus ihrer Wunde waren drei Blutstropfen in den Schnee gefallen, die Parzival in Bedrängnis bringen sollten. Und der Grund dafür war seine hingebende Liebe: Als er nämlich die Blutstropfen auf dem weißen Schnee erblickte, dachte er bei sich: ›Wer schuf diesen blendenden Farbenkontrast? Er erinnert an dich, Condwiramurs. Gott will mein Glück, denn er läßt mich hier finden, was dir gleicht. Seine Hand und seine ganze Schöpfung seien gepriesen! Vor mir liegt dein Abbild, Condwiramurs. So, wie sich der weiße Schnee vom roten Blut abhebt und das Blut den Schnee rötet, ist dein bezauberndes Antlitz, Condwiramurs.‹ Da die Tropfen in einem Dreieck gefallen waren, nahm er zwei für ihre Wangen und den dritten für ihr Kinn. Es zeigte sich also, daß er seine treue Liebe unwandelbar bewahrt hatte. Parzival versank in Gedanken, bis er alles um sich her vergaß, so sehr schlug ihn seine große Liebe in ihren Bann. Es war seine Gattin, die ihn in Bedrängnis brachte; die Farben glichen dem Antlitz der Königin von Pelrapeire, die nun all seine Gedanken gefangennahm. Parzival verharrte regungslos, als schliefe er.

Doch wer lief da plötzlich herbei? Es war ein Knappe von Cunneware, den sie mit einer Botschaft nach Lalant geschickt hatte. Der erblickte unversehens einen schartigen Helm und einen völlig zerhackten Schild, ohne zu wissen, daß dies alles im Dienste seiner Herrin geschehen war. Vor ihm hielt ein von Kopf bis Fuß gerüsteter Held mit hocherhobener Lanze, als wolle er zum Kampfe herausfordern. Rasch lief der Knappe zurück. Hätte er rechtzeitig gemerkt, daß es der Ritter seiner eignen Herrin war, hätte er sein lautes Warngeschrei sicher bleibenlassen. So aber schrie er die ganze Lagerbesatzung heraus, als habe er einen Geächteten entdeckt. Er wollte

Parzival Schaden zufügen, doch in Wirklichkeit schadete er nur sich selbst, geriet er doch durch dieses Tun in den Ruf, ein ungehobelter Tropf zu sein. Doch lassen wir es gut sein damit, seine Herrin war ja auch ein kleiner Schalk. Laut schrie der Knappe: »Pfui, pfui und nochmals pfui über euch, ihr elenden Kerle! Wer wird noch an den Ritterruhm Gawans, der andern Artusritter und des Bretonen Artus glauben? Beschimpft ist die Tafelrunde! Man ist ins Lager eingebrochen!« So also schrie der Knappe.

Sogleich erhob sich unter den Rittern lauter Lärm. Man fragte allenthalben, ob es Kämpfe gesetzt habe, und als sich herausstellte, daß draußen ein zum Lanzenkampf bereiter Ritter wartete, war vielen das Versprechen leid, das sie Artus gegeben hatten. Der kampfbegierige Segramors hatte es so eilig, daß er in weiten Sätzen losrannte. Wo nämlich ein Kampf in Aussicht stand, mußte man ihn festbinden, sonst war er unfehlbar dabei. Sähe er am andern Rheinufer ein Kampfgetümmel, dann mochte der Fluß schmal oder breit, das Wasser warm oder kalt sein: er würde sich blindlings hineinstürzen. In großer Hast gelangte der Jüngling an den Zeltring des Artus. Obwohl der edle König noch in tiefem Schlafe lag, sprang Segramors über die Zeltschnüre und drang durch den Eingang ins Zelt ein. Dem König und der Königin, die in süßem Schlummer beieinanderlagen, riß er einfach die Zobelpelzdecke vom Leibe, so daß sie aufschreckten und über seine Unverfrorenheit lachen mußten. Er aber bat seine Tante: »Ginover, Frau Königin, jeder weiß, daß wir verwandt sind und ich auf deine Gunst rechnen darf. Steh mir nun bei, Herrscherin, und sage deinem Gatten Artus: In der Nähe gibt's ein

Abenteuer! Er soll mir erlauben, als erster den Zweikampf zu bestehen!«

Artus sprach vorwurfsvoll: »Du hast mir fest versprochen, dich meinem Willen zu fügen und deinen Unverstand zu zügeln. Wenn ich dir einen Zweikampf gestatte, so werden auch andere Ritter fordern, sie losreiten und um Kampfesruhm streiten zu lassen. Das schwächt aber meine Verteidigungsstärke. Wir nähern uns jetzt dem Heer des Anfortas, das von Munsalwäsche ausreitet und den Grenzwald verteidigt. Da wir die Lage der Burg nicht kennen, können wir leicht in große Schwierigkeiten geraten.«

Ginover bat aber Artus so inständig, daß Segramors hoch erfreut war. Als sie ihm gar die Erlaubnis erwirkte, das Abenteuer zu bestehen, war er so unbändig froh, daß er vor lauter Freude fast gestorben wäre. Um keinen Preis der Welt hätte er einem anderen den erhofften Kampfesruhm gegönnt! Bald waren der stolze bartlose Jüngling und sein Streitroß gewappnet, und König Segramors ritt davon. Im Galopp ging's durch den Jungwald, das Roß setzte in weiten Sprüngen über das hohe Unterholz, so daß die vielen goldenen Glöckchen an der Rüstung des Ritters und an der Satteldecke hell erklangen. Auch wenn man ihn wie einen Falken hinter einem Fasan ins Dorngebüsch geschickt hätte, so wäre er der laut klingenden Glöckchen wegen leicht aufzuspüren gewesen. So sprengte der heißblütige Held zu dem Manne, den Liebe in ihren Bann geschlagen hatte. Wenigstens drang er nicht gleich mit Schwerthieben oder Lanzenstichen auf ihn ein, ohne vorher den Kampf anzusagen.

Parzival verharrte immer noch geistesabwesend auf

derselben Stelle. Ihn bannten die Blutstropfen und die übermächtige Liebe, die auch mich oft genug jede Vernunft vergessen läßt und mein Herz mit Leid erfüllt. Ach, einer Frau verdanke ich diese Liebesqual! Doch bringt sie mich in Not, ohne mich hoffen zu lassen, dann ist sie selber schuld daran, wenn ich mich von ihr wende. Hört nun weiter, wie es Parzival und seinem Gegner erging.

Segramors rief: »Herr, Ihr tut geradeso, als freute es Euch noch, daß vor Euch ein König mit seinem Gefolge lagert. Schert es Euch auch jetzt nicht, so wird sich das bald ändern, oder ich verliere mein Leben. In Eurer Streitsucht habt Ihr Euch zu nahe herangewagt! Ich mache Euch ein großmütiges Angebot: Ergebt Euch freiwillig! Tut Ihr das nicht, so wird Euch Euer Lohn: in hohem Bogen fliegt Ihr in den Schnee! Also ergebt Euch lieber in ehrenvolle Haft!«

Trotz der Drohung blieb Parzival stumm, denn Frau Liebe hatte ihm Kummer genug aufgebürdet. Da warf der tapfere Segramors sein Roß herum und setzte zum Angriff an. In diesem Augenblick drehte sich Parzivals Kastilianer mit seinem gedankenverlorenen stattlichen Reiter in Kampfstellung. Dadurch verlor Parzival die Blutstropfen aus den Augen, denn seine Blicke wurden zwangsläufig abgekehrt. Das brachte ihm neuen Ruhm, denn als er die Tropfen nicht mehr sah, ließ ihn Frau Vernunft wieder zu vollem Bewußtsein kommen. Da preschte auch schon König Segramors heran. Parzival senkte die Lanze von Troyes, die er vor der Einsiedlerklause gefunden hatte; die war fest, elastisch und bunt bemalt. Zwar durchbrach ein Lanzenstoß seinen Schild, doch sein Abwehrstoß war so gut gezielt, daß der edle Recke

Segramors aus dem Sattel flog, ohne seine Lanze zerbrochen zu haben. So lernte er, was Fallen heißt. Parzival aber ritt wortlos zu den Blutstropfen zurück. Sobald er sie vor Augen hatte, verstrickte ihn Frau Liebe erneut in ihre Bande. Stumm versank er wieder in völlige Geistesabwesenheit.

Der Kastilianer des Segramors trabte zurück zur Futterkrippe. Sein Reiter mußte sich erheben, wenn er zu seinem Ruhelager wollte. Ja, wollte er denn überhaupt aufstehen? Er lag ja schon, und wie ihr wißt, legt man sich nieder, wenn man ausruhen will. Nun ja, welch Ausruhen war das aber auch im Schnee? Läge ich so da, gefiele mir das sicher nicht. So ist's: Wer den Schaden hat, muß für den Spott nicht sorgen, und wem das Glück lacht, dem gratuliert man.

Das Heer des Artus war so nahe, daß man alles beobachtet hatte und Parzival wieder an der gleichen Stelle verharren sah. Er mußte sich der Liebe, die sogar Salomon bezwungen hatte, bedingungslos unterwerfen. Es dauerte nicht lange, da kehrte Segramors zu den anderen Rittern zurück. Ob man ihm mit freundlichem oder unfreundlichem Gesicht begegnete, er überschüttete alle mit Scheltworten. So rief er: »Ihr habt es oft genug selbst erlebt, der Ritterkampf ist ein Würfelspiel, und im Zweikampf muß immer einer zu Boden. Auch ein großes seetüchtiges Schiff sinkt schließlich einmal. Ich bin überzeugt, er wäre geflohen, wenn er das Wappen auf meinem Schild erkannt hätte. Daß er es nicht tat, ist mir leider schlecht bekommen; nun wartet er weiterhin herausfordernd vor dem Lager. Sei's drum, er hat sich nicht übel gehalten.«

Der tapfere Keye brachte dem König die Nachricht, Segramors sei vom Pferd gestochen worden und draußen vor dem Lager hielte ein kräftiger Bursche und fordere immer noch zum Zweikampf heraus. »Herr, ich würde es mir nie verzeihen, wenn er ohne Denkzettel davonkäme. Scheine ich Euch würdig genug, so laßt es mich ihm heimzahlen, daß er so unverschämt mit erhobener Lanze wartet, obwohl Eure Gemahlin zugegen ist. Lehnt Ihr es ab, dann verlasse ich Euch; die Tafelrunde ist beschimpft, wenn man ihn nicht zur rechten Zeit besseres Benehmen lehrt. Auf Kosten unsrer Ehre spreizt er sich! Laßt mich kämpfen, denn es ist an der Zeit, ihn zur Rechenschaft zu ziehen, und wären wir alle blind oder taub.«

Da gab Artus dem Keye die Erlaubnis zum Kampf. Der Seneschall wurde gewappnet und prahlte dabei, im Zweikampf mit dem Fremdling wolle er einen ganzen Wald von Lanzen verstechen. Nun trug der Unbekannte schon die schwere Bürde der Liebe, mit der ihn Schnee und Blut beladen hatten, und wer ihm noch mehr Lasten aufbürden will, versündigt sich. Davon hätte die Liebe, die ihn ja längst unterworfen hat, auch wenig Ruhm.

Frau Liebe, warum laßt Ihr den Traurigen nur kurze Zeit das Glück genießen und danach unfehlbar ins Verderben rennen? Warum nur werft Ihr männliche Kraft und Lebenslust so jämmerlich in den Staub? Wer den Kampf mit Euch aufnimmt, wird besiegt, denn Eure Macht ist wirklich unerschütterlich. Euer Ansehen hängt aber einzig und allein davon ab, ob Frau Liebreiz Eure Begleiterin ist. Ohne sie wäret Ihr machtlos. Seit eh und je handelt Ihr verwerflich.

So manche Frau habt Ihr um ihren guten Ruf gebracht, indem Ihr sie zur Blutschande verführtet. Ihr habt Eure Macht mißbraucht und bewirkt, daß sich der Dienstherr am Dienstmann, der Dienstmann am Dienstherrn, der Freund am Freunde verging. Auf diese Weise macht Ihr sehr unrühmlich von Euch reden. Ihr solltet Euch schämen, den Menschen zur Begierde zu verführen und dadurch seine Seele zu gefährden. Ihr seid heimtückisch, Frau Liebe, denn Ihr habt die Macht, die kurze Blütezeit der Jugend rasch verfliegen und den Menschen früh altern zu lassen.

Solche Worte darf nur ein Mann wagen, den Ihr nie getröstet habt. Hättet Ihr mir Euern Trost nicht versagt, so könntet Ihr mit meinem Lob rechnen. Ihr habt mich aber darben und im Würfelspiel der Liebe verlieren lassen; daher traue ich Euch nicht über den Weg. Meine Not hat Euch stets kaltgelassen. Nun steht Ihr so hoch über mir, daß Euch mein ohnmächtiger Zorn nichts anhaben kann. Tief bohrt Ihr den Leidensstachel in mein Herz, das Ihr mit Not überbürdet habt. Herr Heinrich von Veldeke hat Euer Wesen symbolisch im Bilde eines Baums beschrieben. Hätte er uns nur belehrt, wie man Euch festhalten kann! In seinem Bilde hat er zwar gezeigt, wie man Euch erringt, doch mancher unerfahrene Tor verscherzt sein Liebesglück. Sollte es mir ebenso ergehen, dann erhebe ich Klage gegen Euch. Doch Ihr seid der Inbegriff aller Weisheit. Gegen Euch helfen weder Schild noch Schwert, kein schnelles Roß und keine hohe Burg mit stolzen Türmen. Gegen Euch kann man sich nicht wehren. Nichts auf der Erde oder im Meer, ob es schwimmt oder fliegt, kann im Kampf gegen Euch bestehen. Ihr zeigtet auch Eure Gewalt, als der kühne und treue Held Parzival die ganze Welt um sich vergaß. Die Königin von Pelrapeire, die edle, liebreizende, reine Frau, sandte Euch als Boten zu ihm. Und doch habt Ihr Condwiramurs' Bruder Kardeiz, Tampenteires Sohn, umgebracht! Wenn man Euch für das Glück so hohen Zins geben muß, dann bin ich heilfroh, daß ich kein Lehen von Euch habe. Ihr müßtet mir schon Angenehmeres verheißen. Ich habe für uns alle gesprochen. Nun hört, was weiter geschah.

Kraftgeschwellt, wohlgewappnet und streitbegierig ritt Keye in den Kampf, doch ich bin sicher, daß König Gachmurets Sohn nicht vor ihm zurückweichen wird. Alle Damen, die über Männerherzen gebieten, mögen Parzival Glück wünschen, denn eine Frau war schuld daran, daß die Liebe ihn stumm, taub und blind gemacht hatte. Bevor Keye den Kampf eröffnete, sprach er Parzival an: »Herr, Ihr habt den König beleidigt! Doch ich will Euch einen Rat geben: Legt Euch selbst ein Hundehalsband um, damit man Euch vor ihn führen kann. Es ist am besten so für Euch. Entkommen könnt Ihr mir nicht. Ich bringe Euch so oder so vor ihn, und man wird Euch nicht gerade mit Samthandschuhen begegnen.«

Die Macht der Liebe ließ Parzival stumm bleiben. Da hob Keye den Lanzenschaft und schlug zu, daß der Helm erdröhnte. Dabei rief er: »Wach endlich auf! Gleich wirst du ohne Bettlaken zur Ruhe gebettet. Läßt mich meine sichere Hand nicht im Stich, dann wirst du auf den Schnee niedergestreckt. Selbst das Tier, das die Säcke aus der Mühle trägt, würde munter, wenn man ihm derart das Fell gerbte.«

Jetzt gebt acht, Frau Liebe! Ich glaube, man beschimpft Euch, denn nur ein Bauerntölpel könnte behaupten, daß diese Beschimpfung meinem Helden gilt. Er würde sich schon verteidigen, könnte er nur sprechen. Frau Liebe, nun laßt den edlen Helden aus Valois endlich Vergeltung üben! Wäre er von Eurer Drangsal und Eurer harten, bitteren Last befreit, wüßte er sich wohl zu wehren.

Als Keye ihn heftig anstieß, drängte er Parzivals Roß so weit zur Seite, daß der seine bitter-süße Pein nicht mehr vor Augen hatte. Ich meine den geröteten Schnee, das Abbild seiner Frau, der Königin von Pelrapeire. Wieder kehrte Frau Vernunft zurück und ließ ihn zum Bewußtsein kommen. Keye, der ja den Zweikampf suchte, galoppierte heran. In voller Karriere reitend, senkten beide die Lanzen. Beim Zusammenprall stieß Keye treffsicher ein großes Fenster in den Schild seines Gegners. Der blieb ihm aber nichts schuldig. Sein Gegenstoß schleuderte Keye, den Seneschall des Artus, samt seinem Roß über den Baumstamm, unter den sich die verwundete Wildgans geflüchtet hatte. Roß und Reiter kamen schwer zu Schaden: der Ritter wurde verletzt, sein Pferd getötet. Im Fallen gerieten Keyes rechter Arm und sein linkes Bein zwischen den Sattelbogen des stürzenden Pferdes und einen großen Stein, so daß beide Gliedmaßen gebrochen wurden. Der Zusammenprall war so wuchtig, daß Sattelgurt, Sattel und Schellenzeug beschädigt wurden. So vergalt der Fremdling zwei Züchtigungen auf einmal: die eine hatte Cunneware seinetwegen erlitten, die andere er selbst. Danach ließ sich der redliche Parzival von seiner Treue wieder dahin führen, wo er auf dem Schnee die Blutstropfen fand, die ihm das Bewußtsein geraubt hatten. Ihn drückten Gedanken an den Gral und die Erinnerung an Condwiramurs, doch die Last der Liebessehnsucht überwog. Liebestrauer beugt nun einmal den festesten Mannesmut. Hier ist also nicht von Glück die Rede, sondern von echtem Herzeleid!

Tapfere Männer sollten Keyes Mißgeschick beklagen. Seine Manneskühnheit hatte ihn entschlossen in viele Kämpfe ziehen lassen. Zwar ist die Meinung verbreitet, daß Keye, der Seneschall des Artus, ein grober Rüpel gewesen sei. Meine Erzählung spricht ihn von diesem Vorwurf frei. In Wirklichkeit war er ein wackerer, würdiger Mann. Auch wenn mir nur wenige beipflichten, so behaupte ich steif und fest, daß Keye ein treuer und kühner Ritter war. Und ich will noch mehr über ihn sagen: Der Hof des Artus zog immerhin viele Fremde an, edle und unedle. Doch Keye ließ sich nicht täuschen, mochte ein Betrüger auch noch so geschickt sein. Wer Anstand zeigte und aus edlem Geschlecht stammte, der konnte auf seine Achtung und Hilfsbereitschaft rechnen. An seinem Wesen muß ich hervorheben, daß er ein kritischer Beobachter war. Um seinen Herrscher vor üblem Gesindel zu schützen, zeigte er sich recht bärbeißig. Er unterschied sehr genau zwischen wahren Edelleuten und Lügnern oder Betrügern. Für solche Bösewichte war er wie ein vernichtender Hagelschlag; er stach schmerzhafter zu als der Stachel der Biene. Also suchten sie sein Ansehen zu untergraben, und da er viel von echter Mannestreue hielt, zog er sich ihren maßlosen Haß zu. Fürst Hermann von Thüringen, viele aus deinem Ingesinde sollten lieber zum Ausgesinde zählen. Du brauchtest auch so einen Keye, denn deine Großzügigkeit hat eine recht gemischte Gesellschaft um dich versammelt; Edle und Unwürdige umdrängen dich gleichermaßen. Das hat Herrn Walther zu seinem Lied »Guten Tag, Böse und Gute« veranlaßt. Singt man aber solch Lied, so ist das ein Zeichen dafür, daß man den Falschen zuviel Ehre antut. Wären Keye oder Herr Heinrich von Rispach bei Euch gewesen, hätte der Sänger keinen Anlaß zu seinem Lied gehabt.

Hört nun weiter von erstaunlichen Ereignissen, die sich auf dem Feld am Plimizöl zutrugen. Zunächst brachte man Keye ins Lager und trug ihn ins Zelt des Artus, wo seine Freunde – etliche Damen und Ritter – sein Mißgeschick beklagten. Auch Herr Gawan beugte sich über Keye und sprach: »Ist das ein unheilvoller Tag! Warum wurde dieser Zweikampf, der mir einen Freund entrissen hat, nur ausgetragen!« Sein Bedauern war aufrichtig, doch Keye rief zornig: »Herr, bedauert Ihr mich etwa? Alte Weiber sollten klagen! Ihr aber seid der Neffe meines Herrschers. Ich wollte, ich könnte Euch nach Wunsch dienen. Solange ich mit Gottes Hilfe heile Glieder hatte, habe ich Euch stets ohne Zögern im Kampf beigestanden; wenn es sein müßte, täte ich es auch jetzt noch. Laßt also Euer Klagen! Ich will meine Schmerzen tragen. Euer Oheim, der edle König Artus, wird nie wieder einen Keye finden, doch Ihr seid gewiß zu vornehm, mich zu rächen. Hättet Ihr in diesem Zweikampf auch nur einen Finger verloren, so hätte ich sogar meinen Kopf gewagt, Euch zu rächen! Das könnt Ihr mir glauben. Doch hört nicht weiter auf meine Sticheleien! Draußen wartet ein Mann, der nicht daran denkt, sich im Trab oder gar im Galopp davonzustehlen. Ließet Ihr Euch wirklich zum Kampf bewegen, könnte er Euch übel mitspielen. Das zarteste und feinste Frauenhaar ist stark genug, Euch vom Kampfe fernzuhalten. Ein Ritter, der so sanftmütig ist wie Ihr, macht seiner Mutter alle Ehre; der Vater sollte eigentlich Heldenkühnheit von ihm erwarten. Haltet Euch aber nur an Eure Mutter, Herr Gawan, dann werdet Ihr beim Aufblitzen der Schwerter erbleichen und statt männlicher Stärke klägliche Schwäche zeigen.«

So wurde der überall geachtete Ritter mit Worten an seiner verwundbarsten Stelle angegriffen, und als wohlerzogener Edelmann, dem Bescheidenheit den Mund verschließt, konnte er nicht einmal mit gleicher Münze heimzahlen. Ein Großmaul verhält sich natürlich anders.

Gawan sagte daher zu Keye: »Wer auf meine Gesichtsfarbe geachtet hat, kann bezeugen, daß mich im Kampf weder Schwerthiebe noch Lanzenstöße erbleichen ließen. Du zürnst mir ohne Grund, denn du konntest stets auf meine Hilfe rechnen.« Danach verließ Herr Gawan das Zelt und rief nach seinem Roß. Ohne Schwert und Sporen schwang er sich in den Sattel und ritt hinaus zu Parzival, den die Liebe erneut alles um sich her vergessen ließ. Sein Schild zeigte die Spuren der Lanzenstöße dreier Helden, und außerdem hatte ihn Orilus mit seinem Schwert zerhackt. Gawan spornte sein Pferd nicht zum Galopp und zeigte keine Angriffsabsichten. Friedfertig wollte er in Erfahrung bringen, wer die beiden Zweikämpfe ausgetragen hatte. Als er aber Parzival einen freundlichen Gruß zurief, gab der Fremde keine Antwort. Das war nicht verwunderlich, denn zum dritten Mal hatte Frau Liebe Herzeloydes Sohn in ihren

Bann gezogen. Das Erbe der Eltern, die Gabe ungewöhnlich starker Gefühle, ließ ihn alles vergessen, was um ihn vorging. So drangen die Worte Gawans gar nicht in sein Bewußtsein. Da sprach König Lots Sohn: »Herr, Ihr mißachtet meinen Gruß! Ihr wollt also den Kampf! Glaubt nur nicht, ich scheute es, Euch in andrer Weise zu begegnen! Ihr habt den König, seine Angehörigen, sein Gefolge beschimpft und entehrt. Dennoch will ich Euch beim König Gnade und Vergebung erwirken. Ihr müßt Euch allerdings meinem Rat anvertrauen und mich zu ihm begleiten.«

König Gachmurets Sohn blieb jedoch taub gegen alle Drohungen und Bitten. Nun waren Gawan, dem berühmtesten Ritter der Tafelrunde, solche Nöte nicht fremd. Er hatte sie am eignen Leibe schmerzlich erfahren und einmal sogar aus übermächtiger Liebe zu einer edlen Frau die eigne Hand mit einem Dolch durchbohrt. Als ihn der tapfere Lähelin in hartem Zweikampf bezwungen hatte, rettete ihm eine Königin das Leben. Die zarte, liebreizende Schöne bot ihr eignes Haupt zum Pfande. Diese hingebend treue Frau war die Königin Inguse von Bachtarliez. Gawan dachte also bei sich: ›Vielleicht hat die Liebe diesen Ritter ebenso in den Bann geschlagen wie mich; vielleicht hat sie ihn unterworfen und um seinen klaren Verstand gebracht.‹ Er folgte den Blicken Parzivals und warf einen gelbseiden gefütterten Umhang aus syrischem Tuch über die Blutmale.

Als der Umhang die Male bedeckte und Parzivals Blicken entzog, ließ ihn die Königin von Pelrapeire zwar wieder zu Besinnung kommen, doch sein Herz behielt sie. Hört seine Worte. Er rief: »Ach, Herrin und Gattin, wer hat dich mir entrissen? Habe ich nicht durch ritterlichen Einsatz deine köstliche Liebe, dazu Krone und Reich errungen? War nicht ich es, der dich von Clamide befreite? Nur Wehklagen hörte ich von denen, die dir beistehen sollten, und die Seufzer vieler unerschrockener Herzen. Ich weiß nicht, was geschehen ist, denn mitten am hellen Tag hat dich meinen Augen ein Nebelvorhang entzogen.« Und weiter klagte er: »Ach, wo ist meine Lanze, die ich mit mir brachte?«

Da erwiderte Herr Gawan: »Herr, im Zweikampf ist sie zersplittert!«

»Im Zweikampf gegen wen?« fragte der edle Held verwundert. »Ihr selber tragt doch weder Schild noch Schwert. Welchen Ruhm hätte mir ein Kampf mit Euch gebracht? Doch spottet nur; vielleicht wird Euch der Spott noch vergehen. In vielen Zweikämpfen bin ich Sieger geblieben, und stellt Ihr Euch nicht zum Kampf, so kann ich Kampf und Ruhm, Gefahr und Triumph in vielen Ländern erfahren.«

Herr Gawan antwortete versöhnlich: »Ich habe Euch in aller Freundschaft die reine, unverfälschte Wahrheit gesagt und erbitte von Euch, was Ihr nicht bereuen sollt. In der Nähe lagert ein König mit vielen Rittern und schönen Damen. Wenn Ihr erlaubt, leiste ich Euch Gesellschaft und geleite Euch unter meinem Schutz zu ihm.«

»Ich danke Euch, Herr. Ihr sprecht so liebenswürdige Worte, daß ich mich nach Kräften erkenntlich zeigen will. Da Ihr mir Eure Freundschaft antragt, sagt mir bitte, wer Euer Herrscher ist und wer Ihr selbst seid.«

»Mein Gebieter ist ein Mann, dem ich manches zu

danken habe. Einiges mögt Ihr hören: Er hat mich stets behandelt, wie es ein Ritter erwarten darf. Seine Schwester, die Gemahlin König Lots, ist meine Mutter. Was Gott mir gegeben hat, steht dem König zu Diensten. Er heißt Artus. Auch mein eigener Name ist nicht unbekannt und sei Euch nicht verhehlt: Wer mich kennt, nennt mich Gawan. Ihr könnt über mich verfügen, wenn Ihr meine Bitte erfüllt und mich vor den König begleitet.«

Da rief Parzival: »Du bist's, Gawan? Dann ist's leider nicht mein Verdienst, wenn du mir hier freundlich begegnest; es heißt von dir, du seist zu allen Menschen so. Dennoch, ich setze Dienst gegen Dienst! Doch sage mir, wem gehören die vielen Zelte? Lagert Artus dort? Wenn's an dem ist, so kann ich zu meinem Bedauern weder ihm noch der Königin ehrenvoll unter die Augen treten; denn vorher muß ich Rache nehmen für eine Züchtigung, die ich bis heute nicht verwunden habe. Das kam so: Mich lachte eine edle Jungfrau an, und dafür wurde sie vom Seneschall so unbarmherzig geschlagen, daß sein Prügelstock in tausend Stücke sprang.«

»Das hast du hart genug gerächt«, meinte Gawan; »er hat sich den rechten Arm und das linke Bein gebrochen. Reite heran! Sieh das Pferd und den Steinblock da. Hier liegen auf dem Schnee auch die Splitter deiner Lanze, nach der du vorhin gefragt hast.«

Als Parzival Gawans Worte bestätigt fand, sagte er: »Gawan, ich verlasse mich darauf, daß es wirklich der Mann war, der mich beschimpft hat. Ist es so, dann reite ich mit dir, wohin du willst.«

»Warum sollte ich dich belügen«, antwortete Gawan. »Hier lag übrigens nach verlorenem Zweikampf schon der streitbare Held Segramors, der viele ruhmvolle Taten vollbrachte. Du hast ihn niedergeworfen, bevor du Keye zu Boden strecktest. In beiden Kämpfen hast du Siegesruhm errungen.«

Nun ritten Parzival und Gawan gemeinsam von dannen. Im Lager wurden sie von vielen Menschen, die zu Pferd und zu Fuß herbeigeeilt waren, achtungsvoll und höflich begrüßt. Gawan ritt zu seinem Zelt, das neben dem Cunnewares von Lalant lag. Cunneware zeigte sich froh bewegt und hieß voller Freude ihren Ritter willkommen, der sie an Keye gerächt hatte. Sie nahm ihren Bruder und Frau Jeschute von Karnant bei der Hand und begab sich mit ihnen zu Parzival. Parzival, dem man bereits die Rüstung abgenommen hatte, trug zwar noch Rostspuren, dennoch strahlte sein Antlitz wie eine taubenetzte Rose. Als er die Edelfrau erblickte, sprang er auf. Hört, was Cunneware sagte: »Seid Gott und mir herzlich willkommen, denn Ihr habt Euch stets tapfer gezeigt. Ich habe nicht gelacht, bis mein Herz erkannte, wer Ihr seid. Da schlug Keye mich zu meinem Leidwesen, doch Ihr habt mich gründlich gerächt. Wäre ich dessen wert, würde ich Euch gern mit einem Kuß begrüßen.«

»Nichts wäre mir lieber«, sprach Parzival, »wenn ich den Wunsch wagen darf! Euer Empfang macht mich glücklich.«

Sie küßte ihn und bat ihn, sich zu setzen. Dann schickte sie eine Jungfrau in ihr Zelt und ließ kostbare Kleider bringen, deren Seide aus Ninive stammte und die schon fertig waren, denn eigentlich hatte König Clamide, ihr Gefangener, sie tragen sollen. Die Jungfrau brachte sie herbei und entschuldigte sich, daß am Mantel noch keine Schnur eingezogen war. Da löste Cunneware eine Schnur von ihrer Hüfte und zog sie durch die Ösen des Mantels. Danach reinigte sich Parzival mit Erlaubnis der Anwesenden von den Rostspuren, und man bewunderte nun nicht allein seine roten Lippen, sondern auch sein makellos weißes Antlitz. Als man den tapferen Helden gekleidet hatte, wirkte er stattlich und schön. Wer ihn erblickte, beteuerte, er sei die herrlichste Blüte unter allen Männern, und seine Schönheit verdiente dieses Lob. Die Kleider standen ihm prächtig: im Halsausschnitt war als Spange ein grüner Smaragd befestigt. Zum Schluß reichte ihm Cunneware einen kostbaren, prächtigen Gürtel, mit vielen edelsteinbesetzten Tierbildern verziert; die Schnalle war ein Rubin. Wie der bartlose Jüngling aussah, nachdem er ihn umgelegt hatte? Nach dem Bericht der Erzählung ganz vortrefflich! Wer immer ihn ansah, bewunderte ihn.

Nachdem der edle König Artus die Messe gehört hatte, erschienen er und die Mitglieder der Tafelrunde, denn sie hatten gehört, der Rote Ritter sei in Gawans Zelt. Also begab sich der Bretone Artus hin. Der von Keye gezüchtigte Antanor lief dem König weit voraus, und als er Parzival erblickte, fragte er: »Seid Ihr der Mann, der mich und Cunneware von Lalant gerächt hat? Man rühmt Euch sehr, und Keye hat ausgespielt. Vorbei ist's mit seinen Drohungen! Vor seinen Schlägen habe ich keine Angst mehr, denn sein rechter Arm ist kraftlos.«

Der junge Parzival sah aus wie ein Engel des Himmels; ihm fehlten nur die Flügel. Artus und seine Edlen hießen ihn herzlich willkommen, und alle Besucher bezeigten ihm ihre Freundschaft. Er gewann alle Herzen, und alle rühmten ihn ohne Vorbehalt, denn er war hinreißend schön. Artus sprach zu ihm: »Ihr habt mir Freude und Schmerz bereitet, doch wenn man beides abwägt, so habt Ihr mich weit mehr als jeder andere geehrt, ohne daß ich mich erkenntlich zeigen konnte. Selbst wenn Euer Ruhm sich nur darauf gründete, daß Ihr die Herzogin Jeschute mit ihrem Gatten versöhnt habt, hättet Ihr mich bereits verpflichtet. Ein Wort von Euch hätte genügt, und Euch wäre für Keyes Tat auch ohne persönliche Rache Genugtuung widerfahren.« Und Artus vertraute ihm an, was er von ihm erhoffte und was ihn durch viele Länder hergeführt hatte. Die Ritter baten nun ihrerseits Parzival, sich der ritterlichen Gemeinschaft der Tafelrunde anzuschließen. Parzival war zu Recht froh und stolz über diese Bitte und erfüllte ihren Wunsch.

Urteilt selbst darüber, ob die Tafelrunde an diesem Tage ihrer Satzung treu blieb. Es war nämlich Brauch bei Artus, daß er und seine Ritter sich erst dann zu Tisch begaben, wenn der Tag von einem wunderbaren Ereignis gekrönt wurde. Das war zum Ruhm der Tafelrunde nun auch der Fall. Die Rundtafel, die in Nantes geblieben war, wurde auf einer blumenbestandenen, von Sträuchern und Zelten freien Wiese nachgebildet. Dies gebot König Artus zu Ehren des Roten Ritters, der so für seine ruhmreichen Taten den gerechten Lohn erhielt. Als Rundtafel diente Acratoner Seide aus fernem Heidenland, nicht eckig, sondern rund geschnitten. Das war so üblich bei den Rittern der Tafelrunde; ihre Regeln besagten nämlich, niemand dürfe einen besonderen Ehrenplatz beanspruchen, und so waren alle Sitze gleich. Auch gebot König Artus, sowohl Ritter als auch Edelfrauen an die Tafel zu bitten, denn hier bei Hofe aßen alle, ob Jungfrau, Frau oder Mann, an einem Tisch, wenn sie nur berühmt und angesehen waren.

Frau Ginover erschien mit vielen wunderschönen Damen, darunter manch vornehme Fürstin; alle waren herrlich anzusehen! Der Kreis der Tafelrunde war so weit, daß jede Dame Platz an der Seite ihres Geliebten fand. Nun führte der treue Artus an seiner Hand Parzival herbei, an dessen anderer Seite die von allem Kummer erlöste Cunneware von Lalant ging. Artus sah Parzival an. Hört nun, was er zu ihm sagte: »Ich bin einverstanden, wenn meine Frau Euch in Eurer jugendlichen Anmut mit einem Kuß willkommen heißt. Zwar brauchtet Ihr hier niemanden um einen Kuß zu bitten, denn Ihr kommt aus Pelrapeire, und dort lebt eine Frau, die zu küssen höchstes Glück bedeutet. Ich bitte Euch daher um eines: Sollte ich jemals bei Euch in Pelrapeire sein, so vergeltet mir diesen Kuß in gleicher Weise!« So sprach Artus.

»Jede Bitte von Euch wird erfüllt«, sagte Parzival, »wo immer es auch sei.«

Die Königin trat auf ihn zu und gab ihm den Begrüßungskuß. »Damit verzeihe ich Euch«, sprach sie, »den tiefen Schmerz, den Ihr mir beim Abschied zugefügt habt, denn Ihr nahmt König Ither das Leben.« Bei dieser Versöhnung füllten sich die Augen der Königin mit Tränen, denn Ithers Tod hatte allen Frauen leid getan.

Man wies König Clamide am Ufer des Plimizöl seinen Platz an; ihm zur Seite saß Jofreit, Idöls Sohn. Zwischen Clamide und Gawan erhielt Parzival seinen

Platz. In der Erzählung heißt es, daß ihn kein Mitglied der Tafelrunde an Vornehmheit übertraf. Mannesstärke und Jugendschönheit zeichneten ihn aus, und wer ihn betrachtete, mußte eingestehen, daß mancher Frauenspiegel trüber war als seine glänzenden Lippen. Sein Antlitz zeigte an Kinn und Wangen solchen Schmelz, daß man ihn einer Zange vergleichen kann, die Treue fest- und den Wankelmut fernhält. Es geht mir hier um jene Frauen, die in der Liebe unbeständig sind: Der Glanz seiner Schönheit band weibliche Treue und ließ jeden Wankelmut schwinden. Bei seinem Anblick war jede Frau gefesselt: sein Bild wurde von den Augen eingefangen und prägte sich tief im Herzen ein. Ob Mann, ob Frau, jeder fühlte sich zu ihm hingezogen, doch er konnte die ehrenvolle Bewunderung nicht lange genießen, denn es ereignete sich ein verhängnisvoller Zwischenfall.

Hier nahte schon, von der ich erzählen will. Es war eine Jungfrau von rühmenswerter Treue, doch im Zorn kannte sie keine Grenzen und sollte mit ihren Worten so manchen betrüben. Hört, in welchem Aufzug sie heranritt: Sie saß auf einem Maulesel, hochbeinig wie ein Kastilianer, dürr, schlitznasig, von Brandmalen verunstaltet, einem ungarischen Klepper gleich. Zaum und Reitzeug waren dagegen kunstvoll gearbeitet und kostbar, auch am Gang des Maultieres war nichts auszusetzen. Seine Reiterin aber war nicht gekleidet wie eine Frau von Stand. Ach, was hatte sie dort zu suchen! Doch sie war nun einmal da, daran ließ sich nichts ändern, und ihre Ankunft sollte dem Heer des Artus wenig Freude bringen. Die Jungfrau war so gelehrt, daß sie alle Sprachen – Latein, Arabisch, Französisch – fehlerlos beherrschte. Auch in Dialektik, Geometrie und Astronomie war sie bewandert. Sie hieß Cundry, und ihr Beiname war ›die Zauberin‹. Ihr Mund ging wie ein Wasserfall, ihr Redestrom erlahmte nie. Alle Lust und Freude machte sie zunichte.

Die hoch gelehrte Jungfrau war allerdings keine Schönheit. Diese Glückszerstörerin trug einen Kapuzenmantel nach französischer Art, aus Genter Seide gearbeitet, die noch blauer als ein Lasurstein schimmerte. Ihr Kleid war gleichfalls aus schwerer Seide. Ein neuer Pfauenhut aus London, mit golddurchwirkter Seide gefüttert, hing ihr an einem ebenso neuen Band auf dem Rücken. Was sie mitzuteilen hatte, war wie eine Brücke, die den Jammer über die Freude schreiten ließ; sie machte damit aller freundlichen Kurzweil ein Ende. Ein Zopf hing über den Hut bis auf den Maultierrücken hinab: er war lang, schwarz, spröde, häßlich und so geschmeidig wie Schweineborsten. Sie besaß eine Nase wie ein Hund. Zwei Eberzähne ragten spannenlang aus ihrem Munde. Die Wimpern waren zu Zöpfen geflochten und ragten steif bis zum Haarband empor. Sollte ich mit dieser Beschreibung einer Dame die Schicklichkeit verletzt haben, so geschah es nur um der Wahrheit willen. Sonst kann mir keine Frau einen Vorwurf machen. Cundry hatte Ohren wie ein Bär, nicht geschaffen, das zärtliche Verlangen eines Liebhabers zu erregen. Ihr ganzes Gesicht war abstoßend häßlich. In der Hand hielt sie eine Peitsche mit einem Rubinknauf und seidenen Peitschenschnüren. Dieser anmutige Herzensschatz hatte Hände wie von Affenhaut; die Fingernägel waren lang und schmutzig wie

Löwenklauen. Gewiß hat kein Ritter aus Liebe zu ihr den Zweikampf gesucht!

Diese Quelle der Trauer, dieses Grab allen Frohsinns ritt in den Kreis und wandte sich zum Platz des Gastgebers. Artus aß zusammen mit Frau Cunneware von Lalant, Ginover mit der Königin von Janfuse. Achtunggebietend saß der König auf seinem Sitz, als Cundry ihr Reittier vor ihm zügelte und ihn in französischer Sprache anredete, und wenn ich ihre Worte jetzt ins Deutsche übersetze, so werden sie darum nicht angenehmer: »Sohn König Utepandraguns! Was du hier getan, hat dich und alle Bretonen mit Schande bedeckt. Hier sind die berühmtesten Edelleute aus allen Ländern versammelt, und sie säßen in Würde und Ehre beisammen, wäre nicht ein Ehrloser unter ihnen. Das Ansehen der Tafelrunde ist zunichte, denn Falschheit hat teil an ihr. König Artus, du warst berühmter als alle Ritter deines Gefolges, doch dein Ruhm sinkt, statt aufzusteigen, dein Ansehen hinkt, statt rüstig voranzuschreiten, deine hohe Würde beginnt sich zu neigen, deine Ehre ist nicht mehr ohne Makel. Der Ruhm der Tafelrunde wurde zunichte, als man Herrn Parzival aufnahm, der äußerlich wie ein Ritter aussieht. Nach dem Mann, der vor Nantes gefallen ist, nennt ihr ihn den Roten Ritter, doch beide sind nicht zu vergleichen; keine Dichtung weiß von einem Ritter, dessen Ehre so makellos gewesen wäre wie die des Toten.« Sie wandte sich vom König ab, ritt zu Parzival und sprach: »Ihr seid schuld daran, wenn ich Artus und seinem Gefolge keinen freundlichen Gruß sagen kann. Schande über Eure glänzende Schönheit und Eure männliche Stärke! Könnte ich bestimmen, wer in Ruhe und Frieden leben soll, Euch würde ich es nie gönnen. Ich erscheine Euch sicher widerwärtig, doch Ihr seid weit abscheulicher als ich. Sagt mir, Herr Parzival, warum Ihr den armen Fischer nicht von seinen schmerzlichen Seufzern erlöst habt, als er jammervoll und hilflos vor Euch saß! Er führte Euch doch deutlich genug vor Augen, wie schwer ihn die Bürde seiner Not drückte. Treuloser Gast! Ihr hättet Euch doch seiner Qual erbarmen müssen! Die Zunge sollt Ihr verlieren, wie Euer Herz jede rechte Gesinnung verloren hat! Gott hat Euch schon verworfen und für die Hölle bestimmt, und auch auf Erden wird man Euch zur Hölle wünschen, wenn die Edelleute Euch erst durchschaut haben. Ihr Gefährder des Heils, Fluch des Glücks, Verächter wahren Ruhms! Eure Mannesehre schwindet, und Euer Ansehen ist so hinfällig, daß kein Arzt mehr helfen kann. Wenn mir jemand den Eid abnimmt, so schwöre ich auf Euerm Haupte, daß sich bei keinem Manne je so viel Schönheit und so viel Falschheit fanden wie bei Euch. Ihr trügerischer, gefährlicher Lockköder, Ihr giftgefüllter Natterzahn! Ihr wart es gar nicht wert, daß Euch der Burgherr ein Schwert schenkte. Als Ihr es annahmt und immer noch stumm bliebt, habt Ihr eine Todsünde auf Euch geladen. Ein Spielzeug der Teufel seid Ihr, abscheulicher Herr Parzival! Gleichgültig saht Ihr zu, wie man den Gral, die silbernen Klingen und den blutigen Speer vor Euch trug! Ihr laßt die Freude welken und den Jammer blühen! Hättet Ihr in Munsalwäsche gefragt, so hättet Ihr mehr gewonnen als die unermeßlich reiche Stadt Tabronit im Heidenland. Die Königin des Reiches, dessen Hauptstadt Tabronit ist, ist von Feirefiz von Anjou in hartem

Kampf errungen worden. Er hat die edlen Manneseigenschaften, die Euern Vater auszeichneten, nicht wie Ihr verderben lassen. Euer Bruder Feirefiz, Sohn der Königin von Zazamanc, sieht merkwürdig aus, denn seine Haut ist schwarz und weiß gefleckt. Ich habe eben des unerschütterlich treuen Gachmuret gedacht. Euer Vater hieß nach seinem Heimatland ›von Anjou‹; er müßte Euch eigentlich einen anderen Charakter vererbt haben, als Ihr gezeigt habt. Euer Ruhm ist dahin! Hätte Eure Mutter einen Fehltritt getan und wäret Ihr nicht Gachmurets Sohn, so wäre Euer Verhalten begreiflich. Doch davon kann keine Rede sein; ihr Leid war ja der Lohn ihrer Treue. Glaubt also nur Gutes von ihr, und von Eurem Vater könnt Ihr glauben, daß er immer rechte Mannestreue hielt und hoch berühmt war. Gern überließ er sich unbeschwerter Fröhlichkeit. Ein großes Herz schlug in seiner Brust, und von galligem Wesen war wenig zu merken. Mit männlicher Kraft und Kühnheit fing er den Ruhm, wie man mit Reuse oder Stauwehr Fische fängt. Euer Ruhm aber hat sich ins Gegenteil verkehrt. Hätte ich doch nie erfahren müssen, daß Herzeloydes Sohn so weit vom Weg des Ruhmes abgeirrt ist!«

Cundry war tief bekümmert. Sie rang die Hände und weinte, daß ihre Tränen unaufhörlich niederrannen und ihren großen Jammer erkennen ließen. Ihre Gesinnung ließ die Jungfrau ihr Herzeleid klagen. Dann wandte sie sich wieder an den Gastgeber und sprach nun von anderen Dingen: »Welcher wackere Ritter in der Runde will mit Heldenkraft nach Ruhm und edler Liebe streben? Ich weiß von vier Königinnen und vierhundert Jungfrauen, die des Anschauens wert sind. Sie befinden sich im Schastel marveile. Alle nur erdenklichen Abenteuer sind nichts gegen das, was man dort erleben kann! Wer die Abenteuer des Schastel marveile besteht, dient auf rechte Art um edle Liebe! Noch heute nacht werde ich dort sein, wenn auch die Reise beschwerlich ist.«

Tieftraurig und ohne Abschied ritt die Jungfrau davon. Bitterlich weinend schaute sie immer wieder zurück. Hört ihre letzten Worte: »Ach, Munsalwäsche, du Ort tiefster Not! Weh, nun wird dir niemand mehr Hilfe bringen!«

Die häßliche, stolze Zauberin Cundry hatte Parzival in große Bestürzung versetzt. Nichts half ihm der Rat seines tapferen Herzens, nichts seine ritterliche Erziehung und seine Mannhaftigkeit. Doch außer diesen Eigenschaften besaß er die Fähigkeit, sein Handeln selbstkritisch zu überprüfen, so daß er stets rechtzeitig auf den rechten Weg kam. Solche Haltung findet ihren Lohn in der Hochachtung der Menschen, sie ist die schönste Zierde der Seele und die höchste aller Tugenden. Als erste brach Cunneware in Tränen aus, daß die Zauberin Cundry, dieses merkwürdige Geschöpf, den kühnen Helden Parzival so beschimpft hatte. Der Kummer darüber trieb auch den anderen Damen die Tränen in die Augen, so daß am Ende alle weinten.

Cundry, die Ursache dieses Kummers, war kaum davongeritten, als ein stolzer Ritter nahte. Er war von Kopf bis Fuß in eine treffliche, überaus kostbare Rüstung gehüllt. Ebensoreich wie er war auch sein Roß gewappnet. Als er heranritt, fand er Jungfrauen, Männer und Frauen der Tafelrunde in tiefer Trauer. Hört, was ihn herführte: sein Herz war stolz und gramerfüllt. Ich muß hier beide gegensätzlichen Regungen erwähnen, denn seine Mannhaftigkeit nährte den Stolz, sein Herzeleid den Gram. Ob man sich um ihn bemühte, als er an den Ring heranritt? Natürlich! Viele Knappen sprangen herbei, um den Edelmann in Empfang zu nehmen, obwohl er ihnen ebenso unbekannt war wie das Wappen auf seinem Schild. Der gramerfüllte Ritter band den Helm nicht ab und behielt sein Schwert, das in der Scheide steckte, in den Händen. So fragte er: »Wo finde ich Artus und Gawan?« Als ihn die Junker hingewiesen hatten, schritt er durch den weiten Ring. Sein kostbarer Waffenrock war aus farbenprächtiger glänzender Seide. Vor dem Gastgeber der im weiten Rund sitzenden Hofgesellschaft hielt er an und sprach: »Gott erhalte König Artus, seine Edelfrauen und Ritter! Allen, die ich hier erblicke, entbiete ich Dienst und Gruß, doch einen nehme ich davon aus. Er darf auf meinen Dienst nicht rechnen! Zwischen uns kann nur Feindschaft herrschen, und wenn er mich aus vollem Herzen haßt, so zahle ich ihm mit gleicher Münze heim! Hört, wer es ist! Weh mir Armem, denn er hat mir grausam das Herz zerrissen und großen Schmerz zugefügt! Es ist Herr Gawan, der oft im Kampf gesiegt und großen Ruhm errungen hat. Doch er hat sich der Schande verschrieben, denn er ließ sich von seiner Ruhmgier verleiten, meinen Herrn bei einer freundschaftlichen Begegnung heimtückisch zu erschlagen. Der Verräterkuß des Judas muß ihn auf diesen Gedanken gebracht haben. Tausende von Herzen fühlen Schmerz über diesen entsetzlichen, heimtückischen Mord an meinem Herrn. Leugnet Herr Gawan die Tat, so soll er heute in vierzig Tagen in der Hauptstadt Schanpfanzun vor dem König von Ascalun die Wahrheit seiner Worte im Zweikampf beweisen. Hiermit fordere ich ihn heraus, mir in Schanpfanzun kampfgerüstet gegenüberzutreten. Bringt er den Mut zum Ritterkampf auf, so mahne ich ihn bei seiner Ritterehre und der Würde seines Standes, sich der Verantwortung nicht zu entziehen. Jeder Ritter besitzt zwei kostbare Güter: Ehrgefühl und Treue. Sie sind seit eh und je Grundlage ritterlichen Ruhms. Herr Gawan sollte sich hüten, diese Güter zu mißachten, wenn er weiterhin der Gemeinschaft der Tafelrunde angehören will; denn es ist gegen ihre Satzung, einen treulosen Mann zu dulden. Doch ich bin nicht hergekommen, lange Scheltreden zu führen. Ihr habt gehört und könnt mir glauben: Es geht mir nicht um harte Worte, sondern um Kampf, einen Kampf, der den Tod oder, wenn's das Glück will, ein Leben in Ehren bringt.«

Der König schwieg zunächst unmutig, entschloß sich dann aber zu folgender Antwort: »Herr, er ist der Sohn meiner Schwester. Wäre Gawan tot, würde ich lieber selbst den Kampf aufnehmen, ehe ich es duldete, daß man dem Toten Treulosigkeit nachsagt. Wenn ihn das Glück nicht verläßt, wird Euch Gawan im Kampf beweisen, daß er die Treue hochhält und die Falschheit verabscheut. Hat Euch ein anderer Leid zugefügt, so beschimpft nicht völlig grundlos Gawan! Beweist er seine Unschuld, dürft Ihr ihm Eure Gunst nicht verweigern, und wer gerecht urteilt, wird dann von Euerm Ansehen nicht viel halten, wenn Ihr vorher unbegründet soviel Ehrenrühriges über Gawan behauptet habt.«

Da sprang der stolze Beacurs, Gawans Bruder, ungestüm auf und rief: »Herr, ich werde Gawans Sache dort vertreten, wo man ihn zum Kampfe fordert. Die falschen Anschuldigungen empören mich zutiefst. Wenn Ihr Eure Behauptungen nicht zurücknehmt, bekommt Ihr es mit mir zu tun! Ich bürge für ihn und werde an seiner Statt zum Kampf antreten. Das große Ansehen, das Gawan unbestreitbar genießt, kann nicht mit Worten einfach in Frage gestellt werden.« Er wandte sich seinem Bruder zu und fiel vor ihm auf die Knie. Hört, wie er in ihn drang: »Bruder, denke jetzt daran, daß du stets auch meinen Ruhm im Auge hattest. Laß mich diesen Kampf als dein Bürge auf mich nehmen, statt dich selbst dieser Mühe zu unterziehen. Gehe ich aus dem Kampf als Sieger hervor, so ist die Ehre dein.«

Er ließ nicht ab mit seinen Bitten, Gawan als sein Bruder solle ihm gestatten, Ritterruhm zu erringen, doch Gawan erwiderte: »Bruder, ich habe es mir reiflich überlegt und muß dir deine brüderliche Bitte abschlagen. Zwar weiß ich nicht, warum ich kämpfen soll, und ich finde auch kein sonderliches Gefallen an solchen Auseinandersetzungen. Ich ließe dich also gern gewähren, doch damit setzte ich meine Ehre aufs Spiel.«

Als Beacurs sich damit nicht zufriedengab, nahm der Fremdling, der inzwischen an seinem Platz verharrt hatte, das Wort: »Mich fordert ein Mann heraus, den ich nicht kenne und der mir nichts getan hat. Gewiß, er mag stark, tapfer, schön, treu und vornehm genug sein, um als Bürge auftreten zu können. Ich bin ihm aber nicht feind. Wegen meines Dienstherrn und Blutsverwandten habe ich Anklage erhoben. Unsere Väter waren Brüder und ließen einander nie im

Stich. Es gibt kein gekröntes Haupt, dem ich nicht ebenbürtig wäre und das ich nicht als Rächer im Kampfe zur Verantwortung ziehen könnte. Ich bin Kingrimursel, Landgraf von Schanpfanzun, Fürst zu Ascalun. Ist Gawan an seiner Ehre gelegen, dann kann er seine Unschuld nur im Zweikampf mit mir beweisen. Im ganzen Reiche Ascalun soll ihm keine Gefahr drohen, außer von mir. Ich gebe ihm mein Ehrenwort, daß er außerhalb des Kampffeldes nicht angegriffen wird. Gott beschütze hier alle, von denen ich jetzt Abschied nehme! Dies gilt nicht für Gawan, und er kennt den Grund dafür gut genug.«

Damit nahm der weitberühmte Edelmann Abschied vom Wiesenplan am Plimizöl. Als der Name Kingrimursel fiel, kannten ihn alle, denn der ratkluge Fürst genoß hohes Ansehen. Es hieß auch, Herr Gawan dürfe den Kampf gegen den mannhaften Fürsten keineswegs leichtnehmen. Leider hatten Bestürzung und Trauer aller Anwesenden einen ehrenvollen Empfang des Fürsten verhindert. Ihr habt ja gehört, man hatte solche Nachrichten erhalten, die einen Hausherrn nicht mehr an die freundliche Begrüßung eines Gastes denken lassen. Durch Cundry waren aber auch Parzivals Name und Herkunft bekannt geworden, seine Abkunft von einer Königin und wie Gachmuret von Anjou sie errungen hatte. So mancher meinte da: »Ich weiß noch recht gut, vor Kanvoleis hat er im Lanzenkampf mit vielen großartigen Angriffen um Herzeloyde geworben und die wunderschöne Jungfrau durch seinen furchtlosen Heldenmut errungen. Schließlich hatte die vornehme Ampflise für seine ritterliche Erziehung Sorge getragen, so daß der Held in jeder Weise höfisch gebildet war. Jeder Bretone kann sich glücklich schätzen, daß Parzival zu uns gekommen ist, denn er trägt wie sein Vater Gachmuret unverfälschten Heldenruhm und wahre Würde.«

So war dem Heer des Artus an diesem Tag Erfreuliches und Betrübliches begegnet, die Helden hatten Freude erfahren und Betrübnis hinnehmen müssen. In tiefer Niedergeschlagenheit erhob man sich. Die Edelleute traten zu Parzival und Gawan, die beieinanderstanden, und suchten sie nach Kräften zu trösten. Der vornehme Clamide allerdings sagte, er habe mehr eingebüßt als jeder andere und müsse unsägliche Not dulden. Er wandte sich daher an Parzival: »Ich erkläre Euch allen Ernstes: Selbst wenn Ihr beim Grale wäret, es könnte der Reichtum der ganzen Welt das Herzeleid nicht aufwiegen, das ich vor Pelrapeire auf mich nehmen mußte – sei es Tribalibot im Heidenland, das Goldgebirge des Kaukasus oder gar die Heiligkeit des Grals. Ach, ich Unglückseliger! Ihr habt mir alles Glück geraubt! Hier steht Frau Cunneware von Lalant, doch die edle Fürstin ist Euch sicher zu ergeben, als daß sie die Dienste eines andern annähme, obgleich sie dies wohl lohnen könnte. Vielleicht auch ist sie es schon müde, mich so lange als ihren Gefangenen zu betrachten. Soll ich jemals wieder fröhlich sein, so legt bei ihr ein gutes Wort ein! Sie möge mich ihr zu Ehren durch ihre Liebe ein wenig für alles entschädigen, was ich durch Eure Schuld verloren habe, als das ersehnte Glück an mir vorüberschritt. Ich hätte es festgehalten, wenn Ihr nicht gewesen wärt. Nun helft mir, diese Jungfrau zu gewinnen!«

»Das will ich gern tun!« sprach Parzival. »Ich denke

doch, daß sie höflich genug ist, eine solche Bitte nicht zurückzuweisen. Ich will Euch für den erlittenen Verlust entschädigen, denn die schöne Condwiramurs, um derentwillen Ihr so niedergeschlagen seid, ist und bleibt mein.«

Die Heidin von Janfuse, Artus, seine Gemahlin, Frau Cunneware von Lalant und Frau Jeschute von Karnant traten hinzu, um Trost zu spenden. Was sollte man sonst auch tun? Man verband Cunneware mit Clamide, der sich nach ihrer Liebe sehnte. Er schenkte sich ihr für immer und krönte ihr Haupt vor den Augen der Heidin von Janfuse mit einer Krone. Die sprach zu Parzival: »Cundry nannte uns den Namen eines Mannes, den ich Euch als Bruder gönne. Er ist ein großer Herrscher. Zwei mächtige Königreiche sind ihm untertan, wo man zu Wasser und zu Lande seine Herrschaft anerkennt: es sind die blühenden und keineswegs unbedeutenden Reiche Azagouc und Zazamanc. Abgesehen vom Baruc und von Tribalibot, kommt nichts seinem Reichtum gleich. Er wird wie ein Gott verehrt. Seine Haut sieht allerdings sonderbar aus, anders als bei anderen Menschen; er ist nämlich weiß und schwarz gefleckt. Als ich herreiste, durchquerte ich eins seiner Reiche. Er wollte mich zum Bleiben bewegen, doch das ist ihm trotz allen Bemühens nicht gelungen. Ich bin die Cousine des vornehmen Königs. Laßt Euch noch mehr an eindrucksvollen Dingen über ihn berichten: Beim Lanzenkampf mußte ihm noch jeder Gegner den Sattel räumen. Schließlich ist er berühmt, weil er so großen Aufwand treibt; noch nie hat die Welt solch großzügigen Mann gesehen. Feirefiz von Anjou kennt keine Arglist. Auch ist er stets bereit, für die Frauen einzutreten, selbst wenn ihm daraus Schwierigkeiten erwachsen. Hierzulande war mir alles fremd, doch Neugier und Abenteuerlust trieben mich her. Nun steht Ihr vor mir, ausgezeichnet mit den höchsten Gaben, die der ganzen Christenheit zum Ruhm gereichen: Zu Recht rühmt man Euer vornehmes Benehmen, Eure Schönheit und Eure Mannhaftigkeit. In Euch vereinen sich Kraft und Jugend.«

Die reiche und kluge Heidin war so fein gebildet, in fließendem Französisch zu sprechen. Parzival aber antwortete ihr: »Edle Frau, Gott lohne Euch die gütigen Trostworte! Sie können mich aber von meiner Trübsal nicht befreien, und ich will Euch auch sagen, warum. Mich quält unbeschreiblicher Schmerz, was allerdings mancher nicht erkennt und sich daher durch seinen Spott, den ich hilflos hinnehmen muß, an mir versündigt. Von nun an sei mir jede Freude so lange fern, bis ich den Gral wieder vor Augen habe. Das ist mein fester Entschluß, an dem ich zeit meines Lebens festhalten werde. Wenn mich der Spott der Menschen trifft, nur weil ich den Lehren ritterlicher Erziehung folgte, so müssen diese Lehren unvollkommen sein. Der edle Gurnemanz hat mir eingeschärft, höflich zu sein und vorwitzige Fragen zu unterlassen! Hier sind viele edle Ritter versammelt. Gedenkt eurer edlen Bildung und sagt mir, was soll ich tun, um eure Gunst wiederzuerlangen? Man hat mich mit harten und scharfen Worten verurteilt, und ich mache keinem einen Vorwurf, der sich aus diesem Grunde von mir abgewendet hat. Verfahrt aber auch gerecht mit mir, wenn ich Ruhm und Ansehen wiedererrungen habe. Ich muß euch jetzt verlassen, denn ihr habt mich in eure Gemeinschaft aufgenommen, als ich noch in hohem Ansehen stand. Ich entbinde euch von jeder Freundschaftspflicht, bis ich errungen habe, was das Grün meines Glücks welken ließ. Fortan wird bitterer Schmerz mein Begleiter sein; mein Herz soll meine Augen weinen lassen, denn ich ließ auf Munsalwäsche zurück, was mich aus wolkenlosem Glück verstieß – ach, wie viele reine Jungfrauen! Die größten Wunder dieser Welt werden vom Gral übertroffen, doch der Herrscher der Gralsburg siecht jämmerlich dahin! Ach, hilfloser Anfortas, was half es dir, daß ich bei dir war!«

Man wollte nicht länger bleiben, die Stunde des Abschieds war gekommen. Parzival sagte dem Bretonen Artus, allen anwesenden Rittern und Edelfrauen, er wolle sich mit ihrer freundlichen Erlaubnis verabschieden. Das wurde von allen bedauert. Ich glaube, es tat allen leid, daß er so traurig von ihnen reiten sollte. Artus versprach ihm in die Hand, sein Land bei solchen Kriegszeiten, wie sie Clamide heraufbeschworen hatte, so nachdrücklich zu schützen, als sei er selbst angegriffen worden. Es gehe ihm auch nahe, daß Parzival zwei blühende Königreiche an Lähelin verlor. Obwohl man Parzival von allen Seiten enger Verbundenheit versicherte, ließ die Last der Trübsal unsern Helden nicht länger verweilen. Frau Cunneware, die reine Jungfrau, nahm ihn bei der Hand und führte ihn aus dem Gedränge. Der mannhafte Gawan küßte ihn zum Abschied und sprach zu dem kraftvollen kühnen Helden: »Ich bin sicher, du wirst auf deiner Fahrt viele Kämpfe bestehen. Gott gebe dir Glück! Ich wünsche mir von ihm, er möge mir dank seiner Allmacht bald die Gelegenheit geben, dir nach Kräften beizustehen!«

Da aber brach es aus Parzival heraus: »Ach, wer ist Gott? Wäre er wirklich allmächtig und könnte er seine Allmacht offenbaren, so hätte er uns beiden nicht solche Schmach angetan. Ich war ihm stets ergeben und zu Diensten, und ich hoffte auf seinen Lohn. Doch jetzt kündige ich ihm den Dienst! Ist er mir feind, so will ich's tragen! Freund, ziehst du in den Kampf, vertraue nicht auf Gott! Vertraue lieber auf eine Frau, wenn du ihrer Reinheit und fraulichen Güte sicher bist. Ihre Liebe sei dein Schutz und Schirm im Kampf! Ich weiß nicht, wann ich dich wiedersehe, doch meine guten Wünsche begleiten dich.«

Der Abschied stimmte beide traurig. Frau Cunneware von Lalant führte Parzival zu ihrem Zelt und ließ seine Rüstung herbeibringen. Mit ihren schneeweißen zarten Händen half sie Gachmurets Sohn, die Rüstung anzulegen. Dabei sprach sie: »Das bin ich Euch schuldig, denn Ihr habt bewirkt, daß mich der König von Brandigan zur Frau begehrt. Auch fühle ich wie Ihr voll Schmerz den großen Kummer, den Ihr edler Mann tragen müßt. Solange Ihr trauert, werde auch ich nicht froh sein können.«

Inzwischen war auch sein Roß gewappnet worden, und nun kam ihm sein ganzes Elend so recht zum Bewußtsein. Der stattliche Held trug eine silbern glänzende, überaus kostbare stählerne Rüstung. Umhang und Waffenrock waren mit Edelsteinen geschmückt. Nur den Helm hatte er noch nicht aufgebunden. Wie es heißt, küßte er die reine Jungfrau Cunneware zum Abschied. Und es war ein trauriger Abschied zwischen den beiden Menschen, die einander sehr zugetan waren. Dann ritt Gachmurets Sohn davon. Was bisher von wunderbaren Abenteuern berichtet wurde, ist mit dem Folgenden nicht zu vergleichen. Hört erst einmal, was für Taten er vollbringt, wohin ihn seine Reise überall führt! Wer allerdings von Rittertaten nicht viel hält, soll seine Gedanken auf andere Dinge richten, wenn sein stolzer ritterlicher Mut das zuläßt. Condwiramurs, nun wird jemand oft an deine liebliche Schönheit denken! Wie viele Abenteuer wird er dir zu Ehren bestehen! Um den Gral zu erringen, wird Herzeloydes Sohn gewaltige Rittertaten vollbringen, zumal er dank seiner Abkunft der rechte Gralserbe ist.

Viele Artusritter wollten das Abenteuer auf Schastel marveile bestehen, wo vierhundert Jungfrauen und vier Königinnen gefangen waren, und brachen zu diesem gefährlichen Reiseziel auf. Ich beneide sie keineswegs um das, was sie dort erwartet, zumal ich ohnehin außerstande bin, den Liebeslohn edler Frauen zu erringen. Vor dem Aufbruch erzählte der Grieche Klias der Artusgesellschaft seine Erlebnisse: »Ich habe mich bereits an diesem Abenteuer versucht, doch ohne Erfolg. Zu meiner Schande muß ich gestehen, daß mich der Turkoyte vom Pferd gestochen hat. Er nannte mir aber die Namen der vier gekrönten Damen auf Schastel marveile. Zwei von ihnen sind reifer an Jahren, die beiden anderen jedoch blutjung. Die erste heißt Itonje, die zweite Cundrie, die dritte Arnive, die vierte Sangive.« Nun drängte es alle, das Abenteuer selbst zu bestehen, doch sie erreichten ihr Ziel nicht und nahmen dabei nur Schaden. Darüber will ich nicht weiter klagen, denn wer für eine Frau Mühsal erduldet, mag dabei zwar glücklich sein, doch am Ende wird das Leid überwiegen. Das ist noch immer der Liebe Lohn gewesen!

Der streitbare Ritter Gawan bereitete sich auf den Ritt zum König von Ascalun vor. Viele Bretonen, auch Frauen und Jungfrauen, betrauerten und beklagten seine Ausfahrt zum Kampf von Herzen. So verwaiste die Tafelrunde an ritterlichem Ansehen. Gawan überlegte gründlich, wie er sich den Sieg sichern könne. Nun hatten Kaufleute erprobte und feste Schilde auf Saumtieren herbeigebracht, die eigentlich nicht für den Verkauf bestimmt waren. Dennoch erhielt er drei davon, ohne sich an ihrem unscheinbaren Aussehen zu stoßen. Ferner suchte der streitbare Held sieben kampferprobte Streitrosse aus. Schließlich bestimmte er, daß zwölf sorgfältig geschliffene Lanzenspitzen aus Angram mitgenommen werden sollten. Sie steckten in zähen Bambusschäften aus Oraste Gentesin, einem Sumpfgebiet im Heidenland. Voll unverzagtem Mannesmut nahm Gawan Abschied und zog von dannen. Vorher hatte ihn der hilfsbereite Artus mit glänzenden Edelsteinen, rotem Gold und vielen Silbersterlingen verschwenderisch ausgestattet. So ritt er seinem gefahrenumdrohten Schicksal entgegen.

Die reiche junge Heidin Ekuba begab sich wieder zu ihrem Landeplatz, und die ganze Gesellschaft am Plimizöl strömte in alle Richtungen auseinander. Artus kehrte zurück nach Karidöl. Zuvor hatten sich Cunneware und Clamide von ihm verabschiedet. Auch der berühmte Fürst Orilus und seine Frau Jeschute von Karnant hatten von Artus Abschied genommen, da sie noch drei Tage lang auf dem Wiesenplan bei Clamide bleiben wollten. Clamide feierte nämlich seine Vermählung. Das war noch nicht das eigentliche Hochzeitsfest; es sollte später in seinem

Reich mit weit größerer Pracht gefeiert werden. Viele Ritter, viele arme Leute und eine große Schar von fahrendem Volk blieben bei Clamide, denn er war als freigebig bekannt. Sie alle folgten ihm später in sein Land, wo er sie reich und ehrenvoll beschenkte. Niemand wurde enttäuscht in seinen Erwartungen. Nach Brandigan kamen auch Frau Jeschute und ihr geliebter Gatte Orilus. Dies geschah zu Ehren Clamides und zu Ehren der Königin Cunneware, der Schwester des Orilus, die in Brandigan gekrönt werden sollte.

Ich bin überzeugt: Jede einsichtige und treue Frau, die meiner Erzählung bisher gefolgt ist, wird zugeben müssen, daß ich über Frauen auch besser sprechen kann, als ich es in einem Liede tat, das einer ganz bestimmten Frau gewidmet war. Bedenkt: Belagert von einem toten König, blieb Königin Belakane makellos und ohne Falsch! Frau Herzeloyde mußte im Traum bitteres Herzeleid dulden. Wie herzbewegend beklagte Frau Ginover Ithers Tod! Habe ich nicht Mitgefühl erkennen lassen, als die keusche Frau Jeschute, Tochter des Königs von Karnant, in schimpflichem Aufzug durch das Land reiten mußte? Wie wurde Frau Cunneware geschlagen und an den Haaren gezerrt! Sie und Jeschute wurden aber auch gebührend entschädigt, ihr Leiden brachte ihnen am Ende Ruhm.

Möge diese Erzählung jetzt weiterführen, wer sich auf die Gestaltung wunderbarer Ereignisse und auf alle Regeln der Reimkunst versteht! Ich würde sie euch gern weiter erzählen, doch es müßte mir schon ein Mund gebieten, den andere Füße tragen, als sie sich in meinen Steigbügeln wiegen.

SIEBTES BUCH

Den Gang dieser Erzählung wird nun für eine Weile ein allezeit ehrenhafter Ritter bestimmen, ich meine den edlen Herrn Gawan. Neben Parzival, ihrem eigentlichen Helden, stellt meine Erzählung nämlich gern auch andere Menschen und ihre Schicksale vor. Hebt jemand einzig und allein seinen Helden in den Himmel, dann wird er den anderen Gestalten nicht gerecht. Wer sein Lob wahrheitsgemäß und gerecht verteilt, der müßte eigentlich der begeisterten Zustimmung des Publikums sicher sein. Doch was solch ein Dichter auch erzählte oder erzählt: er findet keine Anerkennung! Wo soll aber große Kunst ihr Publikum suchen, wenn sich sogar urteilsfähige und kluge Menschen abwenden? Falsche Lügenmärchen sollte man obdachlos in Schnee und Kälte zittern lassen, und jeder, der sie für Wahrheit ausgibt, müßte vor Kälte mit den Zähnen klappern. Gott hätte ihn dann so behandelt, wie es alle ehrenwerten Männer wünschen, die für ihre wahrheitsgemäße Darstellung nur Verdruß ernten. Fördert ein Edelmann solche Dichter, deren Werke eigentlich Tadel verdienten, so beweist er wenig Urteilsvermögen. Hat er auch nur einen Funken Ehrgefühl, sollte er künftig die Hände davon lassen!

Der wackere Gawan handelte nie unüberlegt, und

auch ehrenrührige Feigheit konnte man ihm nie nachsagen. In der Feldschlacht war sein Herz wie eine feste Burg, unerschütterlich im Kampfgetümmel und in gefährlichem Streit. Freund wie Feind kannten den ruhmvollen Klang seines Schlachtrufs, und diesen Ruhm hätte ihm Kingrimursel gern im Kampf entrissen. Der mannhafte Gawan war seit seinem Abschied von Artus schon einige Tagereisen – ich weiß gar nicht, wie viele es waren – unterwegs. Der kühne Held verließ mit seinem Gefolge gerade einen Wald; er durchquerte eine Senke, und von der nächsten Anhöhe bot sich seinen Augen unerwartet ein Bild, das schon bange stimmen konnte, Gawans Mannhaftigkeit aber nur anstachelte. Er sah nämlich, wie hinter zahlreichen Feldzeichen gewaltige Kriegerscharen einherzogen. Da überlegte er: ›Auch wenn ich fliehen wollte, wäre der Weg bis zum Wald zu weit!‹ Er ließ daher ein Roß satteln, das ihm Orilus geschenkt hatte. Es hieß Gringuljete Rotohr und stammte aus Munsalwäsche. Lähelin hatte es am See Brumbane von einem Ritter erbeutet, den er im Lanzenkampf mit einem tödlichen Stich vom Pferde warf. Davon wird Trevrizent später noch erzählen.

Gawan überlegte weiter: ›Wer den Mut sinken läßt und ohne Grund das Hasenpanier ergreift, tut seinem Ruhm einen schlechten Dienst. Was auch geschieht, ich reite einfach im Schritt auf den Heereszug zu! Die meisten haben mich ohnehin gesehen, und irgendwie werde ich mich schon durchschlagen.‹ Er stieg vom Pferd, als wolle er Rast machen. Es waren wirklich unzählige Scharen, die gruppenweise an ihm vorüberritten. Er sah gutgearbeitete Kleider und viele Schilde und Banner, doch war ihm kein einziges

Wappen bekannt. ›Für dieses Heer bin ich zweifellos ein Fremdling‹, sprach der edle Gawan zu sich, ›ich kenne keinen der Ritter. Eröffnen sie die Feindseligkeiten, so räume ich das Feld erst dann, wenn ihnen meine Faust einen Lanzenkampf geliefert hat.‹ Gringuljete, die ihn schon durch manches gefährliche Kampfgewühl getragen hatte, wurde also zum Lanzenkampf gesattelt. Gawan betrachtete indes die vielen prächtig geschmückten kostbaren Helme. Junker trugen eine Vielzahl buntbemalter neuer Lanzen für den Streit, und auf den Fähnchen erkannte man die Wappenzeichen ihrer Herren. In dichtem Gedränge zogen Maultiere mit Rüstungsteilen und viele hochbeladene Troßwagen an Gawan, König Lots Sohn, vorüber. Die Tiere hatten es eilig, in den Stall zu kommen. Dahinter folgte in buntem Gewimmel der Troß, zu dem auch zahlreiche Frauen gehörten, von denen manche schon den zwölften Rittergurt als Lohn für ihre käufliche Liebe trug. Das waren natürlich keine Königinnen; solche Metzen nennt man Soldatendirnen. Alte und junge Landstreicher zogen mit, die Beine schon müde vom Laufen. Manche hätten es eher verdient, am Galgen zu hängen, statt das Heer zu vergrößern und durch ihre Anwesenheit die Edelleute zu verunehren.

Endlich war das ganze Heer an dem wartenden Gawan vorübergezogen. Wer den Helden gesehen hatte, war wohl dem Irrtum verfallen, er gehöre gleichfalls zum Heer. Im Abend- und im Morgenland hat es noch nie ein solch prächtiges Heer stolzer Ritter gegeben. Der Spur des Heeres folgte in großer Eile ein wohlerzogener Knappe. Er führte ein lediges Roß und trug einen neuen Schild. Schonungslos trieb er den Gaul mit den Sporen an, denn er hatte es eilig, sich in den Kampf zu stürzen. Seine Kleidung war von gutem Schnitt. Gawan ritt zu ihm, grüßte ihn und fragte, was für ein Heer eben vorübergezogen sei. Der Knappe sprach verwundert: »Warum verspottet Ihr mich? Herr, habe ich etwa durch Unhöflichkeit solch kränkende Behandlung verdient? Ich hätte mir dann eine andere Zurechtweisung gewünscht. Beschwichtigt Euern Unmut um Gottes willen! Ihr Edelleute kennt einander doch besser als ich. Warum also fragt Ihr mich? Ihr müßt es doch tausendmal besser wissen!«

Gawan beteuerte jedoch, er wisse nicht, welches Heer an ihm vorübergezogen sei. Er sagte: »Es ist wahrhaftig eine Schande! Ich bin viel in der Welt herumgekommen, doch wo immer man meiner Dienste bedurfte, nirgendwo habe ich einen von diesen Herren kennengelernt!«

Da antwortete der Knappe: »Herr, wenn das so ist, habe ich unrecht, und ich hätte Euch gleich unterrichten müssen! Ich habe mich dumm benommen! Seid bitte nachsichtig! Gleich gebe ich Euch Bescheid, doch zunächst entschuldigt meine Unhöflichkeit.«

»Junker, Euer Bedauern zeugt von guter Erziehung; doch nun sagt mir, was für ein Heer das ist!«

»Herr, wer Euch vorangezogen ist, kann durch nichts aufgehalten werden. Es ist König Poydiconjunz, begleitet vom Herzog Astor von Lanverunz. Dann zieht noch ein rücksichtsloser Patron mit ihm. Noch nie hat eine Frau ihm ihre Liebe geschenkt, denn er ist der Inbegriff sittenloser Zügellosigkeit. Er heißt Meljakanz. Wenn es ihn nach Liebe verlangte, hat er Frauen oder Jungfrauen einfach vergewaltigt. Man sollte ihn dafür töten! Er ist der Sohn des Poydiconjunz, ein kraftvoller, mutiger Mann, der sich oft schon im Kampf bewährte und von neuem im ritterlichen Streit hervortun möchte. Doch was nützt ihm alle Mannhaftigkeit? Auch eine Muttersau würde ihre Jungen mutig verteidigen. Kein Ritter darf auf wahren Ruhm rechnen, wenn er nicht Heldenmut mit Anstand vereint. Das ist die allgemeine Überzeugung. Herr, was ich Euch nun noch berichte, bedarf besonderer Beachtung: Der wilde, ungestüme König Meljanz von Liz führt hinter Euch ein zweites großes Heer heran. Er hat sich ohne Not zu hoffärtiger Empörung hinreißen lassen, denn er will sich dafür rächen, daß seine Liebe nicht erwidert wurde.« Der wohlerzogene Knappe fuhr fort: »Herr, laßt Euch berichten, was ich mit eigenen Augen sah. Der Vater des Königs Meljanz ließ auf dem Sterbelager, als sein mannhaftes Leben unrettbar dem Tod verfallen war, seine Landesfürsten zu sich kommen. In dieser schmerzlichen Abschiedsstunde bat er alle Fürsten, dem schönen Meljanz treu ergeben zu sein. Einen von ihnen sprach er besonders an. Dieser Fürst war sein erster Vasall, treu erprobt und ohne jeden Falsch. Ihm übertrug er die Erziehung seines Sohnes, indem er sprach: ›Bewähre nun an ihm deine Treue! Lehre ihn, alle Menschen, bekannte und unbekannte, zu ehren. Erziehe ihn dazu, daß er Notleidende großzügig unterstützt, wenn sie um Hilfe bitten.‹ So wurde also der Knabe der Obhut des Fürsten Lippaut übergeben, und Lippaut tat alles, was sein Herr, König Schaut, auf dem Sterbelager von ihm erbeten hatte. Nichts wurde versäumt, alles bis aufs letzte getan. Der Fürst nahm also den Knaben zu sich. Daheim hatte er zwei Töchter, die er zärtlich liebte und denen auch heute noch seine ganze Liebe gehört. Eine Tochter war so wunderschön, daß ihr zur liebenswerten Edelfrau nur das angemessene Alter fehlte. Sie heißt Obie und ihre Schwester Obilot. Obies wegen ist das ganze Unheil über uns gekommen, denn eines Tages bat der junge König sie, ihm für seine Verdienste den Liebeslohn zu gewähren. Da verwünschte sie dieses Ansinnen und fragte ihn, was er sich eigentlich denke, ob er denn den Verstand verloren hätte. Sie sagte: ›Ihr müßtet erst einmal fünf Jahre lang unter dem Helm ritterliche Ruhmestaten vollbringen und siegreich aus allen Kämpfen hervorgehen! Kämt Ihr dann zu mir und gewährte ich Euch, worum Ihr bittet, so hätte ich Euch immer noch zu früh erhört. Ich will nicht leugnen, daß Ihr mir lieb seid wie Galoes der Annore: Sie nahm sich zwar seinetwegen das Leben, aber erst, nachdem er im Kampf das seine verloren hatte.‹

›Herrin‹, sprach er, ›es ist schade, daß Ihr mir Eure Liebe durch feindselige Abwehr beweist. Beim Frauendienst muß man aber die Zuneigung der Dame voraussetzen. Herrin, als Ihr meine Bitte so höhnisch zurückgewiesen habt, nahmt Ihr Euch zuviel heraus. Doch Ihr wart mit Euerm Hohn zu unbedacht, denn Ihr hättet daran denken sollen, daß Euer Vater mein Vasall ist und seine vielen Burgen, ja sein ganzes Land von mir zu Lehen hat.‹

›Wem Ihr ein Lehen gegeben habt, der mag Euch dafür dienen‹, rief sie. ›Ich aber will mehr! Mich soll niemand durch ein Lehen in Abhängigkeit bringen!

Ich bin frei geboren und damit jedem gekrönten Haupt ebenbürtig.‹

Er aber erwiderte: ›Diesen kecken Hochmut hat Euch jemand anerzogen, und da dies nur Euer Vater gewesen sein kann, soll er mir dafür büßen. Jawohl, ich werde meine Rüstung anlegen, und hier, im Lande Eures Vaters, wird es ein Hauen und Stechen setzen! Ob Turnier oder Feldschlacht, an zerbrochenen Lanzen wird es nicht mangeln!‹ Als er die Jungfrau erzürnt verließ, beklagte die ganze Hofgesellschaft, Obie eingeschlossen, seinen Zorn. Der unschuldige Lippaut wollte den unglückseligen Vorfall aus der Welt schaffen und erbot sich, vor Gericht seine Unschuld zu beweisen und jede gewünschte Buße zu leisten. Ob er im Recht sei oder im Unrecht, er wolle sich vor einem Gerichtshof fürstlicher Standesgenossen verantworten, denn er sei ohne sein Verschulden in Verdacht geraten. Eindringlich bat er seinen Lehnsherrn, ihm seine Gunst nicht zu entziehen, doch den hatte der Zorn völlig verdüstert.

Lippaut wollte nichts übereilen und etwa seinen Lehnsherrn gefangensetzen, denn der war ja sein Gast, und ein Mann von Treue läßt sich auf solches nicht ein. Der König jedoch war unbesonnen genug, ohne Abschied davonzureiten. Seine Knappen, die mit ihm aufgewachsen waren, alles Fürstensöhne, weinten vor Kummer. Von ihnen hat Lippaut nichts zu fürchten; denn er hat sie in Treue aufgezogen und für ihre vornehme Bildung Sorge getragen. Mein Herr ist allerdings eine Ausnahme, obwohl auch er die treue Fürsorge des Fürsten erfahren hat. Er ist der Burggraf Lisavander von Beavoys und französischer Abstammung. Als er und die anderen Knappen zu Rittern geschlagen wurden, mußten sie sich zum Feldzug gegen Lippaut verpflichten. Heute wurden nämlich viele Fürstensöhne und andere Jünglinge am Hofe des Königs in den Ritterstand aufgenommen. Das vorausziehende Heer befehligt König Poydiconjunz von Gors, ein kriegserfahrener Mann, der viele wohlgerüstete Streitrosse mit sich führt. Meljanz ist sein Neffe und ebenso hochmütig wie der Oheim. Zum Henker mit ihnen! Beide Könige haben sich so in ihre Wut verrannt, daß sie jetzt nach Bearosche ziehen, um in hartem Kampf Frauendienst zu tun. Bei Stoß und Stich werden wohl viele Lanzen brechen. Bearosche selbst ist allerdings so gut befestigt, daß wir es nicht zerstören können, auch dann nicht, wenn uns zwanzig noch größere Heere zur Verfügung stünden. Ich bin dem nachfolgenden Heer heimlich vorausgeritten und habe, unbemerkt von den andern Jünglingen, für meinen Herrn diesen Schild mitgenommen, damit er in seinem ersten Zweikampf beim Angriff des Gegners den gezielten Lanzenstoß abfangen kann.«

Der Knappe schaute zurück und erspähte seinen Herrn, der ihm mit drei Streitrossen und zwölf weißen Lanzen eilig folgte. Zweifellos wollte er im Flug voranreiten und unbedingt selbst den ersten Zweikampf bestehen. So heißt es jedenfalls in meiner Erzählung. Hastig sprach der Knappe zu Gawan: »Gestattet, Herr, daß ich mich verabschiede!« Und er wandte sich seinem Herrn zu. Was meint ihr? Soll sich Gawan mit diesem Unternehmen näher befassen? Er selbst überlegte unschlüssig: ›Wenn ich bei diesem Kampf nur zusehe und mich nicht daran beteilige, so erlischt mein Ansehen. Beteilige ich mich aber und versäume ich dadurch den gesetzten Termin, so ist mein guter Ruf erst recht dahin! Nein, ich beteilige mich auf keinen Fall! Erst muß ich meinen Ehrenhandel austragen!‹ So grübelte er in argem Zwiespalt hin und her. Ein Verweilen war bei dem bevorstehenden Zweikampf gefährlich, aber er wollte auch nicht so einfach davonreiten. Endlich entschloß er sich: ›Geb's Gott, daß niemand an meiner Mannhaftigkeit zweifelt!‹ Und Gawan ritt nach Bearosche.

Als Burg und Stadt vor ihm auftauchten, meinte er, niemand könne sich eines schöneren Wohnsitzes rühmen. Vor ihm erglänzte in aller Pracht, überall mit Türmen geziert, die herrlichste aller Burgen. Das feindliche Heer war gerade dabei, auf der Ebene vor der Stadt ein Lager aufzuschlagen. Gawan sah viele prunkvolle Zelte und allerorten stolze Prachtentfaltung. Neugierig betrachtete er die vielen unbekannten Wappenfahnen und allerlei fremdes Kriegsvolk. Wie ein Nebel zog der Zweifel, ob er richtig entschieden habe, über sein Herz hin und erfüllte ihn mit peinigender Unsicherheit, während er durch das Lager ritt. Das Belagerungsheer war so riesig, daß die Zelte eng beieinanderstanden. Gawan beobachtete, wie man sich einrichtete, was dieser oder jener tat, und wenn ihm jemand ein Willkommen zurief, so gab er einen Dankesgruß zurück. An einem Ende des Lagers hatte sich eine große Schar von Fußknechten aus Semblidac niedergelassen, und in unmittelbarer Nähe lagerten berittene Bogenschützen aus Kaheti. Nun können Fremde bekanntlich nicht immer auf freundliche Aufnahme rechnen, und da man ihn nicht zum Bleiben einlud, ritt König Lots Sohn weiter und wandte sich zur Stadt. Gawan dachte bei sich:

›Kann ich nur Zuschauer sein, dann bin ich in der Stadt vor Schaden sicherer als draußen. Um Beute ist's mir nicht zu tun, doch wenn's das Glück will, möchte ich wenigstens das Meinige behalten.‹

Er ritt also auf ein Stadttor zu. Nun bereiteten ihm die Maßnahmen der Bürger unerwartete Schwierigkeiten, denn sie hatten mit großer Mühe alle Tore und Wehrtürme zugemauert. Die Zinnen waren überall mit Armbrustschützen besetzt, die ihre Waffen schußfertig hielten und zur Verteidigung bereit waren. Wenngleich sich Gawan in der Gegend nicht auskannte, ritt er den Berg hinan auf die Burg zu. Oben erspähte er einige vornehme Damen. Die Burgherrin war nämlich mit ihren beiden schönen Töchtern an die Palastzinnen getreten, um Ausschau zu halten. Gawan hörte, was sie sprachen. Die ehrwürdige Herzogin begann: »Wer kommt da heran? Was für eine Schar mag das sein?«

Die ältere Tochter meinte ohne langes Überlegen: »Das ist sicher ein Kaufmann, Mutter!«

»Aber man trägt ihm doch Schilde nach.«

»Das kann man auch bei Kaufleuten sehen.«

Die jüngere Tochter aber warf ein: »Du hängst ihm etwas an, was nicht stimmt. Schäme dich, Schwester! Das ist kein Kaufmann! Er sieht vielmehr so herrlich aus, daß ich ihn zu meinem Ritter machen werde. Wirbt er bei mir mit Ritterdienst um Liebeslohn, so wird er ihm gern gewährt, denn dieser Mann gefällt mir!«

Gawans Knappen entdeckten zu ihrer Freude unterhalb der Mauer eine Linde und einen Ölbaum. Was meint ihr? Was sollen sie jetzt tun? Nun, König Lots Sohn stieg am schattigsten Platz vom Pferd;

sein Kämmerer brachte sofort Steppdecke und Polsterbett herbei, und der stolze, vornehme Held ließ sich nieder, während hoch über ihm eine große Frauenschar saß. Man lud seine Kleider und seine Ausrüstung von den Saumtieren. Danach lagerten sich die Knappen unter den anderen Bäumen. Da sagte die ehrwürdige Herzogin: »Tochter, wie kann ein Kaufmann so auftreten? Du solltest üble Nachrede unterlassen!«

Die kindliche Obilot fiel ein: »Sie hat sich schon oft unschicklich benommen! Auch König Meljanz von Liz ließ sie absichtlich ihren Hochmut fühlen, als er um ihre Liebe warb. Pfui über sie!«

Nun rief Obie aufgebracht: »Mir ist es gleichgültig, wie er auftritt! Dort unten hockt jedenfalls ein Krämer, und er wird hier sicher gute Geschäfte machen! Die Saumlasten deines Ritters, du närrische Schwester, sind jedenfalls gut bewacht, denn er spielt selbst den Aufpasser!«

Gawan hörte jedes Wort. Doch lassen wir die Sache vorläufig auf sich beruhen; vernehmt zunächst, wie es um die Stadt bestellt war. An der dem Feinde abgekehrten Seite lag sie an einem schiffbaren Strom, den eine große Steinbrücke überspannte. Das andere Flußufer war vom Feinde nicht besetzt. Auf dieser Seite ritt ein Marschall heran und ließ auf dem freien Feld vor der Brücke ein Lager aufschlagen. Als alles fertig war, rückte sein Herr mit andern Rittern an. Falls ihr es noch nicht gehört habt, will ich euch berichten, wer da zur Unterstützung des Burgherrn heranzog, um ihm im Kampfe treu beizustehen. Aus Brevigariez kam ihm sein Bruder, Herzog Marangliez, zu Hilfe, dazu zwei starke und gewandte Ritter: der edle König Schirniel, Herrscher von Lirivoyn, und sein Bruder, Herrscher von Avendroyn.

Als die Bürger sahen, daß Hilfe nahte, erschienen ihnen die sorgfältigen Vorkehrungen zur Verteidigung der Stadt verfehlt. Fürst Lippaut rief: »Ach, warum haben wir die Tore unserer Stadt Bearosche zugemauert! Kämpfe ich gegen meinen eigenen Herrscher, so ist mein guter Ruf bei den Rittern dahin! Seine Zuneigung wäre angenehmer und dienlicher für mich als seine verbissene Feindschaft. Welch unglückliche Verstrickung, wenn seine Lanze wohlgezielt meinen Schild durchbohrt oder mein Schwert den seinen spaltet! Keine Frau mit einigem Verstand kann das richtig finden, ohne für leichtfertig zu gelten. Selbst wenn mein Herr in meinem Turm gefangen säße, wäre ich verpflichtet, ihn freizulassen und mich als Gefangenen in seinen Gewahrsam zu begeben. Wie er mich auch bestrafte, ich müßte es dulden. Allerdings muß ich Gott danken, daß ich nicht in seinen Händen bin, denn er ließ sich vom Zorn zur Belagerung der Stadt hinreißen! Nun gebt mir einen guten Rat«, sprach er zu den Bürgern, »wie soll ich mich in dieser schwierigen Lage verhalten?«

Viele lebenserfahrene Männer sprachen jedoch: »Ginge es um Schuld oder Unschuld, dann wäre es nicht soweit gekommen.« Und sie beschworen ihn, die Tore öffnen und die besten Ritter zum Zweikampf hinausreiten zu lassen. Sie sagten: »Wir können uns auf diese Weise wehren und müssen uns nicht gegen die beiden Heere des Meljanz auf den Zinnen verteidigen. Es sind meist noch Knaben, die dem König gefolgt sind; vielleicht können wir Geiseln nehmen. Oft genug wurden auf diesem Wege schwere Zerwürfnisse beigelegt. Und weiter: Erhält der König hier Gelegenheit, sich durch Rittertaten auszuzeichnen, so wird möglicherweise sein Zorn verrauchen, so daß wir von weiterer Bedrängnis verschont bleiben. Auch bringt uns die offene Feldschlacht mehr Ehre, als wenn sie uns gefangen aus der Stadt führen. Es wäre auch nicht so aussichtslos, ihr Feldlager zu überfallen, drohte nicht das kampferprobte Heer des Poydiconjunz. Am gefährlichsten aber sind die von Herzog Astor geführten gefangenen Bretonen. Er ist im Kampf stets an der Spitze zu sehen. Dann ist da noch Meljakanz, der Sohn des Poydiconjunz. Leider wurde er nicht von Gurnemanz erzogen, sonst wäre sein Ruhm fleckenlos. Aber auch er ist ein tapferer Kämpfer. Doch inzwischen sind verläßliche Helfer zu uns gestoßen und wollen Beistand leisten.« So, nun habt ihr den Rat der Bürger gehört.

Der Fürst befolgte diesen Rat. Er ließ die Sperrmauern aus den Toren herausbrechen, und die kühnen Bürger zogen hinaus aufs freie Feld. Hie und da kam es zu Zusammenstößen, denn auch das Belagerungsheer rückte unerschrocken gegen die Stadt vor. So wurde es ein beachtliches Abendturnier. Beiderseits standen sich ungezählte Scharen gegenüber, überall gellte in schottisch und walisisch das Feldgeschrei der Knappen, während die Ritter im ernsten Reiterkampf die Kraft ihrer Arme erprobten. Die zahlreichen Knaben des Belagerungsheeres vollbrachten zwar viele wackere Taten, doch sie wurden von den Bürgern gefangengenommen und entwaffnet. Wer noch nie im Frauendienst Kleinodien errungen hat, konnte nicht besser gekleidet sein als sie. Von

Meljanz heißt es, sein Helmschmuck sei sehr kostbar gewesen. Stolzgemut sprengte er auf einem herrlichen Kastilianer daher. Das Pferd hatte Meljakanz von Keye erbeutet, den er mit solchem Schwung aus dem Sattel hob, daß er an einem Ast hängenblieb. Auf diesem Beutestück des Meljakanz paradierte also Meljanz von Liz und vollbrachte großartige Kampfestaten. Obie schaute von den Palastzinnen aus zu und verfolgte alle seine Zweikämpfe. »Sieh doch«, sagte sie, »liebe Schwester, mein Ritter und deiner verhalten sich sehr unterschiedlich! Deiner meint wohl, daß Berg und Burg mit Sicherheit erobert werden. Wir werden uns offenbar nach anderen Helfern umsehen müssen.«

Die jüngere Schwester mußte zwar den Spott hinnehmen, doch sie sprach: »Er wird das Versäumte gewiß nachholen. Ich bin überzeugt, er wird mit seinem Kampfesmut deinen Spott noch verstummen lassen. Er wird mir als mein Ritter dienen, und ich werde ihn dafür glücklich machen. Und wenn du behauptest, er sei ein Kaufmann, dann soll er eben Gelegenheit haben, meinen Lohn einzuhandeln.«

Gawan hörte zwar das Wortgeplänkel der beiden, doch ertrug er es, so gut er konnte. Ein reines Herz zeigt eben bis zum Tode beherrschte Zurückhaltung.

Das große, von Poydiconjunz geführte Hauptheer hielt sich dem Kampf noch fern. Einzig ein edler Jüngling, der Herzog von Lanverunz, hatte sich mit seinem Gefolge ins Gewühl gestürzt. Da sprengte der erfahrene alte Poydiconjunz hinzu und zog sie aus dem Kampf. Damit war das Abendturnier beendet, in dem man zu Ehren edler Damen kräftig gestritten hatte. Poydiconjunz aber fuhr den Herzog von Lanverunz an: »Warum habt Ihr nicht auf meinen Befehl gewartet? Wenn Ihr Euch unbesonnen und geltungssüchtig in den Kampf stürzt, dann glaubt Ihr wohl ein vorbildlicher Kämpfer zu sein? Seht hier den edlen Laheduman und meinen Sohn Meljakanz! Brechen sie und ich los, dann werdet Ihr erleben, was Kampf heißt, wenn Ihr etwas davon versteht! Ich bleibe an diesem Platz, bis wir drei unsere Kampfbegier gestillt haben, es sei denn, alle Männer und Frauen der Stadt geben sich gefangen.«

Herzog Astor aber trat ihm entgegen: »Herr, Euer Neffe, der König, war mit seinem Heer aus Liz bereits in ein Treffen verwickelt. Sollte Euer Heer inzwischen ein erquickendes Schläfchen tun? Ist das Euer Vorbild? Nun gut, dann lege ich mich künftig ins Bett, wenn's zum Kampfe geht. Auch wenn gekämpft wird, kann ich ausgezeichnet schlafen. Doch glaubt mir, hätte ich nicht dazwischengeschlagen, dann wäre den Bürgern Beute und Ruhm geblieben! Ich habe Euch also nur vor Schande bewahrt! Bei Gott, laßt Euern Zorn verrauchen, denn Eure Gefolgschaft hat mehr gewonnen als verloren! Das wird selbst die edle Obie zugeben müssen.«

Poydiconjunz war zornig über seinen Neffen Meljanz. Der edle Jüngling trug jedoch an seinem Schild die Spuren zahlreicher Zweikämpfe, was seinem jungen Heldenruhm nur dienlich sein konnte.

Laßt mich nun wieder von Obie erzählen. Sie war Gawan ohne jeden Grund feindlich gesinnt und wollte ihn um jeden Preis demütigen. So sandte sie einen Diener mit folgendem Auftrag zu Gawans Lager: »Frage ihn doch, ob seine Pferde käuflich und ob in seinen Saumlasten schöne Kleider sind. Wir Edelfrauen würden ihm sogleich alles abnehmen.«

Als sich der Diener näherte, wurde er unfreundlich empfangen. Gawans Augen schossen Blitze und ließen ihn zusammenfahren, so daß er allen Mut verlor und die Botschaft seiner Herrin nicht auszurichten wagte. Gawan schrie ihn überdies an: »Fort mit Euch, Schurke! Noch einen einzigen Schritt, und es setzt Ohrfeigen, daß Ihr sie gar nicht zählen könnt!« Da machte der Diener, daß er davonkam. Hört, was Obie nun wieder ersann. Sie befahl einem Junker, zum Burggrafen der Stadt, Scherules, zu laufen: »Sage ihm, daß er meinen Auftrag entschlossen ausführen soll. Unter den Olivenbäumen am Stadtgraben stehen sieben Pferde, die ihm samt vielen Kostbarkeiten gehören sollen. Uns will hier ein Kaufmann betrügen, und das möge er verhindern. Er ist sicher Manns genug, ihm zur Strafe die Waren ohne Entgelt abzunehmen. Vorwürfe braucht er nicht zu fürchten.«

Der Knappe ging hinunter in die Stadt und trug die Klagen seiner Herrin vor. »Es ist meine Pflicht, Betrügereien zu unterbinden«, sprach Scherules, »und so will ich mich an Ort und Stelle begeben.« Er ritt hinauf zu dem Platz, wo der furchtlos kühne Gawan sein Lager aufgeschlagen hatte. Dort traf er aber einen kraftstrotzenden, schönen Ritter mit leuchtendem Blick und breiter Brust. Scherules musterte ihn prüfend, betrachtete seine Arme, seine Hände, seine ganze Gestalt. Dann sagte er höflich: »Herr, obwohl Ihr fremd seid, waren wir sehr unaufmerksam gegen Euch, denn Ihr seid noch immer ohne Unterkunft. Nehmt es für ein Versehen unsrerseits. Ich selbst werde sofort als Euer Marschall für Eure Unterbringung sorgen. Alles, was mein ist, Menschen und Besitz, steht Euch zur Verfügung. Seid versichert, keinem Hausherrn war ein Gast je willkommener.«

Gawan erwiderte: »Habt Dank, Herr. Zwar habe ich solch freundliches Entgegenkommen um Euch noch nicht verdient, doch ich nehme Eure Einladung gern an.«

Der angesehene Scherules sprach treuherzig: »Ich habe die Verantwortung für Euch übernommen und werde Euch in der Stadt vor jedem Verlust schützen. Sollte Euch das Belagerungsheer berauben wollen, könnt Ihr auf mich zählen.« Mit freundlicher Miene rief er den Knappen zu: »Ladet das Rüstzeug wieder auf; wir reiten den Burgberg hinunter!«

Gawan ritt mit seinem Gastgeber. Obie aber schickte jetzt eine Gauklerin zu ihrem Vater, die er kannte. Sie sollte ihm mitteilen, daß ein Falschmünzer in die Stadt käme. »Was er mitführt, ist kostbar genug. Appelliere an seinen Rittermut! Er soll dem Fremden die Habe nehmen und sie seinen vielen Söldnern als nächsten Sold geben. Sie dienen doch für Rosse, Silber und Gewänder, und sieben von ihnen kann er damit von Kopf bis Fuß ausrüsten.«

Die Gauklerin richtete dem Fürsten alles aus, was seine Tochter ihr aufgetragen hatte. Wer aber je Krieg geführt hat, der weiß, wie nötig reiche Beute ist. Überdies wurde der treue Lippaut von seinen Söldnern gerade heftig bedrängt, so daß er bei sich überlegte: ›Ich muß den Besitz dieses Mannes haben, ob im Bösen oder im Guten!‹ Er eilte also hinterher, doch Scherules ritt ihm entgegen und fragte, warum er es so eilig hätte. »Ich verfolge einen Betrüger! Man hat mir hinterbracht, er sei ein Falschmünzer.«

Herr Gawan war natürlich unschuldig. Nur seine Pferde und Saumlasten hatten ihn in diesen Verdacht gebracht. Scherules begann zu lachen und sagte: »Herr, man hat Euch betrogen. Wer das behauptet – Frau, Jungfrau oder Mann –, hat gelogen. Mein Gast ist schuldlos, und auch Ihr werdet bald eine andere Meinung von ihm haben. Mit einem Münzeisen hat er nie zu tun gehabt, und Ihr könnt Euch darauf verlassen, daß er auch noch nie einen Wechslerbeutel getragen hat. Achtet darauf, wie er sich benimmt und auszudrücken weiß! Er ist in meinem Hause. Wenn Ihr ein Urteil darüber habt, ob sich jemand ritterlich beträgt oder nicht, dann werdet Ihr selber zu dem Schluß kommen, daß Ihr es mit einem rechtschaffenen, treuen Manne zu tun habt. Sollte ihm dennoch jemand feindselig begegnen, ob mein Vater, meine Kinder, mein Bruder, meine Verwandten, so muß er das Schwert gegen mich erheben. Mit Eurer Gunst, Herr, ich werde ihn verteidigen und gegen unrechte Gewalt beschützen, wo immer ich kann. Lieber wollte ich dem Ritterstand entsagen und das Büßergewand eines Mönchs wählen, lieber wollte ich weit fortziehen von den Meinen, wo niemand mich kennt, ehe ich es zuließe, daß Ihr schändlich handelt. Ihr wäret besser beraten, all jene, die von Eurer Bedrängnis gehört haben und zur Hilfe herbeigeeilt sind, freundlich aufzunehmen, statt sie berauben zu wollen. Das solltet Ihr nicht tun!«

Der Fürst lenkte ein: »Laß mich ihn sehen! Dabei geschieht nichts Böses.« Und er ritt hin, um Gawan in Augenschein zu nehmen. Mit Aug und Herz erkannte Lippaut gleich, daß der Gast des Scherules ein stattlicher Ritter war, dessen Verhalten auf mannhafte Gesinnung schließen ließ.

Fühlt man aus echter Neigung Herzensliebe – und Herzensliebe erkennt man daran, daß das Herz wahrer Liebe verpfändet und verfallen ist –, dann kann die Liebe unbeschreibliche Wunder vollbringen. Nicht selten beraubt Herzensliebe Frauen und Männer jeder klaren Überlegung. Auch die Liebe zwischen Obie und Meljanz war so innig und treu, daß ihr seine zornige Aufwallung, die ihn von ihr fortreiten ließ, bedauern solltet. Aus Kummer darüber empfand Obie solchen Schmerz, daß ihre gewohnte keusche Zurückhaltung in zornige Erregung umschlug, unter der Gawan, und nicht nur er, schuldlos leiden mußte. Ihre sittsame Haltung wandelte sich in blinden Zorn, so daß sie oft die Regeln feinen weiblichen Benehmens vergaß. Wo immer sie einen Edelmann sah, war er ihr ein Dorn im Auge. Ihrem Herzen war nun einmal einzig und allein Meljanz teuer; sie dachte bei sich: ›Leide ich auch Qualen seinetwegen, ich will sie gern tragen. Ich liebe den edlen, herrlichen Jüngling mehr als alles in der Welt. Das ist der Zwang meines Herzens!‹ Seid nachsichtig mit Obie. Zornausbrüche aus Liebe sind schließlich so selten nicht!

Hört, was ihr Vater sagte, als er dem edlen Gawan Aug in Aug gegenüberstand und ihn in seinem Lande willkommen hieß: »Herr, möge Eure Ankunft uns Glück bringen! Ich habe zwar schon viel gesehen, doch nie hat mich der Anblick eines Ritters so erfreut. Euer Kommen sei uns Trost in der Widerwärtigkeit dieses Krieges; ich bin überzeugt, Ihr werdet uns helfen.« Und er bat ihn darum, als Ritter zu kämpfen: »Ist Eure Ausrüstung unvollständig, so laßt Euch aushelfen und schließt Euch meinem Heer an!«

Der edle Gawan aber sprach: »Ich tät's recht gern! Auch fehlt es mir weder an Ausrüstung noch an Leibeskraft. Bis zu einer festgesetzten Frist darf ich aber keinen Kampf wagen. Gern teilte ich Sieg oder Niederlage mit Euch, doch es ist nicht möglich. Herr, ich muß erst einen Kampf hinter mich bringen, bei dem es um meine Ehre geht. Mein ritterliches Ansehen fordert, daß ich sie im Kampf verteidige oder sterbe. Das ist auch der Grund meiner Reise.«

Lippaut war sehr traurig und sprach: »Herr, bei Euerm ritterlichen Ansehen und Euerm freundlichen Wohlwollen, laßt Euch erklären, daß ich am Ausbruch dieser Fehde völlig unschuldig bin. Ich habe zwei Töchter, und ich liebe sie, wie man seine Kinder eben liebt. Was Gott mir an ihnen geschenkt hat, sei die Freude meines Lebens. Wohl mir, daß sie es waren, die mich in Bedrängnis brachten, genauer gesagt, nur eine von ihnen. Sie muß wie ich Bedrängnis dulden, doch diese Gemeinsamkeit ist nur scheinbar, denn mein Herrscher bedrängt sie mit seiner Liebe und mich mit seinem Haß. Allem Anschein nach überfällt er mich, weil ich keinen Sohn habe. Aber meine Töchter sind mir darum nicht weniger lieb! Was tut's, daß ich ihretwegen in Bedrängnis bin? Ich will's für mein Glück nehmen! Wer eine Tochter hat, kann zwar nicht auf Schwerthilfe, aber auf andere, ebenso wertvolle Unterstützung rechnen, denn sie führt ihm dank ihrer Frauentugend einen kühnen und starken Schwiegersohn ins Haus. Darauf baue ich.«

»Gott erfülle Euren Wunsch!« sprach Gawan. Fürst

Lippaut bestürmte Gawan erneut, ihm beizustehen, doch der Sohn König Lots erwiderte: »Herr, dringt um Gottes willen nicht weiter in mich! Denkt an Eure vornehme Erziehung und verlangt nicht, daß ich mein gegebenes Wort breche. Nur eines sei Euch zugesichert: Ich werde alles noch einmal überdenken und Euch heute abend noch meinen endgültigen Entschluß mitteilen.«

Lippaut dankte ihm und ging. Auf dem Hofe traf er seine Tochter und das Töchterchen des Burggrafen. Beide waren in ein Spiel mit Ringen vertieft. Lippaut sagte zu Obilot: »Wie kommst du hierher, Töchterchen?«

»Ich bin von der Burg heruntergelaufen, Vater, und will den fremden Ritter bitten, mir um Liebeslohn zu dienen. Ich bin überzeugt, er tut es.«

»Dann sei dir geklagt, mein Kind, daß er sich mir gegenüber nicht festgelegt hat. Sieh zu, ob du ihn bewegen kannst, meine Bitte zu erfüllen!«

Rasch lief das Mädchen zu dem Fremdling. Als sie die Kemenate betrat, sprang Gawan auf, und nachdem er sie begrüßt hatte, nahm er an der Seite des anmutigen Mädchens Platz. Er dankte ihr dafür, daß sie ihn verteidigt hatte, als man ihn verunglimpfte, und meinte schließlich: »Wenn je einem Ritter bestimmt wäre, um eines so kleinen Edelfräuleins willen Liebesschmerz zu fühlen, dann möchte ich ihn gern Euretwegen empfinden.«

Da sprach die unschuldige junge Schöne ohne Scheu: »Gott kann bezeugen, Herr, daß Ihr der erste Ritter seid, mit dem ich ein solches Gespräch führe. Wenn ich mich dabei an die Forderungen von Anstand und Sitte halte, werde ich mich sehr freuen, denn meine Erzieherin hat gesagt, beim Sprechen offenbart sich der Verstand. Herr, in großer Not wende ich mich an Euch und damit an mich selbst. Gestattet, daß ich diese Not schildere, doch denkt dabei nicht schlecht von mir. Ich bitte in Euch mich selbst um Hilfe, so daß mein Tun nicht unschicklich ist. Tragen wir auch verschiedene Namen, so sind wir in Wirklichkeit untrennbar verbunden. Tragt fortan meinen Namen und seid damit Mädchen und Mann zugleich. Meine Bitte gilt also uns beiden. Schlagt Ihr sie ab, Herr, und laßt Ihr mich beschämt davongehen, dann wird sich Eure Ehre vor Eurer eignen ritterlichen Bildung verantworten müssen, denn ein Mädchen sucht Zuflucht und Hilfe bei Euch. Wenn Ihr wollt, Herr, so schenke ich Euch von ganzem Herzen meine Liebe, und seid Ihr ein rechter Mann, so werdet Ihr mir den Dienst nicht verweigern, denn ich bin es wert. Zwar hat mein Vater schon Freunde und Verwandte um Hilfe gebeten, doch das darf Euch nicht hindern, ihm und mir zu dienen, um später von mir belohnt zu werden.«

Da erwiderte Gawan: »Herrin, Ihr wollt mich dazu überreden, mein Wort zu brechen, obwohl Untreue Euch eigentlich verhaßt sein müßte. Ich habe mein Wort verpfändet, und wenn ich es nicht einlöse, bin ich so gut wie tot. Doch wollte ich auch mit Ritterdienst und allen Gedanken nach Eurer Liebe streben, so müßtet Ihr erst fünf Jahre älter werden, ehe Ihr sie verschenken könnt. Die Rechnung mit dem Liebeslohn geht also nicht auf.« In diesem Augenblick fiel ihm ein, daß Parzival den Frauen mehr vertraute als Gott, und die Erinnerung daran wurde zum Boten des Mädchens, der den Weg zu Gawans Herz fand.

Er versprach also dem Edelfräulein, ihretwegen die Rüstung anzulegen, und sagte dazu: »Eure Hand soll mein Schwert führen! Fordert mich jemand zum Zweikampf heraus, dann müßt Ihr den Angriff reiten und an meiner Stelle kämpfen. Zwar wird man mich im Kampfe sehen, doch im Grunde seid Ihr es, die an meiner Statt streitet.«

Obilot antwortete: »Das ist mir recht. Nachdem Ihr die Ungewißheit von mir genommen habt, bin ich Euer Schutz und Schild, Euer Herz und Euer Trost, Euer Führer und Gefährte im Unheil, Euer schützendes Dach gegen die Unwetter des Unglücks. Meine Liebe soll Euch Sicherheit und Glück in Kampfesnot schenken, damit Ihr Burg und Stadt mit Heldenkraft bis aufs letzte verteidigt. Burgherr und Burgherrin bin ich, und ich will im Kampfe bei Euch sein! Seid immer zuversichtlich, dann werden Euch Glück und Heldenkraft nicht im Stich lassen.«

Da sagte der edle Gawan: »Herrin, ich will beides, Eure Liebe und Eure Unterstützung. Mein Leben ist Eurem Dienst geweiht!«

Bei diesen Worten lag ihr Händchen in seinen Händen. Darauf sagte sie: »Herr, laßt mich gehen, denn ich muß mich darum kümmern, meine Verpflichtungen zu erfüllen. Ich habe Euch zu lieb, als daß ich Euch ohne mein Liebeszeichen ausziehen ließe. Ich will mir Mühe geben, eines für Euch auszusuchen. Wenn Ihr es tragt, wird Euer Ruhm den aller andern Ritter überstrahlen.«

Das Mädchen und seine Spielgefährtin bedankten sich vielmals bei Gawan, dem Gast des Hauses, und nahmen Abschied. Er dankte für ihre Freundlichkeit und sprach: »Seid ihr beiden erst herangewachsen, dann werdet ihr gewiß einen ganzen Wald von Lanzen vertun. Schon in früher Jugend habt ihr Gewalt über Männerherzen! Bleibt sie euch auch, wenn ihr erwachsen seid, so werden nicht wenige Ritter aus Liebe zu euch in Zweikämpfen Schilde und Lanzen zerspellen!«

Überglücklich gingen die beiden Mädchen davon. Das Töchterchen des Burggrafen fragte: »Sagt mir doch, Herrin, was Ihr ihm schenken wollt. Wir haben nur unsere Puppen. Wenn Ihr wollt, könnt Ihr ihm gern eine von meinen geben, sollte sie schöner sein als Eure. Darum gibt's keinen Streit zwischen uns!«

Auf halber Höhe des Burgberges kam Fürst Lippaut geritten. Er sah, wie Obilot und Clauditte vor ihm bergan stiegen, und hielt sie an. Die kleine Obilot sprach zu ihm: »Vater, ich brauche ganz dringend deinen Rat und deine Hilfe! Denk dir, der Ritter hat meine Bitte erhört!«

»Mein Töchterchen, wenn es in meiner Macht steht, bekommst du alles, was du willst! Welch Segen, daß du uns geboren wurdest! Der Tag deiner Geburt war ein Glückstag für uns!«

»Ich will dir alles sagen, Vater, und dir meine Sorgen anvertrauen. Sei lieb und hilf mir!«

Lippaut ließ Obilot vor sich aufs Pferd heben, doch sie rief: »Und wo soll meine Freundin hin?« Da entspann sich zwischen den Rittern in der Begleitung des Fürsten ein heiterer Streit, wer sie aufs Pferd nehmen dürfe. Keinem wäre es unangenehm gewesen, denn auch Clauditte war ein reizendes Mädchen. Schließlich hob man sie vor einen Ritter aufs Pferd.

Im Weiterreiten sprach Lippaut zu Obilot: »Nun erzähle mir deine Sorgen.«

»Ich habe dem fremden Ritter ein Liebespfand versprochen und muß von Sinnen gewesen sein, denn ich habe doch nichts! Er will mir dienen, und kann ich ihm nichts schenken, mag ich gar nicht weiterleben! Habe ich nichts für ihn, dann muß ich schamrot werden, denn nie hat ein Mädchen einen Ritter so sehr in ihr Herz geschlossen!«

Da sagte Lippaut lächelnd: »Mein Töchterchen, verlaß dich nur auf mich. Es wird dir an nichts fehlen. Wenn er dir dienen will, werde ich schon dafür sorgen, daß du ihn beschenken kannst, auch wenn deine Mutter dich im Stich lassen sollte. Geb's Gott, daß es mir nützt! Dieser stolze und edle Ritter! Ich setze große Hoffnungen auf ihn. Heute nacht habe ich ihn im Traum gesehen, ohne je mit ihm ein Wort gewechselt zu haben.«

Lippaut trat nun mit seiner Tochter Obilot vor die Herzogin und sprach: »Edle Frau, helft uns! Mein Herz frohlockt vor Glück darüber, daß Gott mir dieses Mädchen schenkte und damit all meinen Kummer vertrieb.«

Die alte Herzogin antwortete: »Was wünscht ihr von mir?«

»Edle Frau, gebt uns bitte ein besseres Kleid für Obilot. Sie meint, sie sei es wert, denn ein edler Ritter wirbt um ihre Liebe, will ihr nach Kräften dienen und erbittet ein Liebespfand.«

Da sprach die Mutter des Mädchens: »Ach, ist's jener liebenswürdige, stattliche Ritter? Es ist wohl der fremde Gast, der so schön ist wie ein strahlender Maientag?«

Die erfahrene Frau ließ Ethniser Samt holen. Dann schleppte man Kleiderstoffe herbei, Seide aus Tabronit im Lande Tribalibot. Die Heiden wirken nämlich aus dem roten Gold des Kaukasus und aus echter Seide kunstreich vielerlei Stoffe. Lippaut ließ seiner Tochter, für die er gern alles hingab, Kleider zuschneiden. Nach ihren Körpermaßen wurde eine Seide, steif von Gold, verarbeitet; ein Arm blieb jedoch entblößt, denn der Ärmel war für Gawan bestimmt. Das also war Obilots Geschenk: Nourjenter Seide aus fernem Heidenland. Der Ärmel war ihrem rechten Arm nur angepaßt, nicht festgenäht. Dazu war kein Faden gezwirnt worden. Clauditte überbrachte den Ärmel dem stattlichen Gawan, der große Freude darüber zeigte und voller Zuversicht war. Drei Schilde hatte er, und auf einen nagelte er den Ärmel. Fröhlich und erleichtert dankte er recht herzlich und segnete den Weg, den die Jungfrau gegangen war, als sie ihn so freundlich willkommen hieß und mit ihrer Liebe beglückte.

Der Tag ging zu Ende, die Nacht brach herein. Auf beiden Seiten standen gewaltige Heere von wehrhaften, wackeren Rittern, und ohne das riesige Entsatzheer hätten die Belagerten harte Kämpfe bestehen müssen. Beim hellen Mondschein überprüften sie die äußeren Verteidigungswerke, und von kläglicher Verzagtheit war keine Rede bei ihnen. Bis zum Tagesanbruch errichteten sie noch zwölf große Rundschanzen, die durch Gräben gegen Angriffe gesichert und mit je drei Bollwerken für Ausfälle der Reiterei versehen waren. Der Marschall Kardefablets von Jamor besetzte vier Stadttore, wo man am Morgen sein kampfbereites Heer erblicken konnte. Der mächtige Herzog, ein Bruder der Burgherrin, wollte dort ritterliche Taten vollbringen. An Kampfentschlossenheit übertraf er viele wehrhafte Ritter, die doch im Streit ihren Mann standen, und geriet daher in der Feldschlacht oft in große Bedrängnis. Sein Heer besetzte die Stellungen bei Nacht. Kardefablet hatte die weite Heerfahrt nicht gescheut, denn er wich im härtesten Kampf keinen Fußbreit zurück. Vier Tore wurden von ihm verläßlich gesichert.

Die Heerscharen, die auf der anderen Seite der Brücke gelagert hatten, überquerten sie und hielten noch vor Tagesanbruch Einzug in die Stadt Bearosche. Fürst Lippaut hatte darum gebeten. Die Truppen aus Jamor waren schon vorher über die Brücke gezogen. Sämtliche Tore wurden besetzt, und bei Morgengrauen war alles verteidigungsbereit. Scherules hatte ein Tor gewählt, das er gemeinsam mit Gawan verteidigen wollte. Die zuletzt gekommenen Gäste bedauerten, daß der Kampf bereits in ihrer Abwesenheit begonnen und das Abendgefecht ohne sie stattgefunden hatte. Ich denke mir, dies waren nicht die schlechtesten Ritter. Zu bedauern war allerdings nichts, denn wer es wünschte und auf dem Schlachtfeld danach suchte, sollte noch reichlich Gelegenheit zum Kampf finden. In den Gassen der Stadt konnte man große Reiterhaufen bewundern, und im Mondschein sah man Fähnlein, kostbare Helme, die in den Kampf geführt werden sollten, und buntbemalte Lanzen in großer Zahl in die Stadt ziehen. Regensburger Taft wäre in Bearosche nicht viel wert gewesen; dort gab's kostbarere Waffenröcke!

Wie immer folgte auf die Nacht ein neuer Tag, dessen Anbruch diesmal allerdings nicht der Sang der Lerchen, sondern Lärm begleitete, der mit Kampfbeginn aufbrandete. Wie Gewitterdonner dröhnte das

Krachen brechender Lanzen, als die jungen Ritter aus Liz mit den Scharen aus Lirivoyn und denen des Königs von Avendroyn zusammenstießen. Bei den vielen wuchtigen und kräftigen Lanzenkämpfen krachte es, als würden Kastanien in loderndes Feuer geworfen. Hei, wie die Ritter des Entsatzheeres über das Schlachtfeld sprengten und die Städter dreinhauten! Gawan und der Burggraf hörten vor Kampfbeginn noch die Messe, die ein Priester für ihr Seelenheil und ihre ewige Glückseligkeit Gott und ihnen zu Ehren las. Nun war ihnen bestimmt, neuen Heldenruhm zu erringen. Sie ritten also in ihre Schanze, die von vielen edlen, wackeren Rittern aus dem Gefolge des Scherules verteidigt wurde. Sie hielten sich dort überaus tapfer.

Was soll ich nun weiter erzählen? Zunächst dies: Der stolze Poydiconjunz sprengte mit großer Heeresmacht heran. Wäre jede Staude im Schwarzwald eine Lanze, man hätte dort keinen dichteren Wald vor Augen als beim Anblick seiner Heerschar. Mit sechs Fahnen rückte er an, vor denen sofort der Kampf entbrannte. Posaunen schmetterten wie der schrecklichste Donner, und das Dröhnen vieler Trommeln mischte sich in ihr Getöse. Ich kann nichts dafür, wenn man die Stoppeln rücksichtslos niederstampfte. Die Weinberge bei Erfurt zeigen jetzt noch die Spuren solcher Verwüstungen, die viele Pferdehufe angerichtet haben. Jetzt begann der Kampf zwischen Herzog Astor und den Streitern aus Jamor. Manch scharfer Zweikampf wurde ausgetragen und mancher edle Ritter hinters Pferd auf den Acker geschleudert. Es ging erbittert zu. Unbekannte Schlachtrufe erschollen, und manch herrenloser Gaul irrte umher, dessen

Reiter die Füße gebrauchen mußte, nachdem man ihn das Fallen gelehrt hatte.

Als unser Herr Gawan sah, wie sich auf der Ebene die Scharen von Freund und Feind ineinanderverkeilten, galoppierte er herzu, daß man ihm kaum mit den Augen folgen konnte. Obwohl Scherules und die Seinen ihre Rosse nicht schonten, hatten sie Mühe, ihm nachzureiten. Wie viele Ritter er da vom Pferde stach! Wie viele starke Lanzen er zerbrach! Gott hatte dem Mitglied der edlen Tafelrunde große Kraft verliehen, so daß Gawan jetzt Heldenruhm ernten konnte. Er brachte viele Schwerter zum Klingen und kämpfte mit beiden Heeren, dem aus Liz und dem aus Gors! Bei beiden hatte er im Handumdrehen viele Pferde erbeutet, die er zum Banner seines Gastgebers brachte. Er fragte, ob sie jemand wolle, und viele sagten ja. Daß er ihr Kampfgefährte war, brachte allen seinen Mitstreitern reiche Beute.

Da sprengte ein Ritter heran, der auch mit Lanzen nicht zu sparen wußte. Als der Burggraf von Beavoys und der edle Gawan aneinandergerieten, fand sich der junge Lisavander unversehens hinter seinem Pferd auf den Blumen wieder, wohin ihn Gawans Lanzenstoß geworfen hatte. Das tut mir leid des Knappen wegen, der tags zuvor so höflich herbeigeritten war und Gawan Bescheid gegeben hatte. Als er neben seinem Herrn vom Pferd sprang, erkannte ihn Gawan und gab ihm das erbeutete Roß zurück. Dankbar verneigte sich der Knappe. Doch seht, auch Kardefablet steht auf dem Acker! Meljakanz hatte ihn mit einem kräftigen, wohlgezielten Lanzenstoß zu Boden geworfen, doch seine Ritter waren zur Stelle und haben ihn wieder hochgerissen. Von wuchtigen

Schwerthieben begleitet, wurde unaufhörlich »Jamor!« geschrien. Immer enger wurde der Raum, auf dem ein Angriff den andern ablöste. Schwerthiebe ließen die Helme erdröhnen und die Ohren sausen. Da führte Gawan seine Kampfgefährten zu wuchtigem Angriff und sicherte mit dem Fähnlein seines Gastgebers schnell den edlen Herrn von Jamor. Hierbei wurden viele Ritter vom Pferd gestochen. Ihr müßt mir schon glauben, denn einen andern Zeugen als meine Erzählung habe ich nicht.

Jetzt wurde Gawan vom Grafen Laheduman von Muntane bedrängt. Bei dem gewaltigen Lanzenduell wurde der starke, stolze und berühmte Laheduman hinter sein Pferd auf den Acker geschleudert und mußte sich Gawan gefangengeben. Allen voran kämpfte Herzog Astor in unmittelbarer Nähe der Wehrschanzen, so daß es dort wuchtige Zusammenstöße setzte. Immer wieder wurde »Nantes« – der Schlachtruf des Artus – geschrien. Die kriegsgefangenen Bretonen und die als tapfer bekannten Söldner aus Destrigleis, Erecs Reich, stritten mit großer Hartnäckigkeit. Letztere führte der Herzog von Lanverunz. Poydiconjunz hätte die Bretonen zum Lohn für ihre Tapferkeit wohl freilassen können. Sie waren bei einem Sturmangriff an einer Bergschlucht in Gefangenschaft geraten und hatten seither bei allen Kämpfen ihren alten Schlachtruf »Nantes« beibehalten, obwohl manche in der Gefangenschaft bereits graubärtig geworden waren. Auch führten viele Bretonen als Erkennungszeichen auf Helm oder Schild einen Drachen, das Wappentier des edlen Artussohnes Ilinot. Gawan konnte nur seufzen, als er die Wappenzeichen erblickte! Als er sie erkannte, liefen ihm die Augen über, denn die Erinnerung an seines Vetters Tod erfüllte sein Herz mit Trauer. Er behelligte die Streiter aus der Bretagne auf dem Schlachtfeld nicht, er wollte nicht mit ihnen kämpfen, und das ist auch heute noch rechte Freundesart. Gawan wandte sich nun gegen das Heer des Meljanz. Dort stritten die Städter zwar löblich genug, doch sie hatten sich gegen die Übermacht nicht behaupten können und waren bis zum Stadtgraben zurückgewichen.

Wiederholt hatte sie ein Ritter in roter Rüstung angegriffen, und da ihn niemand kannte, sprach man von ihm als dem ›Ungenannten‹. Ich gebe nur wieder, was mir berichtet wurde: Vor drei Tagen war er zu Meljanz gestoßen und hatte sich zum Beistand entschlossen; das kam die Städter jetzt teuer zu stehen. Meljanz hatte ihm zwölf Knappen aus Semblidac gestellt, die ihn bei den Zweikämpfen und im Massengefecht unterstützten. So viele Lanzen sie auch heranschleppten, er verbrauchte sie alle. Laut gellte das Splittern der Lanzen, als er König Schirniel und dessen Bruder gefangennahm. Und mehr gelang ihm: er zwang auch den Herzog von Marangliez, sich gefangenzugeben. Doch obwohl diese Ritter der Kern ihrer Truppe waren, kämpften ihre Streiter unverzagt weiter. König Meljanz griff selbst in den Kampf ein, und Freund wie Feind erkannte an, daß kein Jüngling seines Alters so tapfer gekämpft hat. Als sich die angreifenden Scharen ineinanderverkeilten, spaltete er mit wuchtigen Hieben viele starke Schilde und ließ viele feste Speere vor sich zersplittern. Sein junges Herz wurde groß vor Kampfbegier und trieb ihn in die Schlacht. Da herrschte große Not! Niemand konnte ihm widerstehen, bis er schließlich Gawan zum Zweikampf herausforderte. Gawan ließ sich von seinen Knappen eine der zwölf Angramer Lanzen reichen, die er am Plimizöl erworben hatte. Der Schlachtruf von Meljanz war »Barbigöl«, der Name der herrlichen Hauptstadt von Liz. Gawan zielte gut und fügte Meljanz mit dem starken Bambusschaft aus Oraste Gentesin eine schmerzhafte Wunde zu, denn die Lanze fuhr durch den Schild in seinen Arm und brach. Es war ein harter Zweikampf: Gawan schleuderte Meljanz in hohem Bogen vom Pferd, doch dabei zerbrach sein hinterer Sattelbogen, so daß sich beide Helden hinter ihren Pferden auf dem Boden wiederfanden. Beide kämpften nach Kräften mit den Schwertern weiter. Hätten zwei Bauern ihr Getreide so heftig gedroschen, es wäre des Guten zuviel gewesen. Jeder hatte die Garbe des andern, die in kleine Stücke zerhackt wurde. Meljanz war dabei benachteiligt, ihn behinderte das Lanzenstück, das in seinem Arm steckte und das Blut warm herniederrinnen ließ. Schließlich riß Herr Gawan ihn durch das Ausfalltor der Streiter aus Brevigariez und zwang ihn, sich gefangenzugeben. Wäre der Jüngling nicht verwundet gewesen, hätte er nicht so rasch aufgegeben; man hätte schon länger darauf warten müssen.

Auch Fürst Lippaut, der Landesherr, zeigte im Kampf mit dem König von Gors männliche Heldenkraft. Rosse und Reiter wurden jedoch durch Schußwaffen gefährdet, denn jetzt zeigten die Bogenschützen aus Kaheti und die Fußknechte aus Semblidac ihre Künste. Die Bogenschützen wechselten oft ihre Stellung, so daß die Städter die Feinde nur mit Mühe von ihren Schanzen fernhielten. Sie setzten ihre Fußknechte ein und verteidigten ihre Bollwerke so gut, daß man es auch heute nicht besser tun könnte. Die edlen Ritter, die dort ihr Leben verloren, mußten Obies zornige Aufwallung teuer bezahlen: ihr kindlicher Mutwille brachte vielen Menschen Not. Wofür büßte eigentlich Fürst Lippaut? Sein verstorbener Lehnsherr, der alte König Schaut, hätte ihn sicher verschont.

Allmählich wurden die Kämpfer müde, nur Meljakanz kämpfte unverdrossen weiter. Ob sein Schild noch heil war? Nicht einmal eine Handbreit war davon geblieben! Der Herzog von Kardefablet hatte ihn zwar weit zurückgedrängt, doch nun hatten sich die Kämpfer auf einer Blumenwiese so ineinander verbissen, daß niemand auch nur einen Schritt zurückwich. Jetzt kam aber Herr Gawan herbei und brachte Meljakanz so in Bedrängnis, wie es nicht einmal dem edlen Lanzilot nach dem Überschreiten der Schwertbrücke gelungen war. Lanzilot hatte damals mit wehrhafter Hand und voller Grimm Frau Ginover aus der Gefangenschaft befreit.

Lots Sohn sprengte heran, und Meljakanz blieb nichts weiter übrig, als seinem Pferd gleichfalls die Sporen zu geben. Viele sahen dem Zweikampf zu. Wer am Ende hinter dem Pferde lag? Nun, den der Held aus Norwegen auf den Rasen geschleudert hatte! Ritter und Edelfrauen, die dem Zweikampf zugesehen hatten, rühmten Gawans Sieg. Die Damen konnten dabei ganz bequem von der Höhe des Palastes zuschauen. Meljakanz wurde zu Boden gestampft. Viele Rosse, die ihre Weide nie mehr wiedersehen sollten, zertraten mit den Hufen seinen Umhang. Blut floß an ihm herab. An diesem Tage wurden die Pferde wie von einer Viehseuche dahingerafft und eine Beute der Geier. Meljakanz wäre von den Streitern aus Jamor gefangengenommen worden, wenn ihn nicht Herzog Astor herausgehauen hätte. Damit war der Kampf beendet.

Wer alles um Heldenruhm und um Frauenlohn gekämpft hatte? Ich kann sie gar nicht alle nennen! Sollte ich ihre Namen aufzählen, so hätte ich viel zu tun. Im Heer der Belagerten hatte sich Gawan im Dienst der jungen Obilot besonders ausgezeichnet, im Belagerungsheer traf dies auf den Roten Ritter zu. Beide hatten höchsten, unübertrefflichen Heldenruhm errungen. Als der Fremde im Heer der Belagerer merkte, daß sein Dienstherr gefangen war und ihm für die geleisteten Dienste nicht danken konnte, ritt er zu seinen Knappen und sprach zu seinen Gefangenen: »Ihr Herren habt Euch mir ergeben. Zu meinem Unglück wurde auch der König von Liz gefangengenommen. Müht Euch um seine Auslösung, und falls ich dabei helfen kann, will ich es gern tun.« So sprach er zum König von Avendroyn, zu Schirniel von Lirivoyn und zum Herzog von Marangliez. Doch er wollte sie erst dann in die Stadt zurückreiten lassen, wenn sie ein klug formuliertes Gelöbnis getan hatten. Danach sollten sie entweder Meljanz auslösen oder für ihn den Gral erringen. Niemand konnte ihm aber sagen, wo er zu finden sei; nur soviel wüßten sie, daß ihn ein König Anfortas behüte. Nach dieser Erklärung nahm der Rote Ritter erneut das Wort: »Gut, wird meine Forderung in der Stadt nicht erfüllt, dann zieht nach Pelrapeire, leistet vor der Königin des Landes Euer Unterwerfungsgelöbnis und sagt ihr dies: Der ihretwegen mit Kingrun und Clamide kämpfte, hat Verlangen nach dem Gral und nach ihrer Liebe. Nur an diese beiden Ziele kann er noch denken. Sagt ihr, ich hätte euch zu ihr geschickt. Nun behüte euch Gott, ihre Helden!«

Nachdem sich seine Gefangenen verabschiedet hatten, ritten sie in die Stadt. Er aber sprach zu seinen Knappen: »Wir haben im Kampf genug gewonnen. Nehmt ihr die erbeuteten Pferde. Nur eines laßt für mich, denn ihr seht ja, daß das meine schwer verletzt ist.«

Da riefen die wackeren Knappen: »Vielen Dank, Herr, daß Ihr uns so großzügig belohnt! Nun haben wir ausgesorgt!«

Für seine Weiterreise wählte der Rote Ritter eins der erbeuteten Rosse. Es war Ingliart Kurzohr, der Gawan bei der Gefangennahme des Meljanz entlaufen war. Daß ihn der Rote Ritter wählte, sollte später Anlaß geben, viele Schilde zu durchbohren.

Mit einem Abschiedsgruß zog er davon. Er ließ den Knappen fünfzehn unversehrte Pferde oder gar mehr zurück, so daß sie wirklich Grund zur Dankbarkeit hatten. Dringlich baten sie ihn zu bleiben, doch das Ziel seines Rittes lag in weiter Ferne. Nicht Bequemlichkeit suchte der treffliche Ritter, sondern Kampf. Ich glaube, kein Ritter hat in seinem Leben so viele Kämpfe bestanden wie er.

Das Belagerungsheer zog sich zum Ausruhen ins Feldlager zurück. Fürst Lippaut hatte in der Stadt erfahren, daß Meljanz gefangen war, und fragte, wie das geschah. Es war für ihn natürlich Anlaß zur Freude und stimmte ihn zuversichtlich. Gawan löste nun achtsam den Ärmel von seinem Schild, übergab ihn Clauditte und bat sie, ihn zu Obilot zu tragen, denn ihm standen weitere Kämpfe bevor. Der Ärmel war über und über zerstochen und zerschnitten. Obilots Freude war groß, als sie ihn sah, und sie zog ihn sofort über ihren entblößten weißen Arm. »Wer hat das wohl für mich getan?« fragte sie neckend ihre Schwester, sooft sie ihr begegnete, und Obie mußte ihren Spott mit Ärger dulden.

Die erschöpften Ritter mußten sich jetzt ausruhen. Scherules lud Gawan, den Grafen Laheduman und andre Ritter zu sich, die Gawan bei den schweren Kämpfen auf dem Schlachtfeld gefangengenommen hatte. Nach ihrer Ritterwürde wies ihnen der mächtige Burggraf die Plätze an seinem Tisch an. Er selbst und sein ganzes ermattetes Gefolge blieben in Gegenwart des Königs so lange stehen, bis Meljanz gegessen hatte. Dabei war Scherules beflissen, ihn zuvorkommend zu bewirten. Dies schien Gawan denn doch übertrieben; sein Feingefühl ließ ihn bedachtsam sagen: »Hausherr, Ihr solltet Euch mit Erlaubnis des Königs niedersetzen!« Scherules blieb jedoch stehen und sprach: »Mein Herr ist Gefolgsmann des Königs und hätte diesen Dienst sicher selbst übernommen, wenn es der König gestattet hätte. Solange aber mein Herr in Ungnade ist, hält er sich rücksichtsvoll fern. Sobald es jedoch Gott gefällt, das freundschaftliche Einvernehmen wiederherzustellen, sind wir alle wieder des Königs gehorsame Untertanen.«

Da sprach der junge Meljanz: »Als ich hier lebte, habt Ihr mich immer achtungsvoll behandelt und mich stets gut beraten. Hätte ich damals auf Euch gehört, wäre mir jetzt wohler zumute. Helft mir, Graf Scherules! Ich bin überzeugt, Ihr könnt es. Dieser Herr hier, dessen Gefangener ich bin, und Lippaut, mein zweiter Vater, werden bestimmt Euern Rat befolgen. Ich baue auf Lippauts Edelmut. Nie hätte ich seine Zuneigung aufs Spiel gesetzt, wenn mich seine Tochter nicht wie einen Narren behandelt hätte. Ihr Benehmen ziemte sich nicht für eine Dame.«

Da sprach der edle Gawan: »Hier wird ein Versöhnungsbund geschlossen, den nur der Tod löst!«

In diesem Augenblick trafen die Gefangenen des Roten Ritters ein. Sie traten vor den König und berichteten, wie sie in Gefangenschaft kamen. Als sie die Rüstung des Ritters beschrieben, mit dem sie gekämpft hatten und dem sie sich gefangengeben mußten, als sie schließlich den Gral erwähnten, erkannte Gawan, daß der Bericht sich nur auf Parzival beziehen konnte. Er dankte dem Himmel, daß Gott an diesem Tag einen Kampf zwischen ihm und Parzival verhindert hatte. Da sich beide, Parzival und Gawan, in edler Bescheidenheit nicht zu erkennen gegeben hatten, blieben sie unbekannt, wenngleich sie andernorts bekannt genug waren.

Scherules sprach zu Meljanz: »Herr, ich bitte Euch, geht zu Lippaut! Zürnt ihm nicht mehr und billigt, was Euch von wohlmeinenden Herren beider Parteien vorgeschlagen wird.« Da alle Anwesenden zustimmten, versammelte sich das Heer der Verteidiger auf Einladung des fürstlichen Marschalls in dem Saal, wo König Meljanz saß. Gawan ließ den Grafen Laheduman und seine anderen Gefangenen dazu das im Kampf erzwungene Unterwerfungsgelöbnis vor seinem Gastgeber Scherules tun. Nun zögerte niemand mehr, sein Versprechen einzulösen und zum Palast von Bearosche zu eilen. Die Burggräfin sandte Meljanz prächtige Kleider und ein Seidentuch, in das er den von Gawans Lanze verwundeten Arm hängte.

Gawan ließ seiner Dame Obilot durch Scherules mitteilen, er wolle sie gern wiedersehen, um sie seines untertänigen Dienstes zu versichern und sich zu verabschieden. »Und sagt, ich ließe ihr den König hier. Sie möge nachdenken und ihn so behandeln, daß sie für ihr Tun gelobt wird.«

Als Meljanz diese Worte hörte, sprach er: »Obilot wird eine Krone wahren Frauentums! Er beruhigt mich, daß ich mich ihr unterwerfen soll und damit unter ihrem Schutz stehen werde.«

»Im Grunde war sie es, die Euch gefangennahm«, sprach der edle Gawan. »Mein Ruhm gebührt ihr allein.«

Als Scherules bei Hofe eintraf, waren Mädchen, Ritter und Frauen schon versammelt und so prächtig herausgeputzt, daß man dürftige, armselige Gewänder gut und gern entbehren konnte. Außer Meljanz ritten auch die Ritter zu Hofe, die draußen ihr Ehrenwort verpfändet hatten. In der Burg aber saßen wartend Lippaut, seine Frau und seine Töchter. Als die Ankömmlinge die Treppen emporstiegen, eilte der Hausherr seinem König entgegen. Bald herrschte im Palast, wo Lippaut Freund und Feind willkommen hieß, großes Gedränge. Meljanz schritt an Gawans Seite. »Wenn Ihr gestattet, möchte Euch Eure alte Freundin hier mit einem Kuß willkommen heißen. Ich meine die Herzogin, meine Gemahlin.«

Meljanz antwortete dem Hausherrn darauf: »Von zwei der anwesenden Damen empfange ich gern Kuß und Willkommensgruß, aber mit der dritten versöhne ich mich nicht.«

Da kamen der Herzogin und Obie die Tränen; Obilot aber war heiter und vergnügt. Meljanz, zwei andere junge Könige und Herzog Marangliez wurden mit einem Willkommenskuß begrüßt. Auch Gawan wurde auf diese Weise geehrt, doch er mußte seine Dame zu sich emporheben. Zärtlich drückte er das schöne Kind wie eine Puppe an die Brust. Zu Meljanz aber sprach er: »Ihr habt mir Unterwerfung gelobt. Ich spreche Euch frei, doch tut Euer Gelöbnis vor der Dame, die auf meinem Arm sitzt und mein Glück in Händen hält. Ihr Gefangener sollt Ihr sein.«

Als Meljanz näher trat, schlang das Mädchen beide Arme fest um Gawan. Dennoch empfing Obilot vor den Augen vieler edler Ritter sein Unterwerfungsgelöbnis. Danach sprach sie: »Herr König, wie konntet Ihr Euch meinem Ritter ergeben! Angeblich ist er doch ein Kaufmann! Das hat meine Schwester jedenfalls hartnäckig behauptet.« Damit gebot sie Meljanz, die ihr in die Hand gelobte Unterwerfung auf ihre Schwester Obie zu übertragen: »Bei Eurer Ritterehre, nehmt sie zur Gattin! Und sie soll in Euch ihren Gebieter und Gatten sehen! Dies wird euch beiden unwiderruflich auferlegt!«

Gott selbst sprach aus ihrem kindlichen Mund, und beide taten, was sie gebot. Da zeigte Frau Liebe ihre Macht und ihre Herzenstreue: sie ließ das Liebesglück der beiden neu erblühen. Obies Hand glitt aus dem Mantel und schloß sich um den Arm des Meljanz. Weinend drückte sie ihre roten Lippen auf die Wunde, die er im Zweikampf davongetragen hatte, und viele Tränen aus ihren leuchtenden Augen netzten seinen Arm.

Wer ließ sie so kühn vor vielen Menschen sein? Das vollbrachte die alte und ewig junge Liebe! Lippaut sah seinen Herzenswunsch erfüllt; nie im Leben war er so froh gewesen. Gott hatte ihn geehrt, denn seine Tochter war Herrscherin des Landes geworden.

Wie das Hochzeitsfest gefeiert wurde, soll euch der erzählen, der Gaben dort erhielt. Und wohin die Gäste danach ritten, ob in ihr behagliches Heim oder in den Kampf, davon weiß ich nicht viel. Man erzählte mir nur, daß sich Gawan verabschiedete, war er doch einzig dazu im Palast erschienen. Laut weinend rief Obilot: »So nehmt mich doch mit!« Gawan mußte dem lieblichen Mädchen diese Bitte natürlich abschlagen, doch ihre Mutter konnte sie kaum von ihm losreißen. Nun nahm er Abschied von allen. Lippaut, der ihn in sein Herz geschlossen hatte, versicherte ihn immer wieder seiner Ergebenheit. Scherules, sein stolzer Gastgeber, ließ es sich mit den Seinen nicht nehmen, dem kühnen Helden das Geleit zu geben; auch befahl er einigen Jägern, Gawan zu begleiten, der auf seinem Wege einen Wald durchqueren mußte, und trug Sorge, daß es auf der weiten Reise nicht an Speise mangelte. So nahm der edle Held schließlich Abschied und zog gefährlichen Abenteuern entgegen.

ACHTES BUCH

So viele Ritter auch nach Bearosche gekommen waren, von allen Kämpfern beider Heere hätte Gawan sicher den höchsten Ruhm errungen, wäre nicht vor der Stadt ein unbekannter Ritter in roter Rüstung aufgetaucht, dessen Taten man noch mehr rühmte. Dennoch, Gawan waren bisher in reichem Maße Ruhm und Erfolg beschieden. nun aber naht der Zeitpunkt seines Zweikampfes mit Kingrimursel. Wollte er diesen Kampf, zu dem er ohne eigne Schuld genötigt worden war, nicht vermeiden, so mußte er ein ausgedehntes Waldgebiet durchqueren. Dazu hatte er sein Pferd Ingliart Kurzohr verloren; nicht einmal die Tabroniter Mohren besaßen bessere Renner. Allmählich lichtete sich der Wald, Waldstücke wechselten mit Lichtungen, von denen einige so klein waren, daß sich nicht einmal ein Zelt dort aufschlagen ließ. Schließlich tat sich besiedeltes Land vor ihm auf; es war Ascalun. Er fragte die Entgegenkommenden nach dem Weg nach Schanpfanzun. Zahlreiche hohe Gebirge und sumpfige Niederungen hatte er auf seiner Reise überwinden müssen, bis endlich eine herrliche Stadt vor ihm aufglänzte! Ihr strebte der landfremde Ankömmling entgegen.

Nun laßt mich von fesselnden Ereignissen erzählen und beklagt mit mir die große Gefahr, in die Gawan geriet. Alle meine Zuhörer – ob klug oder dumm – mögen ihn bedauern, wenn sie mir wohlwollen. Ach, eigentlich sollte ich schweigen! Doch nein, laßt uns das widrige Geschick des Mannes verfolgen, den das Glück oft genug begünstigt hat und den nun Unheil trifft. Die Stadt strahlte in solcher Pracht, daß Karthago dem Äneas gewiß nicht herrlicher erschienen ist, jenes Karthago, in dem Frau Dido ihre Liebe mit dem Tode besiegelte. Wie viele Paläste und Türme es dort gab? Nun, sie hätten auch für Acraton gereicht, das ja, wie die Heiden behaupten, nach Babylon die größte Stadt der Welt ist. Überall ragten Mauern hoch empor, auch auf der zum Meer gelegenen Seite, so daß die Stadt keinen Angriff und keine noch so grimme Feindschaft zu fürchten brauchte. Vor ihr dehnte sich, eine gute Wegstunde weit, eine Ebene, die Herr Gawan nun überquerte. Da kamen ihm in glänzenden Gewändern von modischem Schnitt mindestens fünfhundert Ritter entgegen, einer von ihnen stach durch sein vornehmes Aussehen besonders hervor. Wie es in der Erzählung heißt, verfolgten ihre Jagdfalken den Kranich oder was sonst vor ihnen flieht. König Vergulacht ritt ein hochbeiniges Streitroß von arabischem Geblüt, und der Glanz seiner Erscheinung ließ selbst die Nacht zum Tage werden. Sein Vorfahr wurde einst von Mazadan vor den Berg von Feimurgan gesandt; er entstammte also einem Feengeschlecht. Wer den König betrachtete, mochte glauben, ihm begegne der Mai in seiner herrlichsten Blütenpracht. Als Gawan die glänzende Gestalt des Königs ins Auge faßte, glaubte er einen zweiten Parzival oder Gachmuret beim Einzug in Kanvoleis zu sehen, wovon in dieser Erzählung bereits berichtet wurde.

Ein Reiher, von den herabstoßenden Falken gejagt, hatte sich in einen sumpfigen Teich geflüchtet. Der König wollte den Falken beistehen, suchte jedoch an der falschen Stelle nach einer Furt und geriet ins tiefe Wasser. Zwar konnte er die Falken aus ihrer bedrängten Lage befreien, doch büßte er Pferd und Kleider ein, die in den Besitz der Falkner übergingen. Ob sie ein Recht darauf hatten? Gewiß, es stand ihnen rechtmäßig zu, und ihre Rechte darf man nicht beschneiden. Für das verlorene Roß brachte man dem König ein anderes; auch andre Kleider legte man ihm an. Was er aufgegeben hatte, erhielten die Falkner. Währenddes ritt Gawan herbei, und man ließ es sich nicht nehmen, ihn besser zu empfangen, als Erec in Karidöl empfangen worden war. Nach seinem Zweikampf suchte er dort mit Frau Enite, der Freude seines Lebens, König Artus auf. Vorher war folgendes geschehen: Der Zwerg Maliclisier hatte ihm vor den Augen Ginovers mit einer Peitsche brutal eine Strieme ins Gesicht gezogen, und in Tulmein fand auf weitem Kampfplatz der Kampf um den Sperber statt, in dem sich Iders, der berühmte Sohn König Noyts, ihm ergeben mußte, wenn er nicht sterben wollte. Genug davon! Hört nun, was in unserer Erzählung weiter geschieht! Ich bin überzeugt, euch wurde nie so höflicher Empfang und Willkommensgruß zuteil, doch das sollte der Sohn des edlen Lot noch teuer bezahlen. Wenn ihr wollt, breche ich meine Erzählung wegen der nun folgenden betrüblichen Ereignisse ab. Doch nein! Gestattet mir zu schildern, wie ein lauterer Charakter durch die Bosheit anderer mißleitet wurde. Wenn ich jetzt wahrheitsgemäß erzähle, was sich zugetragen hat, werdet ihr es wie ich bedauern.

König Vergulacht sprach: »Herr, ich möchte Euch vorschlagen, allein in die Stadt zu reiten und mir zu gestatten, mich von Euch zu trennen. Wenn Ihr aber meine Begleitung wünscht, breche ich die Jagd ab.«

Da erwiderte der edle Gawan: »Herr, tut nur, was Euch richtig scheint. Ich bin gern und ohne jeden Vorbehalt einverstanden.«

Darauf der König von Ascalun: »Herr, Ihr seht vor Euch Schanpfanzun. Dort wohnt meine Schwester, eine Jungfrau, die alle Vorzüge weiblicher Schönheit ihr eigen nennt. Wenn es Euch angenehm ist, wird sie sich bis zu meiner Rückkehr Eurer annehmen. Euch wird dann scheinen, ich sei viel zu früh zurückgekehrt, denn in der Gesellschaft meiner Schwester wird Euch die Zeit wie im Flug vergehen, und Ihr wäret sicher nicht böse, wenn ich länger fortbliebe.«

»Mir wird Eure und ihre Gesellschaft angenehm sein. Bisher haben sich vornehme Damen allerdings nicht sonderlich um mich bemüht«, sprach der stolze Gawan.

Der König sandte einen Ritter in die Stadt und ließ der Jungfrau sagen, sie möge sich um Gawan kümmern und ihn so unterhalten, daß ihn selbst ein langer Aufenthalt wie ein flüchtiger Augenblick dünke. Gawan folgte der Aufforderung des Königs und begab sich in die Stadt. Wenn ihr wollt, kann ich immer noch aufhören und die Episode von seiner schweren Bedrängnis auslassen. Doch nein, ich will sie euch erzählen!

Straße und Pferd brachten Gawan zu einem Tor an

der Außenseite des Palastes. Ein Baumeister könnte besser als ich die Wucht dieses Bauwerkes schildern, denn vor ihm lag eine Burg von gewaltiger Ausdehnung, die großartigste, die je auf Erden erbaut wurde. Doch lassen wir es, die Burg zu preisen; es ist weit mehr von der Schwester des Königs, der bereits erwähnten Jungfrau, zu sagen. Da eben ausführlich von Bauwerken die Rede war, will ich sie in gleicher Weise beschreiben. Die Eigenart ihrer Schönheit stand ihr gut, und ihr lauterer Charakter hatte ihr zu großem Ansehen verholfen. Nach Wesen und Art glich sie der Markgräfin von Heitstein, die weit in der ganzen Grenzmark zu sehen war, wenn sie auf den Zinnen ihrer Burg stand. Glaubt mir, wer sie näher kennenlernt, findet bei ihr mehr Kurzweil als anderswo. Wenn ich über edle Frauen berichte, kann ich nur sagen, was ich mit eignen Augen gesehen habe, und wenn ich eine Dame lobe, dann ist sie dessen auch wert. Meine Erzählung ist für die Treuen und Wohlmeinenden bestimmt, nicht für die Treulosen! Sie haben mit ihrer Falschheit längst das ewige Seelenheil verspielt, und ihre Seele wird nach dem Tode Höllenqualen leiden.

Gawan ritt auf den Hof bis vor den Palast; er wollte zum Stelldichein, zu dem ihn der König geschickt hatte, jener König, der sich durch die Behandlung seines Gastes noch Schande bereiten sollte. Ein Ritter, der Gawan begleitet hatte, führte ihn in das Gemach, wo Königin Antikonie im Glanz ihrer Schönheit thronte. Wenn Frauenehre reich macht, so besaß sie großen Reichtum, denn jede Unredlichkeit war ihr fremd, und ihr sittsames Wesen wurde überall gerühmt. Schade, daß der kunstreiche Herr von Veldeke so früh verstorben ist! Er hätte sie besser als ich zu loben gewußt.

Als Gawan eingetreten war, ging der Bote zur Jungfrau und richtete die Botschaft des Königs aus. Darauf wandte sich die Königin an Gawan: »Tretet näher, mein Herr! Sagt selbst, was ich Euch zu Gefallen tun kann. Alles, was Ihr zu Eurer Unterhaltung wünscht, sei Euch gewährt. Auch den Willkommenskuß will ich Euch nicht vorenthalten, da Ihr mir von meinem Bruder so gut empfohlen werdet. Sagt mir, ob ich es tun soll oder nicht.«

Gawan erwiderte der Jungfrau, die sich höflich erhoben hatte: »Herrin, Euer Mund ist zu verlockend, als daß ich auf den Willkommenskuß verzichten wollte!« Ihre vollen Lippen waren rot und heiß, und als Gawan sie mit den seinen berührte, wurde es unversehens ein inniger Kuß.

Der edle Gast ließ sich an der Seite der wohlerzogenen Jungfrau nieder. Beide kannten sich aus im kunstreichen Spiel höfischer Werbung, und so ging's hin und her mit Bitten um Erhörung und spielerischer Zurückweisung. Gawan bat und flehte, doch die Jungfrau antwortete dies: »Herr, seid Ihr ein Mann von Bildung, dann genügt Euch das, was ich Euch an Vertraulichkeiten gestatte. Nur dem Wunsch meines Bruders verdankt Ihr es, daß ich Euch liebenswürdiger behandle als ehemals Ampflise meinen Oheim Gachmuret. Auch wenn ich mich Euch verweigere, wäre mein Entgegenkommen, vergleicht man mein und ihr Verhalten miteinander, als größer zu bewerten. Herr, Ihr erhebt schon nach kurzer Zeit Anspruch auf meine Liebe, und ich weiß nicht einmal, wer Ihr seid.«

Der edle Gawan erwiderte: »Wenn ich über meine Herkunft nachgrüble, Herrin, so kann ich Euch verraten, daß ich der Sohn des Bruders meiner Tante bin. Wenn Ihr mich wirklich erhören wollt, dann soll Euch meine Herkunft keine Sorgen machen. Ich bin Euch völlig ebenbürtig.«

Eine Jungfrau erschien mit einem Erfrischungstrunk und verließ sie wieder. Auch die andern Hofdamen, die im Raume saßen, zogen sich zurück und kümmerten sich um ihre Obliegenheiten. Der Ritter, der Gawan begleitet hatte, war gleichfalls gegangen. Als alle fort waren, fiel Gawan ein, daß nicht selten ein junger Adler sogar den großen Vogel Strauß überwältigt, und er ließ seine Hand unter ihren Mantel gleiten. Ich vermute, er berührte ihre Hüfte, denn sein Verlangen wurde unerträglich gesteigert. Liebesbegier gewann nun solche Macht über Jungfrau und Ritter, daß es fast zu etwas gekommen wäre, hätte sie nicht ein böswilliger Späher überrascht. An Willen fehlte es beiden nicht. Doch seht, nun naht eine böse Überraschung. Ein weißhaariger Ritter trat durch die Tür und als er Gawan erkannte, rief er zu den Waffen und schrie: »Verruchter! War es Euch nicht genug, meinen Herrn zu erschlagen? Müßt Ihr auch noch seine Tochter vergewaltigen?«

Dem Waffenruf hat bekanntlich jeder Mann zu folgen. Das war auch hier nicht anders. Gawan rief der Jungfrau hastig zu: »Herrin, was sollen wir tun? Wir haben nichts, womit wir uns verteidigen können. Hätte ich doch nur mein Schwert!«

Die edle Jungfrau erwiderte: »Wir müssen einen günstigen Verteidigungsort finden! Fliehen wir in den Turm dort neben meiner Kemenate! Vielleicht geht es noch glimpflich ab.«

Inzwischen eilten Ritter und Kaufleute herbei. Die Jungfrau hörte, wie eine große Menge Volk aus der Stadt heranstürmte. Gemeinsam mit Gawan eilte sie zum Turm. Nun begann für ihren Freund eine schwere Prüfung, denn obwohl die Jungfrau die Andrängenden wiederholt zum Rückzug aufforderte, waren Geschrei und Lärm so laut, daß niemand ihre Worte hörte. Kampflüstern drängte man zur Turmpforte, doch Gawan verteidigte den Eingang und hinderte sie am Eindringen. Er hatte einen Türriegel, der die Turmpforte versperrte, herausgerissen und trieb damit die Schar seiner bösartigen Nachbarn immer wieder zurück. Die Königin durchsuchte inzwischen hastig den Turm, ob nichts zu finden wäre, womit sie sich gegen die verräterische Rotte zur Wehr setzen könnten. Sie fand aber nur Schachfiguren und ein großes, schön ausgelegtes Schachbrett, das sie Gawan zur Verteidigung brachte. Gawan packte es an dem eisernen Ring, an dem es sonst an der Wand hing, und nun wurde auf diesem viereckigen Schild so lange eifrig Schach gespielt, bis er ganz und gar zerschlagen war. Hört auch, was die edle Dame tat! Sie schleuderte die großen schweren Schachfiguren, ob König oder Turm, gegen die Feinde, und es heißt von ihr, daß jeder, den ein Wurf traf, unweigerlich zu Boden sank. Die mächtige Königin kämpfte an Gawans Seite wehrhaft wie ein Ritter; die Krämerinnen aus Dollnstein haben zur Fastnachtszeit nicht kräftiger um sich geschlagen. Sie tun es allerdings nur aus Lust am Possenspiel und strengen sich ohne Not an. Nun wird eine Frau danach beurteilt, ob sie weibliche Zurückhaltung wahrt oder nicht. Eine Frau in Ritterrüstung hat vergessen, was sich ziemt. Als Ausnahme darf nur gelten, wenn sie aus Treue zu den Waffen greift. Antikonie wurde in Schanpfanzun hart geprüft, ihr Stolz wurde gedemütigt, so daß sie beim Kampf bittere Tränen vergoß. Sie zeigte aber, daß echte Neigung jeder Prüfung gewachsen ist. Was Gawan inzwischen tat? In jeder Kampfpause betrachtete er entzückt die Jungfrau: ihren Mund, ihre Augen, ihre Nase. Ihre Taille war schlank wie ein Hase am Bratspieß, und ihre Körperformen konnten in einem Manne schon Liebesbegier wecken. Keine Ameise habt ihr je gesehen, deren Taille schmaler war als sie um den Gürtel herum. Wenn er sie ansah, fühlte ihr Kampfgefährte frischen Mannesmut, zumal sie mit ihm der notvollen Bedrängnis widerstand. Doch nur der Tod konnte ihn aus solcher Lage befreien, auf anderes war nicht zu hoffen. Sobald er aber die Jungfrau ansah, achtete er der Wut der Feinde kaum und brachte viele von ihnen vom Leben zum Tode.

Da erschien König Vergulacht und sah, wie der streitbare Haufen auf Gawan eindrang. Wenn ich nicht lügen will, darf ich sein Tun nicht beschönigen, das ihn vor seinem edlen, wehrhaften Gast erniedrigte. Er zeigte sich nämlich von einer solchen Seite, daß ich Gandin, den König von Anjou, nur bedauern kann. Seine Tochter, eine vollendet vornehme Dame, hatte einem charakterlosen Sohn das Leben geschenkt, denn er spornte die verräterische Rotte seiner Leute noch kräftig an. Gawan mußte ohnmächtig abwarten, bis man dem König die Rüstung angelegt hatte und er schließlich selbst auf dem Kampfplatz erschien. Es war keine Schande für Gawan, wenn er nun in die Turmpforte zurückweichen mußte. Doch seht, jetzt kommt der Ritter, der ihn bei Artus zum Zweikampf herausgefordert hat. Landgraf Kingrimursel raufte sich die Haare und rang die Hände, als er Gawan in dieser Not fand. Er hatte ihm schließlich sein Ehrenwort gegeben, er solle unbehelligt bleiben bis zu dem Augenblick, da ihn ein einzelner im Zweikampf bedrängen würde. Ergrimmt trieb er alle vom Turm zurück, den sie auf Befehl des Königs schon niederreißen wollten. Danach rief Kingrimursel zu Gawan hinauf: »Held, laß mich unangefochten zu dir hinein! In dieser gefahrvollen Lage will ich alle Not mit dir teilen! Erst muß der König mich erschlagen, ehe er dich erschlagen kann!«

Gawan versprach ihm Frieden, und mit einem Satz war der Landgraf bei ihm. Die Schar der Belagerer wurde unsicher, denn Kingrimursel war auch Burggraf, und sie zögerten allesamt, den Kampf fortzusetzen. Gawan nützte ihr Zaudern und sprang, gefolgt von Kingrimursel, ins Freie. Beide zeigten damit Mut und Entschlossenheit. Der König aber feuerte seine Leute an: »Wie lange sollen wir uns noch mit diesen beiden Männern plagen? Mein Vetter will einen Mann retten, der mich schwer getroffen hat. Besäße er Mut genug, sollte er besser Rache nehmen!«

Zahlreiche Streiter besannen sich aber auf ihre Treue. Sie wählten einen Sprecher, der dem König folgendes sagte: »Herr, gestattet mir, Euch mitzuteilen, daß niemand seine Hand gegen den Landgrafen erheben wird. Gott lasse Euch so handeln, daß man Euch nicht tadeln muß! Erschlagt Ihr Euern Gast, so ist Euer Ansehen in der Welt dahin, und Ihr habt die Last der Schande zu tragen. Außerdem ist der andre

Mann Euer Blutsverwandter, und der, den Ihr befehdet, steht unter seinem Schutz. Haltet ein, sonst flucht man Euch! Gebietet für diesen Tag und die folgende Nacht Waffenstillstand. Was Ihr dann auch beschließt – ob es Euch Ruhm bringt oder Schande –, das könnt Ihr immer noch tun. Seht, auch meine untadelige Herrin Antikonie steht weinend an seiner Seite! Eine Mutter trug euch beide unter ihrem Herzen! Wenn selbst der Gedanke daran Euer Herz nicht rührt, dann überlegt nur, Herr, ob Ihr überhaupt als Edelmann handelt. Ihr wart es doch, der ihn zu der Jungfrau sandte. Auch wenn sonst niemand ihm Schutz gewährte, müßte er schon ihretwegen unangefochten bleiben.«

Der König gebot also Waffenstillstand, bis er mit sich zu Rate gegangen sei, wie er seinen Vater rächen könne. Herr Gawan war aber unschuldig; ein anderer war der Täter, und zwar der stolze Echkunacht. Er hatte Vergulachts Vater mit einer Lanze durchbohrt, als dieser Idöls Sohn Jofreit und Gawan als Gefangene nach Barbigöl führen wollte. Echkunacht hatte also das ganze Unheil heraufbeschworen. Nachdem der Waffenstillstand ausgerufen worden war, verließ die Menschenmenge den Kampfplatz, und viele kehrten in ihre Häuser zurück. Antikonie schloß ihren Vetter Kingrimursel fest in die Arme und küßte ihn immer wieder, weil er Gawan gerettet und sich verbrecherischem Handeln widersetzt hatte. Dabei rief sie: »Du bist der rechte Sohn meines Oheims! Du hast es nicht über dich gebracht, einem anderen zulieb Unrecht zu tun.«

Wenn ihr wollt, erkläre ich euch nun, warum ich vorher gesagt habe, ein lauterer Charakter sei mißleitet worden. Verwünscht sei der Überfall, den Vergulacht in Schanpfanzun unternommen hatte! Weder seinem Vater noch seiner Mutter hatte man so etwas nachsagen können. Der sonst wackere junge Ritter war beschämt und sehr verlegen, als seine königliche Schwester ihn zornig schalt, und er bat immer wieder um Verzeihung. Die edle Jungfrau rief nämlich erzürnt: »Herr Vergulacht, hätte mich Gott als Mann geschaffen und trüge ich ein Schwert wie ein Ritter, dann wäre Euch die Lust am Kämpfen schon vergangen! So bin ich zwar nur eine wehrlose Jungfrau, doch ich trug einen Ehrenschild bei mir. Wenn Ihr wollt, beschreibe ich Euch sein Wappenzeichen: unverrückbar ehrenhaftes Verhalten und unwandelbare Sittsamkeit! Mit diesem Schild schützte ich meinen Ritter, den Ihr mir ins Haus sandtet. Einen andern Schutz hatte ich nicht. Auch wenn Ihr Euch jetzt besinnt, habt Ihr Euch schwer genug an mir vergangen, denn Ihr habt gegen die Würde der Frau verstoßen. Es ist allgemein bekannt, daß selbst der eifrigste Verfolger auf den Kampf verzichten muß, wenn sich der Verfolgte in den Schutz einer Frau geflüchtet hat, es sei denn, er weiß nichts von vornehmer Manneshaltung. Herr Vergulacht, daß sich Euer Gast vor dem drohenden Tod überhaupt in meinen Schutz flüchten mußte, wird Euerm Ansehen sehr abträglich sein.«

Nun nahm auch Kingrimursel das Wort: »Herr, im Vertrauen auf Euch habe ich Herrn Gawan auf der Ebene am Plimizöl freies Geleit in Euerm Reich zugesichert. Auch Euer Ehrenwort wurde verpfändet, als ich mich an Eurer Statt dafür verbürgte, er würde hier nur mit einem einzigen Mann kämpfen müssen, wenn er den Mut aufbrächte herzukommen. Herr, in dieser Sache wurde meine Ehre beschimpft; alle meine Standesgenossen hier sind Augenzeugen. Diese Kränkung gefällt uns aber ganz und gar nicht. Behandelt Ihr die Fürsten rücksichtslos, so werden wir die Macht der Krone brechen! Erhebt Ihr Anspruch auf höfische Bildung, dann hättet Ihr wissen müssen, daß unsere Blutsverwandtschaft Euch verpflichtet. Und wäre die Verwandtschaft auf meiner Seite durch illegitime Verbindung belastet, hättet Ihr immer noch vorschnell gehandelt und Euch mir gegenüber zuviel herausgenommen. Ich bin schließlich ein Ritter ohne Furcht und Tadel, und meinen guten Ruf will ich bis zu meinem Tode hüten, so daß ich ohne Makel sterbe. In dieser Sache vertraue ich auf Gott, so wahr ich auf das ewige Seelenheil hoffe. Wenn aber bekannt wird, der Neffe des Artus sei unter meinem Schutz nach Schanpfanzun gekommen, und wenn Franzosen oder Bretonen, Provenzalen oder Burgunder, Galizianer oder Punturteisen von Gawans Bedrängnis hören, so ist mein guter Ruf dahin. Der gefährliche Kampf, den er hier ausfechten mußte, bringt mir keinen Ruhm, nur große Schande. Das verdirbt mir jede Freude am Leben und nimmt mir meine Mannesehre.«

Nach diesen Worten trat Liddamus, ein Lehnsmann des Königs, vor. Kyot gibt ihm diesen Namen, und Kyot selbst nannte man den ›Sänger‹. Seine Kunst ließ ihn so herrlich singen und dichten, daß seine Werke noch heute viele Menschen erfreuen. Kyot ist ein Provenzale. Er fand diese Erzählung von Parzival arabisch niedergeschrieben, und was er davon in französischen Worten mitgeteilt hat, will ich, wenn mein Können ausreicht, in deutscher Sprache erzählen.

Fürst Liddamus also sprach: »Was hatte in meines Herrn Burg zu suchen, der seinen Vater erschlug und ihm durch sein Eindringen die Schmach der ungerächten Tat nachdrücklich bewußt machte? Ist mein Herr ein rechter Edelmann, dann nimmt er mit eigner Hand an Ort und Stelle Rache. Ein Tod zahlt für den anderen! Eine Not hebt die andre auf!«

Ihr seht, um Gawan stand es gar nicht gut, jetzt drohte ihm wirklich große Gefahr. Kingrimursel aber erwiderte: »Wer so rasch zu drohen weiß, sollte es auch zum Kampf eilig haben. Euch freilich braucht man weder im Schlachtgetümmel noch im Einzelkampf zu fürchten. Ich traue mir schon zu, Herr Liddamus, diesen Mann vor Euch zu schützen. Was er Euch auch angetan hätte, Ihr würdet keine Rache wagen! Ihr habt den Mund zu voll genommen! Glauben kann man Euch höchstens, daß man Euch im Streit noch nie in der ersten Reihe sah. Kämpfen war Euch stets zuwider, so daß Ihr das Gefecht mit der Flucht begonnen habt. Euch ist aber noch mehr gelungen: Wenn man den Feind angriff, habt Ihr wie ein Weib das Hasenpanier ergriffen. Verläßt sich ein König auf Euern Rat, dann sitzt ihm die Krone schief auf dem Haupt. Ich hätte den Kampf mit Gawan, dem tapferen Helden, auf abgestecktem Feld aufgenommen. Ich war fest entschlossen, den Zweikampf mit ihm auszutragen, hätte mein Herrscher es durch sein Eingreifen nicht vereitelt. Nun aber hat er mit seiner Sünde auch noch meinen Zorn auf sich geladen. Ich hätte anderes von ihm erwartet! Herr Gawan, gelobt mir in die Hand, Euch heute übers Jahr zum Kampf zu stellen, wenn sich hier eine Lösung bietet und mein Herr Euch das Leben läßt. Erst dann will ich mit Euch kämpfen. Ich forderte Euch am Plimizöl heraus, doch der Zweikampf soll in Barbigöl vor König Meljanz ausgetragen werden. Bis zu dem Tag, da ich Euch auf dem Kampfplatz gegenübertreten kann, werde ich sicher nicht wenige Gefahren bestehen müssen, doch wird mich wohl erst Euer starker Arm wahre Gefahr lehren.«

Der tapfere Gawan erfüllte ihm die Bitte und gab in aller Form das verlangte Versprechen. Da ergriff Herzog Liddamus von neuem das Wort und ließ vor aller Ohren einen Strom wohlgesetzter Worte hören, die seiner Rechtfertigung dienen sollten: »Ob ich am Streit teilnehme oder unglücklicherweise die Flucht ergreife, ob ich mich als furchtsamer Feigling oder als ruhmvoller Held erweise, Ihr mögt mich je nachdem, Herr Landgraf, loben oder tadeln. Aber wenn ich es Euch auch nie recht machen sollte, werde ich doch meine Selbstachtung nicht verlieren.« Und weiter sprach der mächtige Liddamus: »Wollt Ihr Euch wie Herr Turnus gebärden, dann laßt mich ruhig Herr Tranzes sein und tadelt mich, wenn Ihr Grund dazu findet. Überhebt Euch aber nicht zu sehr, denn wenn Ihr auch unter allen mir ebenbürtigen Fürsten der edelste und vornehmste seid, so bin doch auch ich ein Herrscher und Landesherr. Überall im spanischen Galizien bis hin nach Pontevedra besitze ich zahlreiche Burgen. Dort könnt Ihr und jeder beliebige Bretone mir so wenig schaden, daß ich vor ihm nicht einmal ein Huhn verstecken muß. Ihr habt jemanden aus der Bretagne zum Kampf herausgefordert, und er ist gekommen. Nun rächt also Euern Herrn und Blutsverwandten und verschont mich mit Euerm Gezänk. Nehmt Rache an dem, der Euern Blutsverwandten und Lehnsherrn umgebracht hat! Ich habe ihm nichts Böses zugefügt; das wird hoffentlich niemand von mir behaupten können. Auch kann ich selbst Euern Oheim entbehren. Sein Sohn, der nun die Krone trägt, steht mir als Herrscher hoch genug. Seine Mutter war Königin Flurdamurs, sein Vater Kingrisin, sein Großvater König Gandin. Schließlich ist er, damit Ihr's wißt, der Neffe von Gachmuret und Galoes. Ihm will ich in Treue dienen; aus seiner Hand will ich in allen Ehren mein Land als Fahnlehen empfangen. Wer fechten will, der soll es tun. Ich bin zwar nicht versessen auf Kampf und Streit, aber ich höre ganz gern davon erzählen. Wem es um Dank und Anerkennung der stolzen Schönen geht, mag nach Kampfesruhm streben. Ich habe keine Lust, mein Leben andern zuliebe unnütz zu gefährden. Warum muß ich unbedingt ein zweiter Wolfhart sein? Mich trennt ein breiter Graben von Kampf und Streit, und Kampfbegierde plagt mich nicht. Selbst wenn Ihr es unverzeihlich findet: Ich mache es wie Rumolt, der König Gunther, bevor er aus Worms zu den Hunnen zog, den Rat gab, lieber über den ganzen Laib Brotschnitten zu schneiden und sie im Soßenkessel auf beiden Seiten zu schmoren.«

Der tapfere Landgraf erwiderte: »So wie Ihr redet, seid Ihr auch, das ist bekannt genug. Euer Rat gilt mir genausoviel, als spräche ein Koch zu den kühnen Nibelungen. Ihr wollt ihn befolgen, sie aber brachen unbekümmert auf zur Fahrt ins Hunnenland, wo Rache für Siegfrieds Ermordung sie erwartete. Ich will mich an ihr Vorbild halten: entweder ich finde von Gawans Hand den Tod, oder er lernt den ganzen Schrekken der Rache kennen.«

»Mir ist es recht«, sagte Liddamus. »Selbst wenn mir jemand alle Schätze seines Onkels Artus und der Könige Indiens verspräche, ich wollte lieber darauf verzichten, als mich in den Kampf zu stürzen. Behaltet Euern Ruhm! Ich bin nicht Segramors, den man fesseln muß, damit er keinen Streit vom Zaune bricht. Des Königs Gunst erringe ich auf andere Art. Sibeche zog nie das Schwert und war stets bei denen zu finden, die dem Feind den Rücken kehrten. Dennoch war man untertänig um seine Gunst bemüht. Er erhielt nämlich von König Ermanrich viele kostbare Geschenke und einträgliche Lehen, ohne je mit dem Schwert einen Helm zu spalten. Für Euch, Herr Kingrimursel, ist mir noch ein Kratzer zuviel! Das ist mein fester Entschluß.«

Da fiel ihm König Vergulacht ins Wort: »Laßt endlich eure Streiterei! Ihr seid mir beide lästig, weil ihr euch gehen laßt. Was fällt euch ein, vor meinen Ohren so zu keifen! Das paßt weder für euch noch mich!«

Das alles geschah im Palast, wohin auch die Schwester des Königs gekommen war. Herr Gawan und viele Edelleute umgaben sie. Der König wandte sich zu seiner Schwester: »Nimm deinen Gefährten und den Landgrafen mit in deine Gemächer. Wer es gut mit mir meint, soll bleiben und mir raten, was ich am besten tun soll.«

Sie erwiderte: »Und vergiß dabei nicht, auch deine Treue in die Waagschale zu legen!«

Der König zog sich zur Beratung zurück. Die Königin war in Gesellschaft ihres Vetters und ihres Gastes; als dritte hatte sich die lastende Sorge hinzugesellt. Höflich nahm die Königin Gawan bei der Hand, um ihn in ihre Gemächer zu führen. Sie sprach zu ihm: »Wäret Ihr auf dem Platze geblieben, müßte die ganze Menschheit diesen Verlust beklagen.« An der Hand der Königin schritt König Lots Sohn dahin; er folgte ihr gern und mit Freuden.

Als die Königin und die beiden Ritter die Kemenate betreten hatten, sorgten die Kämmerer dafür, daß außer einigen schönen Jungfrauen niemand mehr eingelassen wurde. Zuvorkommend und herzlich umsorgte die Königin Gawan, ohne sich durch den Landgrafen in ihrem Tun stören zu lassen. Wie es heißt, bangte die edle Jungfrau sehr um Gawans Leben. Gawan und Kingrimursel verweilten in der Kemenate der Königin, bis der Tag sich neigte und die Nacht hereinbrach. Zur Essenszeit brachten schmalhüftige Jungfrauen Getränke und Speisen herbei: Maulbeerwein, Traubenwein, Würzwein, köstliche Speisen wie Fasane, Rebhühner, wohlschmeckende Fische, feines Weizenbrot. Nach der überstandenen Gefahr langten Gawan und Kingrimursel, von der Königin genötigt, tüchtig zu, und wer nur mochte, hielt mit. Antikonie schnitt ihnen eigenhändig die Speisen vor, obwohl beide höflich abwehrten. Es waren zwar knieende Mundschenken da, doch keiner brauchte zu fürchten, daß ihm das Hosenband riß, denn es waren Jungfrauen in der Blüte ihrer Jugend. Ich hätte mich nicht gewundert und nichts dagegen einzuwenden, wenn ihnen wie jungen Falken das erste Federkleid gewachsen wäre.

Nun hört, was man dem König des Landes in der Ratsversammlung vorgeschlagen hatte, zu der alle Räte von ihm gebeten worden waren. Alle waren gekommen, viele sagten nach bestem Wissen ihre Ansicht, und man erwog alles von verschiedenen Seiten. Der König bat schließlich ums Wort und sprach: »Als ich auf Abenteuersuche in den Wald Lächtamris ritt, mußte ich einen Kampf bestehen. Ein Ritter, dem mein Heldenruhm wohl zu hoch schien, stach mich flugs und mühelos vom Pferd und zwang mich zu dem Versprechen, für ihn den Gral zu erringen. Auch wenn es mich das Leben kostet, ich muß das Versprechen erfüllen, zu dem er mich im Kampf gezwungen hat. Ich benötige in dieser Sache dringend euern Rat. Wie gesagt, ich konnte mich nur durch mein Ehrenwort vor dem Tode retten. Der siegreiche Held, der sich seiner Mannhaftigkeit und Tapferkeit freuen kann, erlegte mir noch mehr Verpflichtungen auf: Wenn es mir nicht gelänge, den Gral zu erringen, so sollte ich mich ohne Winkelzüge nach Jahresfrist zu einer Dame begeben, die die Krone von Pelrapeire trägt und Tampenteires Tochter ist. Ihr sollte ich dann Unterwerfung geloben, und er ließe ihr durch mich sagen, es würde ihm Freude bereiten, wenn sie in Gedanken bei ihm wäre. Er hätte sie einst von König Clamide befreit.«

Nach diesem Bericht nahm erneut Liddamus das Wort: »Wenn diese Herren es gestatten, möchte ich beginnen. Danach sollen sie sagen, was sie raten würden. Das Versprechen, zu dem man Euch gezwungen hat, soll Herr Gawan erfüllen, den Ihr wie einen gefangenen Vogel in Eurer Falle habt. Fordert von ihm, er solle vor der Versammlung geloben, für Euch den Gral zu erringen. Laßt ihn dann in Freundschaft davonreiten und um den Gral kämpfen. Fände er hier in Eurer Burg den Tod, brächte es uns Schande. Bewahrt Euch die Liebe Eurer Schwester und vergebt ihm seine Schuld. Schon hier ist's ihm übel genug ergangen, und dann muß er sich in ein Abenteuer auf Leben und Tod stürzen. In allen Ländern, die das Meer umschließt, steht keine so wehrhafte Burg wie Munsalwäsche. Der Weg zu ihr führt durch harte Kämpfe. Laßt ihn heute nacht ausruhen und teilt ihm morgen den Beschluß des Rates mit.« Die andern Ratgeber stimmten dem Vorschlag zu, und so behielt Herr Gawan in Schanpfanzun das Leben.

Wie es heißt, war der furchtlose Held in der Nacht in guter Hut und fand erquickende Ruhe. Am späten Vormittag drängten nach der Messe Volk und Edelleute in den Palast. Der König wollte den Worten seiner Ratgeber folgen: er ließ Gawan herbeirufen, um ihn zu dem bereits erwähnten Versprechen zu nötigen. Seht, zusammen mit ihrem Vetter und vielen Gefolgsleuten des Königs führte die schöne Antikonie Gawan an der Hand vor ihren Bruder. Auf dem Haupt trug sie einen Blumenkranz, doch die frische Röte ihres Mundes überstrahlte die Farbe der Blumen; keine Blüte vom Kranz leuchtete so rot wie ihre Lippen. Ein liebevoller Kuß von ihr entflammte sicher jeden Ritter dazu, in zahllosen Kämpfen ganze Wälder von Lanzen zu verbrauchen. Wir haben allen Grund, die sittsame, liebliche, makellose Antikonie zu preisen! Nie gab ihr Verhalten Anlaß zu übler Nachrede, und wer um ihren guten Ruf wußte, wollte ihn vor aller böswilligen Verleumdung bewahrt wissen. Durchsichtig klar wie das scharfe Falkenauge und wie der köstliche Balsamduft war ihre feste Treue. In dem Wunsch, ihren Edelsinn aufs neue zu zeigen, sprach die liebreizende, wohlmeinende Schöne höflich zu ihrem Bruder: »Hier bringe ich den Helden, den du meiner Obhut anvertrautest. Es sollte dir daher nicht schwerfallen, auf meine Fürsprache zu hören. Denke an deine brüderliche Treue und erfülle ohne Widerstreben, um was ich dich bitte. Es ist besser für dich, mannhafte Treue zu zeigen, als den Abscheu aller Menschen und den meinen auf dich zu laden. Ich weiß zwar nicht, ob ich dich überhaupt verabscheuen könnte, doch treibe mich nicht durch dein Tun dazu!«

Der edle, schöne König erwiderte: »Wenn irgend möglich, Schwester, will ich es tun. Gib mir auch deinen Rat! Du meinst, daß ich durch eine Untat mein Ansehen eingebüßt und meinen guten Ruf verloren habe. Wie kann ich dann noch dein Bruder sein? Auf alle Königreiche wollte ich verzichten, wenn du es von mir verlangst. Ich kann mir nichts Schlimmeres denken als deinen zornigen Abscheu. Was sind mir Glück und Ehre, wenn du sie nicht anerkennst.

Herr Gawan, ich möchte Euch um etwas bitten: Ihr seid hergeritten, um Heldenruhm zu gewinnen. Helft mir nun, daß die Schwester mir verzeiht, dann wird der erstrebte Ruhm nicht ausbleiben. Ehe ich sie verliere, will ich Euch das Herzeleid verzeihen, das Ihr mir zugefügt habt. Doch nur unter einer Bedingung: Ihr müßt mir versprechen, ohne Aufschub und getreulich für mich nach dem Gral zu suchen.«

So kam die Versöhnung zustande; Gawan wurde bald darauf ausgesandt, den Gral zu erringen. Auch Kingrimursel verzieh dem König, der sich ihm durch die Verletzung des Schutzversprechens entfremdet hatte. Dies geschah in Anwesenheit aller Fürsten in dem Saal, wo man die Schwerter von Gawans Knappen aufgehängt hatte. Man hatte sie bei Ausbruch der Feindseligkeiten entwaffnet, so daß niemand von ihnen im Kampf verletzt worden war. Ein Ritter, der Amtsgewalt in der Stadt besaß, hatte ihnen Frieden erwirkt und sie als Gefangene in Gewahrsam genommen. Knappen unterschiedlicher Herkunft und unterschiedlichen Alters – Franzosen und Bretonen, kräftige Burschen und zarte Knaben – wurden nun wieder frei und ledig vor den tapferen Gawan geführt. Als sie ihn erblickten, konnte er sich vor Umarmungen nicht retten. Weinend hingen sie an seinem Halse, doch waren es Tränen der Freude, die sie weinten. Unter ihnen war Graf Laiz aus Cornwall, Sohn des Tinas, ferner der edle Herzog Gandiluz, Sohn jenes Gurzgri, der zum Kummer vieler Edeldamen im Schoydelacurt ums Leben gekommen war. Liaze war die Tante des Knaben. Sein Antlitz war von großem Liebreiz, und alle Welt hatte ihn gern. Dann gehörten noch sechs Knaben zu Gawans Gefolge. Alle acht Junker waren von edler, vornehmer Herkunft und Gawan durch Blutsverwandtschaft eng verbunden. Der Sold, für den sie dienten, war hohes Ansehen in der Welt; aber auch sonst sorgte Gawan gut für sie.

Er sprach zu den Knaben: »Seid gegrüßt, liebe Sippengenossen! Ich weiß, ihr hättet es ehrlich beklagt, wenn ich hier erschlagen worden wäre.« Und das wäre wirklich so gewesen; sie hatten ohnehin seinetwegen in großer Unruhe gelebt. Gawan fuhr fort: »Ich habe mich sehr um euch gesorgt. Wo wart ihr denn während des Kampfes?« Sie gaben Antwort, ohne daß einer seine Schuld zu beschönigen suchte. »Als Ihr bei der Königin wart, entflog uns ein Sperberweibchen, und wir liefen alle hinterher.« Wer im

Saale war und alles mitansah, bemerkte wohl, daß Herr Gawan nicht nur ein tapferer, sondern auch ein höfisch gebildeter Ritter war. Er verabschiedete sich vom König und von der Hofgesellschaft; vom Landgrafen trennte er sich noch nicht. Die Königin führte Gawan, Kingrimursel und Gawans Junker in ein Gemach und sorgte dafür, daß sie von ihren Jungfrauen liebenswürdig bedient wurden. Viele reizende Mädchen bemühten sich eifrig und höflich um die Gäste Antikonies.

Als Gawan – ich gebe euch alles so wieder, wie es Kyot berichtet hat – das Frühstück eingenommen hatte, folgte ein schmerzlicher Abschied, fühlten sie sich doch schon herzlich verbunden. Er sagte zur Königin: »Herrin, läßt Gott mich am Leben, dann wäre es nur recht und billig, wenn ich auf meinen Fahrten mein ritterliches Wollen und Handeln Euch und Eurer fraulichen Güte widme. Sie gestattet nicht, daß Ihr unedel denkt oder handelt. Man muß Euch vor allen andern Frauen preisen! Ein gütiges Geschick schenke Euch Glück im Leben! Herrin, laßt mich Abschied nehmen und fortziehen! Eure edle Bildung sei Hüterin Eures fraulichen Ansehens!«

Sein Scheiden tat ihr weh, und all ihre liebreizenden Jungfrauen vergossen aus Freundschaft Tränen wie sie. Antikonie sagte offen und ehrlich: »Hätte ich nur mehr für Euch tun können! Ich wäre glücklich darüber gewesen! Wie die Dinge standen, waren aber günstigere Friedensbedingungen nicht zu erreichen. Solltet Ihr in Not geraten, solltet Eure Ritterfahrten Euch in schwere Bedrängnis führen, dann könnt Ihr, Herr Gawan, darauf vertrauen, daß mein Herz an allem, an Gutem und an Bösem, Anteil nimmt.«

Die edle Königin küßte ihn, und Gawan war schmerzlich bewegt, daß er so bald von ihr fortreiten mußte. Der Abschied – meine ich – fiel beiden schwer. Inzwischen hatten Gawans Knappen dafür gesorgt, daß seine Pferde auf dem Palasthof unter schattige Linden geführt wurden. Nach dem Bericht der Erzählung hatte sich auch das Gefolge des Landgrafen eingefunden. Kingrimursel ritt gemeinsam mit Gawan aus der Stadt. Gawan bat ihn höflich, er möge sich der Mühe unterziehen und sein, Gawans, Gefolge nach Bearosche geleiten: »Dort wohnt Scherules. Ihn sollen sie um Geleit nach Dianasdrun bitten. Unter den Bretonen dort wird sich sicher einer finden, der sie zu König Artus oder zur Königin Ginover bringt.« Kingrimursel versprach es. Als Gawan und sein Roß Gringuljete gewappnet waren, nahm der kühne Held Abschied. Er küßte seine jungen Verwandten und edlen Knappen. Wie er versprochen hatte, zog er aus, den Gral zu suchen. Einsam und allein ritt er dräuenden Gefahren entgegen.

NEUNTES BUCH

»Macht auf!«

Wem? Wer seid Ihr denn?

»Ich will zu dir, in dein Herz!«

Das ist doch viel zu eng für Euch!

»Was tut's! Käme ich auch nur mit Mühe und Not hinein, sollte es dich freuen, daß ich Einlaß begehre, denn ich erzähle dir die wunderbarsten Geschichten!«

Ach, Ihr seid es, Frau Aventüre! Wie geht es eigentlich unserem trefflichen Helden? Ich meine den edlen Parzival, den Cundry mit bitteren Worten auf die Suche nach dem Gral trieb. Viele Damen bedauerten seinen unabänderlichen Entschluß. Von Artus, dem Bretonen, brach er damals auf. Wie geht's ihm jetzt? Erzählt von ihm! Zieht er immer noch freudlos umher, oder hat er wieder hohen Ruhm errungen? Ist viel oder wenig von seinem Ansehen zu berichten? So erzählt doch, was für Taten hat er vollbracht? Hat er Munsalwäsche wiedergesehen und den gütigen Anfortas, den er in Verzweiflung zurückließ? Seid so gut und gebt Bescheid, ob Anfortas jetzt von seinem Leiden erlöst ist! Berichtet uns, ob Parzival – Euer und mein Held – schon auf Munsalwäsche war! Nun sagt mir doch, wie ist es ihm ergangen? Was ist dem Sohn der liebreizenden Herzeloyde und Gachmurets widerfahren, seit er Artus verließ? Hat er im Kampf Sieg oder Niederlage erlebt? Zieht es ihn unwiderstehlich hinaus in die Welt, oder ist er träge geworden? Sagt mir, was er tut und treibt!

Nun berichtet uns die Aventüre, er habe zu Pferd viele Länder durchstreift und zu Schiff viele Meere befahren. Niemand, der sich mit ihm im Kampfe maß, konnte sich im Sattel halten; nur Landsleute und Blutsverwandte schonte er. So bestimmte er die Waage des Ruhms: der seine stieg, den der andern ließ er sinken. In vielen Treffen blieb er siegreich, und sein Leben war so kampferfüllt, daß in tausend Ängsten schwebte, wer seinen Ruhm zu schmälern suchte. Einmal zersprang im Streit das Schwert, das Anfortas ihm damals auf der Gralsburg geschenkt hatte, doch die Wunderkraft der Quelle Lac bei Karnant fügte es wieder zusammen. Dieses Schwert half seinen Ruhm zu mehren, und wer's nicht glaubt, tut unrecht daran.

Weiter erzählte die Aventüre, Parzival, der kühne Held, sei einmal durch einen Wald geritten und auf eine Einsiedlerklause gestoßen. Sie stand noch nicht lange dort und war so errichtet, daß ein Bach hindurchplätschern konnte. Der unerschrockene junge Held ritt abenteuerlustig näher. Nun aber wollte Gott ihm wohl: Parzival traf nämlich auf eine Klausnerin, die in frommer Gottesliebe Jungfrau geblieben war und auf alles irdische Glück verzichtet hatte. Alles Leid der Frau blieb unverwelklich frisch in ihrem Herzen, genährt von altbewährter Treue. Zum drittenmal stand Parzival vor Schionatulander und Sigune. Der tote Held hatte in der Klause sein Grab gefunden, und Sigune lebte, über seinen Sarg geneigt, in Trauer dahin. Zwar hörte Herzogin Sigune keine Messe, doch war ihr ganzes Leben ein Gebet. Seit sie auf die Freuden der Welt verzichtet hatte, waren ihre einst vollen, heißen roten Lippen verblaßt. Sie suchte Einsamkeit für ihre Klage. Keine Jungfrau trug so schweres Leid wie sie!

Ihre Liebe, die durch den Tod des Fürsten keine Erfüllung gefunden hatte, galt unvermindert dem Toten. Wäre sie seine Frau geworden, hätte Frau Lunete nicht gewagt, ihr vorzuschlagen, was sie vorschnell ihrer Herrin riet. Nicht selten sind auch heute noch solche Luneten mit fragwürdigen Ratschlägen schnell bei der Hand. Weist eine Frau bei Lebzeit ihres Mannes aus Gattentreue und aus edlem Anstand die Werbung eines anderen zurück, dann besitzt er in ihr nach meiner Überzeugung die vorbildliche Ehefrau. Nichts steht ihr besser an, als auszuharren, das will ich gern bezeugen, wenn ihr wünscht. Verliert sie jedoch ihren Mann, dann mag sie tun, was sie für richtig hält. Bleibt sie auch dann noch treu, so trägt sie einen Kranz, herrlicher als den, der sie beim Tanze schmückt. Doch wie kann ich Freude mit dem Leid vergleichen, das Frau Sigune ihre Treue brachte! Ich will es lieber lassen!

Auf ungebahntem Weg ritt Parzival zu nahe ans Fenster, was er sogleich bedauern sollte. Er wollte nämlich fragen, was für ein Wald das sei oder wohin der Weg führe. So rief er hinein: »Ist jemand drinnen?«

Sie erwiderte: »Ja.«

Als er eine Frauenstimme vernahm, warf er sein Pferd schleunigst herum und lenkte es auf unbetretenen Rasen fern der Klause. Er meinte sogar, er habe zu lange damit gezögert, und es bedrückte ihn, daß er nicht vorher abgestiegen war. Das Pferd band er an den Ast eines gestürzten Baumes, den durchlöcherten Schild hängte er daneben. Als der höfliche, tapfere Ritter wohlerzogen auch sein Schwert abgelegt hatte, trat er neben die Wand am Fenster, um Auskunft zu erbitten. In der Klause gab es weder Lust noch Freude; nur großes Leid fand er darin. Er bat die bleiche Jungfrau ans Fenster, und sie erhob sich höflich von ihrem Gebet. Noch wußte er nicht, wer sie sein mochte. Unter grauem Rock trug sie auf bloßem Leibe ein härenes Hemd, denn sie hatte sich ganz ihrem großen Leid ergeben, das ihren stolzen Sinn gebrochen und ihrem Herzen viele Seufzer abgerungen hatte. Sittsam trat die Jungfrau näher zum Fenster und hieß den Fremden mit freundlichen Worten willkommen. Einen Psalter trug sie in der Hand, und an ihr sah unser Held Parzival einen schmalen Ring, den sie trotz aller selbstgewählten Kasteiung nicht abgelegt, sondern als Zeichen wahrer Liebe behalten hatte. In den Ring war ein kleiner Edelstein, ein Granat, eingelegt, der im dunklen Raum wie ein Feuerfünkchen blitzte. Zum Zeichen der Trauer hatte sie auf jeden Kopfschmuck verzichtet. Sigune sprach: »Herr, draußen an der Wand steht eine Bank. Setzt Euch bitte, wenn Ihr Lust und Zeit habt. Euern Gruß vergelte Gott, der ehrliche Wünsche zu lohnen weiß!«

Unser Held folgte der Aufforderung und setzte sich vor dem Fenster nieder. Zugleich bat er sie, ebenfalls Platz zu nehmen. Sie aber lehnte ab: »Noch nie habe ich mich hier bei einem Manne niedergelassen.«

Nun fragte unser Held danach, was sie hier täte und wer für sie sorge: »Warum wohnt Ihr so fern von allen Menschen in der Wildnis? Es ist mir unverständlich, Herrin, wie Ihr Euer Leben fristet. Weit und breit ist kein Haus zu sehen.«

Sie erwiderte: »Essen erhalte ich regelmäßig vom Gral. Die Zauberin Cundry bringt mir an jedem Samstag in der Nacht die Nahrung für die ganze Woche. Das hat sie sich zur Aufgabe gemacht.« Und weiter sagte sie: »Hätte ich sonst keinen Kummer, um Nahrung brauchte ich mich nicht zu sorgen; damit bin ich wohl versehen.«

Parzival aber glaubte ihr nicht und argwöhnte, sie wolle ihn auch in anderem betrügen. Er sagte daher spöttisch durchs Fenster: »Wem zuliebe tragt Ihr denn den Ring? Es heißt doch, Klausnerinnen und Klausner dürften keine Liebschaft haben.«

Sie erwiderte: »Eure Worte sollen mich wohl als Vorwurf treffen. Sollte ich je Tadel verdienen, dann tadelt mich, wenn Ihr mich überführen könnt. Doch so Gott will, bin ich frei von allem Falsch. Jede Unredlichkeit ist mir fremd.« Und weiter sagte sie: »Dieses Verlobungsgeschenk ist Erinnerung an einen geliebten Mann, dessen Liebe ich nie mit Sinnen genoß, obwohl mein jungfräuliches Herz mich dazu drängte.« Und sie fuhr fort: »Er, dessen Kleinod ich stets bei mir getragen habe, ist hier bei mir. Orilus hat ihn im Zweikampf erschlagen, doch ich will ihm mein ganzes jammervolles Leben lang in Liebe angehören. Er hat als Ritter mit Schild und Lanze um meine Liebe geworben und in meinem Dienst sein Leben gelassen. So soll ihm auch nach seinem Tode meine reine, unverfälschte Liebe gehören. Zwar bin ich Jungfrau, doch vor Gott ist er mein Mann. Steht der Gedanke für die Tat, dann bin ich mit ihm ohne Vorbehalt ehelich verbunden. Sein Tod hat mich schwer getroffen, und dieses Ringlein soll mich als Wahrzeichen meiner rechtmäßigen Ehe mit ihm bis vor Gottes Angesicht begleiten. Die Tränen, die ich aus Herzeleid vergieße, besiegeln meine Treue. Ich bin also nicht allein in dieser Klause; bei mir ist Schionatulander.«

Nun erkannte Parzival, daß er Sigune vor sich hatte, und ihr Leid fiel ihm schwer aufs Herz. Bevor er die Unterhaltung fortsetzte, riß er hastig die Kettenhaube vom Haupt, so daß der Jungfrau unter den Rostflecken seine unverwechselbare Schönheit entgegenstrahlte und sie den tapferen Helden erkannte. Da rief sie: »Ihr seid's, Herr Parzival! Sagt, wie steht es um Eure Sache mit dem Gral? Habt Ihr endlich sein Wesen kennengelernt? Was hat Euch Eure Fahrt gebracht?«

Er erwiderte der vornehmen Jungfrau: »Ich habe keine Freude mehr am Leben; der Gral macht es mir zur Qual. Ich verließ ein Reich, in dem ich die Königskrone trug, und die bezauberndste Frau, der je eine Mutter das Leben geschenkt hat. Ich sehne mich nach ihr, nach ihrem reinen Wesen, nach ihrer Liebe, doch mehr noch zieht es mich zu höherem Ziel: Ich muß Munsalwäsche und den Gral wiedersehen! Das habe ich noch nicht erreicht. Du tust unrecht, Base Sigune, mir feindselig zu begegnen, du weißt doch um mein großes Elend!«

Da sprach die Jungfrau: »Vetter, ich will dich nicht mehr tadeln. Ohnehin hast du dein Lebensglück verscherzt, als du die entscheidende Frage, Schlüssel zu

Ruhm und Ehre, unterließest. Als der gütige Anfortas dich gastfreundlich aufnahm, hielt er dein Glück in Händen. Hättest du gefragt, wäre dir kaum vorstellbares Glück sicher gewesen. Da du es versäumtest, ist deine Lebensfreude dahin, dein stolzer Mut gebrochen, dein Herz von Gram erfüllt. Er wäre dir erspart geblieben, wenn du nach den Zusammenhängen gefragt hättest.«

»Es ist wahr, ich habe mein Unglück selbst verschuldet«, erwiderte er. »Doch denke an unsre Blutsverwandtschaft, liebe Base, und gib mir einen Rat. Sag mir auch, wie es um dich steht. Ich sollte dein trauriges Geschick beklagen, wäre meine Not nicht größer, als je ein Mensch erduldet.«

Sie sagte nun: »Er, der alle Nöte kennt, möge dir helfen! Vielleicht gelingt es dir dann, eine Spur zu entdecken, die dich nach Munsalwäsche führt, wo du dein Glück zu finden meinst. Vor kurzem ritt die Zauberin Cundry fort, und jetzt bedaure ich, sie nicht gefragt zu haben, ob sie nach Munsalwäsche zurückkehren wollte oder ein anderes Ziel hatte. Wenn sie kommt, läßt sie ihr Maultier am Felsenquell stehen. Ich rate dir, ihr nachzureiten. Vielleicht hat sie es nicht so eilig, so daß du sie einholen kannst.«

Unverzüglich nahm unser Held Abschied und folgte der frischen Hufspur. Cundrys Maultier hatte jedoch unwegsames Gelände durchquert, so daß die Spur verschwand und ihm der Gral zum zweiten Mal verlorenging. Seine frohe Erwartung erlosch. Wäre er diesmal nach Munsalwäsche gelangt, hätte er sicher gefragt und nicht geschwiegen wie beim ersten Besuch.

So laßt ihn reiten! Doch wohin soll er sich wenden? Da kam ihm ein Ritter mit entblößtem Haupt entgegen, der unter seinem kostbaren Waffenrock eine blitzende Rüstung trug und, von Helm und Kettenhaube abgesehen, vollständig gerüstet war. Rasch trabte er auf Parzival zu und sprach: »Herr, es paßt mir nicht, daß Ihr Euren Weg durch den Wald meines Landesherrn nehmt. Dafür soll Euch ein Denkzettel werden, dessen Ihr Euch nicht gern erinnern werdet. Munsalwäsche ist's nicht gewohnt, daß einer so nahe heranreitet. Tut er es doch, so muß er einen gefährlichen Kampf bestehen oder eine Buße bieten, die draußen vor dem Walde Tod heißt.« Der Ritter trug in der Hand einen Helm mit seidenen Schnüren, auf einem nagelneuen Schaft steckte ein spitzes Lanzeneisen. Voller Zorn band der Held den Helm kampfbereit auf seinem Haupte fest. Diesmal allerdings sollte ihm Drohung und Herausforderung teuer zu stehen kommen. Dennoch machte er sich bereit zum Zweikampf.

Parzival, der bei solchen gefährlichen Treffen schon viele Lanzen zerbrochen hatte, dachte bei sich: ›Ich wäre des Todes, ritte ich gar über das Saatfeld dieses Mannes! Wie sollte ich mich dann erst vor seiner Wut retten? Hier stampft mein Pferd doch nur wildes Farnkraut nieder. Nun gut: Wenn mir Hände und Arme gehorchen, soll er für meinen Waldritt solche Buße erhalten, daß er keine Hand mehr an mich legen kann!‹

Auf beiden Seiten ließ man die Pferde mit verhängten Zügeln losgaloppieren und spornte sie vor dem Zusammenstoß zu vollem Lauf. Keiner verfehlte den anderen! Parzival hatte seine breite Brust schon manchem gegnerischen Ansturm dargeboten. Kunst und Kampfeseifer lenkten seine Hand, so daß sein Stoß genau den Knoten der Helmschnur traf, die Stelle also, bis zu der man im Kampf den Schildrand hebt. Der Tempelherr aus Munsalwäsche wurde vom Pferd hinab in eine tiefe Schlucht geschleudert und stürzte, ohne Halt zu finden. Parzival jagte in Stoßrichtung weiter. Das galoppierende Pferd war nicht mehr zu zügeln, stürzte gleichfalls in die Schlucht und wurde auf dem Felsgrund zerschmettert. Im letzten Augenblick konnte Parzival mit beiden Händen den Ast einer Zeder packen. Lacht ihn nicht aus, daß er sich ohne Schergen selbst aufhängte. Schließlich gewann er mit den Füßen Halt auf einem Felsvorsprung. Tot lag sein Pferd unten in der unzugänglichen Schlucht, während sein Gegner am Leben geblieben war und eilends den gegenüberliegenden Hang erkletterte. Wenn er teilen wollte, was er von Parzival erbeutet hatte, wäre ihm guter Rat teuer. Daheim beim Gral wäre es ihm besser ergangen. Parzival erklomm nun den Schluchtrand. Die Zügel des Rosses, das der überwundene Ritter zurückgelassen hatte, waren zu Boden gefallen, es hatte sich mit den Füßen darin verwickelt und war stehengeblieben, als hätte man ihm zu warten befohlen. Als sich Parzival auf seinen Rücken schwang, hatte er lediglich seine Lanze eingebüßt, deren Verlust jedoch der Gewinn des Pferdes reichlich aufwog. Ich glaube, weder der starke Lähelin noch der stolze Kingrisin, auch nicht der König Gramoflanz oder der Graf Lascoyt, Sohn des Gurnemanz, haben je einen Zweikampf bestanden, der so erbittert war wie der, in dem Parzival dieses Pferd erbeutete. Parzival ritt nun ins Ungewisse, ohne daß ihn die Ritterschar von Munsalwäsche noch einmal angriff, und er war traurig, daß er nicht zum Gral gelangen konnte.

Wer zuhören will, dem will ich erzählen, wie es ihm danach erging. Nach den geschilderten Ereignissen vergingen viele Wochen, die Parzival wie früher auf Abenteuersuche verbrachte. Eines Morgens ritt er durch einen tiefen Wald, und es war Schnee gefallen, so viel, daß man schon frieren konnte. Da schritt ihm ein alter Ritter entgegen. Sein Bart war zwar völlig ergraut, doch sein Antlitz war faltenlos und frisch. Grauhaarig und rotwangig war auch seine Gattin. Beide befanden sich auf der Pilgerfahrt und trugen graue Röcke aus rauhem, grobem Stoff auf dem bloßen Leib. Gleiche Kleider trugen auch seine Töchter, zwei Jungfrauen, die man mit Wohlgefallen betrachten konnte. Demütigen Herzens gingen alle barfuß durch den Schnee. Parzival grüßte den grauen Ritter, der ihm noch zu seinem Glück raten sollte. Er hatte das Aussehen eines vornehmen Herrn. Neben ihm liefen kleine Schoßhunde. Demütig und sittsam folgten ihm Ritter und Knappen auf seiner Pilgerfahrt, darunter viele bartlose Jünglinge.

Unser edler Held Parzival war voll gewappnet, und seine kostbare Rüstung stand ihm ritterlich genug. Der gerüstete Reiter stach schroff von dem ärmlich gekleideten grauen Ritter ab. Parzival wich mit seinem Pferd sofort vom Weg und fragte dann neugierig, was die frommen Leute zu dieser Reise veranlaßt hätte. Er erhielt freundlichen Bescheid, doch der graue Ritter tat auch sein Bedauern kund, daß er sich an diesen heiligen Tagen nicht waffenlos oder besser noch barfuß zeige, um sie gebührend zu begehen. Parzival antwortete: »Herr, ich weiß nicht, wann das Jahr begonnen hat, in welcher Woche wir leben und welchen Wochentag wir haben. Einst diente ich dem, den man Gott nennt, bis er es zuließ, daß ich schändlich verhöhnt wurde. Vorher habe ich nie an ihm gezweifelt, denn man hat mir versichert, er sei hilfreich. Ich habe aber keine Hilfe erfahren.«

Da sprach der graue Ritter: »Meint Ihr den Gott, den die Jungfrau Maria geboren hat? Wenn Ihr an seine Menschwerdung glaubt und daran, was er um unsertwillen an diesem Tag, den man deshalb festlich begeht, erlitten hat, dann tut Ihr unrecht, die Rüstung zu tragen. Heute ist Karfreitag, und da sollten sich alle Menschen freuen, aber auch seufzen und bangen. Nie erwies uns Gott größere Treue als damals, als er für uns ans Kreuz geschlagen wurde. Herr, wenn Ihr getauft seid, sollte Euch dieser Handel leid sein! Er hat sein hochheiliges Leben hingegeben für unsre Schuld, derentwegen der Mensch verloren und der Hölle verfallen war. Wenn Ihr kein Heide seid, dann begeht diesen Tag, wie es sich gehört! Folgt unsrer Spur. Nicht weit von Euch wohnt ein heiliger Mann, der Euch raten und eine Buße für Eure Missetat auferlegen wird. Zeigt Ihr Euch reuig, wird er Euch Eure Sünden vergeben.«

Da sprachen seine Töchter: »Warum bist du so unfreundlich, Vater? Was rätst du ihm bei diesem unwirtlichen Wetter? Warum gibst du ihm nicht Gelegenheit, sich aufzuwärmen? Wie ritterlich stark seine gepanzerten Arme auch sind, sie dürften tüchtig durchgefroren sein. Selbst wenn er dreimal so stark wäre, müßte er der Kälte erliegen. Du hast doch in der Nähe Zelte und Pilgerhütten. Käme König Artus zu dir, so würdest du ihn auch aufnehmen und bewirten. Zeige dich als guter Gastgeber und lade den Ritter zu dir ein.«

Der graue Ritter wandte sich an Parzival: »Herr, meine Töchter haben recht. Ich wohne ganz in der Nähe, und in jedem Jahr ziehe ich zur Leidenszeit des Herrn, der treuen Dienst mit ewigem Lohn vergilt, ohne Rücksicht auf Hitze oder Kälte in diesen wilden Wald. Was ich auf der Pilgerfahrt an Speisen mitgenommen habe, will ich gern mit Euch teilen.«

Die Jungfrauen baten ihn herzlich und inständig, bei ihnen zu bleiben, und versicherten, ein Verweilen täte seiner Ehre keinen Schaden. Als Parzival sie betrachtete, sah er, daß sie trotz des Frostes rote, volle und heiße Lippen hatten und durchaus keinen schmerzbewegten Anblick boten, wie es dem heiligen Festtag eigentlich entsprochen hätte. Müßte ich sie für ein kleines Vergehen strafen, holte ich mir bei ihnen – das will ich gar nicht in Abrede stellen – als Buße bestimmt einen Kuß, ihr Einverständnis natürlich vorausgesetzt. Frauen sind und bleiben nun einmal Frauen. Selbst einen wehrhaften Mann unterwerfen sie sich im Handumdrehen. Dafür gibt es Beispiele genug.

Parzival wurde nun von allen Seiten, von Vater, Mutter und Töchtern, mit freundlichen Bitten bestürmt, doch er dachte bei sich: ›Schließe ich mich ihnen an, dann böte das einen merkwürdigen Anblick. Die Mädchen sind so wunderschön, daß es sich nicht schickt, neben ihnen zu reiten, zumal alle andern zu Fuß gehen. Auch bin ich mit dem verfeindet, den sie von Herzen lieben und von dem sie Hilfe erhoffen. Also ist's besser, wenn ich von ihnen scheide, denn er hat mir seine Hilfe versagt und mich nicht vor

Trübsal bewahrt.‹ Und Parzival sprach zu ihnen: »Herr und Herrin, gestattet mir, Abschied zu nehmen. Ein gütiges Geschick schenke euch Glück und viel Freude! Ihr anmutigen Jungfrauen habt edles Gefühl gezeigt, als ihr mir freundliche Aufnahme erwirken wolltet. Doch laßt mich gehen!« Er verneigte sich grüßend, auch die anderen verneigten sich und verhehlten ihr Bedauern nicht.

Fort ritt Herzeloydes Sohn. Seine ritterliche Erziehung hatte ihn Demut des Herzens und Mitleid gelehrt. Trauer zog in sein Herz, denn die junge Herzeloyde hatte ihm ihre treue Gesinnung vererbt. Endlich wandte er seine Gedanken dem zu, der die ganze Welt erschaffen hat. Er dachte an seinen Schöpfer, an seine Allmacht, und er sprach zu sich: ›Ob Gott mir wohl helfen kann, meine Trübsal zu überwinden? War er je einem Ritter freundlich gesinnt, erdiente je ein Ritter seinen Lohn, können Schild, Schwert und rechte Mannestat seiner Hilfe würdig machen und von Trübsal erlösen, ist schließlich heute sein hilfreicher Tag, dann helfe er mir, wenn er helfen kann!‹ Er wandte sich um und blickte in die Richtung, aus der er gekommen war. Dort verharrten noch die Pilger und bedauerten treuen Herzens sein Scheiden. Auch die Jungfrauen blickten ihm nach, und er gestand sich, daß ihre Schönheit seine Blicke fesselte.

Er sprach zu sich: ›Hat Gott so große Macht, daß er Tiere und Menschen nach seinem Willen lenken kann, dann will ich seine Allmacht preisen. Kann Gott mir in seiner Weisheit Hilfe bringen, dann soll er diesen Kastilianer mir zu Nutz und Frommen auf den besten Weg lenken und mir in seiner Güte Hilfe gewähren. So gehe denn, wie Gott es will!‹ Er streifte dem Pferd die Zügel über den Hals und trieb es mit den Sporen an. Da trabte es auf Fontane la salvatsche zu, wo er einst Orilus einen Eid geschworen hatte. Dort hauste der fromme Trevrizent, der die ganze Woche über fastete. Er hatte auf Maulbeerwein, Traubenwein, sogar auf Brot verzichtet. Doch seine Enthaltsamkeit gebot ihm mehr: er aß nichts, was Blut enthielt, weder Fleisch noch Fisch. Er führte ein frommes Leben, denn Gott hatte ihn den Entschluß fassen lassen, sich ganz auf den Eintritt in die himmlische Schar vorzubereiten. Das Fasten erlegte ihm schwere Entbehrungen auf, doch mit Enthaltsamkeit bekämpfte er die Versuchungen des Satans. Von ihm wird nun Parzival die Geheimnisse des Grals erfahren. Wer mich vorher danach fragte und mich schalt, weil ich es ihm nicht sagte, hat sich selbst in eine peinliche Lage gebracht. Kyot bat mich, Stillschweigen zu bewahren, denn die Aventüre gebot ihm, nichts darüber verlauten zu lassen, bis der Gang der Erzählung näheren Aufschluß erforderlich machte. Kyot, der berühmte Meister der Dichtkunst, fand in Toledo in einer unbeachteten arabischen Handschrift die Erstfassung dieser Erzählung. Zuvor mußte er die fremde Schrift lesen lernen, allerdings ohne die Zauberkunst zu studieren. Ihm kam zustatten, daß er getauft war, sonst wäre die Erzählung bis heute unbekannt geblieben. Keine heidnische Wissenschaft reicht nämlich aus, das Wesen des Grals zu entschlüsseln und in seine Geheimnisse einzudringen. Einst lebte ein Heide mit Namen Flegetanis, der für seine Gelehrsamkeit hoch berühmt war. Dieser Naturforscher stammte von Salomon ab und war aus altem israelischem Geschlecht. Seine Abstammung läßt sich zurückverfolgen bis in die Zeit vor der Menschwerdung Christi, als die Taufe unser Schutz vor dem Höllenfeuer wurde. Dieser Mann zeichnete die Geschichte des Grals auf. Väterlicherseits war Flegetanis ein Heide und erwies einem Kalb göttliche Ehre. Wie konnte der Teufel ein verständiges Volk zu so schmählichem Tun verführen, so daß es sich nicht einmal durch die Allmacht und Weisheit Gottes davon abbringen ließ! Der Heide Flegetanis besaß Kenntnisse über die Bahnen der Sterne und ihre Umlaufzeit. Mit dem Kreislauf der Sterne ist aber das Geschick der Menschen eng verbunden. So entdeckte der Heide Flegetanis in der Konstellation der Gestirne verborgene Geheimnisse, von denen er selbst nur mit Scheu erzählte. Er erklärte, es gäbe ein Ding, das ›der Gral‹ hieße; diesen Namen las er klar und unzweideutig in den Sternen. ›Eine Schar von Engeln ließ ihn auf der Erde zurück, bevor sie hoch über die Sterne emporschwebte und vielleicht, von ihrer Schuld befreit, wieder in den Himmel gelangte. Seither müssen ihn Christen mit ebenso reinem Herzen hüten. Wer zum Gral berufen wird, besitzt höchste menschliche Würde.‹

Dies schrieb Flegetanis darüber. Kyot, der gelehrte Meister, suchte nun überall in lateinischen Büchern nach Hinweisen, wo es ein Volk gegeben habe, das dank seiner Reinheit zum Schutz des Grals berufen wurde. Er durchforschte die Chroniken von Britannien, Frankreich, Irland und anderen Ländern. Schließlich fand er die gesuchte Kunde in Anjou. Er las die authentische und ausführliche Geschichte von Mazadan und den Schicksalen seines Geschlechts. Auch las er, daß Titurel und sein Sohn Frimutel den

Gral auf Anfortas vererbten und daß Herzeloyde seine Schwester war. Sie schenkte Gachmuret einen Sohn, den Helden dieser Erzählung.

Der aber ritt auf der frischen Spur des grauen Ritters und erkannte trotz der Schneedecke den Ort wieder, den er einst im Schmuck leuchtendbunter Blumen gesehen hatte. Vor einer Felsenwand lag der Schauplatz, auf dem er mit mannhafter Hand für Frau Jeschute die Versöhnung erzwungen und den Zorn des Orilus besänftigt hatte. Die Spur führte ihn jedoch weiter bis zu einem Anwesen, das Fontane la salvatsche hieß. Dort traf er auf den Hausherrn, der ihn willkommen hieß.

Der Einsiedler sprach zu ihm: »Weh, Herr, wie konntet Ihr Euch an diesem heiligen Tag so schwer vergehen! Hat Euch Kampfesnot in die Rüstung gezwungen? Oder mußtet Ihr nicht kämpfen? Verhält sich's so, dann solltet Ihr besser andere Kleider tragen, oder Ihr handelt hoffärtig. Steigt ab, Herr, und wärmt Euch am Feuer; ich denke, Euch wird's nicht gerade unangenehm sein. Hat Euch die Aventüre ausgesandt, um Liebeslohn zu kämpfen, und liebt Ihr echt und wahr, dann solltet Ihr heute Eurer Liebe ein anderes Ziel geben! Später mögt Ihr wieder um die Gunst der Frauen dienen. Steigt also bitte ab!«

Unser Held Parzival schwang sich vom Pferd und trat mit ausgesuchter Höflichkeit auf den Einsiedler zu. Er berichtete von den Pilgern, die ihn hergewiesen und des Einsiedlers Ratklugheit gerühmt hatten, und sagte schließlich: »Herr, ratet mir, denn ich bin ein sündenbeladener Mensch!«

Auf diese Worte erwiderte der fromme Mann: »Ich

will Euch gern beraten, doch sagt mir zuvor genau, wer Euch hergeschickt hat.«

»Herr, im Walde begegnete mir ein grauer Ritter. Er und seine Begleitung haben mich freundlich begrüßt. Dieser redliche Mann wies mich zu Euch. Ich ritt auf seiner Spur, bis ich Euch fand.«

Da sprach der Hausherr: »Das war Kahenis, ganz und gar ein vornehmer Edelmann. Der Fürst ist ein Punturteise. Seine Schwester ist die Frau des mächtigen Königs von Kareis. Nie wurden reinere Kinder geboren als die Töchter des Fürsten, denen Ihr begegnet seid. Kahenis ist königlicher Abkunft und pilgert jedes Jahr hierher zu mir.«

Parzival sprach zum Hausherrn: »Hattet Ihr denn keine Furcht, als Ihr mich erblicktet und ich auf Euch zuritt? War Euch in diesem Augenblick mein Kommen nicht leid?«

Der andere erwiderte: »Glaubt mir, Herr, mich haben Bär und Hirsch weit häufiger erschreckt als Menschen. Laßt Euch versichern, daß ich vor Menschen keine Furcht habe; ich bin erfahren genug im Umgang mit ihnen. Nehmt es nicht für Prahlerei, wenn ich sage, daß ich einst weder im Kampfe noch bei den Frauen zaghaft war. Ich bin noch nie ein Hasenherz gewesen und im Streit zurückgewichen. Als ich mich noch im Kampf erprobte, war ich ein Ritter wie Ihr und strebte auch nach hoher Liebe. Nicht selten trübten sündhafte Gedanken die Reinheit meines Herzens. Ich wollte ein glanzvolles Leben führen, um die Zuneigung einer Frau zu gewinnen. Jetzt ist das alles vergessen! Reicht mir den Zaum, Euer Pferd soll sich unter der Felswand ausruhen. Wir aber wollen nach einer Weile aufbrechen, um junge Triebe und

Farne für das Pferd zu suchen. Anderes Futter habe ich nicht, doch wir werden es schon gut versorgen.«

Parzival wollte abwehren, als er nach dem Zaum griff, doch der fromme Mann sagte: »Eure gute Erziehung verbietet Euch, mit dem Gastgeber zu streiten. Tut Ihr es dennoch, muß man Euch tadeln.« Da überließ Parzival seinem Gastgeber den Zaum. Der führte das Pferd in eine Nische unter die Felswand, wohin sich nie ein Sonnenstrahl verirrte. Hier war ein natürlicher Pferdestall entstanden, den ein Felsenquell durchfloß.

Parzival wartete im Schnee. Ein Schwächling hätte es nicht ertragen, bei frostiger Kälte in eiserner Rüstung zu stehen. Sein Gastgeber führte ihn nun in eine windgeschützte Höhle, die von glühenden Kohlen erwärmt wurde. Das war dem Gast sehr willkommen. Während sein Gastgeber eine Kerze anzündete, legte der Held seine Rüstung ab. Er stand dabei auf einer Schütte von Stroh und Farnkraut, die den ganzen Boden bedeckte. Als sich seine Glieder erwärmten, zeigte seine Haut wieder frische Farbe. Er mochte müde sein vom Aufenthalt im Walde, hatte er doch meist unwegsames Gelände durchquert und viele Nächte unter freiem Himmel zugebracht. Nun hatte er einen Gastgeber gefunden, der es gut mit ihm meinte. Der Einsiedler reichte ihm einen Rock und führte ihn dann in eine zweite Höhle. Dort lagen Bücher, in denen der fromme Mann zu lesen pflegte. Ein Altarstein im Raum war nach der Karfreitagssitte unbedeckt. Auf dem Altar stand ein Reliquienschrein, den Parzival sogleich wiedererkannte. Es war der Schrein, auf den er beim Eid die Hand gelegt hatte, als er Frau Jeschutes Leid in Glück verwandelte und ihr Freude in Fülle brachte. Parzival sprach zu seinem Gastgeber: »Herr, ich kenne diesen Reliquienschrein. Schon einmal bin ich vor ihn hingetreten und habe einen Eid auf ihn geschworen. Daneben fand ich eine bemalte Lanze, Herr, und nahm sie mit. Wie ich später erfuhr, hat sie mir zu Siegesruhm verholfen. Einst war ich nämlich so tief in Gedanken an meine Frau verloren, daß ich nichts um mich wahrnahm. In diesem Zustand trug ich zwei harte Kämpfe aus, ohne daß ich davon wußte. Damals war ich als Ritter noch geachtet. Jetzt aber drückt mich größerer Kummer, als je ein Mensch erdulden mußte. Bei Eurer edlen Bildung, sagt mir bitte, wieviel Zeit verflossen ist, seit ich die Lanze mit mir nahm.«

Da sprach der fromme Mann: »Mein Freund Taurian hat sie hier vergessen; später klagte er mir den Verlust. Fünfeinhalb Jahre und drei Tage sind es her, seit Ihr die Lanze mit Euch nahmt. Wenn Ihr wollt, rechne ich es Euch vor.« Und er las ihm aus dem Psalter genau die Zahl der Jahre und sogar der Wochen vor, die seitdem verstrichen waren.

»Nun erst wird mir klar, wie lange ich schon ziel- und freudlos umherirre«, sprach Parzival. »Glück und Freude sind ein unerreichbarer Traum für mich, der ich die schwere Last des Leides tragen muß. Laßt Euch mehr über mein Leben erzählen, Herr. Seit meinem letzten Aufenthalt an diesem Ort sah man mich nie in Kirchen und Münster, wo Gottes Ehre gepriesen wird. Ich suchte nur den Kampf und hasse Gott von ganzem Herzen, denn er ist schuld an meiner Trübsal und hat sie so vermehrt, daß sie all mein Glück lebendig begraben hat. Hätte Gott mir in seiner Allmacht geholfen, mein Glück fest zu verankern, dann wäre es nicht im Schlammgrund der Trübsal versunken. Mein mannhaftes Herz ist wund; es konnte nicht unverletzt bleiben, als die Trübsal ihren Dornenkranz auf meinen Ritterruhm drückte, den ich im Kampf mit tapferen Männern errungen habe. Das rechne ich dem zur Schande, der in allen Nöten helfen kann. Obwohl er rasch helfen könnte, hat er mir nicht geholfen, so viele Worte man auch um seine Hilfsbereitschaft macht.«

Der Hausherr seufzte und blickte Parzival aufmerksam an. Dann sagte er: »Herr, wenn Ihr Verstand habt, solltet Ihr fest auf Gott vertrauen. Er wird Euch helfen, wenn es an der Zeit ist. Möge er uns beiden hilfreich sein! Setzt Euch, Herr, und erklärt mir besonnen und zusammenhängend, wie es zu dem Zerwürfnis kam, das Euch Gott hassen läßt. Laßt es als Mann von edler Bildung Euch aber auch gefallen, daß ich Euch noch vor Eurer Anklage von seiner Unschuld überzeuge. Er ist immer hilfsbereit. Obwohl ich ein Laie bin, habe ich doch die Berichte der Bibel gelesen und niedergeschrieben, daß der Mensch beharrlich um die unermeßliche Hilfe Gottes dienen soll, der stets bereit war, der Seele beizustehen, wenn sie im Höllengrunde zu versinken drohte. Seid ihm treu und zweifelt nie, denn Gott ist der Inbegriff der Treue, und falsche List verabscheut er. Danken wir ihm dafür, daß er so viel für uns getan hat. Trotz seiner edlen, hohen Abkunft nahm er um unsertwillen Menschengestalt an. Gott heißt und ist die Wahrheit, und Trug ist ihm verhaßt. Überdenkt das in aller Ruhe. Er kann nicht treulos handeln. Besinnt Euch also eines Besseren und hütet Euch, an ihm zu zweifeln. Mit Zorn könnt Ihr ihm nichts abtrotzen. Wer hört, daß Ihr ihn mit Haß verfolgt, wird an Euerm Verstand zweifeln. Überlegt nur, was Luzifer und seine Gesellen erreichten. Sie hatten doch keine Galle wie wir Menschen! O Gott, woher kam ihnen der neidvolle Haß, der sie zu fortwährender Rebellion trieb? Das wird ihnen nun in der Hölle übel gelohnt! Astiroth, Belcimon, Belet, Radamant und andere, von denen ich gehört habe, die ganze glanzvolle himmlische Schar wurde zur Strafe für ihren Haß schwarz wie die Hölle. Als Luzifer mit seiner Rotte in die Hölle hinabfuhr, trat an seine Stelle der Mensch: Gott schuf aus Erde den würdigen Adam, und aus Adams Rippe schuf er Eva, die unser Unheil heraufbeschwor; sie hörte nicht auf das Gebot ihres Schöpfers und zerstörte so unser aller Heil! Beide zeugten Kinder: der eine ließ sich von seinem Jähzorn hinreißen, aus Habgier und Prahlsucht die jungfräuliche Unschuld seiner Ahne zu beflecken. Mancher wird jetzt eine Erklärung wünschen, um den Sinn dieser Worte begreifen zu können. Es ist aber wirklich geschehen, und zwar durch die Sünde.«

Parzival sprach zweifelnd: »Herr, das kann ich nicht glauben! Wer soll denn den Mann geboren haben, der seiner Ahne die jungfräuliche Unschuld raubte? Wie könnt Ihr so etwas behaupten?«

Der Hausherr aber entgegnete: »Ich will Euch Euern Zweifel nehmen. Spreche ich nicht die reine Wahrheit, könnt Ihr über meinen Betrug erbost sein. Die Erde war Adams Mutter, und von den Früchten der Erde nährte er sich. Bis dahin war die Erde jungfräulich. Und nun sollt Ihr erfahren, wer ihr die jungfräuliche Unschuld raubte: Adam war der Vater Kains, und Kain erschlug geringen Vorteils wegen seinen Bruder Abel. Als das Blut die jungfräuliche Erde netzte, war ihre Unschuld dahin. Adams Sohn Kain hat sie ihr geraubt, und seither herrscht Unfriede unter den Menschen. Auf Erden gibt es nichts Reineres als eine makellose Jungfrau. Urteilt selbst: Gott war das Kind einer Jungfrau, also stammen insgesamt zwei Menschen von Jungfrauen ab, denn Gott nahm nach Adams Bilde Menschengestalt an. Das war bei seiner Größe ein Ausdruck demütiger Selbstbescheidung! Unsere Abstammung von Adam brachte uns Leid und Wonne zugleich: Wonne, weil der Herr über alle Engelscharen seine Verwandtschaft mit uns anerkennt, Leid, weil wir von Adam die Last der Sünde geerbt haben und sie tragen müssen. Darüber erbarme sich der Allmächtige und Allbarmherzige, der durch seine Menschwerdung mit treuer Hingabe gegen die Treulosigkeit kämpft! Ihr dürft ihm nichts nachtragen, sonst verscherzt Ihr Euer Seelenheil! Tut Buße für Eure Sünde, übereilt Euch nicht mit Worten und Taten! Glaubt mir, wer sich für eine Kränkung mit unverschämten Reden rächt, spricht sich nur selbst das Urteil! Alte Weisheiten, die Euch Treue lehren, besitzen auch heute noch Gültigkeit für Euch. Der Prophet Platon verkündete sie zu seiner Zeit ebenso wie die Prophetin Sibylle. Sie weissagten schon vor vielen Jahren, daß wir von unsrer großen Sündenschuld erlöst würden. Aus dem Abgrund der Hölle rettete uns in göttlicher Liebe die Hand des Allerhöchsten, und nur die Gottlosen ließ er zurück. Diese herrlichen Verheißungen künden von dem wahrhaft Liebenden. Er ist ein durchdringend strahlendes Licht, unwandelbar in seiner Liebe. Wem er seine Liebe offenbart, der ist selig in seiner

Liebe. Die Menschen teilen sich in zwei Gruppen; sie können wählen zwischen seiner Liebe und seinem Zorn. Sagt selbst, was besser für Euch ist! Der Sünder, der keine Reue kennt, flieht die göttliche Treue. Wer aber für seine Sündenschuld Buße tut, der dient um die köstliche Gnade Gottes, dem kein Gedanke verborgen bleibt. Der Gedanke des Menschen ist verborgen vor den Strahlen der Sonne; ohne Schloß und Riegel ist er doch aller Kreatur verschlossen; dunkel ist er, durch keinen Lichtstrahl verrät er sich. Die Gottheit aber, Inbegriff der Reinheit, durchbricht strahlend die Wand der Finsternis. Ohne daß man sie sieht oder hört, dringt sie wie der Blitz ins Herz, um es ebensoschnell zu verlassen. Kein Gedanke kann so rasch aus dem Herzen ins Licht der Welt treten, daß Gott ihn nicht schon vorher geprüft hätte. Die reinen Gedanken nimmt er zu sich. Da Gott nun alle unsere Gedanken ergründet, ach, warum hüten wir uns nicht vor bösen Taten! Wenn sich ein Mensch durch seine bösen Taten die Gnade Gottes verscherzt und Gott sich seiner schämen muß, wo kann dann seine arme Seele noch Zuflucht finden? Wenn Ihr Gott, der Liebe und Zorn in seiner Hand hält, beleidigt, dann seid Ihr rettungslos verloren. Geht also in Euch, damit er Eure Gutwilligkeit vergelten kann!«

Da sprach Parzival: »Herr, ich bin von Herzen froh darüber, daß Ihr mich belehrt habt über den, der Böses und Gutes nach Gebühr vergilt. Doch ich habe trotz meiner Treue meine jungen Jahre bis heute in Mühsal verbracht.«

Der Hausherr entgegnete: »Wollt Ihr darüber reden, so würde ich gern hören, was für Mühsal und welche Sünden Euch drücken. Wenn Ihr mir Gelegenheit gebt, sie zu prüfen, käme mir vielleicht ein hilfreicher Gedanke, auf den Ihr selbst noch nicht verfallen seid.«

Erneut sprach Parzival: »Mein größtes Verlangen ist es, den Gral zu erringen, doch ich sehne mich auch nach meiner Frau; nie wurde auf Erden Schöneres geboren. Zum Gral und zu ihr fühle ich mich unwiderstehlich hingezogen.«

Der Hausherr sagte: »Herr, Ihr habt recht damit. Wenn Ihr Euch nach Eurer eignen Frau in Sehnsuchtsschmerz verzehrt, ist Eure Mühsal verständlich und berechtigt. Lebt Ihr auf Erden in rechter Ehe, dann braucht Ihr keine Höllenqual zu fürchten. Mit Gottes Hilfe seid Ihr bald die Höllenfesseln los und frei von aller Pein. Nun habt Ihr aber auch gesagt, daß Ihr nach dem Gral verlangt. Ihr Tor! Das kann ich nur bedauern. Den Gral kann allein erringen, wer im Himmel bekannt genug ist, zum Gral berufen zu werden. Das sei Euch zur Sache mit dem Gral gesagt. Ich weiß es wohl, ich habe es selbst erlebt.«

Parzival fragte: »Wart Ihr denn selber dort?«

Der Hausherr erwiderte: »Ja, Herr.«

Parzival verriet mit keinem Wort, daß auch er schon einmal hingelangt war. Er fragte vielmehr den Einsiedler weiter aus, welche Bewandtnis es mit dem Gral habe. Der sprach: »Mir ist bekannt, daß in Munsalwäsche beim Gral viele wehrhafte Ritter leben, die häufig auf Abenteuer ausreiten. Diese Tempelherren sehen im Kampf, ob er Niederlage oder Ruhm bringt, eine Buße für ihre Sünden. Dort wohnt also eine tapfere Schar, und ich will Euch auch erzählen, wovon sie leben: Sie erhalten Speise und Trank von einem makellos reinen Stein, und wenn Ihr bisher noch nichts von ihm gehört habt, wird er Euch jetzt beschrieben. Er heißt Lapsit exillis. Die Wunderkraft des Steines läßt den Phönix zu Asche verbrennen, aus der er zu neuem Leben hervorgeht. Das ist die Mauser des Phönix, und er erstrahlt danach ebensoschön wie zuvor. Erblickt ein todkranker Mensch diesen Stein, dann kann ihm in der folgenden Woche der Tod nichts anhaben. Er altert auch nicht, sondern sein Leib bleibt wie zu der Zeit, da er den Stein erblickt. Ob Jungfrau oder Mann: wenn sie, in der Blüte ihres Lebens stehend, den Stein zweihundert Jahre lang ansehen, ergraut lediglich ihr Haar. Der Stein verleiht den Menschen solche Lebenskraft, daß der Körper seine Jugendfrische bewahrt. Diesen Stein nennt man auch den Gral. Am heutigen Tag senkt sich auf ihn eine Botschaft, auf der seine Wunderkraft beruht. Heute haben wir Karfreitag, und an diesem Tag kann man sehen, wie eine Taube vom Himmel herabfliegt und eine kleine weiße Oblate zum Stein trägt. Nachdem sie die Oblate auf den Stein gelegt hat, kehrt die blendendweiße Taube zum Himmel zurück. Wie gesagt: Jedes Jahr am Karfreitag legt sie eine solche Oblate auf den Stein, die ihm die Wunderkraft verleiht, die köstlichsten Getränke und Speisen dieser Erde in überströmender Fülle darzubieten, alles, was die Erde hervorbringt, auch alles Wildbret unter dem Himmel, ob es fliegt, läuft oder schwimmt. Die Wunderkraft des Grals sichert das Dasein seiner ritterlichen Bruderschaft. Vernehmt nun, wie bekannt wird, wer zum Gral berufen ist. Am oberen Rand des Steins erscheint eine geheimnisvolle Inschrift. Sie kündet Namen und Geschlecht der Mädchen oder Knaben, die für die heilbringende Fahrt zum Gral bestimmt sind. Man braucht die Inschrift nicht zu entfernen, denn sobald man sie gelesen hat, verschwindet sie von selbst vor den Augen. Wer heute als erwachsener Mensch beim Grale lebt, ist als Kind zu ihm berufen worden. Jede Mutter kann sich glückselig schätzen, wenn ihr Kind zum Dienst beim Gral berufen wird. Arme und Reiche sind glücklich, wenn sie aufgefordert werden, ihr Kind in die Gralsgemeinschaft zu entsenden. Aus vielen Ländern werden ihre Mitglieder geholt, und sie bleiben beim Gral ihr Leben lang frei vom Makel der Sünde. Später erwartet sie reicher Lohn im Himmel. Geht ihr Leben auf Erden zu Ende, dann finden sie im Himmel höchste Erfüllung. Jene edlen und erhabenen Engel, die im Kampf zwischen Luzifer und der göttlichen Dreieinigkeit für keine Seite Partei ergreifen wollten, wurden zur Strafe auf die Erde verbannt, um den makellos reinen Stein zu hüten. Ich weiß nicht, ob Gott ihnen verziehen oder ob er sie endgültig verworfen hat. Wenn es seine göttliche Gerechtigkeit zuließ, hat er sie vielleicht wieder in Gnaden aufgenommen. Seitdem hüten den Stein die Menschen, die Gott dazu berufen und denen er seinen Engel geschickt hat. Herr, so steht es also um den Gral!«

Da sprach Parzival: »Kann man durch ritterliche Taten mit Schild und Lanze irdischen Ruhm und ewige Seligkeit erringen, dann habe ich mich stets darum gemüht. Ich bin keinem Kampf ausgewichen und habe mit wehrhafter Hand um Heldenruhm gestritten. Versteht Gott etwas von Kampfestaten, dann müßte er mich zum Gral berufen, damit man mich dort kennenlernen kann. Ich werde keinem Kampf ausweichen!«

Sein frommer Gastgeber aber sprach: »Ihr müßtet Euch dort vor allem in Demut üben und vor eitler Selbstüberhebung hüten! Wie leicht würdet Ihr in jugendlichem Überschwang das Gebot demütiger Selbstbeherrschung übertreten! Doch Hochmut kommt vor dem Fall!« Nach diesen Worten flossen dem Hausherrn die Augen über beim Gedanken daran, was er Parzival nun sagen wollte. Er hob an: »Herr, dort lebt ein König mit Namen Anfortas. Seine herzzerreißende Not, Lohn eitler Selbstüberhebung, sollte Euch und mich armen Sünder erbarmen. Seine Jugend, seine Macht und ein Liebesverlangen, das alle Grenzen von Vernunft und Sittsamkeit überschritt, brachten ihm bitteres Leid. Solche Haltung verstößt gegen die Satzungen des Grals! Ritter und Knechte sind verpflichtet, sich vor Leichtfertigkeit zu hüten, denn Demut ist mächtiger als Hochmut. Beim Gral lebt eine auserlesene Bruderschaft, die mit der Kraft ihrer kampferprobten Arme bisher jeden Zudringlichen fernhielt. So blieben die Geheimnisse des Grals gewahrt; nur die wissen von ihnen, die nach Munsalwäsche in die Gralsgemeinschaft berufen wurden. Ein einziger Mensch gelangte nach Munsalwäsche, ohne dazu berufen zu sein. Er war jedoch ein Tor, und er zog sündenbeladen von dannen. Er versäumte es nämlich, den Hausherrn nach der Ursache seines Elends zu fragen, obwohl er ihn deutlich genug leiden sah. Ich will niemanden schelten, aber daß er sich nicht nach dem bejammernswerten Los des Hausherrn erkundigt hat, ist eine Sünde, die er büßen muß, denn niemand lebt so elend wie Anfortas.

Vor diesem konnte noch König Lähelin bis zum See Brumbane vordringen, wo ihn der edle Held Libbeals von Prienlascors zum Zweikampf zwang. Libbeals fand im Kampf den Tod, und Lähelin führte das Pferd des toten Helden mit sich fort, so daß die Totenberaubung bekannt wurde. Herr, seid Ihr etwa Lähelin? Das Tier in meinem Stall sieht aus, als gehöre es zu den Pferden der Gralsgemeinschaft. Es muß aus Munsalwäsche stammen, denn es trägt am Sattel das Bild einer Turteltaube. Dies Wappenzeichen gab der Gralsgemeinschaft Anfortas, als er noch unbeschwert und glücklich war. Die Gralsritter tragen es seit eh und je auf ihren Schilden. Titurel vererbte es auf seinen Sohn, König Frimutel. Unter einem solchen Schild verlor der kühne Held im Zweikampf sein Leben. Er liebte seine Frau so innig, wie nie ein Mann eine Frau geliebt hat, und hing an ihr in unwandelbarer Treue. Nehmt Euch ein Beispiel an ihm und liebt Eure Ehefrau ebenso von ganzem Herzen! Auch sonst kann er Euch Vorbild sein, zumal Ihr ihm ähnlich seid. Vor Anfortas war er Herrscher über den Gral. Ach, Herr, woher kommt Ihr? Bitte sagt mir, welchem Geschlecht Ihr entstammt!«

Beide sahen einander fest in die Augen, und endlich sprach Parzival zum Hausherrn: »Ich stamme von einem Manne ab, der in seinem Streben nach ritterlicher Bewährung im Zweikampf den Tod gefunden hat. Herr, schließt ihn gütig in Eure Fürbitte ein. Mein Vater hieß Gachmuret von Anjou. Ich bin nicht Lähelin, Herr! Zwar habe auch ich einst einen Toten beraubt, doch es geschah in törichtem Unverstand. Ja, ich bin schuldig geworden und gestehe diese Sünde. Meine sündige Hand erschlug Ither von Kukumerland. Ich streckte ihn nieder und nahm, was zu nehmen war.«

»Weh dir, Welt! Das ist dein Lauf!« rief der Hausherr, erschüttert von diesem Bericht. »Du gibst dem Menschen mehr Herzeleid und jammervolles Elend als Freude. Das also ist dein Lohn! Das also ist das Ende vom Lied!« Und weiter sprach er: »Lieber Neffe, was soll ich dazu sagen? Du hast deinen eigenen Verwandten erschlagen. Trittst du mit dieser Schuld vor Gottes Richterstuhl, dann büßt du, richtet er gerecht, mit dem Leben, denn ihr wart vom selben Blut. Wie willst du deine Tat an Ither von Gaheviez sühnen? Nach Gottes Willen verkörperte er die Frucht echter Vornehmheit, die das Erdenrund verschönt. Alles Unrecht war ihm, dem Inbegriff der Treue, ein Greuel. Irdischer Makel floh vor ihm, doch vornehme Würde hielt Einzug in seinem Herzen. Um dieses liebenswerten Mannes willen müßten dir alle edlen Frauen feind sein; denn in ihrem Dienste ging er auf, und seine Anmut ließ jedes Frauenauge leuchten. Gott erbarme sich, daß du solches Leid bewirkt hast! Auch deine Mutter Herzeloyde, meine Schwester, ist vor Sehnsucht nach dir gestorben!«

»Frommer Mann, was sagt Ihr da? Das kann nicht sein!« rief Parzival. »Wäre ich Herrscher über den Gral, ich könnte nie verschmerzen, was Ihr eben spracht! Wenn ich wirklich Euer Neffe bin, dann handelt recht an mir und sagt aufrichtig, ob beides wirklich wahr ist!«

Da sprach der fromme Mann: »Mir liegt jeder Trug fern! Ihre Treue war es, die deiner Mutter in der Stunde deines Abschieds den Tod brachte. Du warst das Tier, das sie säugte, du warst der Drache, der von ihr davonflog: noch vor deiner Geburt hat sie dies alles im Traum erlebt. Außer ihr habe ich noch zwei Schwestern. Die eine, Schoysiane, starb bei der Geburt ihres Kindes. Ihr Mann war Herzog Kyot von Katalonien, und er ist seit ihrem Tod nie wieder froh gewesen. Sein Töchterchen Sigune kam in die Obhut deiner Mutter. Schoysianes Tod schmerzt mich zutiefst. Sie hatte ein edles Herz und war wie eine Arche auf der Flut der Unkeuschheit. Meine zweite Schwester ist eine makellose Jungfrau. Es ist Repanse de Schoye, die Hüterin des Grals. Er ist so schwer, daß ihn selbst die ganze sündige Menschheit nicht von der Stelle bewegen könnte. Ihr und mein Bruder ist Anfortas, der nach der Erbfolge die Herrschaft über den Gral angetreten hat. Leider lebt er freudlos dahin und kann nur noch hoffen, daß ihm sein Elend einst zur ewigen Seligkeit verhelfen wird. Dieses bejammernswerte Los verdankt er einem merkwürdigen Ereignis, von dem ich dir jetzt berichten will, lieber Neffe, und wenn du Treue im Herzen trägst, wirst du dich seiner Pein erbarmen. Als Frimutel gefallen war, erhob man seinen ältesten Sohn zum König, zum Schutzherrn des Grals und der Gralsgemeinschaft, und dies war mein Bruder Anfortas. Er war der Krone und der Herrschergewalt durchaus würdig, obgleich wir Geschwister damals alle noch jung waren. Nun trat mein Bruder in jenes Lebensalter, in dem die ersten Barthaare sprießen. Solcher Jugend macht die Liebe zu schaffen, und sie gewinnt solche Gewalt über ihre Auserkorenen, daß es eigentlich eine Schande ist. Liebt aber ein Gralsherrscher eine andre Frau, als ihm die Inschrift auf dem Gral bestimmt, dann wird er mit Drangsal und beklagenswertem Herzeleid gestraft. Mein Herrscher und Bruder erwählte nun eine Geliebte von edler Art, wie er glaubte. Es bleibe beiseite, wer sie war. In ihrem Dienst vollbrachte er mutige Taten und zerschlug so manchen Schild. Der schöne, edle Jüngling erwarb durch seine Abenteuerfahrten höchsten Ruhm in allen Ländern, wo nur Ritter leben. Sein Kampfruf war ›Amor!‹, obwohl dies nicht gerade von demütiger Gesinnung zeugt. Eines Tages ritt der König, was den Seinen großen Kummer bereiten sollte, allein auf Abenteuersuche. Sein Liebesverlangen trieb ihn, das beglückende Erlebnis sieghafter Liebe zu suchen. Damals wurde dein lieber Oheim im Zweikampf von einer vergifteten Lanze an der Scham verwundet und siecht seitdem rettungslos dahin. Den Kampf trug ein Heide mit ihm aus; er stammte aus Ethnise, wo der Tigris aus dem Paradies fließt. Dieser Heide war fest überzeugt davon, durch seine Heldenkraft den Gral erringen zu können. Sein Namenszug war in den Lanzenschaft eingeritzt. Von der Sage über die Wunderkraft des Grals angelockt, durchquerte er Länder und Meere und suchte in der Ferne ritterliche Kämpfe. Sein Lanzenstoß ließ unser Glück entschwinden. Dein Oheim errang zwar den Sieg in diesem Kampf, doch er trug in seinem Körper die Lanzenspitze davon. Als der edle Jüngling heimkehrte zu den Seinen, erhob sich lautes Wehklagen. Der Heide blieb tot auf dem Kampfplatz zurück, und wir haben keine Ursache, seinen Tod zu beklagen. Als der König totenbleich und mit schwindenden Kräften bei uns angelangt war, untersuchte ein Arzt die Wunde und entdeckte darin die Lanzenspitze. Auch ein

Splitter des Bambusschaftes steckte noch in der Wunde, und der Arzt zog Bambussplitter wie Lanzeneisen heraus. Ich aber warf mich betend auf die Knie und gelobte dem allmächtigen Gott, dem Ritterleben zu entsagen, damit Gott zu seinem eigenen Ruhme meinen Bruder aus der Not errette. Ich verschwor Fleisch, Wein, Brot und alles, was Blut in den Adern hat. Nie wieder wollte ich danach verlangen. Daß ich dem Schwert entsagte, lieber Neffe, war für das Gralsvolk Grund zu neuer Klage. Alle riefen: ›Wer soll nun die Geheimnisse des Grals schützen?‹ Und Tränen flossen aus klaren Augen. – Man trug den König schnell vor den Gral, damit ihm Gott helfe. Daß der König den Gral ansehen mußte, vermehrte seine Qualen, denn nun konnte er nicht sterben. Das durfte er auch nicht, denn da ich mich einem Leben in Armut ergeben hatte, gründete sich die Herrschaft des edlen Gralsgeschlechtes nur noch auf seine schwachen Kräfte. Die Wunde des Königs eiterte heftig, und obwohl wir eifrig in zahlreichen medizinischen Werken nachschlugen, blieb alles vergeblich und erfolglos. Alle Mittel gegen den Biß von Aspis, Ecidemon, Echontius, Lisis, Jecis, Meatris, gefährliche Schlangen mit starkem Gift, und anderen Giftschlangen, alle Heilkräuter, die in der Arzneikunde erfahrene Ärzte dagegen anwenden, halfen nicht. Kurz und gut: Nichts schlug an, denn Gott wollte keine Heilung! In Hoffnung auf Hilfe schöpften wir Wasser aus den paradiesischen Flüssen Geon, Fison, Euphrat und Tigris, und zwar ganz nahe bei ihrem Austritt aus dem Paradies. Schwammen noch heilkräftige, uns hilfreiche Kräuter darin, dann konnte ihr lieblicher, heilsamer Duft noch nicht verflogen sein. Das alles war jedoch verlorene Mühe, und unser Herzeleid blieb ungestillt. Wir versuchten es auf vielerlei andere Art. So beschafften wir uns jene Pflanze, die Sibylle Äneas als Schutz gegen die Höllenpein, den Dunst des Phlegeton und anderer Unterweltsflüsse empfahl. Wir mühten uns lange Zeit, bis wir die Heilpflanze endlich fanden, da wir nicht wußten, ob nicht die gräßliche, all unsere Lebensfreude tötende Lanze etwa im Höllenfeuer vergiftet und gehärtet worden war. Doch das war nicht der Fall. – Dann gibt es den Vogel Pelikan. Wenn seine Brut ausschlüpft, umhegt er sie mit so überschwenglicher Liebe, daß er sich in treuer Fürsorge in die eigene Brust beißt und das Blut in den Schnabel der Jungvögel fließen läßt. Er selbst geht dabei zugrunde. In der Hoffnung, seine Treue könnte Heilung bringen, beschafften wir uns solches Blut und strichen es auf die Wunde, so gut wir es verstanden. Aber es brachte auch keine Hilfe. – Ferner gibt es ein Tier, das man Einhorn nennt. Dieses Tier fühlt zu einer unberührten Jungfrau so großes Zutrauen, daß es in ihrem Schoße einschläft. Um die Qualen des Königs zu lindern, beschafften wir uns das Herz des Tieres und den Karfunkelstein, der im Stirnknochen unter dem Horn wächst. Erst führten wir den Stein nur über die Wunde, dann drückten wir ihn hinein, doch die Wunde behielt ihre giftige Färbung, und wir litten mit dem König. – Danach beschafften wir uns das Kraut Natterwurz. Von dem Kraut heißt es, es sprieße aus dem Blut eines erschlagenen Drachens und stünde in geheimnisvoller Beziehung zum Lauf der Gestirne. Wir versuchten nun, ob das Sternbild des Drachens gegen die Wirkung der aufziehenden

Planeten und den Wechsel des Mondes, die den Wundschmerz verstärkten, nützen könne, doch trotz seiner edlen, erhabenen Herkunft brachte uns das Heilkraut keine Hilfe. Schließlich warfen wir uns betend vor dem Gral auf die Knie. Da zeigte sich auf seinem Rand eine Schrift: ein Ritter würde kommen. Sollte er mitleidig nach dem Geschick des Königs fragen, dann hätte alles Elend ein Ende. Doch dürfe ihn niemand auf die Wichtigkeit der Frage hinweisen, sonst würde sie nicht helfen. Die Wunde bliebe dann unverändert, ja sie bereite noch größere Schmerzen als vorher. Und weiter hieß es in der Schrift: ›Habt ihr auch alles gut verstanden? Jeder heimliche Hinweis schadet nur! Und fragt er nicht gleich in der ersten Nacht, dann ist die Gelegenheit verpaßt; späteres Fragen wirkt nicht mehr. Fragt er jedoch zur rechten Stunde, dann soll er die Herrschaft über das Königreich übernehmen, und alles Elend ist nach dem Willen des Allerhöchsten vorbei. Anfortas wird dann genesen, doch er soll nicht mehr König sein.‹

Wir lasen also am Gral, die Qual des Anfortas könne durch eine Mitleidsfrage geendet werden. Nun behandelten wir die Wunde mit schmerzlindernden Mitteln, so mit der trefflichen Nardensalbe, mit theriakhaltigen Mitteln und mit dem Rauch von Aloeholz, doch Anfortas litt weiter große Schmerzen. Damals zog ich mich hierher zurück, wo ich ein Leben in Trauer führe. Später kam wirklich der angekündigte und bereits erwähnte Ritter zum Gral geritten. Wäre er lieber gar nicht erst erschienen! Er hat nur Schande auf sich geladen! Obwohl das qualvolle Elend des Hausherrn gar nicht zu übersehen war, kamen ihm nicht die Worte in den Sinn: ›Herr, was fehlt Euch?‹ Da er in seiner Torheit die Frage versäumte, hat er das große Glück, das ihn erwartete, verscherzt.«

Nach diesen Worten waren beide im Herzen betrübt. Indes war es Mittag geworden, und der Hausherr sprach: »Gehen wir auf die Nahrungsuche! Dein Pferd hat noch nichts bekommen, und auch uns kann ich nichts vorsetzen, wenn Gott uns nichts gibt. In meiner Küche raucht kaum ein Feuer. Damit mußt du dich heute und solange du hier bist abfinden. Wäre kein Schnee gefallen, hätte ich dich heute in der Kräuterkunde unterwiesen. Gott gebe, daß der Schnee bald schmilzt! Brechen wir also junge Eibensprossen! Sicher hat dein Pferd in Munsalwäsche oft genug besseres Futter erhalten, doch seid ihr beide, du und dein Pferd, nie bei einem Hausherrn gewesen, der mehr auf euer Wohl bedacht wäre, wenn er nur alles zur Verfügung hätte!«

Damit gingen sie hinaus auf Nahrungsuche. Parzival kümmerte sich um Futter für sein Pferd, während der Hausherr Wurzeln ausgrub, mit denen sie sich begnügen mußten. Er hielt sich streng an seine Ordenssatzung und aß vor der None keine einzige Wurzel, obwohl er viele ausgrub. Sorgsam hängte er sie an Büschen auf und suchte weiter. Manchen Tag kehrte er zu Ehren Gottes ungespeist zurück, und zwar dann, wenn er die Büsche, an denen seine Nahrung hing, nicht wiederfand. Beide Gefährten ließen sich die Mühe nicht verdrießen und wanderten zu der sprudelnden Quelle, wo sie Wurzeln und Kräuter wuschen. Dabei ertönte kein fröhliches Lachen. Schließlich wuschen sie sich die Hände. Als Parzival seinem Pferd ein Bündel Eibensprossen vorgeworfen hatte, kehrten beide auf die Strohschütte vor das Kohlenbecken zurück. Nach anderen Speisen brauchte man nicht zu suchen; bei ihnen wurde weder gekocht noch gebraten, denn die Küche war völlig leer. Parzival besaß Verstand genug und fühlte überdies tiefe Zuneigung zu seinem Gastgeber, so daß er sich besser bewirtet wähnte als bei Gurnemanz oder als er, viele wunderschöne, strahlende Edeldamen vor Augen, in Munsalwäsche vom Gral gespeist wurde. Der Hausherr sprach wohlmeinend und weise: »Neffe, schätze bitte diese Speise nicht gering, denn du fändest so schnell keinen Gastgeber, der dir so gern wie ich das Beste vom Besten vorsetzen möchte.«

Parzival erwiderte: »Herr, möge Gott mich verstoßen, wenn es mir jemals bei einem Gastgeber besser geschmeckt hat.«

Wuschen sie sich nach Tisch auch nicht die Hände, sie brauchten für ihre Augen nichts zu fürchten; dazu soll allerdings Anlaß bestehen, wenn man Fisch gegessen hat. Was mich betrifft, so kann ich versichern: Hielte man mich dort als Jagdvogel und ritte man mit mir auf die Beizjagd, so würde ich mich bei so mageren Bissen höchst beutegierig von der Faust aufschwingen und meine Flügel ordentlich gebrauchen! Doch was spotte ich über die Getreuen? Wieder einmal hat mich meine alte Unart verleitet! Ihr habt ja gehört, warum sie keinen Reichtum besaßen, warum sie karg und freudlos lebten, warum sie froren und kaum Wärme fühlten. In wahrer Treue und unbeirrbar trugen beide ihr Herzeleid und empfingen schließlich von der Hand des Allerhöchsten den Lohn für ihre Leiden. Gott war und wurde ihnen gnädig.

Parzival und der fromme Mann erhoben sich und gingen in den Stall zum Pferd. Betrübt sprach der Hausherr es an: »Mich dauert, daß du hungern mußt, denn du trägst auf deinem Sattel das Wappen des Anfortas.«

Während sie das Pferd versorgten, nahm ihr Gespräch eine neue schmerzliche Wendung. Parzival sagte zu seinem Gastgeber: »Herr und lieber Oheim, ich sollte Euch mein Unglück klagen, hielte mich die Scham nicht ab. Bei Eurer edlen Bildung, habt Nachsicht mit mir, denn ich suche vertrauensvoll Zuflucht bei Euch. Ich habe so arg gefrevelt, daß ich hoffnungslos verloren bin und nie von meinem Leid erlöst werde, wenn Ihr gerechte Vergeltung übt. Beklagt lieber meine Unerfahrenheit und gebt mir Euern wohlmeinenden Rat. Der Ritter, der nach Munsalwäsche kam, das jammervolle Elend sah und dennoch keine Frage stellte, war ich Unglückseliger! Herr, es war mein Vergehen!«

Da rief der Hausherr: »Was sagst du, Neffe? Nun haben wir wirklich allen Grund, aus tiefstem Herzen zu klagen und zu trauern! Du hast deinen Verstand nicht gebraucht und dein Glück verscherzt! Deine fünf Sinne, die Gott dir gab, haben versagt! Warum ließen sie dich beim Anblick der Wunde des Anfortas nicht Teilnahme empfinden? Trotz allem aber will ich dir meinen Rat nicht vorenthalten. Zunächst dies: Überlaß dich nie völlig der Verzweiflung und halte deine Trauer in Grenzen! Die Menschen sind seltsame Wesen. Manchmal ist man in der Jugend weise und im Alter töricht genug, den Spiegel der Lauterkeit zu trüben. Damit aber wird das reine Wollen des Anfangs beschmutzt; die frischgrünende Tugend der

Jugendzeit verdorrt, und sie sollte sich doch im Alter bewähren und Wurzeln schlagen, damit der Mensch den anderen wohlgefällig ist. Sollte es mir gelingen, deine Tugend wieder grünen und dein Herz neuen rechten Mut fassen zu lassen, damit du die Wertschätzung der Menschen erringst und an Gott nicht verzweifelst, dann wirst du deine hohen Ziele erreichen und Verlorenes wiedergewinnen. Gott hat dich nicht verlassen; in seinem Namen stehe ich dir mit Rat und Hilfe zur Seite. Sag, hast du die Lanze in der Burg Munsalwäsche gesehen? Hat der Saturn seinen höchsten Stand erreicht, so merken wir das am Zustand der Wunde und am Schnee, der mitten im Sommer fällt. Damals hat der innere Frost deinen lieben Oheim besonders gepeinigt; man mußte die Lanzenspitze in die Wunde stoßen, damit ein Schmerz den anderen betäubte. Das erklärt, warum die Spitze blutgerötet war. Wenn nämlich bestimmte Planeten, die sich hoch über den anderen Sternen in unregelmäßigen Bahnen bewegen, ihren Lauf beginnen, ertönt beim Gralsvolk jammervolle Klage. Auch bei Mondwechsel verschlimmert sich der Zustand der Wunde. Zu solchen Zeiten findet der König keine Ruhe, ein innerer Frost befällt ihn, sein Körper wird kälter als der Schnee. Dann legt man auf die Wunde das Lanzeneisen, das ja mit einem brennenden Gift bestrichen ist, womit es die Kälte aus dem Körper zieht. Das Eisen bedeckt sich mit einer glasklaren, eisähnlichen Schicht, die sich nur mit den beiden von Trebuchet kunstreich geschmiedeten Silbermessern entfernen läßt. Wie man den Klingen solche Schärfe verleiht, hat ihm ein Segensspruch verraten, der im Schwert des Königs eingraviert war. Mancher behauptet zwar,

Asbest brenne nicht, doch läßt man ein Stück von diesem Glas darauf fallen, dann lodern Flammen auf, die selbst Asbest verzehren. Solche Wunderkraft besitzt das Gift. Der König kann nicht reiten, nicht gehen, nicht liegen und nicht stehen, er kann nicht richtig sitzen, lehnt nur halb und kennt seinen jammervollen Zustand genau. Bei Mondwechsel peinigen ihn furchtbare Schmerzen. Nun liegt in der Nähe der See Brumbane. Dorthin bringt man ihn dann, damit die wohlriechenden Lüfte über dem See den üblen Geruch der Wunde vertreiben. Das nennt er seinen Jagdtag, doch er braucht auf der Burg viel mehr, als er dort schmerzgepeinigt fangen kann. So entstand die Mär, er sei ein Fischer, bei der er es belassen muß, obgleich der traurige, freudlose Mann weder Salme noch Lampreten feilbietet.«

Da sagte Parzival: »Ich begegnete dem König, als sein Boot auf dem See vor Anker lag, und glaubte wirklich, er fange Fische oder suche sonst Zerstreuung. Ich war an diesem Tage bereits viele Meilen weit geritten, obwohl ich Pelrapeire erst am späten Vormittag verlassen hatte. Gegen Abend suchte ich nach einem Unterkommen. Dazu hat mein Oheim mir dann auch verholfen.«

»Du bist einen gefährlichen Weg geritten«, sprach der Hausherr. »Er führte an vielen Wachtposten vorbei, deren jeder mit einer Ritterschar besetzt ist, und noch nie hat jemand mit List diese Sperre durchbrochen. Wer auf seinem Ritt bis zu den Gralswächtern vordringt, setzt sein Leben aufs Spiel. Dort gibt's keinen Pardon, dort geht's um Leben und Tod! Dieser Einsatz ist den Gralshütern als Buße für ihre Sünden auferlegt.«

»Ich gelangte damals unangefochten dorthin, wo der König weilte«, sprach Parzival. »Am Abend war dann sein Palast erfüllt von Jammer. Fühlen sie sich denn wohl dabei? Als nämlich ein Knappe den Saal betrat und eine Lanze mit blutiger Spitze an den vier Wänden entlangtrug, brach die ganze Gesellschaft in Wehklagen aus.«

Der Hausherr aber sprach: »Neffe, damals quälten den König die furchtbarsten Schmerzen; der Saturn näherte sich nämlich seinem höchsten Stand und brachte schneidenden Frost. Es nützte nichts mehr, das Lanzeneisen wie gewöhnlich nur aufzulegen, sondern man mußte es in die Wunde hineinbohren. Nähert sich der Saturn auf seiner Bahn dem höchsten Punkt, dann spürt es der König in seiner Wunde im voraus, während die Kälte in der Natur erst später einsetzt. Der Schnee hatte es nicht so eilig; er fiel erst in der folgenden Nacht, obwohl der Sommer schon seine Herrschaft angetreten hatte. Daß man die innere Kälte des Königs auf so furchtbare Weise bekämpfen mußte, war der Grund für den Jammer des Gralsvolks«, sprach der fromme Trevrizent. »Der Schmerz hatte alle überwältigt, denn jeder fühlte die Lanzenspitze in seinem Herzen und sah sich der Freude beraubt. Ihr aufrichtiges Mitleid aber beweist, daß die Lehre des Christentums in ihnen lebendig war.«

Parzival sprach nun zum Hausherrn: »Ich sah vor dem König in edler Haltung auch fünfundzwanzig Jungfrauen.«

Der Hausherr erwiderte: »Gott hat bestimmt, daß beim Gral Jungfrauen dienen sollen; der Gralsdienst ist eine hohe Auszeichnung. So dürfen ihn nur Ritter verrichten, die keusch und enthaltsam sind. Steigen die Sterne auf ihrer Bahn empor, dann überkommt das Gralsvolk tiefer Gram. Zu lange währt schon Gottes Zorn! Wie könnten sie da fröhlich sein?

Neffe, jetzt will ich dir noch etwas erzählen, was du gern glauben darfst. Das Gralsvolk nimmt und gibt zugleich. So nehmen sie Kinder von vornehmer Geburt und körperlicher Schönheit bei sich auf. Erlischt aber andererseits in der Welt ein Herrschergeschlecht und wünscht das Volk des verwaisten Landes in Ehrfurcht vor Gott einen Herrscher aus der Gralsgemeinschaft, dann wird dieser Wunsch erfüllt. Sie müssen ihm aber untertänig dienen, denn auf ihm ruht Gottes Segen. Die Männer sendet Gott im geheimen aus, die Jungfrauen dagegen werden öffentlich aus der Gralsgemeinschaft entlassen. Folgendes sollst du erfahren: Vor vielen Jahren warb König Castis um Herzeloyde, und sie wurde in aller Form mit ihm vermählt. Man gab ihm also deine Mutter zur Ehefrau, doch er sollte sich ihrer Liebe nicht erfreuen; der Tod ließ ihn ins Grab sinken. Vorher noch schenkte er deiner Mutter die Länder Valois und Norgals mit den Städten Kanvoleis und Kingrivals. Vom Tode gezeichnet, starb der König auf der Heimreise von der Gralsburg. So war Herzeloyde die rechtmäßige Königin zweier Reiche, als sie Gachmuret erwählte.

Die Jungfrauen werden also öffentlich, die Ritter heimlich vom Gral in die Welt gesandt, um ihre Nachkommen wieder für den Gralsdienst gewinnen zu können; die Kinder sollen die Gralsgemeinschaft vermehren und den Gralsdienst nach dem Willen Gottes erfüllen. Doch wenn ein Ritter sich zum

Gralsdienst entschlossen hat, muß er auf Frauenliebe verzichten. Nur dem König ist die Ehe mit einer makellos reinen Frau gestattet, ebenso den Rittern, die Gott als Herrscher in herrenlose Länder entsandt hat. Ich nun übertrat dieses Gebot und diente einer Frau, um ihre Liebe zu erringen. Getrieben vom Tatendurst meiner blühenden Jugend und von den Vorzügen der Edeldame, stürzte ich mich in ihrem Dienst in viele harte Kämpfe. Das ungebundene Abenteuerleben reizte mich so sehr, daß ich Turniere verschmähte. Meine Liebe erfüllte mich mit unbändiger Lebenslust und ließ mich viele Kämpfe bestehen. Ihre Macht trieb mich auf Ritterfahrt in unbekannte Fernen. Ich gewann ihre Liebe, indem ich mich für den lockenden Liebeslohn mit Heiden und Christen schlug. So durchstreifte ich kämpfend im Dienst der edlen Frau alle drei Erdteile: Europa, Asien und das ferne Afrika. Wollte ich mich besonders hervortun, dann ritt ich nach Gaurion. So manchen Zweikampf habe ich vor dem Berge zu Feimurgan ausgetragen. Viele harte Zweikämpfe bestand ich auch vor dem Berge zu Agremontin. Hier treten einem feuerumlohte Männer entgegen oder solche, die nicht brennen, je nachdem, auf welcher Seite man seine Herausforderung ruft. Als ich auf Abenteuersuche vor den Rohas zog, stellte sich mir eine Schar tapferer wendischer Ritter in den Weg. Ein anderes Mal segelte ich von Sevilla übers Meer und gelangte über Cilli und Friaul nach Aquileja. Ach, daß ich deinem Vater je begegnen mußte! Das geschah bei meinem Einzug in Sevilla, wo der edle Herr von Anjou schon vor mir Herberge genommen hatte. Mein Leben lang werde ich beklagen, daß er nach Bagdad zog und im

Zweikampf den Tod fand. Du hast schon früher davon erzählt, und der Gram darüber wird mein Herz nie verlassen. Mein Bruder Anfortas ist unermeßlich reich und ließ mich oft heimlich auf Ritterfahrt ausziehen. Ich nahm aus Munsalwäsche sein Siegel mit und ritt nach Karcobra im Bistum Barbigöl, wo sich der Plimizöl in einen See ergießt. Wies ich das Siegel vor, dann gab mir der Burggraf an Knappen und Ausrüstung, was ich für meine abenteuerlichen Zweikämpfe und Ritterfahrten brauchte. Und er ließ es an nichts fehlen. Von Munsalwäsche her mußte ich allerdings allein zu ihm kommen, und bevor ich nach Munsalwäsche zurückkehrte, ließ ich meine Begleitung bei ihm.

Höre noch dies, lieber Neffe. Als mich dein edler Vater in Sevilla erblickte, erklärte er sofort, ich sei der Bruder seiner Frau Herzeloyde. Dabei hatte er mich nie zuvor gesehen. Damals war ich wirklich ein bildschöner, bartloser Jüngling. Als er in meine Herberge kam, versicherte ich ihm hoch und heilig, daß er sich irre. Erst als er sich nicht davon abbringen ließ, gestand ich es ihm zu seiner großen Freude unter vier Augen ein. Wir tauschten kostbare Geschenke aus. Der Reliquienschrein, den du gesehen hast, ist aus dem Edelstein geschaffen, den mir der untadelige Held damals gab. In der Farbe ist er grüner noch als Klee. Dein Vater überließ mir auch seinen Neffen Ither, den König von Kukumerland, als Schildknappen, der sein Herz vor allem Falsch bewahrte. Als wir unsern Aufbruch nicht mehr verzögern konnten, nahmen wir Abschied voneinander. Gachmuret zog zum Baruc, ich zum Rohas. Als ich von Cilli aus dort eingetroffen war, trug ich an drei

Montagen zahlreiche Kämpfe aus, und ich meine, recht tüchtig gestritten zu haben. Unmittelbar darauf ritt ich in die große Stadt Gandin, nach der dein Großvater genannt ist. Die Stadt liegt an der Stelle, wo die Grajena in die goldführende Drau mündet. Ither war dort wohlbekannt, denn in der Stadt lebte seine Liebste, deine Base. Sie war die Landesherrin; Gandin von Anjou hatte sie als Regentin des Landes eingesetzt. Ihr Name ist Lammire, und das Land heißt Steiermark. Ja, wer das Leben eines Ritters führen will, muß durch viele Länder ziehen.

Tief betrübt hat mich der Tod meines roten Schildknappen; ihm zu Ehren wurde ich von Lammire mit größter Höflichkeit aufgenommen. Ither war dir blutsverwandt; du hast die Bande des Blutes mißachtet! Gott hat deine Freveltat nicht vergessen, und vielleicht fordert er noch Rechenschaft von dir. Willst du Gott wohlgefällig handeln, dann leiste Buße für die Tat! In tiefem Schmerz muß ich dir sagen, daß du zwei schwere Sünden begangen hast: Du hast Ither erschlagen und mußt auch deine Mutter betrauern. Sie hat dich innig und treu geliebt und fand den Tod, als du sie verließest. Folge meinem Rat und tu Buße für deine Missetaten! Denk an dein Ende und scheue auf Erden keine Mühen, deiner Seele die ewige Seligkeit zu erringen!«

Ruhig fragte der Hausherr nun weiter: »Neffe, du hast mir noch nicht gesagt, wie du zu diesem Pferd gekommen bist!«

»Herr, ich habe es im Kampf erbeutet, nachdem ich von Sigune fortgeritten bin, mit der ich vor einer Klause sprach. Unmittelbar darauf stach ich in raschem Anlauf einen Ritter aus Munsalwäsche von diesem Pferd und nahm es mit mir.«

Der Hausherr fragte: »Ist der rechtmäßige Eigentümer mit dem Leben davongekommen?«

»Herr, ich sah ihn zurückgehen, sein Pferd dagegen ist neben mir stehengeblieben.«

»Wenn du das Gralsvolk beraubst und dann noch glaubst, seine Liebe gewinnen zu können, dann paßt das schlecht zusammen.«

»Herr, ich habe es im Kampf errungen! Wer mich darum verurteilen will, sollte die Dinge erst gründlich prüfen. Außerdem habe ich im Kampf mein eignes Pferd verloren.« Und weiter sprach Parzival: »Wer war die Jungfrau, die den Gral trug und mir ihren Mantel lieh?«

Der Hausherr antwortete: »Sie ist deine Tante, lieber Neffe, und sie überließ dir ihren Mantel nicht, damit du prahlen kannst. Sie glaubte, du würdest zum Gralsherrscher und damit zu ihrem wie zu meinem Herrn erhoben. Dein Oheim schenkte dir auch ein Schwert, und du hast dich versündigt, als dein sonst so redegewandter Mund leider auch dann nicht die erwartete Frage stellte. Doch lassen wir jetzt diese Sünde und die beiden anderen auf sich beruhen. Es ist an der Zeit, zur Ruhe zu gehen.«

Niemand brachte ihnen Bett und Decke. Sie mußten sich auf einer Strohschütte zur Ruhe legen, obgleich diese Lagerstatt ihrer hohen Abkunft nicht entsprach. So lebte Parzival fünfzehn Tage, in denen ihn der Hausherr lediglich mit Kräutern und Wurzeln bewirten konnte. Die tröstlichen Worte des Hausherrn ließen aber Parzival allen Mangel vergessen. Trevrizent erlöste ihn von der Sünde, ohne ihn dem ritterlichen Leben zu entfremden.

Eines Tages fragte Parzival: »Wer war der Mann, der in der Nähe des Grals auf einem Lager ruhte? Sein Haar war zwar schon grau, doch sein Antlitz jugendfrisch.«

Der Hausherr sprach: »Das war Titurel, der Großvater deiner Mutter. Er erhielt als erster mit der Gralsfahne den Auftrag, den Gral zu schützen. Ihn plagt das Podagra, eine Lähmung, die nicht heilbar ist. Die frische Gesichtsfarbe blieb ihm, da er stets den Gral vor Augen hat. Aus diesem Grunde kann er auch nicht sterben. Sie halten den bettlägerigen Greis am Leben, denn sie wollen auf seinen Rat nicht verzichten. In seiner Jugend hat er viele Länder und Meere durchquert, um Zweikämpfe auszutragen.

Willst du ein glanz- und würdevolles Leben führen, dann erzeige dich den Frauen stets ehrerbietig. Frauen und Priester, das weiß jeder, können sich nicht wehren, und auf den Priestern ruht der Segen Gottes! Darum diene ihnen stets in Treue, dann wirst du ein seliges Ende finden. Du mußt den Priestern immer freundlich begegnen. Nichts auf Erden kommt dem Priester gleich: Er verkündet das Martyrium Christi, das uns aus der Verdammnis erlöste. Seine geweihte Hand berührt in Gestalt der Hostie den Leib Christi, das höchste Gut, das je für eine Schuld hingegeben wurde. Übt ein Priester sein Amt in Frömmigkeit und Reinheit aus, dann kann es kein heiligeres Leben geben als das seine.«

Nun war der Tag des Abschieds gekommen. Trevrizent sprach zu Parzival: »Gib deine Sünde nun mir! Ich bin vor Gott Bürge für deine Buße. Befolge alles, was ich dir gesagt habe, und halte unverzagt daran fest!« Damit schieden sie voneinander; wenn ihr wollt, so macht euch Gedanken darüber, wie das geschah.

ZEHNTES BUCH

Nun begeben sich wunderbare Dinge, dazu angetan, die Herzen zu erschrecken, doch auch zu erheben. Für beides ist gesorgt!

Die Jahresfrist war abgelaufen, doch der Zweikampf, der dem Landgrafen Kingrimursel am Plimizöl zugesagt worden war, konnte beigelegt werden. Er sollte nicht in Schanpfanzun, sondern in Barbigöl ausgetragen werden, doch König Kingrisin blieb ungerächt. Sein Sohn Vergulacht erschien zwar, um mit Gawan zu kämpfen, doch erfuhr nun die ritterliche Gesellschaft von ihrer Verwandtschaft, und das war Grund genug, den Zwist zu schlichten. Eigentlich hatte ja auch Graf Echkunacht die große Schuld auf sich geladen, die man Gawan aufbürden wollte. Deshalb versöhnte sich Kingrimursel mit Gawan, dem tapferen Helden. Danach brachen Vergulacht und Gawan zur gleichen Zeit auf, um jeder für sich nach dem Gral zu forschen. Unterwegs hatten sie viele Zweikämpfe zu bestehen, denn wer nach dem Gral strebte, der mußte das ersehnte Ruhmesziel mit dem Schwert erringen. Das ist der rechte Weg zu Ruhm und Ehre!

Wie es dem allezeit untadeligen Gawan seit seinem Abschied von Schanpfanzun ergangen ist, ob er auf seiner Fahrt kämpfen mußte, das mag erzählen, wer es sah. Nun allerdings geht er dem Kampf entgegen. Eines Tages ritt er nämlich auf einen grünen Wiesenplan, als er einen vom Lanzenstoß durchlöcherten Schild aufblitzen und ein Pferd mit prächtigem Frauensattel und ebensolchem Zaumzeug sah. Es war neben dem Schild an einem Ast festgebunden. Da dachte er bei sich: ›Was für eine wehrhafte Frau mag das sein, daß sie einen Schild mit sich führt? Wenn sie mit mir kämpfen wollte, wie sollte ich mich ihrer wohl erwehren? Zu Fuß wüßte ich schon meinen Mann zu stehen! Wenn es dann aber zu einem Stechen kommt und sie den Ringkampf in die Länge zieht, könnt's schon geschehen, daß sie mich niederstreckt – mag's sie dann freuen oder nicht. Ob es gar die edle Dame Kamille ist, die nach ritterlicher Kunde ruhmvoll vor Laurente kämpfte? Wäre sie noch lebendig, wie sie dort einstmals ritt, ich würde, wäre sie bereit, mein Glück bei ihr versuchen.‹

Der Schild war auch von Schwerthieben gezeichnet. Als Gawan näher ritt und ihn betrachtete, sah er, welch großes Fenster die Lanze beim Zusammenstoß herausgebrochen hatte. Auf solche Art malt der Kampf! Wie lohnte man's den Wappenmalern, wenn ihre Farben auch so wären! Hinter dem dicken Stamm der Linde saß auf dem grünen Klee eine tiefbekümmerte Frau. Ihr großer Jammer hatte allen Frohsinn vertrieben. Als Gawan zu ihr hinter den Stamm ritt, erblickte er einen Ritter in ihrem Schoß, und das war der Anlaß ihres Jammers. Gawan hielt seinen Gruß nicht zurück, und die Dame verneigte sich mit Dank. Er fand ihre Stimme vom Wehklagen schon ganz heiser. Herr Gawan schwang sich nun vom Pferd. Vor ihm lag ein durchbohrter Ritter, der innerlich verblutete. Er fragte die Frau des Helden, ob der Ritter noch am Leben sei oder mit dem Tode ringe, und sie sagte: »Herr, er lebt noch, doch nicht mehr lange, wie ich fürchte. Gott hat Euch mir zur Hilfe gesandt! Nun gebt mir freundlich Euren Rat! Ihr habt mehr Not als ich gesehen. Laßt mich Eure Hilfe und damit Eure Teilnahme erfahren!«

»Das soll geschehen, edle Frau«, erwiderte er. »Ich wollte diesen Ritter schon vorm Tod bewahren und traue es mir zu, ihn zu retten, wenn ich nur eine Röhre hätte! Ihr solltet ihn dann oft und gesund sehen und sprechen hören; denn seine Wunde ist nicht tödlich, das Blut drückt nur aufs Herz.«

Gawan, der sich auf Wundbehandlung verstand, nahm einen Lindenast und löste die Rinde, so daß eine Röhre entstand. Die schob er in die Stichwunde. Nun bat er die Frau zu saugen, bis ihr Blut entgegenkäme. Da kehrte dem Helden die Kraft zurück, und er konnte wieder sprechen. Als er Gawan über sich stehen sah, dankte er ihm herzlich und sagte, es vermehre seinen Ruhm, daß er ihn aus der Ohnmacht erlöst habe. Dann fragte er, ob er in Logroys ritterliche Kämpfe suche. »Auch ich kam weither aus Punturtoys und spürte Abenteuern nach. Von Herzen muß ich jetzt beklagen, daß ich der Stadt so nahe kam. Seid klug und haltet Euch fern! Ich dachte nicht, daß es so kommen würde. Lischoys Gwelljus hat mich schwer verletzt und beim harten Zusammenprall vom Pferd geworfen. Die Lanze fuhr geradezu durch meinen Schild und meinen Leib. Danach half mir diese edle Frau auf ihr Pferd und brachte mich hierher.« Er bat Gawan inständig zu bleiben, doch Gawan wollte den Ort sehen, wo er zu Schaden gekommen war. »Liegt Logroys in der Nähe und kann ich deinen Gegner vorher einholen, dann muß er mir Rechenschaft geben. Ich will ihn fragen, was er an dir zu rächen hatte.«

»Tu das nicht!« rief der Verwundete. »Ich versichere dir, das ist kein Kinderspiel! Es geht um Leben und Tod!«

Gawan verband die Wunde mit dem Kopftuch der Dame, sprach einen Wundsegen darüber und empfahl dann Ritter und Frau der Fürsorge Gottes. Viel Blut fand er auf ihrer Spur, als sei ein Hirsch angeschossen worden. So konnte er nicht in die Irre reiten, und bald sah er die stolze, weitberühmte Burg Logroys vor sich liegen. Eindrucksvoll erhob sie sich auf einem Berg, und der Weg hinauf wand sich ringsherum, so daß ein Dummkopf, sah er sie von ferne, wohl denken konnte, sie drehe sich immerfort im Kreise. Noch heute heißt es von der Burg, ein Sturm könne ihr nichts anhaben, auf keiner Seite sei Bedrängnis zu erwarten noch zu fürchten. Rings um den Berg zog sich ein Hain aus edlen Bäumen; üppig gediehen Feigenbäume, Granatapfelbäume, Ölbäume, Weinstöcke und anderes mehr. Gawan ritt hinauf, als er unterhalb der Straße sein Glück und seine Herzensnot erblickte. Bei einem Quell, der aus dem Felsen sprang, entdeckte er zu seiner Freude eine wunderschöne Dame, eine wahre Blüte weiblicher Anmut, auf der er seine Augen voll Entzücken ruhen ließ. Außer Condwiramurs wurde eine schönere Frau nie geboren. Sie war von großem Liebreiz, wohlgestaltet, fein gebildet und hieß Orgeluse von Logroys. Die Aventüre sagt von ihr, sie sei eine Lockspeise der Liebe gewesen, eine ungetrübte

Lust der Augen, eine Sehne, die den Herzensbogen spannte.

Gawan grüßte sie und sprach: »Edle Frau, wenn Ihr mir gestattet, hier bei Euch abzusitzen, und gar zu erkennen gebt, daß Euch meine Anwesenheit nicht unangenehm ist, dann fühle ich ungetrübte Freude, dann war nie ein Ritter glücklicher als ich. Ich schwöre Euch bei meinem Leben: Keine Frau gefällt mir so gut wie Ihr!«

»Schon gut! Das weiß ich auch selbst!« sagte sie schnippisch, während sie ihn betrachtete. Und weiter spöttelte ihr lieblicher Mund: »Übertreibt Euer Lob nur nicht, es könnte Euch übel bekommen. Hier soll nicht jeder sagen, was er von mir hält. Wollten alle, der Weise und der Narr, der Ehrenmann und jedes Lügenmaul, mich preisen, das wäre kein Gewinn, wie er mir zukommt. Von mir soll reden, wer seinen Verstand zu gebrauchen weiß. Ich kenne nicht einmal Euren Namen. Nun wird's Zeit für Euch davonzureiten. Vorher aber will ich Euch noch meine Meinung sagen: Von meinem Herzen seid Ihr meilenweit entfernt, geschweige denn, daß Ihr darin wärt! Wie könnt Ihr Liebe von mir fordern? Erklärt mir doch, wie kommt Ihr eigentlich dazu? Mancher läßt seine Augen schweifen, wie nicht einmal ein Schleuderstein das kann. Ihm täte aber besser, er sähe gar nicht erst, was nur sein Herz verwundet. Gebt Eurer ohnmächtigen Begierde ein andres Ziel! Wollt Ihr um Liebe dienen, hat Euch die Aventüre ausgesandt, für Liebeslohn ritterliche Taten zu vollbringen, dann habt Ihr bei mir keinen Lohn zu erwarten. Bei mir könnt Ihr höchstens Schimpf und Schande ernten; verlaßt Euch darauf!«

Gawan aber sprach: »Edle Frau, was Ihr sagt, ist wahr. Meine Augen haben mein Herz in Gefahr gestürzt. Ich gebe Euch mein Wort: Euer Liebreiz hat sie so in Bann geschlagen, daß ich fortan Euer Gefangener bin. Zeigt doch als Frau ein fühlendes Herz! Auch wenn's Euch verdrießt, Ihr habt mich in Fesseln gelegt! Nun löst sie oder löst sie nicht! Ihr findet mich entschlossen, auszuharren, bis ich Euch habe, wo ich will.«

Sie erwiderte: »Nun gut, dann nehmt mich mit Euch! Denkt aber daran: Wollt Ihr am Ende den Gewinn einstreichen, den Ihr durch Liebe bei mir zu erringen hofft, dann wird der Jammer über die Euch widerfahrene Schmach groß sein! Ich will doch einmal sehen, ob Ihr für mich auch Kampfesnot wagt. Ist Euch aber an Eurer Ehre gelegen, so laßt lieber die Finger davon! Wenn ich Euch schließlich noch einen beherzigenswerten Rat geben darf: Werbt lieber bei einer anderen um Liebe! Werbt Ihr um meine Liebe, dann habt Ihr weder auf Liebe noch auf Glück zu hoffen! Führt Ihr mich jetzt wirklich mit Euch, dann werdet Ihr in große Not geraten.«

Unser Herr Gawan aber erwiderte unerschrocken: »Wer wollte schon Liebe ohne Dienst! Laßt Euch versichern: Wer sie auf solche Art gewinnt, trägt einen Sündenlohn davon. Wer aber edle Liebe erstrebt, muß unbeirrbar dienen, auch wenn er Erhörung gefunden hat.«

Da sprach sie warnend: »Tretet Ihr in meinen Dienst, dann wählt Ihr ein kampferfülltes Leben und erringt am Ende nur Schimpf und Schande dabei. In meinem Dienst kann ich keinen Feigling brauchen. Geht also diesen Fußweg entlang – es ist keine

Straße, auf der Ihr reiten könntet –, dann über den schmalen Steg in den Baumgarten dahinter, kümmert Euch dort um mein Pferd. Ihr werdet ein Gewimmel von Menschen treffen, die tanzen, singen, Tamburins schlagen und Flöte spielen. Auch wenn sie Euch noch so freundlich umdrängen, bahnt Euch einen Weg durch die Menge zu meinem Pferd und bindet es los. Es wird Euch dann folgen.«

Gawan sprang vom Pferd und überlegte hin und her, wo er es bis zu seiner Rückkehr lassen sollte. Am Quell war nichts zu sehen, woran er es hätte festbinden können. Da fragte er sich, ob es vielleicht gegen den Anstand verstieße, sie darum zu bitten, das Pferd bis zu seiner Rückkehr festzuhalten.

»Ich merke schon, was Euch verlegen macht«, sprach sie. »Laßt das Pferd bei mir. Ich will es halten, bis Ihr zurückkehrt; doch mein Dienst wird Euch wenig nützen.«

Da ergriff unser Herr Gawan den Zügel seines Pferdes und sprach: »Haltet es fest, edle Frau!«

»Ihr seid wohl närrisch!« rief sie. »Ich werde mich hüten, die Zügel an der Stelle zu fassen, die Ihr mit Eurer Hand berührt habt!«

»Edle Frau, ich fasse die Zügel nie so weit vorn!« sprach der liebesdurstige Ritter.

»Nun gut, dann will ich es festhalten«, sprach sie. »Beeilt Euch aber und bringt mir schleunigst mein Pferd, dann will ich mit Euch ziehen.«

Gawan erblickte in ihrem Verhalten einen glückverheißenden ersten Erfolg und verließ sie in großer Eile. Er überquerte den Steg und betrat durch eine Pforte den Baumgarten. Da fand er viele wunderschöne Edelfrauen und zahlreiche junge Ritter, die tanzten und sangen. Als unser Herr Gawan im Schmuck seiner prächtigen Rüstung erschien, schlug die Fröhlichkeit in Trauer um, denn die Hüter des Baumgartens waren redliche, treue Menschen. Wer dort stand, lag oder in den Zelten saß, beklagte die ihm drohende schwere Bedrängnis. Männer und Frauen empfanden Bedauern darüber und redeten eifrig untereinander: »Unsre Herrin in ihrer Falschheit will diesem Ritter große Mühsal bereiten. Weh, wenn er auf sie hört! Ein trauriges Ende ist unabwendbar!«

Viele edle Ritter eilten zu ihm und schlossen ihn mit herzlichem Willkommensgruß in die Arme. Gawan aber drängte sich zu einem Ölbaum, wo das gesuchte Pferd stand, dessen Zaum und Reitzeug recht kostspielig waren. Ein Ritter mit langwallendem, sorgfältig geflochtenem grauem Bart stützte sich neben dem Pferd auf einen Krückstock. Als Gawan auf das Pferd zuschritt, brach er in Tränen aus. Dennoch empfing er ihn mit freundlichen Worten und sprach: »Wenn Ihr einen guten Rat hören wollt, dann laßt das Pferd hier. Es wird Euch zwar niemand daran hindern, es mitzunehmen, doch das klügste wäre, Ihr ließet es stehen. Verflucht sei meine Gebieterin, die so viele edle Ritter in den Tod treibt!«

Als Gawan erwiderte, er ließe sich nicht abhalten, rief der edle graue Ritter: »Weh über das, was dann geschieht!« Als Gawan das Halfter losgebunden hatte, fuhr er fort: »Jetzt dürft Ihr hier nicht länger bleiben. Laßt das Pferd Euch folgen. Der Herr, dessen Hand die Meeresfluten salzig werden ließ, stehe Euch bei in der Not! Hütet Euch, daß Euch die Schönheit meiner Gebieterin nicht in Schande stürzt! Bei allem äußeren Liebreiz ist sie kalt und herzlos; sie gleicht einem Hagelwetter, über dem die Sonne glänzt.«

»Gottes Wille möge geschehen!« sprach Gawan. Er nahm Abschied von dem grauen Ritter und allen Anwesenden, die nun in Wehklagen ausbrachen. Das Pferd folgte ihm den schmalen Pfad entlang durch die Pforte bis auf den Steg, wo seine Herzensgebieterin, die Herrscherin des Landes, ihn erwartete. Sein Herz suchte Zuflucht bei ihr, sollte aber statt dessen schwere Mühsal finden.

Die Dame hatte ihre Haubenbänder unter dem Kinn gelöst und über dem Kopf zusammengebunden. Wenn eine Frau auf diese Weise alle Reize ihres Antlitzes enthüllt, scheint sie zu Plänkelei und Scherz aufgelegt. Was sie an Kleidern trug? Selbst wenn ich es beschreiben wollte, ich könnte es nicht, denn meine Augen sind vom Glanz ihrer Schönheit geblendet. Als Gawan sich der Edelfrau näherte, tönten ihm aus ihrem süßen Mund folgende Worte entgegen: »Seid mir willkommen, Ihr Dummkopf! Wenn Ihr in meinen Dienst tretet, seid Ihr der größte Narr auf der ganzen Welt. Ach, laßt ab davon!«

Er aber erwiderte: »Wenn Ihr jetzt zornig seid, müßt Ihr mich um so gewisser erhören, denn nach heftigen Worten kann's Euch nur ehren, mich dafür zu entschädigen. Ich werde Euch so lange dienen, bis Ihr Euch dazu entschließt, mich zu belohnen. Gestattet, daß ich Euch aufs Pferd hebe.«

Sie aber wies ihn ab: »Ich habe nicht darum gebeten! Noch hat Eure Hand nichts vollbracht, also greift nach geringerem Pfand!«

Damit wandte sie ihm den Rücken und sprang vom blumenübersäten Rasen mit einem Satz aufs Pferd.

Dann forderte sie ihn auf, voranzureiten: »Es wäre ja ein Jammer, wenn mir solch hochachtbarer Gefährte unversehens verlorenginge!« spottete sie. »Gott soll Euch verderben!«

Folgt meinem Rat und hütet euch, die Frau zu schmähen! Niemand soll übereilt urteilen! Erst muß man wissen, wofür man tadelt und wie es in ihrem Herzen aussah. Ich könnte die Schöne wohl rasch verurteilen. Aber nein: was sie Gawan im Zorn auch antat oder antun wird, verdient nicht Tadel, sondern Mitgefühl.

Die mächtige Orgeluse ritt so unnahbar und in so feindseliger Haltung auf Gawan zu, daß ich mir wenig Hoffnung gemacht hätte, je von ihr erhört zu werden. Gemeinsam zogen sie über eine blühende Heide, als Gawan eine Pflanze erblickte, deren Wurzeln, wie er wußte, Wunden heilen konnten. Unser Edelmann schwang sich vom Pferd, grub sie aus und saß wieder auf. Die Edelfrau aber begleitete sein Tun mit folgenden Worten: »Mein Gefährte ist also Arzt und Ritter zugleich. Ja, wenn man Arzneibüchsen verkauft, braucht man sich um seinen Lebensunterhalt nicht zu sorgen!«

Gawan erwiderte gelassen: »Ich bin einem verwundeten Ritter begegnet, er ruht unter dem Laubdach einer Linde. Sollte ich ihn dort noch finden, wird diese Wurzel ihm helfen und seine Schwäche vertreiben.«

Sie sprach: »Das säh ich gern! Vielleicht kann ich die Heilkunst auch noch lernen.«

Da erblickten sie einen Knappen, der ihnen in großer Eile folgte und eine dringende Botschaft ausrichten wollte. Gawan beschloß, auf ihn zu warten, und als er näher kam, schien er ihm ein wahrer Ausbund an Häßlichkeit. Malcreatüre hieß dieser stolze Knappe, und die Zauberin Cundry war seine liebreizende Schwester. Er sah ihr zum Verwechseln ähnlich, nur daß er ein Mann war. Auch bei ihm ragten die Eckzähne hervor wie bei einem wilden Eber, so daß er kaum wie ein Mensch wirkte. Seine Haare waren allerdings nicht so lang wie die seiner Schwester, die ja bis auf den Maultierrücken hinabhingen. Sie waren vielmehr kurz und spitz wie Igelstacheln. Im Lande Tribalibot, das am Flusse Ganges liegt, wachsen solche Menschen auf. Ihre Häßlichkeit beruht auf einer weit zurückliegenden Verfehlung. Unserem Stammvater Adam verlieh nämlich Gott die Gabe, alle Kreatur, ob wild oder zahm, mit Namen zu benennen. Er wußte auch um das Wesen aller Dinge, selbst um den Umlauf der Sterne und um die Kraftströme der sieben Planeten. Dazu hatte er Kenntnis von den Kräften aller Pflanzen; er wußte, wozu man sie verwenden konnte. Als seine Töchter alt genug waren, Kinder zu gebären, warnte er sie vor Ungenügsamkeit. Wenn eine Tochter schwanger wurde, schärfte er ihr ein, bestimmte Pflanzen zu meiden, da sie die Nachkommenschaft verunstalten und so das Menschengeschlecht schänden würden: »Sie verändern die Gestalt, die Gott uns beim Schöpfungsakt gab.« Und weiter sprach er: »Meine lieben Töchter, seid also nicht blind gegen euer Glück!«

Die Weiber aber taten, wie man's von ihnen kennt. Einige wurden schwach und gaben ihren Begierden nach, so daß Mißgeburten zur Welt kamen. Adam war sehr betrübt darüber, doch wich er nie vom rechten Wege.

Im Reiche der Königin Secundille, deren Hand und Land Feirefiz durch ritterliche Taten erringen konnte, lebten wahr und wahrhaftig von alters her viele Menschen mit mißgestaltetem Antlitz und Körper. Einst erzählte man ihr vom Gral, daß es nichts Kostbareres auf Erden gebe und daß ein König namens Anfortas ihn hüte. Das dünkte sie recht seltsam, denn viele Flüsse ihres Landes führten nicht Kiesel, sondern Edelsteine; auch nannte sie gewaltige, goldhaltige Gebirge ihr eigen. Daher dachte die edle Königin: ›Wie erfahre ich mehr über den Mann, dem der Gral untertan ist?‹ Und sie sandte Kostbarkeiten hin, dazu zwei seltsam gestaltete Menschen, nämlich Cundry und ihren anmutigen Bruder. Sie schenkte Anfortas noch vieles andre mehr, was niemand kaufen kann, weil es zu selten ist. Darauf sandte der freundliche und freigebige Anfortas den höfisch feinen Knappen Malcreatüre zu Orgeluse von Logroys. Weibliche Begierde trug Schuld daran, daß er von allen Menschen abstach.

Dieser Abkömmling der Pflanzen und Gestirne erhob beim Anblick Gawans, der ihn auf dem Wege erwartet hatte, ein wüstes Geschrei. Malcreatüre kam auf einer klapprigen Mähre daher, die auf allen vier Füßen lahmte und ständig stolperte. Selbst die edle Frau Jeschute hatte einst, als Parzival ihr die schuldlos verlorene Zuneigung des Orilus im Kampfe wiedergewann, ein besseres Pferd geritten. Der Knappe Malcreatüre musterte Gawan und schrie zornig: »Herr, wenn Ihr ein Ritter seid, dann hättet Ihr Euch anders benehmen müssen! Ihr scheint aber ein rechter Einfaltspinsel zu sein, daß Ihr meine Herrin einfach mitnehmt. Euch wird dafür eine Lehre erteilt, daß man Euch preisen wird, wenn Ihr mit heiler Haut davonkommt. Seid Ihr aber nur ein Fußknecht, dann wird Euer Fell mit einem Knüppel gegerbt, daß Euch alles andere lieber wäre!«

Gawan sprach gelassen: »Solange ich Ritter bin, habe ich solche Prügel nicht dulden müssen. So mag man fahrendes Lumpenpack durchwalken, das sich nicht mannhaft zu wehren versteht. Mir ist solches noch nicht geschehen. Wollt Ihr mich aber wie meine Herrin schmähen, dann sollt Ihr wohl genießen, was Euch wie Zorn anmuten wird. Seht Ihr auch noch so furchterregend aus, mich schreckt Eure Drohung nicht.« Damit packte Gawan den Knappen bei den Haaren und riß ihn vom Pferd. Der kluge, vieledle Knappe blickte ängstlich zu Gawan auf, doch seine Igelborsten hatten die empfangene Beleidigung schon vergolten: sie hatten Gawans Hand zerschnitten, so daß sie über und über rot war von Blut. Die Dame lachte schadenfroh und höhnte: »Mir macht's Vergnügen, was ihr im Zorne tut.« Während Orgeluse mit Gawan weiterritt, lief ihnen das Pferd des Knappen nach.

Sie gelangten nun zu der Linde, wo der verwundete Ritter lag. Während Gawan ihm sorgsam das Heilkraut auf die Wunde band, fragte der Verwundete: »Wie ist es dir inzwischen ergangen? Du hast eine Dame bei dir, die nur darauf sinnt, dich ins Verderben zu stürzen. Sie trägt auch Schuld an meinen Schmerzen. In Avestroit mavoie stürzte sie mich in einen gefährlichen Kampf um Leib und Gut. Hängst du am Leben, dann laß dieses verräterische Weib allein weiterreiten; trenne dich von ihr! Sieh mich an, dann weißt du, wessen sie fähig ist! Ich brauche

Pflege und Ruhe, wenn ich meine volle Gesundheit wiedererlangen will. Verhilf mir dazu, treuer Held!«

Herr Gawan erwiderte mitleidig: »Verfüge voll und ganz über mich!«

»Hier in der Nähe ist ein Spital«, sprach der verwundete Ritter. »Käme ich bald dorthin, könnte ich in Ruhe genesen. Hier steht das kräftige Pferd meiner Liebsten. Heb sie hinauf und setze mich dann hinter sie!«

Gawan band das Pferd der fremden Dame vom Ast los und wollte es näher heranführen, doch der Verwundete schrie: »Nicht näher! Wollt Ihr mich denn unbedingt treten?«

Gawan führte das Tier ein Stück weiter, und die Dame, die einem Wink ihres Mannes gehorchte, folgte ihm gemächlich, ohne Eile. Als Gawan sie aufs Pferd hob, schwang sich der verwundete Ritter blitzschnell auf Gawans Kastilianer und sprengte mit seiner Dame davon. Ich meine, das war schändlich und sündhaft gehandelt.

Grimm erfaßte Gawan, während seine Dame mehr lachte, als ihm der Spaß gefallen konnte. Als er sein Pferd verloren hatte, ließ sich ihr süßer Mund vernehmen: »Erst hielt ich Euch für einen Ritter, dann zeigtet Ihr Euch als Wundarzt, und jetzt müßt Ihr gar als Page zu Fuß gehn. Soll einer von seinen Künsten leben, dann hättet Ihr ein prächtiges Auskommen. Verzehrt Ihr Euch immer noch nach meiner Liebe?«

»Gewiß, edle Frau«, sprach Herr Gawan. »Eure Liebe wäre mir das Höchste auf Erden. Hätte ich die Wahl zwischen Euch und allem Reichtum der Welt, dem Besitz aller Herrscher und Beherrschten, den Schätzen der berühmtesten Erdenbewohner, ich würde der Stimme meines Herzens gehorchen und statt des Reichtums Eure Liebe wählen! Kann ich sie nicht erringen, wird mich der bittere Tod bald hinwegraffen. Ihr vernichtet, was Euch gehört; denn obwohl ich als freier Mann geboren bin, könnt Ihr mich mit Fug und Recht als Euern Leibeigenen betrachten. Nennt mich also nach Belieben Ritter oder Knappe, Page oder Bauerntölpel, doch denkt auch daran, daß Ihr Euch versündigt, wenn Ihr mich und meinen Ritterdienst mit Spott überschüttet. Sollte mir Lohn für meinen Dienst werden, dann müßte Euch der Hohn leid sein. Auch wenn's mich nicht verdrösse, so untergrabt Ihr doch damit Euer Ansehen.«

Da näherte sich der verwundete Ritter und rief: »Du bist's also, Gawan! Endlich habe ich dir heimgezahlt, was du mir angetan hast! Erinnere dich: Du nahmst mich nach hartem Kampf mit starker Hand gefangen und brachtest mich auf die Burg deines Oheims Artus, wo ich nach seinem Willen vier Wochen lang mit den Hunden aus einem Troge fressen mußte!«

Gawan rief zurück: »Aha, du bist es, Urians! Wenn du mir auch schaden willst, ich habe keine Schuld! Im Gegenteil! Ich gewann dir des Königs Huld. Nur dein Unverstand hat dich so weit gebracht, daß man dich aus dem Ritterstand ausstieß und für rechtlos erklärte, denn du hast dich an einer Jungfrau vergangen und damit den Landfrieden gebrochen. König Artus hätte dich hängen lassen, wenn ich nicht für dich eingetreten wäre.«

»Das hilft dir nichts, du stehst nun hier! Du kennst doch das alte Sprichwort: Güte schützt vor Feindschaft nicht! Ich halte es wie alle klugen Leute, und es ist eine Schande, wenn ein Mann, dem schon der Bart sprießt, flennt wie ein Kind. Das Pferd gehört jetzt mir!« Er gab dem Tier die Sporen und sprengte zum großen Ärger Gawans davon.

Der Edelfrau erklärte Gawan nun: »Das war so: König Artus weilte damals mit vielen Bretonen in Dianasdrun, als eine Dame mit einer Botschaft in sein Reich kam. Zur gleichen Zeit war jenes Ungeheuer auf Abenteuersuche. Obwohl er und die Botin bei Artus Gastrecht genossen, ließ sich der Unhold hinreißen, die Dame seinen Wünschen gewaltsam gefügig zu machen. Als die Nachricht davon an den Hof gelangte, rief uns der König zur Rachefahrt zusammen. Wir lagerten vor einem Wald und brachen unverzüglich auf. Ich ritt den andern weit voraus, fand die Spur des Übeltäters und führte ihn gefangen vor den König. Tieftraurig begleitete uns die Jungfrau, denn ohne ihr zuvor gedient zu haben, hatte ihr der Bösewicht ihre keusch behütete Jungfräulichkeit geraubt. Was er der Wehrlosen tat, hat ihm wenig Ruhm erworben. Als sie vor meinen Herrscher trat, fand sie den treuen Artus in hellem Zorn. Er rief: ›Alle Welt soll diese ruchlose Missetat beklagen! Verflucht sei der Tag, an dem sie geschah! Noch dazu in einem Lande, in dem ich das Recht wahre, so daß ich heute die Gewalttat richten muß!‹ Und zu der Dame gewandt: ›Seid klug, nehmt einen Rechtsbeistand und erhebt Klage!‹

Sie folgte unverzüglich dem Rat des Königs. Um Artus hatten sich zahlreiche Ritter geschart, als Urians, der Fürst von Punturtoys, vor ihn geführt wurde. Jetzt ging's um seine Ehre und sein Leben. Die Klägerin trat vor. Laut erhob sie Klage vor den

Versammelten und bat den König, dem ganzen weiblichen Geschlecht und ihrer jungfräulichen Ehre Achtung zu verschaffen und die erlittene Schmach zu rächen. Sie erinnerte ihn an die Bestimmung der Tafelrunde und an ihr Botenamt. Er als Richter solle sich der Klage annehmen und ihr zum Ruhme des Gerichts Gerechtigkeit widerfahren lassen. Sie bat auch die Angehörigen der Tafelrunde, ihr Rechtsbeistand zu gewähren, könne sie doch das keusche, unberührte Magdtum, das man ihr raubte, nie wiedererlangen. Alle sollten ihre Sache vertreten und den König um richterliche Entscheidung bitten.

Der Angeklagte, dem ich jetzt nur noch Schmach und Schande wünsche, wählte einen Verteidiger, der ihm nach Kräften beistand, ohne daß es allerdings viel nützte. Man sprach ihm Leben und Ehre ab und legte fest, er solle ohne Blutvergießen, das heißt durch den Strang, hingerichtet werden. In seiner Herzensangst rief er mich um Hilfe an mit dem Hinweis, daß er sich mir ergeben und damit sein Leben meinem Schutz anvertraut hatte. Ich fürchtete nun, durch seine Hinrichtung meine Ehre zu verlieren. So bat ich die Klägerin, mit weiblicher Güte ihren Zorn zu besänftigen, da sie doch mit eignen Augen gesehen habe, wie mannhaft ich sie an dem Übeltäter rächte. Auch sei seine Tat nur ihrem Liebreiz und ihrer Schönheit zuzuschreiben. ›Wenn je ein Ritter im Dienst einer Frau in Herzensnot geriet und erhört wurde, dann ehrt solch gnädiges Erhören dadurch, daß auch Ihr Euch gnädig zeigt!‹

Dann bat ich den König und seine Ritter, meiner Dienste zu gedenken und mich durch Begnadigung des Täters vor Schande zu bewahren. Auch die Königin bat ich um Hilfe. Ich erwähnte unsere Blutsverwandtschaft, zumal der König mich von Kindheit an bei sich großgezogen hatte; ich erinnerte sie ferner an meine unbeirrbare Treue. Sie erfüllte meine Bitte, indem sie mit der Jungfrau unter vier Augen sprach. So wurde Urians durch das Eingreifen der Königin gerettet, doch er mußte eine harte Strafe auf sich nehmen. Um seine Schuld zu büßen, mußte er vier Wochen lang mit Spürhunden und Leithunden aus einem Troge essen. So erhielt die Edelfrau Genugtuung. Seht, Herrin, dafür hat er sich an mir rächen wollen.«

Sie sagte mit Nachdruck: »Seine Rache wird mißlingen! Glaubt aber nicht, daß Ihr nun meine Gunst erlangen könnt! Ehe er mein Reich verläßt, erhält er seinen Lohn, und zwar so, daß er mit Schimpf und Schande weichen wird. Da Artus die Schändung der Jungfrau nicht an Ort und Stelle rächte und die Entscheidung in meine Hände gelegt ist, bin ich Euer und jener Dame Schutzvogt, ohne zu wissen, wer ihr beide seid. Allerdings wird er nur der geschändeten Jungfrau wegen, nicht etwa um Euretwillen zum Kampf gezwungen werden. Mit Hauen und Stechen soll man die Untat rächen!«

Gawan ging zum Pferd des Knappen und fing es ohne Mühe ein. Seine Begleiterin gab indes dem Knappen, der ihnen gefolgt war, in arabischer Sprache verschiedene Aufträge, mit denen er zur Burg eilen sollte. Nachdem sich Malcreatüre zu Fuß davongemacht hatte, begannen für Gawan gefährliche Abenteuer.

Herr Gawan betrachtete die Mähre des Junkers. Sie war viel zu schwächlich für einen Kampf. Der

Knappe hatte sie unterwegs am Burghang einem Bauern weggenommen. Gawan blieb freilich nichts weiter übrig, als den Klepper als Ersatz für sein Streitroß zu behalten.

Die Dame fragte boshaft: »Habt Ihr keine Lust mehr weiterzureiten?«

»Natürlich«, erwiderte Herr Gawan, »ganz nach Euerm Wunsch.«

Sie gab zurück: »Da könnt Ihr lange warten, bis ich etwas von Euch wünsche!«

»Dennoch werde ich mich in meinem Dienst nach Euern Wünschen richten.«

»Ihr scheint mir ein rechter Einfaltspinsel. Besteht Ihr auf Eurem Willen, dann wird Euch kein Vergnügen, sondern nur Trübsal erwarten! Ihr werdet aus einer Bedrängnis in die andere geraten!«

Der liebesdurstige Ritter aber sprach: »Ich werde Euch unerschütterlich dienen, mag mich nun Glück oder Unglück erwarten. Die Liebe hat mir befohlen, Euch zu Gebot zu sein, ob zu Pferd oder zu Fuß.« Als er neben der Dame stand, musterte er sein stolzes Streitroß. Zu stürmischem Angriff taugte es ganz und gar nicht. Die Steigriemen waren aus Bast. Der edle, berühmte Gawan war sonst besser beritten gewesen. Er wagte nicht aufzusitzen, denn er fürchtete, das Sattelzeug würde zerreißen, beim Aufspringen aber wäre der schwache Rücken des Pferdes unter seinem Gewicht sicher zerbrochen. Er mußte also darauf verzichten und voller Verdruß Schild und Lanze selber tragen. Die Dame verlachte seine beschwerliche, niederdrückende Lage. Als er dem Pferd schließlich seinen Schild auflud, höhnte sie: »Wollt Ihr in meinem Reich etwa Handel treiben? Wer hat es nur fertiggebracht, mir einen Arzt und gar einen Krämer zum Begleiter zu geben? Paßt auf, daß man Euch nicht unterwegs den Zoll abnimmt! Meine Zöllner werden Euch in trübe Stimmung versetzen.«

Selbst diese gesalzene Spottrede tönte Gawan so lieblich im Ohr, daß er den Sinn der Worte nicht verstand. Sobald er sie ansah, fühlte er sich wie im Himmel. Sie war für ihn wie ein Maientag, wie die strahlendste aller Blüten, lieblich anzusehen, doch bitter fürs Herz. Von ihrer Hand war Glück und Unglück zu erwarten, sie allein konnte sein trauriges Herz wieder fröhlich machen. So kam es, daß er sich in ihrer Gegenwart frei und ungebunden fühlte: frei von Kümmernissen, gebunden von seiner Liebe.

Von meinen gelehrten Gewährsleuten behauptet mancher, daß Amor, Cupido und ihre Mutter Venus die Liebe der Menschen mit Pfeil und Fackel entfachen. Solche Liebe ist aber sehr bedenklich. In wessen Herz jedoch die Treue wohnt, den verläßt die Liebe nie, auch wenn sie nicht nur Freude, sondern zuweilen auch Schmerz bringt. Echte Liebe ist wahre Treue! Cupido, dein Geschoß und Amors Pfeil haben mich noch nie getroffen. Wenn ihr beide und Venus mit ihrer brennenden Fackel wirklich Liebe entfachen könnt, dann muß ich gestehen, daß ich solche Not nicht kenne. Soll ich an wahre Liebe glauben, dann muß sie sich auf Treue gründen. Könnte meine Kunst den Menschen in Liebesnöten helfen, dann wollte ich Gawan, der meinem Herzen nahe ist, auch ohne Lohn helfen. Es ist keine Schande für ihn, wenn er in Liebesbanden liegt. Wenn ihn auch die Liebe ergreift und seine Kraft erschüttert, so ist er doch wehrhaft genug, den Herrschafts- und Unterdrückungsgelüsten jeder Frau standzuhalten.

Greift nur an, Herr Liebeszwang! Ihr trefft das Glück so hart, daß es den Boden unter den Füßen verliert und der Schmerz freie Bahn findet, sich auszubreiten. Zielte die Liebe mit ihrem Angriff nicht auf das hochgemute Herz, so müßte die Freude nicht leiden. Sie scheint mir über das Alter hinaus, in dem man sich der eignen Unarten noch freut. Oder will sie ihre Lust, den Menschen Herzeleid zuzufügen, mit ihrer Jugend entschuldigen? Nun ließe ich ihre Unart eher ihrer Jugend hingehen, als daß ich sie im Alter noch so unvernünftig glaube. Vieles hat sie schon angerichtet! Soll ich das ihrer Jugend oder ihrem Alter anrechnen? Will sie mit jugendlicher Unbesonnenheit ihre Altersgewohnheiten durchbrechen, so wird ihr Ansehen bald leiden. Man sollte sie darüber belehren. Ich preise die Liebe ohne Falsch, und jeder Mann und jede Frau mit Verstand wird mir darin zustimmen. Wenn sich zwei Menschen treu und aufrichtig lieben, wenn beide keine Scheu fühlen, ihr Herz dem anderen mit dem Schlüssel lauterer Liebe zu öffnen, dann ist das die einzig wahre Liebe! Wie gern ich es Herrn Gawan ersparen möchte, er kann sich seiner Liebe nicht entziehen, obwohl sie seine Freude überschatten wird. Was soll ich also mit einem Wortschwall dazwischenfahren? Ein edler Mann darf sich der Liebe nicht entziehen, denn die Liebe macht ihn unüberwindlich.

Gawan hatte um seiner Liebe willen mancherlei zu leiden. Seine Dame saß zu Pferd, er mußte zu Fuß gehen. Schließlich gelangten Orgeluse und der tapfere Held in einen großen Wald, und noch immer ritt

Gawan auf Schusters Rappen. Da zog er sein Pferd zu einem Baumstumpf, hängte sich den Schild, den das Pferd getragen hatte, um den Hals und saß auf. Mühsam schleppte sich das Pferd bis zur anderen Seite des Waldes, wo bewohntes Land begann. Gawan erblickte eine Burg, und seine Erfahrung wie seine Augen überzeugten ihn davon, daß er noch nie solche Burg gesehen hatte. Sie war wahrhaft ritterlich, mit vielen Türmen und Palästen. Auch bemerkte er in den Fensternischen wohl vierhundert Damen oder mehr, darunter vier von besonders vornehmer Herkunft.

Ein tief ausgefahrener Weg führte zu einem schiffbaren, rasch dahineilenden breiten Fluß, auf den er mit seiner Dame zuritt. Am Landeplatz dehnte sich eine Wiese, auf der häufig Kampfspiele stattfanden. Die Burg erhob sich jenseits des Flusses.

Da sah Gawan, der kühne Held, daß ein Ritter ihnen folgte, der weder Schild noch Lanze Ruhe gönnte. Die mächtige Orgeluse sprach hochmütig zu Gawan: »Ihr müßt zugeben, daß ich mein Wort halte, denn ich habe Euch wiederholt erklärt, daß Ihr hier eine schmachvolle Niederlage erleiden würdet. Nun wehrt Euch Eurer Haut, so gut Ihr könnt; sonst kann Euch nichts mehr retten. Der Ritter, der dort kommt, wird Euch mit solchem Schwung zu Boden schleudern, daß Ihr um Eure heilen Hosen fürchten müßt. Das dürfte Euch vor den Augen der Damen, die da oben sitzen und Eure Niederlage miterleben werden, recht peinlich sein!«

Auf Orgeluses Ruf setzte der Fährmann über, und sie ritt zum großen Mißvergnügen Gawans vom Uferrand auf die Fähre. Die mächtige, vornehme Dame rief ihm dabei zornig zu: »Ihr kommt mir nicht aufs Schiff! Ihr bleibt als Pfand am Ufer zurück!«

Betrübt rief Gawan ihr nach: »Herrin, warum habt Ihr es so eilig, mich zu verlassen? Soll ich Euch denn nie mehr sehen?«

Sie antwortete: »Bleibt Ihr im Kampfe siegreich, dürft Ihr mir wieder vor Augen kommen. Ich glaube aber, das wird lange dauern.« Damit verließ sie ihn.

Da kam auch schon Lischoys Gwelljus heran. Zwar würde ich lügen, wenn ich behaupte, daß er Flügel hätte, doch er sprengte so schnell über den weiten grünen Wiesenplan, daß man sein Pferd loben muß. Herr Gawan überlegte: ›Wie soll ich diesem Mann begegnen? Was ist am besten? Zu Fuß oder auf dem Klepper hier? Wenn er mit voller Wucht angreift, reitet er mich unweigerlich über den Haufen. Da wird's aber auch nicht ausbleiben, daß sein Pferd über meine Mähre stolpert und wir uns beide auf dem Boden wiederfinden. Zu Fuß soll er in mir schon seinen Gegner finden, auch wenn mir meine Schöne, der ich diesen Kampf verdanke, keinen freundlichen Blick mehr schenken sollte!‹

Der Kampf war unvermeidlich – denn der da kam, war ebenso kühn und mutig wie der, der ihn erwartete –, und Gawan machte sich bereit. Er setzte wohlüberlegt das stumpfe Lanzenende vorn auf die Filzdecke des Sattels, so daß beim Zusammenprall beide Lanzen brachen, und die Helden auf dem Rasen lagen. Der besser Berittene war in der Tat gestrauchelt, so daß er und Herr Gawan auf den Blumen lagen. Und was taten sie? Sie sprangen auf und griffen kampfesdurstig nach den Schwertern. Die Schilde wurden schonungslos zerhauen, beiden blieb nur wenig vor der Hand. Ja, der Schild muß im Kampf am meisten herhalten! Man sah die Schwerter blitzen und Funken von den Helmen stieben. Wer am Ende mit Gottes Hilfe siegte, konnte von Glück sagen, denn es ging hart zu. Lange wogte der Kampf auf der Wiese hin und her; auch zwei starken Schmieden wären die Arme bei so vielen wuchtigen Hieben allmählich müde geworden. Beide rangen um den Siegesruhm, doch warum soll man sie noch dafür preisen, daß sie in Unverstand und ohne Ursache, nur aus Ruhmsucht miteinander kämpften? Sie hatten keinen Streit zu entscheiden und keinen Anlaß, ihr Leben aufs Spiel zu setzen. Keiner trug Schuld und bot dem andern Grund zum Angriff.

Gawan war ein guter Ringer und verstand sich darauf, seinen Gegner durch einen Niederwurf zu besiegen. Wenn er das Schwert des Feindes unterlief und den andern mit den Armen umklammerte, so war er ihm ausgeliefert. Da er sich wehren mußte, wehrte er sich auch! Der edle, kühne Held packte den tapferen, keineswegs schwächlichen Jüngling Lischoys Gwelljus bei den Hüften und warf ihn mit blitzschnellem Schwung zu Boden. Dann rief er: »Held, ist dir dein Leben lieb, ergib dich!«

Obwohl Lischoys unter ihm lag, war er nicht bereit dazu, denn er hatte noch keine Niederlage hinnehmen müssen. Es war ihm unfaßbar, daß ihn jemand an Stärke übertreffen und zum Aufgeben zwingen sollte; bisher war stets er es gewesen, der seinen Gegner zur Unterwerfung gezwungen hatte. Obwohl er besiegt worden war, wollte er um keinen Preis tun, wozu er oft andere genötigt hatte. Er wollte lieber sterben, als sich ergeben, und keuchte, er ließe sich nie und nimmer zur Unterwerfung zwingen, was ihm auch geschähe. Lieber wollte er mit dem Leben zahlen.

Er sprach: »Du hast gesiegt! Solange es Gott gefiel, mir den Ruhm zu lassen, war ich der Sieger. Deine Heldenhand hat die Säule meines Ruhms gestürzt. Wenn es bekannt wird, daß ich, dessen Ruhm hell leuchtete, unterlag, so will ich lieber sterben, ehe solche Kunde meine Freunde trauern läßt!«

Obwohl Gawan von neuem Unterwerfung von ihm forderte, beharrte er dabei, sein Leben zu verlieren und einen raschen Tod zu finden. Herr Gawan dachte: ›Warum soll ich den Ritter töten? Wenn er sonst nach meinem Gebot handelte, ließe ich ihn heil und gesund von dannen ziehen.‹ Wie Gawan ihn auch drängte, sich zu fügen, der andre blieb unbeugsam. So ließ er den Helden ohne Unterwerfungsgelöbnis aufstehen, und beide setzten sich auf den Rasen. Gawan hatte den Ärger über seinen schwächlichen Gaul noch nicht verwunden, da kam ihm der Gedanke, sich auf das Streitroß seines Gegners zu schwingen und seine Tauglichkeit zu erproben. Das Pferd war für den Kampf wohlgerüstet: über dem Kettenpanzer trug es eine Decke aus Samt und Seide. Er hatte es im Kampf errungen, warum sollte er es nicht reiten, da es ihm nun bestimmt war? Als er im Sattel saß, sprengte es so feurig dahin, daß ihm die weiten Sprünge große Freude machten. Er rief: »Bist du es, Gringuljete, die Urians mir, zu seiner Schande, er weiß es wohl, mit hinterhältiger Bitte entführte? Wer hat dich so anders gewappnet? Bist du's wirklich, dann hat dich Gott in seiner oft erprobten Güte glücklich zu mir zurückgesandt!« Er sprang ab und erkannte das Pferd an einem Zeichen. In die Kruppe war nämlich das Gralswappen, eine Turteltaube, eingebrannt. Es war das Pferd des Herrn von Prienlascors, den Lähelin im Zweikampf erschlagen hatte. Später hatte es Orilus gehört, der es auf dem Feld am Plimizöl Gawan überließ. Gawans Niedergeschlagenheit wich froher Zuversicht. Traurig stimmte ihn nur der Gedanke an Orgeluse, der er treu ergeben war, obwohl sie ihn schmählich und unwürdig genug behandelte. All seine Gedanken umkreisten sie.

Plötzlich sprang der stolze Lischoys zu seinem Schwert, das ihm Gawan, der edle Held, im Kampf entwunden hatte. Auch der zweite Waffengang fand unter den Augen vieler Damen statt. Die Schilde waren so zerfetzt, daß beide sie liegenließen und sich so in den Kampf stürzten. Beherzt und entschlossen drangen sie aufeinander ein. Oben im Palast saßen viele Damen in den Fensternischen und verfolgten, was sich vor ihnen abspielte. Der Streit entbrannte mit neuer Heftigkeit. Beide Kämpfer waren aus edlem Geschlecht und wollten ihren Heldenruhm vom anderen nicht schmälern lassen. Helme und Schwerter waren jetzt der einzige Schutz vor einem tödlichen Streich und hatten viel auszuhalten. Daß sie einander schwer zu schaffen machten, merkte jeder, der sie streiten sah.

Lischoys Gwelljus war ein stattlicher Jüngling; sein ruhmbegieriges Herz trieb ihn zu Kühnheit und heldenhafter Tat. Wie Blitze zuckten seine Hiebe; geschmeidig wich er vor Gawan zurück, um ihn dann wieder anzugreifen. Gawan hielt unbeirrt stand und dachte: ›Kriege ich dich zu packen, so wird dir alles heimgezahlt!‹ Man sah Funken sprühen und die

Schwerter, von kraftvollen Händen geführt, hoch aufblitzen. Der Streit wogte hin und her, und doch schlugen sie grundlos aufeinander ein und hätten auf den Kampf besser verzichten sollen. Da bekam Herr Gawan seinen Gegner zu packen und warf ihn mit voller Wucht zu Boden. Solch freundschaftliche Umarmung möge mir erspart bleiben! Ich möchte sie nicht am eignen Leibe spüren.

Gawan forderte wiederum Unterwerfung, doch Lischoys, der unten lag, weigerte sich wie nach dem ersten Kampf. Er sprach: »Du verlierst nur deine Zeit! Statt Unterwerfung biete ich dir mein Leben. Soll deine edle Hand meinen Heldenruhm auslöschen! Gott hat mich verflucht, denn meine Ehre gilt ihm nichts mehr. Um ihre Liebe zu erringen, diente ich der edlen Herzogin Orgeluse; in diesem Dienst habe ich viele edle Ritter ruhmvoll besiegt. Du kannst deinen Ruhm nur vermehren, wenn du mich tötest.«

Da dachte König Lots Sohn: ›Das werde ich gewiß nicht tun! Ich verlöre all meinen Heldenruhm, wenn ich den Tapferen ohne Grund erschlüge. Ihn hat die Liebe auf mich gehetzt, die auch mich bezwungen hat und traurig macht. Warum sollte ich ihn nicht ihr zuliebe am Leben lassen? Will's das Schicksal, daß ich sie zu eigen gewinne, kann er es nicht verhindern. Hat sie unserem Kampf zugesehen, dann wird sie zugeben müssen, daß ich für den Preis der Liebe Ritterdienste zu leisten weiß.‹ Laut sagte er: »Um der Herzogin willen lasse ich dich am Leben!«

Beide waren nun sehr erschöpft. Gawan ließ seinen Gegner aufstehen, dann setzten sie sich weit entfernt voneinander nieder. Da betrat der Besitzer der

Fähre das Ufer. Auf seiner Faust trug er ein graues Sperberweibchen. Ihm war das Recht verliehen, bei Zweikämpfen, die auf dieser Wiese ausgetragen wurden, das Pferd des Unterlegenen einzufordern. Dafür mußte er sich dankbar vor dem Sieger verneigen und laut seinen Ruhm verkünden. Dieser Zins für seine blumenübersäte Wiese war sein einziger und reichster Bodenertrag, es sei denn, sein Sperberweibchen schlug eine Haubenlerche. So bestritt er seinen Unterhalt und lebte nicht schlecht dabei. Der Fährmann war von ritterlicher Geburt und edler Erziehung. Er schritt auf Gawan zu und bat höflich um den Zins für die Wiese. Der tapfere Gawan aber sprach: »Herr, mein Leben lang war ich kein Kaufmann! Erlaßt mir also den Zoll!«

Der Schiffseigner entgegnete: »Herr, viele Damen können bezeugen, daß Ihr hier siegreich gekämpft habt. Ihr dürft mir daher mein Recht nicht vorenthalten. Gewährt mir, Herr, was mir zukommt! Im ehrlichen Zweikampf habt Ihr mir dieses Pferd, Euch selbst aber Heldenruhm erkämpft. Ihr habt einen Ritter niedergestochen, der hier bis heute als der berühmteste Held galt. Daß Ihr ihn ruhmreich besieget, war für ihn eine Schickung Gottes und hat ihn verzweifeln lassen. Ihr könnt Euch wahrhaftig glücklich schätzen!«

Gawan aber entgegnete: »O nein, er hat vielmehr mich niedergestochen, und erst später habe ich ihm mit gleicher Münze heimgezahlt. Dürft Ihr für den Reiterkampf Zins beanspruchen, dann fordert ihn von meinem Gegner! Herr, dort steht die Mähre, die er im Kampf von mir erbeutet hat. Nehmt sie, wenn Ihr wollt! Doch dieses Pferd hier ist mein! Ich werde mit ihm davonreiten, auch wenn Ihr niemals mehr ein Pferd gewinnen solltet. Ihr beruft Euch auf das Recht, doch wenn Ihr es in Anspruch nehmt, wär's unrecht, daß Ihr mich zu Fuß davongehen laßt. Es schmerzte mich zutiefst, sollte dieses Pferd nun Euer sein. Noch heute morgen gehörte es unbestreitbar mir, und wollt Ihr nur einfach die Hand ausstrecken, so nehmt Euch lieber ein Steckenpferd. Dieses Tier überließ mir der Burgunder Orilus, und Urians, ein Fürst aus Punturtoys, hat es mir gestohlen. Eher noch wirft Euch eine Mauleselin ein Fohlen. Ich will Euch aber auf andre Art beschenken. Scheint's Euch ein gleichwertiger Ersatz für das geforderte Pferd, dann nehmt Euch diesen Ritter, der es im Kampf gegen mich geritten hat. Es schert mich wenig, ob es ihm paßt oder nicht!«

Der Fährmann freute sich über das Angebot und rief lachend: »Solch reiches Geschenk erhielt ich nie! Ich weiß nur nicht recht, ob ich es annehmen kann. Herr, wenn Ihr Euch allerdings dafür verbürgt, dann ist meine Forderung mehr als erfüllt. Wahrhaftig, er ist ein so berühmter Held, daß ich für ihn nicht einmal fünfhundert starke, schnelle Rosse tauschen würde; sie wiegen seinen Wert nicht auf. Wollt Ihr mich wirklich reich machen, dann zeigt Euch als ein rechter Ritter und bringt ihn in meine Barke, wenn Ihr es vermögt. So würdet Ihr wahrhaft edel handeln!«

Da sprach König Lots Sohn: »Ich liefere ihn Euch als Euern Gefangenen aufs Schiff und wieder hinaus bis in Euer Haus!«

»Dann werdet Ihr mir hochwillkommen sein«, versicherte der Fährmann, der sich mit dankbaren Verneigungen nicht genug tun konnte. Und weiter sprach er: »Mein lieber Herr, geruht diese Nacht bei mir zu bleiben. Ihr werdet mir damit die größte Ehre erweisen! Man wird mich glücklich preisen, wenn ich einen so vornehmen Ritter gastlich aufnehmen darf.«

Herr Gawan erwiderte: »Was Ihr wünscht, wollte ich eben selbst von Euch erbitten. Ich bin rechtschaffen müde, und Ruhe tut mir not. Die Frau, der ich diese Prüfung verdanke, kann wirklich alle Süßigkeit verbittern, dem Herzen jede Freude rauben und es mit Trübsal füllen! An Lohn ist nicht zu denken, im Gegenteil! Wo ich Gewinn erhoffte, habe ich verloren! Solange ich mit Gottes Hilfe glücklich war, schwoll mein Herz vor Lebenslust; jetzt aber ist es kraftlos geworden, vielleicht sogar verschwunden! Was soll ich tun? Soll ich wirklich ungetröstet solchen Liebesschmerz erdulden? Als Frau von rechter Treue müßte sie mich glücklich machen, nachdem sie mich so schwer verwundet hat.«

Als der Fährmann hörte, daß ihn Kummer und Liebesschmerz quälten, sagte er: »Herr, hier auf der Wiese, im Walde und überall im Reiche Clinschors geht's so zu: heute traurig, morgen froh, und daran ändern auch Feigheit oder Tapferkeit nichts. Wahrscheinlich wißt Ihr gar nicht, daß das ganze Land ein einziges Wunder ist, bei Tag und Nacht, und selbst der Tapferste bedarf des Glücks. Doch die Sonne steht schon tief am Himmel; kommt zum Schiff, Herr.«

Gawan folgte der Aufforderung des Fährmanns und führte zugleich seinen Gegner Lischoys aufs Schiff, der sich ergeben und ohne Widerrede fügte.

Der Fährmann zog das Pferd hinterher. Als sie ans andere Ufer übergesetzt waren, bat der Fährmann Herrn Gawan: »Fühlt Euch wie zu Hause!« Sein Haus war recht stattlich; Artus hätte sich in Nantes, wo er häufig weilte, kein schöneres wünschen können. Gawan führte Lischoys hinein, und Herr und Gesinde nahmen sich seiner an. Danach sprach der Hausherr zu seiner Tochter: »Sorge für meinen Herrn hier, er soll sich wohl fühlen. Bringe ihn auf sein Zimmer und lies ihm jeden Wunsch von den Augen ab, denn wir verdanken ihm viel.« Seinem Sohn gebot er, sich um Gringuljete zu kümmern. Die Jungfrau tat gehorsam alles, was ihr der Vater aufgetragen hatte. Sie brachte Gawan in eine Kemenate, deren Estrich mit frischgeschnittenen Binsen und bunten Blumen bestreut war. Nachdem ihm das liebliche Mädchen beim Ablegen der Rüstung geholfen hatte, sprach Gawan: »Gott lohne es Euch, edle Frau! Es wurde wirklich Zeit. Doch wäre es nicht der Wille des Hausherrn, ich hätte Eure Dienste gar nicht annehmen dürfen.«

Sie erwiderte: »Herr, ich diene Euch, um Eure Gunst zu gewinnen, aus keinem andern Grund.«

Der Sohn des Hausherrn, ein Knappe, trug viele weiche Polster herbei und legte sie an der Wand gegenüber der Tür nieder. Davor wurde noch ein Teppich ausgebreitet. Das sollte Gawans Lager sein. Sorgsam brachte der Knappe noch eine rote Taftdecke für das Ruhelager. Auch für den Hausherrn wurde ein Lager gerichtet. Ein zweiter Knappe trug Tischtücher und Brot herbei. Alles geschah, wie es der Hausherr beiden befohlen hatte. Nun trat auch die Hausfrau ein und hieß Gawan herzlich willkommen: »Mit Eurer Hilfe sind wir reiche Leute geworden. Herr, unser Glück ist nicht müßig gewesen.«

Als der Hausherr gekommen war, wurde Waschwasser gebracht. Nachdem Gawan sich gewaschen hatte, bat er den Hausherrn um Gesellschaft: »Erlaubt dieser Jungfrau, mit mir zu speisen.«

»Herr, sie durfte noch nie mit einem Edelmann essen oder an seiner Seite sitzen, sie könnte mir zu übermütig werden. Aber wir haben Euch viel zu danken. Tochter, erfülle seinen Wunsch! Ich bin einverstanden.«

Das liebliche Mädchen errötete verschämt, gehorchte aber dem Gebot des Hausherrn. Fräulein Bene, so hieß das Mädchen, nahm also an Gawans Seite Platz. Außer ihr besaß der Hausherr noch zwei kräftige Söhne. Nun hatte das Sperberweibchen an diesem Abend drei Haubenlerchen geschlagen, die der Hausherr mit einer Brühe vor Gawan auftragen ließ. Die Jungfrau verzichtete nicht darauf, ihm mit zarter Hand auf einer Scheibe Weißbrot wohlschmekkende Leckerbissen zurechtzuschneiden. Dabei sprach sie: »Bitte reicht einen von den gebratenen Vögeln meiner Mutter; denn sie hat keinen.«

Gawan erwiderte der schönen Jungfrau, er wolle sich stets und gern ihren Wünschen fügen, und ließ eine Haubenlerche der Hausfrau reichen. Höflich verneigte man sich wieder und wieder vor Gawan, und der Hausherr dankte ihm herzlich.

Danach brachte der eine Sohn Protulak- und Lattichsalat, mit Weinessig angerichtet. Will man bei Kräften bleiben, sind solche Gerichte unzuträglich, zumal regelmäßiger Genuß nicht gerade frische Wangen gibt. Die Gesichtsfarbe, die man der Nahrung verdankt, trügt nicht. Schminke aber, die das wahre Aussehen verbergen soll, bietet selten Anlaß zu lautem Lob. Ich glaube, im schönsten Glanz strahlt eine Frau, wenn sie im Herzen treu ist.

Hätte Gawan vom guten Willen leben können, wäre er mehr als satt geworden. Keine Mutter mochte ihrem Kind das Essen herzlicher gönnen als der Hausherr seinem Gast. Nachdem man den Tisch hinausgetragen und die Hausfrau sich entfernt hatte, brachte man reichlich Bettzeug und richtete Gawan das Nachtlager. Ein Daunenkissen war mit grünem Samt bezogen, doch war's kein guter, er war nachgemacht. Zu Gawans Behaglichkeit erhielt das Bett eine seidene Steppdecke, allerdings ohne Goldfäden, die man ja aus fernem Heidenland holen muß. Zwei schneeweiße Laken aus weichem Leinen wurden darübergelegt, dazu ein Kopfkissen und ein neuer weißer Pelzmantel der Jungfrau. Der Hausherr verabschiedete sich und begab sich zur Ruhe. Es heißt, daß Gawan mit der Jungfrau allein im Zimmer blieb. Hätte er etwas von ihr begehrt, so wäre es ihm kaum verwehrt worden. Doch er hat seinen Schlaf verdient und mag nun ruhen. Gott behüte ihn! Der neue Tag bringt neue Gefahren.

ELFTES BUCH

Große Müdigkeit hatte Gawan die Augen zugedrückt und ihn bis zum frühen Morgen schlafen lassen. Als der Held erwachte, sah er, daß eine Wand der Kemenate viele verglaste Fenster hatte. Ein Fenster war geöffnet und führte in den Baumgarten. Er ging in den Garten, um sich umzusehen, die frische Luft und den Gesang der Vögel zu genießen. Noch nicht lange hatte er da gesessen, als seine Blicke auf die Burg fielen, die er schon am Abend zuvor gesehen hatte, als ihm das Abenteuer mit Lischoys zustieß. Oben im Palast waren viele Edeldamen, einige von ungewöhnlicher Schönheit. Er wunderte sich, daß die Damen noch wachten und nicht schliefen, denn noch war es nicht heller Tag, und er dachte: ›Ihnen zu Ehren will ich mich wieder schlafen legen!‹ Er ging zurück zu seinem Lager und zog den Mantel der Jungfrau als Decke über sich. Ob man ihn nicht weckte? O nein, das hatte der Hausherr verboten.

Die Jungfrau, die zu Füßen der Mutter geruht hatte, erwachte indes und ging leise hinauf zu ihrem Gast, um ihm Gesellschaft zu leisten. Da er noch tief und fest schlief, setzte sich die schöne Jungfrau diensteifrig auf den Teppich vor dem Bett. Mir ist solch Abenteuer abends oder morgens kaum je widerfahren.

Als Gawan nach einer Weile erwachte, sah er sie lächelnd an und sprach: »Vergelt's Euch Gott, mein Fräulein, daß Ihr meinetwegen Euern Schlaf unterbrochen habt und damit ein Opfer bringt, das ich gar nicht verdient habe.«

Da sprach die schöne Jungfrau: »Eure Dienste darf ich nicht beanspruchen. Mir genügt es, wenn ich Eure Gunst erlangen kann. Verfügt über mich, Herr. Ich erfülle Euch jeden Wunsch. Unsere ganze Familie wird Euch für Eure Güte stets als ihren Herrn verehren.«

Er fragte sie: »Seid Ihr schon lange hier? Hätte ich Euch eher kommen hören, hätte ich Euch gern eine Frage gestellt, wenn Ihr so freundlich sein wollt, sie zu beantworten. Ich habe oben auf der Burg gestern und heute viele Damen gesehen. Habt die Güte, mir zu sagen, wer sie sind.«

Die Jungfrau erschrak und sprach: »Herr, fragt nicht danach! Ihr werdet von mir nichts erfahren! Ich weiß es zwar, doch ich muß schweigen und darf Euch nichts sagen. Nehmt's mir nicht übel und fragt nach andern Dingen. Das ist ein guter Rat, Ihr solltet ihn befolgen!«

Gawan aber ließ nicht ab und fragte wieder, was es mit den Damen oben im Palast auf sich hätte. Die Jungfrau, die es gut mit ihm meinte, begann bitterlich zu weinen und zu klagen. Obwohl es noch früh am Tage war, trat ihr Vater herein. Er wäre gar nicht böse gewesen, wenn Gawan das schöne Mädchen genommen und zu sich gezwungen hätte. Ihr Gebaren ließ zwar so etwas vermuten, zumal sie dicht an Gawans Bett saß, doch ihr Vater hätte nicht gezürnt, denn er sprach zu ihr: »Weine nicht, meine Tochter.

Was so im Scherz geschieht, verschmerzt man doch recht bald, ist man auch erst erzürnt.«

Aber Gawan sprach: »Hier ist nichts geschehen, was wir Euch verheimlichen müßten. Ich habe dem Mädchen nur eine Frage gestellt, die ihr für mich gefährlich schien, und sie hat mich gebeten, ihr die Antwort zu erlassen. Seid so freundlich und erklärt mir, was es mit den Damen oben in der Burg auf sich hat. Das sei der Lohn für den Dienst, den ich Euch geleistet habe. Nirgendwo habe ich je so viele anmutige und herrlich geputzte Damen gesehen.«

Der Hausherr rang die Hände und rief: »Herr, um Gottes willen, fragt nicht! Die Not dort oben läßt sich nicht beschreiben.«

»Um so beklagenswerter dünkt mich die Bedrängnis der Damen!« rief Gawan. »Hausherr, sprecht ohne Umschweife, warum bedrückt Euch meine Frage?«

»Herr, wenn Ihr als tapfrer Mann auf Eurer Frage beharrt, werdet Ihr leicht noch mehr wissen wollen. Doch damit beschwört Ihr für Euch selbst eine furchtbare Gefahr herauf, mir und meinen Kindern aber, die Euch zu dienen geboren sind, raubt Ihr alle Freude.«

Gawan sprach fest und bestimmt: »Jetzt redet! Solltet Ihr aber schweigen, mir Euer Wissen vorenthalten, dann werde ich schon auf andre Weise die Geschichte in Erfahrung bringen.«

Der getreue Hausherr erwiderte jedoch: »Herr, es schmerzt mich, daß Ihr auf einer Antwort besteht. Gut, so rüstet Euch zum Kampfe! Einen Schild will ich Euch leihen. Ihr seid in Terre marveile; hier steht auch das Lit marveile. Bisher hat niemand das gefährliche Abenteuer auf Schastel marveile bestanden.

Versucht Ihr's, findet Ihr den Tod! Seid Ihr auch in Abenteuern erfahren, so ist doch alles, was Euch bisher begegnet ist, ein Kinderspiel: Ihr geht einem todbringenden Abenteuer entgegen!«

Da sprach Gawan: »Ich könnte es nicht verwinden, wenn ich in aller Ruhe fortritte, ohne mehr über die Damen erfahren zu haben. Schon früher habe ich von ihnen gehört. Da ich nun einmal hier in ihrer Nähe bin, gelüstet's mich, das Abenteuer für sie zu wagen.«

Der getreue Hausherr beklagte diesen Entschluß und sprach zu seinem Gast: »Nichts kommt der Gefahr gleich, die dieses Abenteuer birgt. Sie ist wahr und wahrhaftig furchtbar und ungeheuer. Ihr könnt mir glauben, Herr, ich lüge nie.«

Der berühmte Gawan ließ sich dadurch nicht schrecken, sondern sprach: »Nun gebt mir Euren Rat für den Kampf! Wenn Ihr erlaubt, will ich mit Gottes Segen hier eine echte Rittertat vollbringen. Für Rat und Hinweis werde ich Euch dankbar sein. Hausherr, es wäre übel gehandelt, wollte ich untätig von hier scheiden. Für Freund und Feind wäre ich ein Feigling dann!«

Er vermehrte damit die Klagen des Hausherrn, der solchen Kummer nie erfahren hatte. Er sprach zu seinem Gast: »Entgeht Ihr mit Gottes Hilfe dem Tode, dann seid Ihr Herrscher dieses Landes. Viele Damen werden hier gefangengehalten, die ein mächtiger Zauber hergezwungen hat. Mancher Knappe und edle Ritter hat schon versucht, sie zu befreien und damit ritterlichen Ruhm zu ernten, doch alle sind gescheitert. Erlöst Ihr sie mit Eurer Heldenkraft, so erringt Ihr gewaltigen Ruhm und könnt Gott für die große Ehre danken. Froh und stolz werdet Ihr dann über viele wunderschöne Damen aus aller Herren Länder gebieten können. Doch auch wenn Ihr fortrittet, ohne das gefährliche Abenteuer zu wagen, könnte Euch niemand schmähen, da Lischoys Gwelljus Euch seinen Ritterruhm lassen mußte! Mit Recht kann ich ihn einen prächtigen Jüngling nennen, der viele Rittertaten vollbracht hat und tapfer zu kämpfen weiß. Wenn man Ither von Gaheviez ausnimmt, hat Gott keinem anderen so viele Vorzüge verliehen wie ihm. Den Mann, der Ither vor Nantes erschlug, habe ich gestern übrigens mit meinem Schiff übergesetzt. Er ließ mir fünf Pferde, die Herzöge und Könige geritten haben. Gott möge ihm dafür Glück schenken im Leben! Sein Siegesruhm wird sich in Pelrapeire verbreiten: Er hat alle seine Gegner gezwungen, sich zu unterwerfen. Sein Schild ist von zahlreichen Kämpfen gezeichnet. Er kam hierher, um nach dem Gral zu suchen.«

»Wohin ist er gezogen?« fragte Gawan. »Sagt, Hausherr, hat er nichts von dem Abenteuer erfahren, das es hier zu bestehen gibt, obwohl es doch so nahe war?«

»Nein, Herr, er hat es nicht erfahren. Ich habe mich gehütet, ihm davon zu erzählen. Es hätte unziemlich gewirkt. Wäre Euch die Frage nicht eingefallen, hättet Ihr von mir nie und nimmer erfahren, was hier am Wirken ist: ein unheimlicher Zauber mit großen Schrecknissen. Wenn Ihr nicht Abstand nehmt und den Tod dabei findet, wird dies mir und meinen Kindern nie gekanntes Leid bereiten. Solltet Ihr aber Siegesruhm erringen und Herrscher dieses Landes werden, so hat meine Armut hoffentlich ein Ende. Ich vertraue darauf, daß Ihr mich dann durch reiche Gaben erhöhen werdet. Ist Euch der Tod nicht bestimmt, so werdet Ihr hier nach Euerm Sieg voll Lust und Freude ungetrübtes Glück genießen. Nun wappnet Euch für den gefährlichen Kampf!«

Gawan, der noch nicht gewappnet war, rief: »Bringt mir meine Rüstung!« Der Hausherr erfüllte seinen Wunsch, und das schöne, liebliche Mädchen wappnete ihn von Kopf bis Fuß, während der Hausherr nach dem Pferde sah. An der Wand hing ein dickwandiger und fester Schild, der Gawans Rettung sein sollte. Als Schild und Pferd bereitstanden, erschien der Hausherr wieder und sprach: »Herr, laßt Euch raten, wie Ihr Euch in dieser tödlichen Gefahr verhalten müßt. Tragt meinen Schild! Er ist unversehrt von Lanze und Schwert, denn ich kämpfe nie! Wie sollte er also Schaden nehmen? Herr, wenn Ihr hinauf vor das Burgtor kommt, laßt Euer Pferd zu seinem Besten in der Obhut eines Krämers, der vor dem Tore sitzt. Handelt ihm irgend etwas ab. Bleibt ihm dann Euer Pferd als Pfand für die ausgewählte Ware, wird er es um so sorgsamer behüten. Solltet Ihr unversehrt zurückkehren, gibt er's Euch ohne weiteres heraus.«

Da fragte Herr Gawan: »Soll ich denn nicht hoch zu Roß in die Burg reiten?«

»Nein, Herr. All die schönen Damen sind vor Euch verborgen. Sobald Ihr die Burg betreten habt, beginnen die Gefahren. Den Palast werdet Ihr vereinsamt und ohne Leben vorfinden. Sobald Ihr den Fuß in die Kemenate setzt, wo das Lit marveile steht, möge Euch Gott in seiner Gnade beschützen. Selbst die Krone und der ganze Reichtum des Machmumelin von Marokko würden das Bett und sein Gestell nicht aufwiegen, wollte man beides auf die Waagschale legen. Auf diesem Bett müßt Ihr erdulden, was Gott Euch bestimmt hat. Möge er's glücklich für Euch ausgehen lassen! Herr, denkt daran, diesen Schild und Euer Schwert während der ganzen Prüfung nie aus den Händen zu geben! Wenn Ihr nämlich meint, die Schrecknisse hätten ein Ende, dann beginnt der Kampf erst.«

Als sich Gawan auf sein Pferd schwang, wurde das Mädchen tieftraurig. Auch die anderen Anwesenden hielten ihre Klagen nicht zurück. Gawan sprach zum Hausherrn: »Will's Gott, so werde ich Euch Eure treuen Dienste gern vergelten.« Er nahm Abschied von der Jungfrau, deren großer Jammer sich begreifen ließ, und ritt davon. Die andern blieben in trüben Gedanken zurück.

Wenn ihr nun gern wissen wollt, was Gawan auf der Burg erlebte, dann erzähle ich's euch um so lieber, und zwar so, wie ich es gehört habe. Als er vor dem Tor anlangte, fand er dort den Krämer mit einem wohlgefüllten Laden. So viel wurde dort feilgeboten, daß ich von Herzen froh wäre, wenn ich solchen Reichtum hätte. Gawan sprang vor dem Kramladen vom Pferd. Solch reiches Angebot hatte er noch nie gesehen. Hoch und weit war das viereckige Zelt aus Samt. Was es darin zu kaufen gab? Nun, wer die Dinge mit Geld hätte aufwiegen wollen, hätte sie nicht bezahlen können, nicht einmal der Baruc von Bagdad oder der Patriarch von Ranculat. Auch wenn der Kaiser alle Schätze Griechenlands zu den Reichtümern des Baruc und des Patriarchen gelegt hätte, so wären die kostbaren Waren nicht aufgewogen worden.

Gawan grüßte den Krämer, und als er gesehen hatte, was für wunderbare Dinge es da zu kaufen gab, ließ er sich, seinen Verhältnissen gemäß, Gürtel und Spangen vorlegen. Der Krämer sprach: »Schon manches Jahr sitze ich hier, und niemand – nur die Damen aus der Burg – hat gewagt, meine Waren zu betrachten. Besitzt Ihr ein männlich-tapferes Herz, dann wird alles Euch gehören, was aus fernen Ländern zusammengetragen wurde. Habt Ihr den rühmlichen Entschluß gefaßt, das Abenteuer zu bestehen, so werden wir bei siegreichem Gelingen rasch handelseinig, Herr. Alles, was ich feilzubieten habe, gehört dann Euch. Geht also in die Burg und laßt Gottes Willen geschehen! Hat Euch der Fährmann Plippalinot hergewiesen? So manche Dame wird den Tag Eurer Ankunft preisen, falls es Euch gelingt, sie zu erlösen. Wollt Ihr Euch in das Abenteuer stürzen, dann laßt das Pferd nur bei mir. Wenn Ihr es mir anvertraut, ist es gut aufgehoben.«

Gawan antwortete: »Aber gern, wenn ich Euch solchen Dienst zumuten darf. Nur trage ich Bedenken bei Euerm Reichtum. Solange ich das Pferd reite, hat es solch reichen Pferdeknecht noch nicht gehabt.«

Der Krämer sagte freundlich: »Herr, ich sagte es doch schon: Kommt Ihr heil davon, gehören ich und mein ganzer Besitz Euch! Das ist nur recht und billig.«

Von Kampfesmut beseelt, ging Gawan mannhaft und unverzagt zu Fuß weiter. Wie ich bereits erzählte: Die weiträumige Burg war auf allen Seiten von festen Wehrmauern umgeben. Ein Sturmangriff hätte nichts ausrichten können, und hätte er dreißig Jahre lang gewährt. Inmitten der Burg befand sich eine Wiese, fast so groß wie das Lechfeld. Viele Wehrtürme überragten die Mauerzinnen. Die Aventüre berichtet uns noch: Als Gawan den Palast betrachtete, sah er, daß sein Dach bunt leuchtete wie das Federkleid eines Pfaus. Die hellen Farben der Dachziegel waren so dauerhaft, daß weder Regen noch Sonne ihren Glanz trüben konnten.

Auch innen war der Palast reich verziert und ausgeschmückt. Die Fenstersäulen waren sorgfältig kanneliert und hoch überwölbt. In den Fensternischen waren zahlreiche Ruhelager aufgeschlagen und mit verschiedenfarbigen kostbaren Decken versehen, doch stand jedes Lager für sich in einer Nische. Hier hatten die Damen gesessen, die Gawan gesehen hatte, doch sie waren fortgegangen, ohne Gawan – ihren Glücksbringer, die Verkörperung ihres Erlösungstages – gebührend zu empfangen. Dabei wäre ihnen nichts lieber gewesen, als ihn sehen zu dürfen! Aber es traf sie keine Schuld, denn keiner war es erlaubt, obwohl er ihnen dienen wollte. Herr Gawan ging nun auf und ab und betrachtete den Palast. Da entdeckte er in einer Wand – ich weiß nicht, auf welcher Seite – eine weitgeöffnete Tür. Dahinter warteten Ruhm oder Tod auf ihn. Er betrat eine Kemenate, deren glänzender Estrich spiegelblank und glatt war wie Glas. Dort stand das Lit marveile, das Wunderbett. Vier Räder aus runden blinkenden Rubinen waren in die Bettfüße eingefügt, und es lief schneller als der Wind. Der Estrich verdient alles Lob: er bestand aus Jaspis, Chrysolith und Sardin, ganz nach Clinschors Wunsch, der alles erdacht und das Nötige klug und besonnen aus vielen Ländern zusammengetragen hatte. Der Estrich war so glatt, daß Gawans Füße kaum Halt fanden. Er ging also auf gut Glück los. Sobald er sich jedoch dem Bett näherte, rollte es davon und wechselte seinen Platz. Bei diesem Spiel wurde Gawan allmählich der schwere Schild lästig, den er nach dem dringenden Rat des Fährmanns nicht aus der Hand geben sollte. Er dachte bei sich: ›Wie soll ich zu dir kommen, wenn du mir ausweichst? Ob ich es schaffe, wenn ich auf dich springe?‹ Und als das Bett gerade vor ihm stand, schnellte er in die Höhe und warf sich mitten darauf. Niemand kann sich vorstellen, mit welcher Geschwindigkeit das Bett nun hin und her schoß. Es ließ keine Wand aus, sondern stieß mit solcher Wucht dagegen, daß die ganze Burg erdröhnte. So ritt Gawan manchen scharfen Angriff. Selbst wenn der stärkste Donner getost und alle Posaunenbläser der Welt um die Wette geblasen hätten, es hätte nicht lauter dröhnen können. Obwohl Gawan auf einem Ruhebett lag, war an Ruhe nicht zu denken. Was unser Held tat? Als ihm der Lärm zuviel wurde, zog er einfach den Schild über sich. So lag er da und überließ sein Schicksal Gott, der helfen kann und nie müde wird zu helfen, wenn man in harter Bedrängnis seine Hilfe erfleht. Gerät ein kluger und besonnener Mann in Bedrängnis, dann ruft er den Allerhöchsten um Hilfe an. Er allein kann wirksam helfen und hilft auch gern, was nun auch Gawan erfuhr. Er bat Gott, dessen überreicher Gnade er seinen Ruhm stets zugeschrieben hatte, um Schutz und Hilfe.

Da nahm das Dröhnen plötzlich ein Ende, und das prächtige Bett kam mitten auf dem Estrich zum Stehen, so daß es von allen Wänden gleich weit entfernt war. Nun begannen aber größere Schrecknisse:

Durch kunstvollen Mechanismus standen fünfhundert Stockschleudern bereit, und sie zielten haargenau auf das Bett, auf dem Gawan lag. Harte runde Kieselsteine wurden geschleudert, doch Gawan verspürte wenig, denn der Schild war so fest, daß er nur an einigen Stellen durchschlagen wurde.

Die Steine waren also vertan. Nie zuvor hatte Gawan solch scharfe Würfe erlebt. Kaum war dies überstanden, waren fünfhundert Armbrüste oder mehr gespannt und auf das Bett gerichtet, wo Gawan lag. Wer jemals in solche Bedrängnis geriet, der weiß genug von Pfeilen. Binnen kurzem waren alle Pfeile verschossen. Wer die Bequemlichkeit liebt, gehe solchem Bett aus dem Wege; denn niemand wird es ihm behaglich machen. Selbst ein Jüngling würde bei den Annehmlichkeiten, wie sie Gawan auf dem Bett genoß, graue Haare bekommen. Dennoch, sein Herz und seine Hand zitterten nicht! Pfeile und Steine hatten ihn allerdings nicht völlig verschont. Trotz des Panzerhemdes hatte er Prellungen und Wunden erlitten. Als er schon hoffte, die Schrecknisse wären zu Ende, mußte er mit seinen Händen den Siegesruhm erkämpfen. Ihm gegenüber tat sich nämlich eine Tür auf, und ein kraftstrotzender, ungeschlachter Kerl von schrecklichem Aussehen trat ein. Sein Wams, seine Mütze und seine weite Hose waren aus Fischotterhaut; in der Hand trug er eine Keule, deren Ende dicker war als ein Wasserkrug. Er näherte sich Gawan, dem das gar nicht gefiel. Er dachte aber: ›Der Bursche ist ungerüstet und wird sich daher gegen mich schwerlich zur Wehr setzen können.‹ Er richtete sich also auf und saß da, als wäre ihm nichts geschehen. Da zuckte sein Gegner einen Schritt zurück, als wolle er sich zur Flucht wenden, doch er besann sich und brüllte wutentbrannt: »Ihr macht mir keine Angst! Jetzt wird Euch etwas zuteil, was Ihr mit dem Leben bezahlen werdet! Der Teufel hat Euch gerettet! Doch konnte er Euch bis jetzt beschützen, so ist nun unabwendbar die Stunde Eures Verderbens gekommen. Das werdet Ihr erkennen, sobald ich gehe!«

Damit verließ der grobe Klotz das Zimmer. Gawan schlug nun mit dem Schwert die Pfeilschäfte vom Schild. Die Pfeile waren nämlich sämtlich durch den Schild gedrungen und gegen die Panzerringe seiner Rüstung geklirrt. Da hörte er ein dumpfes Grollen, als würden zwanzig Trommeln zum Tanze geschlagen. Voll ungebeugter und unbeugsamer Tapferkeit dachte er: ›Was wartet noch auf mich? Ich wurde doch schon hart genug geprüft! Soll's denn noch schlimmer kommen? Nun heißt's auf der Hut sein!‹

Zur Tür herein, die der ungehobelte Bursche benutzt hatte, sprang plötzlich ein gewaltiger Löwe, so groß wie ein Pferd. Gawan, der dem Feinde nie den Rücken kehrte, packte den Schild bei den Halterriemen und sprang auf den Estrich, um sich zu verteidigen. Der gewaltige, starke Löwe war vor Hunger schrecklich wild, doch sollte ihm das wenig nützen. In rasender Wut stürzte er sich auf den Ritter, doch Gawan stand bereit. Dennoch hätte ihm der Löwe den Schild fast entrissen, denn schon beim ersten Angriff schlugen seine Krallen durch den Schild. Kein andres Tier hätte den festen Schild durchbohren können. Der Löwe wollte seinem Gegner den Schild entreißen, doch Gawan wehrte sich und schlug dem Löwen eine Pranke ab. Nun hatte der Löwe nur noch drei Pranken, die vierte blieb im Schilde haften. Aus der Wunde schoß eine solche Blutfontäne, daß Gawan schon gut Fuß fassen mußte, während der Kampf hin und her wogte. Der Löwe schnaubte vor Wut, fletschte die Zähne und sprang den Fremden immer wieder an. Wollte man ihn erst daran gewöhnen, brave Menschen aufzufressen, dann bliebe ich kaum in seiner Nähe sitzen. Er machte Gawan in diesem Kampf auf Leben und Tod schwer zu schaffen, obwohl ihn Gawan so schwer verwundet hatte, daß die Kemenate über und über mit Blut bespritzt war. Schließlich sprang der ergrimmte Löwe mit einem gewaltigen Satz auf ihn zu und wollte ihn zu Boden reißen. Da stieß ihm Gawan das Schwert bis ans Heft in die Brust. Aus war's mit der Wut des Löwen, denn er sank tot zu Boden. Als Gawan die große Gefahr siegreich bestanden hatte, dachte er: ›Was tu ich nun am besten? In die Blutlachen mag ich mich nicht setzen. Und wenn ich meine fünf Sinne beisammen habe, werde ich mich hüten, mich wieder auf das Bett zu setzen oder zu legen, denn es rast wie wild umher.‹ Plötzlich überkam ihn eine Schwäche, denn sein Kopf war von den Steinwürfen benommen und seine Wunden bluteten. Alles drehte sich um ihn, und er sank zu Boden. Dabei fiel er auf den Schild, sein Haupt aber auf den Körper des Löwen. Die Prüfungen waren so hart gewesen, daß ihn alle Kraft und alle Sinne verließen und eine tiefe Ohnmacht ihn umfing. Doch lag er nicht auf einem Kopfkissen, wie es die reizende, kluge Gymele von Monte Ribbele dem Kahenis unterschob, so daß er in tiefen Schlummer sank und seine Ehre verschlief. Im Gegenteil:

Gawan nahten Ruhm und Ehre, denn ihr habt ja gehört, warum seine Sinne schwanden und er ohnmächtig war.

Verstohlene Blicke erspähten das Blut auf dem Estrich der Kemenate und entdeckten auch den Löwen und Gawan, die beide wie tot dalagen. Durch ein hochgelegenes Fenster schaute nämlich furchtsam eine schöne Jungfrau und wurde bei dem Anblick totenbleich. Ängstlich eilte sie zurück und berichtete der alten, klugen Arnive, die bestürzt zuhörte. Noch heute singe ich ihr Lob, denn sie war es, die den Ritter rettete und dem Tod entriß. Arnive ging, um nachzuschauen. Was sie durchs Fenster erblickte, ließ sie vorerst zweifeln, ob Freudentage angebrochen seien oder unstillbarer Jammer drohe. Sie fürchtete schon, der Ritter sei tot, da er sich so unbequem auf den Löwen gebettet hatte – ein Gedanke, der sie mit tiefem Schmerz erfüllte. Sie sprach: »Mir tut's von Herzen leid, wenn dich männliche Tapferkeit und Treue um dein edles Leben gebracht haben. Hat dir deine Treue geboten, für uns bedauernswerte Schar dein Leben zu opfern, dann soll mich deine Tugend stets erbarmen, seist du nun alt oder jung.« Und zu den andern Frauen sprach sie angesichts des hingestreckten Helden: »Ihr edlen christlichen Frauen, fleht alle Gott um seinen Segen an!«

Dann bestimmte sie zwei Jungfrauen und bat sie, vorsichtig und leise hinabzuschleichen, um zu erkunden, ob er noch am Leben oder tot sei, und ihr zu berichten. Ob die liebreizenden, unschuldigen Mädchen beim Anblick Gawans weinten? Gewiß, als sie ihn auf dem Schild in seinem Blute liegen sahen, erfaßte beide großer Jammer. Sie untersuchten, ob noch Leben in ihm sei. Eine band ihm mit weißen Händen den Helm vom Haupte und auch die Fintale. Da entdeckte sie auf seinem roten Mund feine Luftbläschen und horchte voller Zweifel, ob er noch atme oder dieses Zeichen nur täusche. Nun zeigte Gawans Überwurf zwei Chamäleons aus Zobelpelz, das gleiche Wappen, das der Bretone Ilinot als Jüngling und bis an sein Ende ruhmreich getragen hatte. Die Jungfrau zupfte einige Zobelhaare aus, hielt sie Gawan unter die Nase und wartete, ob sein Atem die Haare hin und her bewegte. So entdeckte sie, daß er noch atmete. Sogleich ließ sie ihre schöne Gefährtin nach reinem Wasser eilen. Die brachte es geschwind herbei, und nun schob das Mädchen ihre zarten Finger geschickt zwischen Gawans Zähne und flößte dem Ohnmächtigen Wasser ein, zuerst nur wenig, dann mehr. Bedachtsam fuhr sie darin fort, bis er die Augen aufschlug. Gawan begrüßte die beiden reizenden Mädchen und dankte ihnen. »Es tut mir leid, daß ihr mich so unschicklich liegen finden mußtet. Es wäre sehr freundlich von euch, wenn ihr es für euch behieltet. Ich rechne auf eure gute Erziehung.«

Sie erwiderten: »So wie Ihr lagt und liegt, seid Ihr des höchsten Ruhmes wert. Ihr habt hier solchen Ruhm erkämpft, daß er bis an Euer Lebensende nicht verblassen wird. Der Sieg ist Euer! Doch nun gebt uns Armen die tröstliche Gewißheit, das Eure Wunden nicht gefährlich sind, damit wir uns mit Euch freuen können.«

»Wenn euch an meinem Leben liegt, dann helft mir«, sagte er und bat die beiden Edelfrauen: »Laßt meine Wunden jemand untersuchen, der sich darauf versteht. Muß ich aber noch weiter kämpfen, dann bindet mir den Helm auf und geht fort. Ich werde mich schon zu wehren wissen.«

Sie antworteten: »Ihr braucht nicht mehr zu kämpfen. Laßt uns bei Euch bleiben, Herr. Einer von uns wird für die Nachricht, daß Ihr am Leben seid, von vier Königinnen Botenlohn. Ihr sollt Pflege haben und gute Arzneien dazu, für Eure Prellungen und Wunden wohltuende, schmerzlindernde Salben, die Genesung bringen.«

Ein Mädchen sprang davon, ohne zu säumen, und berichtete dem Hofe, er sei am Leben, »und so lebendig, daß er, wenn's Gott gefällt, uns überglücklich machen wird. Er braucht jedoch tatkräftige Hilfe!«

Da riefen alle: »Gott sei Dank!« Die kluge alte Königin ließ an einem wärmenden Feuer ein Lager richten und einen Teppich auslegen. Dann brachte die Königin sehr kostbare, sachkundig bereitete Heilsalbe für Quetschungen und Wunden herbei und gebot vier Edelfrauen, zu Gawan zu gehen und ihn vorsichtig von seiner Rüstung zu befreien. Dabei sollten sie ihm jede Scham ersparen. »Nehmt eine Seidendecke mit und entwappnet ihn in ihrem Schutz. Wenn er noch gehen kann, dann mag er's tun; sonst aber tragt den Helden zu dem Lager, wo ich auf ihn warten werde. Hat er im Kampf keine tödlichen Wunden erhalten, dann mache ich ihn in kurzer Frist gesund. Sollte er aber zu Tode getroffen sein, so ist alle Freude dahin. Dann hätte der tödliche Streich auch uns getroffen, und wir müssen weiterhin ein Leben führen, das nicht besser ist als der Tod.«

Alles geschah nach ihrem Gebot: Herr Gawan wurde von seiner Rüstung befreit, fortgeführt und von den heilkundigen Damen behandelt. Fünfzig

Wunden oder mehr hatte er davongetragen, doch die Pfeile waren nur mit der Spitze durch den Kettenpanzer gedrungen, da Gawan sich ja mit dem Schild gedeckt hatte. Nun nahm die greise Königin Diptam, angewärmten Wein und blauen Taft. Damit reinigte sie die Wunden und verband Gawan so geschickt, daß er sich rasch erholte. An einigen Stellen hatten Schleudersteine den Helm eingedrückt, so daß Gawans Kopf nicht ohne Beulen geblieben war, doch unter der heilkräftigen Salbe der kundigen Königin schwanden sie zusehends. Die alte Königin sprach: »Ich werde Eure Schmerzen schnell lindern. Die Zauberin Cundry macht mir oft einen freundlichen Besuch und gibt mir gute Lehren, was Heilmittel vermögen. Als Anfortas so furchtbare Schmerzen litt und man auf Hilfe sann, da hielt ihn diese Salbe am Leben. Sie stammt aus Munsalwäsche.«

Als Gawan den Namen Munsalwäsche hörte, freute er sich sehr, denn er glaubte, die Burg sei ganz in der Nähe, und er, der ohne Falsch war, sprach zur Königin: »Herrin, Ihr habt mich aus meiner Ohnmacht erweckt und meine Schmerzen gelindert. Euch verdanke ich, daß ich meine Kräfte und Sinne wiedererlangt habe; ich bin daher Euer ergebener Diener.«

Sie aber sagte: »Herr, wir alle haben Grund, redlich und eifrig auf Eure Gunst bedacht zu sein. Nun hört auf mich: Schont Euch und redet nicht so viel. Ich werde Euch ein Schlafkraut reichen, es wird Euch wohltun. Bis zum Anbruch der Nacht müßt Ihr auf Essen und Trinken verzichten. Dann werdet Ihr wieder bei Kräften sein und sollt Speise von mir haben, so daß Ihr bis zum Morgen zufrieden seid.«

Sie legte ihm ein Kraut in den Mund, das ihn auf der Stelle einschlummern ließ. Sorgsam deckte sie ihn zu. An Ehre reich, an Schande arm, war Gawan weich und warm gebettet und schlief den ganzen Tag hindurch. Nur ab und zu ließ ihn die Wirkung der Heilsalbe im Schlaf zusammenschauern, schlucken und niesen. Währenddessen gingen die neugierigen edlen Schönen aus und ein, doch die alte Arnive gebrauchte ihre Macht und verbot jedes laute Sprechen, solange der Held schlief. Auch befahl sie, den Palast zu schließen; keiner von den Rittern, Knappen und Burgleuten, die dort lebten, sollten vor Anbruch des nächsten Tages von den Geschehnissen erfahren. Das tat den Damen doch sehr leid.

So schlief unser Held bis zum Anbruch der Nacht. Nun nahm die Königin das Kraut aus seinem Mund. Als Gawan erwachte, verspürte er Durst. Die kluge Königin ließ jetzt Getränke und erlesene Speisen herbeitragen. Gawan setzte sich auf und aß mit gutem Appetit. Viele Damen umstanden sein Lager und bedienten ihn so aufmerksam, wie er es nie zuvor erfahren hatte. Wenn auch Herr Gawan diese oder jene mit Wohlgefallen ansah, so hielt ihn doch die Sehnsucht nach der schönen Orgeluse unablässig gefangen. Sooft er in seinem Leben erfolgreich oder vergeblich um Liebe geworben hatte: nie war eine Frau seinem Herzen so nahegekommen wie sie. Der unverzagte Held sprach zu seiner Pflegerin, der alten Königin: »Herrin, es ziemt sich nicht, daß diese Damen vor mir stehen; ließe ich es zu, könntet ihr mich für unbescheiden halten. Laßt sie Platz nehmen oder mit mir speisen!«

»Eigentlich sollte sich niemand außer mir bei Euch

niedersetzen. Sie müßten sich schämen, Herr, wenn sie Euch nicht aufmerksam bedienten, denn Ihr seid unser höchstes Glück. Es wäre aber töricht, wollten sie Euren Befehlen nicht gehorchen.« Allein die edlen Frauen willfahrten ihm nicht trotz ihrer Vornehmheit. Freundlich baten sie, er möge sie stehen lassen, bis er gegessen hätte, keine wollte sich setzen. Danach entfernten sie sich, und Gawan legte sich zum Schlafen nieder.

ZWÖLFTES BUCH

Wer Gawans wohlverdiente Ruhe stören wollte, ich denke, der beginge eine Sünde. Wie die Aventüre bezeugt, hatte er sich redlich abgemüht, in schwerem Kampfe seinen Ruhm zu mehren. Was der edle Lanzilot auf der Schwertbrücke und dann im Kampf mit Meljakanz erleiden mußte, war gegen solch schwere Prüfung ein Nichts. Desgleichen auch, was man vom stolzen, mächtigen König Garel erzählt, der mit Ritterkühnheit aus dem Palast von Nantes einen Löwen warf und bei der bekannten Eroberung des Messers in der Marmorsäule in Bedrängnis geriet. Hätte man die Pfeile, denen der beherzte Gawan mit gewohntem Heldenmut die Brust bot, einem Maultier aufgeladen, so wäre die Last zu schwer gewesen. So gefährlich war weder das Abenteuer an der Wilden Schlucht noch das Abenteuer um die Hoffreude, die Erec von Mabonagrin im Streit ertrotzte; nicht zu vergleichen war auch das Erlebnis des stolzen Iwein, als er den Abenteuerstein mit Wasser netzte. Ja, alle diese Nöte zusammen wögen nicht so schwer wie Gawans Not.

Ihr wollt wissen, welche Not ich meine? Wenn ihr erlaubt, will ich sie euch ausführlich schildern. In Gawans unverzagtes, heldenmütiges Herz war Orgeluse eingezogen. Wie sich solch stattliche Frau in einer so kleinen Kammer verbergen konnte? Auf schmalem Pfad war sie in Gawans Herz gelangt, und über dieser Not vergaß er seine Schmerzen. Ein recht kleiner Raum war's, in dem solch große Frau nun lebte und Gawan nicht zur Ruhe kommen ließ. Niemand möge darüber lächeln, daß ein wehrhafter Mann von einer schwachen Frau besiegt wurde. Ach, ach, was soll das nur? Frau Liebe läßt ihren Zorn an einem Manne aus, der Heldenruhm errungen hat! Sie hat ihn doch als wehrhaften, furchtlosen Streiter kennengelernt und sollte sich schämen, ihre Macht an ihm zu offenbaren, solange er siech und wund ist. Es sollte ihr genug sein, ihn trotz Widerstrebens bei voller Gesundheit schon bezwungen zu haben! Frau Liebe, ist's Euch um Ruhm zu tun, dann laßt Euch sagen, daß Euch dieser Kampf keine Ehre bringt. Gawan hat doch gleich seinem Vater Lot sein ganzes Leben lang um Eure Gunst gedient. Auch sein Geschlecht mütterlicherseits stand in Eurem Dienst, seit Mazadan von Terdelaschoye nach Feimurgan geführt wurde, wo Ihr ihn unwiderstehlich in Bann schlugt. In vielen Geschichten wird erzählt, daß die Nachkommen Mazadans Euch stets treu gedient haben. So trug Ither von Gaheviez Euer Wappen; wenn man vor Damen von ihm sprach und nur seinen Namen nannte, dann schämte sich keine, Euch untertan zu sein. Nun malt Euch aus, wie es wohl der erging, die Aug in Auge vor ihm stand. Die wußte genau, was Liebe ist! Sein Tod hat Euch um manchen Dienst gebracht, den er noch hätte leisten können.

Nun treibt nur auch noch Gawan in den Tod wie seinen Vetter Ilinot! Übermächtig habt Ihr den liebenswerten Jüngling gezwungen, um eine edle Geliebte, Florie von Kanedic, zu dienen. Schon als Kind verließ er seines Vaters Reich; Königin Florie zog ihn bei sich auf, und seine Heimat, die Bretagne, war ihm fremd. Von Liebe zu Florie überwältigt, verließ er schließlich auch ihr Reich und fand, wie ihr bereits gehört habt, in ihrem Dienst den Tod. Großes Herzeleid hat die Liebe oft Gawans Geschlecht gebracht. Ich nenne euch noch weitere Verwandte Gawans, denen die Liebe gleichfalls Schmerz bereitet hat. Überwältigte nicht auch den treuen Parzival die Erinnerung an seine königliche Gattin, als er den blutgefärbten Schnee sah? Ihr habt Galoes und Gachmuret so in Euern Bann geschlagen, daß sie am Ende Euretwegen in den Tod gingen. Die edle junge Itonje, Gawans wunderschöne Schwester, hing in treuer, unwandelbarer Liebe an König Gramoflanz. Frau Liebe, auch Surdamur lernte Eure gefährliche Macht kennen, als sie Alexander liebte. Alle Angehörigen von Gawans Geschlecht habt Ihr, Frau Liebe, in Euern Dienst gezwungen. Nun wollt Ihr auch durch seine Unterwerfung Ruhm gewinnen! Ihr solltet Eure Kraft lieber mit denen messen, die alle Kräfte noch besitzen! Laßt den kranken, wunden Gawan am Leben und unterwerft Euch die Gesunden! Von Liebe singt schließlich gar mancher, den ihre Allgewalt längst nicht so wie Gawan bezwang. Mehr sage ich nicht. Wer selber liebt, mag die Drangsal des Norwegers Gawan beklagen! Kaum hatte er das Abenteuer in der Burg bestanden, sah er sich rettungslos schmerzlichstem Liebesleid ausgeliefert. Er rief: »Ach, daß ich je an diese Ruhelager geriet, auf denen man vergebens Ruhe sucht! Das eine brachte mir Wunden, das andere vermehrt meine Liebessehnsucht. Nur die

Gunst der Herzogin Orgeluse kann mich froh und glücklich machen!«

Ungeduldig warf er sich hin und her, so daß sich einige Wundverbände lösten. In Qualen lag er, bis ihn das erste Licht des schmerzlich erwarteten anbrechenden Tages traf. So manchen harten Schwertkampf hätte er leichter ertragen als die erzwungene Ruhe.

Wer Gawans Liebesqual an der seinen messen will, der soll sich wie Gawan den gesunden Leib schmerzhaft mit Pfeilen spicken lassen. Er wird dann schon merken, daß Gawan doppelte Schmerzen ertragen mußte: die Qualen der Liebe und die seiner Wunden.

Nun strahlte das Tageslicht bereits so hell, daß der Schein der großen Kerzen verblaßte. Der Held erhob sich. Da lagen Hemd und Hose aus festem Wollstoff für ihn bereit, denn seine Leinenwäsche war vom Blut der Wunden und vom Rost der Rüstung gar zu schmutzig, und der Tausch war ihm recht angenehm. Auch fand er ein Obergewand und ein Pelzwams aus Marderfell, beides mit Seide aus Arras gefüttert, ferner ein Paar bequemer Stiefel. Nachdem er die Kleider angelegt hatte, trat Herr Gawan durch die Tür der Kemenate und schlenderte draußen so lange umher, bis er den prächtigen Palast wiederfand, in dem er das Abenteuer bestanden hatte. Nie zuvor hatte er solch prächtiges Bauwerk erblickt. An der einen Seite stieg eine überwölbte enge Wendeltreppe empor und führte über den Saal hinaus. Dort oben auf der Plattform stand eine glänzende Säule. Sie war nicht etwa aus morschem Holz, sondern schimmernd poliert, fest und so dick, daß sie Frau Kamilles Sarg getragen hätte. Von Feirefiz, aus dessen Reich, hatte der kunstreiche Clinschor das Werk mitgebracht, das hier aufragte. Es war kreisrund wie ein Zelt. Nicht einmal Meister Geometras hätte dieses Gebilde zustande gebracht, da er von solcher Kunst nichts wußte. Die Fenster waren, so sagt die Aventüre, verschwenderisch mit Diamanten, Amethysten, Topasen, Granaten, Chrysolithen und Rubinen geschmückt. Hoch und breit wie die Säulenarchitektur der Fenster war auch das Dach, doch keine Säule konnte sich mit der großen Säule auf der Plattform messen, von deren wunderbaren Eigenschaften uns die Aventüre jetzt berichtet.

Um Ausschau zu halten, stieg Herr Gawan allein auf den Wartturm, der mit vielen kostbaren Edelsteinen geschmückt war. Er fand ein solches Wunderwerk, daß er nicht müde wurde, es anzusehen. Ihm schien, als sähe er auf der großen Säule alle Länder der Erde kreisen, so daß die großen Berge einander in rascher Folge ablösten. Er sah auf der Säule Menschen reiten und gehen, diesen laufen und jenen stehen. Schließlich setzte er sich in eine Fensternische, um das Wunderwerk genauer zu betrachten. Da kam die alte Arnive mit ihrer Tochter Sangive und ihren beiden Enkelinnen. Alle vier traten auf ihn zu, und als Gawan sie erblickte, sprang er auf.

Die Königin Arnive sprach: »Herr, Ihr solltet eigentlich noch schlafen. Ihr seid zu schwer verwundet, als daß Ihr schon auf Ruhe verzichten könnt. Soll Euch neues Ungemach treffen?«

Da antwortete er: »Meine Herrin und Gebieterin! Dank Eurer Hilfe sind mir Kraft und Sinne zurückgegeben. Dafür will ich Euch zeit meines Lebens dankbar sein.«

Die Königin fuhr fort: »Wenn ich erproben darf, ob ich wirklich, wie Ihr gesagt habt, Eure Gebieterin bin, dann küßt zur Begrüßung die drei Damen hier. Um Eure Ehre braucht Ihr dabei nicht zu fürchten; alle drei sind von königlicher Geburt.«

Froh über das Gebot, küßte Gawan die beiden schönen Damen Sangive und Itonje sowie die reizende Cundrie. Dann setzte er sich zu den vier Frauen und ließ seine Blicke von einer Schönen zur andern wandern. Da aber eine andre Frau sein Herz beherrschte, erschien ihm die strahlende Schönheit der Damen im Vergleich zu Orgeluse wie ein nebelverhangener Tag. Die Herzogin von Logroys, nach der sein Herz sich sehnte, dünkte ihn nun einmal so schön, daß jede andre Schönheit neben ihr verblaßte. Dabei waren die drei Damen, die Gawan eben begrüßt hatten, so wunderschön und anmutsvoll, daß ihr Anblick ein Herz schon verwunden konnte, auch wenn es noch nie die Nöte der Liebe kennengelernt hatte. Gawan fragte nun seine Helferin, was es mit der Säule, die da stand, auf sich hätte und welchem Zweck sie diene. Sie erwiderte: »Herr, seit ich hier bin, leuchtet dieser Stein bei Tag und Nacht sechs Meilen in die Runde, und was in diesem Umkreis zu Wasser und zu Lande geschieht, ist auf der Säule zu sehen. Ob Vogel oder Wild, ob Fremdling oder Landmann, alles findet man auf ihr. Ihr Schein reicht sechs Meilen weit, und sie ist so fest und fugenlos, daß ihr weder Schmied noch Hammer mit Gewalt etwas anhaben können. Ich glaube, man hat sie der Königin Secundille zu Tabronit sehr gegen ihren Willen entwendet.«

In diesem Augenblick sah Gawan zwei Reiter auf

der Säule und erkannte einen Ritter und eine Dame. Die Dame schien ihm wunderschön, Ritter und Roß waren ganz und gar gerüstet und der Helm des Ritters kostbar verziert. Beide jagten durch den Hohlweg auf den Wiesenplan am Ufer zu, um Gawan aus der Burg zu locken. Sie nahmen den gleichen Weg durch die sumpfige Niederung, den auch der stolze, später von Gawan besiegte Lischoys geritten war. Die Dame hatte den Zaum des Streitrosses ergriffen, auf dem ihr der Ritter folgte, der offenbar eine Lanze brechen wollte. Als Gawan sich umdrehte, wuchs sein Unmut. Hatte er noch an ein Trugbild der Säule geglaubt, so sah er nun unbezweifelbar Orgeluse von Logroys und einen höfischen Ritter auf der Wiese vor der Anlegestelle. Wie der Geruch der Nieswurz rasch und stark in die Nase steigt, so drang das Bild der Herzogin durch seine Augen in sein Herz. Ach, Herr Gawan ist der Liebe hilflos ausgeliefert! Als er den Ritter nahen sah, wandte er sich an seine Helferin: »Herrin, dort kommt ein Ritter mit erhobener Lanze, und was er sucht, das soll er finden! Ritterlichen Zweikampf will er, und den soll er haben! Doch sagt, wer ist die Dame bei ihm?«

Sie antwortete: »Es ist die schöne Herzogin von Logroys. Auf wen hat sie es abgesehen? Der Turkoyte begleitet sie, er ist bekannt als Mann mit tapferem Herzen. Beim Lanzenstechen hat er soviel Ruhm geerntet, daß man drei Königreiche damit schmücken könnte. Hütet Euch in Eurem Zustand, mit diesem wehrhaften Mann einen Kampf zu wagen! Das wäre bei Euren schweren Wunden viel zu früh. Auch wenn Ihr heil und gesund wärt, solltet Ihr ihn meiden.«

Unser Herr Gawan aber sprach: »Ihr habt gesagt, ich soll jetzt Herr hier sein. Wer mich also auf meine Ehre hin so unverblümt zum Kampfe fordert und den Streit will, der soll bekommen, was er wünscht! Ich muß meine Rüstung haben, edle Frau.«

Die vier Damen vergossen bittere Tränen und beschworen ihn: »Liegt Euch an Glück und Ruhm, so kämpft auf keinen Fall! Lägt Ihr ihm tot zu Füßen, dann wäre unser Elend unermeßlich groß. Wollt Ihr Euch zum Kampfe rüsten, so kommt Ihr vielleicht mit dem Leben davon; doch Eure früheren Wunden brächten Euch den Tod, und das wäre unser Verderben.«

Gawan war in großer Not. Hört, was ihn so bedrängte. Er rechnete sich die Ankunft des edlen Turkoyten als Schande an, auch schmerzten ihn seine Wunden; um vieles mehr peinigten ihn aber seine Liebe und der Kummer der vier Edelfrauen, die es, wie er wohl sah, nur gut mit ihm meinten. Er bat sie, nicht mehr zu weinen, und verlangte nach Rüstung, Roß und Schwert. Die vier schönen Edelfrauen wollten Gawan hinabgeleiten, doch sollten sie vor ihm zu den anderen liebreizenden Schönen hinabgehen. Als er zum Kampf gerüstet wurde, stahl sich in schöne Augen manche Träne. Alles geschah ganz heimlich, so daß außer dem Kämmerer, der Gawans Streitroß striegeln ließ, niemand etwas erfuhr. Langsam schritt Gawan auf Gringuljete zu, doch war er von seinen Wunden noch so schwach, daß er kaum seinen durchlöcherten Schild bis zum Pferd tragen konnte.

Gawan schwang sich aufs Pferd, verließ die Burg und ritt zu seinem treuen Gastgeber, der ihm keinen Wunsch abschlug. So gab er ihm eine ungeglättete starke Lanze, denn er hatte auf der Wiese jenseits viele aufgesammelt. Als unser Herr Gawan darum bat, ihn rasch überzusetzen, brachte er ihn auf einem Fährschiff ans andere Ufer, wo der edle, stolze Turkoyte ihn erwartete. Dieser Mann hatte noch keine schmähliche Niederlage hinnehmen müssen. Ihm wurde nachgerühmt, daß er bislang im Zweikampf jeden Gegner mit einem einzigen Lanzenstoß aus dem Sattel geschleudert hatte. Alle, die sich gegen ihn hervortun wollten, hatte er im ritterlichen Zweikampf besiegt. Auch hatte der edle Held laut erklärt, daß er nur mit der Lanze, ohne Schwert, Heldenruhm erringen oder verlieren wollte. Gelänge es seinem Gegner, ihn mit der Lanze niederzuwerfen, so wollte er auf weitere Gegenwehr verzichten und sich ergeben. Gawan erfuhr dies von Plippalinot, dem Pfandeinnehmer dieser Kämpfe, und das Pfandeinnehmen ging so vonstatten: Stürzte im Zweikampf einer zu Boden, dann erhielt Plippalinot ohne Einspruch der beiden Kämpfer des einen Verlust, des andern Gewinn, das Pferd des Unterlegenen nämlich, und führte es hinweg. Ihn kümmerte es wenig, wie lang der Kampf war und wer siegte oder unterlag. Darüber ließ er die Frauen befinden, die eifrig zuschauen mochten. Er schärfte Gawan ein, nur fest im Sattel zu bleiben. Dann führte er sein Pferd ans Ufer und reichte ihm Schild und Lanze. Schon galoppierte der Turkoyte heran, und man sah, daß er mit seiner Lanze gut zu zielen wußte, weder zu hoch noch zu tief. Gawan wandte sich ihm zu, und als er auf den Wiesenplan ritt, gehorchte Gringuljete von Munsalwäsche jedem Zügeldruck.

Nun frisch drauflos! Laßt die Zügel schießen!

Mannhaft und unerschrocken preschte König Lots Sohn heran. Der Lanzenstoß des Turkoyten traf die Verknotung seiner Helmschnur. Gawan wiederum traf das Visier des andern, und sogleich war zu sehen, wer zu Boden ging: Gawan trug nämlich auf seiner kurzen, derben Lanze den Helm des Gegners fort. Dort ritt der Helm, hier lag der Ritter, einst eine Blüte ritterlichen Ruhms, jetzt, von Gawans Lanzenstoß gefällt, aufs Gras gestreckt und allen Ruhms beraubt. Sein kostbarer Waffenschmuck wollte sich mit den Blumen im Tau messen. Gawan ritt ihn nieder, bis er sich ergab. Der Fährmann erhob sogleich Anspruch auf das Pferd des Besiegten. Das war sein gutes Recht, wer wollte es leugnen?

Die schöne Orgeluse aber sprach feindselig zu Gawan: »Ich möchte wissen, worüber Ihr Euch freut! Darüber etwa, daß die Pranke des starken Löwen in Euerm Schilde blieb? Ihr glaubt wohl, Ihr habt Ruhm gewonnen, weil die Damen auf der Burg Euerm Zweikampf zugesehen haben? Nun, wir gönnen Euch das Vergnügen, darüber zu triumphieren! Euch selbst hat zwar das Wunderbett wenig angetan, doch Euer Schild ist wenigstens durchlöchert; so will's fast scheinen, als hättet Ihr Euch im Kampf versucht. Wahrscheinlich lassen es auch Eure Wunden gar nicht zu, daß Ihr die Mühen eines ernsthaften Kampfes auf Euch nehmt, der Euch neben dem Titel ›Dummkopf‹ noch mehr Verdruß brächte. Euer Schild, von Pfeilen zu einem Sieb gemacht, ist Euch jetzt wohl besonders lieb und teuer. Ach, wie könnt Ihr mit ihm prahlen! Endlich habt Ihr einen Grund, allen Unannehmlichkeiten auszuweichen. Reitet zurück zu den Damen oben und laßt Euch hätscheln!

Wie wolltet Ihr einen Kampf wagen, den ich bestimmen würde, wenn Ihr wirklich um meine Liebe dienen wolltet!«

»Edle Frau«, erwiderte Gawan der Herzogin, »meine Wunden haben hier bereits Heilung gefunden. Wollt auch Ihr Euch hilfreich zeigen und meinen Dienst annehmen, dann ist mir keine Gefahr zu groß, die ich in Euerm Dienst bestehen müßte.«

Darauf sagte sie: »Gut, ich will's Euch erlauben, mich zu begleiten und um Heldenruhm zu kämpfen.«

Der stolze und edle Gawan war glücklich darüber. Den Turkoyten sandte er mit seinem Gastgeber Plippalinot auf die Burg und ließ bestellen, die schönen Damen sollten seinen Gefangenen ehrenvoll behandeln. Obwohl beide Pferde mit den Sporen zum Angriff getrieben worden waren, war Gawans Lanze unversehrt geblieben. Er trug sie fort vom prächtigen Wiesenplan. Manche Edelfrau vergoß Tränen darüber, daß er sie verließ. Königin Arnive aber rief: »Unser Retter hat für seine Augen ein Labsal, für sein Herz jedoch einen Dorn gewählt. Ach, nun folgt er der Herzogin Orgeluse zur Wilden Schlucht: Das kann seinen Wunden nur schaden.« Vierhundert Damen beklagten es, daß er davonritt, um Ruhm zu gewinnen.

Die strahlende Schönheit Orgeluses ließ Gawan alle Schmerzen vergessen. Sie sprach zu ihm: »Ihr sollt mir einen Kranz aus dem Zweig eines Baumes bringen. Gelingt Euch das, dann will ich Eure Tat rühmen, und Ihr dürft um meine Liebe werben.«

Er erwiderte: »Edle Frau, wo immer der Zweig zu finden ist, dessen Gewinn mit dem unerhörten Glück gelohnt wird, daß ich Euch meine Liebesqual klagen und auf Erhörung hoffen darf, ich will ihn brechen oder sterben.«

Die herrlichsten Blumen, die auf dem Rasen standen, waren nichts gegen Orgeluses Schönheit. Gawan dachte nur an sie, so daß alle erduldete Mühsal vergessen war. Orgeluse ritt mit ihrem Begleiter eine breite, gerade Straße entlang, bis sie die Burg eine Meile hinter sich gelassen hatten. Nun gelangten sie an einen lichten Wald aus Tamarisken und Brasilholz. Das war Clinschors Wald. Der kühne Held Gawan fragte: »Edle Frau, wo soll ich nun den Kranz brechen, der mein zerstörtes Glück wieder heil machen wird?« Ach was, er hätte sie lieber niederwerfen und mit Gewalt nehmen sollen, wie es später so mancher vornehmen Schönen ergangen ist!

Sie erwiderte: »Ich zeige Euch den Ort, wo Ihr Euern Heldenruhm bewähren könnt.«

Beide ritten über offenes Feld bis zu einer Schlucht, und jenseits der Schlucht war der Baum zu sehen, aus dessen Zweig der Kranz bestehen sollte. Nun sprach Orgeluse: »Herr, jener Baum wird von einem Manne bewacht, der mein Lebensglück zerstörte. Bringt Ihr mir einen Zweig von diesem Baum, dann kann man sagen, daß kein Ritter im Dienst der Liebe höhern Ruhm errungen hat als Ihr.« Und weiter sprach die Herzogin: »Ich bleibe hier zurück. Gott schütze Euch! Wollt Ihr weiterreiten, dann zögert nicht! Nehmt Euern Mut zusammen und setzt mit Eurem Pferd über die Wilde Schlucht!«

Orgeluse blieb auf der Wiese, Herr Gawan jedoch ritt weiter. Vor sich hörte er das Rauschen eines wilden Wasserfalls, der eine tiefe, unwegsame Schlucht gegraben hatte. Der tapfere Gawan stieß seinem

Pferd die Sporen in die Weichen und trieb es zu einem gewaltigen Sprung, so daß es mit beiden Vorderfüßen den andern Rand der Schlucht erreichte. Ein solcher Sprung mußte zwangsläufig mit einem Sturz enden; als die Herzogin dies sah, brach sie in Tränen aus. Die Strömung war wild und reißend, doch obwohl Gawan die schwere Rüstung trug, rettete ihn seine ungeheure Kraft. Als er einen Ast vor sich sah, der übers Wasser ragte, griff der starke Ritter zu, denn er hing ja doch am Leben. Der Held erhaschte auch noch die Lanze neben sich im Wasser und kletterte dann ans Ufer. Nun suchte er Gringuljete zu helfen, die ab und zu auftauchte, doch das Pferd wurde so weit flußabwärts gerissen, daß Gawan nur mit Mühe folgen konnte, denn er trug die schwere Rüstung und war außerdem von vielen Wunden noch geschwächt. Dort, wo ein Regenbach das Steilufer ausgewaschen und eine breite Bucht geschaffen hatte, wurde das Pferd von einem Strudel näher ans Ufer getrieben, so daß er es mit der Lanze erreichen konnte. Das war Gringuljetes Rettung. Gawan leitete sie mit der Lanze so nahe ans Ufer, daß er schließlich den Zaum ergreifen und das Pferd an Land ziehen konnte. Als es sich in Sicherheit fühlte, schüttelte es sich kräftig. Auch der Schild war damit gerettet. Gawan brachte den Gurt in Ordnung und ergriff den Schild. Wer seine Mühsal nicht bedauert, mag's bleibenlassen. Fest steht jedoch, daß Gawan um der Liebe willen in arge Bedrängnis geriet. Die schöne Orgeluse ließ ihn nach dem Kranz jagen, und zu solchem Unterfangen gehörte schon Mut. Der Baum war nämlich so gut bewacht, daß selbst zwei von Gawans Art ihr Leben für den Kranz hätten lassen müssen.

Der Hüter des Baumes war König Gramoflanz. Doch Gawan brach den Kranz. Der Fluß hieß übrigens Sabbins, und Gawan wurde recht unerquicklicher Zins zuteil, als er mitsamt seinem Pferd drin platschte. Wie strahlendschön die Dame Orgeluse auch sein mochte, ich wollte ihre Liebe um solchen Preis nicht haben. Ich weiß nämlich selbst sehr wohl, was gut für mich ist.

Als Gawan den Zweig gebrochen und als Kranz um seinen Helm gewunden hatte, ritt ein schöner Ritter im besten Mannesalter auf ihn zu. Er war so überheblich, daß er niemals gegen einen einzelnen zum Kampf antrat, was der ihm auch angetan haben mochte, stets mußten es zwei sein oder mehr. Sein Herz war so hochmütig, daß er einen einzelnen ohne Kampf ziehen ließ, was immer er ihm zufügte. König Gramoflanz, Sohn König Irots, bot Gawan einen guten Morgen und sprach: »Herr, glaubt nur nicht, daß ich auf den Kranz schon verzichtet hätte. Ihr hättet keinen Gruß vernommen, wären es zwei gewesen, die sich erkühnten, Ruhm zu ernten, indem sie einen Zweig von meinem Baume brachen. Zu zweit hättet ihr kämpfen müssen, doch so ist's nicht der Mühe wert.«

Nun hätte auch Gawan höchst ungern einen Kampf mit Gramoflanz begonnen, denn der König war ungerüstet. Der berühmte Held trug auf seiner wohlgepflegten Hand nur einen Jungsperber, den ihm Itonje, Gawans liebreizende Schwester, geschickt hatte. Auf seinem Haupte trug er einen Hut aus Pfauenfedern, über die Schultern hatte er einen grasgrünen Samtmantel geworfen, dessen Saum zu beiden Seiten des Pferdes den Boden streifte. Das Pelzwerk des Mantels war weißer Hermelin. Sein Pferd war zwar nicht hoch, aber kräftig gebaut und von schönem Wuchs. Man hatte es zu Lande oder zu Wasser aus Dänemark gebracht. Der König ritt ohne jede Waffe; er hatte nicht einmal ein Schwert.

»Euer Schild verrät, daß Ihr wacker gekämpft habt«, sprach König Gramoflanz. »Er ist so durchlöchert, daß Ihr wahrscheinlich mit dem Wunderbett Bekanntschaft gemacht habt. Ihr habt da ein Abenteuer bestanden, das eigentlich mir vorbehalten bleiben sollte, doch der weise Clinschor war stets darum bemüht, in Frieden mit mir zu leben. In Fehde lebe ich nur mit einer Frau, deren Schönheit im Wettstreit der Liebe den Siegespreis davontrug. Sie ist mir grimmig feind und hat auch allen Grund dazu. Ich erschlug nämlich ihren edlen Gatten Cidegast und drei seiner Leute. Danach entführte ich Orgeluse und trug ihr meine Krone und mein Reich an. Doch welche Dienste ich ihr auch anbot, ihr Herz blieb mir feindselig gesinnt. Ein Jahr lang warb ich vergeblich um ihre Liebe. Ich klage Euch mein Los aus tiefstem Herzen, denn ich weiß gar wohl, daß sie Euch ihre Liebe versprochen hat, da Ihr mir hier nach dem Leben trachtet. Wäret ihr zu zweit gekommen, hättet ihr entweder mich oder ich euch beide getötet. Das wäre der Lohn für Euer Wagnis gewesen. Mein Herz strebt jedoch jetzt nach der Liebe einer andern. Sie lebt dort, wo es in Eurer Macht steht, mir zu helfen, seid Ihr doch nun nach siegreichem Kampf Herrscher von Terre marveile. Wollt Ihr Euch freundlich zeigen, so unterstützt meine Werbung um eine Jungfrau, nach der mein Herz sich in Sehnsucht verzehrt. Sie ist König Lots Tochter. So hat noch keine Frau auf Erden mich in ihren Bann gezwungen. Auf meiner Hand trage ich ein Geschenk von ihr. Versichert das schöne Mädchen meiner Dienste. Ich glaube daran, daß auch sie mir zugetan ist, habe ich doch ihretwegen viele Kämpfe bestanden. Wenn ich seit jener Zeit, da mir die mächtige Orgeluse mit zornigen Worten ihre Liebe versagte, ohne Rücksicht auf mein Wohl und Wehe Siegesruhm errang, so hat das einzig und allein die edle Itonje bewirkt. Leider habe ich sie noch nie von Angesicht gesehen. Wollt Ihr mir hilfreich beistehen, dann überbringt meiner schönen, liebreizenden Dame diesen Ring. Ihr sollt hier unbehelligt bleiben, es sei denn, größer wär' die Schar, zwei oder mehr. Was brächte es mir an Ruhm, wenn ich Euch erschlüge oder zum Unterwerfungsgelöbnis zwänge. Mit einem einzelnen habe ich nie gekämpft.«

Da entgegnete unser Herr Gawan: »Ich bin ein Ritter, der sich seiner Haut zu wehren weiß. Seht Ihr keine Ehre darin, mich zu erschlagen, dann hat mir auch das Brechen dieses Zweiges keinen Ruhm gebracht. Wer möchte es übrigens als große Ehre zählen, wenn ich Euch, der Ihr ungerüstet seid, erschlagen wollte! Doch Euer Bote will ich sein. Gebt mir den Ring, ich will das Versprechen Eurer Dienste überbringen und auch Eure Liebespein nicht verschweigen.«

Der König war ihm herzlich dankbar, und Gawan sprach weiter: »Sagt mir, Herr, wer Ihr seid, wenn Ihr schon den Kampf mit mir verschmäht.«

»Das soll Euch nicht zur Unehre gereichen«, erwiderte der König. »Auch mein Name sei Euch nicht verschwiegen. Mein Vater hieß Irot, ihn erschlug König Lot; ich bin König Gramoflanz. Mein edles Herz ist stolz genug, den Kampf mit einem einzelnen Mann abzulehnen, was er mir auch Böses zufügte. Nur einen nehme ich davon aus. Er heißt Gawan, und von ihm habe ich schon so viel Rühmenswertes gehört, daß ich mich mit ihm im Kampf messen würde. Anlaß dazu ist auch das Leid, das mir zugefügt wurde. Sein Vater handelte treulos, denn er erschlug meinen Vater bei der Begrüßung. Ich habe also Grund genug zur Anklage. Leider ist Lot gestorben, doch sein Sohn Gawan hat solchen Heldenruhm errungen, daß sein Ansehen selbst außerhalb der Tafelrunde von keinem Ritter übertroffen wird. Sicher kommt der Tag, da ich mich im Kampfe mit ihm messen kann.«

Da sprach der Sohn des edlen Lot: »Wollt Ihr vielleicht Eurer Geliebten, wenn sie es wirklich ist, eine Freundlichkeit erweisen, wenn Ihr ihrem Vater unehrenhafte Arglist nachsagt und dazu mit Freuden ihren Bruder erschlagen möchtet? Sie wäre ein schlechtes Mädchen, würde sie solche Haltung nicht tief betrüben. Ist sie aber eine gute Tochter und Schwester, dann wird sie Vater und Bruder schützen und dafür sorgen, daß Ihr Eure Feindschaft vergeßt. Was wäre das für ein Schwiegervater, wenn er treulos gehandelt hätte? Leider habt Ihr nicht schon an Euch selbst Rache genommen dafür, daß Ihr ihm nach seinem Tode noch Falschheit nachsagt, doch sein Sohn wird furchtlos für ihn eintreten, ihn wird es nicht verdrießen. Und hat er keinen Vorteil von seiner Schwester Schönheit, wird er sich selbst als Pfand anbieten. Herr, ich bin Gawan! Was Euch mein Vater auch zuleide tat, Ihr mögt's nach seinem Tode an mir rächen.

Ich setze mein ehrenhaftes Leben als Pfand im Zweikampf für ihn ein und werde jedem Makel wehren.«

Da rief der König: »Seid Ihr der Mann, den ich unversöhnlich hasse, so ist mir Euer Ansehen lieb und leid zugleich. Lieb ist mir vor allem, daß ich mit Euch kämpfen kann. Auch Euch gereicht's zu hoher Ehre, daß ich, entgegen meinem Grundsatz, mit Euch als einzelnem Gegner einen Kampf austrage. Auch wird es unser beider Ruhm erhöhen, wenn der Kampf vor den Augen edler Damen stattfindet. Ich werde fünfzehnhundert auf den Platz führen. Ihr selbst habt auch eine reizende Schar auf Schastel marveile, und aus dem Lande Löver kann Euer Oheim Artus mit den Seinen zu Euch stoßen. Kennt Ihr die Stadt Bems an der Korca? Dort ist sein ganzes Gefolge versammelt. Er könnte in acht Tagen wohl mit großem Gepränge zum Kampfplatz kommen. Ich selbst werde meiner alten Klage wegen in sechzehn Tagen auf dem Feld von Joflanze erscheinen, um mir diesen Kranz bezahlen zu lassen.«

Der König bat Gawan dann, ihn in die Stadt Rosche Sabbins zu begleiten. »Es führt sonst keine Brücke über den Fluß.«

Unser Herr Gawan aber sprach: »Ich kehre auf dem gleichen Weg zurück, auf dem ich herritt. Sonst aber will ich all Eure Wünsche gern erfüllen.«

Sie gaben sich ihr Wort, mit Rittern und Edelfrauen nach Joflanze zu ziehen und dort miteinander, wie vereinbart, auf dem Platz zu kämpfen. Darauf nahm Gawan Abschied von dem edlen Ritter. Voller Freude darüber, daß ihn der gewünschte Kranz zierte, sprengte er los. Ohne sein Pferd zu zügeln, trieb er es mit den Sporen auf die Schlucht zu. Gringuljete hob im rechten Augenblick ab und tat einen so gewaltigen Satz, daß Gawan diesmal nicht zu Fall kam.

Die Herzogin ritt Gawan entgegen, der vom Pferd auf den Rasen gesprungen war, um den Sattelgurt festzuziehen. Vor seinen Augen glitt die mächtige Herzogin vom Pferd, warf sich ihm zu Füßen und rief: »Herr, nie und nimmer war ich dessen würdig, daß Ihr Euch auf mein Gebot in dieses Wagnis stürztet. Was Euch zustieß, bereitet mir solche Herzensnot, wie sie eine treu liebende Frau um den Geliebten empfindet.«

Gawan erwiderte: »Edle Frau, sprecht Ihr so freundlich ohne Hintergedanken, dann ehrt Euch das. Doch weiß ich wohl: Ihr habt den Ritterstand mißachtet! Er steht zu hoch, als daß ein Ritter Spott und Hohn erdulden müßte. Edle Frau, gestattet mir zu sagen: Wer mich bei Rittertaten sah, muß zugestehen, daß ich stets als rechter Ritter handelte. Ihr habt das allerdings seit unsrer ersten Begegnung wiederholt bezweifelt. Doch das sei vergessen. Nehmt also diesen Kranz! Hütet Euch aber, einem Ritter jemals wieder solche Schmach anzutun! Auch Eure strahlende Schönheit gibt Euch dazu kein Recht. Solltet Ihr mich noch einmal verhöhnen, so wollte ich eher auf Eure Liebe verzichten.«

Die schöne, mächtige Orgeluse sprach unter bitteren Tränen: »Herr, wenn ich Euch sage, welche Qualen ich im Herzen trage, werdet Ihr erkennen, wie groß mein Leid ist. Habe ich mich launenhaft gezeigt, so möge man mir großmütig verzeihen. Schmerzlicher als der Verlust des edlen Cidegast kann mich nichts treffen. Hell leuchtete der Ruhm meines holden, schönen, herrlichen Geliebten; ein ehrenhaftes Leben war sein einziges Streben. Ein jeder mußte anerkennen, daß ihn an Ruhm zu seinen Lebzeiten niemand übertraf. Unerschöpflich waren seine Tugenden, und die guten Gaben seiner Jugend bewahrten ihn vor schlechtem Tun. Aus dem Dunkel trat er ins Licht und hat seinen Ruhm so erhöht, daß sich niemand mit ihm messen konnte, der zu Falschheit neigte. Tief aus seinem Herzen wuchs sein Ansehen empor, und alle andern standen weit darunter. Zieht nicht auch der Saturn in schnellem Lauf hoch über allen andern Sternen seine Bahn? An Treue dem Einhorn gleich war dieses Ideal von einem Mann, das ist die Wahrheit. Alle Jungfrauen sollten dies Tier beklagen, denn ihm wird zum Verhängnis, daß es die Reinheit sucht. Ich war sein Herz, er war mein Leib, den ich, vom Schicksal heimgesucht, verloren habe. Erschlagen hat ihn König Gramoflanz, von dem Ihr diesen Kranz bringt. Herr, wenn ich Euch mit Worten kränkte, so geschah es, weil ich prüfen wollte, ob Ihr meiner Liebe wert seid. Ich weiß wohl, Herr, daß ich Euch kränkte, doch es geschah zur Prüfung. Nun seid nicht mehr zornig und vergebt, was ich Euch antat. Ihr seid ein tapfrer Held; dem Golde gleich, das man im Feuer läutert, ist Euer Mut. Ich habe Euch hierhergeführt, weil ich auf Rache sann und sinne an einem Mann, der mir großes Herzeleid zugefügt hat.«

Da sprach unser Herr Gawan: »Edle Frau, wenn mich der Tod nicht hindert, wird König Gramoflanz durch meine Hand in solche Not geraten, daß ihm der Hochmut vergeht. Ich habe mein Wort gegeben, in kurzer Frist gegen ihn zum Kampf zu reiten. Dann werden wir unsere Tapferkeit beweisen. Edle Frau, ich habe Euch verziehen, doch nun seid auch so freundlich, meinen bescheidenen Rat nicht zu verschmähen. Befolgt Ihr ihn, gereicht es Euch als Frau zur Ehre und führt Euch zu rechtem Ansehen: Außer uns ist niemand weit und breit zu sehen. Schenkt mir also Eure Gunst, edle Frau!«

Sie aber erwiderte: »In einem gepanzerten Arm bin ich noch nie warm geworden. Doch will ich nicht bestreiten, daß Euch zu andrer Zeit solcher Lohn von mir werden soll. Ich will Euch beistehen und Euch pflegen, bis Ihr geheilt seid und allen Schaden überwunden habt. Nach Schastel marveile will ich Euch begleiten.«

»Ihr macht mich überglücklich!« rief der liebesdurstige Mann. Dann hob er die reizende Dame aufs Pferd und drückte sie dabei an sich. Als er ihr zum ersten Mal am Quell begegnete und sie so sonderbar mit ihm redete, hielt sie ihn dessen nicht für wert. Fröhlich ritt Gawan los, Orgeluse aber konnte die Tränen nicht zurückhalten, bis er bewegt nach dem Grunde dafür fragte und sie bat, um Gottes willen nicht mehr zu weinen. Orgeluse sagte darauf: »Herr, ich muß Euch klagen von jenem Mann, der mir den edlen Cidegast erschlug. Der Schmerz über seinen Tod greift tief in mein Herz, das voller Freuden war, als Cidegasts Liebe mich noch umgab. Mit allen Mitteln habe ich versucht, mich an König Gramoflanz zu rächen, in manchen harten Zweikampf habe ich ihn verwickelt und ihm so nach dem Leben getrachtet. Ach, fände ich doch an Euch den erhofften Beistand, so daß ich endlich gerächt und für den herzzerreißenden Schmerz entschädigt werde. Um Gramoflanz zu töten, nahm ich die Dienste eines Königs an, der Einzigartiges besaß. Herr, er heißt Anfortas. Als Zeichen seiner Liebe schenkte er mir jene Waren aus Tabronit, die vor Euerm Burgtor lagern und so kostbar sind. Den König traf jedoch in meinem Dienst ein Unheil, das mich ganz und gar verzweifeln ließ. Statt ihm meine Liebe zu schenken, mußte ich neues Leid ertragen. Er wurde nämlich in meinem Dienst verwundet, und meine Trauer darüber war groß, vielleicht noch größer als über den Verlust von Cidegast. Sagt selbst, wie sollte ich arme Frau in diesem Elend noch klar bei Sinnen bleiben, zumal mir Treue eigen ist. Zuweilen geriet ich völlig außer mir, da er dahinsiecht, den ich nach Cidegast erwählte, um zu vergessen und Rache zu nehmen. Nun sollt Ihr noch erfahren, Herr, wie Clinschor das wertvolle Gut vor Euerm Burgtor in seinen Besitz brachte.

Seit der herrliche Anfortas, der mir diese Gabe sandte, Liebe und Glück verloren hatte, lebte ich in Furcht vor schmachvoller Demütigung, denn Clinschor übt die Kunst der Nigromantie und zwingt mit seiner Zauberkraft Frauen und Männern seinen Willen auf. Kein Edler, der ihm unter die Augen gerät, bleibt von solcher Drangsal verschont. Um des Friedens willen überließ ich Clinschor das kostbare Handelsgut, doch unter einer Bedingung: Wer das Abenteuer in der Burg siegreich bestünde, dem sollte ich meine Liebe antragen. Verschmähte er sie, dann wäre der Schatz wieder mein. Dieser Vertrag wurde von allen Anwesenden beschworen. Nun wird der Schatz uns beiden gehören. Auf solche Weise gedachte ich Gramoflanz ins Verderben zu locken, was leider nicht gelang. Hätte er das Abenteuer gewagt, so wäre er umgekommen. Nun ist Clinschor höfisch gebildet und sehr klug. Um seines eignen Ansehens willen erlaubte er meinen berühmten Gefolgsleuten, in seinem Land mit Stich und Hieb Ritterkämpfe auszutragen. Das ganze Jahr hindurch sind immer neue Scharen auf meine Kosten unterwegs, um dem hochmütigen Gramoflanz nachzustellen. Schon manchen Strauß hat er mit meinen Rittern ausfechten müssen! Wie kam es nur, daß er bewahrt blieb? Ich habe doch allerlei versucht, sein Leben zu gefährden. War einer zu vermögend, mir um Sold zu dienen, so ließ ich ihn, wenn andres nicht verfing, um Liebe dienen, wenn ich solchen Lohn auch nicht versprach. Noch jeden Mann, der mich nur sah, habe ich zu meinem Dienst gewinnen können, nur einen nicht, der eine rote Rüstung trug. Als er nach Logroys kam, brachte er meine Leute in Bedrängnis; denn zu meinem Verdruß trieb er sie mühelos auseinander und mähte sie nieder. Fünf meiner Ritter, die ihm von Logroys bis zu Eurer Anlegestelle folgten, hat er auf der Wiese allesamt besiegt und ihre Pferde dem Fährmann überlassen.

Als er nun meine Ritter überwunden hatte, ritt ich selbst zu dem Helden und bot ihm mein Reich und meine Hand. Er sagte aber, er habe eine schönere Frau, die ihm auch lieber wäre. Seine Worte ärgerten mich, und ich fragte, wer das sei. ›Die Königin von Pelrapeire ist meine schöne Gemahlin; ich selbst heiße Parzival. Eure Liebe begehre ich nicht, der Gral ist mir Kummer genug!‹ So sprach der auserwählte Held voll Unmut und ritt davon. Sagt mir doch, habe ich übel daran getan, in meiner Herzensnot dem edlen Ritter meine Liebe anzutragen? Wäre dies der Fall, so hätte meine Liebe keinen Wert für Euch.«

Gawan sprach zur Herzogin: »Herrin, als vornehm ist mir der bekannt, dem Ihr Eure Liebe angetragen habt. Hätte er seine Liebe Euch zugewandt, so wäre Euer Ansehen nicht geschmälert worden.«

Der edle Gawan und die Herzogin von Logroys blickten einander innig an. Sie hatten sich der Burg, wo Gawan das Abenteuer bestanden hatte, bereits so weit genähert, daß man sie erspähte. Da sagte Gawan: »Edle Frau, seid so gut und behaltet meinen Namen für Euch. Ihr habt ihn aus dem Munde des Ritters gehört, der mir Gringuljete entführte. Erfüllt meine Bitte! Wenn Euch jemand danach fragt, so antwortet: Den Namen meines Gefährten kenne ich nicht und habe ihn nie nennen hören.«

Sie erwiderte: »Da Ihr es wünscht, will ich ihn gern verschweigen und nichts sagen.«

Nun ritt Gawan mit seiner schönen Begleiterin weiter auf die Burg zu. Die Ritter in der Burg hatten inzwischen erfahren, daß einer gekommen sei, der das Abenteuer bestanden, den Löwen besiegt und auch den Turkoyten in ehrlichem Zweikampf niedergestreckt habe. Indes ritt Gawan bereits über die Wiese an der Anlegestelle, so daß man ihn von den Zinnen her erblickte. Da eilte alles unter fröhlichem Lärm aus der Burg. Sie führten prächtige Banner mit sich und preschten auf feurigen Streitrossen herbei, so daß Gawan glaubte, sie wollten kämpfen.

Als er sie von weitem kommen sah, fragte er die Herzogin: »Will diese Schar mit uns streiten?«

Sie erwiderte: »Das ist Clinschors Heer; es hat Euch schon mit Ungeduld erwartet. Voll Freude reiten sie herbei, um Euch willkommen zu heißen. Solch herzliche Begrüßung braucht Euch nicht mißfällig zu sein.«

Inzwischen war auch Plippalinot mit seiner schönen, lieblichen Tochter auf einem Fährboot angelangt. Die Jungfrau lief Gawan weit über die Wiese entgegen und hieß ihn froh willkommen. Als Gawan sie begrüßte, küßte sie ihm Steigbügel und Fuß und hieß dann auch die Herzogin willkommen. Dann ergriff sie den Zaum des Pferdes und bat den Helden abzusitzen. Orgeluse und Gawan gingen zum Bug des Schiffes, wo ein Teppich und ein Sitzpolster lagen. Auf Gawans Bitte hin nahm die Herzogin an seiner Seite Platz. Die Tochter des Fährmanns vergaß nicht, Gawan die Rüstung abzunehmen. Ja, sie soll auch ihren Mantel mitgebracht haben, mit dem er sich in der Nacht, als er Gast in ihrem Hause war, zugedeckt hatte und der ihm jetzt zustatten kam. Gawan zog seinen Waffenrock und ihren Mantel an, während sie seine Rüstung davontrug.

Jetzt erst, als sie beieinandersaßen, konnte die schöne Herzogin sein Antlitz sehen. Inzwischen hatte das liebreizende Mädchen auf blütenweißem Tuch zwei gebratene Haubenlerchen, einen Glaspokal mit Wein und zwei weiße Brötchen herbeigetragen. Für den Braten hatte der Sperber gesorgt. Gawan und die Herzogin hatten das Wasser bei der Hand, wenn sie sich waschen wollten, was sie auch taten. Gawan war glücklich, mit der geliebten Frau, für die er alles auf sich nehmen wollte, bei Tisch zu sitzen. Reichte sie ihm den Pokal, dessen Rand sie zuvor mit dem Mund berührt hatte, war er stets aufs neue froh, ihn nach ihr an die Lippen setzen zu dürfen. Seine Trübsal schwand, und seine Freude wuchs. Ihr süßer Mund und ihr liebreizendes Antlitz ließen ihn Kummer und Leid vergessen, er fühlte nicht einmal mehr seine Wunden. Die Damen auf Schastel marveile sahen der Mahlzeit der beiden zu, auch waren viele Ritter dort ans Ufer gekommen und zeigten kunstvolle Kampfspiele. Diesseits des Flusses dankten Gawan und die Herzogin dem Fährmann und seiner Tochter für die freundliche Bewirtung. Danach fragte die Fürstin: »Was ist mit dem Ritter geschehen, der gestern hier gekämpft hat, als ich fortgeritten war? Wurde er besiegt und über Leben oder Tod entschieden?«

Da sprach Plippalinot: »Herrin, heute sah ich ihn am Leben. Er wurde mir statt eines Pferdes ausgeliefert. Wollt Ihr ihn auslösen, dann gebt mir die Harfe der Königin Secundille, die Euch Anfortas schenkte. Bekomme ich die Harfe, ist der Herzog von Gowerzin frei.«

Sie gab zur Antwort: »Die Harfe und das andere Handelsgut gehören dem, der neben mir sitzt; nach seinem Willen kann er die Dinge verschenken oder behalten. Doch wenn er mich liebt, wird er mir den Herzog Lischoys von Gowerzin auslösen und auch einen andern meiner Fürsten, Florand von Itolac, freigeben. Als mein Turkoyte hütete er meinen Schlaf und war so zuverlässig, daß ich nicht froh sein kann, solange er traurig ist.«

Gawan versprach ihr ohne Zögern: »Noch ehe die Nacht anbricht, sollt Ihr beide frei sehen.«

Danach setzten sie zum andern Ufer über, wo Gawan die schöne Herzogin aufs Pferd hob. Viele edle, vornehme Ritter hießen ihn und die Herzogin willkommen und begleiteten sie zur Burg. Ausgelassen tummelten sie ihre Pferde und zeigten Reiterkünste, die ihnen alle Ehre machten. Was soll ich noch erzählen? Der edle Gawan und die stolze Herzogin wurden auf Schastel marveile so empfangen, daß beide herzlich froh darüber waren. Ihr könnt ihn preisen, daß ihm solches Glück widerfuhr. Dann wurde er in eine Kemenate geführt, wo Arnive und andere Heilkundige sich seiner Wunden annahmen.

»Edle Frau«, sagte Gawan zu Arnive, »ich brauche einen zuverlässigen Boten.«

Eine Jungfrau wurde ausgesandt, die einen unerschrockenen, wohlerzogenen Knappen herbeiholte, eine wahre Zierde aller Knappen. Gawan ließ ihn schwören, daß er die Botschaft, sei sie angenehm oder nicht, weder auf der Burg noch anderswo einem Menschen verraten würde; nur der Empfänger sollte sie erfahren.

Dann ließ Gawan Tinte und Pergament bringen. In zierlicher Schrift versicherte König Lots Sohn dem König Artus und seiner Gemahlin im Lande Löver seinen unverbrüchlich treuen Dienst. Habe er je in hartem Kampf Heldenruhm errungen, so drohe dieser zu verblassen, wenn sie ihm in seiner Bedrängnis nicht beistehen würden. Sie sollten ihre Verbundenheit mit ihm bewähren und das ganze Gefolge mit sämtlichen Edelfrauen nach Joflanze führen. Er selbst müsse dorthin ziehen, um im Kampf seine Ehre zu verteidigen. Weiter schrieb er, für den Kampf sei ein würdiger Rahmen vereinbart worden. Schließlich ließ Gawan alle Damen und Ritter des Gefolges wissen, sie sollten der gegenseitigen Treuepflicht gedenken und dem König raten, nach Joflanze zu kommen, was aller Ansehen mehren würde. Er versicherte alle Edelleute seiner Dienste und unterrichtete sie über den bevorstehenden schweren Kampf.

Der Brief blieb ungesiegelt, wurde aber so geschrieben, daß untrügliche Zeichen auf Gawan wiesen. »Mach dich ohne Säumen auf den Weg«, schärfte er dem Knappen ein. »Der König und die Königin sind jetzt in Bems an der Korca. Geh früh am Morgen zur Königin und tue dann, was sie dir raten wird. Sei aber dessen eingedenk: Verschweige allen, daß ich Herrscher dieses Landes bin! Sage auch nicht, daß du hier zum Gefolge gehörst!«

Als der Knappe davoneilte, schlich ihm Arnive heimlich nach und fragte, wohin er wolle und wie sein Auftrag laute. Er aber sprach: »Herrin, wenn mein Eid gelten soll, darf ich Euch nichts sagen. Gott behüte Euch! Ich muß losreiten!« Damit machte er sich auf den Weg zu der vornehmen Artusgesellschaft.

DREIZEHNTES BUCH

Arnive war erzürnt darüber, daß der Knappe ihr nicht gesagt hatte, wohin er reiten sollte. Sie bat also den Torwächter: »Ob der Knappe nun bei Tage oder Nacht zurückkehrt, richte es so ein, daß er warten muß, bis ich mit ihm gesprochen habe. Du bist gewitzt genug und wirst es schon zuwege bringen!«

Ungehalten über den Knappen, ging sie zur Herzogin und wollte sie ausfragen. Doch diese hütete sich, den Namen Gawans auszusprechen. Sie dachte an seine Bitte und verschwieg seinen Namen und seine Herkunft. Mittlerweile ertönten heitere Klänge von Posaunen und andern Instrumenten im Palast, wo nicht nur der Fuß auf kunstreich gewebte Teppiche trat, sondern auch die Wände damit behängt wurden. Ein armer Hausherr hätte sich entsetzt über solchen Aufwand. Die Sitze an den Wänden waren mit weichen Kissen gepolstert und mit kostbaren Decken versehen.

Nach aller Mühsal schlief Gawan bis weit in den Tag hinein. Seine Wunden waren so geschickt verbunden, daß es ihm nur recht und angenehm gewesen wäre, wenn die Geliebte bei ihm gelegen und er ihre Liebe hätte genießen können. Er schlief diesmal auch besser als die Nacht zuvor, als ihn der Gedanke an die Herzogin in Unruhe versetzt hatte. Als er um die Vesperzeit erwachte, hatte er im Traum den Liebesstreit mit der Herzogin erneut ausgefochten. Wie ich hörte, brachte einer seiner Kämmerer schimmernde Seidenkleider mit kostbarer, schwerer Goldstickerei herbei. Da befahl unser Herr Gawan: »Wir brauchen auch noch Kleider für den Herzog von Gowerzin und für den schönen Florand, der in vielen Ländern ruhmvoll gestritten hat, und sie müssen ebenso kostbar sein wie diese. Sorgt dafür, daß sie bereit sind.«

Seinem Wirt Plippalinot gebot er durch einen Knappen, Lischoys zu ihm zu bringen. Es dauerte nicht lange, da wurde Lischoys von der schönen Tochter des Fährmanns auf die Burg geführt. Gawan zuliebe hielt Fräulein Bene seine Hand in der ihren; auch darum tat sie's, weil Gawan ihrem Vater viel Gutes versprochen hatte an dem Tag, als er sie tränenüberströmt zurückließ und fortritt, um mit Manneskühnheit Heldenruhm zu erringen. Auch der Turkoyte war erschienen, und Gawan empfing ihn und Lischoys mit großer Liebenswürdigkeit. Beide nahmen an seiner Seite Platz, und nun brachte man die überaus kostbaren Kleider.

Einst lebte ein Meister namens Sarant, nach dem das Volk der Serer bekannt ist. Er selbst stammte aus Triand. Im Reiche der Secundille aber liegt die Stadt Thasme, die größer ist als Ninive oder das riesige Acraton. Um recht berühmt zu werden, erfand dort Sarant eine kunstvoll gewebte Seide, die man Saranthasme nennt. Ob der Stoff prachtvoll wirkt, braucht ihr nicht erst zu fragen; sein Preis ist schließlich hoch genug.

Solche Kleider nun legten die beiden Ritter und

Gawan an und begaben sich in den Palast, wo auf der einen Seite viele Ritter, auf der andern die schönen Damen warteten. Wer ein Auge dafür hatte, der sah, daß die Herzogin von Logroys die Herrlichste von allen war. Gawan und seine Begleiter traten vor die strahlendschöne Orgeluse, und nun erhielten die beiden höfischen Fürsten, der Turkoyte Florand und der schöne Lischoys, zu Ehren der Herzogin von Logroys ohne Vorbehalt ihre Freiheit wieder. Orgeluse sagte Gawan Dank dafür; denn sie verstand nicht zu heucheln und wußte im Herzen wohl, was einer rechten Frau geziemte. Neben der Herzogin sah Gawan vier Königinnen stehen. Höflich bat er Lischoys und Florand näher und forderte die drei jüngeren Damen auf, die Fürsten mit einem Kuß zu begrüßen. Auch Fräulein Bene, die bei Gawan war, wurde freundlich empfangen.

Der Hausherr mochte nicht länger stehen bleiben und bat die beiden Fürsten, nach Belieben bei den Damen Platz zu nehmen, was diese recht gern taten.

»Wer von den Damen ist Itonje? Ich möchte bei ihr sitzen«, so fragte der edle Gawan leise Fräulein Bene, die ihm die schöne Jungfrau zeigen sollte.

»Die mit dem roten Mund, dem dunklen Haar und den glänzenden Augen ist es. Wenn Ihr vertraulich mit ihr sprechen wollt, so tut's auf rechte Weise«, antwortete das wohlerzogene Fräulein Bene. Sie wußte um Itonjes Liebesnöte und darum, daß der edle König Gramoflanz ihr mit ritterlicher Treue diente.

Ich erzähle euch, was ich davon hörte: Gawan setzte sich neben die Jungfrau und begann höflich zu plaudern, worauf er sich gut verstand. Aber auch Itonje zeigte sich im Gespräch für ihre jungen Jahre recht gewandt. Gawan wagte nun die Frage, ob ihr Herz schon von Liebe wüßte. Die Jungfrau aber erwiderte wohlüberlegt: »Herr, wen sollte ich denn lieben? Seit meinem ersten Lebenstag habe ich kein Wort mit einem Ritter gewechselt; heute geschieht es zum erstenmal.«

»Vielleicht habt Ihr erzählen hören von Siegesruhm, der ritterlich erstritten wurde, und von einem, der mit der ganzen Kraft seines Herzens um Liebe dienen kann«, so sprach Herr Gawan.

Die schöne Jungfrau gab zur Antwort: »Vom Dienst um Liebe weiß ich nichts. Ich weiß nur, daß der Herzogin von Logroys viele edle Ritter dienen, um Liebe oder auch um Sold. So mancher hat vor unsern Augen ritterlich gekämpft, doch keiner kam uns je so nahe wie Ihr, der hohen Ruhm errungen hat.«

Gawan fragte nun das schöne Mädchen: »Wen befehden eigentlich die vielen tapfren Ritter im Gefolge der Herzogin? Wer hat sich Orgeluses Gunst so sehr verscherzt?«

»Es ist der König Gramoflanz, er soll weithin berühmt sein. Mehr weiß ich nicht von ihm, Herr.«

»Dann sollt Ihr mehr von ihm erfahren«, sprach Herr Gawan, »denn er strebt mit allen Kräften nach Ruhm. Wenn Ihr gestattet: Aus seinem eignen Munde habe ich vernommen, daß er Euch mit ganzem Herzen dient und von Eurer Liebe Hilfe und Trost erhofft. Es ist ja auch nur recht, wenn eine Königin einen König in Liebesnot verstrickt. Edle Dame, ist König Lot Euer Vater, dann seid Ihr es, die Gramoflanz liebt, nach der er sich in Sehnsucht verzehrt. Ist Euer Name Itonje, dann seid Ihr es, die ihm Herzeleid bereitet. Habt Ihr ein treues Herz, so stillt seine Klage! Ich will Euer beider Bote sein. Nehmt diesen Ring, Herrin. Ihn sendet Euch der schöne Gramoflanz, dessen Botschaft ich bedingungslos überbringe. Ihr könnt Euch ganz auf mich verlassen.«

Itonje wurde über und über rot wie ihre Lippen, doch gleich darauf erblaßte sie. Schüchtern streckte sie ihre zarte Hand aus und nahm den wohlbekannten Ring entgegen. Dann sagte sie: »Herr, wenn ich offen sprechen darf: Ich sehe nun, daß Ihr von jenem Manne kommt, nach dem mein Herz sich sehnt. Wollt Ihr so handeln, wie es der Anstand fordert, Herr, dann behaltet Euer Wissen für Euch. Diesen Ring hat mir der König nicht zum erstenmal geschickt; er dient als Erkennungszeichen und ist ein Geschenk von mir. Ist er traurig, so bin ich schuldlos daran, denn in Gedanken habe ich ihm alle Wünsche gewährt. Er hätte es längst erfahren, könnte ich nur die Burg verlassen. Als ich Orgeluse küßte, die ihn verderben will, da war's, wie man so sagt, ein Judaskuß, und ich beging eigentlich Verrat, als ich dem Turkoyten Florand und dem Herzog von Gowerzin den Mund zum Kusse bot. In Wahrheit aber bin ich allen feind, die König Gramoflanz mit ihrem Haß verfolgen. Doch meine Mutter darf davon nichts wissen und auch nicht meine Schwester Cundrie!« Dies war's, worum Itonje Herrn Gawan bat. »Herr, Ihr wünschtet, daß ich die Feinde von Gramoflanz mit einem Kuß empfange, ohne Versöhnung. Das hat mich schwer getroffen. Soll uns beiden je das Glück lächeln, dann könnt nur Ihr uns dazu verhelfen. Der König liebt mich wahr und wahrhaftig mehr als alle andern Frauen, und diese innige Liebe will ich ihm dadurch lohnen, daß ich ihm vor allen andern Männern zugetan bin. Gott lasse Euch einen hilfreichen Ausweg finden, damit unser Glück nicht zerstört wird.«

Er antwortete: »Edle Dame, dann sagt mir auch, was ich tun soll. Ihr seid eins miteinander und doch getrennt. Wüßte ich einen Weg, der Euch zu einem Leben in Ehre und Glück führte, so wollte ich keine Mühe scheuen und euch dazu verhelfen.«

Sie erwiderte: »Ich und der edle König vertrauen ganz auf Euch. Eure Hilfe und der Segen Gottes mögen unsre Liebe schützen, so daß ich ihn, obwohl der Heimat fern, von seinem Kummer erlöse. Da ich sein ganzes Glück bin, so muß mein Herz in Treue danach streben, ihm meine Liebe zu schenken.«

Gawan hörte also von dem Fräulein, daß sie sich nach Liebe sehnte und die Herzogin zutiefst haßte. In ihrem Herzen wohnten Liebe und Haß zugleich. Er selber aber hatte an dem arglosen Mädchen, das ihm sein Leid klagte, unrecht gehandelt, denn er hatte verschwiegen, daß eine Mutter sie getragen hatte und ihr beider Vater König Lot war. Nachdem er dem Mädchen seine Unterstützung zugesagt hatte, verneigte sie sich unmerklich voller Dankbarkeit dafür, daß er ihr helfen wollte.

Nun war es an der Zeit, viele blütenweiße Tischtücher und Brot in den Palast zu bringen, wo all die schönen Damen waren. Zum Essen fand eine Trennung statt: die Ritter nahmen an der einen Seite gesondert von den Damen Platz. Herr Gawan bestimmte die Sitzordnung: an seiner Seite nahm der Turkoyte Platz, während Lischoys mit Gawans Mutter, der schönen Sangive, die Mahlzeit einnahm. Die schöne Herzogin speiste mit der Königin Arnive, und seine beiden liebreizenden Schwestern ließ Gawan bei sich sitzen, und alle folgten seinem Geheiß.

Ich bin kein großer Küchenmeister, und meine Kenntnisse in dieser Kunst genügen nicht einmal, auch nur die Hälfte der Gerichte zu benennen, die man mit Anstand herbeitrug. Der Hausherr und die Damen wurden von lieblichen Mädchen bedient, die Ritter auf ihrer Seite von zahlreichen Knappen. Unter den Knappen herrschte solche Zucht, daß keiner sich beim Tafeldienst zwischen die Mädchen drängte. Ob sie Speisen oder Wein auftrugen, sie blieben stets gesondert voneinander, wie es der Anstand verlangt.

Es war ein wahrer Festschmaus, wie ihn die Damen und die Ritter nicht mehr kannten, seit Clinschors mächtige Zauberkunst sie in seine Gewalt gezwungen hatte. Obwohl alle in derselben Burg eingeschlossen waren, kannten Damen und Ritter einander nicht und hatten nie ein Wort gewechselt. Erst Herr Gawan hatte es vermocht, daß sie einander kennenlernten, und alle waren herzlich froh darüber. Auch Gawan war froh gestimmt, doch seine Blicke suchten immer wieder die schöne Herzogin, die sein Herz bezwungen hatte.

Allmählich neigte sich der Tag. Sein Licht war nahezu erloschen, und zwischen den Wolken zogen die funkelnden Sterne rasch herauf als Boten der Nacht, um ihr das Quartier zu bestellen. Nach ihren Bannerträgern kam die Nacht selbst herbei. Rings im Palast wurden an vielen kostbaren Kronleuchtern die Kerzen entzündet; auch auf die Tische stellte man zahlreiche Kerzen. Die Aventüre flicht hier ein, die Herzogin sei von so strahlender Schönheit gewesen, daß auch ohne das Licht der Kerzen in ihrer Nähe kein nächtliches Dunkel geherrscht hätte, denn ihre Schönheit leuchtete hell wie der Tag. Das wurde mir über die liebreizende Orgeluse erzählt. Um die Wahrheit zu sagen: Solch glücklichen Hausherrn wie Gawan habt ihr kaum je gesehen. Die Stimmung war heiter, Ritter und Damen suchten einander voll frohem Verlangen immer häufiger mit Blicken. Mir soll's nur recht sein, wenn sie, vorerst noch schüchtern, weil sie sich nicht kannten, allmählich immer vertrauter miteinander wurden.

Ihr seid wohl auch der Ansicht, daß sie nun genug gegessen haben, es wäre denn ein rechter Vielfraß unter ihnen. Man trug also die Tische hinaus, und unser Herr Gawan fragte, ob denn niemand die Fiedel spielen könne. Manch edler Knappe verstand sich auf das Saitenspiel, doch ihre Kunst reichte gerade für alte Tänze; denn von den vielen neuen, die aus Thüringen zu uns gekommen sind, hatte man dort noch nichts gehört. Ihr könnt dem Hausherrn dafür danken, daß er ihnen die Lustbarkeit gönnte. Viele schöne Damen sah er zum Tanze schreiten, und bald wurde der Reigen bunter, denn jetzt mischten sich die Ritter unter die Damen. So feierten sie das Ende ihrer Trauer. Zwischen zwei Damen ging stets ein stattlicher Ritter einher, und man kann ihre Fröhlichkeit schon begreifen. Schwang sich ein Ritter dazu auf, daß er um Liebeslohn zu dienen sich erbot, so wurde solche Bitte nicht verworfen. Aller Sorgen ledig und voll Freude vertrieb man sich die Zeit beim Plaudern mit manchem süßen Munde.

Gawan, Sangive und die Königin Arnive blieben sitzen und sahen der tanzenden Menge zu. Die liebreizende Herzogin ging nun zu Gawan und ließ sich neben ihm nieder. Er nahm ihre Hand in die seine, und sie sprachen über mancherlei. Gawan war glücklich, daß sie zu ihm gekommen war; vergangen war sein Leid, unendlich groß sein Glück. All seine Schmerzen waren vergessen. Fanden die andern am Tanze auch große Freude, so war Gawans Freude nicht geringer. Da mahnte die Königin Arnive: »Herr, denkt an Eure Gesundheit! Mit Rücksicht auf Eure Wunden solltet Ihr Euch jetzt zur Ruhe begeben. Hat sich die Herzogin dazu entschlossen, schon heute Euer Lager zu teilen und dafür zu sorgen, daß Ihr gut zugedeckt seid, soll's geschehen; denn sie weiß zu raten und zu helfen.«

Gawan meinte: »Fragt sie selbst danach. Wie ihr beide es bestimmt, soll es mir recht sein.«

Da sagte die Herzogin: »Ich will ihn in meine Obhut nehmen. Laßt das Gefolge zur Ruhe gehen. Ich werde ihn heute nacht besser als jede andere liebende Frau umsorgen. Florand von Itolac und den Herzog von Gowerzin mögen die Ritter zu ihrem Ruhelager geleiten.«

Nun nahm der Tanz sein Ende. Überall im Saal saßen schöne Jungfrauen und die Ritter zwischen ihnen. Wer um edle Liebe warb und süße Worte hörte, der besiegte mit Freude allen Kummer. Nun ließ der Hausherr den Nachttrunk bringen. Das mochten die um Liebe Werbenden bedauern, doch nicht nur die Gäste, sondern auch den Hausherrn quälte Liebesverlangen. Da edle Liebe sein Herz bezwungen hatte, schien es ihm, als säßen sie schon viel zu lange im Saal. Der Abendtrunk des Hausherrn war also das Zeichen zum Aufbruch. Die Knappen trugen den Rittern auf Leuchtern viele Kerzen voran. Herr Gawan befahl seine beiden fürstlichen Gäste ihrer Obhut an, was diese sich gefallen ließen. Die Herzogin wünschte ihnen eine gute Nacht, und Lischoys und Florand begaben sich zur Ruhe. Auch die Damen verneigten sich höflich und gingen zu Bett. Mit ihnen verließen Sangive, Itonje und Cundrie den Saal.

Bene und Arnive trugen nun Sorge für das Wohlbefinden des Hausherrn, und die Herzogin beeilte sich, dabei zu helfen. Zu dritt führten sie Gawan mit sich fort und geleiteten ihn zu seinem Ruhelager. In einer Kemenate fand er zwei Betten, getrennt voneinander aufgeschlagen. Ich spare mir die Schilderung, wie prächtig sie hergerichtet waren, denn anderes ist wichtiger. Arnive sprach nämlich zur Herzogin: »Nun kümmert Euch aufs beste um den Ritter, den Ihr hergeführt habt. Bedarf er Eurer Hilfe, bringt's Euch Ehre, wenn Ihr sie gewährt. Ich will Euch nur noch sagen, seine Wunden sind so geschickt verbunden, daß er den Kampf schon wagen könnte. Erbarmt Euch seines Liebeskummers. Ihr tut recht daran, wenn Ihr ihn lindert. Versetzt Ihr ihn in frohe Laune, kommt dies uns allen nur zugute. Laßt's Euch also nicht verdrießen!«

Königin Arnive nahm Abschied vom Hausherrn und ging davon, Bene trug ihr einen Leuchter voran. Herr Gawan aber schloß die Tür. Genießen er und Orgeluse nun im verborgnen ihre Liebe, so muß ich, wenn auch ungern, davon schweigen. Ich wollte schon recht gern erzählen, was geschah, wenn es nicht Frevel wäre, Heimlichkeiten offen auszubreiten. Unschickliches Benehmen verdrießt alle Edlen, und der Erzähler straft sich selbst damit. Der Anstand soll ein Riegel sein vor Liebesdingen.

Die übermächtige Liebe und die schöne Herzogin hatten Gawans Lebensfreude verlöschen lassen. Ohne die Geliebte wäre er verloren gewesen. Quälende Liebespein hätte ihm bitteren Tod gebracht, wäre die Geliebte ihm ferngeblieben. Das hätten weder die Philosophen noch jene Männer hindern können, die geheime Künste kennen, nicht Kancor, nicht Thebit, nicht der Schmied Trebuchet, der Frimutels Schwert mit seinen wunderbaren Eigenschaften schuf, nicht alle Kunst der Ärzte, die ihm in guter Absicht eine Mischung heilkräftiger Kräuter bereitet hätten.

Ich will nicht viele Worte machen: Gawan fand das rechte Hirschkraut, das ihm Genesung brachte und ihn von allem Übel heilte; das Kraut war dunkel auf hellem Grund. Gawan, der Sohn König Lots, mütterlicherseits ein Bretone, fand mit Hilfe der Edlen für bitteren Schmerz süßen Trost, den er die ganze Nacht hindurch bis zum frühen Morgen genoß. Der Trost blieb aber vor aller Welt verborgen. Doch sorgte er nachher dafür, daß auch die Ritter und Edelfrauen auf der Burg frohen Mutes waren, so daß von ihrer Trübsal keine Spur mehr blieb.

Hört nun, was der Knappe ausrichtete, den Gawan nach Bems an der Korca im Lande Löver geschickt hatte. Dort weilten zu dieser Zeit König Artus, seine königliche Gattin, viele Edelfrauen und eine Flut vornehmen Gefolges. Hört also, was der Knappe tut. Er überbrachte seine Botschaft früh am Morgen, als die Königin in der Kapelle war und knieend im Psalter las. Der Knappe kniete vor ihr nieder und überreichte ihr die Freudennachricht. Sie nahm aus seiner Hand einen Brief entgegen und erkannte an der vertrauten Schrift den Absender, noch ehe der Knappe vor ihr den Namen seines Herrn genannt hatte. Die Königin sprach zum Briefe: »Alles Glück der Hand, die dich geschrieben hat! Nie verließ mich die Sorge seit dem Tag, da ich die Hand zuletzt gesehen, die dich schrieb.« Sie weinte Freudentränen und fragte den Knappen: »Du bist Gawans Diener?«

»Ja, Herrin. Pflichtgemäß versichert er Euch treu und unverbrüchlich seiner Dienste und läßt Euch sagen, daß Ihr allein über sein Glück oder Unglück entscheidet. Seine Ehre war noch nie in so großer Gefahr wie jetzt. Herrin, er läßt Euch weiter sagen, daß er überglücklich wäre, wenn Ihr ihm Eure Hilfe versprechen wolltet. Aus dem Briefe mögt Ihr mehr entnehmen, als ich Euch sagen kann.«

»Mir ist nun klar, warum du zu mir geschickt wurdest«, erwiderte sie. »Ich werde tun, worum er bittet, und mit vielen Damen kommen, die an Anmut und Vorzügen nicht ihresgleichen haben. Unter allen christlichen Frauen kenne ich keine vornehmeren, außer Parzivals Gattin und Orgeluse. Seit Gawan fortgeritten ist von Artus, haben Sorgen und Leid mich heftig bedrängt. Meljanz von Liz hat mir berichtet, er habe ihn in Barbigöl gesehen. Wehe dir, Plimizöl«, rief sie, »daß dich meine Augen je erblickten! Wieviel Leid habe ich dort erfahren! Seit damals habe ich Cunneware von Lalant, meine liebreizende, edle Freundin, nicht mehr gesehen, und manchem Helden der Tafelrunde hat man dort die Ehre abgesprochen. Fünfeinhalb Jahre und sechs Wochen ist es her, seit der edle Parzival uns am Plimizöl verließ, um den Gral zu suchen. Zur gleichen Zeit zog der edle Ritter Gawan nach Ascalun. Auch Jeschute und Ekuba nahmen dort Abschied von mir. Die schmerzliche Sehnsucht nach all diesen Edlen hat jede Freude mir seither verwehrt.«

So gab die Königin ihrer Trauer Ausdruck, dann sagte sie zum Knappen: »Befolge nun streng meine Worte! Verlaß mich unbemerkt und halte dich verborgen, bis sich am späten Vormittag das ganze Gefolge, Ritter und Knappen, bei Hofe versammelt hat. Dann trabe herbei. Laß dein Pferd einfach stehen und eile auf die Schar der edlen Ritter zu. Sie werden fragen, was du für Neuigkeiten bringst. Tu mit Worten und Gebärden so, als brenne dir der Boden unter den Füßen, damit sie es vor Neugier kaum erwarten können, deine Botschaft zu erfahren. Dränge dich ohne Scheu durch die Menge, bis du vor dem Herrscher stehst, der dich nicht zurückweisen wird. In seine Hand lege den Brief, aus dem er rasch deine Botschaft und den Wunsch deines Herrn erfährt. Er wird ihn gern erfüllen. Laß dir noch weiter raten: Wende dich vor Auge und Ohr aller Damen an mich und bringe, wenn dir das Heil deines Herrn am Herzen liegt, auch bei uns mit wohlgesetzten Worten dein Ersuchen vor. Nun sag mir aber, wo Gawan ist!«

Der Knappe erwiderte: »Das kann ich nicht! Ich darf nicht sagen, wo mein Herr ist, doch an Euch allein liegt's, seinem Glück Dauer zu verleihen.«

Froh über ihren Rat, verließ der Knappe unbemerkt die Königin, wie ihr's gehört habt, und kehrte wieder, wie man's ihm geheißen hatte. Am späten Vormittag ritt er vor aller Augen auf den Hof. Wie es ihre Art ist, musterten die Knappen dort seinen Aufzug. Sein Pferd war an beiden Flanken von den Sporen arg zerschunden. Der Bote befolgte nun die Weisungen der Königin. Rasch sprang er vom Pferd, und obwohl sich viele um ihn scharten, drängte er sich ohne Gedanken an Kappe, Schwert, Sporen und Pferd hastig zur Schar der edlen Ritter durch. Sie bestürmten ihn sogleich mit Fragen, ob er Kunde von neuen Abenteuern brächte; denn nach der Sitte dort durfte sich niemand zu Tisch setzen, bis dem Hof sein Recht geschah, das heißt von einem so beachtenswerten Abenteuer berichtet wurde, daß es als rechtes Ritterabenteuer galt. Der Knappe aber rief: »Ich kann nichts sagen! Es mangelt mir an Zeit! Verzeiht mir und weist mich zum König! Ich muß erst zu ihm, denn es drängt gar zu sehr. Ihr wollt von Neuigkeiten hören? Geb's Gott, daß ihr ein Herz für fremden Kummer habt und eure Hilfe nicht verweigert!«

Die Botschaft war offenbar so eilig, daß der Knappe sich unbekümmert durch die Menge drängte, bis er den König erblickte, der ihn willkommen hieß. Der Knappe gab ihm den Brief, der in seinem Herzen, als er ihn gelesen, Freude und Kummer zugleich auslöste. Der König rief: »Heil diesem herrlichen Tag, bei dessen Licht ich verläßliche Nachricht von meinem edlen Neffen erhalte! Bei unsrer Blutsverwandtschaft und ritterlichen Gemeinschaft: Kann ich ihm mannhaft beistehn, so will ich ihm nach besten Kräften seinen Wunsch erfüllen, wenn ritterliche Treue sich je an mir bewährte!« Zum Knappen sprach er dann: »Sag mir, geht's Gawan gut?«

»Ja, Herr, doch von Euch hängt es ab, ob Freude sich zu ihm gesellt«, erwiderte der Knappe wohlüberlegt. »Laßt Ihr ihn im Stich, so ist sein Ansehen ganz und gar dahin. Wer könnte dann noch an Freude denken? Versprecht Ihr ihm aber Eure Hilfe und überlaßt Ihr ihn nicht seinem Schicksal, dann wird die Freude machtvoll sich entfalten, alle Betrübnis aus seinem Herzen verjagen und ihr den Zutritt immerdar verwehren. Von ganzem Herzen versichert er die Königin seiner Dienste und bittet alle aus der Tafelrunde, sich seiner Dienste zu erinnern, Treue zu wahren und Euch zum Aufbruch zu raten, damit sein Glück nicht in Gefahr gerät.« Und wirklich baten alle Edlen den König um seinen Beistand.

Artus sprach: »Lieber Freund, bring diesen Brief zur Königin. Sie soll ihn lesen und dann den andern sagen, was uns erfreut und bekümmert. Wie kann dieser König Gramoflanz meinem Geschlecht mit solchem Hochmut und solcher Dreistigkeit entgegentreten? Er glaubt wohl, er könnte meinen Neffen wie den König Cidegast erschlagen! Schon diese Tat brachte ihm Kummer genug. Ich will ihn aber noch vermehren, und er soll bessere Sitten lernen!«

Der Knappe eilte zur Königin und wurde freundlich empfangen. Er reichte ihr den Brief, und als ihr süßer Mund Gawans Klage und Anliegen vorlas, stahlen sich Tränen in so manches Auge. Der Knappe ließ seinerseits nichts unversucht, die Damen zu gewinnen, und seine Bitten waren nicht vergebens.

Artus, Gawans mächtiger Oheim, warb bei seinem Gefolge eindringlich für die Reise nach Joflanze, und die edle Ginover säumte nicht, den Damen den prunkvollen Zug auszumalen. Nur Keye murrte verdrossen: »Gab's je auf dieser Welt solch vornehmen Herrn wie Gawan aus Norwegen? Los, los! Lauft nur schnell zu ihm, ehe er woanders ist! Wenn er weiter umherhüpft wie ein Eichhörnchen, könnte er euch leicht verlorengehen.«

Der Knappe sprach zur Königin: »Herrin, ich muß nun zu meinem Herrn zurückeilen. Nehmt Euch seiner Sache so an, daß es Euch zur Ehre gereicht.«

»Sorge für diesen Knappen, so gut du nur kannst«, gebot sie einem Kämmerer. »Sieh auch nach seinem Pferd. Ist es von Sporenstichen zu arg zerschunden, so gib ihm das beste Pferd, das aufzutreiben ist. Braucht er noch anderes, Geld oder Kleidung, dann soll er alles haben.« Und zum Knappen sprach sie: »Sag Gawan, er kann sich in allem auf mich verlassen. Dem König will ich von deinem Aufbruch berichten. Sag deinem Herrn auch, daß er ihm helfen wird.«

Der König rüstete nun zur Fahrt. Auch war die Forderung der Tafelrunde an diesem Tag erfüllt, und die Nachricht, daß der edle Gawan noch am Leben sei, hatte alle froh gestimmt. Man tat vergnügt, was Brauch war bei der Tafelrunde: Der König aß gemeinsam mit den Rittern, die in harten Kämpfen Heldenruhm errungen hatten und daher an der Tafelrunde sitzen durften.

Nun wollen wir den Knappen, der die Neuigkeit gebracht hatte, nicht länger aufhalten. Vom Kämmerer der Königin mit Geld, Pferd und neuer Kleidung wohlversehen, machte er sich beizeiten auf den Weg. Frohgemut ritt er davon, hatte er doch bei Artus erreicht, daß die Sorgen seines Herrn weichen mußten. Wie lange er nach Schastel marveile unterwegs war, weiß ich wirklich nicht. Als der Torwächter Arnive melden ließ, der Knappe sei mit abgetriebenem Pferd in großer Eile zurückgekehrt, freute sie sich sehr. Heimlich ging sie ihm zum Tor entgegen und fragte, wohin er geritten sei und warum. Der Knappe aber sprach: »Herrin, ich darf Euch nichts sagen, denn ich habe mich mit meinem Eid zum Schweigen verpflichtet. Es wäre meinem Herrn nicht lieb, wollte ich wortbrüchig werden und plaudern, und er hielte mich für einen Einfaltspinsel. Fragt ihn doch selbst, Herrin!«

Als sie weiter mit Fragen in ihn drang, sagte der Knappe schließlich: »Herrin, Ihr haltet mich unnötig auf. Ich bleibe meinem Eid treu.«

Er eilte zu seinem Herrn, der mit dem Turkoyten Florand, dem Herzog von Gowerzin, der Herzogin von Logroys und einer großen Schar von Edelfrauen zusammensaß. Als der Knappe hereintrat, erhob sich Herr Gawan. Er nahm den Knappen beiseite und hieß ihn willkommen: »Sprich, mein Freund! Bringst du mir gute oder schlechte Nachricht? Was hast du mir vom Hofe zu berichten? Hast du den König angetroffen?«

Der Knappe erwiderte: »Ja, Herr! Ich fand den König, seine Gemahlin und viele Edelleute. Sie versichern Euch ihrer Dienste und werden kommen. Eure Botschaft war ihnen so angenehm, daß alle, arm und reich, sich herzlich freuten, zumal sie auf diese Weise erfuhren, daß Ihr heil und gesund seid. Unzählige sind dort versammelt. Auch galt Eure Botschaft als so wichtig, daß man sich an die Tafelrunde setzte. Wenn je ein Ritter Ruhm gewann und allenthalben mehrte, so strahlt der Eure doch vor allem andern Ruhm.« Weiter berichtete er, wie es zum Gespräch mit der Königin kam und was sie ihm wohlgesinnt geraten hatte, und erzählte von der Hofgesellschaft, von den Rittern und den Damen, die Gawan zu Joflanze vor Beginn des Zweikampfes mit Gramoflanz erwarten durfte. Gawans Sorgen schwanden, und

Freude zog in sein Herz, aus Sorge wurde Freude. Wiederum bat er den Knappen, alles für sich zu behalten. Befreit von seinen Kümmernissen, kehrte er zur Gesellschaft zurück und nahm wieder Platz. Er wollte in froher Runde auf der Burg bleiben, bis König Artus zu seiner Unterstützung herbeigeritten kam.

Nun laßt euch von Freud und Leid berichten. Gawan war allezeit guter Dinge. Eines Morgens, als der prächtige Palast von Rittern und Damen wimmelte, führte er Arnive beiseite und setzte sich mit ihr in eine Fensternische zum Fluß hin. Arnive wußte nämlich von merkwürdigen Dingen. Gawan sprach zur Königin: »Ach, liebe Herrin, wenn's Euch nicht verdrießlich ist, möchte ich gern nach all den Dingen fragen, die mir verborgen geblieben sind. Dank Eurer Hilfe kann ich wieder die Lust ritterlichen Lebens genießen. Die edle Herzogin hat all mein Fühlen und Denken gefangengenommen, doch ich fand Erhörung und die Not ein Ende. Ohne Eure Hilfe, die mich daraus erlöste, wäre ich an meiner Liebe zu Orgeluse und an meinen Wunden gestorben. Ich verdanke Euch mein Leben. Doch erzählt mir nun, Glücksbringerin, von all den Wunderdingen, die es hier gab und gibt, und wozu der weise Clinschor so gewaltige Zauberkünste ersonnen hat. Wäret Ihr nicht gewesen, sie hätten mir den Tod gebracht.«

Die lebenserfahrene Arnive, die wie keine andre Frau von der Jugend bis ins hohe Alter auf Ehre hielt, antwortete: »Herr, die Wunderdinge hier sind gar nichts, gemessen an den gewaltigen Zauberwerken, die er in vielen andern Ländern errichtet hat. Wer uns dafür verachten wollte, daß wir in seine Gewalt gerieten, versündigt sich. Herr, ich will Euch seine Wesensart schildern, die vielen Menschen Not gebracht hat. Seine Heimat ist Terre de Labur. Er stammt aus dem Geschlecht des Virgilius von Neapel, der gleichfalls große Zauberkräfte besaß. Seinem Verwandten Clinschor geschah nun dies: Seine Hauptstadt war Capua. Er gelangte zu solch hohem, unbestrittenem Ansehen, daß Frauen und Männer viel vom Herzog Clinschor zu erzählen wußten, bis ihn schließlich ein Unglück traf. In Sizilien herrschte zu jener Zeit der edle König Ibert. Seine Gemahlin Iblis war die anmutigste Frau, die je geboren wurde. Ihr diente Clinschor lange Zeit, bis sie seinen Dienst mit ihrer Gunst belohnte. Dafür aber hat ihn König Ibert entehrt. Soll ich Euch von Clinschors heimlichem Treiben berichten, dann muß ich um Nachsicht bitten, denn eigentlich schickt es sich nicht zu erzählen, was ihn zur Zauberkunst brachte. Man hat ihn nämlich mit einem einzigen Schnitt zum Kapaun gemacht.« Gawan lachte laut heraus, doch die Königin fuhr fort: »Auf Kalot enbolot, als feste Burg bekannt, widerfuhr ihm diese Schmach. Der König überraschte ihn, als er in den Armen seiner Gemahlin schlief. Zwar lag er warm dort, doch er mußte teuer dafür bezahlen, denn von königlichen Händen wurde er zwischen den Beinen glattgeschnitten, und der Burgherr hielt das noch für sein gutes Recht. Er beschnitt ihn so gründlich, daß er mit keiner Frau mehr Kurzweil treiben kann. Das ist die Ursache für die Not vieler Menschen. – Nicht im Lande Persien, sondern in Persida wurde die Zauberei erfunden. Dorthin reiste Clinschor und hat es am Ende so weit gebracht, daß er mit seinen Zauberkünsten bewirken kann, was er nur will. Voller Groll über die erlittene Schmach verfolgte er alle angesehenen Männer und Frauen, und gelingt es ihm, ihr Glück zu zerstören, dann behagt ihm das so recht von Herzen. Auch König Irot von Rosche Sabbins geriet durch Clinschor in Bedrängnis, und weil er Frieden haben wollte, bot er ihm an, von seinem Besitz zu nehmen, was er wolle. Auf diese Weise kam Clinschor in den Besitz dieses Felsenberges, zu dem ringsum acht Meilen Landes gehören. Auf dem Berg errichtete er, wie Ihr selber seht, dieses kunstreiche Bauwerk. Zahllose Kostbarkeiten aller Art gibt's hier. Wollte man die Burg belagern, so wäre sie auf dreißig Jahre mit allerlei Nahrung wohlversehen. Clinschor hat auch Macht über alle bösen und guten Geister, die zwischen Himmel und Erde wohnen, es sei denn, sie stehen unter Gottes Schutz.

Herr, nachdem Ihr die große Gefahr heil überstanden habt, ist alles, was Clinschor überlassen wurde, Euer Eigentum. Diese Burg und das umliegende Land gibt er auf. Er hat nämlich öffentlich erklärt, wer das Abenteuer auf Schastel marveile bestünde, solle das alles erhalten, er solle auch Frieden vor ihm haben, und auf sein Wort ist Verlaß. Die vielen edlen Christen, die er hierher entführt hat, sind Euch alle – ob Jungfrau, Frau oder Mann – untertan. Auch viele heidnische Männer und Frauen mußten gegen ihren Willen hier leben. Laßt alle dorthin zurückkehren, wo man um sie trauert. Das Leben in der Fremde ließ mein Herz erkalten. Er, der die Zahl der Sterne kennt, möge Euch rechte Hilfe lehren und uns zur Freude führen! Ein Rätsel lautet: ›Eine Mutter mich gebar; ich wiederum ihre Mutter war.‹ Die Lösung ist: Eis entsteht aus Wasser und muß wieder zu Wasser werden. Denke ich daran, daß ich im Glück geboren bin, dann wird, kehr' ich dahin zurück, die Eiseskälte meines Herzens weichen und das in Eis erstarrte Glück in neuer Lebenskraft erblühn. Habt Ihr ein edles Herz, dann soll sich alles nach meinen Worten fügen. Es ist schon lange her, daß ich mein Glück verlor. Rasch treibt das Segel das Schiff dahin, doch rascher ist der Mann, der auf dem Schiff zum Bug geht. Versteht Ihr dieses Gleichnis und handelt Ihr danach, dann wird Euer Ansehen gewaltig groß und überall bekannt; denn wir werden unser Glück laut hinausjubeln und es überall verkünden, wo man uns betrauert. Einst lebte ich in größtem Glück, ich trug eine Krone, auch meine Tochter war Königin über die Fürsten ihres Reiches. Wir standen beide in hohem Ansehen. Herr, keinem habe ich je ein Leid getan und jeden, Frau wie Mann, behandelt, wie es ihm zukam. Mit Gottes Hilfe war ich als rechte Landesmutter erkannt und angesehen, tat ich doch keinem Menschen Unrecht. Jede Frau, die vom Glück begünstigt ist, sollte um ihrer Ehre willen wackere Leute stets gut behandeln. Vielleicht gerät sie einmal in Bedrängnis, in der auch ein Bursche niederen Standes ihr beistehen kann und ihrem Glück wieder freie Bahn schafft. Herr, lange habe ich hier ausgeharrt, doch niemand kam zu Fuß oder zu Pferd, der mich gekannt und meine Not beendet hätte.«

Da sprach unser Herr Gawan: »Edle Frau, bei meinem Leben, Ihr sollt wieder glücklich werden!«

An diesem Tag sollte der Bretone Artus, der Sohn der klagenden Arnive, mit einem großen Heer eintreffen, um seine Verwandtschafts- und Treuepflicht zu erfüllen. Viele neue Banner sah Gawan heranziehen. Scharen bedeckten allmählich das Feld, und auf der Straße von Logroys her zeigte sich ein wahrer Wald buntbemalter Lanzen. Die Ankunft des Heeres erleichterte Gawan. Wer nämlich eine Zusammenkunft verabredet hat, dem kommt bei langem Warten unwillkürlich der Gedanke, die Hilfe könne ausbleiben. Artus erlöste nun Gawan aus der Ungewißheit. Oh, mit welchem Prunk er kam! Gawan wandte sich ab, da sich Tränen in seine leuchtenden Augen stahlen. Als Zisterne taugten sie rein nichts, denn sie konnten das Wasser nicht halten. Es waren aber Freudentränen über die Ankunft von Artus, der ihn von Kind an aufgezogen hatte. Ihre Treue zueinander war aufrichtig und unverbrüchlich, nie hatte Mißtrauen sie getrübt. Arnive bemerkte Gawans Tränen und sprach: »Herr, Ihr solltet lieber jubeln vor Freude, damit auch wir Zuversicht gewinnen. Laßt Euch doch nicht vom Kummer überwältigen! Dort kommt wohl auch das Heer der Herzogin, um Euch zu unterstützen.«

Arnive und Gawan sahen zahlreiche Zeltbanner auf dem Feld erscheinen. Ihnen zog jedoch nur ein einziger Schildträger voran, den Arnive an seinem Wappen zu erkennen glaubte. Sie hielt ihn für Isajes, den Marschall Utepandraguns, doch der Schild wurde jetzt von einem anderen Bretonen – Maurin mit den schönen Beinen, Marschall der Königin – getragen. Arnive wußte nicht, daß Utepandragun und Isajes gestorben waren und daß des Vaters Amt nach Recht und Brauch auf Maurin übertragen worden war. Die riesige Heerschar strömte auf die ebene Wiese vor der Anlegestelle. Die Bediensteten der Damen schlugen an einem klaren munteren Bach das Lager auf, was den Damen sicherlich angenehm war. Im Handumdrehen standen zahlreiche prächtige Zelte auf dem Plan. Für den König und die Ritter seiner Begleitung waren in einiger Entfernung viele weite Zeltringe abgesteckt. Der Heerzug hatte unterwegs natürlich eine breite Spur hinterlassen.

Gawan schickte Bene zu seinem ehemaligen Gastgeber Plippalinot und ließ ihm sagen, er solle sofort alle Boote und Fähren fest anschließen, damit das Heer an diesem Tage nicht mehr übersetzen könne. Für diesen Botengang erhielt Bene von Gawan aus seinem kostbaren Schatz das erste Geschenk, und zwar die Schwalbenharfe, ein Instrument, das in England noch heute hoch geschätzt wird. Fröhlich machte sich Bene auf den Weg. Nun ließ Herr Gawan die äußeren Burgtore schließen und richtete dann an alle Burginsassen, alte und junge, folgende höfliche Bitte: »Am andern Ufer schlägt ein großes Heer sein Lager auf. Nie sah ich zu Lande oder zu Wasser solch gewaltige Heerschar anrücken. Sollten sie uns mit ihrer Macht herausfordern, so möchte ich mit eurer Hilfe den Kampf aufnehmen.«

Sie versprachen's ihm alle, doch fragten sie die mächtige Herzogin, ob dies nicht etwa ihr Heerbann sei. Orgeluse erwiderte aber: »Glaubt mir, ich kenne weder Schild noch Ritter draußen vor der Burg. Vielleicht ist der Mann, der mich schon früher heimgesucht hat, wieder einmal in mein Reich eingefallen und hat sich bereits vor Logroys zum Kampfe stellen müssen. Doch denke ich, daß meine Leute sich wehrhaft zeigten und in ihren Schanzen und Bollwerken sich zu behaupten wußten. Wenn es der grimme König Gramoflanz gewesen ist, so wollte er offenbar den Raub des Kranzes rächen. Doch wer's auch sein mag, man hat sie ganz gewiß mit kampfbereiten Lanzen empfangen.«

Und sie sprach damit die Wahrheit. Artus hatte vor Logroys arge Verluste hinnehmen müssen, ehe er daran vorbeikam. Etliche Bretonen waren in regelrechtem Lanzenstechen von den Pferden geworfen worden, doch Artus hatte mit gleicher Münze heimgezahlt, und so waren schließlich beide Seiten in Bedrängnis geraten.

Man sah die vom Streit Erschöpften kommen, von denen überall erzählt wurde, daß sie sich ihrer Haut zu wehren wußten und kampferprobte Ritter waren. Auf beiden Seiten hatte es Verlust gegeben. Garel, Gaherjet, der König Meljanz von Barbigöl und Jofreit, Idöls Sohn, waren gefangen in die Burg geführt worden, ehe das Treffen noch zu Ende war. Die Verteidiger von Logroys wiederum verloren den Herzog Friam von Vermendoys und den Grafen Ritschart von Navers, der im Zweikampf stets nur eine Lanze brauchte, um seinen Gegner mit wohlgezieltem Stoß zu fällen. Artus selbst war's, der den weitberühmten Helden gefangengenommen hatte. Unverdrossen drangen die Scharen immer wieder aufeinander ein, so daß ein ganzer Wald von Lanzen zersplittert wurde. Unzählige Zusammenstöße ließen die Lanzen brechen. Die edlen Bretonen hatten sich gegen das Heer der Herzogin mannhaft zur Wehr gesetzt, doch auch die Nachhut blieb nicht müßig, denn sie wurde an diesem Tag bedrängt, bis sie den Hauptteil des Heers erreichte.

Herr Gawan hätte der Herzogin sagen müssen, daß

ein Bundesgenosse von ihm ihr Land durchqueren würde, dann wäre der Kampf vermieden worden. Doch sie sollte sowenig wie andere davon erfahren und es mit eignen Augen sehen. Nun aber trug er den Erfordernissen Rechnung und traf alle Vorbereitungen für den Zug zu dem Bretonen Artus. Kostbare Zelte ließ er bringen, und keiner hatte Nachteil davon, daß Gawan ihn nicht kannte: er beschenkte alle so bereitwillig und freigebig, als fühlte er sein Ende nahen. Knappen, Ritter und Damen erhielten wertvolle, allseitig bewunderte Gaben, so daß sie Gawan einstimmig ihren Retter nannten. Ringsum sah man frohe Gesichter. Nun ließ der edle Held kräftige Saumtiere, schöne Damenreitpferde und Rüstungen für alle Ritter bringen. Auch eisengepanzerte Fußknechte standen in großer Zahl bereit. Endlich tat Gawan noch ein übriges; er wählte vier edle Ritter aus und ernannte den ersten zu seinem Kämmerer, den zweiten zum Mundschenk, den dritten zum Truchseß und den vierten zum Marschall, und alle vier waren dazu bereit.

Nun laßt Artus in seinem Lager ruhen. Obwohl es ihm schwerfiel, verzichtete Gawan an diesem Tag auf die Begrüßung. Am nächsten Tag dann ritt Artus mit dem Heer waffenklirrend nach Joflanze. Die Nachhut war zum Kampf bereit, doch als sie nicht angegriffen wurde, folgte sie der Spur der anderen. Nun befahl Gawan seine Amtsträger zu sich, denn er wollte ohne Säumen aufbrechen. Dem Marschall befahl er, auf das Feld von Joflanze zu reiten: »Ich brauche einen eignen Lagerplatz. Du wirst das große Heer, das eben abgezogen ist, dort sehen, und jetzt ist's an der Zeit, daß ich euch seinen Anführer nenne, damit ihr wißt, mit wem ihr es zu tun habt. Es ist mein Oheim Artus, an dessen Hof und in dessen Burg ich von Kind auf erzogen wurde. Nun sorgt nach Kräften dafür, daß es meinem Zuge an nichts fehlt, damit unser Reichtum Bewunderung erregt; sagt aber niemand in der Burg, daß Artus auf meine Bitte hin gekommen ist.«

Sie befolgten seinen Befehl, und Plippalinot war recht geschäftig. Auf Booten, Fähren, Schnellbooten und Nachen wurden die tatendurstigen Scharen der Reiter und Fußknechte übergesetzt, die den Marschall begleiten sollten. Knechte und Knappen folgten unter Gawans Marschall der Spur des Bretonen. Ich will's euch sagen: Sie führten auch das Zelt mit sich, das Iblis einst Clinschor aus Liebe geschenkt hatte und das ja erst das Geheimnis ihrer Liebe enthüllte. Bei diesem Zelt hatte man an nichts gespart, keine Schere hat je ein besseres zugeschnitten, es sei denn das von Isenhart. Dies Zelt nun wurde nahe bei Artus, aber doch gesondert von seinem Lager, auf dem Rasen aufgeschlagen, dazu in weitem Rund noch viele andre Zelte, was prächtig aussah.

Artus hörte nun, Gawans Marschall sei gekommen und schlage auf dem Wiesenplan das Lager auf; am gleichen Tag noch werde der edle Gawan eintreffen. Die Nachricht ging im Heer von Mund zu Mund. Inzwischen war der treue Gawan mit seinen Scharen von der Burg aufgebrochen. So glanzvoll war sein Zug, daß ich euch davon wahre Wunderdinge erzählen könnte. Etliche Saumtiere trugen Heiligenschreine und Gewänder, andere waren mit vortrefflichen Rüstungen beladen, dazu mit prachtvollen Schilden, auf denen die Helme festgebunden waren. Neben den Saumtieren trabten feurige Kastilianer.

Dahinter folgten dichtgedrängt die Ritter und die Edelfrauen. Der ganze Zug mochte wohl eine Meile lang sein. Gawan hatte dafür gesorgt, daß einer jeder schönen Dame ein stattlicher Ritter beigegeben war, und töricht wär's gewesen, hätten sie nicht von Liebe geplaudert. Der Turkoyte Florand begleitete Sangive von Norwegen, und der muntere Lischoys ritt an der Seite der liebreizenden Cundrie. Gawan wählte seine Schwester Itonje als Gefährtin, und Arnive hatte sich der Herzogin zugesellt.

Der Weg zu Gawans Zelten führte aber nun durch das Heerlager des Artus, und als die Scharen hindurchritten, da gab es viel zu staunen! Nach höfischem Brauch und im Streben nach stolzer Prachtentfaltung ließ Gawan die erste Dame vor dem Zelt des Artus halten. Der Marschall wies eine zweite Dame neben sie, die andern folgten dann, so daß sie alle, alt und jung, in weitem Kreise standen. Zur Seite einer jeden Dame war ein Ritter, der ihr dienen sollte. Schließlich war der weite Zeltring des Artus von Damen umgeben. Nun endlich wurde Gawan, der Liebling des Glücks, empfangen, und ich will meinen, es war ein herzlicher Empfang.

Gemeinsam mit Gawan waren Arnive, ihre Tochter, deren Kinder, die Herzogin von Logroys, der Herzog von Gowerzin und der Turkoyte Florand vom Pferd gestiegen. Diesen Edlen trat Artus aus seinem Zelt entgegen und hieß sie freundlich willkommen. Das tat auch seine Gemahlin, die Königin. Sie begrüßte Gawan und sein Gefolge mit aufrichtiger, großer Herzlichkeit. Da tauschten viele schöne Damen manchen Kuß, und Artus sprach zu seinem Neffen: »Wer sind deine beiden Begleiter?«

Gawan entgegnete: »Ich säh' es gern, daß meine königliche Herrin auch sie mit einem Kuß begrüßte. Es wäre nicht angemessen, wollte sie es unterlassen, denn beider Abkunft ist so vornehm, daß sie es verdienen.«

So erhielten der Turkoyte Florand und der Herzog von Gowerzin von Königin Ginover den Begrüßungskuß, danach traten sie ins Zelt. Manchem mochte es scheinen, das ganze Feld sei voller Damen. Artus aber zeigte sich höfisch gewandt: er sprang auf einen Kastilianer, ritt den Kreis der schönen Damen und ihrer Ritter ab und hieß sie höflich willkommen. Nach Gawans Willen sollten nun alle an ihrem Platz verharren, bis sie gemeinsam aufbrechen würden. So war es Brauch damals bei Hofe.

Nach seinem Ritt stieg Artus vom Pferd und ging ins Zelt. Er setzte sich zu seinem Neffen und drängte ihn, endlich die fünf Damen vorzustellen. Herr Gawan begann bei der Ältesten und sprach zu dem Bretonen: »Ihr habt Utepandragun gekannt, dies ist seine Gemahlin Arnive; Ihr selbst seid beider Sohn. Das hier ist die Königin von Norwegen, meine Mutter, und die beiden hübschen Mädchen sind meine Schwestern.«

Da küßte man einander wieder, und es war zu sehen, daß die Freude alle Glück und Weh zugleich empfinden ließ, denn sie lachten mit tränenüberströmtem Antlitz, wie es bei übergroßer Freude ist.

Artus aber sagte: »Neffe, noch immer weiß ich nicht, wer die wunderschöne fünfte Dame ist.«

»Es ist die Herzogin von Logroys, die Gebieterin meines Herzens«, erwiderte der edle Gawan. »Man hat mir berichtet, Ihr hättet ihr Land mit Krieg überzogen. Nun sagt offen, was Ihr dabei gewonnen habt. Da sie Witwe ist, wäre ihr Euer Beistand eher erwünscht gewesen!«

»Gaherjet ist in ihrer Gefangenschaft und auch Garel, der so manche ritterliche Tat vollbrachte«, sagte Artus. »Der unerschrockene Held wurde von meiner Seite weg gefangen. Bei einem Angriff waren wir bis zu ihren Bollwerken vorgedrungen. Oh, wie der edle Meljanz von Liz da dreinschlug! Eine Schar unter weißem Banner führte ihn aber gefangen zur Burg hinauf. Das Banner zeigte einen schwarzen Pfeil aus Zobelpelz und einen roten Fleck, wie von Herzblut, das in Trauer um den Tod eines Mannes vergossen wurde. Lirivoyn war der Schlachtruf der Schar, die unter diesem Feldzeichen in den Kampf ritt und ruhmvoll stritt. Leider wurde auch mein Neffe Jofreit gefangen in die Burg gebracht. Ich selbst führte gestern die Nachhut und mußte den bedauerlichen Verlust hinnehmen.«

Als der König weiter über seinen Schaden klagte, sagte die Herzogin höflich: »Herr, ich spreche Euch frei von jedem Vorwurf. Ihr wurdet von mir nicht eben freundlich willkommen geheißen, doch auch Ihr habt mir ohne jeden Grund Schaden zugefügt. Gott möge Euch raten, wie Ihr mich für Euren kriegerischen Einfall in mein Land am besten entschädigt. Inzwischen hat auch der, dem Ihr zu Hilfe geeilt seid, mit mir einen Kampf ausgetragen. Wehrlos war ich seinen Angriffen preisgegeben, zumal dort, wo ich am verwundbarsten bin. Will der Held den Kampf fortsetzen, so kann man dabei auch ohne Schwert zu gutem Ende kommen.«

Nun sagte Gawan zu Artus: »Was meint ihr? Wollen wir, wie die Dinge stehen, noch mehr Ritter auf diese Ebene bringen? Ich könnte die Herzogin gewinnen, daß sie den Euren die Freiheit gibt und ihre Ritterscharen mit vielen neuen Lanzen herbeiruft.«

»Ich bin einverstanden«, erwiderte Artus. Daraufhin sandte die Herzogin Nachricht an ihre Edelleute in Logroys. Ich möchte meinen, daß es auf Erden nie eine glanzvollere Versammlung gegeben hat. Gawan nahm Abschied von König Artus und begab sich in sein Lager. Auch alle, die mit ihm gekommen waren, ritten zu ihren Zelten, die sämtlich so prächtig und kostbar waren, daß von Mangel keine Rede sein konnte. Viele Artusritter kamen ins Lager, um Gawan zu besuchen, hatten sie doch sein langes Fehlen von Herzen bedauert. Auch Keye, der vom Zweikampf am Plimizöl genesen war, betrachtete eingehend die großartige Ausstattung Gawans und meinte mißmutig: »Von Lot, dem Schwager meines Herrn, hätten wir keinen solchen Wettstreit oder gar das Aufschlagen eines besonderen Lagers befürchten müssen.« Er erinnerte sich nämlich grollend daran, daß Gawan ihn nicht gerächt hatte, als er sich den rechten Arm brach. »Gott tut wahrlich Wunder an den Menschen. Wo hat Gawan diesen Frauenhaufen her?«

Die höhnischen Worte Keyes waren einem Freunde gegenüber nicht sehr angemessen. Wer wahrhaft treu ist, freut sich, wenn der Freund zu Ehren kommt. Der Mißgünstige allerdings erhebt ein Zetergeschrei, wenn er erleben muß, daß seinem Freunde Angenehmes widerfährt. Gawan wurde geliebt und geehrt. Wohin versteigt man sich, wollte man mehr verlangen? Wer niedrig denkt, ist voller Neid und Haß; ein mannhafter und wackerer Geselle freut sich dagegen, wenn das Ansehen des Freundes unverrückbar fest und ungetrübt ist. Gawan kannte keine Mißgunst; er war stets mannhaft und treu gesinnt, und so war es auch nur recht und billig, daß ihm das Glück lächelte.

Wie der Held aus Norwegen für die Ritter und Damen seines Gefolges sorgte? Nun, Artus und die Seinen sahen beim Sohn des edlen Lot Reichtum in Fülle. Doch nach der Abendmahlzeit mögen sie erst einmal schlafen; ich gönne ihnen die Ruhe.

Am nächsten Morgen noch vor Tagesanbruch kam eine wehrhafte Schar daher, nämlich alle Ritter der Herzogin. Im Licht des Mondes sah man ihren Helmschmuck blitzen. Sie zogen durch das Lager des Artus zu Gawans weitem Zeltring. Wer sich mit Heldenhand solche Helferschar dienstbar macht, der verdient Ruhm zu Recht. Gawan bat seinen Marschall, ihnen einen Lagerplatz zuzuweisen, wo die Edlen aus Logroys nach den Anordnungen des Hofmarschalls der Herzogin so manchen ansehnlichen Zeltring aufstellten. Der halbe Vormittag verstrich bei solchem Tun. Wir aber stehen an der Schwelle neuer gefahrvoller Ereignisse.

Der weitberühmte Artus sandte Boten in die Stadt Rosche Sabbins und ließ König Gramoflanz folgendes wissen: »Da er unabänderlich auf einen Zweikampf mit meinem Neffen beharrt, so soll's geschehen. Er möge recht bald kommen, denn wir kennen seinen rücksichtslosen Starrsinn und wissen, daß er von ihm nicht läßt. Bei einem andern Manne würde man nicht zögern, es Überheblichkeit zu nennen.« Mit dieser Botschaft brachen die Boten auf.

Nun bat unser Herr Gawan Lischoys und Florand,

ihm alle Ritter vorzustellen, die aus den verschiedensten Ländern gekommen waren, um der Herzogin für den Lohn ihrer Liebe zu dienen. Er ritt zu ihnen und begrüßte sie so herzlich, daß sich alle darin einig waren, der edle Gawan sei wirklich ein mannhafter und vornehmer Ritter. Nachdem er sie verlassen hatte, begab er sich heimlich in seine Rüstkammer und legte rasch die Rüstung an, denn er wollte prüfen, ob seine Wunden so weit geheilt waren, daß ihm die Narben keine Schmerzen mehr bereiteten. Er wollte sich also zur Übung ein wenig tummeln, da zahlreiche Ritter und Damen dem Kampf zusehen sollten und die erfahrenen Ritter gespannt darauf achten würden, ob der furchtlose Held auch an diesem Tage Siegesruhm errang. Er hatte einem Knappen geboten, Gringuljete herbeizuführen, und ließ sie nun mit verhängten Zügeln lospreschen, wollte er doch dem Pferd und sich selbst Bewegung verschaffen und beide auf den Kampf vorbereiten. Nie habe ich Gawan mit mehr Bedauern ausreiten sehen!

Unser Herr Gawan verließ ohne Begleitung das Heerlager und ritt auf eine Ebene in der Ferne zu. Möge das Glück sich seiner annehmen! Am Flusse Sabbins sah er nämlich einen Ritter warten, den wir einen Fels männlicher Stärke nennen möchten. Im Ritterkampf war er ein Hagelwetter, doch sein Herz war frei von allem Falsch. Er war ein Ritter ohne Furcht und Tadel, und übles, unrühmliches Tun war diesem Manne wesensfremd; nichts war davon bei ihm zu finden, und wäre es auch nur ein halber Finger oder eine Spanne. Von diesem edlen Ritter habt ihr schon vernommen; er ist's, um den es geht in dieser Dichtung.

VIERZEHNTES BUCH

Wenn der edle Gawan hier mutig einen Zweikampf austragen will, so müßte ich wie nie zuvor um seinen Ruhm bangen. Vielleicht sollte ich auch um den andern Sorge zeigen, doch brauche ich um ihn wohl keine Angst zu haben; denn im Streit wog er ein ganzes Heer auf. Aus fernem Heidenland war sein Helmschmuck übers Meer bis hierher gelangt. Sein Waffenrock und die Decke seines Pferdes waren röter als ein Rubin. Daß der Held auf Abenteuerfahrt war, bezeugte sein mannigfach durchbohrter Schild. Auch er hatte sich einen schimmernden Kranz gebrochen, der nur von dem von Gramoflanz gehüteten Baum stammen konnte. Gawan hielt den anderen daher für Gramoflanz und fürchtete die Schande, falls der König schon auf ihn gewartet haben sollte; wenn Gramoflanz ausgeritten war, um den Kampf zu suchen, so sollte der Kampf auch hier stattfinden, selbst wenn keine einzige Dame zuschauen konnte.

Aus Munsalwäsche stammten beide Pferde, die jetzt angespornt wurden und aufeinander zubrausten. Als Kampfplatz diente nicht staubiger Sandboden, sondern eine taubedeckte Wiese, und es tut mir ehrlich leid, daß sich beide Ritter in Bedrängnis bringen sollten. Der eine wie der andre war zum Turnierkampf wie geboren, so daß beide eine glänzende Attacke ritten. Wer hier den Sieg erringt, hat wenig gewonnen und viel verloren und wird sein Leben lang darüber trauern, wenn ihm Verstand gegeben ist. Hier stießen zwei treue Freunde zusammen, deren Freundschaft niemals brüchig wurde. Hört jetzt, wie der Kampf verlief. Rasch und kraftvoll wurde er geführt, was beide eigentlich sehr bedauern müßten. Zwei Männer, verwandt und befreundet miteinander, drangen wie zwei Feinde aufeinander ein, und wer den Sieg davonträgt, ist am Ende bestimmt nicht froh, sondern traurig. Beider Hand stieß mit der Lanze so stark und wuchtig zu, daß alle beide – obwohl verwandt und befreundet – mit ihren Pferden zu Boden stürzten: Nun wurde mit den Schwertern drauflosgekeilt und dreingeschlagen, daß der Rasen bald mit Schildsplittern übersät war. Sie mußten auf eine Beilegung des Kampfes warten; sie hatten ihn zu früh am Morgen begonnen, und es fand sich niemand, der ein Ende machte, denn außer ihnen war kein Mensch zu sehen.

Wollt ihr jetzt hören, wo zu ebendieser Stunde die Boten des Artus auf König Gramoflanz und sein Heer stießen? Er lagerte auf einer Ebene am Meer, die auf der einen Seite vom Sabbins, auf der anderen vom Poynzaclins begrenzt wurde, die sich hier ins Meer ergossen. Auf der vierten Seite war die Ebene befestigt, denn dort erhob sich die Hauptstadt Rosche Sabbins mit Mauerwerken, Gräben und vielen aufragenden Türmen. Das Heerlager auf der Ebene war etwa eine Meile lang und eine halbe Meile breit. Den Boten des Artus begegneten viele fremde Ritter, Leichtbewaffnete, dazu eisengepanzerte Fußknechte mit Lanzen. Dahinter folgten mit stolzem Schritt gewaltige Heerhaufen mit zahlreichen Bannern. Das Heer des Gramoflanz hatte sich gerade in Bewegung gesetzt, um nach Joflanze zu ziehen. Laut tönten die Posaunen und hell die Schellen am Zaumzeug der Damen, denn der Zeltring des Königs Gramoflanz war von Damen umgeben. Soweit ich's weiß, will ich euch nun erzählen, wer dem Ruf des Königs gefolgt war und sich im Lager auf dem Wiesenplan eingefunden hatte. Habt ihr noch nichts davon gehört, so laßt euch jetzt berichten: Aus der Wasserfestung Punt war der edle Oheim von Gramoflanz, König Brandelidelin, mit sechshundert schönen Damen gekommen; eine jede hatte ihren Freund zur Seite, und zwar wohlgerüstet, denn die Herren wollten im ritterlichen Kampf Siegesruhm erringen. Auch die edlen Punturteisen nahmen gern an dieser Heerfahrt teil. Ferner war dort – wenn ihr mir's glauben wollt – der stattliche Bernout von Riviers, dessen mächtiger Vater Narant ihm das Uckerland vererbt hatte. Er war auf Koggen übers Meer gekommen und gleichfalls von einer lieblichen Frauenschar begleitet, deren Schönheit überall Bewunderung erregte. Zweihundert der Damen waren noch Jungfrauen, die anderen zweihundert verheiratet. Habe ich richtig gezählt, dann wurde Bernout, der Sohn des Grafen Narant, von fünfhundert angesehenen Rittern begleitet, die wohl ihren Mann standen.

König Gramoflanz wollte also den Kranzraub im Zweikampf rächen, und der Sieger sollte von vielen Zuschauern gefeiert werden. Alle seine Reichsfürsten hatten sich eingestellt, und zwar in Begleitung wehrhafter Ritter und vieler edler Damen, so daß also zahlreiche ansehnliche Edelleute zugegen waren.

Nun hört, wie die Artusboten den König antrafen: Gramoflanz saß auf einem hohen, mit Palmatseide überzogenen Ruhelager, das noch mit einer seidenen Steppdecke bedeckt war. Schöne, liebliche Jungfrauen waren damit beschäftigt, dem stolzen König eiserne Beinschienen anzulegen. Hoch über ihm schwebte, von zwölf Stangen getragen, ein kostbarer, großer, in Ecidemonis gewebter Seidenbaldachin, der ihm Schatten spendete. Als die Boten des Artus vor den König traten, redeten sie diesen Inbegriff des Hochmuts folgendermaßen an: »Herr, uns hat der weitberühmte Artus hergesandt. Er ist von edler Wesensart, die Ihr freilich zu beschimpfen wagt! Wie kommt Ihr nur dazu, seinen Neffen Gawan so feindselig zu behandeln? Und hätte der edle Gawan Euch noch weit mehr angetan, so dürfte er doch auf den Beistand der Tafelrunde rechnen, denn alle Ritter, die ihr angehören, sind ihm freundschaftlich verbunden.«

Der König erwiderte: »Unverzagt will ich den vereinbarten Kampf austragen, in dem Gawan entweder Sieg oder Niederlage erfahren wird. Ich habe bereits davon gehört, daß Artus und seine Gemahlin, die mir willkommen sei, mit einem Heerhaufen erschienen sind. Falls ihn die unversöhnliche Herzogin zu Feindseligkeit gegen mich aufzustacheln sucht, so laßt das nicht zu, ihr Knappen. Der Zweikampf aber wird auf jeden Fall stattfinden. Mich begleiten zudem so viele Ritter, daß ich keine Gewalt zu fürchten brauche, und was ein einzelner gegen mich vermag, das will ich schon riskieren. Wollte ich den einmal gefaßten Entschluß umstoßen, könnte ich auch nicht mehr um Liebeslohn dienen. Bei Gott, Gawan ist nur seine Verwandtschaft mit der Dame zugute gekommen, in deren Hände ich mein Glück und mein Leben gelegt habe; denn bisher habe ich mich nie dazu verstanden, gegen einen einzelnen zum Kampf anzutreten. Da jedoch der edle Gawan sein Leben so mutig aufs Spiel gesetzt hat, will ich gern gegen ihn kämpfen. Allerdings wird mein Mannesruhm durch dieses Entgegenkommen beeinträchtigt, denn solch leichten Kampf habe ich noch nie geführt. Es ist bekannt, daß ich gegen Männer gekämpft habe, die mir höchsten Heldenruhm zuerkennen mußten. Wenn ihr wollt, könnt ihr danach fragen. Doch niemals kämpfte ich gegen einen einzelnen Mann. Sollte ich heute den Sieg erringen, mögen daher die Damen auf Lob verzichten. Ich bin nur herzlich froh über die Nachricht, daß jene Dame, für die dieser Kampf ausgetragen wird, aus der Gefangenschaft befreit ist. Der weitberühmte Artus herrscht über viele fremde Länder; vielleicht begleitet ihn die Dame, in deren Dienst ich, wenn sie's will, bis zu meinem Tode Freude und Leid erfahren möchte. Welch größeres Glück könnte mir widerfahren, als meinen Ritterdienst von ihren Augen verfolgt zu wissen.«

Der König hatte dabei seinen Arm um die an seiner Seite sitzende Bene gelegt, die gegen den bevorstehenden Zweikampf gar nichts einzuwenden hatte. Sie hatte schon bei vielen Kämpfen die Mannesstärke des Königs bewundert, so daß sie um ihn keine Sorge hegte. Hätte sie freilich gewußt, daß Gawan der Bruder ihrer Herrin war und daß es bei diesem gefährlichen Vorhaben um ihren eignen Herrn ging, so wäre ihre Freude dahin gewesen. Sie hatte dem König einen Ring gebracht, den ihm einst die junge Prinzessin Itonje als Liebespfand gesandt und den ihr weitberühmter Bruder Gawan über den Sabbins zu ihr zurückgetragen hatte. Bene war mit einem Nachen den Poynzaclins herabgefahren und hatte folgende Botschaft überbracht: »Meine Herrin und viele andre Damen haben Schastel marveile verlassen!« Sie erinnerte Gramoflanz daran, daß ihre Herrin ihn mit ihrer Treue und Ehre in einem Maße ausgezeichnet hatte, wie es keinem Mann von einer Jungfrau je widerfahren war. Er möge ihrer Not gedenken, denn sie zöge seine Liebe jedem anderen Gewinn vor. Solche Worte ließen natürlich das Herz des Königs schwellen. Er handelt allerdings unrecht an Gawan. Ehe ich durch meine Schwester in solch mißliche Lage geriete, wollte ich lieber gar keine Schwester haben.

Nun brachte man Gramoflanz seine herrliche, kostbare Rüstung. Keiner, den je die Liebe zwang, nach dem Lohn einer Frau zu streben, hat sich um der Frauen willen je prächtiger geschmückt als er, nicht Gachmuret, Galoes oder König Killicrates. Schönere Seide, als er trug, wurde nie aus Ipopotiticon, dem großen Acraton, aus Kalomidente oder Agatyrsjente gebracht. Gramoflanz küßte den Ring, den die junge Prinzessin Itonje ihm aus Liebe gesandt hatte. Er war ihrer Treue gewiß, so daß ihre Liebe ihm ein Schild gegen jegliche Bedrängnis war.

Man legte dem König jetzt die Rüstung an. Danach brachte eine liebliche Schar von zwölf Jungfrauen einen kostbaren Seidenbaldachin herbei. Jede Jungfrau saß auf einem prächtigen Pferd und trug eine der zwölf Stangen, die den Baldachin stützten. Unter diesem schattenspendenden Dach wollte der König in den Kampf ziehen. Links und rechts von ihm ritten zwei stattliche Jungfrauen, die schönsten von allen, denen er seine starken Arme über die Schultern gelegt hatte. Die Boten des Artus säumten nun nicht länger und kamen auf dem Heimritt dort vorbei, wo Gawan kämpfte. Nie hatten die Pagen so sehr erschrecken müssen; ihre Treue ließ sie angesichts der Bedrängnis Gawans laut aufschreien vor Entsetzen, denn sein Gegner hatte ihn fast bezwungen. Er war ihm an Kräften so überlegen, daß der edle Held Gawan die Niederlage hätte dulden müssen, wenn die Knappen ihn nicht erkannt und erschrocken seinen Namen gerufen hätten. Sogleich ließ der andere vom Kampf ab und warf das Schwert weit von sich. »Ich Unseliger, Unwürdiger!« rief der Fremde unter Tränen. »Als meine ehrlose Hand den Kampf begann, hat mich mein Glück verraten. Nichts Schlimmeres hätte sie tun können! Ja, ich bin schuldig! Wieder hat mich mein Unstern mißleitet und ins Unglück gestürzt. Wieder hat sich, wie schon oft, mein altes Schicksalszeichen gezeigt! Ich habe gegen den edlen Gawan gekämpft und die Hand gegen mich selbst erhoben! Unheil hat mich hier getroffen! Als dieser Kampf begann, war's vorbei mit meinem Glück!«

Als Gawan die Verzweiflung sah und hörte, sprach er zu seinem Gegner: »Ach, Herr, wer seid Ihr? Ihr sprecht so gute Worte, daß ich wünschte, Ihr hättet sie früher gefunden, ehe meine Kräfte schwanden. Dann wäre mir mein Ruhm geblieben, den Ihr mir hier genommen habt. Sagt, wer Ihr seid! Sagt, bei wem ich nach meinem Heldentum suchen muß! Mein Glück hat mich wohl verlassen, denn einem einzelnen Gegner habe ich noch immer standgehalten.«

»Vetter, du kannst heute und immer auf mich rechnen! Ich bin's, dein Vetter Parzival!«

»So war's richtig!« rief Gawan. »Welch törichte Verblendung! Zwei arglose Herzen fallen wütend übereinander her! Du hast mit mir dich selber in die Knie gezwungen. Es sollte dir um unsertwillen leid tun! Wenn du noch Treue fühlst im Herzen, dann wirst du zugeben müssen, daß du dich selbst besiegt hast.«

Nach diesen Worten konnte sich unser Herr Gawan vor Schwäche nicht mehr auf den Beinen halten. Vom Dröhnen der Schwertschläge wie betäubt, begann er zu taumeln, strauchelte und fiel auf den Rasen. Rasch sprang ein Edelknabe des Artus hinzu und stützte sein Haupt. Der hübsche Page band ihm den Helm ab und fächelte ihm Kühlung zu mit seinem Hut aus glänzenden Pfauenfedern. Die eifrigen Bemühungen des Edelknaben brachten Gawan wieder zu sich. Inzwischen nahten sich von verschiedenen Seiten Scharen der gegnerischen Heere und ritten zu den vorher bestimmten Plätzen, die rings mit geschälten dicken Pfählen abgesteckt waren. Der Herausforderer Gramoflanz hatte auf seine Kosten etwa einhundert entrindete und gefärbte Pfähle einrammen lassen; den so eingegrenzten Raum durfte niemand betreten. Der Abstand zwischen den bunten hellen Pfählen betrug, so heißt es, jeweils vierzig Roßläufe, und fünfzig säumten jede Seite. Da also sollte der Kampf stattfinden. Die Heere mußten außerhalb der Begrenzung bleiben, als wären sie durch Mauern oder tiefe Gräben vom Platz getrennt. Das hatten Gramoflanz und Gawan durch Handschlag vereinbart. Aus beiden Heeren waren viele gerade noch Zeugen des nicht verabredeten Zweikampfs geworden, und alle wollten wissen, wem der Sieg gebühre und wer in diesem harten Kampf aufeinandergetroffen war. Aus beiden Heeren hatte keiner seinen Mann zum Kampfplatz geleitet, also schien es allen verwunderlich.

Als der Kampf auf der blumenübersäten Wiese beendet war, da erschien König Gramoflanz, um den Kranzraub zu rächen, und mußte nun erfahren, daß bereits ein Schwertkampf von unerhörter Härte stattgefunden habe, und zwar ohne Anlaß. Gramoflanz löste sich aus der Schar seiner Begleiter, ritt zu den Kampfmüden und bedauerte ehrlich ihre Mühsal. Gawan hatte sich rasch erhoben, obgleich seine Glieder noch zitterten, und stand neben Parzival. Fräulein Bene war dem König auf den Kampfplatz gefolgt. Als sie Gawan, dem sie mehr als jedem anderen zugetan war, so erschöpft vor sich.sah, schrie sie laut auf vor Schreck und Weh. Rasch sprang sie vom Pferd, schloß ihn fest in die Arme und rief: »Verflucht sei die Hand, die diesem herrlichen Mann so übel mitgespielt hat! Ihm, der vor allen andern ein Vorbild an Tapferkeit war!« Sie nötigte Gawan wieder auf den Rasen, und unter bitteren Tränen wischte ihm das liebreizende Mädchen Blut und Schweiß von der Stirn. Unter der Rüstung war ihm nämlich heiß geworden.

Da sprach König Gramoflanz: »Gawan, ich bedaure dein Mißgeschick, es sei denn, meine Hand wäre die Ursache dazu. Wenn du morgen auf dieser Wiese den Kampf gegen mich beginnen willst, so soll's mir recht sein. Eher könnte ich jetzt gegen eine Frau antreten als gegen dich, der keine Kraft mehr hat. Solange du nicht alle Kraft zurückgewonnen hast, kann ich beim Kampf mit dir auch keinen Ruhm erringen. Ruhe den Tag über aus. Du wirst es brauchen, wenn du für König Lot eintreten willst.«

Der starke Parzival hingegen war noch völlig frisch und zeigte keine Spur von Ermüdung. Als Gramoflanz nahte, hatte er ebenfalls den Helm abgebunden. Nun sprach er ihn höflich an: »Herr, aus welchem Grund auch mein Vetter Gawan Euer Wohlwollen verscherzt hat, ich will für ihn eintreten. Meine Hand ist noch stark genug für einen zweiten Kampf; seid Ihr Gawans Feind, so fordere ich Euch vor meine Klinge!«

Der Herrscher von Rosche Sabbins aber sprach: »Herr, er wird mir morgen den festgesetzten Preis für meinen Kranz zahlen müssen, so daß dessen Ehre wiederhergestellt wird, es sei denn, er drängt mich auf den Pfad der Schande. Ihr mögt gewiß ein wackrer Held sein, doch dieser Kampf ist Euch nicht bestimmt.«

Da rief die liebreizende Bene dem König zu: »Treuloser Hund! Der Mann, den Ihr im Herzen haßt, entscheidet über das Wohl und Wehe Eures Herzens! Habt Ihr vergessen, wen Ihr liebt? Von seinem guten Willen hängt alles ab! Ihr bringt Euch selbst um den Erfolg Eures Strebens, denn Ihr habt gegen das Gesetz der Liebe verstoßen. Eure angebliche Liebe ist eine einzige Lüge!«

Als sie ihrem Zorn Luft gemacht hatte, bat Gramoflanz: »Zürne nicht, edle Dame, wenn ich auf diesem Kampf bestehe. Bleibe jetzt hier bei deinem Herrn und sag seiner Schwester Itonje, ich sei ihr treuer Diener und wolle ihr dienen, wie ich nur kann.«

Als Bene nun auch noch erfuhr, daß ihr Herr, der

auf der Wiese kämpfen sollte, der Bruder ihrer Herrin sei, senkte sich ungeheurer Jammer auf ihr treues Herz. Sie rief: »Hinweg, Verfluchter! Ihr wißt nicht, was Treue ist!«

Der König ritt mit den Seinen nun davon. Die Edelknaben des Artus aber fingen die gleichfalls ermatteten Pferde der beiden Kämpfer ein. Gawan, Parzival und die wunderschöne Bene ritten nun gemeinsam zu den Ihren zurück. Parzival hatte in mannhafter Art neuen Ruhm errungen, und jedermann freute sich über seine Ankunft. Alle, die ihm begegneten, waren des Lobes voll.

So gut ich kann, schildere ich euch nun die folgenden Ereignisse: In beiden Heeren sprachen die kampferprobten Ritter vom Sieger und rühmten seine ritterliche Tat. Die Reden galten also – mit eurer Erlaubnis – Parzival, der noch dazu so schön war, daß ihn auch darin kein Ritter übertraf. So dachten Frauen und Männer, die ihn mit Gawan zu dessen Zelt reiten sahen, wo er andere Kleidung anlegen sollte. Beiden brachte man Kleider, die gleich kostbar waren. Im Lager lief die Nachricht von Mund zu Mund, daß Parzival gekommen sei, von dessen gewaltigen, ruhmvollen Taten man schon viel gehört hatte; mancher Ritter konnte die Wahrheit des Berichteten aus eigener Anschauung bestätigen.

Gawan sprach zu Parzival: »Hast du Lust, vier Damen deines Geschlechts und andre schöne Damen kennenzulernen, dann bringe ich dich gern zu ihnen.«

Gachmurets Sohn antwortete: »Sind Edelfrauen im Lager, so solltest du sie durch meinen Anblick nicht verstimmen. Eine jede wird Abscheu fühlen, die am

Plimizöl gehört hat, wie ich für ehrlos erklärt wurde. Ihre Ehre sei in Gottes Hut; ich will ihnen stets Hochachtung bezeigen. Meine Scham ist noch zu groß, als daß ich vor sie zu treten wagte.«

»Es muß aber sein!« rief Gawan, und er führte Parzival vor die vier Königinnen, die ihn mit einem Kuß begrüßten. Der Herzogin war es allerdings wenig angenehm, den Mann küssen zu sollen, der sie zurückgewiesen hatte. Sie war ihm damals nach seinen Kampfestaten vor Logroys lange nachgeritten, um ihm Hand und Land anzutragen, und schämte sich nun sehr. Wohlmeinend überredete man schließlich den stattlichen Parzival, alle Scham aus seinem Herzen zu vertreiben und sich rückhaltlos der allgemeinen Fröhlichkeit hinzugeben.

Dem lieblichen Fräulein Bene befahl Gawan aus gutem Grund, bei Strafe seiner Ungnade Itonje zu verschweigen, »daß mich der König Gramoflanz seines Kranzes wegen mit Feindschaft verfolgt und daß wir morgen zur festgesetzten Zeit miteinander kämpfen werden. Sag meiner Schwester nichts davon, und verbirg vor ihr auch deine Tränen!«

Sie erwiderte: »Ich habe wohl allen Grund, zu weinen und meinen Kummer zu zeigen. Wer auch unterliegt: meine Herrin wird den Besiegten beklagen und mit ihm den Tod erleiden. Ich muß also das Schicksal meiner Herrin und mein eigenes bejammern. Was nützt ihr ein Bruder, der das Schwert gegen ihren Geliebten zückt und damit gegen das Herz der eignen Schwester kämpft!«

Inzwischen war das ganze Heer ins Lager zurückgekehrt. Für Gawan und seine Gefährten hatte man bereits den Tisch gedeckt. Parzival sollte mit der lieblichen Herzogin speisen, denn Gawan hatte ihr wohlüberlegt aufgetragen, bei Tisch für ihn zu sorgen. Sie sagte unmutig: »Wie könnt Ihr mir einen Mann zur Seite setzen, der für Damen nichts als Spott und Hohn hat! Nun soll ich ihn gar noch bei Tisch bedienen! Nur weil Ihr es ausdrücklich gebietet, will ich ihm den Tischdienst leisten und mich wenig darum kümmern, wenn er mich dafür auch noch verspottet.«

Da sprach Gachmurets Sohn: »Edle Frau, Ihr tut mir unrecht. Ich habe doch meinen Verstand beisammen und werde mich hüten, Frauen mit Spott zu kränken.«

Speisen und Getränke waren in Hülle und Fülle vorhanden; es wurde reichlich aufgetragen und mit großem Anstand bedient. Jungfrauen, Frauen und Männer aßen mit großem Behagen. Itonje aber blieb nicht verborgen, daß Benes Augen voll unterdrückter Tränen waren. Da wurde die liebreizende Jungfrau selbst so tieftraurig, daß sie keinen Bissen mehr zu sich nehmen mochte. Unruhig grübelte sie: ›Was tut Bene überhaupt hier? Ich hatte sie doch zu dem Manne geschickt, dem mein Herz gehört, das sich schmerzhaft in meiner Brust regt. Was habe ich Arges zu befürchten? Will mir der König nicht mehr dienen? Hat er meine Liebe zurückgewiesen? Sollte das der Fall sein, dann wird der aufrechte, tapfere Mann nur erreichen, daß ich Arme vor Sehnsucht nach ihm sterbe!‹

Man tafelte bis zum Nachmittag, und dann kamen Artus und seine königliche Gattin Ginover in Begleitung vieler Ritter und Damen herbei. Der stattliche Held Parzival, der im Kreise edler Frauen saß, wurde nun von vielen Schönen zur Begrüßung geküßt.

Auch Artus begrüßte ihn achtungsvoll und geizte nicht mit Dank und Anerkennung dafür, daß Parzival seinen Ruhm gewaltig mehrte und bereits alle andern Ritter an ehrenvollem Ansehen übertraf.

Parzival aber sprach zu Artus: »Herr, als ich das letzte Mal bei Euch war, wurde meine Ehre angegriffen. Mein ritterliches Ansehen wurde so geschmälert, daß kaum etwas übrigblieb. Ihr habt mir aber eben versichert, daß ich wieder einiges Ansehen beanspruchen darf; ich denke, Ihr wart aufrichtig dabei. Es fällt mir schwer, doch möchte ich Euch gern Glauben schenken und hoffe nur, daß Eure gute Meinung auch von jenen geteilt wird, die ich am Plimizöl schamrot verlassen mußte.« Darauf erklärten alle Edlen in der Runde, er habe in vielen Ländern so gewaltigen Heldenruhm errungen, daß niemand daran zweifeln könne. Während der schöne Parzival an Artus' Seite saß, stellten sich auch die Ritter der Herzogin Orgeluse ein, und der edle König Artus hieß sie im Namen des Hausherrn herzlich willkommen. Obwohl Gawans Zelt recht weiträumig war, hatte der edle, weltmännische Artus draußen auf der Wiese Platz genommen, wo sich auch die Gäste in weiter Runde niederließen. Bald war eine große Menge versammelt, in der man einander kaum kannte. Es würde zu weit führen, sie alle einzeln vorzustellen oder mit vielen Christen und Heiden bekannt zu machen. Wer gehörte zu Clinschors Heer? Wer waren all jene Ritter, die so oft von Logroys aus wehrhaft ins Feld zogen und im Dienste Orgeluses kämpften? Wen hatte Artus mitgebracht? Wer alle Länder und Burgen nennen wollte, hätte Mühe, sie aufzuzählen. Sie waren jedenfalls einhellig der Meinung,

Parzival sei so herrlich schön, daß ihm die Herzen der Frauen zufliegen müßten und daß ihm hoher Ruhm für seinen Mannesmut gebühre.

Nun erhob sich Gachmurets Sohn und sprach: »Ich bitte alle in der Runde, mir zuzuhören und zu helfen, ein schmerzlich entbehrtes Gut wiederzuerlangen. Ein rätselhaftes Geschehnis hat mich von der Tafelrunde vertrieben. Die mich damals in ihre Gemeinschaft aufnahmen, mögen mich wieder als ihren Gefährten in die Tafelrunde aufnehmen!« Sein Wunsch wurde von Artus wohlwollend und gern erfüllt. Danach nahm Parzival einige Ritter beiseite und bat Gawan, er solle ihn am nächsten Morgen zu festgesetzten Termin an seiner Stelle kämpfen lassen. »Es ist mein Wunsch, König Gramoflanz kampfbereit zu erwarten. Heute früh brach ich einen Kranz von seinem Baum, um ihn zum Zweikampf herauszufordern. Einzig und allein aus diesem Grund bin ich in sein Land gekommen. Dich, lieber Vetter, konnte ich hier kaum vermuten. Ich hatte angenommen, mit dem König zu kämpfen, und als ich meinen Irrtum bemerkte, war ich tief bekümmert. Vetter, laß mich sein Gegner sein. Ist es ihm bestimmt, die Schande einer Niederlage zu erleiden, dann werde ich ihn so bedrängen, daß er ein für allemal genug hat. Nachdem ich mich wieder zum Kreis der Artusritter zählen kann, darf ich diese Sache zu der meinen machen. Denke an unsre Blutsverwandtschaft und überlaß den Kampf mir! Ich will's an Manneskraft nicht fehlen lassen!«

Unser Herr Gawan wehrte jedoch ab: »Ich habe hier am Hof des Königs der Bretagne viele Verwandte und auch Brüder, doch keinem werde ich erlauben, an meiner Statt zu kämpfen. Ich vertraue darauf, daß meiner guten Sache Glück beschieden ist und ich den Sieg davontrage. Gott lohne dir's, daß du an meiner Stelle kämpfen willst, aber noch braucht niemand für mich einzutreten.«

Jetzt machte Artus, der Parzivals Bitte gehört hatte, ihrem Gespräch ein Ende und kehrte mit ihnen in die Runde der Edlen zurück. Gawans Mundschenk ließ viele kostbare, edelsteinbesetzte Goldpokale von Edelknaben herbeitragen, die dann von ihm und den Pagen gefüllt wurden. Nach dem Abendtrunk ging die ganze Gesellschaft zur Ruhe, zog doch schon die Nacht herauf. Parzival überprüfte zuvor jedoch noch seine Rüstung. Zerrissene Riemen ließ er ersetzen und alles wieder in Ordnung bringen. Auch einen neuen, festen Schild ließ er heranschaffen, war doch sein alter über und über zerstochen und zerschlagen. Das alles besorgten fremde Fußknechte, darunter mehrere Franzosen. Um sein Pferd, das er dem Tempelherrn im Zweikampf abgenommen hatte, kümmerte sich ein Knappe, der es mit großer Sorgfalt striegelte. Es war nun Nacht und Zeit schlafen zu gehen. Auch Parzival begab sich zur Ruhe, doch am Fußende seines Lagers lag seine Rüstung.

König Gramoflanz war ungehalten, daß am Tag zuvor ein andrer Mann für die Ehre seines Kranzes gekämpft hatte, und die Seinen konnten ihn gar nicht beschwichtigen und wagten es wohl auch nicht. Groß war sein Ärger, daß er zu spät gekommen war. Was tat der Held nun? Da ihm der Sinn stets nach Ruhm stand, ließ er schon beim ersten Morgengrauen sein Pferd und sich selbst wappnen. Ob eine Dame von Vermögen zum Schmuck seiner Rüstung beitragen mußte? O nein, die war schon prachtvoll genug. Er schmückte sich einer Jungfrau zuliebe, der er unermüdlich diente. Ohne Begleitung ritt er auf Ausschau, und es verdroß ihn sehr, daß der edle Gawan nicht unverzüglich auf dem Wiesenplan erschien.

Inzwischen hatte Parzival heimlich sein Zelt verlassen. Er war vollkommen gerüstet und ergriff eine starke Lanze aus Angram, von der er das Fähnlein entfernte. Dann ritt der Held allein auf die hellen Begrenzungspfähle zu, zwischen denen der Zweikampf stattfinden sollte, und sah den wartenden König. Ohne daß die beiden auch nur ein Wort miteinander wechselten, durchbohrte jeder den Schild des Gegners, daß die Lanzensplitter hoch durch die Luft wirbelten. Beide verstanden sich ausgezeichnet auf den Lanzenkampf wie auch auf andre Kampfesarten. Auf der Wiese wurden in weitem Rund die Tautropfen zertreten, und die Helme erdröhnten von den scharfen, zubeißenden Klingen. Beide fochten unerschrokken. Sie wateten durch Tau und zerstampften den Rasen. Mich dauern die roten Blumen, mehr allerdings noch die beiden Helden, die furchtlos die Gefahr suchten. Wie könnte einer, dem sie nichts zuleide taten, auch Freude daran haben?

Mittlerweile bereitete sich auch Herr Gawan auf seinen schweren Kampf vor. Es war schon spät am Vormittag, als man bemerkte, daß der kühne Parzival aus dem Lager verschwunden war. Ob er etwa Frieden stiften wollte? Aber nein, im Gegenteil! Er kämpfte immer noch tapfer mit seinem wehrhaften Gegner, obwohl schon hoher Tag war.

Ein Bischof las für Gawan die Messe, wobei großes Gedränge herrschte, denn viele Ritter und Damen waren schon hoch zu Roß bei Artus erschienen. König Artus war persönlich beim Hochamt zugegen. Nach dem Segen wappnete sich Herr Gawan. Schon vor der Messe hatte der stolze Held seine wohlgeformten Beine mit den eisernen Beinschienen umhüllt, so daß die Damen bei diesem Anblick die Tränen nicht unterdrücken konnten. Als alle das Lager verließen und zum Kampfplatz ritten, vernahmen sie Schwerterklang, sahen die Funken von den Helmen sprühen und kraftvoll geschwungene Klingen niedersausen. König Gramoflanz, der sonst jeden Kampf mit einem einzelnen verschmähte, mußte hier nun glauben, daß ihn sechs zugleich bedrängten. Und doch war es Parzival allein, der gegen ihn stritt und ihm eine unvergeßliche Lehre erteilte: Nie mehr vermaß sich Gramoflanz, nur mit zweien zugleich zu kämpfen; denn der eine hier genügte ihm vollauf.

Inzwischen waren die Heere beider Seiten auf der weiten Wiese angelangt, sie hielten an den Pfählen und sahen dem Kampfe zu. Die Pferde der beiden kühnen Helden waren beim Lanzenstoß auf den Beinen geblieben, doch die edlen Ritter waren abgesprungen und kämpften nun zu Fuß hart und erbittert mit dem Schwert. Immer wieder holten die beiden Recken mit weitem Schwung zum Schlage aus, wieder und wieder wechselten sie die Schlagschneiden. Auf diese Weise empfing König Gramoflanz bitteres Entgelt für seinen Kranz, doch verfuhr er mit dem Verwandten seiner Geliebten auch nicht allzu liebenswürdig. Die Verwandtschaft mit der schönen Itonje trug also Parzival nur Nachteil ein, wo sie ihm Vorteil hätte bringen müssen, wäre es nach Recht gegangen. Beide, die oft schon nach Ruhm ausgezogen waren, mußten hier im Kampf für etwas büßen: der eine für seine Freundschaft, der andere für seine Liebe. Nun kam auch Herr Gawan auf den Platz, doch erst, als der stolze, tapfere Parzival seinen Gegner fast bezwungen hatte. Brandelidelin von Punturtoys, Bernout von Riviers und Affinamus von Clitiers näherten sich alle drei entblößten Hauptes den Kämpfenden, von der anderen Seite ritten Artus und Gawan über die Wiese auf die kampfesmüden Streiter zu. Die fünf Ritter kamen überein, den Kampf zu schlichten. Gramoflanz schien es höchste Zeit, daß ein Ende gemacht wurde, mußte er doch seinem Gegner den Sieg zuerkennen. Und so dachten viele. Da sprach König Lots Sohn: »Herr König, ich räume Euch heute den gleichen Vorteil ein, den Ihr mir gestern eingeräumt habt, als Ihr mir eine Ruhepause gönntet. Erholt Euch in der kommenden Nacht, Ihr könnt es brauchen. Euer Gegner hat Euch in diesem Kampf nur wenig Kraft gelassen, um Euch gegen mich zu wehren. Heute bestünde ich auch allein gegen Euch, während Ihr es immer nur mit zwei Gegnern zugleich aufnehmen wollt. Morgen will ich es allein gegen Euch wagen. Gott schenke der guten Sache den Sieg!«

Der König ritt zurück zu den Seinen, nachdem er versprochen hatte, am nächsten Morgen zum Kampf mit Gawan auf dem Plan zu sein.

Artus sprach nun zu Parzival: »Neffe, zwar hat dir Gawan deine Bitte abgeschlagen, für ihn zu kämpfen und dich als tapfer zu erweisen, und bitter klagtest du darüber. Aber dennoch, ob wir es wollten oder nicht, du hast mit dem Manne gekämpft, der eigentlich auf Gawan wartete. Wie ein Dieb hast du dich fortgeschlichen! Wir hätten dich auch sonst daran gehindert. Hoffentlich ist dir Gawan nicht böse, daß du dir heute den Siegesruhm gesichert hast!«

Gawan aber meinte: »Ich bin gar nicht böse, daß mein Vetter neuen Heldenruhm errungen hat, und bestehe durchaus nicht darauf, mit Gramoflanz zu kämpfen. Erließe mir der König den Waffengang, sähe ich darin nur einen Beweis vernünftigen, maßvollen Handelns.«

In kleinen Gruppen kehrte das Heer ins Lager zurück. Man sah viele schöne Damen und prächtig geschmückte Ritter. Wahrhaftig, größeren Glanz hat nie ein Heer gezeigt! Die Ritter der Tafelrunde und die aus dem Gefolge der Herzogin trugen Waffenröcke von leuchtender Seide aus Zinidunte und Pelpiunte. Bunt schimmerten auch ihre Satteldecken. Der unvergleichliche Parzival aber wurde in beiden Heerlagern so gepriesen, daß seine Freunde damit zufrieden sein konnten. Im Heer des Gramoflanz gestand man zu, daß solch wehrhaften Ritter die Sonne noch nie beschienen habe. Zwar hätten beide tapfer gekämpft, doch der Siegesruhm gebühre einzig Parzival. Sie wußten allerdings weder Namen noch Geschlecht des Mannes, den sie rühmten.

Man gab Gramoflanz jetzt den Rat, Artus folgende Botschaft zu schicken: Er möge dafür sorgen, daß am nächsten Tag nicht wieder ein andrer Ritter seines Gefolges gegen Gramoflanz zum Kampfe anträte, er solle ihm den rechten Gegner senden, Gawan, den Sohn König Lots. Nur mit ihm wolle er kämpfen. Als Boten wurden zwei kluge, gewandte Edelknaben ausgewählt, denen der König noch einschärfte: »Sucht unauffällig nach der Schönsten unter all den schönen

Damen. Achtet besonders auf jene, die neben Bene sitzt, und seht auf ihr Benehmen, ob sie froh ist oder traurig. Betrachtet sie ganz unauffällig und laßt ihre Augen davon sprechen, ob sie sich nach ihrem Geliebten sehnt oder nicht. Gebt diesen Brief und diesen Ring unbedingt meiner Freundin Bene. Sie weiß schon, für wen sie bestimmt sind. Zeigt euch nur recht geschickt, dann ist's schon richtig.«

Im andern Lager hatte Itonje bereits davon gehört, daß ihr Bruder und der liebenswerteste Mann, den je eine Jungfrau in ihr Herz geschlossen, miteinander kämpfen und von diesem Vorsatz nicht lassen wollten. Da zerbrachen vor ihrem Herzenskummer alle Schranken ihrer Scham. Wem ihre Not etwa gefällt, dem pflichte ich nicht bei, denn solches hat sie nicht verdient. Mutter und Großmutter nahmen sie beiseite und führten sie in ein kleines Seidenzelt, wo Arnive ihre Niedergeschlagenheit als ungehöriges Betragen tadelte. Nun gab's keinen Ausweg mehr: Itonje mußte bekennen, was sie lange Zeit verheimlicht hatte, und es brach aus ihr heraus: »Soll der eigne Bruder meinen Geliebten erschlagen? Er hätte allen Grund, es nicht zu tun!«

Da rief Arnive einen Edelknaben herbei und trug ihm auf: »Sag meinem Sohn, ich muß ihn unbedingt sprechen! Er möge aber allein kommen!«

Bald führte der Knappe Artus herbei. Arnive hatte nämlich beschlossen, ihm zu sagen, wen die schöne Itonje heiß und innig liebte, damit er den Kampf möglichst verhindere. In diesem Augenblick trafen die Edelknaben des Königs Gramoflanz ein und sprangen auf dem Lagerplatz vor dem kleinen Seidenzelt von den Pferden. Der eine sah Bene neben einer Dame sitzen, die gerade laut zu Artus sagte: »Hält's denn die Herzogin für eine Heldentat, wenn mein Bruder ihrem nichtswürdigen Drängen nachgibt und meinen Geliebten erschlägt? Er sollte es eher ein Verbrechen nennen! Was hat der König ihm denn getan? Er sollte daran denken, daß er der Geliebte seiner Schwester ist. Hat mein Bruder Verstand, so müßte er wissen, daß mich und Gramoflanz reine, lautere Liebe verbindet. Ist sein Herz treu und redlich, dann täte ihm sein Vorsatz leid. Trägt er am Ende die Schuld daran, daß ich dem König in den bittren Tod folge, dann sei er vor Euch, o Herr, für dies Vergehen angeklagt!« Und das liebliche Mädchen fuhr fort: »Ihr seid mein Oheim, und Ihr meint es gut mit mir. Sucht einen Weg, wie man diesen Streitfall aus der Welt schaffen kann!«

Der lebenserfahrene Artus erwiderte sogleich: »Ach, liebe Nichte, daß du trotz deiner Jugend schon so tiefe, starke Liebe fühlst! Du wirst leiden müssen. Denk daran, wie es deiner Schwester Surdamur erging, die den griechischen Kaiser auch so innig liebte. Liebes, schönes Mädchen, wüßte ich genau, daß eure Herzen untrennbar verbunden sind, so würde ich den Streit schon schlichten. Gramoflanz, Irots Sohn, ist aber so streitlustig gesinnt, daß der Zweikampf ausgefochten wird, es sei denn, seine Liebe zu dir ist groß genug, dies zu verhindern. Hat er dich noch nie in frohem Kreis gesehen, den Zauber deiner Schönheit, deine lockenden, roten Lippen bewundert?«

Sie antwortete: »Das ist noch nie geschehen. Wir lieben uns, ohne einander je gesehen zu haben, doch hat er mir als Beweis seiner Liebe und seiner Redlichkeit manch Kleinod gesandt, was ich mit Zeichen wahrer Liebe erwiderte, so daß wir keinen Zweifel hegten. Der König ist mir treu ergeben, sein Herz ist ohne Falsch.«

Da bemerkte Fräulein Bene die beiden Edelknaben des Gramoflanz, die zu Artus gekommen waren, und sprach: »Keiner sollte hier Zeuge sein. Wenn Ihr erlaubt, weise ich alle Leute aus dem Umkreis des Zeltes. Hört jemand, in welchem Maße sich meine Herrin um ihren Geliebten sorgt, so ist das rasch in aller Munde.«

Fräulein Bene wurde hinausgesandt, und einer der Edelknaben steckte ihr heimlich Brief und Ring zu. Beide hatten die Klagen Itonjes gehört und erklärten nun, sie seien gekommen, um mit Artus zu sprechen, und ob Bene dies einrichten könne. Sie sagte darauf: »Tretet ein wenig zurück, bis ich euch zu mir rufe!« Im Zelt berichtete Bene, es seien Boten von Gramoflanz eingetroffen und hätten nach König Artus gefragt. »Es schien mir aber nicht angebracht, sie von dem Gespräch hier drinnen wissen zu lassen; denn es würde meine Herrin verletzen, wenn sie ihre tränenfeuchten Wangen sähen.«

Artus fragte: »Sind es jene Pagen, die nach mir zum Zelt geritten kamen? Es sind offenbar zwei vornehme Edelknaben, vielleicht auch gewandt und redlich genug, um an dieser Beratung teilzunehmen. Einer von ihnen ist gewiß schon so verständig, daß ihm die Liebe meiner Nichte zu seinem Herrn nicht verborgen bleibt!«

»Ich kann mich nicht dafür verbürgen«, erwiderte Bene. »Doch gestattet mir zu sagen, Herr, daß König Gramoflanz diesen Ring und diesen Brief gesandt hat. Einer der Pagen steckte ihn mir zu, als ich vors Zelt eilte. Hier, Gebieterin, nehmt ihn.«

Itonje küßte den Brief wieder und wieder, drückte ihn an die Brust und rief: »Nun seht, Herr, wie sehr sich König Gramoflanz nach meiner Liebe sehnt.«

Artus nahm den Brief und fand, daß ihn ein wahrhaft Liebender geschrieben hatte, der von unwandelbarer Treue sprach. Als er den Brief gelesen, war Artus überzeugt, daß er zeit seines Lebens solch aufrichtiger Liebe nicht begegnet war, denn hier waren die rechten Worte gewählt:

›Ich grüße, die ich grüßen muß und deren Gruß mir mein Dienst erringen soll. Dich meine ich, edles Fräulein, denn du schenkst mir trostreich wahren Trost. Wir lieben einander, und im Wissen unsrer Liebe wurzelt die Stärke meines Glücks. Dein Trost bedeutet mir mehr als jeder andre Trost, ist mir doch dein Herz in Treue ergeben. Du bist das Schloß vor der Tür meiner Treue, vor dir flieht das Leid aus meinem Herzen. Deine Liebe ist mir Hilfe und Rat zugleich, so daß ich keine Missetat begehen kann. Ich weiß, daß du nie schwankst in deiner immerwährenden Güte. Wie sich Südpol und Nordpol unverrückbar gegenüberstehen, so soll auch unsre Liebe Bestand haben und niemals wanken. Edle Jungfrau, gedenke meiner Not, die ich dir geklagt habe, und laß mir bald deine Hilfe zuteil werden. Haßt mich jemand so sehr, daß er uns trennen will, dann denke stets daran, daß uns die Liebe am Ende den Lohn nicht verweigern wird. Wahre die Ehre edler Frauen und laß mich dein ergebener Diener sein, der dir nach besten Kräften immer dienen wird.‹

Artus sprach: »Du hast recht, meine Nichte. Der

König umwirbt dich aufrichtig. Aus diesem Brief erfahre ich vom Wunder einer beispiellosen Liebe. Ihr sollt gegenseitig eure Liebesqualen enden. Überlaßt die Angelegenheit nur mir. Ich werde den Kampf schon zu verhindern wissen. Du darfst aber nicht mehr weinen! Erkläre mir lieber, wie es zuging, daß ihr einander liebgewannt, obwohl man dich gefangenhielt! Du sollst ihm den Liebeslohn, um den er dient, gewähren dürfen!«

Artus' Nichte Itonje sprach: »Die uns zusammenbrachte, ist ganz in der Nähe. Wir haben meinen Liebesbund aber beide geheimgehalten. Wenn Ihr wollt, führt sie den Mann meines Herzens hierher zu mir.«

Artus sagte darauf: »Zeig sie mir! Ich will nach besten Kräften dafür sorgen, daß alles nach deinem und seinem Wunsche geht und ihr beide glücklich werdet.«

Itonje antwortete: »Bene ist's! Aber es sind auch zwei seiner Knappen hier. Liegt Euch an meinem Leben, dann sucht zu erfahren, ob mich der König, der mein ganzes Glück ist, sehen will.«

Artus, der welterfahrene und feingebildete Edelmann, ging hinaus zu den Pagen und begrüßte sie. Einer von ihnen nahm nun das Wort: »Herr, König Gramoflanz läßt Euch bitten, daß Ihr um Eurer eignen Ehre willen auf die Erfüllung dessen dringt, was er und Gawan miteinander abgesprochen haben. Er bittet ferner darum, daß kein anderer zum Kampf gegen ihn antritt. Euer Heer ist so gewaltig, daß es unbillig wäre, wenn er alle Eure Ritter niederzwingen müßte. Ihr sollt Gawan senden, denn nur mit ihm wurde der Kampf vereinbart.«

Der König antwortete den Edelknaben: »Ich will

uns von diesem Verdacht befreien. Es hat meinen Neffen Gawan sehr verdrossen, daß nicht er es war, der mit Gramoflanz kämpfte. Dem Gegner Eures Herrn gebührte heute der Sieg zu Recht; es war Gachmurets Sohn. Alle Ritter der hier versammelten Heere haben solch tapferen, streitbaren Helden noch nie gesehen. Der Mann, der heute wieder Heldenruhm errang, ist mein Neffe Parzival! Ihr sollt den Unübertrefflichen mit eignen Augen sehen. Von Gawans Versprechen gebunden, werde ich Eures Herrn Wunsch erfüllen.«

Artus, Bene und die beiden Knappen ritten nun kreuz und quer durchs Lager, wobei Artus die Pagen viele schöne Damen und manch prächtigen Helmschmuck bewundern ließ. Noch heute stünde einem mächtigen Herrn solche Leutseligkeit nicht übel an. Nirgends saßen sie ab, vielmehr gab Artus den Pagen Gelegenheit, die Edlen seines Heers zu sehen, Ritter, Jungfrauen und Frauen, allesamt von großer Schönheit: den Pagen schien es wie ein Wunschbild. Das Heer bestand aus drei Abteilungen, deren Lager gesondert voneinander aufgeschlagen waren. Schließlich ließ Artus die Lager hinter sich und begleitete die beiden Edelknaben bis zum Wiesenplan. Dort sprach er: »Liebe Bene, du hast die Klagen meiner Nichte Itonje gehört, die ihren Tränen noch immer nicht Einhalt gebieten kann. Meine Freunde hier mögen versichert sein: Itonjes Liebe zu Gramoflanz ließ ihre strahlende Schönheit fast erlöschen. Nun helft mir, ihr beiden, und auch du, liebe Freundin Bene: Bringt es zuwege, daß der König ungeachtet des morgigen Kampfes noch heute zu mir kommt. Ich werde meinen Neffen Gawan selbst auf die Wiese bringen.

Kommt der König heute in mein Heerlager, so wird er morgen nur wehrhafter sein, denn die Liebe gibt ihm einen Schild, der seinem Gegner zu schaffen machen wird. Sie wird seinen Mut beflügeln zum Schrecken seiner Feinde. Er soll sich von erfahrenen Höflingen begleiten lassen, denn ich möchte zwischen ihm und der Herzogin gütlich vermitteln. Dies sagt ihm, meine Freunde; und seid gewandt, dann bringt's euch Ehre. Laßt mich alles, was mich bedrückt, von der Seele reden: Was habe ich unglückseliger Mann König Gramoflanz getan, daß er meinem Geschlecht leichten Herzens Liebe und Haß zugleich erweist? Als König steht er mir doch gleich und sollte mich eher schonen. Bringt er aber dem Bruder seiner Geliebten Feindschaft entgegen, so weicht sein Herz, bedenkt er's recht, vom Weg der Liebe ab, wenn es ihn solche Haltung lehrt.«

Einer der Pagen sprach zum König: »Herr, sicher muß unser Herrscher vermeiden, was Euch Ungemach bereitet; das ist ein Gebot der Höflichkeit. Doch Ihr wißt wohl um die Feindschaft; daher ist es besser für meinen Herrn, im eignen Lager zu bleiben, statt zu Euch zu reiten: Die Herzogin ist ihm unverändert feind und hat bei vielen Klage über ihn geführt.«

»Er soll unbesorgt mit seinem engsten Gefolge kommen«, sprach Artus. »Inzwischen will ich bei der edlen Herzogin eine Friedenszusicherung erwirken und ihm auch ein gutes Geleit stellen: auf halbem Wege nimmt ihn mein Neffe Beacurs in Empfang. Unter der Obhut meines Geleits soll er zu mir kommen, ohne daß er sich dessen zu schämen braucht, und edle Herren wird er bei mir kennenlernen.«

Die Pagen nahmen Abschied und ritten mit Bene davon: Artus blieb allein auf der Wiese zurück. Bene und die zwei Pagen ritten durch Rosche Sabbins, denn das Heer lag jenseits der Stadt. Als Bene und die Pagen dann vor dem König berichtet hatten, war Gramoflanz so glücklich wie nie zuvor. Ihm war zumute, als habe das Glück persönlich solche Botschaft für ihn ausgedacht. Er sagte, er wolle gern kommen, und wählte seine Begleiter aus: drei seiner Landesfürsten sollten in seinem Gefolge reiten; ebenso verfuhr sein Oheim, der König Brandelidelin; Bernout von Riviers und Affinamus von Clitiers bestimmten je einen Gefährten, der ihnen für dieses Vorhaben geeignet schien: insgesamt waren es zwölf Ritter, die Gramoflanz begleiteten, dazu Edelknaben und kräftige Fußknechte in großer Zahl. Wie die Ritter gekleidet waren? Sie trugen Seide, die von schwerer Goldstikkerei nur so gleißte. Gramoflanz nahm auch seinen Falkner mit, als ob er auf die Beizjagd ginge.

Wie versprochen, hatte Artus dem König auf halbem Wege den schönen Beacurs zum Geleit entgegengesandt. Über das weite Gefilde, durch die Furten von Teichen und Bächen zog der König auf die Beizjagd, bei der es diesmal aber um andre Beute ging: um die Liebe! Auf halbem Wege also bereitete Beacurs dem König einen herzlichen Empfang. Beacurs seinerseits wurde von mehr als fünfzig Pagen begleitet, deren strahlende Schönheit ihre vornehme Abkunft verriet. Es waren junge Herzöge und Grafen, dazu etliche Königssöhne. Die Edelknaben beider Seiten begrüßten einander mit aufrichtiger Herzlichkeit. Als dem König auffiel, wie ungewöhnlich schön Beacurs war, erkundigte er sich sogleich bei

Bene nach ihm, und sie sagte, wer der schöne Ritter sei: »Es ist Beacurs, Lots Sohn.« Da dachte Gramoflanz: ›Herz, nun suche die Frau, die diesem anmutigen Reiter gleicht. Es ist ja seine leibliche Schwester, die mir ihren Sperber und einen Hut aus Sinzester sandte. Schenkt sie mir auch jetzt noch ihre Zuneigung, gäbe ich alle Schätze der Welt für sie, und wäre die Erde noch einmal so groß! Sie wird mich sicher nicht enttäuschen, komme ich doch im Vertrauen auf ihre Huld hierher. Sie hat mich stets ermutigt in meiner Neigung und wird mich gewiß glücklicher machen als je zuvor!‹ Doch jetzt ergriff Itonjes schöner Bruder anmutig seine Hand und führte ihn davon.

Inzwischen war folgendes geschehen: Artus hatte in seinem Lager von der Herzogin die Friedenszusicherung erhalten, war sie doch für den Verlust des vorher so bitter beklagten Cidegast durch Gawans Liebe reichlich entschädigt worden. Ihr Zorn war fast verraucht. In Gawans Umarmung war sie zu neuem Leben erwacht, so daß alle Rachegedanken allmählich verflogen. Der Bretone Artus versammelte nun einhundert edle, schöne, vornehme Damen in einem besonderen Zelt; es waren Jungfrauen und Frauen von großem Liebreiz. Itonje, die unter ihnen weilte, sah der bevorstehenden Begegnung mit dem König in froher Erwartung entgegen. Tiefe, gleichbleibende Freude erfüllte sie, doch an ihren Augen konnte man erkennen, wie sehr Sehnsucht sie peinigte. Auch viele schöne Ritter saßen bei den Damen, doch der edle Parzival ließ die Schönheit aller anderen verblassen. Jetzt ritt Gramoflanz auf das Zelt zu. Der unerschrockene König trug ein goldbesticktes, schon von fern funkelndes Seidengewand aus Sampfassasche.

Die Ankömmlinge sprangen von den Pferden. Zahlreiche Pagen eilten König Gramoflanz voran und drängten sich ins Zelt. Die Kämmerer waren bemüht, eine breite Bahn bis zur Königin der Bretonen frei zu halten. Noch vor Gramoflanz betrat sein Oheim Brandelidelin das Zelt, wo ihn Ginover mit einem Kuß begrüßte. König Gramoflanz, Bernout und Affinamus wurden von ihr in gleicher Weise empfangen. Dann sprach Artus zu Gramoflanz: »Bevor Ihr Platz nehmt, seht Euch erst einmal um; vielleicht läßt der Anblick einer dieser Damen Euer Herz höher schlagen. Euch und ihr sei der Begrüßungskuß erlaubt.«

Ein Brief, auf freiem Feld gelesen, hatte Gramoflanz seine Geliebte beschrieben. Er hatte ja von Angesicht zu Angesicht den Bruder der Frau gesehen, die ihn insgeheim mehr als alles in der Welt liebte. So erkannte er in überschäumendem Glück Itonje, und da Artus ihnen den Begrüßungskuß gestattet hatte, küßte er sie auf den Mund.

König Brandelidelin nahm bei Königin Ginover Platz, während sich König Gramoflanz neben Itonje setzte, deren liebliches Antlitz noch Tränen zeigte. Tränen waren bisher der einzige Lohn ihrer Liebe gewesen. Wollte Gramoflanz sie nicht grundlos kränken, so mußte er nun sprechen und ihr seine Liebe gestehen, und sie ihrerseits hätte ihm für sein Kommen danken müssen. Doch niemand hörte, was sie einander zu sagen hatten. Sie sahen einander nur glücklich an. Habe ich einst diese Sprache erlernt, so werde ich ganz genau wissen, was sie einander anvertrauten, ob es nein hieß oder ja.

»Ihr habt meiner Gattin jetzt genug Artigkeiten gesagt!« sprach Artus zu Brandelidelin und führte den tapferen Helden ein kurzes Stück über den Lagerplatz zu einem kleineren Zelt. Gramoflanz und seine Gefährten respektierten den Wunsch des Artus und blieben ruhig im Zelte sitzen. Die bezaubernde Schönheit der Damen ließ die Ritter auch gar keinen Verdruß darüber fühlen. Sie hatten viel Kurzweil miteinander, wie sie sich jeder Mann gern gefallen läßt, der nach schweren Tagen die Freude sucht. Vor der Königin wurde der Willkommenstrunk aufgetragen. Je fleißiger Ritter und Damen ihm zusprachen, um so schöner blühten ihre Wangen auf. Auch Artus und Brandelidelin brachte man einen Erfrischungstrunk. Nachdem der Mundschenk das Zelt verlassen hatte, begann Artus: »Herr König, nehmt einmal an, Euer königlicher Neffe hätte mir meinen Neffen erschlagen und wollte danach meiner Nichte – jener Jungfrau, die wir an seiner Seite zurückließen und die ihm dort ihren Liebesschmerz gesteht – seine Liebe antragen. Wäre sie halbwegs bei Verstande, könnte sie ihn nach dieser Tat niemals lieben; sie würde ihn vielmehr so verabscheuen, daß der König in seinen Erwartungen arg enttäuscht wäre. Wo Haß die Liebe verdrängt, raubt er dem treuen Herzen alles Glück.«

Der König von Punturtoys antwortete dem Bretonen Artus: »Herr, die beiden verfeindeten Männer sind unsere Geschwisterkinder. Laßt uns also gemeinsam den Kampf verhindern, was nur zur Folge haben kann, daß beide einander von Herzen liebgewinnen. Eure Nichte Itonje soll von meinem Neffen fordern, er möge auf den Kampf verzichten, wenn er nach ihrer Liebe strebt. Auf diese Weise wird der gefährliche Zweikampf verhindert. Ihr aber setzt Euch dafür ein, daß die Herzogin meinem Neffen wieder ihre Huld schenkt.«

Artus sprach darauf: »Das will ich tun. Mein Neffe Gawan bringt sie wohl dahin, daß sie als wohlerzogene Dame ihm und mir das Vergeltungsrecht überläßt. Sorgt Ihr bei Gramoflanz für Friedensbereitschaft.«

»Das will ich tun«, versicherte Brandelidelin. Damit kehrten beide ins große Zelt zurück.

Der König von Punturtoys nahm wieder neben der edlen Ginover Platz, an deren andrer Seite Parzival saß. Er war so wunderschön, daß niemand einen schöneren Mann je sah. Artus aber begab sich zu seinem Neffen Gawan. Der hatte bereits erfahren, daß König Gramoflanz gekommen sei, und als er hörte, König Artus sitze vor seinem Zelt ab, eilte er ihm rasch auf dem Vorplatz entgegen. Gemeinsam brachten sie's zustande, daß die Herzogin einer Aussöhnung zustimmte, aber nur unter folgenden Bedingungen: Sie wolle sich mit ihrem Feind versöhnen, wenn Gawan, ihr Geliebter, ihretwegen auf den Kampf verzichte, auch müsse König Gramoflanz die Beschuldigung gegen ihren Schwiegervater Lot zurücknehmen. Diese Entscheidung ließ sie durch Artus überbringen, und der lebenserfahrene, vornehme Artus richtete die Botschaft aus. So mußte König Gramoflanz darauf verzichten, den Kranzraub zu vergelten, und beim Anblick der lieblichen Itonje schmolz sein Haß gegen Lot von Norwegen dahin wie Schnee in der Sonne. Solange er an ihrer Seite saß, gab er all ihren Bitten nach. Jetzt erst nahte Gawan mit einem Gefolge stattlicher Ritter, deren Namen und Herkunft ich im einzelnen nicht nennen mag. Hier machte jedenfalls Freude alles Leid vergessen.

An Gawans Seite erschien die stolze Orgeluse, begleitet von edlen Rittern und von einer Schar aus Clinschors Heer. Vom Zelt des Artus wurden die Wände entfernt, nur das Dach blieb stehen. Schon vorher hatte Artus die gütige Arnive, Sangive und Cundrie gebeten, an der Sühneversammlung teilzunehmen. Wem das belanglos scheint, mag für bedeutsam halten, was er will. Gawans Gefährte Jofreit führte die schöne Herzogin an seiner Hand zum Zelt, die aber höflich die drei Königinnen vorgehen ließ. Alle drei küßten Brandelidelin zur Begrüßung, auch Orgeluse hieß ihn mit einem Kuß willkommen. Im Vertrauen auf Versöhnung und Gnade trat nun Gramoflanz auf Orgeluse zu, und wirklich gewährte ihr süßer roter Mund dem König den Versöhnungskuß, obwohl Orgeluse den Tränen nahe war, denn sie mußte wieder an den toten Cidegast denken. Noch immer fühlte sie als Frau den Schmerz der Trauer, und ihr mögt das als Beweis der Treue nehmen.

Auch Gawan und Gramoflanz besiegelten ihre Versöhnung mit einem Kuß, und Artus gab Gramoflanz Itonjes Hand zu rechtem ehelichem Bunde. Lange genug hatte er darum dienen müssen. Als dies geschah, war Bene von Herzen froh. Lischoys, der Herzog von Gowerzin, wurde mit Cundrie verbunden, nach der er sich in Liebe verzehrt hatte. Sein Leben war freudeleer, bis ihm die edle Cundrie ihre Liebe schenkte. Dem Turkoyten Florand schlug Artus vor, Sangive, die Witwe König Lots, zur Frau zu nehmen, und der Fürst war mit Freuden einverstanden, denn ein Geschenk wie Sangive war wohl der

Liebe wert. Artus zeigte sich an diesem Tage recht freigebig im Verschenken von Edelfrauen, er konnte sich gar nicht genug tun, doch war zuvor das Für und Wider der Verbindungen gewissenhaft beraten worden.

Als das beendet war, erklärte die Herzogin, durch seine ruhmreichen Taten habe Gawan ihre Liebe verdient und solle fortan ihr und ihres Reiches Herr sein. Bei diesen Worten wurde vielen Rittern schwer ums Herz, die ja manche Lanze zerbrochen hatten, um ihre Liebe zu gewinnen.

Gawan und seine Gefährten, Arnive und die Herzogin, viele schöne Damen, auch der edle Parzival, Sangive und Cundrie nahmen jetzt Abschied, während Itonje bei Artus blieb. Nun möge niemand etwa behaupten, schon ein prächtigeres Hochzeitsfest gesehen zu haben! Ginover trug Sorge für Itonje und ihren Geliebten, den edlen König, der vordem, aus Liebe zu Itonje, in ritterlichen Kämpfen manchen ruhmreichen Sieg errungen hatte. Es ritten aber viele zu ihren Zelten zurück, denen die Liebe zu einer edlen Frau nur Leid gebracht hatte. Über ihre Abendmahlzeit wollen wir nicht viele Worte verlieren. Wer jedoch einer edlen Frau in Liebe verbunden war, wünschte sicherlich rasch die Nacht herbei.

Vom Wunsch nach stolzem Glanz getrieben, befahl König Gramoflanz seinen Leuten bei Rosche Sabbins, das Lager am Meer sofort abzubrechen und noch vor Tagesanbruch mit dem ganzen Heer herbeizueilen. Sein Marschall sollte einen geeigneten Lagerplatz für das Heer vorbereiten. »Für mich richtet alles aufs prächtigste her, und jeder Fürst soll einen eignen Zeltring haben!« Er wollte seinen ganzen Reichtum zeigen, und obwohl die Nacht bereits herniedersank, machten sich die Boten auf den Weg. Im Lager sah man aber auch manch tiefbetrübten Ritter, der von einer Frau enttäuscht worden war. Wer vergebens dient und keinen Lohn findet, der ist natürlich traurig, es sei denn, eine Frau schenkt ihm Trost.

Auch Parzival dachte an seine wunderschöne Gattin, an ihre Reinheit und ihren Liebreiz. Ob er sich zu keiner anderen hingezogen fühlte, ihr Ritterdienst für Liebeslohn bot und seiner Frau untreu wurde? O nein, von solcher Liebe hält er nichts! Sein mannhaftes Herz und sein ganzes Wesen waren ganz und gar durchdrungen von fester Treue. Wahrhaftig, keine andere als Königin Condwiramurs, die herrliche, schöne Blüte der Frauen, konnte seine Liebe gewinnen. Er dachte: ›Wie hat die Liebe mich behandelt, seit ich etwas davon weiß! Und ich entstamme doch einem Geschlecht, das der Liebe dient. Wie konnte ich also ganz ohne Liebe leben? Während ich den Gral suche, verzehre ich mich in Sehnsucht nach der zärtlichen Umarmung meiner Frau, von der ich viel zu lange schon getrennt bin. Soll ich das Glück anderer vor Augen haben und selbst im Herzen Trauer fühlen, so paßt das nicht zusammen. Bei solchem Mißverhältnis faßt niemand frohen Mut. Das Glück möge mir raten, was das beste für mich ist!‹ Als er seine Rüstung vor sich sah, überlegte er weiter: ›Da ich entbehre, was die Glücklichen besitzen – ich meine die Liebe, die so manches traurige Herz wieder froh macht –, da ich also keinen Anteil an diesem Glück habe, kümmert mich nicht, was mir geschieht. Gott will nicht, daß ich glücklich bin. Könnte ich oder die Frau, nach der ich heiß verlange, unsere

Liebe durch Wankelmut zerstören, dann könnte ich vielleicht eine andre lieben. Doch die Liebe zu ihr hat jeden Gedanken an andre Liebe in mir ausgelöscht, ohne mir Trost und Glück zu schenken. Ich bin tief in Trauer versunken. Möge das Glück allen Freude schenken, die nach wahrer Freude verlangen! Gott gebe allen hier nur Freude! Ich aber will den Kreis der Glücklichen verlassen.‹ Er griff nach seiner Rüstung, die er schon oft ohne Hilfe angelegt hatte, und wappnete sich hastig, denn es treibt ihn neuen Gefahren entgegen. Als er, der die Freude flieht, sich gewappnet hatte, sattelte er eigenhändig sein Pferd. Auch Schild und Lanze fand er bereit. Am Morgen wurde sein Aufbruch sehr bedauert. Als er von dannen schied, begann's zu tagen.

FÜNFZEHNTES BUCH

Sicher war mancher verärgert darüber, daß ihm etwas in dieser Geschichte bisher vorenthalten wurde, und der eine oder andere mag vergeblich gefragt haben. Ich will's nicht länger verschweigen und euch den Ausgang verraten, den ich allein weiß. Ihr wollt sicher erfahren, wie der liebenswürdige, freundliche Anfortas endlich von seinen Leiden erlöst wurde. In der Geschichte wird aber zunächst davon erzählt, daß die Königin von Pelrapeire ihr reines Frauenherz bewahrte, bis sie für diese Treue belohnt wurde, denn es brach schließlich eine Zeit höchsten Glückes für sie an. Dafür wird Parzival sorgen, und wenn mich meine Kunst nicht im Stich läßt, werde ich noch ausführlich davon berichten. Nun geht's aber erst einmal darum, neue Mühsal zu schildern, die er erdulden mußte. Gegen diese Prüfung waren seine bisherigen Kämpfe ein Kinderspiel. Könnte ich den Gang der Erzählung ändern, wollte ich ihm dies Wagnis gern ersparen, das auch mich nicht ohne Bangen läßt. Ich muß sein Glück und sein Geschick einzig seinem Herzen anvertrauen, das kühn, rein und unerschrocken war. Es soll ihm die Stärke geben, sein Leben zu schützen. Ihm ist bestimmt, bei seiner unverzagten Fahrt auf einen wahren Meister im Kampf zu treffen. Dieser vollendete Ritter war ein Heide und hatte noch nie vom Christentum gehört.

Parzival ritt in raschem Trab auf einen großen Wald zu und begegnete auf einer Lichtung einem reichen Fremdling. Es schiene mir ein Wunder, könnte ich armer Schlucker euch den ganzen Reichtum beschreiben, den der Heide allein an seiner Rüstung trug. Mehr als genug gäb's aufzuzählen, und immer wär's noch nicht genug; so will ich lieber die Kostbarkeiten gar nicht schildern. Alles, was König Artus in der Bretagne und in England besaß, hätte die edlen, reinen Steine nicht aufgewogen, die den Waffenrock des Heiden zierten und über alle Maßen kostbar machten. Mit Rubinen und Chalzedonen war der Waffenrock nicht zu bezahlen; er schimmerte und gleißte, hatten ihn doch Salamander im Berge Agremontin in Feuersglut gewebt. Herrliche Edelsteine, hell und dunkel, deren Eigenschaften ich gar nicht schildern kann, zierten den Stoff. Der Träger des Waffenrocks strebte nach Liebe und Heldenruhm, denn fast alle kostbaren Dinge, die ihn schmückten, hatte er von Frauen erhalten. Ein stolzes Hochgefühl, wie's die Liebe Liebenden verleiht, erfüllte sein Herz. Als Zeichen seiner ruhmvollen Taten trug er auf dem Helm ein Ecidemon, ein Tierlein, das allen Giftschlangen den Tod bringt. Solch herrliche Seide, wie sie seinem Pferd als Decke diente, gab es weder in Thopedissimonte und Assigarzionte noch in Thasme und Arabie. Der ungetaufte Edelmann kämpfte um den Liebeslohn einer Frau; daher also sein prächtiger Aufzug. Sein hochgestimmtes Herz trieb ihn dazu, um die Liebe einer edlen Frau zu ringen. Der wehrhafte Jüngling war in einem natürlichen Hafen nahe beim Wald vor Anker gegangen. Fünfundzwanzig Heerscharen, von denen nicht zwei dieselbe Sprache hatten, gaben Zeugnis von seiner Macht, denn ihm waren wirklich fünfundzwanzig Länder untertan, bewohnt von unterschiedlichen Mohren und Sarazenen. In seinem Heer, das Streiter aus fernen Ländern vereinigte, gab es manche merkwürdige Waffen zu sehen. Ohne Begleitung war er aufgebrochen und plan- und ziellos in den Wald geritten, um vielleicht gar ein Abenteuer zu erleben. Da beide Könige sich diese Freiheit genommen haben, muß ich sie reiten und ganz allein um Siegesruhm kämpfen lassen. Ohne Begleitung war Parzival allerdings doch nicht: mit ihm war sein hoher Mut, der ihn so mannhaft streiten läßt, daß alle Frauen sein Lob verkünden müßten, wenn sie nicht leichtfertig die Unwahrheit behaupten wollen. Hier werden zwei Männer miteinander kämpfen, Lämmer an Lauterkeit und Löwen an Kühnheit zugleich. Ach, ist die Erde nicht groß genug? Warum mußten die beiden Helden einander treffen und ohne jeden Grund den Kampf beginnen? Ich müßte eigentlich um Parzival in Sorge sein, doch vertraue ich darauf, daß ihn die Macht des Grals und die Liebe bewahren werden; denn beiden hat er unermüdlich mit aller Kraft gedient.

Mein dichterisches Können reicht nicht aus, um diesen Kampf im einzelnen zu schildern. Beider Augen blitzten, als sie einander sahen, doch wenn jetzt ihre Herzen höher schlugen, so war die Trauer auch nicht weit. Jeder der treuen, aufrechten Männer trug nämlich das Herz des andern in der Brust; sie standen einander nahe, auch wenn sich beide fremd waren. Nur dadurch, daß sie einander feindlich gegenübertreten, kann ich den Heiden vom Christen unterscheiden. Ihren feindlichen Zusammenstoß sollten alle edel gesinnten Frauen beklagen, denn beide setzten um der Geliebten willen Leib und Leben ein. Möge ein gütiges Geschick den Kampf enden und dem Tod wehren!

Der junge Löwe wird von seiner Mutter tot geboren und erst durch das Gebrüll des Vaters lebendig. An der Wiege dieser zwei hatten der Schlachtenlärm und der Siegesruhm zahlreicher Lanzenkämpfe Pate gestanden. Wenn sie in den Kampf gingen, konnte man sicher sein, daß zahlreiche Lanzen splitterten. Beide trafen alle Vorbereitungen: sie setzten sich im Sattel fest zurecht, wendeten zum Anlauf und gaben den Pferden die Sporen. Sie ließen die Zügel schießen, nahmen sie dann kürzer und faßten einander ins Auge. Bei diesem Kampf zerfetzten die starken Lanzen, ohne sich zu biegen, den Halsschutz beider, und dann wirbelten die Splitter nur so durch die Luft. Den Heiden packte heller Zorn, daß sein Gegner im Sattel geblieben war; das war noch keinem Mann gelungen, gegen den er angetreten war. Ob sie auch mit den Schwertern kämpften? Gewiß, schnell waren die scharfen Klingen zur Hand, und beide zeigten ihre Kunst und ihre Tapferkeit! Dem Tierlein Ecidemon wurde manche Wunde geschlagen, der Helm darunter mußte das beklagen. Die Pferde waren bald schweißbedeckt und müde, doch beide Ritter suchten einander mit immer neuen Schwenkungen beizukommen. Schließlich sprangen sie von den Rossen, und nun begannen die Schwerter erst richtig zu klingen.

Der Heide setzte dem Christen tüchtig zu.

»Thasme!« war sein Schlachtruf, und schrie er »Tabronit!«, dann trat er jedesmal einen Schritt vor. Doch auch der Christ zeigte sich im raschen Hin und Her des Kampfgetümmels als wehrhafter Streiter. Nun ist das Geschehen bis zu einem Punkt gelangt, da ich nicht länger schweigen kann; ich muß ihren Zweikampf von Herzen beklagen, denn es waren zwei Männer von gleichem Fleisch und Blut, die einander in Bedrängnis brachten. Beide waren Söhne eines Mannes, und dieser Mann war ein Fels reinster Treue. Der Heide diente beharrlich um Liebeslohn, und das stärkte sein Herz auch für den Kampf. Er stritt um Heldenruhm im Dienste der Königin Secundille, die ihm das Reich Tribalibot geschenkt hatte. Sie war sein Schild in den Gefahren des Kampfes, und der Gedanke an seine Geliebte mehrte die Kraft des Heiden. Doch was fange ich nun mit dem Christen an? Wenn er sich nicht auf die Macht der Liebe besinnt, bringt ihm in diesem Kampfe die Hand des Heiden unfehlbar den Tod. Verhüte das, allgewaltiger Gral, und du, bezaubernde Condwiramurs! Der Mann, der euch beiden dient, muß seine schwerste Prüfung bestehen. Die Schwerthiebe des Heiden fielen mit ungeheurer Wucht, und mancher Schlag war so kraftvoll, daß er Parzival in die Knie zwang. Man kann schon sagen, daß sich beide einen harten Kampf lieferten, wenn man in diesem Fall überhaupt von zwei Kämpfern sprechen will. Im Grunde waren sie nämlich eins und untrennbar, mein Bruder und ich sind ebenso untrennbar eins wie Mann und Frau.

Der Heide brachte den Christen in schwere Bedrängnis. Sein Schild war aus Asbestholz, das weder fault noch brennt. Ihr könnt versichert sein, die Frau, die ihm diesen Schild schenkte, liebte ihn von ganzem Herzen. Mit vielfarbigen Edelsteinen war die Einfassung des Schildbuckels umkränzt, um Bewunderung zu erregen: Türkise, Chrysoprase, Smaragde und Rubine waren zu sehen. Auf dem Schildbuckel selbst prangte ein Edelstein, der bei den Heiden Antrax heißt, während er bei uns als Karfunkel bekannt ist. Die Königin Secundille, deren Neigung sein ganzes Sinnen und Trachten galt, hatte ihm als Liebesgeleit das hilfreiche Tierlein Ecidemon zum Wappenzeichen bestimmt, das er nach ihrem besonderen Wunsche trug.

Es kämpfte dort der Treue Lauterkeit: Treue stritt gegen Treue. Aus Liebe setzten beide ihr Leben ein, auf daß der Kampf sein Urteil spreche, und jeder bürgte mit seiner Hand dafür. Der Christ vertraute auf Gott, hatte ihm doch Trevrizent beim Abschied eindringlich geraten, dessen Hilfe zu erflehen, der in der Not zu helfen weiß.

Der Heide aber besaß ungeheure Kräfte. Schrie er »Tabronit!« – so hieß das Land am Kaukasus, wo Königin Secundille lebte –, so beflügelte ihn neuer Mut, und er stürzte sich auf den, der vor solch übermäßig schwerem Kampf bisher bewahrt geblieben war und keine Niederlagen kannte, es sei denn, andere erlitten sie. Beide fochten nach allen Regeln der Kunst; ihre Schwerter durchschnitten die Luft mit gefährlichem Sausen und ließen feurige Funken von den Helmen sprühen. Gott behüte die Söhne Gachmurets! Dieser Wunsch gilt beiden, dem Christen wie dem Heiden, sind sie doch, wie schon gesagt, im Grunde eins. Und beide schlössen sich wohl diesem Wunsche an, kennten sie einander nur schon besser.

Sie hätten dann solch hohes Pfand nicht eingesetzt, denn in diesem Kampf ging's um nicht weniger als um Freude, Glück und Ehre zugleich. Wer immer hier den Sieg erringt, hat, wenn ihm die Treue etwas gilt, alle Freuden dieser Welt verspielt und ewiges Herzeleid gewonnen.

Was zögerst du, Parzival? Willst du dein Leben retten, mußt du an deine reine, schöne Gattin denken! Der Heide hatte zwei Helfer, die seine Heldenkraft stets erneuerten: der eine war die Liebe, die sein Herz erfüllte, der andre war die Macht der Edelsteine, deren edle, hilfreiche Eigenschaften seinen Mut stählten und seine Kräfte wachsen ließen. Mich bekümmert, daß der Christ unter dem Ansturm und den kräftigen Hieben des Gegners immer mehr ermattet. Können dir, streitkühner Parzival, nicht einmal Condwiramurs und der Gral im Kampfe beistehen, so sollte dich der Gedanke an die schönen, lieben Knaben Kardeiz und Loherangrin anspornen; sie dürfen nicht so früh schon Waisen werden! Beide hatte Condwiramurs empfangen, als sie das letzte Mal in seinen Armen lag. Kinder einer reinen Liebe sind des Mannes höchstes Glück.

Die Kräfte des Christen wuchsen. Es war auch wirklich hohe Zeit, daß er seine Gedanken auf seine königliche Gattin und ihre köstliche Liebe richtete, die er vor Pelrapeire im Kampf mit Clamide einst errungen hatte, als die Schwerter ihr wirbelndes Spiel begannen und Funken von den Helmen sprühen ließen.

»Tabronit!« und »Thasme!« wurden nun aufgewogen durch einen Gegenruf, denn »Pelrapeire!« rief jetzt Parzival. Im rechten Augenblick nahm Condwiramurs ihren Mann über vier Königreiche hinweg mit der Macht der Liebe in Schutz. Jetzt flogen Späne vom Schild des Heiden, die wohl etliche hundert Mark bedeuteten, doch bei einem gewaltigen Schlag auf dessen Helm zersprang das starke Schwert von Gaheviez. Der wuchtige Hieb ließ den tapferen, mächtigen Fremdling taumeln und in die Knie brechen, doch wollte Gott nicht, daß die Waffe, die Parzival in seiner Einfalt dem toten Ither geraubt hatte, ihrem Träger weiter diente. Der Heide, den noch nie ein Schwerthieb zu Boden gezwungen hatte, sprang rasch wieder auf. Noch war der Kampf nicht entschieden: Gott allein konnte das Urteil sprechen und ihren Tod verhüten.

Der hochgesinnte Heide sprach nun seinen Gegner höflich auf französisch an, das er, wenn auch mit arabischem Akzent, recht gut beherrschte: »Tapferer Ritter, du müßtest nun ohne Schwert weiterkämpfen. Ein solcher Kampf jedoch verspricht keinen Ruhm! Halt ein, tapferer Held, und sag mir, wer du bist. Wahrhaftig, du hättest mich, den Unbesiegten, am Ende noch besiegt, wäre nicht dein Schwert zersprungen! Laß uns Frieden halten, bis wir uns ausgeruht haben.«

Sie setzten sich auf den Rasen. Beide waren tapfere, wohlerzogene Männer in der Blüte ihrer Jahre, weder zu alt noch zu jung zu ritterlichem Kampfe. Der Heide sprach zum Christen: »Glaube mir, Held, ich habe zeit meines Lebens keinen kennengelernt, dem der Ruhm, den man im Kampf erringen soll, eher gebührt! Nenne mir bitte deinen Namen und dein Geschlecht! Die Bekanntschaft mit solch tapfrem Mann ist allein die ganze Reise wert!«

Da sprach Herzeloydes Sohn: »Soll ich aus Furcht Antwort geben, so darf es niemand von mir erwarten. Soll ich mich einem Zwange beugen?«

Der Heide aus Thasme erwiderte: »Dann will ich meinen Namen zuerst nennen und die Gefahr der Mißdeutung auf mich nehmen. Ich bin Feirefiz von Anjou, ein mächtiger Herrscher, dem viele Reiche tributpflichtig sind.«

Als Parzival dies vernommen, sagte er zum Heiden: »Mit welchem Recht nennt Ihr Euch Herr von Anjou? Anjou ist mein Erbe, mit allen Landstrichen, Burgen und Städten gehört es mir! Herr, ich bitte Euch, wählt einen andern Namen! Es hieße Gewalt, sollte ich mein Reich und meine herrliche Hauptstadt Bealzenan verlieren. Ist einer von uns Herr von Anjou, dann bin allein ich es durch rechtmäßige Geburt! Zwar hat man mir berichtet, im Heidenland lebe ein furchtloser Held, der mit Ritterkraft Liebesgunst und Kampfesruhm in reichem Maße errungen habe. Dieser unter den Heiden weit und breit berühmte Mann soll mein leiblicher Bruder sein. Herr«, fuhr Parzival fort, »laßt mich Euer Antlitz sehen, damit ich sagen kann, ob Ihr es seid, den man mir beschrieben hat. Schenkt mir Vertrauen und entblößt Euer Haupt! Ihr könnt mir glauben, ich rühre Euch nicht an, bis Euch der Helm wieder schützt.«

Der heidnische Ritter erwiderte gelassen: »Deinen Angriff fürchte ich nicht! Selbst wenn ich völlig ungewappnet wäre, müßtest du unterliegen, denn ich habe noch mein Schwert, während das deine zersprungen ist. All deine Kampfeskünste könnten dich nicht vor dem Tode retten, es sei denn, ich verschone dich. Und ehe du dein Glück im Ringkampf versuchst, durchbohrt dir mein Schwert Harnisch und Brust.« Und dann gab der starke, gewandte Heide ein Beispiel edler, mannhafter Gesinnung. Mit den Worten »Dies Schwert soll keinem von uns gehören!« warf der kühne, verwegene Held sein Schwert weit ins Dickicht des Waldes und sprach darauf: »Soll der Kampf neu beginnen, darf keiner einen Vorteil haben!« Der mächtige Feirefiz fuhr fort: »Held, hast du tatsächlich einen Bruder, dann sage mir auf Ehre und Gewissen, wie man dir sein Antlitz beschrieben hat!«

Herzeloydes Sohn erwiderte: »Es soll aussehen wie beschriebenes Pergament, schwarz und weiß gefleckt. So hat ihn Ekuba mir geschildert!«

Froh rief der Heide: »Das bin ich!« Beide rissen gleichzeitig Helme und Kettenhauben herunter, und nun machte Parzival die wertvollste, schönste Entdeckung seines Lebens. Er erkannte den Heiden sofort an dem elsterfarbenen, schwarz-weiß gefleckten Antlitz, und die Brüder setzten ihrer Feindschaft mit einem Kuß ein Ende; denn Freundschaft ziemte ihnen weit besser als Haß. Treue und Liebe endete ihren Streit, und der Heide rief voller Freude: »Wie bin ich glücklich, endlich meinen Bruder zu sehen! All meine Götter seien gepriesen! Vor allem preise ich meine Göttin Juno und meinen mächtigen Gott Jupiter, der mir dieses Glück geschenkt hat! Götter und Göttinnen, eure Allmacht will ich stets und immer liebend verehren! Gepriesen sei auch das Licht des Planeten, in dessen Zeichen ich meine Abenteuerreise unternahm, denn sie hat mich schließlich zu dir geführt, du schrecklicher und doch so liebenswerter Held, dessen Hand mich den Aufbruch fast bereuen ließ! Gepriesen seien die Luft und der Tau, der heute auf mich niedersank! Du edler Schlüssel zur Kammer der Liebe! Wie glücklich kann sich jede Frau schätzen, die dich sehen darf!«

»Ihr redet vortrefflich, und ich selbst wünschte mir von Herzen, noch besser reden zu können. Leider bin ich nicht so gewandt wie Ihr, daß ich Euern Heldenruhm durch Worte mehren könnte. Bei Gott, am guten Willen fehlt es nicht! Mit allen Fasern meines Herzens drängt es mich, ein Loblied Eures Ruhms zu singen, denn ich weiß sehr wohl, daß mich noch nie ein Ritter in solche Bedrängnis brachte wie Ihr!«

Nach diesen Worten Parzivals sprach der mächtige Feirefiz: »Edler Held, du bist ein wahres Meisterwerk Jupiters. Rede mich aber nicht mehr mit dem fremden ›Ihr‹ an; wir haben doch denselben Vater.« In brüderlicher Zuneigung bat er also Parzival, das ›Ihr‹ zu lassen und ihn zu duzen. Dieser Vorschlag brachte Parzival in Verlegenheit, und er sagte: »Bruder, Ihr seid ebenso gewaltig wie der Baruc und außerdem der Ältere von uns beiden. Ich werde mich bei meiner Jugend und meiner Armut hüten, durch ein unangemessenes ›Du‹ gegen die gute Sitte zu verstoßen.«

Der Heide aus Tribalibot pries wortreich seinen Gott Jupiter und rühmte überschwenglich seine Göttin Juno, daß sie ihn und sein Heer durch ungünstiges Wetter zur Landung genötigt und dadurch ihre Begegnung ermöglicht hatte. Die Brüder ließen sich wieder auf dem Rasen nieder und bezeigten einander viel Hochachtung. Der Heide erklärte: »Ich trete dir zwei mächtige Reiche ab; sie sollen dir fortan untertan sein. Es sind die Reiche Zazamanc und Azagouc, die unser Vater errang, als König Isenhart starb. Er war ein Ritter ohne Furcht und Tadel; allerdings kann ich ihm den Vorwurf nicht ersparen, daß er mich als Waise zurückließ. Mein Groll darüber ist noch nicht vergessen. Seine Gattin, die mich geboren hat, ist nach dem Verlust des Geliebten aus Liebe zu ihm gestorben. Dennoch möchte ich ihn gern kennenlernen. Ich habe nämlich gehört, daß es nie einen bessern Ritter gab. Diese aufwendige Fahrt habe ich nur seinetwegen unternommen.«

Parzival ergriff das Wort: »Auch ich habe ihn nie gesehen, doch man hat mir überall erzählt, daß er großartige Rittertaten vollbrachte, in siegreichen Kämpfen seinen Ruhm vermehrte und sein Ansehen erhöhte. Er war ohne Makel und den Frauen stets zu Diensten. Ist ihnen die Treue nicht Schall und Rauch, so lohnten sie es ohne Hinterlist. Ihn zeichnete aus, was einem Christen noch heute zur Ehre gereicht: unverbrüchliche Treue. Untreue und Verrat waren ihm wesensfremd, sein allzeit treues Herz wies ihm stets den rechten Weg. Das haben mir alle Menschen versichert, die den von Euch gesuchten Mann kannten. Ich glaube, Ihr hättet ihm zu seinen Lebzeiten Eure Hochachtung nicht versagt, denn er hat stets nach Ruhm gestrebt. Doch bei Erfüllung seines Dienstes traf dieses Wunschbild aller Frauen vor Bagdad im Zweikampf auf König Ipomidon. Dort fand sein ruhmreiches Leben um der Liebe willen den Tod. In ehrlichem Zweikampf haben wir den Helden verloren, der uns beide gezeugt hat.«

»Welch unersetzlicher Verlust!« rief der Heide. »Mein Vater ist tot? Nun sind mir Leid und Freude zugleich begegnet; im gleichen Augenblick habe ich Freude verloren und Freude gefunden. Es ist nicht zu bezweifeln, daß wir, unser Vater, du und ich, trotz unsrer Dreiheit im Grunde untrennbar eins waren, und jeder Mensch mit einigem Verstand wird bei ehrlicher Beurteilung zugeben, daß die Blutsbande zwischen Vater und Kindern weit enger sind als alle anderen verwandtschaftlichen Beziehungen. Du hast hier gegen dich selbst gekämpft, und ich bin gegen mich in den Kampf geritten! Mich selber wollte ich erschlagen, doch du hast mutig mein Leben verteidigt. Jupiter, halte dies Wunder fest! Deine Macht stand uns bei und bewahrte uns vor dem Verderben.«

Von Parzival abgewandt, lachte und weinte er. Aus den Augen des Heiden flossen die Tränen wie zu Ehren der Taufe. Die Taufe soll uns ja in erster Linie Treue lehren, denn unser neuer Bund ist nach Christus genannt, und Christus ist die Treue. Der Heide fuhr fort: »Laßt uns nicht länger hier sitzen bleiben! Wir brauchen nur eine kurze Strecke des Weges zu reiten, dann lasse ich das gewaltigste Heer, dem Juno je die Segel geschwellt hat, an Land gehen und das Lager aufschlagen. Du kannst es dann besichtigen, und du darfst versichert sein, ich werde dir ohne Übertreibung zahllose Edelleute vorstellen, die mir untertänig dienen. Komm, reite mit mir zum Landeplatz!«

Parzival aber erwiderte: »Habt Ihr so viel Gewalt über Eure Scharen, daß sie den ganzen Tag oder länger auf Euch warten, ohne sich zu rühren?«

»Sie würden's ohne Murren tun«, erklärte der Heide. »Auch wenn ich ein halbes Jahr fernbliebe, würden sie vom ersten bis zum letzten Mann auf mich warten und es nicht wagen, sich zu entfernen.

Die Schiffe im Hafen sind ausreichend mit Proviant versehen. Weder Pferd noch Mann braucht einen Schritt an Land zu tun, es sei denn, sie benötigen Trinkwasser oder wollen die frische Luft der Wiese genießen.«

Da sprach Parzival zu seinem Bruder: »Wenn's so steht, dann sollt Ihr wunderschöne Damen und zu Eurer großen Freude viele vornehme Ritter aus Eurem edlen Geschlecht kennenlernen. Ganz in der Nähe lagert der Bretone Artus mit zahlreichen Edelleuten; erst heute habe ich mich von ihnen getrennt. Wir werden dort auch einer großen Schar liebreizender, schöner Damen begegnen.«

Als die Rede auf Frauen kam, die der Heide wie sein eignes Leben schätzte, sprach er sofort: »Da führ mich hin! Doch beantworte mir noch folgende Frage: Werden wir bei Artus wirklich unsre Verwandten treffen? Von Artus habe ich sagen hören, er führe ein ruhmreiches Leben und stehe in hohem Ansehen.«

Darauf sagte Parzival: »Wir werden dort wunderschöne Frauen sehen. Unsere Fahrt wird nicht vergeblich sein: Wir finden Edelleute, nahe Verwandte, die vom gleichen Stamme sind wie wir, darunter sogar einige gekrönte Häupter.«

Nun hielt es die beiden nicht länger auf ihrem Platz. Parzival holte das Schwert seines Bruders und stieß es in die Scheide. Vergessen waren alle Feindseligkeiten, in schönster Eintracht ritten die Brüder davon.

Noch ehe sie bei Artus eintrafen, war die Nachricht von ihrem Zusammenstoß im Lager verbreitet worden. An diesem Tag hatte man es im ganzen Heer bedauert, daß der edle Parzival ohne Abschied davongezogen war. Nach Beratung hatte Artus sich dazu entschlossen, acht Tage lang auf Parzival zu warten und den Lagerplatz nicht zu verlassen. Inzwischen war auch das Heer des Gramoflanz eingetroffen, für dessen Lager viele weite Zeltringe abgesteckt und prächtige Zelte aufgeschlagen worden waren, um die stolzen Edelleute alle unterzubringen. Eine angenehmere und fröhlichere Umgebung hätte man den vier Bräuten nicht schaffen können. Da kam aus Schastel marveile ein Bote angeritten und berichtete, man habe auf dem Auslug an der Wundersäule einen Kampf verfolgt, der alles, was Schwerter je vollbrachten, in den Schatten stelle. Diesen Bericht gab er Gawan, der bei Artus saß. Sogleich ergingen sich viele Ritter in Vermutungen, wer da gekämpft habe. König Artus aber erklärte ohne langes Überlegen: »Einen der Streiter glaube ich zu kennen, es ist mein Neffe aus Kanvoleis, der uns heute früh verließ.« In diesem Augenblick kamen Parzival und Feirefiz auch schon angeritten.

Ihre Helme und Schilde waren nach dem erbitterten Kampf natürlich von Schwerthieben gezeichnet. Beider Hand war schließlich wohlgeübt in solcher Kunst, deren man im Kampf bedarf. Als sie am Zeltlager des Artus vorbeiritten, zog der kostbare Waffenschmuck des Feirefiz bewundernde Blicke an. Obwohl der weite Plan von vielen Zelten bedeckt war, ritten sie geradewegs auf das Hauptzelt in Gawans Lager zu. Ob man sie hineingeleitete und freundlich willkommen hieß? Ich glaube wohl! Gawan, der vom Zelt des Artus gesehen hatte, wohin sie ritten, kam herbeigeeilt und begrüßte sie voller Freude.

Da beide noch ihre Rüstung trugen, ließ sie der

edle Gawan unverzüglich entwappnen. Das Tierlein Ecidemon war vom Kampfe sehr mitgenommen, und auch dem Überwurf des Heiden hatten Parzivals Schwerthiebe übel mitgespielt. Der Überwurf war aus Saranthasme-Seide und mit Edelsteinen übersät. Darunter trug Feirefiz einen kostbaren, buntbestickten schneeweißen Waffenrock, über und über mit Edelsteinen besetzt. Salamander hatten ihn in loderndem Feuer gewebt. Dieses prächtige Gewand hatte ihm Königin Secundille geschenkt, wie sie ihm in blinder Liebe Reich und Herz hingegeben hatte. Nachdem er mit seinem Heldenruhm ihre Liebe entzündet hatte, war es ihr ein Herzensbedürfnis, ihn mit all ihrem Reichtum zu beschenken. Er wiederum tat in Freude und in Gefahren gern und willig alles, was sie von ihm verlangte.

Gawan gab Befehl, alles mit Sorgfalt aufzubewahren, damit der farbenprächtige Schmuck auf Überwurf, Helm und Schild nicht beschädigt würde. Für eine arme Frau wäre schon der Waffenrock zuviel gewesen, so wertvoll waren die Edelsteine auf Überwurf, Waffenrock, Helm und Schild. Große Liebe weiß wohl zu schmücken, wenn guter Wille sich mit Reichtum und Geschmack verbindet. Der stolze, mächtige Feirefiz hatte beharrlich um Frauenhuld gedient und war dafür reich belohnt worden.

Nachdem man ihn von seiner Rüstung befreit hatte, staunten selbst die erfahrensten Ritter über die merkwürdig schwarz und weiß gescheckte Haut des Feirefiz. »Vetter«, bat Gawan nun Parzival, »stelle mir bitte deinen Gefährten vor. Sein Anblick ist so wunderbar, daß ich Ähnliches nie gesehen habe.«

Parzival erwiderte: »Er ist wie ich dein Blutsverwandter. Dafür sei Gachmuret als Bürge genannt. Dies hier ist der König von Zazamanc. Mein Vater hat dort in ruhmvollen Kämpfen Belakane errungen, die diesen Ritter unter dem Herzen trug.«

Erfreut küßte Gawan den Heiden wieder und wieder. Der mächtige Feirefiz war am ganzen Körper schwarz und weiß gefleckt, nur der Mund war blaßrot. Für ihn und Parzival brachte man aus Gawans Kleiderkammer kostbare Samtgewänder. Inzwischen traten einige wunderschöne Damen ins Zelt: Die Herzogin ließ dem Gast erst von Cundrie und Sangive den Willkommenskuß bieten, ehe sie und Arnive ihn küßten. Feirefiz fühlte sich angesichts so schöner Damen recht wohl; ich bin überzeugt, daß ihre Anwesenheit ihm sehr behagte.

Nun bemerkte Gawan zu Parzival: »Vetter, dein Helm und dein Schild verraten mir neues Ungemach. Du und dein Bruder, ihr habt euch offenbar eurer Haut wehren müssen. Wer hat euch denn so übel mitgespielt?«

»Nie zuvor hat's einen härteren Kampf gegeben«, sprach Parzival. »Mein Bruder war's, der mich arg bedrängte und zur Verteidigung zwang. Tapfere Gegenwehr ist das beste Mittel gegen den Tod. Ein Hieb gegen diesen vertrauten Fremdling ließ mein starkes Schwert zerspringen. Da bewies er ein unerschrockenes Manneshеrz, denn er schleuderte die eigne Waffe fort, um beiden Seiten die gleichen Vorteile einzuräumen. Erst später fanden wir heraus, daß wir verwandt sind. Nun hat er mir seine Freundschaft geschenkt, die ich mir durch treue Dienste verdienen will.«

»Mir wurde von einem erbitterten Kampf erzählt«,

sagte Gawan. »Auf Schastel marveile sieht man nämlich auf dem Auslug in der Säule alles, was im Umkreis von sechs Meilen geschieht. Mein Oheim Artus erklärte bei dieser Nachricht ohne Zögern, einer der beiden Kämpfer könntest nur du sein, Vetter aus Kingrivals. Jetzt hat sich seine Vermutung, du seist an diesem Kampfe beteiligt gewesen, bestätigt. Ich kann dir übrigens versichern: Man hätte hier acht Tage lang auf dich gewartet und sich die Zeit bei einem prächtigen großen Fest vertrieben. Es tut mir leid, daß ihr aneinandergeraten seid, doch könnt ihr euch bei mir erholen. Nachdem ihr euch im Kampf gegenseitig geprüft habt, kennt ihr euch nun um so besser. Doch jetzt trete Freundschaft an Stelle der Feindschaft!«

Da sein Vetter aus Thasme, Feirefiz von Anjou, und dessen Bruder an diesem Tag noch nichts gegessen hatten, aß Gawan diesmal früher zu Abend. Rings im Kreise wurden hohe, lange Sitzpolster aufgestellt und dicke Steppdecken aus Palmatseide, kreuz und quer mit kostbarer Seide bestickt, darübergebreitet. Auch Clinschors Schatz wurde hereingetragen, damit man ihn bewundern könne. Weiter heißt es, daß an allen vier Seiten kostbare, seidenüberzogene Rückenpolster aufgestellt wurden. Unten lagen, von den Steppdecken verborgen, weiche Kissen, und darüber also befestigte man die Rückenpolster. Der Innenraum des Zeltes war so groß, daß sechs normale Zelte darin Platz gefunden hätten, ohne daß die Spannseile durcheinandergeraten wären. Doch ich handelte sicher nicht sehr klug, wollte ich in dieser Beschreibung fortfahren.

Nun sandte Herr Gawan einen Boten zu Artus und

ließ mitteilen, wer eingetroffen war. Jener mächtige Heide sei gekommen, den damals am Plimizöl die Heidin Ekuba so gepriesen hatte. Jofreit, Idöls Sohn, überbrachte Artus diese Botschaft und löste damit große Freude aus. Jofreit bat Artus, das Abendessen recht früh einzunehmen und mit einer Schar schön geschmückter Ritter und Damen in standesgemäßer Pracht in Gawans Lager zu kommen, um den Sohn des stolzen Gachmuret würdig zu begrüßen.

»Alle Edelleute, die bei mir sind, bringe ich mit!« versicherte der Bretone.

Jofreit meinte darauf: »Er ist ein so vornehmer Edelmann, daß es euch sicher allen eine Freude sein wird, ihn kennenzulernen. Auch werdet ihr viel Wunderbares bei ihm sehen; er zeigt nämlich großen Reichtum. Die Teile seiner Rüstung sind unvergleichlich kostbar; niemand könnte das bezahlen. Wenn jemand Löver, die Bretagne, England und alles Land zwischen Paris und Wizsant dafür böte, so wäre dies noch lange kein Gegenwert.«

Nachdem er Artus diese Hinweise gegeben hatte, wie er sich bei der Begrüßung seines heidnischen Neffen verhalten sollte, kehrte Jofreit in Gawans Lager zurück. In Gawans Zelt hatte man inzwischen nach höfischer Sitte die Sitzordnung festgelegt. Das Gefolge der Herzogin und die Ritter, die ihr um Liebeslohn gedient hatten, saßen zur Rechten Gawans. Auf der andern Seite tafelten fröhlich die Ritter aus Clinschors Heer. Für die Damen galt folgendes: Gawan gegenüber hatten die aus Clinschors Gefangenschaft befreiten Damen ihren Platz, viele wunderschöne Frauen unter ihnen, und Feirefiz wie Parzival hatten sich zu ihnen gesetzt. Ach, wieviel Schönheit man da bewundern konnte! Der Turkoyte Florand, die edle Sangive, der Herzog von Gowerzin und seine Frau Cundrie saßen einander gegenüber. Gawan und Jofreit aßen aus alter Freundschaft wie immer an einem Tisch. Die Herzogin Orgeluse speiste mit glänzenden Augen an der Seite der Königin Arnive. Beide hatten Freundschaft geschlossen und bedienten einander liebenswürdig bei Tische. Arnive, Gawans Großmutter, hatte also ihren Platz zwischen Gawan und Orgeluse gefunden.

In diesem Kreise gab's kein unpassendes Benehmen. Man trug mit Anstand, wie es sich gehört, vor Rittern und Damen die Speisen auf. Da sprach der mächtige Feirefiz zu seinem Bruder Parzival: »Jupiter hat mein Glück gewollt, denn er hat mir diese Fahrt bestimmt und ließ mich hierher zu meinen edlen Verwandten gelangen. Mit vollem Recht muß ich meinen leider verstorbenen Vater preisen: Er entstammt wirklich einem ruhmvollen Geschlecht!«

Parzival sprach: »Ihr werdet bei Artus noch manchen treffen, der Eurer Achtung wert ist, noch manchen kühnen Ritter. Ist unsre Mahlzeit beendet, wird's nicht mehr lange dauern, und Ihr seht die hoch berühmten Edelleute nahen. Von den Rittern der Tafelrunde sind bislang nur drei in diesem Kreis: der Hausherr, Jofreit und ich, der ich gleichfalls solchen Siegesruhm erkämpfte, daß man mich zur Tafelrunde bat, was ich natürlich nicht ausschlug.«

Nach dem Essen deckte man vor Damen und Rittern die Tische ab. Gawan, der Hausherr, erhob sich. Er wandte sich an die Herzogin und seine Großmutter und bat sie, zusammen mit Sangive und der liebreizenden Cundrie zu dem schwarz und weiß gefleckten Heiden zu gehen und sich ein wenig um ihn zu kümmern. Als Feirefiz von Anjou die Damen kommen sah, erhob er sich; sein Bruder Parzival folgte seinem Beispiel. Die wunderschöne Herzogin nahm Feirefiz bei der Hand und bat die Damen und Ritter, die sich erhoben hatten, wieder Platz zu nehmen. Jetzt ritt nämlich bei lauter Musik Artus mit seinem Gefolge heran. Man hörte Posaunen, Trommeln, Flöten und Schalmeien. Als Arnives Sohn unter mächtigem Getöse nahte, imponierte das fröhliche Treiben dem Heiden sehr. In Begleitung von vielen schönen Rittern und Damen ritten Artus und seine Gattin auf Gawans Zelt zu. Der Heide sah, daß es auch in dieser Schar viele Edelleute von blühender Jugend gab. König Gramoflanz, der noch immer als Gast bei Artus weilte, war unter ihnen; er ritt an der Seite seiner geliebten Itonje, des liebreizenden, makellosen Mädchens.

Die Ritter der Tafelrunde und die schönen Damen ihrer Begleitung stiegen von den Rossen. Ginover ließ erst Itonje den heidnischen Neffen küssen, danach trat sie selbst auf Feirefiz zu und hieß ihn mit einem Kuß willkommen. Artus und Gramoflanz begrüßten den Heiden mit aufrichtiger Herzlichkeit. Beide ehrten ihn, indem sie ihm ihre Dienste anboten, und auch seine anderen Verwandten trugen ihm ihre Freundschaft an. Feirefiz von Anjou war also, wie er bald bemerkte, zu guten Freunden gekommen. Frauen, Männer und viele schöne Jungfrauen nahmen Platz, und wenn's nun ein Ritter darauf anlegte, könnte er freundliche Worte aus süßem Mund hören; verstand er sich gar darauf, mit Takt und Geschick um Liebe zu werben, so dürfte die eine oder andre

Schöne in der Runde solche Werbung nicht übel aufgenommen haben. Hat eine Frau das Herz auf dem rechten Fleck, so hört sie die Bitten eines Edelmanns nicht zornig an; ihr bleibt es schließlich überlassen, sich zu versagen oder zu gewähren. Echte Liebe ist und bleibt ein Born reinen, unverfälschten Glücks. Soviel ich weiß, hielten es die Edlen stets auf solche Art, und Dienst hat noch immer seinen Lohn gefunden. Es sind trostreiche Worte, wenn die Geliebte dem Geliebten Hoffnung auf Erhörung läßt.

Artus nahm neben Feirefiz Platz, und beide standen einander mit offenen, freundlichen Worten Rede und Antwort. Artus sprach: »Ich preise Gott dafür, daß er uns die Ehre dieses Besuches schenkte! Nie ist ein Mann aus dem Heidenland in die Lande der Christen gekommen, dem ich bereitwilliger und lieber jeden Wunsch erfüllt hätte!«

Feirefiz erwiderte: »Ich fühle eitel Glück und Freude, seit mich die Göttin Juno mit günstigem Fahrtwind in diese westlichen Lande führte. Du hast das Auftreten eines Mannes, der weit und breit berühmt ist. Bist du Artus, so kann ich dir versichern, daß man dich auch in weiter Ferne kennt.«

Artus sprach darauf: »Wer mich vor dir und andern rühmte, hat sich dadurch selbst geehrt. Daß er's tat, war weniger mein Verdienst, sondern eher Ausdruck seiner Höflichkeit. Ich heiße in der Tat Artus und hätte gern gewußt, wie du in dieses Land gekommen bist. Hat dich eine geliebte Frau ausgesandt, dann muß sie von großem Liebreiz sein, daß du ihretwegen in so weite Ferne gezogen bist, um Abenteuer zu bestehen. Gewährt sie dir für diese Fahrt den rechten Lohn, so wird des Frauendienstes Ruhm erhöht. Verweigert sie jedoch den Lohn, dann soll sich die Liebe jedes dienenden Ritters in Haß verkehren.«

»Das ist nicht zu befürchten«, sagte der Heide. »Doch laß dir berichten, wie ich zu euch kam. Ich stehe an der Spitze eines so gewaltigen Heeres, daß selbst die Verteidiger und die Belagerer von Troja mir den Weg frei machen müßten. Wenn die Streiter beider Heere noch lebten und sich mir zum Kampfe stellten, könnten sie keinen Sieg erringen, sondern würden mir und den Meinen unterliegen. In vielen schweren Kämpfen habe ich durch ritterliche Taten erreicht, daß Königin Secundille sich mir gnädig und in Liebe zuwandte. Ihr Wille ist auch der meine; sie ist der gute Stern meines Lebens. So lehrte sie mich, ihr zu Ehren freigebig zu sein und im Kreise edler Ritter zu leben. Darauf habe ich viele edle, schildbewehrte Ritter in mein Gefolge aufgenommen, und sie hat meinen Gehorsam mit ihrer Liebe belohnt. Auf ihr Geheiß trage ich auf meinem Schild ein Ecidemon, und wo immer ich in Kampfesnot geriet, hat mir der Gedanke an ihre Liebe geholfen, ja, sie gewährte mir mehr Trost und Beistand als mein Gott Jupiter.«

Artus sagte darauf: »Deine weite Reise im Frauendienst entspricht dem Handeln und dem Wesen deines Vaters Gachmuret, meines Vetters. Doch laß dir jetzt von einem andern Dienst erzählen, wie er größer auf dieser Erde wohl keiner Frau geleistet wurde. Es geht dabei um die Herzogin, die hier im Zelt ihren Platz gefunden hat. Aus Liebe zu ihr ist so manche Lanze gebrochen worden; Liebe zu ihr hat so manchen wackren Ritter mit Trübsinn geschlagen und seinen stolzen Mut gebrochen.« Er erzählte von ihrem Krieg mit Gramoflanz, von Clinschors Heer, dessen Ritter überall verteilt im Zelt saßen, und von den beiden Zweikämpfen, die sein Bruder Parzival auf dem großen Wiesenplan von Joflanze ausgetragen hatte. »Was ihm außerdem begegnet ist, in welchen Gefahren er sonst noch sein Leben einsetzen mußte, das mag er dir selber erzählen. Er strebt übrigens nach einem hohen Ziel: er will den Gral erringen. Aber nun möchte ich euch beide bitten, mir Leute und Länder zu nennen, die ihr bei euren Kämpfen kennenlerntet.«

Der Heide sprach darauf: »Ich nenne Euch die Namen der Männer, die nach ihrer Unterwerfung Anführer meiner Ritterscharen wurden. Es sind dies der König Papiris von Trogodjente, der Graf Behantins von Kalomidente, der Herzog Farjelastis von Affricke, der König Liddamus von Agrippe, der König Tridanz von Tinodonte, der König Amaspartins von Schipelpjonte, der Herzog Lippidins von Agremontin, der König Milon von Nomadjentesin, der Graf Gabarins von Assigarzionte, der König Translapins von Rivigitas, der Graf Filones von Hiberborticon, der König Killicrates von Centriun, der Graf Lysander von Ipopotiticon, der Herzog Tiride von Elixodjon, der König Thoaris von Oraste Gentesin, der Herzog Alamis von Satarchjonte, der König Amincas von Sotofeititon, der Herzog von Duscontemedon, der König Zaroaster von Arabie, der Graf Possizonjus von Thiler, der Herzog Sennes von Narjoclin, der Graf Edisson von Lanzesardin, der Graf Fristines von Janfuse, der Herzog Meiones von Atropfagente, der Herzog Archeinor von Nourjente, der Graf Astor von Panfatis, die Könige von Azagouc und Zazamanc, der

König Jetakranc von Gampfassasche, der Graf Jurans von Blemunzin und der Herzog Affinamus von Amantasin.

Ein Gedanke aber hat mich stets gepeinigt: In meinem Reich erzählte man, kein Ritter, der sich je aufs Roß geschwungen, könnte Gachmuret von Anjou auch nur das Wasser reichen. Wie's meinem Wunsch und meinem Charakter entsprach, beschloß ich, in die Ferne zu ziehen und ihn zu suchen. Auf meiner Reise habe ich viele Kämpfe bestehen müssen. Ich verließ meine beiden Reiche mit einem gewaltigen Heer und fuhr aufs Meer hinaus, um ritterliche Taten zu vollbringen. Wohin ich kam, unterwarf ich mir alle Reiche, mögen sie noch so wehrhaft und mächtig gewesen sein. Die mächtigen Königinnen Olimpia und Clauditte schenkten mir ihre Liebe, und Secundille ist bereits die dritte, deren Liebe ich errungen habe. Ich habe im Frauendienst große Taten vollbracht. Erst heute mußte ich erfahren, daß mein Vater Gachmuret tot ist. Nun soll aber mein Bruder von seinen gefahrvollen Kämpfen berichten.«

Da sprach der edle Parzival: »Seit ich den Gral verließ, habe ich nah und fern eine Reihe ritterlicher Kämpfe bestanden und den Ruhm vieler vorher nie besiegter Männer zerstört, deren Namen ich auch nennen will. Es waren der König Schirniel von Lirivoyn und sein Bruder Mirabel von Avendroyn, der König Serabil von Rozokarz, der König Piblesun von Lorneparz, der König Senilgorz von Sirnegunz, Strangedorz von Villegarunz, der Graf Rogedal von Mirnetalle, Laudunal von Pleyedunze, der König Onipriz von Itolac, der König Zyrolan von Semblidac, der Herzog Jerneganz von Jeroplis, der Graf Plineschanz von Zambron, der Graf Longefiez von Tuteleunz, der Herzog Marangliez von Privegarz, der Herzog Strennolas von Pictacon, der Graf Parfoyas von Lampregun, der König Vergulacht von Ascalun, der Graf Bogudacht von Pranzile, Postefar von Laudundrechte, der Herzog Leidebron von Redunzechte, dann Colleval von Leterbe, der Provenzale Jovedast von Arl, der Graf Karfodyas von Tripparun. Dies alles vollbrachte ich während meiner Gralssuche auf Turnieren. Sollte ich meine Kämpfe insgesamt aufzählen, könnte ich euch die Gegner gar nicht alle bei Namen nennen; ich muß sie also notgedrungen verschweigen. Die Namen derer, die ich erfahren konnte, habe ich wohl genannt.«

Der Heide freute sich von Herzen, daß sein Bruder so großen Heldenruhm errungen und sich solch ausgezeichneten Ruf erkämpft hatte. Er dankte ihm herzlich dafür, erhöhte er doch seine eigne Ehre. Indessen ließ Gawan wie zufällig die reichverzierte Ausrüstung des Heiden in den Kreis tragen, die für ungewöhnlich kostbar erachtet wurde. Ritter und Damen bewunderten Waffenrock, Schild und Überwurf. Der Helm war genau nach Maß gefertigt, und man rühmte allgemein die darin eingelegten wertvollen Edelsteine. Nun soll mich aber niemand nach den Eigenschaften der kleinen und großen Steine fragen. Bessere Gewährsleute wären Eraclius oder Hercules, der Grieche Alexander oder der griechische Astronom Pythagoras; er war der klügste Mann seit der Erschaffung Adams und hätte euch sicher alles über die Eigenschaften der edlen Steine berichten können.

Unter den Damen ging ein Flüstern an darüber, daß er wohl allen Ruhm verlöre, falls er der Frau untreu würde, die ihn auf solche Weise geschmückt hatte. Dennoch fühlten sich einige Damen Feirefiz so gewogen, daß sein Dienst ihnen recht angenehm gewesen wäre. Wahrscheinlich hatte sein ungewöhnliches Aussehen sie sehr beeindruckt. Gramoflanz, Artus, Parzival und der Hausherr Gawan traten zur Seite und überließen den mächtigen Heiden inzwischen der Obhut der Damen. Artus schlug vor, am nächsten Morgen auf dem Wiesenplan ein großes Fest zu feiern, um so die Ankunft seines Neffen Feirefiz würdig zu begehen. »Tragt vor allen Dingen Sorge, daß er der Tafelrunde beitritt!« Sie versprachen, sich darum zu bemühen, wenn es ihm selbst angenehm wäre. Wirklich erklärte sich Feirefiz bereit, in ihre Gemeinschaft einzutreten. Nachdem der Abendtrunk gereicht war, begaben sich alle zur Ruhe.

Am nächsten Morgen wurde zur Freude aller das Fest ausgerichtet. Es begann, wenn ich so sagen darf, ein beglückender, herrlicher Tag. Artus, Utepandraguns Sohn, ließ aus wundervollem Drianthasme-Stoff eine kostbare Rundtafel herstellen. Ihr habt ja schon gehört, wie diese Tafel auf dem Wiesenplan am Plimizöl gerichtet wurde. Auf gleiche Weise schnitt man die neue Tafeldecke zurecht, kreisrund und prachtvoll anzusehen. Rings auf dem taubedeckten grünen Rasen baute man die Sitze auf, so daß zwischen ihnen und der Rundtafel ein Abstand von einer Turnieranlauflänge eingehalten wurde. Die Tafel in der Mitte blieb unbenutzt, sie diente nur als Sinnbild. Kein Unwürdiger hätte sich zu den Edlen setzen dürfen; es wäre ein Vergehen gewesen, hätte er zusammen mit ihnen gegessen. Man hatte den Tafelring bereits in der mondhellen Nacht ausgemessen und große Mühe aufgewandt, alles nur recht prächtig herzurichten. Am späten Vormittag war der Ring fertig und bot sich allen Augen in solcher Pracht, daß einem armen König solcher Aufwand schwergefallen wäre. Gramoflanz und Gawan hatten den größten Teil der Kosten übernommen, da Artus Gast des Landes war, doch auch er trug dazu bei.

Wie die Sonne nach jeder Nacht am Himmel aufgeht, folgte auch diesmal der Nacht ein lieblicher, klarer, wunderschöner Tag. Man sah die Ritter ihr Haar strählen und das Haupt mit Blumenkränzen schmücken. Hat Kyot die Wahrheit gesprochen, dann prangten viele Frauen mit roten Lippen, obwohl sie jede Schminke verschmäht hatten. Ritter und Damen trugen Gewänder nach der Mode ihrer Länder. Nach der Landessitte war der Kopfputz der Damen entweder niedrig oder hoch. Es waren Menschen aus vielen Ländern zusammengeströmt, die sich nach Kleidung und Bräuchen voneinander unterschieden. Hatte eine Frau keinen Geliebten, dann durfte sie sich nicht an die Rundtafel setzen. Hatte sie aber Ritterdienst angenommen und dafür Liebeslohn versprochen, so ritt sie jetzt zum Kreis der Tafelrunde. Die anderen mußten verzichten und in ihren Zelten bleiben.

Artus hatte bereits die Messe gehört, als Gramoflanz, der Herzog von Gowerzin und sein Gefährte Florand herbeikamen und um Aufnahme in die Tafelrunde baten, was Artus auch gleich gewährte. Fragt euch jemand, wer von den Edlen aus aller Herren Länder, die je zur Tafelrunde gehörten, am mächtigsten und am reichsten gewesen sei, dann ist die einzig richtige Antwort: Feirefiz von Anjou. Doch genug davon.

Alle begaben sich in festlichem Aufzug zum Ring. Es herrschte großes Gedränge, und manche Dame wurde so heftig gestoßen, daß sie vom Pferd gefallen wäre, hätte der Sattelgurt nicht fest gesessen. Von allen Seiten wurden prächtige Banner herangeführt. Die Kampfspiele trug man außerhalb des Ringes in gebührendem Abstand aus, denn nach höfischer Sitte durfte niemand zu Pferd in den Kreis. Das Feld außerhalb des Ringes war ja auch weit genug, so daß sie ihre Pferde tummeln, gegeneinander anrennen lassen und ihre Reiterkünste zeigen konnten, wobei ihnen die Frauen gern zuschauten.

Danach begaben sich die Edelleute zu ihren Plätzen, wo sie die Mahlzeit einnehmen sollten. Kämmerer, Truchsessen und Mundschenken hatten darauf zu achten, daß ganz nach höfischem Zeremoniell aufgetragen wurde. Meines Wissens war für alle reichlich gesorgt. Es waren weitberühmte Damen, die dort im Kreis neben ihren Geliebten saßen. Manch eine war der Anlaß zu großer Tat gewesen, wenn Liebesdurst den Ritter spornte. Feirefiz und Parzival ließen ihre Augen nach Herzenslust auf den liebreizenden Damen verweilen. Nie wurden Feld und Wiese von strahlenderen Gesichtern, von röteren Lippen geziert; auch hat man nie so viele schöne Frauen versammelt gesehen. Dem Heiden lachte das Herz bei diesem Anblick.

Heil sei dem Tag ihrer Ankunft! Gepriesen sei die Glücksbotschaft, die sie brachte! Es nahte nämlich eine Jungfrau in kostbaren Kleidern nach dem neusten Zuschnitt französischer Mode. Ihr Mantel war aus prächtigem Samt, schwärzer als das Fell eines Rappen, und die Turteltauben darauf – das Gralswappen also – waren mit schimmernden Fäden aus arabischem Gold gestickt. Als man das Wappen erkannte, wurde sie von allen Seiten mit großer Neugier betrachtet. Doch laßt sie erst einmal näher kommen! Sie trug einen hohen weißen Kopfputz, und ihr Antlitz war von einem dichten Schleier verhüllt, der es vor aller Augen verbarg.

Gleichmäßig, mit ausgreifendem Paßgang trabte ihr Zelter über das Feld. Zaumzeug, Sattel und Pferd waren zweifellos reich und kostbar. Man ließ es zu, daß sie in den Ring ritt, den die weise Frau innen einmal umrundete. Man wies ihr den Weg zu Artus, den sie freundlich grüßte. Dann begann sie vor der gesamten Runde in französischer Sprache zu reden. Sie bat, man solle ihr wohlverdiente Strafe erlassen und ihre Botschaft anhören. Den König und die Königin flehte sie an, ihrem Anliegen Hilfe und Beistand zu gewähren. Dann wandte sie sich rasch von ihnen ab und Parzival zu, der nahe bei Artus saß. Sie sprang vom Pferd auf den Rasen und fiel mit höfischer Gebärde vor Parzival auf die Knie. Unter Tränen bat sie ihn, ihr einen freundlichen Gruß zu gönnen, seinen Groll gegen sie zu begraben und ihr, auch ohne Versöhnungskuß, zu verzeihen. Artus und Feirefiz unterstützten sie eifrig, und obwohl Parzival ihr heftig zürnte, begrub er auf die Bitte seiner Freunde hin aufrichtig und ohne Hintergedanken seinen Groll. Nun sprang die zwar nicht schöne, doch edle Dame wieder auf, verneigte sich vor ihm und dankte allen, die ihr trotz ihres schweren Vergehens beigestanden und geholfen hatten, Parzivals Gunst zu erlangen. Sie wand den Schleier vom Haupt, löste die Bänder der Haube und warf sie mitsamt den Bändern von sich in den Ring. Da erkannte man die Zauberin Cundry, und alle bestaunten neugierig die Gralswappen auf ihrem Mantel. Sie sah genauso aus wie damals, als man sie am Plimizöl betrachten konnte. Ihr Antlitz habe ich euch ja beschrieben. Ihre Augen waren immer noch gelb wie Topase, ihre Zähne waren lang, ihr Mund war blau wie ein Veilchen. Aus weiblicher Eitelkeit trug sie damals auf dem Feld am Plimizöl ganz überflüssig den erwähnten kostbaren Hut, denn die Sonne hätte nichts bei ihr vermocht. Ihre gefährlichen Strahlen hätten Cundrys Haut nicht bräunen können, da sie dicht behaart war. Nun wandte sie sich höflich an die Gesellschaft der Edlen und verkündete eine Botschaft, deren Bedeutung alle sogleich erkannten.

So begann sie: »Heil dir, Gachmurets Sohn! Gott zeigt sich dir gnädig. Ich rede jetzt von Herzeloydes Sohn, doch auch der schwarz und weiß gefleckte Feirefiz sei mir willkommen, und zwar meiner Herrin Secundille und des großen Ansehens wegen, das er sich seit frühester Jugend ruhmvoll erstritt.« Und dann zu Parzival: »Nimm jetzt dein Herz in beide Hände und freue dich! Heil deiner hohen Bestimmung, du Krone menschlichen Glücks! Auf dem Stein war zu lesen, daß du zum Gralsherrscher berufen bist. Auch deine Gattin Condwiramurs und dein Sohn Loherangrin werden zum Gral berufen. Als du das Reich Brobarz verließest, trug sie zwei Söhne von dir unter dem Herzen. Kardeiz, dein zweiter Sohn, ist mit dem elterlichen Erbe reich genug bedacht. Auch wenn dir kein andres Glück als die Heilung des Anfortas beschieden wäre, könnte kein Mensch glücklicher sein als du. Dein Mund, der keine Lüge kennt, soll nun den edlen, liebenswürdigen Anfortas grüßen dürfen; deine Frage bringt ihm Genesung und erlöst ihn vom bejammernswerten, furchtbaren Elend seiner Krankheit.«

Nun nannte sie sieben Sterne mit ihren arabischen Namen, die der mächtige, edle, buntscheckige Feirefiz recht gut kannte. Sie sprach: »Gib acht, Parzival: Zval, der Planet mit der höchsten Umlaufbahn, der schnell kreisende Almustri, der Almaret und der glänzende Samsi bringen dir Glück. Der fünfte heißt Alligafir, der sechste Alkiter und der folgende Alkamer. Es ist kein Trug, was ich dir sage: Sie sind die Zügel des Firmaments, denn sie hemmen durch ihre Gegenläufigkeit seine rasche Umdrehung. Verflogen ist nun deine Trübsal. Alles, was der Planeten Bahn umschließt und ihr Glanz überstrahlt, wirst du erringen und gewinnen. All dein Leid wird vergehen. Doch hüte dich vor Maßlosigkeit! Sie würde dich aus der Gralsgemeinschaft ausschließen, denn der Gral und seine Macht verbieten jedes falsche Verhalten in der Gemeinschaft. In deiner Jugend hat dich der Kummer begleitet, doch das Glück, das deiner wartet, vertreibt ihn ein für allemal. Du hast dir die Ruhe der Seele erkämpft und Trübsal getragen, bis dir die Freude nahte.«

Parzival war glücklich über diese Botschaft. Vor Freude kamen ihm die Tränen, die ja der Quell des Herzens sind. Er sprach: »Edle Frau, gewährt mir Gott wirklich alles, was Ihr geschildert habt, können außer mir sündigem Menschen auch meine Frau und meine Kinder teilhaben an meinem Glück, dann hat sich Gott mir wirklich gnädig gezeigt. Indem Ihr mich so für das erduldete Leid entschädigt, zeigt Ihr, daß Ihr es gut mit mir meint. Ihr hättet mich sicher mit Euerm Zorn verschont, wenn ich mich nicht vergangen hätte. Noch war ich nicht reif für das mir bestimmte Glück. Nun aber beschenkt Ihr mich mit solcher Großmut, daß all meine Trübsal ein Ende hat. Euer Kleid bezeugt, daß Ihr die Wahrheit sagt: Als ich auf Munsalwäsche bei dem schmerzgeprüften Anfortas war, trugen alle Schilde an den Wänden das gleiche Wappen wie Euer Gewand; es ist über und über mit Turteltauben bestickt. Nun sagt mir, wann und wie ich zu meinem Glück gelangen soll, laßt mich nicht mehr lange warten.«

Da antwortete sie: »Mein lieber Herr, ein einziger Mann darf dich begleiten. Wähle einen aus. Ich selbst werde dich führen. Zögere nicht, bring rasche Hilfe!«

Im ganzen Ring wurde bekannt, daß die Zauberin Cundry gekommen war, und man hatte auch ihre Botschaft vernommen. Orgeluse weinte vor Freude, daß Parzivals Frage die Qualen des Anfortas beenden sollte. Der ruhmbegierige Artus aber sprach höflich zu Cundry: »Edle Frau, reitet zu einem Zelt und ruht Euch aus. Sagt, was wir für Euch tun sollen.«

Sie erwiderte: »Hier bei Euch ist Arnive. Was sie mir bis zur Abreise meines Herrn an Annehmlichkeiten bietet, soll mir genügen. Da sie aus der Gefangenschaft befreit ist, möchte ich sie und die andern Damen besuchen, die Clinschor seit Jahren gefangenhielt.«

Als zwei Ritter sie aufs Pferd gehoben hatten, ritt die edle Jungfrau zu Arnive.

Es war an der Zeit, das Mahl zu beginnen. Parzival, der zusammen mit seinem Bruder speiste, bat ihn um seine Begleitung zum Gral, und Feirefiz erklärte sich gern einverstanden, mit nach Munsalwäsche zu reiten. Nach dem Essen erhoben sich alle Edlen im Kreis. Feirefiz aber plante große Dinge. Er bat König Gramoflanz, ihm die Echtheit seiner Liebe zu seiner Base Itonje dadurch zu beweisen, daß er ihm einen Gefallen täte: »Ihr und Gawan sollt mir dabei helfen, alle Könige, Fürsten, Barone und ärmeren Ritter hier so lange zum Bleiben zu bewegen, bis ich sie beschenkt habe. Es wäre ja eine Schande für mich, wenn ich davonzöge, ohne alle Edlen beschenkt zu haben. Das fahrende Volk soll ebenfalls bedacht werden. Dich, Artus, bitte ich, dafür zu sorgen, daß auch die vornehmen Herren meine Geschenke nicht verschmähen. Überzeuge sie davon, daß sie sich dieser Gaben nicht zu schämen brauchen, denn solch reichem Manne wie mir sind sie noch nie begegnet. Und gib mir Boten, die zu meinen Schiffen eilen und dort die Geschenke holen.«

Da versprachen sie dem Heiden, vier Tage lang auf dem Feld zu bleiben, und er war, wie ich hörte, von Herzen froh darüber. Artus stellte ihm gewandte Boten, die er zum Hafen senden sollte. Feirefiz, Gachmurets Sohn, griff zu Tinte und Pergament. Sein Brief trug eindeutige Zeichen seiner Echtheit, und meines Wissens öffnete noch nie ein Brief den Weg zu so gewaltigen Reichtümern.

Pflichtgetreu machten sich die Boten auf den Weg. Inzwischen nahm Parzival das Wort und erzählte allen in französischer Sprache, was er von Trevrizent erfahren hatte: Niemals könne ein Mensch den Gral erkämpfen, der nicht von Gott zu ihm berufen sei. Die Nachricht, daß der Gral durch Kampf nicht zu erringen sei, verbreitete sich über alle Länder, und viele Ritter wurden dadurch bewogen, ihre Suche nach dem Gral aufzugeben, so daß er seitdem für immer verborgen ist.

Als Parzival und Feirefiz scheiden wollten, klagten die Frauen sehr. Beide ritten in alle vier Heerlager und verabschiedeten sich von den Edlen dort. Danach machten sie sich frohen Mutes auf den Weg, so gerüstet, als ginge es in den Kampf. Am dritten Tage trafen vom Heer des Heiden so großartige Geschenke in Joflanze ein, wie man sie nie erwartet hatte. Jeder König brachte mit dem Empfangenen seinem Lande großen Nutzen. Keiner hatte je eine für seinen Stand so kostbare Gabe erhalten. Auch den Damen wurden wertvolle Geschenke aus Triand und Nourjente zuteil. Wie das Heer nun auseinanderging, weiß ich nicht zu sagen. Cundry und ihre beiden Begleiter ritten jedenfalls von dannen.

SECHZEHNTES BUCH

Anfortas und die Seinen lebten noch immer in jammervoller Not. Aus treuer Verbundenheit weigerte sich die Gralsgemeinschaft, ihn von seinem Leiden zu erlösen, obwohl er oftmals um den Tod bat. Der hätte ihn auch rasch dahingerafft, wenn sie ihn nicht dadurch am Leben erhalten hätten, daß sie ihn immer wieder den Gral sehen ließen. Dessen Macht erhielt ihn am Leben. Anfortas sprach zu seinen Rittern: »Ich bin sicher, ihr würdet euch meiner Qualen erbarmen, wäret ihr mir wirklich treu ergeben. Wie lange soll ich das noch ertragen? Werdet ihr einst nach Recht und Gerechtigkeit gerichtet, dann müßt ihr euch vor Gott für alles verantworten, was ihr mir antut. Seit ich Ritter bin, habe ich euch jeden Wunsch von den Augen abgelesen. Selbst wenn ich ohne euer Wissen Schändliches begangen hätte, wäre die Buße dafür hart genug. Meint ihr es wirklich gut mit mir, dann erlöst mich von meinen Qualen; tut dies dem Ritterstand zu Ehren. Wenn euch daran gelegen war, so konntet ihr oft genug beobachten, daß ich seinetwegen ritterliche Taten vollbrachte. Ich zog über Berg und Tal, bestand viele Zweikämpfe und wußte mein Schwert stets so zu führen, daß es meine Feinde nicht wenig verdroß. Das alles dankt ihr mir herzlich schlecht! Ich freudloser Mann werde am

Jüngsten Tag Klage gegen euch erheben. Laßt ihr mich nicht sterben, seid ihr auf ewig verloren. Meine Qualen sollten euer Mitleid finden. Ihr habt doch mit eignen Augen gesehen und erfahren, wie dieses Unheil über mich kam. Was für einen Herrscher habt ihr noch an mir? Es wäre leichtfertig, wolltet ihr meinetwegen euer Seelenheil aufs Spiel setzen. Wie könnt ihr mich nur so behandeln?«

Sie hätten ihn auch schließlich von seinen Leiden erlöst, wäre nicht die Hoffnung auf Hilfe gewesen, von der Trevrizent gesprochen, als er die Schrift auf dem Gral gelesen hatte. Sie warteten also auf die Wiederkehr des Mannes, der damals all sein Lebensglück verloren hatte; sie harrten des Augenblicks, da er die Frage stellen und Anfortas die Rettung bringen würde. Der König hielt seine Augen oft vier Tage lang geschlossen, doch danach trug man ihn unerbittlich vor den Gral, ob es ihm lieb oder leid war. Von der Qual seiner Krankheit überwältigt, schlug er schließlich die Augen auf. So wurde er gegen seinen eignen Wunsch am Leben erhalten und konnte nicht sterben. In der geschilderten Weise verfuhr die Gralsgemeinschaft mit Anfortas bis zu dem Tage, als Parzival und der schwarz-weiß gefleckte Feirefiz frohgemut auf Munsalwäsche zuritten. Es war gerade die Zeit gekommen, in der Mars und Jupiter ihre drohende Konstellation am Anfang ihrer Bahn erreicht hatten, so daß es schlimm um Anfortas stand. In seiner Wunde wühlten furchtbare Schmerzen; Jungfrauen und Ritter hörten immer wieder seine Schmerzensschreie gellen und konnten ihm die Qualen an den Augen ablesen. Niemand war in der Lage, seine unheilbare Wunde zu heilen, doch endlich nahte nach dem Bericht der Aventüre die einzig wirksame Hilfe. Auf Munsalwäsche aber herrschte noch großer Herzensjammer in der Gralsgemeinschaft.

Wenn den König sein bitteres, schweres Leid mit heftigen Schmerzen plagte, dann erfüllte man den Raum mit angenehmen Düften, um den üblen Geruch der Wunde zu überdecken. Vor ihm auf dem Teppich lagen Gewürze, Spezereien, Riechhölzer und Würzkräuter. Auch Theriak und kostbare Ambra, die köstlichen Duft ausströmten, hatte man des Wohlgeruchs wegen hingelegt. Trat man auf den Boden, dann schritt man über zerstoßenen Kardamon, Gewürznelken und Muskatnüsse, die man wegen ihres Wohlgeruchs ausgestreut hatte. Zertrat man diese Gewürze, dann vertrieb ihr Duft den üblen Geruch der Wunde. Das Feuer im Aufenthaltsraum des Königs nährte man – wie schon gesagt – mit Aloeholz. Die Pfosten des Bettes waren mit Vipernhaut überzogen. Um den lästigen Geruch des Giftes zu bannen, hatte man die Polster mit allerlei Gewürzpulver bestreut. Das Kissen, in dem er lehnte, war nicht genäht, sondern aus Nourjenter Seide gesteppt. Aus Palmatseide war das Unterbett. Sein Bett war ausschließlich mit Edelsteinen verziert und wurde von Seilen aus Salamanderhaut zusammengehalten, die gleichzeitig als Tragegurte dienten. Doch obwohl sein Bett über und über mit Kostbarkeiten ausgestattet war, hatte der König keine Freude daran. Niemand soll glauben, je ein besseres Bett gesehen zu haben. Es war kostbar und kunstreich zugleich. Dazu trugen vor allem die helfenden Eigenschaften der Edelsteine bei, die ich jetzt aufzählen will. Es waren Karfunkel, Mondstein, Balax, Gagatromes, Onyx,

Chalzedon, Koralle, Bestion, Perlen, Steinaugen, Keraun, Hephästit, Hierachit, Heliotrop, Panthers, Androdragma, Chrysopras, Sadda, Hämatit, Dionysia, Achat, Celidon, Sardonyx, Chalkophon, Karneol, Jaspis, Vetit, Iris, Gagat, Ligur, Asbest, Cegolit, Milchstein, Hyazinth, Orit, Enidrus, Absist, Almandin, Chrysolekter, Hiennia, Smaragd, Magnet, Saphir und Pyrit. Ferner waren darunter Türkise, Lippareen, Chrysolithe, Rubine, Paleise, Sardine, Diamant, Chrysopras, Malachit, Diadoch, Peanit, Medus, Beryll und Topas. Manche verliehen ein heiteres Lebensgefühl, andere Steine dienten dank ihrer Eigenschaften als Glücksbringer oder als Arznei. Verfügte man über die notwendigen Kenntnisse, konnte man sich ihrer starken Kräfte bedienen. Mit solchen Mitteln hielt die Gralsgemeinschaft Anfortas am Leben, hingen sie doch mit ganzem Herzen an ihm. Nachdem er den Seinen großes Herzeleid bereitet hat, lächelt ihm jetzt endlich das Glück. Nach Terre de Salwäsche sind nämlich von Joflanze her unser sorglos fröhlicher Parzival, sein Bruder und eine Jungfrau gekommen. Ich konnte nicht erfahren, wie weit sie reiten mußten. Nur ihrer Führerin Cundry dankten es die beiden, daß sie nicht in einen Kampf verwickelt wurden. Als sie nämlich auf einen Grenzposten zuritten, sprengte ihnen eine Menge wohlgerüsteter und gut berittener Tempelherren entgegen. Sie waren jedoch sehr höflich, als sie an der Führerin erkannten, daß sie große Freude erwarten durften. Als der Abteilungsführer auf Cundrys Gewand die zahlreichen Turteltauben glänzen sah, rief er aus: »Nun hat unsere Trübsal ein Ende! Unter dem Wappen des Grals kommt der Mann, dessen Ankunft wir sehnlichst erwarten, seit uns die Schlinge des Jammers umschlungen hält. Haltet an! Uns naht große Freude!«

Als Feirefiz von Anjou die fremden Ritter sah, ermunterte er sofort seinen Bruder zum Streit und wollte sich schon selbst in den Kampf stürzen, doch Cundry ergriff den Zaum seines Pferdes und hinderte ihn daran. Die häßliche Jungfrau rief ihrem Herrscher Parzival rasch zu: »Schilde und Banner sind Euch doch bekannt: Dort hält eine Schar von Gralsrittern, die Euch ganz und gar ergeben sind.«

Da sprach der edle Heide: »So soll der Kampf unterbleiben.«

Parzival bat Cundry, den Gralsrittern entgegenzureiten. Sie tat's und berichtete dort, welches Glück zu ihnen käme. Da sprangen alle Tempelherren von den Pferden auf den Rasen, sie banden die Helme ab und empfingen Parzival, dessen freundlicher Gruß ihnen wie der Segen des Himmels erschien, im Stehen. Auch den schwarz und weiß gefleckten Feirefiz hießen sie herzlich willkommen. Dann ritten alle mit tränenüberströmten Gesichtern und glückerfüllten Herzen auf Munsalwäsche zu.

Zu ihrer Begrüßung war eine große Menschenmenge versammelt, viele reifere Ritter von eindrucksvoller Erscheinung, Edelknaben und zahlreiche Fußknechte. Die bedrückte Gralsgemeinschaft hatte allen Grund, sich über ihre Ankunft zu freuen. Feirefiz von Anjou und Parzival wurden an der Freitreppe des Palastes herzlich begrüßt und dann in den Palastsaal geführt. Wie es dort üblich war, hatte man an den Wänden hundert große Rundteppiche ausgebreitet, und auf jedem Teppich lag ein Sitzpolster mit langer Samtsteppdecke. Für Parzival und Feirefiz war's am besten, sich niederzusetzen und zu warten, bis man ihnen die Rüstung abnahm. Dann kam ein Kämmerer und brachte ihnen prachtvolle Kleider aus gleichem Stoff. Nachdem alle Ritter im Palast Platz genommen hatten, trug man eine Menge kostbarer Trinkschalen aus Gold, nicht etwa aus Glas, herein. Feirefiz und Parzival tranken und gingen dann zu dem schwergeprüften Anfortas.

Ihr habt schon an andrer Stelle davon gehört, daß er nicht aufrecht, sondern nur zurückgelehnt sitzen konnte und daß sein Bett verschwenderisch ausgestattet war. Anfortas empfing sie mit allen Zeichen der Freude, doch von Schmerzensqualen gezeichnet. Er sprach: »In Schmerzen habe ich darauf gewartet, mit Eurer Hilfe wieder ein glücklicher Mensch zu werden, wenn das überhaupt noch möglich ist. Als Ihr nach Eurem letzten Besuch fortrittet, habt Ihr mich in einem Zustand zurückgelassen, über den Ihr ehrlich bekümmert sein müßtet, wenn Ihr ein hilfsbereiter und mitleidiger Mensch seid. Sollten Ruhm und Ansehen Euern Worten genügend Gewicht verleihen, so setzt es bitte bei der Gemeinschaft dieser Burg durch, daß man mir den Tod gönnt und damit meiner Qual ein Ende bereitet. Seid Ihr Parzival, dann verhindert nur sieben Nächte und acht Tage lang, daß man mir den Gral vor Augen hält, dann ist all mein Elend vorbei. Auf anderes wage ich gar nicht zu hoffen. Welches Glück für Euch, wenn man Euch für diese Tat als hilfsbereiten Ritter preisen wird. Euer Gefährte ist uns unbekannt. Ich kann nicht dulden, daß er vor mir steht. Warum laßt Ihr ihn nicht niedersetzen?«

Unter Tränen erwiderte Parzival: »Sagt mir, wo ist

der Gral? Seine Gemeinschaft wird dann erfahren, ob Gott gewillt ist, durch mich seine Güte zu offenbaren.«

Dreimal warf er sich zu Ehren der heiligen Dreieinigkeit vor dem Gral auf die Knie und betete um Hilfe für die Herzensnot des schwergeprüften Mannes. Dann richtete er sich auf und sprach laut und feierlich die Worte: »Oheim, was fehlt dir?« Gott, der auf die Bitte des heiligen Silvester einen Stier vom Tod erweckte und lebendig davontraben ließ, der dem Lazarus gebot, sich wieder aufzurichten, bewirkte nun auch, daß Anfortas genas und seine volle Gesundheit zurückerlangte. Sein Antlitz erstrahlte wieder in dem Glanz, den der Franzose ›flori‹ – das heißt blühend – nennt. Dagegen war nun Parzivals Schönheit ein Nichts; niemand konnte sich mit dem genesenen Anfortas an Schönheit messen, nicht der Davidsohn Absalon, nicht Vergulacht von Ascalun, keiner der Männer, denen körperliche Schönheit angestammt war, auch Gachmuret nicht, als er in voller Pracht in Kanvoleis einzog. Gott ist wirklich allmächtig!

Da ihn die Inschrift am Gral zum Herrscher bestimmt hatte, gab es keine andere Wahl: Parzival wurde zum König und Herrscher des Grals erhoben. Wenn ich mir ein Urteil erlauben darf: Nie sah man zwei so mächtige und reiche Männer beisammen wie Parzival und Feirefiz, und das Gralsvolk war eifrig um seinen Herrscher und dessen Gast bemüht.

Ich weiß nicht, wie viele Raststrecken inzwischen Condwiramurs in froher Erwartung auf ihrer Reise nach Munsalwäsche zurückgelegt hatte. Ihr war bereits überbracht worden, ihre Herzensqual solle endlich vorbei sein. Herzog Kyot und viele edle Ritter hatten sie nach Terre de Salwäsche geleitet, und zwar bis zu dem Wald, in dem Segramors im Zweikampf niedergestreckt wurde und wo Blutstropfen im Schnee bei Parzival die Vision ihres Antlitzes entstehen ließen. Dort sollte Parzival sie abholen, und er unternahm diese Fahrt sicher sehr gern. Ein Tempelherr überbrachte ihm die Nachricht: »Die Königin wurde von vielen vornehmen Rittern mit größter Ehrerbietung zum vereinbarten Ort geleitet!«

Parzival entschloß sich, mit einem Teil der Gralsritter zu Trevrizent zu reiten. Der war von Herzen froh, als er hörte, daß Anfortas an den Folgen des verhängnisvollen Zweikampfs nicht zugrunde gehen mußte und daß ihm die Mitleidsfrage Genesung gebracht hatte. Er rief: »Gott ist unerforschlich in seinen Entschlüssen! Wer saß je in seinem Rat? Wer kann die Grenzen seiner Allmacht bestimmen? Selbst die Gemeinschaft der Engel hat sie nicht ermessen können. Gott ist Mensch und seines Vaters Wort, er ist Vater und Sohn in einer Person, und sein heiliger Geist hat die Kraft, großartige Taten des Heils zu vollbringen.«

Er wandte sich an Parzival: »Nie ist ein größres Wunder geschehen! Ihr habt Gottes allmächtiger Dreieinigkeit die Erfüllung Eures Willens abgetrotzt! Um Euch von Eurem Wunsche abzubringen, habe ich Euch nicht die ganze Wahrheit über den Gral gesagt. Erlegt mir für diese Sünde eine Buße auf! In Zukunft werde ich Euch gehorsam sein als meinem Neffen und Herrscher. Ich habe Euch erzählt, die verstoßenen Engel seien mit Gottes Zustimmung so lange beim Gral geblieben, bis sie seine Gnade wiedererlangen konnten. Doch Gott ist bei solchem Vergehen unbeugsam und schließt keinen Frieden mit denen, die nach meinen Worten angeblich wieder in Gottes Huld sein sollen. Wer auf Gottes Lohn rechnet, muß ihnen widersagen! Sie sind verloren in aller Ewigkeit und haben sich die Verdammnis selbst gewählt. Mich dauerte Eure, wie ich meinte, vergebliche Mühe. Es ist noch nie geschehen, daß jemand den Gral mit Gewalt errungen hätte, und ich wollte Euch gern von diesem Vorsatz abbringen. Nun aber ist alles ganz anders gekommen. Ihr habt ein unermeßlich großes Gut errungen, doch vergeßt dabei nicht, demütig zu sein!«

Parzival sprach zu seinem Oheim: »Ich will nun die Frau wiedersehen, die ich fünf Jahre lang nicht mehr gesehen habe. Sie ist mir jetzt genauso lieb und teuer wie in der Zeit unseres gemeinsamen Lebens. Trotz deiner falschen Auskunft will ich mich auch in Zukunft nach deinem Rat richten, bis der Tod uns scheidet. Du hast mir in größter Herzensnot ratklug zur Seite gestanden. Jetzt aber will ich zu meiner Frau. Ich habe Nachricht erhalten, sie sei auf dem Wege zu mir bis zum Rastplatz in der Nähe des Plimizöl gelangt.« Als er Abschied nahm, befahl ihn der fromme Mann der Obhut Gottes. Da seine Gefährten den Wald genau kannten, ritt Parzival die ganze Nacht hindurch, bis er bei Tagesanbruch eine beglückende Entdeckung machte: Vor ihm tauchten nämlich viele aufgeschlagene Zelte auf. Wie ich hörte, hatte man die zahlreichen Banner aus dem Lande Brobarz, hinter denen die Schildträger gezogen waren, in den Boden gepflanzt. Dort lagerten also Parzivals Landesfürsten. Parzival fragte, wo sich die Königin befinde, ob sie ein gesondertes Lager habe. Man zeigte ihm den Platz, wo sie, von vielen andern Zelten umgeben, prächtig untergebracht war.

Herzog Kyot von Katalonien war schon früh am Morgen aufgestanden; Parzival ritt mit seinen Begleitern auf ihn zu. Obwohl der Morgen gerade erst graute, erkannte Kyot das Gralswappen, denn alle Ritter der Schar führten das Zeichen der Turteltaube. Da seufzte der alternde Ritter bei der Erinnerung an Schoysiane, seine treue Gattin, die ihn auf Munsalwäsche glücklich gemacht hatte, bevor sie an Sigunes Geburt starb. Kyot trat auf Parzival zu und hieß ihn wie die Seinen herzlich willkommen. Er sandte einen Edelknaben zum Marschall der Königin und befahl ihm, für die Bequemlichkeit der Ritter zu sorgen, die am Rande des Lagers hielten. Dann nahm er Parzival bei der Hand und führte ihn zur Vorratskammer der Königin, einem kleinen Zelt aus Steifleinen. Dort befreite man ihn von seiner Rüstung.

Die Königin hatte von seiner Ankunft noch nichts erfahren. Von Glück überwältigt, fand Parzival in einem hohen, weiträumigen Zelt an ihrer Seite Loherangrin und Kardeiz; ringsum im Zelt ruhten zahlreiche schöne Damen. Kyot schlug auf die Bettdecke und rief der Königin zu, endlich aufzustehen und sich zu freuen. Sie öffnete die Augen und erblickte ihren Mann. Da sie nur ein Hemd trug, raffte die bezaubernde Condwiramurs die Bettdecke um sich und sprang vom Bett auf den Teppich. Sie umschlang Parzival mit beiden Armen, und dann küßten sie sich lange und innig. Condwiramurs rief: »Dich hat das Glück zu mir gesandt, du meine Herzensfreude!« Nach dem herzlichen Willkommen flüsterte sie: »Eigentlich sollte ich dir böse sein, doch ich kann's nicht. Gepriesen sei der Tag und der Augenblick dieser Umarmung; sie läßt all meine Trauer verfliegen! Nun habe ich alles, was mein Herz ersehnte, und aller Kummer ist vorbei!«

Jetzt erwachten auch die beiden Kinder Kardeiz und Loherangrin. Es bereitete Parzival unendliche Freude, die beiden nackten Knaben auf dem Lager liebevoll zu küssen. Der edle, verständnisvolle Kyot ließ nun die Knaben forttragen und bat auch die anwesenden Damen, das Zelt zu verlassen. Sie taten dies aber erst, nachdem sie ihren Herrn nach seiner langen Reise mit Freuden begrüßt hatten. Danach gab der edle Kyot der Königin den Rat, nun selbst für das Wohl ihres Gatten zu sorgen, und er führte ihre Jungfrauen mit sich aus dem Zelt. Da es noch früh am Tage war, schlossen die Kämmerer den Zelteingang.

Einst hatten Blut und Schnee auf der Wiese Parzival das Bewußtsein verlieren lassen. Jetzt entschädigte ihn Condwiramurs für die durchlittene Not, und sie hatte ja auch das rechte Trostmittel zur Verfügung. Obwohl ihm nicht wenige Frauen ihre Liebe angetragen hatten, hatte er nie bei einer andern im Liebesleid Trost gesucht. Meines Wissens genoß er die Freuden, die seine Frau ihm schenkte, bis in den späten Vormittag. Nun aber kam das ganze Heer des Landes Brobarz herbeigeritten, um zu sehen, was sich ereignet hatte. Man betrachtete die Tempelherren, ihre prächtigen Rüstungen, die Spuren vieler Kämpfe trugen: die Schilde waren von zahllosen Lanzenstößen durchlöchert und von Schwerthieben zerhackt. Jeder trug unter einem Umhang aus Seide oder

Samt noch die eisernen Beinschienen; die übrigen Rüstungsteile hatten sie abgelegt.

Nun konnte von Schlaf keine Rede mehr sein. Der König und die Königin erhoben sich, und ein Priester las die Frühmesse. Auf dem Lagerplatz gab's ein großes Gedränge unter den wehrhaften Streitern, die einst gegen Clamide gekämpft hatten. Nach dem Schlußsegen hießen die vielen tapferen Ritter seines Gefolges Parzival ehrerbietig und in unverbrüchlicher Treue willkommen. Man entfernte die Zeltwände, und der König fragte: »Wer von den beiden Knaben ist euer künftiger Herrscher?« Er ließ jetzt die Fürsten wissen: »Kardeiz soll als rechtmäßiges Erbe Valois, Norgals, Kanvoleis und Kingrivals besitzen. Ist er zum Manne gereift, dann geleitet ihn nach Anjou und Bealzenan, die mir mein Vater Gachmuret als rechtmäßiges Erbe hinterließ. Da ich so glücklich war, die Nachfolge des Gralskönigs anzutreten, so nehmt, wenn ihr mir treu ergeben seid, eure Lehen aus der Hand meines Sohnes entgegen.«

Alle waren gern bereit, und nun wurden viele Fahnen herbeigetragen. Zwei kleine Hände gaben danach große Landstriche in den verschiedensten Gegenden zu Lehen. Anschließend wurde Kardeiz zum König gekrönt. Er sollte später außer Kanvoleis auch die anderen Erbländer Gachmurets erobern. Auf einer Wiese am Plimizöl wurden im weiten Rund Sitze für die Mahlzeit hergerichtet, die rasch eingenommen wurde. Danach brach man die Zelte ab, und das Heer aus Brobarz machte sich gemeinsam mit dem jungen König auf den Heimweg. Ihre Jungfrauen und ihr übriges Gefolge schieden mit lautem Wehklagen von der Königin. Dann aber nahmen die

Tempelherren Loherangrin und seine schöne Mutter in ihre Mitte und ritten eilig auf Munsalwäsche zu.

»Einst stieß ich in diesem Wald auf eine Klause, die von einem sprudelnden, klaren Quell durchflossen wurde«, sprach Parzival. »Wenn ihr sie kennt, so führt mich hin.«

Seine Begleiter sagten, sie wüßten von einer solchen Klause. »Dort wohnt eine Jungfrau und trauert beharrlich am Sarge ihres Geliebten. Sie ist der Inbegriff wahrer weiblicher Hingabe, denn man findet sie stets in tiefer Trauer versunken. Unser Weg führt ganz in der Nähe vorbei.«

Der König erklärte: »Dann wollen wir sie aufsuchen!« Sein Gefolge war einverstanden, und sie ritten in raschem Trab vorwärts, bis sie am späten Abend Sigune fanden – im Gebet vom Tod ereilt. Bei diesem Anblick wurde Condwiramurs von Schmerz überwältigt. Man durchbrach die Mauer der Klause, um zu der Toten zu gelangen, und Parzival ließ für seine Base den Sarkophag öffnen. Im Sarge lag der sorgfältig einbalsamierte Leichnam Schionatulanders, immer noch ungebrochen schön und ohne Zeichen des Verfalls. Die ihm im Leben ihre jungfräuliche Liebe geschenkt hatte, wurde an seiner Seite zur letzten Ruhe gebettet; dann schloß man den Sarg. Wie es heißt, beklagte Condwiramurs in tiefer Trauer das Schicksal ihrer Base, war sie doch in ihrer Kindheit von Schoysiane, der Toten Mutter und Parzivals Tante, aufgezogen worden. Darum überkam sie – wenn der Provenzale die Wahrheit las – tiefe Trauer.

Herzog Kyot, der Erzieher des Königs Kardeiz, wußte nichts vom Tode seiner Tochter. Doch der Lauf dieser Geschichte ist nicht krumm wie ein Bogen, sondern geradlinig und wahr; ich kann mich daher nicht mit Nebenhandlungen aufhalten. Sie setzten also ohne weiteren Verzug ihre Reise fort und trafen noch in der Nacht in Munsalwäsche ein. Dort erwartete sie Feirefiz, der sich in der Zwischenzeit keineswegs gelangweilt hatte. Man entzündete zu ihrem Empfang so viele Kerzen, daß der Wald geradezu in Flammen zu stehen schien. Neben der Königin ritt in voller Rüstung ein Tempelherr aus Patrigalt. Auf dem riesigen Burghof hatten zahlreiche Scharen nebeneinander Aufstellung genommen, die ihre Königin, den Burgherrn und seinen Sohn willkommen hießen. Man trug Loherangrin zu seinem Oheim Feirefiz, doch da der so merkwürdig schwarz und weiß gefleckt war, wollte ihn der Knabe nicht küssen. Auch heute noch fürchten sich selbst gut veranlagte Kinder in ungewöhnlichen Situationen. Der Heide aber lachte nur herzlich darüber.

Nachdem die Königin vom Pferd gestiegen war, ging die Versammlung auf dem Hofe wieder auseinander. Mit Condwiramurs hielt das Glück seinen Einzug auf Munsalwäsche und machte die ganze Gralsgemeinschaft freudenreich. Man führte sie zu einer Schar edler Frauen von großem Liebreiz. Neben ihnen warteten an der Freitreppe in achtungsvoller Haltung Feirefiz und Anfortas. Repanse de Schoye, Garschiloye von Gruonlant und Florie von Lunel fielen nicht nur durch den Glanz ihrer strahlenden Augen auf, sondern sie trugen außerdem den Ruhm reinster Jungfräulichkeit. Neben ihnen standen die gertenschlanke, schöne, herzensgute Jungfrau Ampflise, Tochter des Jernis von Ril, und Clarischanze von

Tenabroc, ein liebreizendes Mädchen von makelloser Schönheit, schmalhüftig wie eine Ameise.

Feirefiz trat der Burgherrin entgegen, die ihn zur Begrüßung küßte. Auch Anfortas, über dessen Erlösung sie sich herzlich freute, erhielt einen Willkommenskuß. Feirefiz führte Condwiramurs an seiner Hand zur Tante des Burgherrn, Repanse de Schoye. Obwohl ihr Mund schon vorher rot genug war, mußte Condwiramurs noch viele Küsse austeilen. Ihre Lippen wurden beim Küssen so ermüdet, daß ich Mitleid mit ihr habe und es zugleich bedaure, ihr diese Anstrengung nicht abnehmen zu können; sie war schließlich schon recht erschöpft bei ihrer Ankunft. Jungfrauen geleiteten die Herrin zu ihren Gemächern, während die Ritter im Palast blieben, der von vielen strahlendhellen Kerzen erleuchtet wurde. Nun begannen die Vorbereitungen für den Empfang des Grals, der nur bei festlichen Anlässen vor der ganzen Gralsgemeinde gezeigt wurde. An dem Abend, als sie der Anblick der blutigen Lanze todtraurig stimmte, trug man den Gral in der Hoffnung herbei, daß Parzival Trost und Hilfe bringen würde, doch er ließ sie damals in tiefer Traurigkeit zurück. Nun aber wird der Gral in heller Freude herbeigetragen, ist doch all ihre Trübsal überwunden.

Nachdem die Königin ihre Reisekleider abgelegt und ihren Kopfputz aufgesetzt hatte, kehrte sie in würdigem Aufzug in den Saal zurück. Feirefiz empfing sie an der Tür. Nun, da waren sich alle einig, nie eine schönere Frau gesehen zu haben. Sie trug ein Seidengewand, von geschickter Hand nach dem Muster der Seide gewebt, die der kunstfertige Sarant in der Stadt Thasme ersonnen hatte. Feirefiz von Anjou führte sie im Glanz ihrer Schönheit mitten in den Palast, wo drei mächtige Kaminfeuer aus wohlduftendem Aloeholz loderten. Jetzt lagen vierzig Teppiche und Sitze mehr im Raum als damals, da Parzival den Gral zum ersten Mal herbeitragen sah. Der Sitz neben dem Burgherrn, wo Feirefiz und Anfortas Platz nehmen sollten, war besonders prächtig geschmückt. Wieder erfüllte ein jeder Gralsdiener, der beim Herbeitragen des Grals eine bestimmte Aufgabe zu erfüllen hatte, seine Obliegenheiten mit Sorgfalt und Anstand.

Ihr habt ja schon einmal eine ausführliche Schilderung der Zeremonie vernommen, die beim Herbeitragen des Grals beachtet wurde. Wie man ihn vor Anfortas getragen hatte, so trug man ihn vor den Sohn des edlen Gachmuret und die Tochter Tampenteires. Alle fünfundzwanzig Jungfrauen traten der Reihe nach in den Saal. Schon die erste Jungfrau, die im Schmuck ihrer blonden Locken hereintrat, schien dem Heiden wunderschön, doch als er die nachfolgenden Jungfrauen erblickte, fand er eine immer schöner als die andre, und er bewunderte ihre prachtvollen Gewänder. Alle Jungfrauen waren liebreizend, anmutig, ja bezaubernd anzusehen. Schließlich folgte ihnen mit Repanse de Schoye die strahlendste und schönste Jungfrau. Wie ich hörte, ließ sich der Gral einzig und allein von ihr tragen. Ihr Herz war von makelloser Reinheit, ihr Antlitz leuchtete im schimmernden Glanz einer zarten Blüte.

Soll ich euch die Bedienungsfolge von Anfang bis Ende schildern? Wollte ich erzählen, wie viele Kämmerer das Waschwasser reichten, wie viele Tischplatten man – übrigens mehr als beim erstenmal – herbeibrachte, wie alles ganz nach Brauch und mit Anstand zuging, wie viele Servierwagen mit kostbaren Goldschalen man hereinzog und wie die Sitzgelegenheiten der Ritter aussahen, so würde das eine lange Geschichte. Ich will mich lieber kurz fassen. Ehrerbietig nahm man vom Gral Gerichte von Wildbret und Zuchttieren entgegen, Met für diesen und Wein für jenen – ganz nach Wunsch und Gewohnheit –, auch Maulbeerwein, Rotwein und Würzwein. Der Sohn König Gachmurets hatte in Pelrapeire beim ersten Kennenlernen der Stadt andere Verhältnisse angetroffen.

Der Heide erkundigte sich, wie es kam, daß sich die Goldschalen vor der Speisetafel stets von selbst füllten; dieses wunderbare Geschehen beeindruckte ihn sehr. Da fragte sein Tischgenosse Anfortas: »Herr, seht Ihr denn nicht den Gral vor Euch liegen?« Der schwarz und weiß gefleckte Heide erwiderte: »Ich sehe nur ein grünes Seidentuch. Das trug die Jungfrau zu uns herein, die dort gekrönten Hauptes vor uns steht. Der Glanz ihrer Schönheit dringt tief in mein Herz. Ich glaubte mich stark genug, weder von einer Jungfrau noch von einer Frau in Kummer und Unruhe gestürzt zu werden. Nun aber ist mir alle Liebesgunst edler Frauen, die ich erfahren habe, plötzlich schal und zuwider. Ich weiß, es schickt sich ganz und gar nicht, Euch, dem ich noch nie einen Dienst leisten konnte, mit meiner Liebespein zu behelligen. Was nützen mir Reichtum und Macht, was nützen mir alle im Frauendienst vollbrachten Taten, was alle ausgeteilten Gaben, wenn ich solche Sehnsuchtsqualen dulden muß! Du starker Gott Jupiter, warum hast du mich hierher gebracht, wo ich nichts als Qualen leiden muß?« Die Gewalt der Liebe und der wachsende Liebeskummer ließen die hellen Stellen seines Gesichtes bleich werden. Der liebreizenden Condwiramurs wurde von der wunderschönen Jungfrau fast der Rang streitig gemacht, und Feirefiz, der edle Fremdling, war völlig verstrickt in den Netzen der Liebe. Ohne Widerstand ließ er die Liebe zu Secundille in seinem Herzen verlöschen. Was halfen nun Secundille ihre Liebe und ihr Land Tribalibot? Eine Jungfrau ließ ihn solche Liebesqualen empfinden, daß ihm die Liebe Claudittes, Olimpias, Secundilles und aller andern Frauen, die ihm seinen Ritterdienst gelohnt und ihn um seines Ruhmes willen ausgezeichnet hatten, bedeutungslos erschien.

Der schöne Anfortas bemerkte die Liebesqual seines Tischgenossen; er sah seine frohe Beschwingtheit schwinden und die weißen Flecken seiner Haut erbleichen, und er sprach: »Herr, ich bedaure sehr, daß Ihr nach meiner Schwester solchen Sehnsuchtsschmerz empfindet, wie ihn ihretwegen noch nie ein Mann empfunden hat. Kein Ritter ist je in ihrem Dienst ausgeritten; niemand hat je von ihr den Lohn für seinen Dienst empfangen. Sie blieb voller Herzenskummer stets an meiner Seite, und es hat ihre Schönheit natürlich nicht gemehrt, daß man sie niemals fröhlich sah. Euer Bruder ist ihr Neffe und kann Euch in dieser Angelegenheit sicherlich helfen.«

»Ist die Jungfrau mit der Krone im Haar Eure Schwester«, sprach Feirefiz von Anjou, »dann sagt mir, wie ich ihre Liebe erringen kann. Mein Herz verlangt nach ihr mit allen seinen Fasern. Hätte ich nur allen Siegesruhm, den ich mit der Lanze erstritt, für sie errungen, und könnte ich nun dafür von ihr den

Lohn erwarten! Alle fünf Arten des Lanzenkampfes, die beim Turnier zugelassen sind, habe ich selbst schon angewandt. Der Puneiz wird mit eingelegter Lanze geritten; die zweite Art heißt ›zu triviers‹ und ist gegen die Seite des Gegners gerichtet; die dritte Art ist die Abwehr mehrerer Gegner; außerdem habe ich den Lanzenstoß beim Zusammenprall der Einzelkämpfer und den Verfolgungsstoß gezeigt. Heute aber ist der Tag meiner schwersten Heimsuchung, und dies, seit ich mich zum ersten Male mit dem Schild deckte. Vor Agremontin lieferte ich einem flammenumlohten Ritter einen Lanzenkampf, und hätte ich nicht einen Umhang aus Salamanderleder und einen Schild aus Asbestholz gehabt, so wäre ich bei diesem Zweikampf verbrannt. Ach, hätte mich nur Eure anmutige Schwester überall dorthin geschickt, wo ich unter Einsatz meines Lebens Heldenruhm errang! Für sie ritte ich gern in jeden Kampf. Meinem Gott Jupiter aber bin ich ewig feind, wenn er mich nicht von dieser ungeheuren Qual erlöst!«

Anfortas und seine Schwester hatten die gleichen Gesichtszüge und die gleiche blühende Gesichtsfarbe wie ihr Vater Frimutel. Der Heide schaute immer beide abwechselnd an. Wenngleich es schien, als äße er, rührte er doch keine einzige Speise an, wie viele man auch vor ihm auftrug. Anfortas sprach zu Parzival: »Herr, ich glaube, Euer Bruder hat den Gral noch gar nicht gesehen.« Und Feirefiz bestätigte dem Burgherrn, daß er ihn nicht sehen könne. Dies erschien allen Rittern höchst merkwürdig. Als der bettlägrige, gelähmte alte Titurel davon erfuhr, sagte er: »Wenn es ein Heide ist, so darf er nicht darauf hoffen, daß er, ohne Taufe, den Gral wie die Gralsritter erblicken kann. Er ist für ihn wie hinter einem dichten Verhau verborgen.« Dies ließ er im Palast melden. Nun erklärten Parzival und Anfortas dem Feirefiz, kein Heide könne sehen, was die ganze Gesellschaft in reicher Fülle speiste. Sie rieten ihm, sich taufen zu lassen und so für das ewige Heil seiner Seele zu sorgen.

»Wenn ich mich nun euch zuliebe taufen lasse, bringt mich die Taufe dann auch der Erfüllung meiner Liebe näher?« fragte der Heide. »Alle bisherige Bedrängnis in Kampf oder Liebe ist überhaupt nicht zu vergleichen mit dieser Not. Ich habe keine größere erlitten, seit ich mich erstmals mit dem Schild deckte. Eigentlich gehörte es sich, meine Liebe zu verbergen, doch mein Herz kann sie nicht verheimlichen.«

»Wen liebst du denn so sehr?« fragte Parzival.

»Die wunderschöne Jungfrau dort, die Schwester meines Tischgenossen. Hilf mir, sie zu erringen! Ich mache ihr große Reiche untertan und überhäufe sie mit Macht und Reichtum.«

Da sprach der Burgherr: »Wenn du dich taufen läßt, kannst du um ihre Liebe werben. Da wir seit meiner Erhebung zum Gralskönig an Macht und Reichtum einander ebenbürtig sind, darf ich jetzt wohl du zu dir sagen.«

»Bruder, tu das Deine, daß ich und deine Tante ein Paar werden!« drängte Feirefiz von Anjou. »Erringt man die Taufe im Kampfe, dann bringe mich schnell auf den Kampfplatz, damit ich mit ritterlicher Tat ihren Liebeslohn erdiene. Seit eh und je klangen mir die Melodien zersplitternder Lanzen und auf Helme niedersausender Schwerter am lieblichsten in den Ohren.«

Der Burgherr lachte herzlich, Anfortas noch weit mehr. Und Parzival sprach: »Wenn du auch irrtümlich glaubst, die Taufe im Kampf erringen zu können, so will ich doch dafür sorgen, daß du die Jungfrau erhältst, nachdem du die richtige Taufe empfangen hast. Willst du die Jungfrau erringen, dann mußt du deinem Gott Jupiter abschwören und auf Secundille verzichten. Morgen früh werde ich dir sagen, wie dein Wunsch zu erfüllen ist.«

Anfortas hatte vor seinem Siechtum im Dienste der Liebe Rittertaten vollbracht, die ihn weit und breit berühmt gemacht hatten. Aber nicht nur der Ruhm zahlreicher Siege, sondern auch Güte und Großzügigkeit zeichneten ihn aus. So saßen vor dem Gral die drei hervorragendsten Ritter ihrer Zeit, die im Kampf stets Löwenmut bewiesen. Doch wenn's euch gefällt, haben sie jetzt lange genug gespeist. Voll Anstand wurden überall Tischtücher und Tischplatten entfernt. Streng nach dem Zeremoniell verneigten sich die Jungfrauen, und Feirefiz von Anjou sah zu seinem Leidwesen, daß Repanse de Schoye den Saal verließ. Das Schloß seines Herzens trug den Gral wieder fort, und Parzival verabschiedete nun die Tischgesellschaft.

Ich hätte viel zu erzählen, wollte ich schildern, wie die Hausherrin sich entfernte, wie man Feirefiz ein weiches Lager bereitete – worauf ihn freilich die Liebe keinen Schlaf finden ließ – und wie sich alle Tempelherren der behaglichen, sorgenfreien Ruhe hingaben. Ich will euch lieber berichten, was am nächsten Tage geschah. Als der Morgen hell heraufstieg, faßten Parzival und Anfortas den Entschluß, den liebeskranken Heiden aus Zazamanc in den Tempel vor den Gral zu bitten. Zugleich ließ Parzival alle ratklugen Tempelherren erscheinen, so daß beim Eintritt des Heiden eine große Schar von Fußknechten und Rittern versammelt war. Das Taufbecken war ein Rubin und stand auf einem abgestuften runden Sockel aus Jaspis. Titurel hatte es unter hohen Kosten herstellen lassen. Nun sprach Parzival zu seinem Bruder: »Willst du meine Tante zur Frau, dann mußt du ihretwegen all deinen Göttern absagen, den Teufel bekämpfen und treu die Gebote des allerhöchsten Gottes erfüllen.«

»Alles, was mir hilft, die Jungfrau zu erringen, wird treu und genau von mir getan!« versprach der Heide.

Nun wurde das Taufbecken dem Gral etwas zugeneigt, und sogleich füllte es sich mit wohltemperiertem Wasser. Neben dem Becken stand ein grauhaariger alter Priester, der schon so manches Heidenkind hineingetaucht hatte. Er sprach zu Feirefiz: »Wollt Ihr Eure Seele vor dem Teufel retten, dann dürft Ihr künftig nur noch an den allerhöchsten Gott glauben, dessen Dreieinigkeit sich überall auf der Welt offenbart. Gott ist Mensch und seines Vaters Wort, er ist Vater und Sohn zugleich, und sie sind ebenso gebenedeit wie der Heilige Geist. Dank der Allmacht der Dreieinigkeit nimmt dieses Wasser das Heidentum von Euch. Ins Wasser zur Taufe schritt Gott, der Adam nach seinem Bilde geschaffen hat; aus dem Wasser ziehen die Bäume ihre Säfte; Wasser läßt die ganze Schöpfung fruchtbar werden; Wasser macht das Auge sehend und verleiht der Seele solchen Glanz, daß selbst die Engel nicht heller erstrahlen.«

Feirefiz aber sprach zum Priester: »Wenn's nur gegen meinen Kummer hilft! Tut's das, dann glaube ich, was Ihr wollt. Belohnt sie mich mit ihrer Liebe, dann erfülle ich gern Gottes Gebote. Bruder, ich glaube an den Gott deiner Tante und an sie! All meinen Göttern schwöre ich ab, denn solche Qualen habe ich noch nie gespürt. Auch Secundille soll nicht mehr teilhaben an meinem Ruhm. Um des Gottes deiner Tante willen, laß mich taufen!«

Da verfuhr man mit ihm nach christlichem Brauch und sprach den Taufsegen über ihn. Nachdem der Heide die Taufe erhalten und das Taufhemd angelegt hatte, gab man ihm Frimutels Tochter, nach der er sich in Sehnsucht verzehrte. Vor der Taufe war der Gral seinen Augen verborgen geblieben, doch nun wurde er sichtbar für ihn. Zugleich erschien am Gral eine Inschrift, die folgendes besagte: Beruft die Allmacht Gottes einen Tempelherrn zum Herrscher eines fremden Volkes, dann ist er verpflichtet, im Lande für Recht und Gerechtigkeit zu sorgen; er muß aber jede Frage nach seinem Namen und seinem Geschlecht verbieten. Wird er dennoch gefragt, dann kann er nicht länger im Lande bleiben. Seit der liebenswerte Anfortas lange Zeit in bitteren Qualen auf die erlösende Frage warten mußte, verabscheuen die Angehörigen der Gralsgemeinde alles Fragen. Sie wollen nicht mehr über sich selbst befragt werden.

Der getaufte Feirefiz bestürmte nun seinen Schwager, mit ihm zu ziehen, seine Macht und seinen Reichtum mit ihm zu teilen, doch Anfortas suchte ihn freundlich von seinem Wunsch abzubringen. »Ich will mich dem Dienste Gottes weihen. Die Krone des Grals läßt sich durchaus mit dem vergleichen, was Ihr mir bieten könnt. Durch meinen stolzen Übermut habe ich sie verspielt. Nun bin ich fest entschlossen, mich in Demut zu üben. In Zukunft will ich meine Gedanken nie mehr auf Macht, Reichtum und Frauenliebe richten. Ihr nehmt doch eine edle Gattin mit in Eure Heimat, sie wird Euch keusch und tugendhaft dienen. Ich muß hier meine Pflicht erfüllen und werde im Dienste des Grals sicher noch viele Kämpfe bestehen. Doch nie mehr kämpfe ich im Dienste einer Frau, denn eine Frau war die Ursache meines tiefen Herzeleids! Damit will ich aber nicht sagen, daß ich den Frauen feind wäre! Mir selbst haben sie zwar nichts wie Leid gebracht, doch sie können einen Mann auch wunderbar beglücken.«

Dennoch bat Feirefiz den Anfortas inständig wieder, seiner Schwester zu Ehren mit ihm zu fahren, doch Anfortas blieb fest. Nun bat Feirefiz von Anjou, man solle Loherangrin mit ihm ziehen lassen, doch Condwiramurs lehnte ab, und auch König Parzival sprach: »Mein Sohn ist zum Gralsdienst bestimmt, und wenn Gott ihn auf den rechten Weg führt, wird sein Herz dem Dienste des Grals geweiht sein.«

Elf Tage verbrachte Feirefiz bei großer Fröhlichkeit und Kurzweil, am zwölften Tage nahm er Abschied, denn nun wollte der mächtige Herr mit seiner Gattin zurück zu seinem Heer. Der treue Parzival wurde tieftraurig; der Abschied erfüllte sein Herz mit Betrübnis. Er kam mit den Seinen überein, den Bruder mit einem großen Gefolge von Gralsrittern bis vor den Wald geleiten zu lassen, und auch der schöne, tapfere Anfortas gab Feirefiz das Geleit. Viele Jungfrauen brachen beim Abschied in Tränen aus.

Auf ungebahnten Pfaden ritten sie in Richtung Karcobra. Anfortas sandte dem Burggrafen der Stadt eine Botschaft, in der er ihn an die reichen Geschenke erinnerte, die der Graf von ihm erhalten hatte. Er bat ihn, sich durch treuen Gegendienst zu ehren und seinen Schwager wie dessen Gattin, seine Schwester, durch den Wald von Läprisin bis zu dem weit entfernten natürlichen Hafen zu geleiten, wo das Heer des Feirefiz wartete. Die Stunde des Abschieds war gekommen, denn die Gralsritter durften nicht weiterreiten. Die Botschaft hatte man dem Burggrafen durch die Zauberin Cundry gesandt. Nachdem sich alle Tempelherren von dem mächtigen Mann verabschiedet hatten, ritt der vornehme Ritter von dannen.

Der Burggraf erfüllte den Auftrag, den ihm Cundry überbracht hatte. Der mächtige Feirefiz wurde mit Zuvorkommenheit und großer Pracht empfangen, und er brauchte keine Langeweile zu befürchten, denn man führte ihn ohne Verzug mit einem prächtigen Geleit von Edelleuten weiter. Ich weiß nicht, wie viele Länder er durchqueren mußte, bis er auf dem weiten Wiesenplan von Joflanze anlangte. Als er nur noch wenige Leute antraf, fragte er, wohin das Heer sich zerstreut hätte. Nun, jeder war in sein Heimatland zurückgekehrt. Artus war nach Schamilot geritten. So konnte der Herr von Tribalibot ohne weiteren Aufenthalt zu seinem Heere weiterreisen, das in unruhiger Erwartung seines Herrschers im Hafen vor Anker lag. Seine Ankunft versetzte die vielen wackeren Ritter in frohe Stimmung. Der Burggraf von Karcobra und die Seinen wurden mit reichen Geschenken in ihre Heimat entlassen. Cundry erfuhr nun eine wichtige Neuigkeit: Beim Heer waren Boten mit der Nachricht von Secundilles Tod eingetroffen. Nun erst konnte Repanse de Schoye unbeschwerten Herzens die weite Reise antreten. Später in Indien schenkte sie einem Sohne das Leben, der Johann hieß und den man den Priester Johannes nannte. Seither tragen dort alle Könige diesen Namen. Feirefiz ließ in Indien den christlichen Glauben verbreiten, dem vorher nur wenige anhingen. Das Land, das wir unter dem Namen Indien kennen, wird von seinen Bewohnern Tribalibot genannt. Feirefiz sandte seinem Bruder durch Cundry Nachrichten nach Munsalwäsche, wie es ihm in der Zwischenzeit ergangen und daß Secundille gestorben war. Anfortas freute sich sehr, daß seine Schwester jetzt unbestrittene Herrscherin über viele große Reiche war.

Ihr habt nun den wahrheitsgetreuen Bericht über die Schicksale der fünf Kinder Frimutels erhalten. Ihr habt gehört, daß sie ein vorbildliches Leben führten und daß zwei von ihnen den Tod fanden; so starben Schoysiane, an der Gott keinen Falsch fand, und Herzeloyde, die keine Untreue kannte. Trevrizent hatte auf Schwert und Ritterdasein Verzicht geleistet und lebte im Streben nach ewigem Seelenheil in der beglückenden Liebe Gottes. Der edle und schöne Anfortas focht männlich kühn und reinen Herzens als Gralsritter noch viele Lanzenkämpfe aus, doch kämpfte er nur für den Gral und nicht mehr im Dienste der Frauen.

Loherangrin wuchs zu einem mannhaften und starken Jüngling heran, der auch nicht die geringste Furcht kannte. Nachdem er Ritter geworden war, vollbrachte er im Dienste des Grals ruhmvolle Taten.

Wollt ihr noch mehr hören? Geraume Zeit nach den geschilderten Ereignissen lebte in einem Lande eine edle, makellose Frau. Sie war nach Herkunft und Geburt ebenso vornehm wie mächtig und führte ein keusches Leben, denn jedes irdische Liebesverlangen war ihr fremd. Viele Edelleute, darunter gekrönte Häupter und zahlreiche Fürsten, warben um sie, doch sie hatte sich Gott in Demut so völlig hingegeben, daß sie alle Bewerber abwies. Da wurden viele ihrer Landgrafen unwillig. Warum sie denn zögere, einen Gatten zu nehmen, der ihnen ein würdiger Herrscher sein könnte? Doch sosehr man ihr auch zürnte, sosehr man sie ohne jedes Verschulden anfeindete, sie legte ihr Schicksal ganz in Gottes Hand und berief einen Hoftag ein, zu dem sie alle Edlen ihres Landes lud und den auch zahlreiche Gesandte aus fernen Ländern besuchten. Hier tat sie den feierlichen Schwur, sich keinem Manne vermählen zu wollen, es sei denn, Gott selbst habe ihn ihr bestimmt. In diesem Falle würde sie ihn gern erhören und seine Liebe hochhalten.

Sie war die Fürstin von Brabant. Da wurde aus Munsalwäsche der ihr von Gott bestimmte Ritter ausgesandt. Ein Schwan brachte ihn zu ihr, und in Antwerpen ging er an Land. Sie fand an ihm einen vortrefflichen Gatten, denn sein Benehmen war ohne Tadel, und er wurde von allen Menschen, die ihn näher kennenlernten, als schöner und tapferer Ritter geschätzt. Er besaß feine Bildung und kannte sich in Zucht und Anstand aus, überdies war er freundlich, freigebig und ohne charakterliche Schwächen. Nach dem ehrenvollen Empfang durch die Landesherrin wandte er sich vor ihren ringsum versammelten Untertanen an die Fürstin: »Frau Herzogin, übernehme ich hier auch das Amt des Landesherrn, so könnt Ihr gewiß sein, daß ich zugleich ein ebenso ehrenvolles Amt aufgebe. Um eines muß ich Euch aber vorher bitten: Fragt nie danach, wer ich bin! Solange Ihr nicht fragt, darf ich bei Euch bleiben. Fragt Ihr jedoch, dann endet unser Liebesbund. Wenn Ihr meine Warnung in den Wind schlagt, muß ich Euch nach dem Willen Gottes verlassen.«

Sie gab ihm ihr Frauenwort, sie wolle seine Mahnung beherzigen und alles tun, was er von ihr verlangte, solange sie Gott bei klarem Verstande ließe. Leider sollte dieses Versprechen aus übergroßer Liebe gebrochen werden.

In der folgenden Nacht gab sie sich ihm hin, und er wurde Fürst von Brabant. Beim Hochzeitsfest, das mit großem Pomp gefeiert wurde, empfingen viele Edelleute aus seiner Hand die ihnen gebührenden Lehen. Er war nicht nur ein gerechter Richter, sondern vollbrachte auch zahlreiche ritterliche Kampfestaten, bei denen er mit seiner Heldenkraft stets den Sieg errang. Dem fürstlichen Paar wurden anmutige Kinder geboren, und es gibt noch viele Menschen in Brabant, die zu erzählen wissen, wie sie ihn empfing, wie er, von ihrer Frage vertrieben, Abschied nahm und wie lange er im Lande geblieben sei. Er schied auch nur sehr ungern, doch sein Gefährte, der Schwan, erschien nach der verhängnisvollen Frage mit einem zierlichen kleinen Nachen und holte ihn ab. Als Geschenke ließ er ein Schwert, ein Horn und einen Ring zurück. Dann fuhr Loherangrin davon, der, wie aus der Erzählung bereits bekannt ist, Parzivals Sohn war. Er reiste über Wasser und Land, bis er in die Obhut des Grals zurückgekehrt war. Warum die edle Frau ihren vornehmen, unvergleichlichen

Geliebten verlor? Nun, er hatte ihr doch bei seiner Landung verboten, nach seinem Namen zu fragen. Loherangrin verhielt sich anders als Erec, der zwar drohte, aber seine Drohungen nie wahr machte.

Hat Meister Chrétien de Troyes diese Geschichte nicht wahrheitsgetreu berichtet, dann darf Kyot, der sie uns in der richtigen Fassung überlieferte, wohl zürnen. Der Provenzale berichtet am Schluß, wie Herzeloydes Sohn nach seiner Bestimmung die Gralsherrschaft errang, die Anfortas verwirkt hatte. Die authentische Erzählung mit dem richtigen Schluß ist also aus der Provence nach Deutschland gekommen, und ich, Wolfram von Eschenbach, schließe dort, wo der provenzalische Meister den Schlußpunkt setzte. Ohne eigenmächtige Änderungen habe ich euch von dem vornehmen Geschlecht und den Kindern Parzivals erzählt, dessen Lebensweg ich bis zum Zenit seines Glücks verfolgte. Wer am Ende seines Lebens sagen kann, daß er seine Seele Gott bewahrt und sie nicht durch Sündenschuld verloren hat, und wer es außerdem versteht, sich durch würdiges Verhalten die Gunst der Menschen zu bewahren, der hat seine Mühen nicht vergebens aufgewandt. Edle und kluge Frauen werden mich nach der Vollendung dieses Werkes bei einigem Wohlwollen um so höher schätzen, und die Frau, für die ich's geschrieben habe, möge mir dafür ein freundliches Dankeswort gönnen.

ANHANG

ZU DIESER AUSGABE

Wenn die Lektüre der hier gebotenen Prosanachgestaltung des ›Parzival‹ beim Leser zwangsläufig den Eindruck verfestigt, einen Prosaroman zu lesen, so mag er sich ab und an vor Augen halten, daß es sich beim Original um eine Versdichtung handelt, sind doch nach mittelalterlichem Formgefühl Vers und Reim notwendige Bestandteile von Dichtung. Wolfram verwendet im ›Parzival‹ einen Vers, wie er uns in der feudalhöfischen Epik weithin begegnet: vier zweiteilige, aus Hebung und Senkung bestehende Kurztakte werden zur Verszeile zusammengefaßt, die durch den Reim mit einer anderen Zeile paarig zusammengeschlossen wird.

Wenn ferner die Lektüre dieser Prosanachgestaltung flüssig vonstatten geht, wenn Verständnisschwierigkeiten kaum noch auftauchen, wenn von interpretationsbedürftigen Dunkelstellen nur noch wenig zu spüren ist, so sei ehrlich bekannt, daß dies freilich nicht mehr die Sprache Wolframs ist. Wolframs Sprache, die man als klassische Repräsentation des ›dunklen Stils‹ angesehen hat, ist ihrem Wesen nach bizarr, außergewöhnlich, seltsam. Sie erschließt dem Leser des Originals ihren spröden Reiz nur bei angestrengt-einfühlsamer, hellwacher, assoziationsbereiter Lektüre, doch hat man erst einmal den ästhetischen Reiz dieser hintergründig-humorigen, bisweilen spitz-ironischen oder gar saftig-derben barocken Schnörkel entdeckt, so wird man diesem eigenartigsten der deutschen Epiker des Mittelalters mehr und mehr freund. Er ist ein Künstler, der die Kunst bildhaften Gestaltens zum dominierenden Zug seines persönlichen

Stils gemacht hat; dem Leser des Originals begegnet eine unerhörte Fülle sprachlicher Bilder, die sich nicht selten durch spöttelnde, erheiternde Nuancen auszeichnen. Der Sachkenner mag es bedauern, daß in dieser Nachgestaltung die Eigentümlichkeiten Wolframscher Diktion weitgehend aufgegeben wurden. Er wird die Vagheit dunkler, skurriler Bilder, das vielschillernde Spiel mit Bedeutungen, den eigenwilligen, verschlungenen Fluß der Syntax vermissen. Doch dieser Nachteil mußte in Kauf genommen werden angesichts des Grundanliegens der vorliegenden Nachgestaltung. Es ging darum, einen für die Gesamtheit des Lesepublikums lesbaren, eingängigen Text zu schaffen, der – bei größtmöglicher Originaltreue – einen umfangreichen Kommentarteil überflüssig macht. Darum wurde in jedem Fall in erster Linie Sinntreue angestrebt. Die Lösung dieser Aufgabe war keineswegs einfach, denn daß die Nachgestaltung des Wolframschen ›Parzival‹ immer auch Interpretation bedeutet, weiß jeder Wolframkenner. Da es also darum ging, dem Leser leichten und ungestörten Zugang zu einer der großen literarischen Schöpfungen des deutschen Mittelalters zu schaffen, fiel auch die Entscheidung für eine Prosafassung, die einem geschmeidigeren sprachlichen Eingehen auf die tieferen Intentionen des Dichters mehr Möglichkeiten einräumt. Da der Leser sicherlich vorrangig am Werk interessiert ist, sei es ihm erlassen, einen Eindruck von der Schwere der Steine zu erhalten, die es wegzuräumen galt; eine Rechenschaftslegung zur jeweils getroffenen Entscheidung des Nachgestalters und Interpreten würde zudem den Umfang dieser Ausgabe unzumutbar dehnen; der noch heute nützliche ›Parzival‹-Kommentar von Ernst Martin (Halle 1903) umfaßt immerhin 535 Druckseiten. Erwähnt sei lediglich noch, daß die Nachgestaltung der Textfassung von Gottfried Weber folgt.

Um jedoch dem Leser zumindest einen Eindruck vom Original zu vermitteln, wird im Anschluß ein Textstück (Parz. 1.1–1.30) originalsprachlich mitgeteilt, dem synoptisch eine weitgehend am Original bleibende Übersetzung beigegeben ist. Weiterführender Illustration dient die Fotokopie einer Handschriftenseite, die den originalsprachlichen Text in der Schreibweise des 13. Jahrhunderts bietet. So hat der zeitgenössische Vortragskünstler, so hat das zeitgenössische, sicher kleine Lesepublikum Wolframs Werk gelesen. Es handelt sich um eine Seite der Handschrift G (k), Cod. germ. 18 (Cim. 345), mitgeteilt von E. Petzet / O. Glaunig in dem Werk ›Deutsche Schrifttafeln des IX. bis XVI. Jahrhunderts‹, III. Abteilung (München 1912, Tafel XXXV).

1.1 Ist zwîvel herzen nâchgebûr,
daz muoz der sêle werden sûr.
gesmaehet unde gezieret
ist, swâ sich parrieret
unverzaget mannes muot,
als agelstern varwe tuot.
der mac dennoch wesen geil:
wand an im sint beidiu teil,
des himels und der helle.
der unstaete geselle
hât die swarzen varwe gar,
und wirt och nâch der vinster var:
sô habet sich an die blanken
der mit staeten gedanken.
diz vliegende bîspel
ist tumben liuten gar ze snel,
sine mugens niht erdenken:
wand ez kan vor in wenken
rehte alsam ein schellec hase.
zin anderhalp ame glase
geleichet, und des blinden troum,
die gebent antlützes roum,
doch mac mit staete niht gesîn
dirre trüebe lîhte schîn:
er machet kurze fröude alwâr.
wer roufet mich dâ nie kein hâr
gewuohs, inne an mîner hant?
der hât vil nâhe griffe erkant.
sprich ich gein den vorhten och,
daz glîchet mîner witze doch.

Ist Unentschiedenheit der Nachbar des Herzens,
so muß dies für die Seele bitter werden.
Geschändet und geschmückt zugleich
kann man es nennen, wenn
die Gesinnung eines standhaften Mannes zwiespältig ist
wie die Farbe der Elster.
Dennoch kann er immer noch froh sein,
denn auf ihn haben beide ein Anrecht,
der Himmel und die Hölle.
Der unbeständige Gesell
ist ganz und gar schwarz
und wird auch in die Finsternis fahren.
Dagegen hält sich an die Helligkeit,
wer beständige Gedanken hegt.
Dieses fliegende Gleichnis
ist für törichte Menschen viel zu schnell;
sie können es daher nicht begreifen.
Es kann nämlich vor ihnen Haken schlagen
wie ein aufgescheuchter Hase.
Zinn auf der anderen Seite des Glases
bietet ein trügerisches Abbild, desgleichen der Traum des Blinden;
sie geben ein oberflächliches Bild.
Doch von Beständigkeit
kann dieser trübe, flüchtige Schimmer nicht sein;
er schenkt fürwahr nur kurze Freude.
Wer zupft mich dort, wo nie ein Haar
gewachsen ist, innen an meiner Hand?
Der hat nahe zupacken gelernt.
Riefe ich aus Furcht vor ihm ach und weh,
so sähe es so aus, als hätte ich Verstand.

ERLÄUTERUNGEN

43 *Dieses geflügelte Gleichnis:* Wolfram bezieht sich auf das Elstergleichnis. Das zweifarbige Federkleid der Elster diente der sinnfälligen Gegenüberstellung von Haltlosigkeit und Festigkeit, während jetzt die Schnelligkeit des Vogelflugs Grundlage des Vergleichs wird.

45 *Rubin mit … geheimen Kräften:* Im Mittelalter sprach man den Edelsteinen wunderbare, für den Menschen hilfreiche Eigenschaften zu.

46 *französisches Erbrecht:* In Frankreich galt beim Adel das Erstgeburtsrecht, das dem ältesten Sohn die alleinige Erbfolge sicherte. Beim deutschen Adel wurde das Erbe geteilt.

in einem … deutschen Landstrich: Das frz. Erstgeburtsrecht, dessen außerdeutsche Herkunft durch die Bezeichnungen ›jus Francorum‹ oder ›burgundische Erbfolge‹ kenntlich gemacht wurde, fand in einigen deutschen Landstrichen Eingang, vor allem in rheinld. Grafschaften, aber auch im fränk.-bayr. Süden, der Heimat Wolframs.

49 *Gylstram:* erfundene Örtlichkeit, im fernen Westen zu denken.

Ranculat: Hromghla am Euphrat; hier ist ein Ort im fernsten Osten gemeint, Gegenpol zu Gylstram.

Saumschreine: Kästen, mit denen Lasttiere beladen wurden.

51 *Mark:* im Mittelalter Massemaß für Edelmetalle mit landschaftlich und zeitlich bedingten Unterschieden.

Die Kölnische Mark hatte z. B. ein Gewicht von 233,812 g, so daß man bei 1000 Mark mit knapp 5 Zentnern Gold oder Silber zu rechnen hat.

Baruc (hebr. Baruch): ›der Gebenedeite‹.

52 *Achmardi:* golddurchwirkter grüner Seidenstoff aus Arabien.

Waffenrock: als Überwurf über dem Kettenhemd getragen.

53 *Zazamanc:* erfundenes Königreich, in Afrika angesiedelt.

54 *Patelamunt:* erfundene Hauptstadt von Zazamanc.

61 *Azagouc:* wie Zazamanc erfundenes afrikan. Königreich.

64 *Anlaufstrecke:* die vom Ritter auf seinem Roß durchmessene Strecke, wenn er seinen Gegner im Lanzenkampf angreift.

65 *Kleinodien ... davongeführt:* Es war Brauch, kostbare Geschenke der Damen mit sich zu führen, die an der Lanze befestigt wurden. Beim Durchstechen des gegnerischen Schildes blieben diese Angebinde im Schild hängen.

Turnierausrufer: Helfer des kämpfenden Ritters, die ihn während des Turniers mit ausgeruhten Pferden und Waffen versahen und den Schlachtruf erhoben.

kniete sie ... nieder: Um den Gast besonders zu ehren, läßt sich die Hausherrin neben dem tief sitzenden Ritter auf die Knie nieder und bedient ihn bei Tische.

68 *Schildbuckel:* erhabene runde Metallverstärkung in der Mitte des Holzschildes (vgl. Erl. zu 162).

72 *Schachtelakunt:* entspricht dem altfrz. cons del castel, von Wolfram zur Wiedergabe des deutschen burcgrâve (›Burggraf‹) mit Umstellung der Wortteile gebildet.

79 *Fahnleben:* spielt auf die Art der Belehnung an: der Vasall brachte dem Lehnsherrn die Fahne, und dieser bot sie ihm wieder dar. Fahnlehnen konnte nur der König verleihen; sie waren mit Gerichtshoheit und Heerbann verbunden.

82 *Feimurgan:* Land der kelt. Sagenwelt.

87 *Leoplan:* Blachfeld vor Kanvoleis.

88 *Mutter des Artus:* Utepandraguns Frau ist die später erwähnte Arnive.

zauberkundigen Pfaffen: der später erwähnte Zauberer Clinschor.

90 *Vorabendturnier:* Kampfspiel am Vorabend des eigentlichen Turniers.

Regeln der Turnierkunst: Turniere waren im Mittelalter zur Wehrertüchtigung des Adels veranstaltete Kampfspiele. Um Ausschreitungen und damit gefährliche Verletzungen auszuschließen, waren bestimmte Regeln einzuhalten.

95 *Panzerkappe:* kapuzenartige Kopfbedeckung aus Ringgeflecht oder aus weichem, mit Panzerringen gesteppptem Stoff, die unter dem Helm getragen wurde.

97 *Freundesstiche:* hier Lanzenstiche, wie sie unter Freunden ausgeteilt werden, die nicht ernsthaft, sondern nur zur Übung miteinander kämpfen.

104 *Kärlingen:* volkstümlicher Name für Frankreich.

114 *Nabuchodonosor:* Wolfram benutzt hier die grch. Form des babylon. Königsnamens Nebukadnezar II. (605–562), der 586 Jerusalem zerstören und die jüd. Bevölkerung nach Babylonien deportieren ließ. Der Prophet Daniel (2 und 3) berichtet von ihm, er habe sich ein goldenes Standbild errichten lassen, als sei er ein Gott.

115 *Norgals:* meint hier wohl Nordwales.

121 *Bon fils* ... (frz.): Mein gutes Söhnchen, mein teures Söhnchen, mein schönes Söhnchen.

122 *Wer ... von allen andern Edelfrauen mit Geringschätzung spricht:* Anspielung auf eine Dichtung des Minnesängers Reinmar von Hagenau (zwischen 1160/1170 und 1230), in der die besungene Dame hoch über alle andern Frauen gestellt wird.

123 *Ich ... kann ... weder lesen noch schreiben:* Lange Zeit stritt

man darüber, ob dieses Selbstzeugnis für bare Münze zu nehmen sei. Die umfassende Kenntnis der literarischen Überlieferung spricht jedoch entschieden dafür, daß es hier lediglich um einen ironisierend übertreibenden Kontrapunkt zur selbstgefälligen Gelehrsamkeit anderer Autoren geht.

viele, die Dichtung auf ... Gelehrsamkeit gründen: Möglicherweise liegt hier eine Anspielung auf Hartmann von Aue (um 1168–um 1210), einen der Klassiker der feudalhöfischen Literatur, vor, der seine Gelehrsamkeit ausdrücklich hervorhob; Schöpfer der Ritterepen ›Erec‹ und ›Iwein‹ nach dem Franzosen Chrétien de Troyes, der Erzählung ›Gregorius‹ und der Novelle ›Der arme Heinrich‹, außerdem Lyriker.

133 *Wald von Briziljan:* der Zauberwald der Bretonen.

136 *Karnant:* Heimat Erecs und Jeschutes; ihr Vater Lac trägt seinen Namen nach einem dortigen zauberkräftigen Quell. Die Geschichte von Erec und Jeschute gestaltete Hartmann von Aue in seinem Ritterepos ›Erec‹ (um 1185) nach dem Vorbild des gleichnamigen Epos von Chrétien de Troyes.

137 *Artus' Tafelrunde:* Die Tafelrunde des sagenhaften Königs Artus stellt die illusionäre Zielvorstellung zahlreicher Adelsideologen dar. Nur die hervorragendsten, im Kampf bewährten Ritter fanden mit ihren Damen Aufnahme in diese erlesene Schar. Die Rundtafel bewirkte, daß niemand vor den andern ausgezeichnet wurde. Selbst König Artus war hier nur primus inter pares (d. h. der Erste unter Gleichgestellten). Hier spiegelt sich also die Idee von der Gleichheit aller Angehörigen des Ritterstandes wider.

Kampf um den Sperber: In Hartmann von Aues Ritterepos ›Erec‹ (um 1185) wird ein Sperber als Preis für die schönste Dame ausgesetzt, wobei ihr Ritter ihren Anspruch dreimal im Waffengang durchsetzen mußte (676ff.).

139 *Sigune ... Schionatulander:* In seinem ›Titurel‹-Fragment (nach 1215) unternahm es Wolfram von Eschenbach, das Schicksal dieser unglücklich Liebenden zu gestalten.

140 *›Mittenhindurch‹:* Diese Deutung des Namens Parzival geht auf die frz. Form Perce-val zurück, ohne daß die Form ›val‹ hinsichtlich ihrer Bedeutung eindeutig bestimmbar wäre (vielleicht ›Tal‹).

141 *Hundehalsband ... Verderben:* Schionatulander wird von Orilus im Zweikampf getötet, als er auf den törichten Wunsch Sigunes hin einem vorbeijagenden Hund nacheilt, um ihr das prächtig geschmückte Halsband bzw. die Führleine zu gewinnen.

142 *Hartmann von Aue ... Ginover ... Artus:* Anspielung auf Hartmann von Aues Ritterepen ›Erec‹ und ›Iwein‹, deren Zentralgestalten Ritter des Artuskreises sind.

Rotte: zitherähnliches Saiteninstrument mit einem Resonanzboden, dessen Darmsaiten mit einem Bogen gestrichen wurden.

Enite ... Karsnafite: Gestalten aus Hartmann von Aues Ritterepos ›Erec‹.

143 *Curvenal:* In den Epen um Tristan und Isolde ist Curvenal der Erzieher Tristans. Am bekanntesten wurde die Gestaltung Gottfrieds von Straßburg (›Tristan und Isolde‹, 1205/1215).

144 *König von Kukumerland:* Ither von Gaheviez wird als König von Kukumerland vorgestellt (wahrscheinlich ist Cumberland gemeint).

riß ich den Becher vom Tisch: Die Inbesitznahme eines beanspruchten Gutes geschah symbolisch dadurch, daß ein Besitzstück des Gegners fortgenommen wurde.

Meinen Rechtsanspruch ... durch ein angesengtes ... Strohbündel anzumelden: Herrenloses Land wurde durch Entzünden eines Feuers in Besitz genommen.

147 *Peitsche ... Kreisel:* Gemeint ist hier Parzival, während Ither als Kreisel aufgefaßt ist.

Seneschall: Der Seneschall (auch Truchseß genannt)

hatte die Oberaufsicht über die königliche Hofhaltung. Die vier wichtigsten Hofämter waren: der Kämmerer (Schatzmeister), der Mundschenk, der Truchseß oder Seneschall, der Marschall.

162 *Schildnägel:* Der Schildbuckel wurde mit vier Nägeln auf dem Holzsschild befestigt. Die Nägel umrissen also den Mittelpunkt des Schildes und waren der Zielpunkt des angreifenden Ritters (vgl. Erl. zu 68).

164 *Kingrun:* Clamides Seneschall.

165 *Brandigan:* Hauptstadt von Iserterre, dem Land Clamides.

Schoydelacurt (›Freude des Hofes‹): als herrlicher Park zu denken, dessen Betreten mit einem Kampf auf Leben und Tod verbunden war. Das Abenteuer des Schoydelacurt ist ausführlich in Hartmann von Aues ›Erec‹ (8990 ff.) gestaltet.

167 *Pelrapeire:* Hauptstadt von Brobarz.

168 *Schleuderer:* nach ihrer Bewaffnung, einer Steinschleuder, genannt.

169 *Mein Dienstherr, der Graf von Wertheim:* Der Grundbesitz der Grafen von Wertheim lag in der Maingegend. Weiteres zum Dienstverhältnis Wolframs s. S. 8.

Trühendinger Krapfen: Gemeint ist hier wohl der Ort Wassertrüdingen, drei Meilen südl. vom fränk. Eschenbach, dessen Krapfen noch im 19. Jh. erwähnt werden.

171 *die beiden Isolden:* Anspielung auf die Sage von Tristan und Isolde. Die erste Isolde (Gattin von König Marke) ist Tristans Geliebte, die zweite seine Frau, die er nach der erzwungenen Trennung von der Geliebten heimführt.

183 *griechisches Feuer:* brennbare, dickflüssige Mischung aus gebranntem Kalk, Schwefel, Pech, Harz, Erdöl und vielleicht Salpeter, die, von den Byzantinern als brennender Strahl auf die feindlichen Schiffe gespritzt, im Seekrieg gegen Araber und slawische Völkerschaften erfolgreich angewendet wurde.

190 *Löver:* ein Gebiet des Artus.

192 *Mabonagrin ... schwere Mühsal:* Die Aussage bezieht sich wohl auf die Kämpfe, die Mabonagrin bei der Verteidigung von Schoydelacurt (s. Erl. zu 165) auszufechten hatte.

198 *Abenberg:* die Burg Klein-Amberg zwischen Spalt und Schwabach, etwa zwei Meilen östl. von Eschenbach.

199 *Repanse de Schoye:* Schwester des Gralskönigs Anfortas.

200 *Wildenberg:* Name mehrerer Burgen in Franken. Sehr wahrscheinlich ist die im Odenwald gelegene Burg Wildenberg bei Amorbach gemeint, die sich im Besitz der Edelherren von Durne befand.

202 *Gräfin von Tenabroc:* Später nennt Wolfram ihren Namen: Clarischanze.

205 *Sinopel:* schwerer, mit Sirup gesüßter Wein.

206 *Mark* s. Erl. zu 51.

213 *Munsalwäsche:* frz. Mont sauvage, lat. Mons silvaticus (nicht Mons Salvationis), also ›Wild(en)berg‹. Auffallend ist die Ähnlichkeit des Namens mit dem Burgnamen Wildenberg (s. Erl. zu 198).
Salwäsche: ›Wildland‹.

215 *Lunete:* Gestalt aus dem Ritterepos ›Iwein‹, das Hartmann von Aue nach frz. Vorlage gestaltete. Den erwähnten Rat gibt sie ihrer Herrin Laudine, die dann in der Tat Iwein ehelicht, obwohl er ihren Gatten erschlagen hat (1796 ff.).

217 *Fintale:* Halsschutz aus Panzerringen.

218 *›Viel an‹:* Wortspiel mit vilan, ›Bauer‹, oder ›viel anhaben‹.

220 *Toledo:* Die Klingen von Toledo waren berühmt, vielleicht auch die Schilde.

227 *Ein tüchtiger Knappe und Lämbekin:* Der Sinn dieser Anspielung ist nicht zu entschlüsseln.

234 *Karidöl:* der frz. Form des alten Namens der Stadt Carlisle in der nordengl. Grafschaft Cumberland nachgebildet.

235 *Falkner:* Diener bei der Falknerjagd.

240 *Salomon:* Der Hinweis darauf, daß der weise Salomon, König von Israel um 965 – um 925, sich der Macht der Liebe beugen mußte, diente häufig als Beweis dafür, daß selbst der Erfahrenste der Gewalt der Liebe unterliegt. Salomon galt als der Verfasser der Liebeslieder des Hohenliedes.

242 *Heinrich von Veldeke* (1140/1150–1200/1210): Verfasser der ›Eneide‹, des mittelhochdeutschen Äneas-Epos, entstanden zwischen 1170 und 1190, und einer ›Servatius‹-Legende, hervorragender Lyriker, galt als der Nestor der feudalhöfischen Klassik in Deutschland. Die Anspielung gilt offensichtlich einer verlorenen Dichtung, da das überlieferte Werk nichts Vergleichbares enthält.

243 *Kardeiz:* Nach ihm wird später einer von Parzivals Söhnen genannt. Von einem durch die Liebe bewirkten Tod ist sonst nirgends die Rede.

245 *Hermann von Thüringen* (nach 1155–1217): Landgraf; als Mäzen zeitgenössischer Dichter bekannt (vgl. die Sage vom Sängerkrieg auf der Wartburg).

246 *Walther zu seinem Lied … veranlaßt:* Anspielung auf ein Lied Walthers von der Vogelweide (um 1170–um 1230), des berühmtesten mittelalterlichen deutschen Lyrikers.

Heinrich von Rispach: vermutlich Hofmeister am bayr. Hofe; denn Reisbach liegt an der Vils in der Nähe von Landshut.

248 *die eigne Hand … durchbohrt:* Diese Episode ist in der mittelalterlichen Dichtung nicht überliefert.

Inguse von Bachtarliez: Gestalt und erwähntes Geschehen sind sonst nicht überliefert.

253 *Acraton:* sagenhafte orientalische Stadt, neben Babylon angeblich die größte.

256 *Dialektik, Geometrie und Astronomie:* drei der sieben freien Künste der mittelalterlichen Schulbildung. Es fehlen Grammatik, Arithmetik, Rhetorik und Musik.

258 *Tabronit:* sagenhafte, als überaus reich und prächtig geschilderte Stadt; später als Heimatstadt der heidnischen Königin Secundille erwähnt.

260 *Schastel marveile:* gebildet nach dem altfrz. Chastel (de la) merveille, ›Wunderschloß‹, von dem später ausführlich die Rede ist.

270 *Turkoyte:* fürstlicher Begleiter (s. Erl. zu 442).

271 *Angram:* vielleicht die ind. Stadt Agra, rühmte man doch im Mittelalter die Güte des ind. Stahls.

Sterling (staerlinc): noch im engl. Pfund Sterling erhalten; Bezeichnung einer Münze, aber auch eines Münzgewichts.

300 *Weinberge bei Erfurt:* Die thüring. Städte pflanzten im Mittelalter Wein an. Bei einer Belagerung der Stadt wurden die Weinkulturen natürlich in Mitleidenschaft gezogen. Eine solche Belagerung hatte Erfurt, das mit seinem Stadtherrn Erzbischof Ludolf von Mainz auf staufischer Seite stand, 1203 durch die päpstlich-welfische Partei König Ottos IV. von Braunschweig, des dritten Sohnes Heinrichs des Löwen, zu bestehen, die hier unter Landgraf Hermann I. von Thüringen und König Ottokar I. von Böhmen Teile der staufischen Partei König Philipps von Schwaben, des jüngsten Sohnes Friedrichs I. Barbarossa, vorübergehend einschloß. Dieses historische Faktum ist einer der wenigen Anhaltspunkte für die Datierung von Wolframs ›Parzival‹.

305 *Lanzilot hatte ... Ginover ... befreit:* offensichtlich Anspielung auf eine Episode, die im ›Lancelot ou le conte de la Charette‹ des frz. Epikers Chrétien de Troyes (um 1130–um 1190) enthalten ist. Lanzilot ist ein Ritter aus der Tafelrunde des Königs Artus.

314 *Äneas:* Anspielung auf die ›Eneide‹ Heinrichs von Veldeke (s. Erl. zu 242). Äneas, ein Trojaner, Gestalt der grch.-röm. Sage, entkommt nach der Einnahme Trojas aus der brennenden Stadt, findet nach langen Irrfahrten – darunter einem Aufenthalt in Karthago beim heuti-

gen Tunis – eine neue Heimat in Italien und wird zum Stammvater des röm. Volkes.

Dido: in den Äneas-Dichtungen Königin von Karthago; nimmt sich das Leben, als Äneas sie verläßt.

Mazadan s. S. 82.

315 *Erec ... Iders:* Anspielungen auf Geschehnisse im Ritterepos ›Erec‹ von Hartmann von Aue bzw. von Chrétien de Troyes.

317 *Markgräfin von Heitstein:* Der Heitstein ist eine hochgelegene Burg bei Cham im Bayrischen Wald. Vielleicht ist mit der Markgräfin die Gattin des Markgrafen Berthold von Vohburg (gestorben 1204) – Elisabeth – gemeint, Schwester von Herzog Ludwig von Bayern.

Herr von Veldeke s. Erl. zu 242.

320 *Doll(e)nstein:* Ort im Altmühlgrunde (Bayern). Wolfram spielt auf das dort übliche ausgelassene Fastnachtstreiben an.

325 *Galizianer:* Bewohner von Galicien in Nordwestspanien.

Kyot: fabulöse Quelle; s. S. 19 f.

327 *Turnus ... Tranzes:* Beide treten in Heinrich von Veldekes ›Eneide‹ (8528 ff.) auf. Turnus zeichnet sich durch ungestüme Wesensart aus, Tranzes (bei Heinrich von Veldeke: Drances) erscheint als besonnen; er ist kämpferischen Auseinandersetzungen abgeneigt.

328 *Fahnleben* s. Erl. zu 79.

Wolfhart: Anspielung auf das ›Nibelungen‹-Epos (um 1200). Wolfhart tritt dort als kampflustiger Held auf (38. Aventüre).

Rumolt ... Gunther: Anspielung auf Geschehnisse im ›Nibelungen‹-Epos (1465 ff.), die in der Folge weiter ausgeführt ist.

329 *Sibeche ... Ermanrich:* Anspielung auf Stoffe der altgerm. Heldendichtung. Ermanrich (historisch beglaubigt ist der ostgot. König gleichen Namens aus dem 4. Jh.) spielt eine Rolle im Lied von ›Ermanrichs Tod‹. Sibe-

che ist sein kluger, aber wegen verletzter Ehre auf Rache sinnender Ratgeber.

339 *Lunete* s. Erl. zu 215.

345 *Tempelherr:* Die Gralsgemeinschaft wird dem Templerorden gleichgestellt, einem geistlichen Ritterorden, 1119 nach dem ersten Kreuzzug in Jerusalem gegründet. Dieser Orden gelangte im 13. Jh. zu großer Macht und großem Reichtum.

350 *Fontane la salvatsche:* ›Wildquell‹.

357 *Astiroth:* eigtl. Astarte, erscheint in der Bibel als Partnerin des Baal; westsemit. Fruchtbarkeitsgöttin. Der Name war beliebt als Teufelsname.

Belcimon: erscheint bei dem Kirchenlehrer Augustinus (354–430) als Name des Baal.

Belet: wahrscheinlich die phönik. Baaltis, eigtl. nur ein Beiname der Astarte.

Radamant: der homerische Totenrichter Rhadamanthys; durch Vergil und Ovid auch im Mittelalter bekannt.

358 *Platon:* Gemeint ist der grch. Philosoph (427–347).

Sibylle: antike Seherin, die unaufgefordert die Zukunft, meist Unheil, weissagte. Ihr wurden die Sibyllinischen Bücher zugeschrieben, eine im Jupitertempel Roms aufbewahrte Orakelsammlung.

361 *Lapsit exillis* (lat.): Trotz vieler Versuche gibt es keine überzeugende Deutung dieses Namens des Grals.

Phönix: Vogel der ägypt. Sage, der sich alle 500 Jahre selbst verbrannte und aus der Asche verjüngt zu neuem Leben erstand.

368 *Aspis:* in antiken Quellen als giftige Schlangenart erwähnt.

Ecidemon: Fabeltier, hier offenbar als Schlange angesehen.

Echontius: Schlangenart der Sage.

Lisis: vielleicht verderbt aus basiliscus, dem Fabeltier Basilisk, einer geflügelt gedachten Schlange, deren Blick tödlich wirken sollte.

Jecis: Schlangenart der Sage.

Meatris: Schlangenart der Sage.

Geon, Fison ...: Gihon, Pison, Euphrat und Tigris sind nach dem 1. Buch Mose (2,10–14) die vier Flüsse, die aus dem Paradies fließen.

369 *Pflanze, die Sibylle Äneas ... empfahl:* bezieht sich auf eine Episode in Vergils ›Äneis‹ (6, 136ff.). Äneas gelangt hier zur Sibylle und erhält von ihr vor der Höllenfahrt einen zauberkräftigen goldnen Zweig, der ihn schützt.

Pelikan ... in die eigene Brust: Nach dem Volksaberglauben des Mittelalters und nach Isidors von Sevilla (560–636) ›Etymologiae‹ gilt der Pelikan als Symbol aufopfernder Liebe und als Sinnbild Christi.

Einhorn: Das Fabeltier, das man sich als Pferd mit spitzem Horn in der Stirnmitte vorstellte, war im mittelalterlichen Volksglauben Symbol der Reinheit.

Natterwurz: Heilpflanze der Sage.

370 *Narde:* Bezeichnung für ein Duftgewächs; aus den Wurzeln des in der Himalajagegend beheimateten Nardenbaldrians wurden schon im Altertum Nardenöl und -salbe hergestellt.

Theriak: urspr. Mittel gegen Schlangengift, galt im Mittelalter als Allheilmittel aus 12 bis 65 Bestandteilen.

Aloeholz: Heilmittel der Sage.

371 *Ordenssatzung:* Trevrizent befolgt die Lebensregeln mittelalterlicher Mönche.

None: neunte Stunde des um sechs Uhr beginnenden Tages, also drei Uhr nachmittags.

372 *wenn man Fisch gegessen hat:* mittelalterlicher Volksglaube; daß von Fischen die Rede ist, bedingt der kirchliche Gedenktag: der Karfreitag gilt als Fastentag, an dem kein Fleisch, sondern allenfalls Fisch gestattet ist.

378 *Gaurion:* offenbar ein Berg.

Feimurgan s. Erl. zu 82.

Agremontin: offenbar ein vulkanischer Berg. Ein Agrimonte liegt östl. von Salerno.

Rohas: eigtl. Name des steirischen Rohitscher Berges. Hier liegt aber wohl eine Verwechslung mit Roha vor, dem arab. Namen von Edessa.

Cilli: in der südl. Steiermark.

380 *Grajena:* Bach, der dicht bei Pettau (slowen. Ptuj) in die Drau mündet.

goldführende Drau: An der Drau gab es im Mittelalter Goldwäschen.

385 *Kamille:* kämpft in Heinrich von Veldekes ›Eneide‹ (8784ff.) ruhmvoll gegen die Trojaner und findet im Kampf den Tod. Ihre Leiche wird nach Laurente gebracht.

387 *Wundsegen:* Zauberspruch, der nach dem Volksglauben die Heilung von Wunden bzw. Krankheiten bewirken oder befördern soll.

396 *Avestroit mavoie:* entspricht dem altfrz. eave estroite malvoiee, ›Bach im Hohlweg‹.

419 *Terre marveile* (altfrz.): ›Wunderland‹.

Lit marveile (altfrz.): ›Wunderbett‹.

Schastel marveile (altfrz.): ›Wunderburg‹.

422 *Machmumelin:* aus arab. Emir-al-Mumenim, ›Beherrscher der Gläubigen‹, ›Kalif‹.

425 *Lechfeld:* 40 km lange und 6–10 km breite Schotterebene zwischen Lech und Wertach, reicht von Landsberg bis Augsburg; bekannt durch den Sieg des Ritterheeres Ottos I. über die Magyaren am 10. 8. 955.

429 *Gymele ... Kahenis:* Anspielung auf das Epos ›Tristrant und Isalde‹ Eilharts von Oberge (1170/1180). Kehenis darf sich, als er mit Tristrant zu Isalde kommt, neben Gymele betten, doch wird ihm ein betäubendes Zauberkissen untergeschoben (7856 ff.).

431 *Fintale* s. Erl. zu 217.

433 *Diptam:* Heilpflanze (Dictamnus albus), Pfefferkraut, deren Wurzel als Volksarznei diente.

436 *Lanzilot* s. Erl. zu 305.
Garel: Ritter der Tafelrunde des Artus, der auch in anderen mittelalterlichen Epen Erwähnung findet. Möglicherweise wird hier auf eine verlorengegangene Dichtung Bezug genommen.
Erec ... Mabonagrin: Anspielung auf Hartmann von Aues Ritterepos ›Erec‹.
Iwein: Anspielung auf Hartmann von Aues Ritterepos ›Iwein‹.

438 *Surdamur:* Schwester Gawans, die der grch. Herrscher Alexander liebte (vgl. Chrétien de Troyes ›Cligès‹).

439 *Kamille* s. Erl. zu 385. Nach der Beschreibung in Heinrich von Veldekes ›Eneide‹ (9413 ff.) lag der Sarg Kamilles auf einem Pfeiler über einem hohen Gewölbe.

440 *Geometras:* in Heinrich von Veldekes ›Eneide‹ der Erbauer des kunstvollen Bauwerks.

442 *Turkoyte:* So nennt Wolfram den fürstlichen Begleiter und Wächter Orgeluses, Florand von Itolac. Die Bezeichnung ist wahrscheinlich von turkôpel, ›berittene Bogenschützen‹, abgeleitet, deren Anführer hohe Staatsämter bekleideten (altfrz. turcoplier für Kanzler, Gouverneur; turkopel für den persönlichen Diener der Hochmeister, der obersten Leiter der Deutschordensritter und anderer geistlicher Ritterorden).

455 *Einhorn* s. Erl. zu 369.

457 *Nigromantie:* Schwarze Kunst, Zauberei.

465 *Serer:* seit der Antike die Bezeichnung für die Chinesen; von altchines. sir = Seide, also ›Seidenleute‹.

474 *Kancor ... Thebit:* arab. Gelehrte des 9. Jh. aus Bagdad.

482 *Terre de Labur:* Terra di Lavoro, die Tiefebene Kampaniens östl. von Neapel.
Virgilius: Im Mittelalter galt der röm. Dichter Vergil (70–19), weil er in der 4. Ekloge seiner Dichtung ›Bucolica‹ (›Hirtenlieder‹) die bevorstehende Geburt eines göttlichen Kindes und den Anbruch des Goldenen Zeitalters verkündet hatte, als Prophet des Christen-

tums, seit dem 12. Jh. auch als Zauberer. Bei Neapel wird sein Grabmal gezeigt.

Kalot enbolot: Kalata bellota, arab. Kalath-al-Bellut, ›Schloß der Eichen‹, feste Burg nahe der Stadt Sciaccia an der Südküste Westsiziliens.

517 *griechischen Kaiser* s. Erl. zu 438.

533 *Ecidemon:* Fabeltier.

535 *Löwe ... durch das Gebrüll des Vaters lebendig:* Die Fabel, daß der Löwe sein totgeborenes Junges durch Gebrüll zum Leben erweckt, stammt aus dem ›Physiologus‹ (›Naturforscher‹), einer Sammlung von Tiergeschichten mit religiös-allegorischer Deutung. Deutsche Fassungen des urspr. grch. Werkes (2. Jh.) stammen aus dem 11./12. Jh.

536 *Thasme:* Stadt im Gebiet des Feirefiz.

Tabronit: Heimat Secundilles.

Asbestholz: fabelhafte Vorstellung vom Holz eines Baumes, dessen Eigenschaften denen des mineralischen Asbests gleichen.

550 *Wizsant* (Wissant): kleiner Hafenplatz zwischen Calais und Boulogne; zur Zeit der Anjous häufig zur Überfahrt nach England genutzt.

557 *Eraclius:* der edelstein-, pferde- und frauenkundige Held eines frz. Epos, geschaffen von Gauthier d'Arras (›Eracles‹), nachgestaltet von einem deutschen Autor namens Otte (›Eraclius‹, um 1210). Die Namensform Eraclius ist also der deutschen Dichtung entlehnt.

(H)ercules: andere Form von Eraclius.

Alexander III., König von Makedonien 336–323; soll der Sage nach aus dem Paradies einen geheimnisvollen Stein erhalten haben.

Pythagoras (um 580–496): grch. Philosoph und Mathematiker.

563 *Zval* (arab. Zuhal): der Saturn.

Almustri (arab. Al muschtarī): der Jupiter.

Almaret (arab. Al mirrīh): der Mars.

Samsi (arab. Schams): die Sonne.

Alligafir (arab. Al Zuhari): die Venus. Alligafir dürfte auf arab. Al Lukafir – eine Angleichung an Lucifer – zurückgehen.

Alkiter (arab. Al 'utarīd): der Merkur.

Alkamer (arab. Al qåmår): der Mond.

Die unterschiedliche Konstellation der sieben Planeten beeinflußte nach Auffassung der mittelalterlichen Astrologen das menschliche Schicksal. Die abendländische Astrologie lehnte sich hierbei an arab. Vorstellungen an, so daß die Kenntnis der arab. Sternnamen nicht verwunderlich ist.

573 *Silvester:* Der Sage nach soll Papst Silvester (gest. 335) vor König Konstantin und dessen Mutter Helena einen Religionsdisput mit jüd. Gegnern dadurch gewonnen haben, daß er einen Stier, den seine Gegner zuvor durch den zugeflüsterten Namen ihres Gottes tot umfallen ließen, im Namen Christi wieder zum Leben erweckte.

Lazarus: Freund Jesu, Bruder der Maria und Martha aus Bethanien, soll von Jesus vom Tode erweckt worden sein (Joh. 12, 1–11).

585 *›zu triviers‹* (frz. travers): der Gesamtangriff von der rechten Seite her.

595 *Erec, der zwar drohte...:* bezieht sich auf die Vorwürfe, die Erec der Enite in Hartmann von Aues ›Erec‹ (3093 ff.) macht, als sie aus Liebe zu ihm in Besorgnis um sein Leben das bei Todesstrafe ausgesprochene Schweigeverbot bricht.

INHALT

Das Jahrhundert Chinas

Jonathan D. Spence & Annping Chin

DAS JAHRHUNDERT CHINAS

Fotoauswahl von Jonathan D. Spence, Annping Chin, Colin Jacobson und Annabel Merullo

C. Bertelsmann

Oben: Peking, 1924: Ein Automodell samt Chauffeur aus Pappe auf dem Weg zum Friedhof, wo es verbrannt werden soll, damit der Verstorbene ein Transportmittel in die Welt der Geister zur Verfügung hat.
(Foto: Sidney D. Gamble)

Gegenüberliegende Seite: Kinder in Peking, 1937.
(Foto: Georgi Krainukow)

Foto auf Seite 1: Beim Pflanzen von Reis, Südchina, 1965.
(Foto: Marc Riboud)

Foto auf den Seiten 2 und 3: Beijing, 1957.
(Foto: Marc Riboud)

Die Originalausgabe ist 1996 unter dem Titel »The Chinese Century« bei HarperCollins, London, erschienen.

Übertragen aus dem Englischen von Petra Dubilski und Wieland Giebel

1. Auflage

Entwicklung und Gestaltung: Endeavour Group UK, 85 Larkhall Rise, London SW 4 6HR
Umschlaggestaltung: Design Team München unter Verwendung eines Fotos von Auguste François
Umschlagfoto: Auguste François/Musee Guimet, Paris
Rückseitenfoto: Sidney D. Gamble/Sidney D. Gamble Foundation for China Studies
Satz: Max Vornehm GmbH, München
Druck und Bindung: Nuovo Istituto Italiano d'Arti Grafiche SpA., Bergamo, Italia
Printed in Italy
ISBN 3-570-12282-4

INHALT

1964 – auf der Allee der Steinskulpturen, die zu den Ming-Gräbern in der Nähe Pekings führt.
[Foto: René Burri]

ANMERKUNGEN DES HERAUSGEBERS

Die Fotografien für dieses Buch wurden nach umfangreichen Recherchen aus Archiven, Museen und privaten Sammlungen in der ganzen Welt zusammengetragen – aus China, Europa und Amerika. Wir danken den Archivaren, Fotografen und allen anderen Menschen, die den Autoren und uns bei der Suche geholfen haben. Auch unsere Verlagspartner in vielen Ländern haben uns beim Zustandekommen dieses Buchs in erheblichem Maß unterstützt. Ohne die ausdauernden Bemühungen von Harold Evans vom Verlag Random House in New York wäre unser Buchprojekt jedoch gescheitert. Ebenfalls danken wir Hansjoachim Nierentz und Agfa-Gevaert für die großzügige Unterstützung mit hochwertigem Fotopapier sowie Chemikalien und für die Organisation der Fotoausstellungen.

Die Namen der Fotografen sind, soweit bekannt, jeweils bei den Bildlegenden angegeben. Die Quellen beziehungsweise Abbildungsnachweise befinden sich auf den Seiten 262 und 264.

Die Latinisierung in *Das Jahrhundert Chinas* erfolgte nach der von der Volksrepublik China seit den fünfziger Jahren vorgegebenen Pinyin-Umschrift, die das ältere System Wade-Giles ersetzt. Die Aussprache des Pinyin entspricht weitgehend der Schreibweise, mit folgenden Abweichungen:

»C« wie in Cixi wird »ts« ausgesprochen, »q« wie in Qing wie »tsch«, »iu« wie in Liu wie »jo«, »x« wie in Guangxu und Cixi wie »sch« und »zh« wie in Zhou Enlai wie »dsch«.

Ausnahmen von dieser Umschriftsregelung bilden Namen, Orte und Begriffe, die sich seit langem in latinisierter oder deutscher Schreibweise eingebürgert haben: wie etwa Chiang Kai-shek, China, Kanton, Nanking, Tibet, Hongkong und Sun Yat-sen.

Im Chinesischen steht der Familienname zuerst, darauf folgt der Vorname.

KASACHSTAN
R U S
Khobdo
Ulan Bator
MONGOL
Urumchi (Orümqi)
Turpan (Turfan)
Barkol
Hami
Kashi (Kashgar)
XINJIANG
Lop Nur
Dunhuang
Shache (Yarkand)
PAKISTAN
Kaschmir
GANSU
INNERE
Yinchuan
QINGHAI
Xining
NINGXIA
Lanzhou
Ningxia
Neu-Delhi
XIZANG (TIBET)
Baoji
SHAAN
Lhasa
NEPAL
Katmandu
SICHUAN
Chengdu
Wanxian
Thimphu
BUTHAN
Zigong
Chongqing
INDIEN
Zunyi
BANG-LADESCH
Dhaka
GUIZHOU
Guiyang
Kalkutta
Kunming
Hong-shui
YUNNAN
Guilin
Lashio
Bao'an
Liuzhou
GUANGX
Golf von Bengalen
MYANMAR (BIRMA)
Nanning
VIETNAM
Hanoi
Haiphong
LAOS
THAILAND
Haikou

S L A N D
HEILONGJIANG
Amur
Qiqihar
Mandschurei
Harbin
Jilin
Changchun
JILIN
Wladiwostok
MONGOLEI
Shenyang (Mukden)
Fuxin
Fushun
Baotou
Hohhot
Datong
Zhangjiakou
Anshan
LIAONING
Dandong
Beijing (Peking)
Tangshan
Tianjin
HEBEI
Lüshun (Port Arthur)
P'yong-yang
NORD-KOREA
Japanisches Meer
Shijiazhuang
(Hwangho)
Taiyuan
Seoul
Inchon
SÜD-KOREA
HANXI
Jinan
Weifang
SHANDONG
Gelber Fluß
Qingdao
Tokyo
JAPAN
Pusan
Zhengzhou
Kaifeng
Xuzhou
JIANGSU
HENAN
Nanyang
ANHUI
Hwaila (Huai)
HUBEI
Hefei
Nanjing (Nanking)
Yichang
Shanghai
Wuhan
Hangzhou
Staatsgrenzen
Jingdezhen
Nanchang
ZHEJIANG
UNAN
Changsha
Provinzgrenzen
JIANGXI
Wenzhou
ngyang
Ostchinesisches Meer
Eisenbahn
Ganzhou
FUJIAN
Fuzhou
Taipeh
Xiamen (Amoy)
Chinesische Mauer
GUANGDONG
Guangzhou (Kanton)
Shantou
Tainan
TAIWAN
600 km
600 Meilen
Hongkong
Macao
Land über 100 m
Südchinesisches Meer

1
DAS ENDE DES KAISERREICHS
1894–1906

Ins Reich der Mitte: Bauern überqueren die Brücke, die China in der südwestlichen Provinz Yunnan mit Tibet verbindet. Nach alter chinesischer Überzeugung führten alle Straßen nach China von der Barbarei in die Zivilisation. China, »das Reich der Mitte«, war in den Augen seiner Herrscher und seiner gebildeten Elite das wahre Zentrum der Kultur. Alle anderen Länder schienen im Vergleich dazu intellektuell und spirituell unterentwickelt. China riegelte sich nach außen ab. Die Landschaft blieb jahrhundertelang unberührt von fremden Einflüssen. Hängebrücken wie diese gab es schon seit über tausend Jahren, bevor das Foto um 1900 aufgenommen wurde.
[Foto: Auguste François]

Das China Ende des neunzehnten Jahrhunderts weist erstaunliche Ähnlichkeiten mit der Zeit des dritten Jahrhunderts auf, als das Land erstmals unter einem autokratischen Kaiser zu einem Staat geeint wurde. Unter den nachfolgenden Herrschern waren zwar die Schriftsprache standardisiert, eine umfassende, zentralisierte Verwaltung geschaffen sowie Kanäle und Straßen gebaut worden, um die großen Handelszentren miteinander zu verbinden. Doch 1890 sprachen die Menschen in den verschiedenen Regionen noch immer unterschiedliche Dialekte, übten in einer verwirrenden Vielzahl von Tempeln ihre Volksreligionen aus, arrangierten Eheschließungen und Familiengründungen gemäß ihren jeweiligen Traditionen und kamen mit der Bürokratie in all ihren Ausprägungen nur dann in Kontakt, wenn es sich nicht vermeiden ließ.

Das traditionelle Staatswesen Chinas verfügte de facto über keinerlei Möglichkeit, jeglichen Bereich der Gesellschaft zu kontrollieren, da das damalige Riesenreich etwa so groß war wie die Landmasse der USA und Europa beträchtlich an Ausdehnung übertraf. Das Land umfaßte eine klimatische und geographische Spannbreite von Heilongjiang, der Randregion zu Rußland im Norden mit eisigen Wintern und kurzen Wärmeperioden, bis zu den üppigen tropischen Feldern und Fischgründen im Südwesten an den Grenzen zu Vietnam und Birma sowie den trockenen und windigen Wüstengebieten, die sich vom Rande Tibets bis ins tiefste Turkestan erstreckten.

In manchen größeren Städten lebten zwar wohlhabende und gebildete Chinesen, und an der Ostküste waren westliche Enklaven mit all ihren Neuerungen entstanden. Insgesamt behielt China jedoch weitgehend seinen ländlichen Charakter. Für den Großteil der 450 Millionen Einwohner bestand die Welt aus Marktflecken, um die sich kleine Dörfer gruppierten. Die landwirtschaftlichen Produkte wurden huckepack über schmale Wege und in kleinen Booten auf einem Gewirr von Flüssen und Wasserwegen transportiert. Zugtiere stellten eine Seltenheit dar, da sie zu kostspielig für die meisten Bauern waren. Ohnehin gingen die Menschen in der Stadt und auf dem Land gewöhnlich zu Fuß, je nach Jahreszeit durch Schlamm oder Staub. Wer über etwas mehr Einkommen verfügte, ließ sich in einer Sänfte tragen oder in einer Rikscha befördern.

Obgleich es sich bei den landwirtschaftlichen Gerätschaften um Konstruktionen einfachster Art handelte – das teure Eisen konnte sich kaum jemand leisten –, war China ein Land geschickter Handwerker, die sich in Millionen winziger Werkstätten um den Bedarf ihrer jeweiligen Gemeinde kümmerten. Seltenere Güter wie Nadeln, Salz, Papierwaren oder Kinderspielzeug wurden in den Städten an festgesetzten Markttagen verkauft oder von fliegenden Händlern aufs Land gebracht. Die Bauern im Norden pflanzten Baumwolle an und woben ihre Kleidung selbst. Im Süden züchteten die Familien Seidenraupen auf Maulbeerbäumen und verkauften das Garn in der Stadt. Speiseöl wurde aus

gepreßten Erdnüssen, Hanf- oder Rapssamen gewonnen. Für Beleuchtung konnte nur wenig Öl erübrigt werden, außer bei Festlichkeiten, und so richtete sich der Alltag nach dem Rhythmus des Tageslichts. Uhren aller Art waren eine Rarität. Unermüdlich wurde nach Brennstoff gesucht, ganze Landstriche wurden ständig nach Zweigen, Stoppeln, Schilf und Gestrüpp durchstöbert, das ausreichte, um einen Topf mit Wasser für Reis oder Tee zu erhitzen. Das Wasser selbst mußte eigenhändig nach Hause getragen werden, oft mühsam aus tiefen Brunnen oder aus flachen Wasserläufen mit Fuß- oder Handpumpen geschöpft. Nichts wurde verschwendet, und jegliches menschliche oder tierische Ausscheidungsprodukt wurde gesammelt und als Düngemittel verwendet.

Oben: Der menschliche Körper als Maschinenersatz. Die Mehrheit der Bevölkerung führte ein hartes Leben auf dem Land. Nicht einmal im Traum dachte man zu Beginn des zwanzigsten Jahrhunderts an Mechanisierung, selbst Zugtiere konnten sich die meisten Menschen nicht leisten, so daß der menschliche Körper die hauptsächliche

Energiequelle Chinas blieb. Wasser wurde mit den Füßen gepumpt, um die Reisfelder des Südens oder die dürren Ackerböden des Nordens zu bewässern.
Rechts oben: Während im Süden zahllose Flüsse und Kanäle den Transport erleichterten, nutzte man im Norden den stetig blasenden Wind aus der Mongolei als Antriebskraft.
Rechts unten: Die natürliche Elastizität von Bambusstäben erleichterte den Kulis ihre Last. Geflochtene Strohpantoletten gehörten zu den häufigsten Fußbekleidungen, weil sie erschwinglicher waren als wattierte Baumwollschuhe.
[Fotos: Sidney D. Gamble]

Anders als ein hier und da zu bewundernder durchreisender Beamter in seiner prächtigen Standesbekleidung oder die Ausstattung einer reichen Familie, die sich für ein privates oder religiöses Fest ausstaffiert hatte, bestand die ländliche Tracht aus ausgeblichener, blauer oder grauer und stets geflickter Baumwolle sowie aus dünnen Stoffschuhen oder Strohsandalen. Das Haar der Männer war über der Stirn ausrasiert und zu einem langen, über den Rücken fallenden Zopf geflochten, der manchmal bis hinunter zu den Knien reichte. Während der Arbeit wurde er der Einfachheit halber um den Kopf geschlungen oder unter einen schlichten Turban aus geknoteter oder zusammengedrehter Baumwolle gerollt. Die Frauen, sofern sie sich überhaupt aus ihrem häuslichen

Oben: Einfallsreichtum steigert die Produktivität. Millionen Bauernfamilien webten Baumwolle oder spannen Seidenfäden aus den sorgfältig gehegten Kokons. Andere setzten sich gemeinsam vor den Webstuhl und fertigten die in der ganzen Welt heißbegehrten kleinen Teppiche.
[Foto: Sidney D. Gamble]

Rechts: In vielen Familien wurden bereits vier- oder fünfjährige Kinder zur Betreuung ihrer jüngeren Geschwister herangezogen, damit ihre Mütter arbeiten konnten.
[Foto: Frank Cannaday]

Oben: Hüter des Familienviehs. Nur wenige Familien konnten sich einen Wasserbüffel als Zugtier halten. Es war Sitte, daß ein Junge wie der auf dem Foto während des Viehhütens die Zeit nutzte, sich durch Memorieren der klassischen Texte weiter-

zubilden. Umfängliche Kenntnisse des klassischen Wissens waren absolut erforderlich, um die staatlichen Prüfungen zu bestehen und in den Rang eines Qing-Mandarins aufzusteigen.
[Foto: Auguste François]

Folgende Seiten: Typische Marktstädte, hier Yunnanfu im Südwesten (links) und Hangzhou an der Küste (rechts). Der Klang der Glöckchen, die von den Vordächern herabhingen, sollte böse Geister abhalten. Die Soldaten, die zwischen ihren Standarten rasten, schützten hingegen vor eher irdischen Bedrohungen. Solche Städte mit ihrem geregelten Leben bestimmten das Tempo des ländlichen Daseins.
[Linkes Foto: Auguste François, rechtes Foto: Pater Leone Nani]

Der traditionelle Zopf wurde hinter der ausrasierten Stirn im Nacken geflochten. Der im siebzehnten Jahrhundert von den Mandschu-Eroberern als Zeichen der Unterwerfung eingeführte Zopf war im xenophoben China des beginnenden zwanzigsten Jahrhunderts das einzige erkennbare Merkmal fremden Einflusses. In der späten Qing-Ära jedoch wurde er von Männern und Jungen mit Stolz zur Schau getragen und von Wanderbarbieren oder Dienern gepflegt.

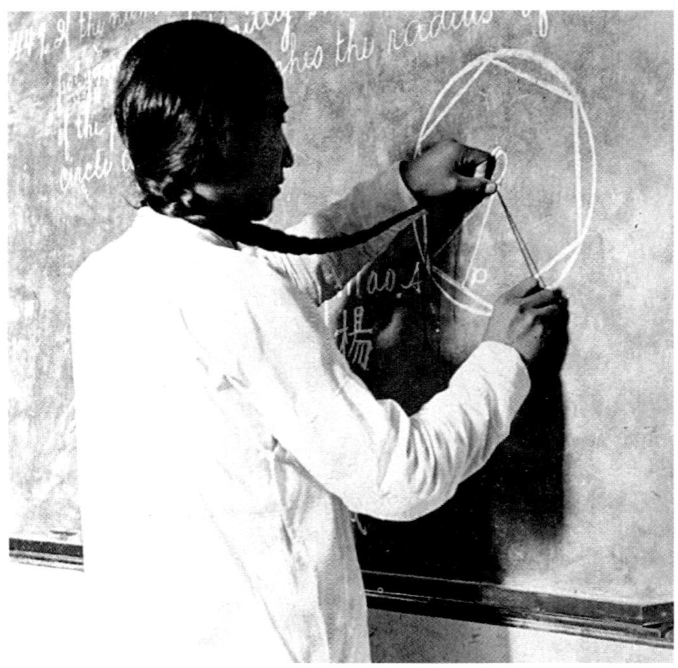

Bereich wagten, sah man auf ihren gebundenen Füßen trippeln. Im Alter von drei oder vier Jahren wurden die Zehen der Mädchen gegen die Fußsohle gebogen und dort mit straff sitzenden Bandagen befestigt – eine Maßnahme, die das Wachstum der Füße hemmte und den Spann in eine steile Krümmung zwang. Der Schmerz wurde ertragen, um einen akzeptablen Ehemann zu bekommen, der in der Regel vom Heiratsvermittler eine Frau mit kleinen Füßen verlangte. Normales Gehen war unmöglich, so daß sich eine Frau nur langsam und unter Schmerzen fortbewegen konnte.

Unter außenstehenden Betrachtern herrschte die Meinung vor, daß dergleichen die altüberlieferten Merkmale des chinesischen Lebens seien. All diese Bräuche stammten jedoch aus jüngerer Vergangenheit. Die ausrasierte Stirn und der Zopf waren eine Sitte der Mandschu-Stämme, die China 1644 eroberten und die Qing-Dynastie begründeten. Sie zwangen die Chinesen, diese Mode als Zeichen der Unterwerfung zu übernehmen. Doch schon zweihundert Jahre später galt der lange, glänzende Zopf als Symbol von Männlichkeit und Eleganz. Gleichermaßen langsam, aber letztlich unaufhaltsam verlief die Verbreitung der gebundenen Füße bei den Frauen aller Gesellschaftsschichten. Die Herstellung zierlicher, bestickter Schuhe für diese bewußt herbeigeführte Verkrüppelung wurde zu einer häuslichen Kunstfertigkeit, die von der Mutter auf die Tochter überging und sich zum ganzen Stolz und ästhetischen Vergnügen für Frauen und Männer entwickelte. Die außergewöhnlich langen Fingernägel, die zum Schutz vor dem Brechen in kunstvoll gearbeitete Futterale aus Bambus oder anderen Materialien gesteckt wurden, waren hingegen ein Hinweis auf die Zugehörigkeit zu einer höheren Klasse, ein Zeichen dafür, daß man nicht zu den Arbeitern gehörte, sondern ein Dasein der Gelehrsamkeit und Muße pflegte.

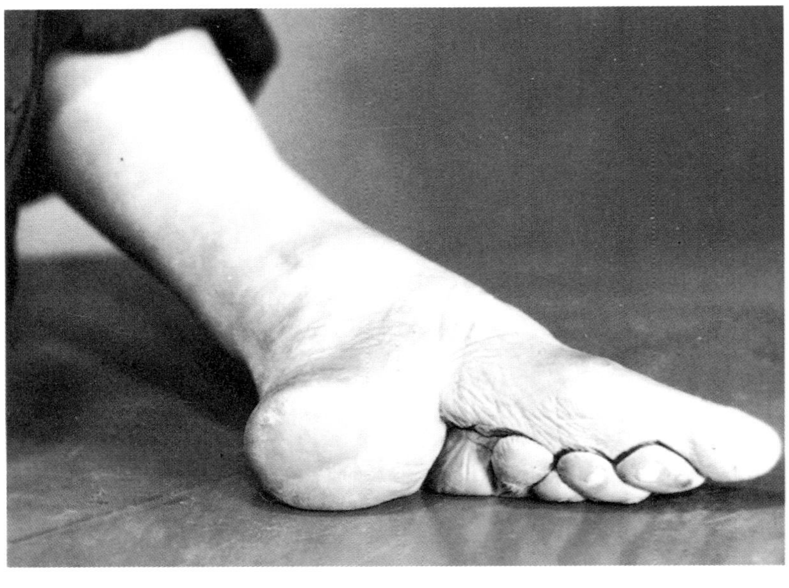

Lilienfüße: Das Binden der Füße kam im elften Jahrhundert auf und verbreitete sich in allen Gesellschaftsschichten, von den Reichen über den Mittelstand, dem die beiden Frauen auf dem rechten Foto angehörten, bis sogar in weite Teile der Landbevölkerung. Im Alter von drei oder vier Jahren wurden den Mädchen die Zehen mit Ausnahme des großen Zehs straff mit Bandagen an die Fußsohle gebunden. Der Fuß sollte dadurch schmal und spitz erscheinen. Nach etlichen Jahren war der Spann derart verkrümmt, daß Ferse und großer Zeh wie zusammengewachsen wirkten. Ständige Schmerzen und Gehbehinderung waren die Folge. Der Anblick einer Frau, die auf ihren winzigen Füßen trippelt und dabei »wie eine junge Weide in einer sanften Brise« ihre Hüften schwenkt, um die Balance zu halten, soll auf Männer erotisierend gewirkt haben. Als sich die Reformer für die Abschaffung dieses Brauchs einsetzten, konnten sich nur wenige vorstellen, daß der Schmerz eines befreiten Fußes demjenigen gleichkam, der einstmals beim Bandagieren entstand. [Rechtes Foto: Pater Leone Nani]

Die mächtige Kaiserinwitwe Cixi mit ihren Eunuchen um 1903 in ihrem neuen Sommerpalast westlich von Peking. Cixi kam im Jahr 1852 als junges Mädchen an den kaiserlichen Hof, weil sie besonders schön war. Innerhalb von fünf Jahren stieg sie zur »ehrenwerten Gefährtin« des Kaisers Xianfeng auf. Nach seinem Tod im Jahr 1861 erhielt sie den Titel einer Kaiserinwitwe. Durch einen Staatsstreich riß sie die Macht an sich und schreckte zur Konsolidierung ihrer Stellung auch nicht vor Meuchelmorden zurück. Als ihr eigener Sohn, »Kaiser Tongzhi«, im Jahr 1874 starb, adoptierte sie unverzüglich ihren Neffen Guangxu, um als »Mutter« des Kaisers die Fäden in der Hand zu behalten. Cixi stellte Guangxu 1898 unter Palastarrest. Kaiserliche Traditionen wurden auch nach dem Boxeraufstand aufrechterhalten: Auf der Abbildung wird Cixi vor den Elementen durch einen zeremoniellen Baldachin geschützt; vor ihr hergetragene Räuchergefäße reinigen die Luft, die sie atmet, und die Roben der Eunuchen symbolisieren Glück und Wohlstand. Cixi machte jedoch auch Zugeständnisse an die neue Ordnung. So gestattete sie beispielsweise, daß sie fotografiert wurde.
Mandschu-Frauen war es verboten, ihre Füße zu binden. Da chinesische Männer ungebundene Füße abstoßend fanden, sollten auf diese Weise Mischehen verhindert werden. Gleichwohl wollten sich Mandschu-Frauen ebenfalls im elegant schwingenden Gang fortbewegen, was die merkwürdigen Plateauschuhe an Cixis Füßen erklärt.

einandersetzungen um Landbesitz mit ausländischer Rückenstärkung Druck auszuüben, religiöse Volksfeste zu unterbinden und zudem die Mitglieder ihrer Gemeinden durch Beamte der Qing-Dynastie zu benachteiligen. Die Missionare selbst galten als willkürlich und anmaßend. Die »Boxer« – wie sie sich nach dem religiös motivierten Kampfsport, den viele von ihnen praktizierten, benannten – brachten Missionare und Konvertiten um. Im Sommer marschierten sie nach Peking, wo sie das diplomatische Viertel belagerten.

Anfänglich genossen die Aufständischen noch das Wohlwollen der Kaiserinwitwe. Auch wurden sie von führenden Beamten unterstützt. Doch dieser Beistand nahm zwei Monate später ein abruptes Ende, als eine internationale Entsatzarmee auf Peking marschierte und die Belagerung zerschlug. Hunderte Boxer und zahlreiche eingeschlossene Ausländer verloren ihr Leben. Als ausländische Truppen die Verbotene Stadt in Peking besetzten, in der die Kaiser der Chinesen und Mandschu seit fast fünfhundert Jahren residierten, floh die Kaiserinwitwe mit ihrer Gefolgschaft und dem immer noch unter Kuratel stehenden Kaiser Guangxu gen Westen nach Shaanxi, während britische, französische, deutsche, russische, amerikanische und japanische Soldaten unter den verbliebenen Boxern und deren Unterstützern ein Blutbad anrichteten.

Als gebrochene Herrscherin und unter harten Strafbedingungen kehrte die Kaiserinwitwe 1902 nach Peking zurück: Die Qing-Dynastie wurde zu Reparationsleistungen im Wert von 450 Millionen Unzen Silber gezwungen, die im Lauf der folgenden vierzig Jahre zu erfolgen hatten. Cixi mußte die demütigenden Hinrichtungen einiger ihrer Mitstreiter hinnehmen. Des weiteren wurden die konfuzianischen Prüfungsrituale in jenen Städten, welche die Boxerbewegung unterstützt hatten, verboten. Doch überraschenderweise und öffentlichkeitswirksam lud Cixi ausländische Diplomaten und deren Ehefrauen zu offiziellen Empfängen in ihren neuerbauten Sommerpalast nordwestlich von Peking ein. Im Jahr 1905 – ihr Neffe, der Kaiser Guangxu, wurde noch immer unter Bewachung gehalten – wollte sie eine kleine Gruppe von Beamten auf eine Auslandsmission – unter anderem nach Japan, in die USA, nach Großbritannien und Deutschland – entsenden, um die administrativen Strukturen dieser Länder zu studieren und danach Vorschläge für eine Umwandlung der Qing-Dynastie in eine konstitutionelle Monarchie zu erarbeiten. Junge chinesische Nationalisten sabotierten diese Mission durch Attentate auf deren Mitglieder. Doch im folgenden Jahr konnte eine zweite Delegation das Land unbehelligt verlassen. Ebenfalls im Jahr 1905 befahl die Kaiserinwitwe die Abschaffung der konfuzianischen Prüfungen und statt dessen die Einführung eines neuen Schulsystems, das sich auf eher praktische und westlich orientierte Lehrpläne stützte.

Jene Mordversuche waren Ausdruck einer neuen Entwicklung: Der Anti-Mandschu-Nationalismus nahm zunehmend gewalttätige Formen an. Im Verlauf der zweihundertfünfzig Jahre währenden Herrschaft der Qing-Dynastie hatte es den Anschein, daß die Mandschu sich letztlich in

Der Boxeraufstand. Die Boxer, wegen ihrer Kampfkünste so genannt, rebellierten gegen die Forderungen und die Anmaßung der christlichen Missionare und Konvertiten. Im Jahr 1900 belagerten sie das Gesandtschaftsviertel von Peking. Eine aus Angehörigen von acht Nationen zusammengestellte Entsatzarmee kämpfte sich durch die Stadt. Die Kaiserinwitwe Cixi, Kaiser Guangxu und seine Gattin mußten nach Xian fliehen.
Nach der Niederwerfung der Belagerung dokumentierten die Soldaten ihren Triumph in zahlreichen Fotos. Zu diesem Zweck setzten sie ihre Ankunft vor den Stadtmauern nochmals in Szene.

Rechts: Massenexekution. Ausländische Soldaten der Entsatzarmee (rechts im Bild) und Qing-Soldaten umstehen enthauptete Boxer. Der japanische Offizier reinigt sein Schwert vom Blut der Hingerichteten.

vielerlei Hinsicht den Han angeglichen hatten, auch wenn die Mandschu-Soldaten mit ihren Familien in einigen Städten in Garnisonsverbänden lebten, bei Hofe Mandschu in Sprache und Schrift vorherrschte und einige religiöse Rituale ihren Mandschu-Charakter beibehielten. Auf der Suche nach Gründen für den raschen Niedergang der Macht Chinas zugunsten der Ausländer ermittelten junge chinesische Ideologen die Mandschu als die wahren Schuldigen. Deren Vertreibung würde es folglich dem chinesischen Volk ermöglichen, eine eigenständige Regierung zu bilden und eine Nation nach eigenen Vorstellungen zu gestalten.

Diese Ansichten fanden zu Beginn des zwanzigsten Jahrhunderts durch Zeitungen und Broschüren rasche Verbreitung. In den von Ausländern beherrschten Gebieten wie Shanghai blieben solche Veröffentlichungen der wachsamen Qing-Zensur verborgen. Auch genossen die Anti-Mandschu-Polemiker in diesen Vierteln internationalen Schutz, während sie andernorts für ihre Ansichten unverzüglich hingerichtet worden wären. Des weiteren erschienen Dokumente und Berichte über die Greueltaten der Mandschu an den Chinesen im Verlauf des Eroberungskriegs im siebzehnten Jahrhundert sowie Verherrlichungen der Taten und Worte jener Chinesen, die tapfer, aber vergeblich der Okkupation Widerstand geleistet hatten. Je mehr die Mandschu danach strebten, Armee und Marine des Landes zu stärken sowie das Bildungswesen und die Regierung zu reformieren, desto nervöser wurden die chinesischen Nationalisten. Sie gelangten zu der Einsicht, daß ein Qing-Staat, der von einer modernen Mandschu-Armee verteidigt würde und mit den neuesten Waffen aus-

2
EINE FRAGILE VERFASSUNG
1907–1917

Im Jahr 1907 hatte sich China offenbar von der demütigenden Niederlage im Krieg gegen die Japaner und der Spaltung durch den Boxeraufstand erholt und schien auf eine konstitutionelle Regierungsform zuzuschreiten. Der einundsiebzigjährigen Kaiserinwitwe Cixi als Reformerin schenkte man zwar keinen Glauben, dennoch reagierte sie – ungeachtet ihrer familiären oder gefühlsmäßigen Bindungen an die konservative Mandschu-Elite – mit Tatkraft auf die Herausforderungen, denen sich China gegenübersah. Ende 1906 nannte die Delegation, die Cixi nach der fehlgeschlagenen Mission von 1905 ins Ausland geschickt hatte, ihre Empfehlungen: Ein Umbau des chinesischen Regierungsgefüges solle dem Beispiel Japans während der Meiji-Restauration folgen. Innerhalb weniger Monate hatten die Kaiserinwitwe und ihre Berater einen Zehnjahresplan schrittweiser Reformen in Richtung eines Nationalparlaments entwickelt. Dessen Mitglieder sollten sich aus Delegierten demokratisch gewählter Provinzversammlungen zusammensetzen – allerdings waren nur Männer mit Vermögen, Landbesitz und Bildung stimmberechtigt.

In etlichen größeren Städten drängten ebenso wie in den Provinzen bewährte und fortschrittliche chinesische Verwaltungsbeamte darauf, lokale Wahlgremien einzuberufen, welche die traditionelle Elite in das neue System einbezogen. Hinzu kamen neue Organisationsformen, die von jüngst aus Japan zurückgekehrten Studenten vorgeschlagen wurden. Gleichzeitig wurde die Administrationsstruktur der Regierung durch moderne Ministerien ersetzt und erweitert, die den militärischen und ökonomischen Notwendigkeiten des Landes angepaßt waren. Man schmiedete Pläne, das damalige Pekinger Fremdsprachenkolleg in eine Nationaluniversität umzuwandeln. Eine Gruppe fähiger Beamter aus den früheren Rechtsabteilungen erhielt den Auftrag, Chinas archaisches Strafgesetzbuch zu revidieren und ein neues System untergeordneter Gerichte zu entwickeln, das die Berufungsmöglichkeit an einem ebenfalls neu zu schaffenden Obersten Gerichtshof einschloß. Das Militär wurde nach westlichen Prinzipien als »Neue Armee« reorganisiert. Die Mandschu-Offiziere, die zu Schulungen ins Ausland geschickt worden waren, bildeten den Kern des neuen Generalstabs und leiteten die neuen Militärakademien. Der Qing-Hof erörterte außerdem eine Bereinigung des nationalen Bildungssystems und begann sich mit der komplizierten Frage einer Steuerreform zu beschäftigen.

Auch Chinas internationale Stellung schien vielversprechender zu sein als eine Dekade zuvor. Der Einfluß der Westmächte und Japans in den gesonderten »Vertragsgebieten«, die den Qing durch Krieg und nachteilige Verträge abgerungen worden waren, wurde nicht mehr in Abrede gestellt. Ohnehin hatte das Ausland mittels niedriger Zölle, die durch eigens ausgehandelte Beteiligungen und Anleihen abgesichert waren, umfassenden Zugriff auf Chinas Wirtschaft. Jedenfalls gab es eine

Der letzte Kaiser. Das Foto von dem sechsjährigen Puyi wurde Ende 1911 aufgenommen, kurz bevor die Mandschu-Dynastie abdankte. Halb versteckt auf der linken Seite schaut Longyu, die Witwe des Vorgängers Guangxu, ins Bild.

Nach dem Boxeraufstand im Jahr 1900 nahmen die katholischen Missionare trotz der gegen sie gerichteten Gewalttätigkeiten ihr Werk wieder auf. Pater Leone Nani, der italienische Priester in der Bildmitte, zelebriert in seiner Missionsstation in der Provinz Shaanxi eine Taufe. Er lebte von 1904 bis 1914 in China und hielt, wie andere Missionare auch, seine Arbeit im Bild fest. Viele Missionare versuchten, sich den Chinesen anzugleichen, um ihre Tätigkeit erfolgreicher zu gestalten. Pater Nani trägt neben dem Mandschu-Zopf und einem langen Bart auch einen »Jijin«, eine taoistische Kopfbedeckung, die im siebzehnten Jahrhundert von den ersten Jesuiten in China übernommen wurde. Die Missionsstationen wurden in der Regel ebenfalls in chinesischer Bauweise errichtet.
[Foto: Pater Leone Nani]

Atempause nach den Kriegen, die das Land so viele Jahre erschüttert hatten, und Qing-Diplomaten ließen sich nun in zahlreichen führenden Hauptstädten der Welt nieder, wo sie Erfahrungen in internationalem Recht und internationaler Diplomatie sammelten. Entscheidend war jedoch, daß die enormen Reparationsleistungen, die China nach dem Boxeraufstand als Strafe aufgebürdet worden waren, nun modifiziert oder teilweise widerrufen wurden. Die Vereinigten Staaten beispielsweise entschieden 1908, einen Teil der Schulden zu erlassen und dafür zu sorgen, daß der Differenzbetrag in China selbst als Stipendium für begabte chinesische Fremdsprachenstudenten und als Fonds für die Opfer des Boxeraufstands genutzt wurde, um ihnen Ausbildung und Unterhalt in den USA zu finanzieren.

Katholische und protestantische Missionare, die Ende des neunzehnten Jahrhunderts in China ziemlich selbstherrlich zu Werke gegangen waren, schienen sich jetzt mehr auf die chinesischen Bildungsbedürfnisse, besonders der Frauen und Mädchen, sowie auf soziale Einrichtungen zu konzentrieren. Der Christliche Verein Junger Männer, der nicht nur Wert auf bürgerliche Tugenden, sondern auch auf körperliche Ertüchtigung und Sport legte, begann ebenfalls seinen Einfluß geltend zu machen. All das bewirkte eine rapide Verbreitung weiterbildender Schulen, Hochschulen und Universitäten, einen Zustrom sozialer und intellektueller Kräfte, die der Demokratie und der Urbanisierung nahestanden, und neue Formen chinesisch-westlicher Zusammenarbeit, wie dem »Yale-in-China«-Modellprojekt in der Provinz Hunan, das dem friedlichen Gedenken an einen im Jahr 1900 von Boxern getöteten Yale-Absolventen gewidmet war. Im Jahr 1908 unterhielt »Yale-in-China« eine höhere Schule sowie ein Gesundheitszentrum und plante medizinische Ausbildungsstätten für die Elite Hunans, um eine neue Generation chinesischer Ärzte heranzubilden. Zwar entstanden Meinungsverschiedenheiten wegen der Höhe des Unterhalts, der studentischen Ausbildung und des Umfangs der im Kurrikulum zugelassenen christlichen Unterweisung, doch insgesamt schienen die Projekte einen sicheren und ruhigen Verlauf zu nehmen.

Aber es gab auch Hindernisse für einen friedlichen Übergang in ein neues, demokratischeres Zeitalter, wie ihn die Mandschu-Führer geplant hatten. Die Überzeugung der Nationalisten, daß diese Reformen lediglich die dynastische Macht der Mandschu stärkten, war das größte Problem. Allerorten herrschten Unmut und Frustration über die vergangenen Verfehlungen und Demütigungen. Zahlreiche Aufstände gegen die Mandschu, etliche mit Sun Yat-sen an der Spitze oder in seinem Namen, flammten auf. Obwohl sie fehlschlugen und die an ihnen Beteiligten hart bestraft wurden, hielten sie die Feindseligkeit wach. Gegen diese gewaltsamen Unterdrückungsmaßnahmen und das Streben nach einer konstitutionellen Monarchie unter dem gegenwärtigen Herrscherhaus der Mandschu opponierten zwei Gruppen. Die einen haßten die Mandschu, obwohl sie für die chinesische Variante einer monarchistischen Regie-

Links: Der Einfluß des Westens schreitet voran. In einer protestantischen Schule erhalten Jungen in der Kleidung der Qing-Scholaren von einem Lehrer im westlichen Anzug Lateinunterricht.

Rechte Seite: Nonnen des katholischen Ordens der Barmherzigen Schwestern unterrichten Kinder in einem in westlichem Stil eingerichteten und mit christlichen Heiligenbildern geschmückten Schulzimmer.

Oben: Der Jugend eröffnen sich neue Möglichkeiten. Da den kleinen Mädchen die Füße nicht mehr gebunden werden, können sie sich nun erstmals frei bewegen, wie hier beim Seilspringen.

Rechts oben: In den Schulen gehören Leibesübungen und Uniformen zum allgemeinen Erscheinungsbild.

Rechts unten: Die Schüler wurden auch mit Musikinstrumenten aus dem Westen, wie Trompeten, Trommeln oder dem Harmonium, vertraut gemacht.

Folgende Seiten: Die letzten kaiserlichen Begräbnisse. Die Kaiserinwitwe Cixi und ihr Neffe, Kaiser Guangxu, starben im November 1908 am selben Tag. An Cixis Beisetzung (oben links) nahm neben anderen Vertretern des Auslands auch der Militärattaché des deutschen Kaiserreichs teil

(oben rechts). Die einbalsamierten Körper von Cixi und Guangxu wurden später auf den kaiserlichen Friedhof hundertsechzig Kilometer nördlich von Peking verbracht. Das ganzseitige Foto zeigt den Leichenwagen Guangxus auf seinem langen Weg durch die trockenen Ebenen Nordchinas.

rung votierten. Die anderen lehnten, weitaus nachdrücklicher, die Monarchie insgesamt ab und forderten die sofortige Umwandlung Chinas in eine Republik.

Der Tod der beiden De-facto-Herrscher Chinas, der alten, unerbittlichen Kaiserinwitwe und des immer noch gefangenen Kaisers Guangxu, die im Jahr 1908 am selben Tag starben, komplizierte die Situation. Guangxu, der seit seinem fehlgeschlagenen Reformversuch von 1898 unter Palastarrest stand, hatte keinen Erben hinterlassen. Also erging die Nachfolge an einen Abkömmling einer Seitenlinie des Herrscherhauses, einen dreijährigen Jungen namens Puyi. Die neuen Mandschu-Regenten, die nun in Puyis Namen herrschten, waren mit Chinas Problemen kaum vertraut und hüteten sich vor jeglicher Veränderung, die ihre fragile Autorität hätte untergraben können. Die mit aller Pracht zelebrierte Beisetzung der Kaiserinwitwe und Guangxus, für die eigens eine Straße von Peking zu den alten Friedhöfen im Norden gebaut wurde, konnte nicht über den moralischen und drohenden steuerlichen Bankrott der neuen Herrscher hinwegtäuschen. Die Regenten regelten

ihre eigenen Probleme, indem sie aus »gesundheitlichen Gründen« einen der mächtigsten chinesischen Provinzbeamten und Modernisierer, Yuan Shikai, entließen, obwohl dieser der Begründer der stärksten Abteilung der reorganisierten Streitkräfte war und den Mandschu-Konservativen geholfen hatte, die Reformer von 1898 zu vertreiben. Als Reaktion auf seine Demissionierung kleidete sich Yuan in das einfache Gewand eines besitzlosen »Einsiedlers« und führte ein anspruchsloses Leben, wobei er jedoch schlauerweise sein militärisches und persönliches Beziehungsgeflecht aufrechterhielt.

Dem Druck aus den Provinzen, Cixis Zehnjahresplan für die Bildung eines Parlaments beschleunigt umzusetzen, konnte nun nicht mehr standgehalten werden. Im Jahr 1908 kündigte der Qing-Hof die erste Zusammenkunft der Nationalversammlung für das Jahr 1917 an. Zuvor sollten sich die Provinzparlamente zu Beratungen treffen. Doch noch bevor die Verordnungen von der Elite der Provinzen in die Tat umgesetzt werden konnten, schlossen sich viele der neureichen Kaufleute sowie Intellektuellen, aus dem Ausland zurückgekehrten Studenten und

Republikanische und kaiserliche Soldaten. Oben: Ein Guomindang-Soldat posiert in seiner neuen Uniform mit dem weißen Stern der Republikaner auf seiner Mütze. Seinen Uniformkragen hält er mit einer Sicherheitsnadel zusammen. Trotz der schäbigen Erscheinung ihrer Truppen konnte die Guomindang dank ihrer Organisation und ihres Kampfgeistes die Qing-Armeen besiegen.

Rechts: Im Gegensatz dazu wirken die Qing-Soldaten in ihren traditionellen Uniformen nahezu elegant. Bei jedem Soldaten sind auf der Hemdbrust Rang und Heimatprovinz vermerkt. Den Mandschu-Zopf haben sie sich um den Kopf geschlungen.
[Fotos: Pater Leone Nani]

Absolventen der neuen Militärakademien zusammen, um sie umgehend zu verwirklichen. Bereits im Jahr 1909 nahmen die Parlamente ihre Arbeit auf, zusammengesetzt aus gewählten und aus von den Provinzgouverneuren ernannten Delegierten.

Manche der zumeist chinesischen Gouverneure waren dem kaiserlichen Hof treu ergeben. In vielen Fällen jedoch sympathisierten sie mit den lokalen Parlamenten. Schon bald entledigten sich die Angehörigen der meisten Provinzgremien ihres vom Hof festgelegten Status als »Berater« und beanspruchten die Kontrolle über Haushalt und Besteuerung. Bereits im Jahr 1910 nominierten sie Mitglieder für die provisorische Nationalversammlung. Auch verlangten sie ein Mitspracherecht in militärischen Angelegenheiten, bei der Reduzierung des ausländischen Einflusses, der Entwicklung der einheimischen Industrie sowie bei den Investitionen und den Eisenbahnprojekten in ihren Provinzen. Der Bau von Eisenbahnlinien hatte seit den achtziger Jahren des neunzehnten Jahrhunderts, meist mit Hilfe ausländischer Kapitalgeber, rapide Fortschritte gemacht. Eine Strecke verband nun Peking mit Mukden im Norden und mit Wuhan in Zentralchina. Andere Strecken waren in Planung oder in der vorbereitenden Bauphase, wie die von Wuhan nach Kanton im Süden und Chengdu im Westen. Die neuen Verbindungen veränderten allmählich die Handelswege und sorgten für schnellere Truppenverlegungen in Unruhegebiete. Provinzherrscher, aufgescheucht und verärgert über die Versuche der Mandschu, die Bahn zu zentralisieren und zu kontrollieren, forderten lautstark das Recht, die Eisenbahnlinien von den Ausländern und der Regierung zurückzuerhalten. Es fällt schwer, die entscheidende Ursache für die Ereignisse Ende des Jahres 1911 zu ermitteln, in deren Folge im Februar 1912 jene Dynastie stürzte, die das Ende einer Ära von über zweitausend Jahren absoluter kaiserlicher Herrschaft bildete. Katalysator war die versehentliche Explosion einer Bombe, ausgelöst durch Angehörige des Revolutionskomitees von Sun Yat-sen am 9. Oktober 1911 im ausländischen Vertragsgebiet Hankou in der Dreistädteregion Wuhan.

Am Ort des Geschehens fiel der Qing-Polizei eine komplette Liste der Mitglieder der illegalen Organisation in die Hände, die von den Hankou-Führern unvorsichtigerweise erstellt worden war. Viele dieser Mitglieder waren Soldaten und Kadetten aus den dort stationierten Garnisonen der Neuen Armee. Nach hastig einberufenen Treffen beschlossen sie zu handeln, bevor die Qing-Polizei sie verhaften konnte. Ihrer Meuterei am 10. Oktober war ein durchschlagender Erfolg beschieden. Sie bemächtigten sich eines kompletten Waffenlagers und erklärten ihre Loslösung von den Qing sowie ihren Willen, eine verfassungsmäßige Regierung zu bilden.

Während der Qing-Hof noch dabei war, militärische Gegenmaßnahmen zu organisieren, verbreitete sich die Nachricht vom Aufstand in ganz China. Zahlreiche Provinzen folgten dem Beispiel, häufig unter Führung ihrer Parlamentsmitglieder, die über die mangelnde Reformbereitschaft Pekings verärgert waren. Die Loyalität der Armeen brach auseinander: Manche wandten sich dem Konstitutionalismus zu, andere

Links: Die Avantgarde der Neuen Ordnung. Guomindang-Soldaten in Wuhan, wo 1911 die Rebellion ausbrach.

Rechts: Als Zeichen für das Ende der Mandschu-Herrschaft zwangen republikanische Soldaten die Einheimischen kurz nach der Revolution, ihren Zopf abzuschneiden.

blieben den Qing ergeben, und weitere nahmen die Chance wahr, ihre eigene Machtbasis auszubauen. In mehreren Städten flammten andauernde und erbitterte blutige Konflikte mit hohen Verlusten auf. Für den einzelnen Chinesen ließ es sich nicht immer leicht nachvollziehen, für wen oder warum er kämpfte.

Einige Chinesen, die sich über die wahren Hintergründe der Ereignisse lediglich ein verschwommenes Bild gemacht hatten, forderten umgehend Gehorsam gegenüber der neuen Republik und dem eigenen »revolutionären« Führungsanspruch, indem sie sich und anderen die Zöpfe abschnitten und sich in Windeseile die aktuell gängigen Phrasen aneigneten. Der chinesische Schriftsteller Lu Xun, ein aus Japan nach Zheijang zurückgekehrter ehemaliger Student, karikierte diese Zeitgenossen in seiner berühmten Romanfigur Ah Q. Als Lu Xun noch in Japan lebte, war er über Chinas Schwäche betroffen und beunruhigt. Er beschloß, sein Medizinstudium aufzugeben und sich dem Schreiben zu widmen, um Chinas Bewußtsein wachzurütteln und die »Seele« des Landes anstelle des »Körpers« zu heilen. Sein Ah Q war ein Mann ohne Prinzipien, feige und tyrannisch zugleich, katzbuckelnd vor den Reichen und hinterhältig gegenüber Frauen und den Armen. Um sich Ansehen zu verschaffen, behauptete er, ein Revolutionär zu sein, wurde jedoch später für seine vorgebliche politische Überzeugung hingerichtet. Für viele Chinesen war diese traurige Romangestalt Sinnbild der grundsätzlichen Ambiguität der Revolution.

Für andere jedoch erwies sich der Aufstand als eine prägende militärische Erfahrung, als die erste Begegnung mit Gewalt, Ideologie und Politik. Das traf auch auf den jungen Mao Zedong zu, der später an der Spitze der Kommunistischen Partei die Führung Chinas übernahm. Mao, Sohn einer bäuerlichen Familie, besuchte als Achtzehnjähriger 1911 in Hunan eine Mittelschule. Dort begeisterte er sich für die republikanische Sache und kämpfte zeitweilig gegen die örtlichen Befehlshaber der Qing. Die verworrenen militärischen Konflikte und die außer Kontrolle geratene Gewalt, die durch das Aufflammen lokaler Fehden und lange unterdrückter Feindseligkeiten chinesischer Siedler gegen alteingesessene Stämme oder Neuankömmlinge zum Ausbruch kamen, blieben den späteren Führern und prominenten Intellektuellen stets im Gedächtnis. Hunderttausende Soldaten aus Stadt und Land erlagen damals ihren Verletzungen. Nur wenige hatten das Glück, in neuen, modernen Krankenhäusern medizinisch wirksam versorgt zu werden.

Die Auseinandersetzungen eskalierten, indem etliche Mandschu-Garnisonen angegriffen und deren Bewohner – Soldaten, Zivilisten und Kinder – niedergemetzelt wurden. Die Regenten des Kindkaisers Puyi baten schließlich ausgerechnet jenen Mann um Hilfe, den sie wegen Zweifeln an seiner Loyalität seines Amtes enthoben hatten: Yuan Shikai. Nach anfänglichem Zögern verließ Yuan sein Refugium, als die Qing ihn zum Premierminister eines provisorischen Parlaments ernannten, das sie in Peking als Gegenpol zum Parlament der Revolutionäre in Nanking einberufen hatten. Sofort zog Yuan ihm ergebene Truppen zusammen und setzte sie in Richtung des aufständischen Hankou in Marsch, das sie im

Oben: Vier der einflußreichsten Warlords Chinas. Nach dem Zusammenbruch der Qing-Dynastie zerfiel China in die Herrschaftsbereiche von Warlords.
Von links nach rechts: Li Yuanhong, Führer wider Willen der ersten Revolutionäre, welche die Dreistädteregion Wuhan kontrollierten. 1916 wurde er Nachfolger von Präsident Yuan Shikai.
Zhang Zuolin, ein mandschurischer Bandit, beherrschte in den zwanziger Jahren Nordchina.
Yan Xishan war ein überzeugter Antikommunist. Er modernisierte die Provinz Shanxi, die er bis in die vierziger Jahre unter seiner Kontrolle hielt.
Fen Yuxiang, der »christliche General«, erregte durch seine organisatorischen Fähigkeiten die Aufmerksamkeit der Kommunisten und Nationalisten, die ihn beide umwarben.

Rechte Seite: Widerstand gegen ungerechtfertigte Anmaßung. Zahlreiche Soldaten lehnten Yuan Shikais Anspruch auf kaiserliche Würden strikt ab. Diese Männer in der Provinz Shandong, fotografiert im Mai 1916, stellten zwei Divisionen auf, um gegen ihn vorzugehen. Dritter von rechts ist ihr politischer Führer, Ju Zheng.

Mandschurei sowie als Kommandeur einer schlagkräftigen Armee, die er bei politischen und militärischen Auseinandersetzungen in Peking einsetzte.

Auch in Südchina hatten die Warlords ihre Macht über die Revolution von 1911 hinweg beibehalten können oder sie danach an sich gerissen. Einige waren hochgebildet oder im Ausland geschult worden. Andere wiederum waren ursprünglich Banditen, deren faktische Militärmacht mittels offiziöser Titel die Legitimierung erfuhr. Durch Entwurzelung, Arbeits- und Rechtlosigkeit wuchs ihre Anzahl nach Yuans Tod beständig. Um ihre oft riesigen Armeen zu finanzieren, erhoben etliche Warlords Sondersteuern und -abgaben, während andere ihre Loyalität dann und wann rivalisierenden Warlords, Politikern oder ausländischen Mächten verkauften. Manche ließen ihre gesamte Armee von einer Provinz finanzieren, wobei sie den Zahlungen durch das Gewicht ihres Militärs Nachdruck verschafften. Und dann gab es auch jene, die den Anbau von Mohn zur Gewinnung von Opium förderten, aus dessen Verkauf sie enorme Gewinne einstrichen.

Der Inbegriff solcher Exzesse und Grausamkeiten war der Warlord Zhang Congchang. Dieser, ein ein Meter achtzig großer Mann von kräftiger Statur, wurde 1890 als Sohn eines verarmten Trompeters und einer Frau, die als Hexe verschrien war, geboren. Nachdem Zhang im Norden Chinas in Spielhöllen gearbeitet hatte, wurde er Mitglied einer Räuberbande und ernannte sich 1911 zum Beauftragten der Revolutionskräfte. Nach der Entbindung von seinen Aktivitäten als Führer einiger Brigaden, die das Banditenunwesen bekämpften – einer Aufgabe, für die er durch seinen Werdegang prädestiniert war –, stieg er zum Divisionskommandanten und Leiter der Militärausbildung in Peking auf. In den zwanziger Jahren wurde er Gouverneur der Provinz Shandong, die er brutal und erpresserisch regierte. Die Telegraphenmasten waren mit Körperteilen und abgeschlagenen Köpfen seiner Opfer verunziert. Er befehligte eine Armee von über hunderttausend Soldaten, zu denen auch eine Einheit chinesischer Knaben, die meist nicht älter als zehn Jahre und mit Gewehren mit abgesägten Läufen bewaffnet waren, sowie ein Kontingent weißrussischer Flüchtlinge gehörten. Außerdem hielt er sich einen Harem von gut vierzig Frauen, viele davon russische oder westliche Flüchtlinge, die er zu seiner eigenen Unterhaltung und der seines Freundeskreises auf den ausschweifenden Dinnerpartys brauchte, bei denen er in feinstem Porzellan servieren und die Mahlzeiten mit französischem Champagner hinunterspülen ließ. Zhang wurde letztendlich vom Adoptivsohn eines Mannes ermordet, den er so ganz nebenher getötet hatte.

盛堂
北軍第一師司令部

3
WEG MIT DEN ALTEN ZÖPFEN
1917–1924

Ungeachtet der politischen Turbulenzen nach dem Zusammenbruch des Kaiserreichs erlebte das Land insgesamt einen beachtlichen Aufschwung. Ohne die Zwänge der Qing-Bürokratie konnten sich neue Geschäfts- und Handelszweige entwickeln. Das Aufbauprogramm für die Eisenbahn, das noch aus der Qing-Zeit stammte, wurde fortgesetzt und bot, obwohl es von Ausländern finanziert war, chinesischen Unternehmern die Möglichkeit, gewaltige Mengen an Waren und Rohstoffen preiswert und schnell zu transportieren. Chinesische Geschäftsleute erlernten von Firmen wie Standard Oil und der British-American Tobacco Company rasch westliche Werbung und aggressive Verkaufsmethoden. Aus der Einfuhr größerer Mengen an Treibstoffen und Rohöl sowie von Elektrogeneratoren taten sich neue Energiequellen auf, mit deren Potential die industrielle Fertigung expandieren konnte. Behördliche Organisationen wie die Handelskammern, die schon in der späten Qing-Ära ihre Tätigkeit aufgenommen hatten, blühten nun förmlich auf. In vielen Fällen begannen die chinesischen Chefs solcher Verbände, weite Teile ihrer Stadt zu aktivieren und kommunale Verbesserungen und neue Einrichtungen durchzusetzen. Straßenbeleuchtung und Telefone sorgten in den Städten für mehr Sicherheit sowie für Erleichterungen im Geschäftsleben. Zwar gab es nur wenige Straßen, die für Autos geeignet waren, doch das Aufkommen von Rikschas mit luftgefüllten Reifen beschleunigte die Fortbewegung in den Städten und sorgte für Beschäftigung von Zehntausenden Arbeitern – auch von vielen enteigneten Mandschu.

Die chinesische Geschäftselite war besser ausgebildet als je zuvor, meist in Schulen unter ausländischer Führung im Land selbst oder in überseeischen Hochschulen und Universitäten. Solche Ausbildungen hatten beispielsweise Umwälzungen in der chemischen Industrie und verwandten Branchen zur Folge und ermöglichten Entwicklungssprünge in so unterschiedlichen Bereichen wie dem Färben und Verarbeiten von Stoffen, in den Glasmanufakturen und der Stahlproduktion. Der Ausbruch des Ersten Weltkriegs in Europa wirkte sich ebenfalls belebend auf das industrielle und wirtschaftliche Wachstum Chinas aus. Viele Europäer wurden zum Kriegsdienst befohlen, so daß eine neue Generation fähiger und von Ausländern geschulter Chinesen die vakanten Führungspositionen übernehmen konnte. Gleichzeitig regten die Rückbeorderung der Handelsschiffe aus östlichen Gewässern und der Lieferausfall von Nachschub und Ersatzteilen aus Europa die Erfindungsgabe chinesischer Ingenieure an, welche die zumeist kostspieligen Importe durch eigene Produktentwicklungen ersetzten.

Als zwangsläufige Konsequenz dieses Wachstums bildete sich eine größere Industriearbeiterschaft heraus. Das traditionelle Handwerk blieb zwar weitgehend von diesen Veränderungen unberührt, doch die neuen Arbeitsplätze sowie die immer wieder aufflammenden Kampf-

Eunuchen im Jahr 1923 beim Handgemenge mit der Polizei. Puyi, der mit seiner Familie bis zu seiner Abdankung in der Verbotenen Stadt lebte, hatte die Eunuchen aus dem Palast vertrieben, da sie unschätzbare Kunstwerke aus kaiserlichem Besitz gestohlen und verkauft hatten. Als ihr Vergehen entdeckt wurde, setzten die Eunuchen einen Teil des Palasts in Brand, um Beweise zu vernichten. Puyi fürchtete daraufhin einen Mordversuch. In seinen Erinnerungen schrieb er, daß »ich nicht zu schlafen wagte. Überall, vom Nebenraum meines Schlafzimmers bis zu den Außengebäuden, schliefen Eunuchen. […] Es wäre allzu leicht gewesen, mich aus dem Weg zu räumen.« Ihm blieb nichts anderes übrig, als sich der Eunuchen zu entledigen. Die Öffentlichkeit nahm dies mit Wohlgefallen zur Kenntnis.

handlungen in den ländlichen Gebieten lockten arbeitsuchende Menschen zuhauf in die größeren Städte. Dort lebten sie unter erbärmlichen Umständen neben den traditionellen Handwerkszünften und den einheimischen Kunsthandwerkern, die über ein weitaus besseres Gespür für wirtschaftliche Möglichkeiten und Prioritäten verfügten. Während China immer stärker in die internationale Welt des Handels hineinwuchs, unterlag seine Agrarproduktion den schwankenden, weltweiten Wirtschaftszyklen, die insbesondere bei den Bauern, die von der Subsistenzproduktion auf anscheinend verlockendere *Cash crops* wie Seide, Baumwolle oder Tabak umstiegen, zu vorhersehbaren Krisen führte.

Ebenso wie der Zusammenbruch der verfassungsmäßigen Regierung kurz nach dem Fall der Qing-Dynastie und die allmähliche Bemächtigung weiter Gebiete Chinas durch die Militärs das Wirtschaftswachstum nicht bremsen konnten, ließ sich auch das intellektuelle Leben weder einschränken noch unterdrücken. Die Aushöhlung der zentralen Kontrolle ermöglichte im Gegenteil eine außergewöhnliche Blüte intellektueller Schaffenskraft, die von manchen als zweite Renaissance gerühmt wurde, ähnlich jener im Europa des fünfzehnten Jahrhunderts. Dieser Vergleich ist jedoch irreführend, da die Chinesen nicht einfach Elemente ihrer eigenen klassischen Vergangenheit wiederentdeckten und sie mit ihrer gegenwärtigen Weltanschauung zu einer neuen Synthese verbanden, sondern sich mit den Kulturen der ganzen Welt befaßten und sich einem breiten Spektrum fremdartiger Gedanken gegenübersahen, das all ihre überlieferten Meinungen und Glaubensrichtungen in Frage stellte. Man war jedoch zugleich der Überzeugung, daß die Nation nur durch schöpferische Anpassung fremden Gedankenguts an Chinas Bedürfnisse davor bewahrt werden könnte, in die Hände der Warlords und Ausländer zu fallen.

Zu diesen intellektuellen Überlegungen gehörte auch das Problem der Sprache. Klassisches Chinesisch war äußerst kompliziert und folglich elitär. Nur wer viel Muße fürs Lernen und Nachdenken aufbringen konnte, war in der Lage, seine Feinheiten zu erfassen. Durch die Begegnung mit demokratischen und sozialistischen Theorien angeregt, schlugen Studenten und Intellektuelle vor, die klassische Sprache und möglicherweise auch die chinesischen Schriftzeichen abzuschaffen. Einige regten die Übernahme von Esperanto an, oder sie wollten die Schriftzeichen gänzlich durch das lateinische Alphabet ersetzen beziehungsweise die Sprache unmittelbar phonetisch in chinesische Schriftzeichen übertragen.

Der Vorschlag, der schließlich angenommen wurde, war die Vereinfachung des klassischen Chinesisch, wobei Ausdrucksformen in eine Schrift übertragen wurden, die umgangssprachlichen Sprachmustern nachempfunden war. Auf diese Art konnten den Massen komplexe Gedankengänge zugänglich gemacht werden. Die Einbeziehung volkstümlicher Begriffe bot Autoren von Romanen, Gedichten oder politischen Theorien neue Formulierungsmöglichkeiten, die sie unverzüglich aufgriffen, indem sie mit wechselnden Rhythmen und metrischen Strukturen experimentierten sowie neue Worte für neue Ideen erfanden. Einige Intellektuelle und Autoren bedauerten den Verlust von Differenziertheit, Präzision und Schönheit in der Sprache. Doch die jungen Leute erachteten diese Veränderungen als ein Zeichen für das Wiedererwachen ihres Landes und die Chance, sich Zutritt zu den Kulturen der Welt zu verschaffen.

Ende der ersten Dekade des zwanzigsten Jahrhunderts waren Zehntausende chinesischer Männer und Frauen von den Universitäten im Ausland nach Hause zurückgekehrt, um ihre neuen Erkenntnisse weiterzugeben. Die Zahl der Schulen und Hochschulen mit westlichen Lehrplänen nahm kontinuierlich zu. Zahlreiche neue literarische, wissenschaftliche und politische Zeitschriften verbreiteten sich über neugegründete Buchläden im ganzen Land, wo sie hauptsächlich bei jungen Lesern gefragt waren. Eine Flut von Romanen wurde übersetzt, besonders französische, englische und russische, sowie vielfältige Werke zur sozialen und politischen Theorie, von denen einige zuerst in der Monatsschrift *Neue Jugend* veröffentlicht und hauptsächlich aus Kreisen der Pekinger Universität herausgegeben wurden. Besonders solche Werke waren populär, die den sozialen Erschütterungen dieser Epoche auf den Grund gingen oder die Kenntnisse der individuellen Psyche vertieften.

Linke Seite: Das Diktat des Westens. Die neuen Strömungen, die nach 1912 das Land erfaßten, hatten beträchtliche Auswirkungen auf das chinesische Geschäftsleben. Junge Chinesen lernen auf importierten Schreibmaschinen Tippen sowie Sprachen, um für den Handel mit dem Westen gerüstet zu sein und um Jobs bei ausländischen Firmen in den Konzessionsgebieten zu erhalten.

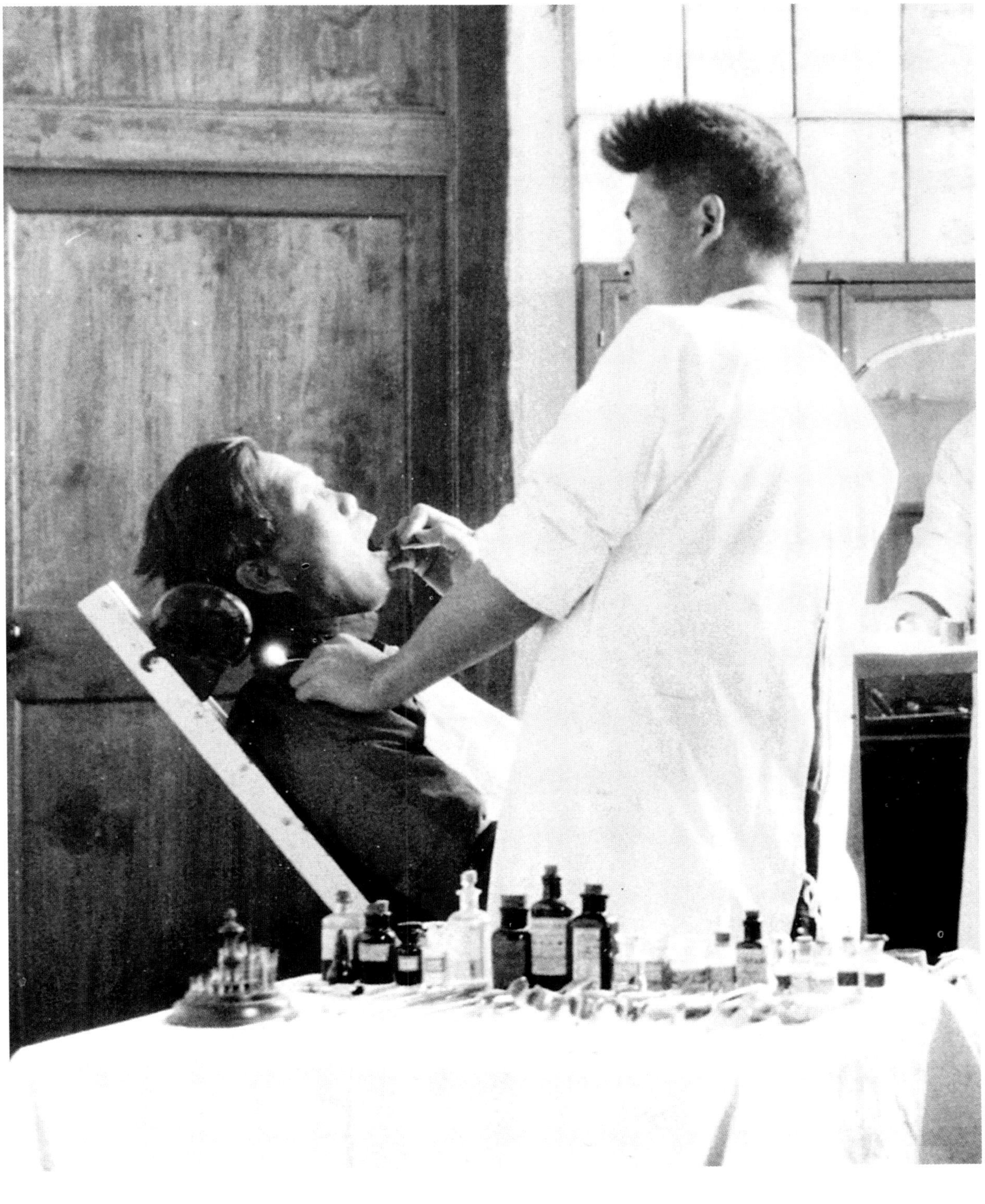

Rechts: Eine neue Heilkunst. In den zwanziger Jahren wurde die moderne Zahnmedizin in China eingeführt. Zwei westlich ausgebildete chinesische Ärzte zogen Chiang Kaishek während des Nordfeldzugs im Jahr 1926 einen schmerzhaft verwachsenen Weisheitszahn.

Ein Exkaiser in modernen Zeiten. In den Jahren unmittelbar nach seiner Abdankung lebte Puyi auf traditionelle Mandschu-Art in der Verbotenen Stadt. Im Jahr 1920 wandte er sich, unter dem Einfluß seines kurz zuvor berufenen britischen Lehrers Reginald Johnson, modernen Lebensweisen zu: Er ließ sich vom Hofbarbier seinen Zopf abschneiden, verschaffte sich eine Kassenbrille gegen seine Kurzsichtigkeit, kaufte westliche Kleidung, lernte Fahrradfahren und erhielt sogar einen Telefonanschluß. Im Alter von siebzehn Jahren wurde er im Jahr 1922 mit Wanrong, einer jungen Mandschu-Frau, verheiratet. Zur gleichen Zeit nahm er sich eine weitere Mandschu-Frau als Konkubine. Laut seiner Autobiographie wurde seine Ehe in der Hochzeitsnacht nicht vollzogen. Puyi zeugte mit keiner seiner Gattinnen ein Kind. Diese Monate vor seiner Flucht aus dem Palast mit Frau und Konkubine angesichts feindlicher Soldaten im Jahr 1924 waren für ihn »eine Zeit der Berauschung an europäischer Lebensart«, in der er »selbst den Geruch von Mottenkugeln köstlich« fand.
Die Fotos entstammen Puyis Privatalbum und werden heute im Palastmuseum von Peking aufbewahrt. Sie zeigen Szenen aus dem Privatleben innerhalb der Mauern der Verbotenen Stadt. Auf drei Fotos ist Puyi mit seiner Frau Wanrong abgebildet, eines zeigt einen Schnappschuß des tennisspielenden Puyi. Ganz rechts ein Foto eines alten Dienstmädchens der Kaiserinwitwe Cixi auf der Palastschaukel.

So vermittelten Ibsens Stücke eine neue Sichtweise der Rolle des einzelnen in der Gesellschaft und der Situation der Frauen in den Zwängen der bürgerlichen Familie. Die Bücher Sigmund Freuds machten mit seinen Theorien von der Macht des Unbewußten über menschliche Sehnsüchte, Antriebe und Handlungen vertraut. Sozialistische Ideen wurden durch vereinfachte Abhandlungen über Marx sowie diverse sozialistische und anarchistische Gruppierungen verbreitet. Die Bedeutung westlicher Naturwissenschaft und das, was man semiwissenschaftlich oder verwissenschaftlicht zu nennen hätte, wurden intensiv diskutiert: Der Sozialdarwinismus beispielsweise, der die Notwendigkeit der Anpassung sozialer Strukturen an die Forderungen der Zeit zur Vermeidung der letztendlichen Auslöschung postulierte, war ein beliebtes Thema.

Im Jahr 1917 wurde die Universität Pekings aufgrund der Popularität der *Neuen Jugend* und des Ansehens ihres jungen, meist im Ausland ausgebildeten Lehrkörpers zum Mittelpunkt der intellektuellen Debatte. Unter der umsichtigen und liberalen Leitung ihres Präsidenten Cai Yuanpei zeigte die Universität bemerkenswerten Mut und Initiative, brillante junge Männer und Frauen heranzuziehen, die das neue Denken repräsentierten. Cai hatte sich westliche intellektuelle Auffassungen durch sein Studium der politischen Philosophie in Deutschland erworben. In den letzten Jahren der Qing-Dynastie war er ebenfalls hochgestellter Scholar des traditionellen Unterrichts, in dem er den höchsten Grad im staatlich-konfuzianischen Prüfungssystem erwarb. All seine Erfahrungen waren ihm nützlich, als er die Anwendung neuer Lehrmethoden für das Studium der chinesischen Kultur förderte. In der hoch-

Links: Abmarsch zur Westfront. Chinesische Arbeiter, die von Briten und Franzosen als Teil eines Abkommens verpflichtet worden waren, verlassen China. Über hunderttausend Arbeiter reisten nach Frankreich, um die Alliierten im Ersten Weltkrieg zu unterstützen. Man rekrutierte sie in der verarmten Provinz Shandong mit dem Versprechen, daß sie Sold und Hilfe für ihre Familien bekamen. Sie wurden entkleidet, entlaust und erhielten Identitätsmarken. Das erste Schiff mit Chinesen auf dem Weg nach Europa wurde im Mittelmeer von einem U-Boot versenkt. Mehr als sechshundert Menschen kamen dabei ums Leben. Deshalb brachte man sie danach per Schiff über den Pazifik nach Kanada, dann mit dem Zug quer durch den Kontinent und schließlich in Konvois über den Atlantik.

karätig besetzten Fakultät wirkten Experten für klassische Philologie, für die Beschriftung der antiken Orakelknochen, für die Bronzekultur und für Chinas literarisches Erbe, angefangen bei den klassischen Erzählungen der großen Dichter der Tang- und Son-Dynastien bis zu den phantasievollen Romanen des achtzehnten Jahrhunderts wie *Die Gelehrten* oder *Der Traum der Roten Kammer*. Diese komplexe und interdisziplinäre Verflechtung von Gedankengebäuden, Glaubensrichtungen und sozialen Aktivitäten wurden später in der Bezeichnung »Bewegung des Vierten Mai« gebündelt – zur Erinnerung an die dramatischen Ereignisse an diesem Tag des Jahres 1919.

In den Monaten vor diesem Datum reagierte das kulturelle Ferment der Pekinger Universität mit den Manövern der internationalen Diplomatie und den Verwicklungen und der Korruptheit der Politik der Warlords. Im August 1917 hatte die chinesische Regierung Deutschland den Krieg erklärt. Die traditionelle chinesische Diplomatie und die Außenpolitik hatten sich bislang selten über die unmittelbaren Grenzen Chinas gewagt und noch nie versucht, sich in Ereignisse auf der anderen Seite der Weltkugel einzumischen. Es handelte sich also um einen bedeutenden Schritt. Gemäß dem Wortlaut der Erklärung war die chinesische Einbeziehung in den Krieg jedoch nicht von Kampfhandlungen begleitet, da die chinesischen Truppen als nicht vorbereitet auf die Greuel der technisierten Schlachten der westlichen Kriegsschauplätze erachtet wurden.

Da der Premier Duan Qirui, selbst ein ehemaliger Warlord, sich mit China im Ersten Weltkrieg auf die Seite der französischen, britischen und japanischen Alliierten schlug, konnte er etliche geheime Verhandlungen führen. Nun bot sich ihm die Gelegenheit, die japanische Regierung um beträchtliche Anleihen für China zu ersuchen, vorgeblich für ein Engagement im europäischen Krieg. In Wirklichkeit jedoch verwandte Duan das Geld, um seine eigenen Militärstützpunkte im Norden zu verstärken und um mit seiner Armee unter dem Vorwand, die Einigung des Landes voranzutreiben, in Südchina einzumarschieren. Im Gegenzug zu diesen Anleihen erhielten die Japaner umfassende Rechte, das Eisenbahnnetz und die Telekommunikationssysteme in China zu entwickeln. Es wurden ihnen Sonderkonzessionen im Bankwesen, im Bergbau und bei Waffenlieferungen sowie bei unspezifizierten »Wieder-

Rechts: Futter für die Kanonen. Chinesen mit Helmen der französischen Armee entladen in Frankreich Geschützmunition für großkalibrige Artillerie. Die Chinesen wurden von 1917 bis 1918 als nichtkämpfende Hilfstruppen in Frankreich eingesetzt. Zu ihren Aufgaben gehörten das Ausheben von Schützengräben, Totenbestattungen und Kabelverlegungen.

Oben: Linksgerichtete Nationalisten des Nordfeldzugs errichteten 1927 ihren Stützpunkt in Hankou. Ihnen standen Soldaten aus dem Süden zur Seite, die noch ihre traditionellen breitkrempigen Kopfbedeckungen trugen. Ausländer hielten die Strohhüte für Schilde und betrachteten sie geringschätzig als Beweis für die primitive Ausstattung der chinesischen Truppen.
Rechts: Im Sommer desselben Jahres stürmten die Massen die ausländischen Konzessionsgebiete Hankous.

aus konservativere Hu Hanmin, hinter dem Anschlag steckte, ohne dies jedoch beweisen zu können. Hu trat unter Druck von seinen Parteiposten zurück und verließ Kanton. Wang Jingwei, der fest mit dem linken Parteiflügel der Guomindang verbunden war, konnte sich als einziger in unumstrittener Position halten. Im März 1926 jedoch behauptete Chiang Kai-shek, gegen die Guomindang sei ein bewaffneter Angriff linksgerichteter Truppen geführt worden, woraufhin ihm ergebene Einheiten zahlreiche führende Kommunisten in Kanton samt ihren Komintern-Beratern inhaftierten. Das Bündnis wurde zwar bekräftigt, und die Verhafteten kamen schließlich frei, doch erst, nachdem die Kommunisten sich einverstanden erklärten, ihre Mitglieder der Guomindang beitreten zu lassen, viele ihrer Komiteeposten aufzugeben und den Einfluß der Komintern-Berater zu beschneiden. Da Wang Jingwei diesen Zustand als Demütigung empfand, fuhr er zu einem »verlängerten Urlaub« nach Frankreich.

Chiang hatte nun unumschränkte Macht über die Streitkräfte der Guomindang. Er war entschlossen, mit ihrer Hilfe das zu erreichen, was Sun Yat-sen mit friedlichen Mitteln nicht geschafft hatte. Sein »Nordfeldzug«, der das Land wiedervereinen sollte, stieß auf heftigen Widerstand. Viele Mitglieder des linken Guomindang-Flügels und die Kommunisten hielten den Feldzug für übereilt. Im Juli 1926 jedoch waren die Vorbereitungen abgeschlossen und die Armeeverbände unter dem Oberkommando Chiang Kai-sheks zusammengezogen. Obwohl die späteren Etappen des Feldzugs noch nicht feststanden, erforderte die erste Phase ein schnelles Durchqueren der Provinz Hunan, um die Warlords im Norden jenseits des Yangtze in Hubei anzugreifen.

Der Erfolg der Guomindang war erstaunlich und überraschte selbst die Optimisten in den eigenen Reihen. Anfang August nahmen die

Neuer Reichtum, alte Armut. Jeder Besucher Shanghais war schockiert über den Gegensatz zwischen Arm und Reich. Das moderne Bankwesen, das von T. V. Soong, dem Schwager Sun Yat-sens und Chiang Kai-sheks, eingeführt wurde, und die Nanking-Regierung der Guomindang brachten eine gewisse Ordnung ins Finanzsystem. Die Industriellen und die Kriminellen konnten nun ihre sauer verdienten oder unrechtmäßig erworbenen Gewinne auf die hohe Kante legen. Verzweifelte Flüchtlinge aus den ländlichen Hungergebieten starben hingegen zumeist an Unterernährung und Kälte auf den Straßen.

Prostituierten wurde auf etwa hunderttausend geschätzt und reichte von den wenigen Edelprostituierten, die in eigenen Limousinen bei ihren Kunden vorfuhren, bis zu den hoffnungslosen Frauen vom Land, die sich Arbeitern und Migranten in Notunterkünften anboten.

Der Kontrast zwischen extremem Reichtum und bitterer Armut war allgegenwärtig. Wuchernde Viertel aus Elendsquartieren beherbergten Arbeitslose und Flüchtlinge, die der Hungersnot und den blutigen Konflikten der Warlords entkommen wollten. Sie lebten elendiglich und starben unbemerkt. Schätzungsweise zwanzig- bis dreißigtausend Tote wurden von städtischen Hygienetrupps alljährlich in den Straßen aufgelesen. Im tiefsten Winter waren es bis zu vierhundert Leichen an einem Tag, viele davon Kinder.

Die Probleme der Stadt potenzierten sich durch die Verbrecherorganisationen: Sie kontrollierten Spielhöllen und Prostitution, betrieben Schutzgelderpressung und monopolisierten den Drogen-, insbesondere den Opiumhandel. Die größte Organisation nannte sich »Grüne Bande« und war von Arbeits- und Lastkahnkulis während der Qing-Dynastie gegründet worden. In den zwanziger Jahren war sie bereits ein riesiges und straff geführtes Kartell mit Zehntausenden Mitgliedern. Ihre Macht wurde durch das Einschleusen ihrer Angehörigen in den Polizeiapparat der gesamten Stadt vergrößert. Zu ihnen gehörte beispielsweise der Chef der Kriminalpolizei im französischen Konzessionsgebiet, wodurch er Zugang zu entscheidenden Informationen über Menschen und Finanzen hatte. Die Gewinne dieser Schattenwirtschaft erreichten enorme

Ausmaße: Abgesehen von den kaum zu ermittelnden Einkünften aus Bordellen und Straßenprostitution wurden die Profite aus den Spiel- und Wettgeschäften auf eine Million chinesischer Dollar pro Woche und die Gewinne aus dem Drogenhandel auf sechs Millionen pro Monat geschätzt.

Einige Oberhäupter der Grünen Bande stiegen zur gesellschaftlichen Prominenz der Stadt auf, obwohl ihre kriminellen Verbindungen kein Geheimnis waren. Zu den bekanntesten gehörte Du Yuesheng. Der ungebildete Sprößling eines armen Ladeninhabers begann seine Karriere in den Docks, wandte sich dann Glücksspiel sowie Drogenhandel zu und kontrollierte 1925 schließlich den Opiumhandel in Shanghai. Du hielt seine Macht nicht nur durch seine Unterweltkontakte aufrecht, sondern auch durch Abkommen mit französischen Verwaltungsbeamten und Militärkommandanten der Warlords, die über den chinesischen Teil der Stadt herrschten. In seiner Villa in der Rue Wagner im französischen Konzessionsgebiet bewirtete er seine Kumpane ebenso großzügig wie Persönlichkeiten der westlichen Gemeinde. Als Dank für die Vergünstigungen verhalfen ihm die französischen Repräsentanten zum prestigeträchtigen Posten eines Stadtratsmitglieds.

In den ersten Jahren der republikanischen Revolution war der junge Chiang Kai-shek sowohl mit der Unterwelt von Shanghai als auch mit dessen Finanzwelt verbandelt. Als seine Truppen Anfang 1927 Shanghai erreichten, war er also problemlos in der Lage, mit der Grünen Bande und anderen Persönlichkeiten Kontakt aufzunehmen und mit ihnen die Vertreibung der Warlords und die Beschneidung der wachsenden Macht der Kommunisten in der Stadt zu planen. In Shanghai lebten Hunderttausende von Industriearbeitern. Seit 1921 war die Kommunistische Partei bestrebt, unter ihnen potentielle Führer ausfindig zu machen und Gewerkschaften zu gründen. Viele Arbeiter verdienten ihren Lebensunterhalt in kleinen Handwerksbetrieben, dennoch war 1923 die Anzahl jener, die in größeren Fabriken schufteten – in den Seiden- und Baumwollmanufakturen, beim Schiffbau, in Stahlwerken und in der Zigarettenindustrie – und die zum städtischen Proletariat gezählt werden konnten, beträchtlich. Zehntausende arbeiteten außerdem in den Docks, im Transportwesen und in öffentlichen Versorgungsbetrieben.

Die Organisierung der Arbeiterschaft erwies sich als schwierig und auch gefährlich. Die meisten waren erst kürzlich aus ländlichen Regionen nach Shanghai gekommen und als Saisonarbeiter, darunter viele Frauen und Kinder, verpflichtet worden, die sich von ihren Arbeitgebern leicht einschüchtern ließen; viele von ihnen lebten in Werkssiedlungen, in denen die Kommunisten nur schwer an sie herankamen. Die Arbeitslosigkeit war hoch, und die meisten Arbeiter wollten nicht als Störenfriede gelten. Einige Fabrikbesitzer gingen mit Drohungen oder Gewalt

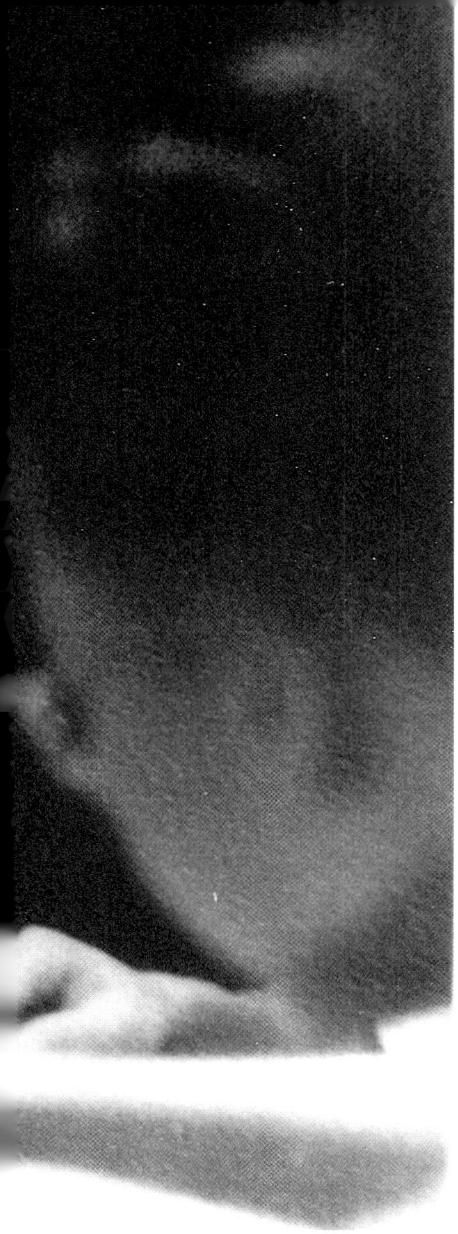

Links: Die Söhne der Reichen. Spielsalons waren in Shanghai ein großes Geschäft. Dank der ausländischen Konzessionen gab es Lokale, in denen man auf sichere Art und mit hohen Einsätzen Karten spielen konnte. Weniger gesetzestreue Zeitgenossen machten durch illegales Glücksspiel, Windhund- oder Pferderennen sowie durch Prostitution und Drogenhandel ein Vermögen.

Rechts: Die Herren der Unterwelt. Die Grüne Bande kontrollierte in den zwanziger Jahren Shanghais Verbrecherwelt. Die »Drei Lords«, mächtige Gangsterbosse, beherrschten nahezu den gesamten Drogenhandel der Stadt. Sie bestachen die chinesische wie auch die ausländische Polizei der Konzessionsgebiete und »besteuerten« jede Opiumhöhle mit dreißig Cent pro Opiumpfeife, die dort geraucht wurde. Du Yuesheng (rechts) und Zhang Xiaolin (Mitte) waren zwei der Bosse der Grünen Bande. Ihre »Gesellschaft für dreifachen Wohlstand« strich jährlich schätzungsweise vierzig Millionen chinesische Dollar ein. Mit ihren Schlägertrupps griff die Bande linke Gewerkschafter an, tötete sie oder übergab sie General Yang Hu, einem der Anhänger Chiang Kai-sheks, der selbst Mitglied der Grünen Bande war.

gegen Gewerkschafter vor, andere sorgten auf die fürsorgliche Art mit wohldosierten Geschenken oder Vergünstigungen für Gehorsam. Nichtsdestotrotz verzeichneten die Kommunisten eindrucksvolle Zuwachsraten, indem sie den Aufruhr vom 30. Mai nutzten und die Beschäftigten zu einem zentralen Gewerkschaftsbund von Shanghai zusammenschweißten, der Mitte Juni 1925 gut 160 000 Arbeiter in einen Streik führen konnte. Dessen Erfolg beruhte zum Teil auf der gegen ausländische Unternehmen zielenden Stoßrichtung, die hauptsächlich japanische und britische Fabriken traf, wodurch die Unterstützung der chinesischen Bourgeoisie von Shanghai gewährleistet war. Streikgelder wurden von der Kantoner Regierung und den aus dem Norden kommenden Warlords in Peking ausgeteilt. Die politische Agitation in den Jahren 1926 und 1927 ließ die Mitgliederschaft der Gewerkschaft dramatisch ansteigen: Im Juni 1926 waren es 43 000, im Januar 1927 schon 76 000 und im März 1927 bereits 821 000 Mitglieder.

Als Chiang Kai-shek mit seinen Truppen außerhalb der Stadt in Stellung ging, traten die kommunistischen Arbeiter am 21. März 1927 in einen massiven Streik, der nahezu die gesamte Stadt lahmlegte und den Beweis zu erbringen schien, daß der starke Arm des Arbeiters alle Räder stillstehen lassen konnte. Sie hatten bis zum Eintreffen eines von Chiang entsandten Generals mit seinen Truppen praktisch die Stadt in der Hand. Diese Machtdemonstration schreckte viele Führer der Guomindang, die Geschäftswelt und die ausländischen Gemeinden Shanghais auf. In der ersten Aprilwoche brachte Chiang Kai-shek etliche Vereinbarungen zustande: Er holte sich die Zusage der Briten und anderer maßgeblicher Ausländer über die Neutralität der zwanzigtausend ausländischen Soldaten ein; die chinesischen Geschäftsleute versprachen eine beträchtliche finanzielle Auffrischung der Kriegskasse Chiangs; schließlich stellten Du Yuesheng und die führenden Mitglieder der Grünen Bande – von denen etliche schon in die Gewerkschaft und die kommunistischen Reihen eingesickert waren – einsatzbereite paramilitärische Einheiten auf. Angehörige der Grünen Bande informierten Chiangs Hauptquartier über die Pläne der Kommunisten, und Du und seine Leute durften ungehindert die ausländischen Konzessionsgebiete passieren.

Die Politik der Komintern sowie Stalins eigene Vorstellungen über die Entwicklung der Revolution in China forderten die Aufrechterhaltung der Einheitsfront von Kommunisten und Guomindang. So wurde kein Versuch unternommen, weitere Streikposten aufzustellen oder die bestehenden Streikposten vor der drohenden Gefahr zu warnen. In den frühen Morgenstunden des 12. April 1927 begannen die Einheiten der Grünen Bande, mit Billigung der Streitkräfte Chiangs und der Ausländer, ihre Angriffe gegen die größeren Büros der Gewerkschaft und Kommunisten, gefolgt von Attacken gegen die demonstrierenden Arbeiter.

In der zweiten Hälfte des Jahres 1927 legte der Nordfeldzug eine Ruhepause ein. Chiang Kai-shek, durch die Spannungen innerhalb der Guomindang entnervt, trat von seinen militärischen Posten zurück und überließ die Parteiführung den beiden politischen Haupterben Sun Yat-sens, Wang Jingwei und Hu Hanmin. Chiang selbst ging nach Japan, um bei der Matriarchin der Soong-Familie um die Hand ihrer dritten Tochter Soong Meiling, einer Schwester der Witwe Sun Yat-sens, anzuhalten. Obwohl etliche Familienmitglieder eine solche Verbindung ablehnten – nicht zuletzt, weil Chiang bereits verheiratet und kein Christ war –, willigte Soongs Mutter ein, und das Paar kehrte Ende 1927 nach Shanghai zurück, wo es nach zweifachem Ritus Hochzeit feierte: nach chinesischem und nach christlichem.

Anschließend nahm Chiang Kai-shek seine Arbeit in der Partei wieder auf und schloß neue militärische Bündnisse mit regionalen Warlords, die es ihm erlaubten, seinen Nordfeldzug fortzusetzen. Dabei profitierte er enorm von den finanziellen Manipulationen und der Rücksichtslosigkeit seines Schwagers T. V. Soong. Dieser brachte es fertig, den enormen Geldbedarf Chiangs durch Besteuerungen, Bankanleihen und gewaltsame Methoden zu decken, zu denen auch die Entführung prominenter chinesischer Geschäftsleute oder deren Kinder gehörte.

Anfang 1928 trat ein unvorhergesehener Umstand ein, der das Unternehmen gefährdete. Als Chiangs Truppen durch Nordchina vorrückten, gerieten sie zeitweilig mit japanischen Soldaten aneinander. Diese Einheiten waren von der japanischen Regierung in die Garnisonsstädte Shandongs abkommandiert worden, vorgeblich zum Schutz japanischer Zivilisten, tatsächlich aber zur Sicherung der immensen mandschurischen Investitionen Japans. Nach einigen heftigen Feuergefechten beschloß Chiang, die japanischen Stellungen zu umgehen, statt sich auf eine Konfrontation einzulassen. Um ihre wirtschaftlichen Interessen in Nordchina zu wahren, gaben die Japaner dem obersten Warlord der Mandschurei, Zhang Zuolin, der mit seiner Armee seit zwei Jahren Peking beherrschte, zu verstehen, er solle sich in die Mandschurei zurückziehen und eine Eskalation der Kämpfe verhindern. Gehorsam verließ Zhang Anfang Juni in seinem stark bewachten Privatzug Peking. Einige japanische Offiziere jedoch bezweifelten seine langfristige Zuverlässigkeit. Als Zhangs Zug Mukden erreichte, wurde er durch eine gigantische Explosion zerfetzt. Zhangs Ermordung lieferte einen beunruhigenden Beweis für die wachsende Macht und das dreiste Auftreten der Japaner in Nordchina. Die chinesischen Truppen des Nordfeldzugs nahmen Peking kurz darauf ein und bereiteten der Einigungsbewegung ein vorläufiges Ende, was jedoch nur mit Duldung der Japaner möglich war. So wurden etwaige Triumphgefühle Chiang Kai-sheks durch die Ungewißheit über die japanischen Pläne hinsichtlich der Zukunft Chinas gedämpft.

Vorhergehende Seiten und links: Die Rache erfolgte rasch und brutal. 1927 war für die Kommunisten ein katastrophales Jahr, das seinen Höhepunkt im Dezember erreichte. Stalin, zornig und enttäuscht über den Zusammenbruch der chinesischen Bewegung, beauftragte zwei junge Komintern-Kommissionäre mit der Bildung einer Arbeiterkommune in Kanton, die jedoch kaum Zulauf fand. Die lokalen Militärkommandanten schlugen augenblicklich auf grausame Weise zurück. Der amerikanische Konsul in Kanton, Jay Calvin Huston, war Zeuge der Massaker und schickte Fotos davon an das Außenministerium in Washington. Die Aufnahmen zeichneten von der Lage in China ein Bild der Gewalt, der Zerstörung und des Leidens, zum Beispiel das Foto der Leichen von Kindern, die erschossen und am Straßenrand liegengelassen wurden.

Rechts: Geschlagen, aber nicht besiegt. Die Ereignisse von 1927 hatten die Kommunistische Partei zwar schwer in Mitleidenschaft gezogen, sie jedoch nicht endgültig vernichtet. Guerillaverbände, zu denen auch die Einheiten unter dem Kommando Mao Zedongs in den Bergen zwischen Hunan und Jiangxi gehörten, setzten ihren Kampf mit Hilfe einheimischer Banditen und der Landbevölkerung fort. Sogar in den Städten arbeiteten kommunistische Zellen im Untergrund weiter. Sie kämpften selbst dann für die Revolution, als die Guomindang-Regierung das Land immer fester in den Griff nahm. Es war eine hoffnungslose und gefährliche Aufgabe – dabei aufgegriffen zu werden, bedeutete den sicheren Tod.
Ein US-amerikanischer Journalist nahm 1930 das Foto einer jungen Frau kurz vor ihrer Hinrichtung auf. Sie war mißhandelt und teilweise entkleidet worden und mußte niederknien. Ihre Hände wurden auf dem Rücken gefesselt. Ein Soldat knebelte ihr Kinn mit einem Lederhelm, um sie am Sprechen zu hindern und ihr die Möglichkeit zu nehmen, in letzter Minute noch eine Parole des Widerstands herauszuschreien.

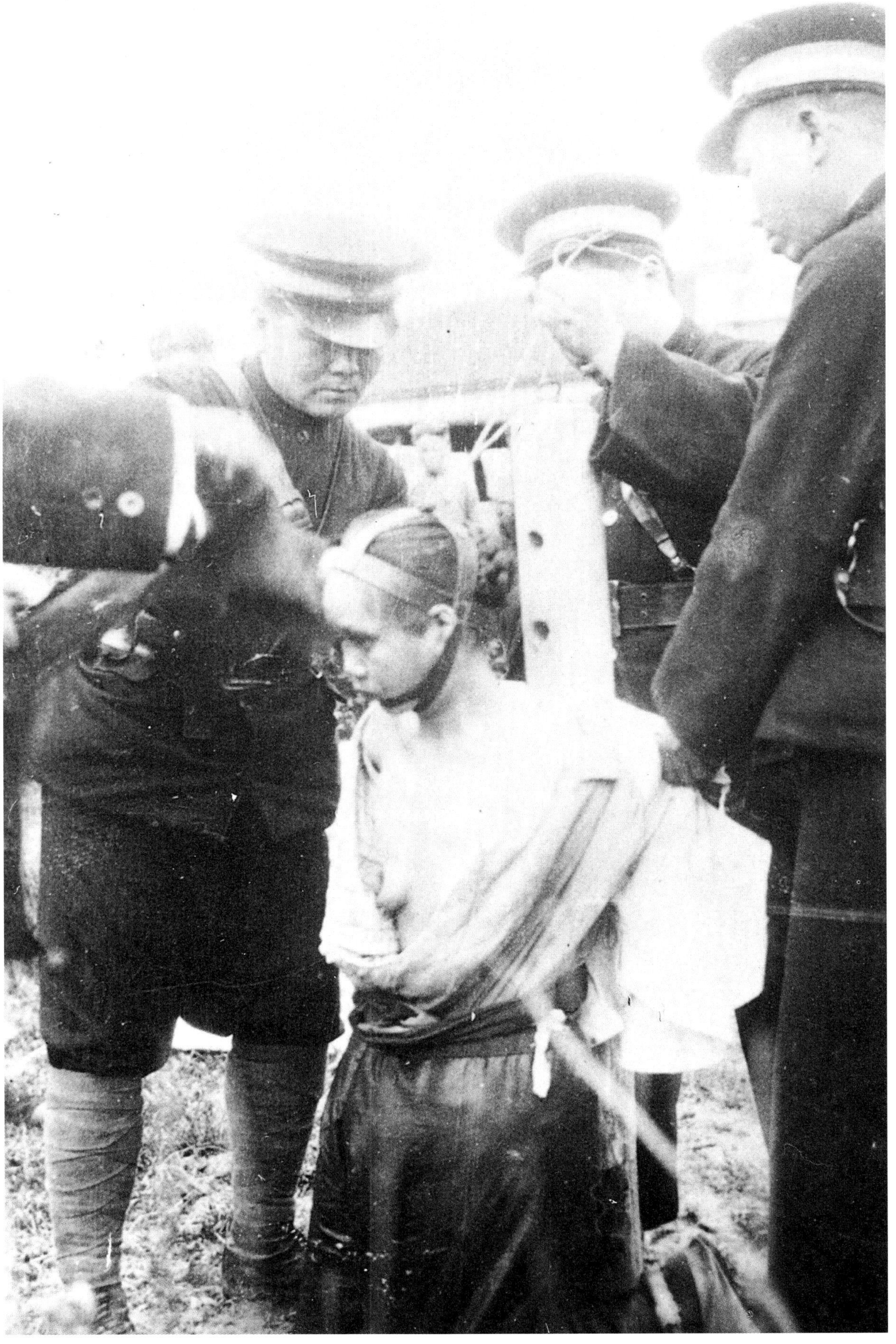

Links: Treuegelöbnis. Chiang Kai-shek, wie üblich in seiner gepflegten Uniform westlichen Zuschnitts, hält vor einer Massenversammlung im Jahr 1931 eine Rede. Zu jenem Zeitpunkt galt er bereits als der einzige, der geschickt und fähig war, die Guomindang zusammenzuhalten. Seine Machtbasis war der militärische Flügel der Partei. Als Kommandant der Whampoa-Akademie hatte er die Guomindang-Militärs ausgebildet. Sie dankten es ihm mit ihrer Loyalität und Unterstützung. Zwar konnte Chiang nicht alle seine Rivalen in der Partei ausschalten, doch war er ein Meister der Mauschelpolitik und ein charismatischer Redner auf Versammlungen, wo er seine Anhänger darauf einschwor, schonungslos gegen den Kommunismus vorzugehen.

Rechts: Ehegelöbnis. Auf dieser Massenhochzeit im Jahr 1934 versprachen sich die jungen Paare nicht nur einander die Treue, sondern diese auch gegenüber dem Andenken Sun Yat-sens, gegenüber der Guomindang sowie der Sicherheit und dem Gedeihen der chinesischen Nation. Diese Prozedur war Bestandteil der »Bewegung des Neuen Lebens«, die konfuzianische Werte als moralische Kraft gegen die Verderbtheit der Zeitläufte wieder zum Leben erweckte und die von rechten Politikern, Pfadfindern und dem CVJM gefördert wurde. Chiang Kai-sheks Strategie bestand darin, sich selbst als moralischen Führer für das Volk zu präsentieren und somit die nationalistische Sache zu stärken.

dienst und der Kontrolle der Bürokratie betraut. Den Vorsitz über das Exekutiv-Yuan hatten die meiste Zeit die letzten Stellvertreter Sun Yatsens inne, Wang Jingwei und Hu Hanmin, die sich je nach ihrer situationsbedingten politischen Fortüne auf diesem Posten abwechselten. Einige bedeutendere Warlords, die als Verbündete der Guomindang eine wesentliche Rolle bei den Kämpfen des Nordfeldzugs spielten, erhielten ebenfalls Posten in der Exekutive oder in einem anderen Yuan. Die tatsächliche Macht lag jedoch in den Händen der Partei der Guomindang.

Das Gebäude der Parteizentrale war größer als diejenigen des Exekutiv- und des Legislativ-Yuans. Dort hatten unter anderem das Oberkommando des Militärs und die Staatssicherheit ihren Sitz. Es bildete das Machtzentrum Chiang Kai-sheks. Aus den Tagesgeschäften der fünf Yuan hielt er sich zunächst heraus, trug aber den Titel eines Vorsitzenden der Nationalregierung. Erst 1935 nahm er formal den Rang des Präsidenten des Exekutiv-Yuans ein. Als wesentlich für Chiangs Autorität erwies sich die Unterstützung durch die »Vier Ältesten«, altgediente Politiker, deren Loyalität gegenüber Sun Yat-sen sich über lange Jahre bewährt hatte und die sich aufopferungsvoll dem Dienst der nationalen Revolution verschrieben hatten. Zu ihnen gehörten der Bildungsminister Cai Yuanpei, ehemaliger Präsident der Pekinger Universität während der bewegten Zeit des »Vierten Mai«, und Zhang Renjie, der die anarchistischen Studenten in Frankreich finanziell unterstützt hatte. Zhang litt zwar unter einer langsam fortschreitenden Lähmung, die auch seine Sehkraft beeinträchtigte, doch in seinem Anwesen im französischen Konzessionsgebiet von Shanghai gingen über die Jahre viele Machthaber der Guomindang ein und aus. Er stand Chiang Kai-shek, der ihn respektvoll als seinen »wahren Lehrmeister« bezeichnete, sehr nahe.

Wesentliche politische Unterstützung erhielt Chiang von seiner angeheirateten Soong-Verwandtschaft, insbesondere von T. V. Soong, der weiterhin als bedeutendster Finanzberater der Guomindang fungierte, und von H. H. Kung, dem Ehemann von Soong Meilings ältester Schwester Soong Ailing, der als Finanzminister amtierte. Die gesamte Soong-Familie hatte in den Vereinigten Staaten studiert und unterhielt nützliche Kontakte zu amerikanischen Finanziers, Pädagogen und Politikern. Zwei Neffen des ersten politischen Förderers Chiang Kai-sheks in Shanghai während der Revolution von 1911, beide allseits als Chen-Brüder bekannt, dienten Chiang als ideologische Ratgeber und trugen dazu bei, einen zutiefst konservativen Patriotismus, verbunden mit einem Schuß konfuzianischer »Law and Order«, zu nähren. Diese Geisteshaltung machte sich in der nationalen Säuberungsbewegung der Guomindang

bemerkbar, der »Bewegung des Neuen Lebens«, die dem Volk moralische Ziele nahebringen und puritanisch-spartanische Werte verankern sollte, welche die Zügellosigkeit, Drogensucht, sexuelle Ausschweifung und Faulheit beenden würden, von denen die Guomindang-Ideologen behaupteten, daß sie die Nation aushöhlten. Als die englischen Autoren W. H. Auden und Christopher Isherwood 1938 Madame Chiang begegneten, befragten sie sie über die Bewegung des Neuen Lebens, die, soweit sie gehört hätten, »Dünkelhaftigkeit und Heuchelei« förderte. Madame Chiang erwiderte, daß »die alte kaiserliche Ordnung einen klaren Moralkodex repräsentierte. Doch dieser ging mit ihr zugrunde, und eine Zeit des Chaos folgte, die ein fruchtbarer Nährboden für kommunistische Propaganda war. [...] Die Bewegung des Neuen Lebens war somit ein unmittelbarer Versuch, sich mit den kommunistischen Grundsätzen der ökonomischen und sozialen Reformen zu messen, wobei man den Rückzug auf Konfuzius durch eine Hinwendung zu Marx ersetzte.«

Als Auden und Isherwood gerade gehen wollten, schritt Chiang die Treppe hinauf:

»Wir hätten in diesem kahlköpfigen Mann mit den sanften braunen Augen kaum die in einen Mantel gehüllte, stocksteife Gestalt in den Wochenschauen erkannt. In der Öffentlichkeit ist Chiang eine nahezu finstere Erscheinung mit der Unnahbarkeit eines Phantoms. Hier im privaten Bereich scheint er für einen anderen Fotografen zu posieren. Vor dem Auge der Kamera versteift er sich sichtlich, als wäre er ein Schuljunge, der dazu angehalten wird, sich geradezuhalten.«

Chiang gewann insbesondere die Unterstützung der von ihm geförderten Whampoa-Kadetten. In den dreißiger Jahren hatten viele von ihnen wichtige Positionen inne. Die Militärakademie der Guomindang, aus der mittlerweile die Berater und die meisten Sympathisanten der Kommunisten entfernt worden waren, wurde nach Nanking verlegt. Chiang weilte oft auf dem Akademiegelände zu Besuch. Etliche der Chiang ergebenen jungen Offiziere bildeten »patriotische« Vereinigungen, deren Aufgabe darin bestand, die Reihen der Guomindang von jeglichem Makel der Korruption zu befreien, jeden mutmaßlichen kommunistischen Umsturzversuch im Keim zu ersticken und den Schutz Chiang Kai-sheks zu gewährleisten. Ein Ableger, die »Blauhemden«, gab sich Ende der dreißiger Jahre besonders martialisch: Die Gruppe erinnerte hinsichtlich ihrer Ausstaffierung und auch ihrer Ideologie an deutsche und italienische Faschisten.

Dai Li, einer dieser »Blauhemden«, half Chiang beim Aufbau seiner im Grunde genommen privaten und schlagkräftigen Spionage-

Rauchen gegen Gebühr. Im Chaos der Warlordzeit fand das Opiumrauchen eine rasche Verbreitung. Die Militärs zwangen die Bauern häufig zum gewinnträchtigen Anbau von Mohnpflanzen. 1928 versuchte die Guomindang zunächst, den Opiummißbrauch auszurotten, doch die Einkünfte aus dem Drogengeschäft waren zu groß, um darauf verzichten zu können. So ging sie dazu über, den lukrativen Handel mittels der Einrichtung sogenannter »Büros zur Abschaffung von Opium« zu monopolisieren.
Auf dem Foto oben beschlagnahmen Regierungsbeamte illegale Ware, um sie anschließend öffentlich zu verbrennen. Gegen die Händler wurde hart durchgegriffen, und Süchtige mußten sich in Entzugsanstalten melden. Letztendlich jedoch arbeitete die Guomindang mit Kriminellen zusammen, um den Markt zu monopolisieren.
[Foto: Sidney D. Gamble]

Die »kühle gelbe Weide«. Anna May Wong war die erste chinesische Schauspielerin, die zu internationalem Starruhm kam. Geboren wurde sie 1907 in Los Angeles, wo ihre Eltern eine Wäscherei unterhielten. Ihr Filmdebüt hatte sie im Alter von vierzehn Jahren als Kinderkomparsin. Elf Filme später stand sie mit Douglas Fairbanks im Dieb von Bagdad *vor der Kamera, eine Rolle, die ihren Ruhm begründete. Sie spielte 1930 in London in dem Brecht-Stück* Der kaukasische Kreidekreis *mit Laurence Olivier mit und gab ein Jahr später ihre berühmteste Vorstellung als Hui Fei in Josef von Sternbergs* Shanghai Express. *Für die Rolle und ihr Auftreten in weiteren Filmen, wie* Die Tochter des Fu Manchu *und* Limehouse Blues, *wurde sie mit dem Etikett »orientalische Oberschurkin« belegt. 1934 spielte sie am Broadway die Zahret in* Chu Chin Chow *und trat im Cabaret in London auf.*
Als chinesische Beamte sie 1936 wegen ihrer angeblich negativen Darstellung chinesischer Charaktere angriffen, reagierte sie bestürzt. Sie erwiderte darauf, daß ihr nur solche Parts offenstünden, da bedeutende asiatische Rollen mit westlichen Schauspielerinnen besetzt würden. Der Film Daughter of Shanghai, *den sie 1937 drehte, zeichnete ein weitaus sympathischeres Bild von China. Er spiegelte eine veränderte Haltung Amerikas wider, eine Reaktion auf das aggressive Verhalten der Japaner in Fernost. Anna May Wong wirkte darin so »zart und lieblich wie eine Figur auf einem Seidenbild«. Doch zu dieser Zeit hatte sie die Dreißig schon überschritten – ihre Hollywoodkarriere war fast zu Ende.*
Auf dem Foto links oben ist sie mit Frank Dorn, dem US-Militärattaché in Peking, zu sehen. Das untere Foto entstand bei einem Besuch der Pferderennbahn von Ascot im Juni 1934.

Oben: Neue Modelle. Viele der herausragendsten Intellektuellen Chinas wurden in den dreißiger Jahren von westlicher Kultur beeinflußt. Hu Shi, Kopf der »Bewegung des Vierten Mai«, war sowohl Verfechter von »Wissenschaft und Demokratie für China« als auch Protagonist jener Bewegung, welche die Umgangssprache als Grundlage der Schrift im ganzen Land verbreiten wollte. Er machte sich eine pragmatische Herangehensweise an Chinas Schwierigkeiten zu eigen und wurde durch eine Rede berühmt, in der er dafür plädierte, »mehr Probleme zu studieren und weniger über Ismen zu sprechen«. Auf dem Foto sitzt er in Peking der deutschen Bildhauerin Lucile Swan Modell.

Rechts: Chinesische Künstler im Atelier des französischen Malers Albert Bernard. Westliche Maltechniken waren unter Studenten weit verbreitet. Sie präsentierten ihre Arbeiten in zahlreichen populären Ausstellungen in ganz China.

IMPERIAL STUDIO

Links: Eine neue Schauspielkunst. Die Japaner übten als Teil ihres Feldzugs gegen China verstärkten Druck auf Taiwan aus, das seit 1895 japanische Kolonie war. Um eine heimliche Unterstützung der kampfbereiten chinesischen Truppen zu verhindern, verboten die japanischen Machthaber die traditionelle Taiwan-Oper, Gezai, *wie die »Bekanntmachung von Beschwerden« oder »Darstellung der Sorgen« – hier in Taipeh im Jahr 1935. Sie befahlen den taiwanesischen Schauspielern, statt dessen nur westliche Kleidung oder militärische Uniformen zu tragen und neue Stücke aufzuführen, die das aufstrebende japanische Kaiserreich verherrlichten.*
[Foto: Teng Nan-kuang]

Rechte Seite: In einer Aufführung in Yangmei bei Taipeh stellen Gezai-Schauspieler vor der Kulisse des Fujiyama und unter Papiermodellen japanischer Kampfflugzeuge einen Bombenangriff gegen China dar. Sie tragen westliche Kleidung, Fliegerhelme und Schutzbrillen.
[Foto: Wu Chin-miao]

lungs- und Bewässerungstechnik steigerten sie die Agrarproduktion und paßten sie den Bedürfnissen Japans an.

Sie kurbelten die einheimische Industrie Taiwans an, besonders auf den Gebieten Leichtmaschinenbau und Chemie, und integrierten sie in ihre eigene militärische Rüstungsproduktion. Die Architektur folgte modernen japanischen Vorgaben. In Taipeh demonstrierten gewaltige neue Bauwerke die Macht des japanischen Generalgouverneurs und seiner Bürokratie. Unermüdlich wurde nach kommunistischen subversiven Aktionisten gefahndet, die soziale und die polizeiliche Kontrolle waren streng. Die Taiwanesen wurden beständig darauf hingewiesen, daß sie sich nun als privilegiert betrachten durften, Bürger Japans und Untertanen des japanischen Kaisers zu sein. In Jugendgruppen und durch paramilitärische Ausbildung wurden sie auf ihren Einsatz in der japanischen Armee vorbereitet. Einige Taiwanesen, welche die Lektionen ihrer japanischen Lehrer gänzlich verinnerlicht hatten, sollten sich an der Ostküste Chinas bei Verwandten niederlassen, dort die neue Doktrin verbreiten und auf diese Weise Japans ökonomischem und kulturellem Prestige zu weiterem Einfluß verhelfen.

Vom ausgehenden neunzehnten Jahrhundert an hatten sich japanische Unternehmer und Politiker für das gewaltige Potential an Agrar-

produkten und die enormen Ressourcen an Bodenschätzen in der Mandschurei interessiert. Nach einem im Jahr 1895 fehlgeschlagenen Versuch, den südlichen Teil der Region zu erobern, begannen die Japaner vor allem in der Gegend zwischen Port Arthur und Mukden sowie im Bereich entlang der koreanischen Grenze, die beide in das Bahnnetz integriert wurden, zu investieren. Durch geschickte Ausnutzung der Vertragsrechte zur Überwachung der südmandschurischen Eisenbahn, die sie nach ihrem Sieg in den Jahren 1904 und 1905 den Qing und den Russen abgerungen hatten, erschlossen die Japaner ausgedehnte Landflächen beiderseits der Schienen – ursprünglich mit der Begründung, diese Maßnahme trage wesentlich zum Schutz vor Banditen bei. Sie errichteten große Handelszentren, Rangierbahnhöfe, Bergbaubetriebe sowie Lagerhäuser, und sie förderten den Tourismus durch den Bau einer Kette von Komforthotels. Im Norden der Mandschurei jedoch, besonders um Harbin, dominierten die Russen. Zahlreiche weißrussische Flüchtlinge hatten sich dort niedergelassen, und stets drohte eine sowjetische Intervention als Antwort auf die offensive ökonomische und politische Provokation durch die Japaner.

Die Bahnpolizei wurde kontinuierlich durch Einheiten der regulären Armee Japans verstärkt, bis Ende der zwanziger Jahre schließlich über zwanzigtausend bestens ausgebildete und schwerbewaffnete japanische Soldaten in dem Gebiet stationiert waren. Nach 1928 machten sich diese Truppen immer unabhängiger von Tokio, und ehrgeizige Offiziere strebten leitende Posten in der Mandschurei an.

Die natürlichen Ressourcen der Mandschurei – Kohle, Holz, Getreide, Fisch und Eisenerz – machten zahlreiche japanische Investoren mobil. Japanische Banken errichteten Zweigstellen, um deren Interessen zu finanzieren, und zogen Versorgungsbetriebe, Schulen und Krankenhäuser nach sich. Eine Zeitlang arbeiteten die Japaner mit Zhang Xueliang zusammen, dem ältesten Sohn des ermordeten Warlords Zhang Zuolin, im Glauben, daß er als Opiumsüchtiger mit einem beachtlichen Ruf als Playboy kaum eine Bedrohung darstellte. Doch Zhang Xueliang änderte seine Lebensweise, erwärmte sich für das Streben der Guomindang nach einer Einigung Chinas und setzte sich in der Mandschurei verstärkt dafür ein. Die Japaner versuchten Zhang mittels zweier Vertrauter seines Vaters umzustimmen. Doch als er sie bei einem Abendessen erschießen ließ, während er den Raum für seine tägliche Morphiumspritze verließ, betrachteten die Japaner ihn endgültig als Gegner. Im September 1931, als Zhang sich in das schillernde Leben von Beiping gestürzt hatte, wozu auch sein berüchtigter Flirt mit der Tochter Mussolinis gehörte, der Gattin des italienischen Gesandten in China, inszenierte die japanische Armee in der Mandschurei eine zweite Machtprobe, den »Mukden-Zwischenfall«. Unter dem Vorwand, sie seien von Chiangs Soldaten beschossen worden, marschierten die Japaner in Mukden ein und dehnten von dort ihren Machtbereich über die gesamte Mandschurei aus. Chiang Kai-shek, der eine offene Konfrontation mit den Japanern fürchtete, ließ Zhang Xueliang nicht mit Gewalt auf die Annexion reagieren, sondern statt dessen um Hilfe beim Völkerbund nachsuchen. Dieser Bittgang erwies sich als wenig hilfreich, und Zhang hatte keine Möglichkeit mehr, das Land seiner Vorfahren zurückzuerobern.

Im März 1932 setzten die Japaner den Exkaiser Puyi, der unter ihrer Protektion in Tianjin lebte, als »Präsidenten« eines neuen mandschurischen Staates ein, der Manchukuo, Land der Mandschu, genannt werden sollte. Durch diesen Schachzug hofften sie, Puyis Ansehen als ehe-

Rechts: Das gesellschaftliche Leben in Peking. 1928 wurde Peking umbenannt in Beiping, »Stadt des nördlichen Friedens« – und blieb Zentrum des geselligen Lebens und der politischen Ränke. Eine der prominentesten Gestalten Beipings war der mandschurische Warlord Zhang Xueliang (dritter von rechts), hier im Jahr 1931, als seine Heimat von den Japanern besetzt worden war. Außen rechts seine Frau Yu Fengzhi. Hinter ihr steht W. H. Donald, Zhangs australischer Vertrauter und Berater. In dieser Zeit genoß Zhang für seine Opium- und Morphiumsucht sowie für seine Affäre mit der Gräfin Ciano, der Tochter Mussolinis und Frau des italienischen Botschafters, zweifelhaften Ruhm.

Unten: Zwei Schlittschuhläuferinnen im Karnevalskostüm. Die Läuferin rechts hat vorne den weißen Stern der Guomindang und auf ihren Ärmeln die Sprüche »Nimm's leicht« und »Ich beiße nicht« aufgenäht.

Rechte Seite: Immer mehr Chinesinnen trugen westliche Frisuren, hochhackige Schuhe und den traditionellen Qipao mit dem geschlitzten Rock in moderner Machart und westlich angehauchtem Schnitt.

Pekings großartige Mauern und Tore, die überwiegend aus dem fünfzehnten Jahrhundert stammten, gehörten zu den Sehenswürdigkeiten der Stadt. Doch selbst als Symbole der machtvollen Vergangenheit Chinas standen sie dem Fortschritt im Weg. Nach und nach rissen die jeweiligen Stadtregierungen Teile der Mauern ein, um Platz für Autos, Straßenbahnen und Busse zu schaffen.
Hinter diesem friedvollen Bild verbirgt sich eine andere Geschichte. Die neuen elektrifizierten Straßenbahnen verdrängten die traditionellen Rikschas. Im Oktober 1929 erhoben sich über 25 000 verzweifelte und verarmte Rikschafahrer, durchtrennten die Leitkabel der Straßenbahnen, warfen deren Fensterscheiben ein und zerstörten die Wartehäuschen. Sie wurden von Soldaten auseinandergetrieben, die vier Rädelsführer öffentlich erschossen und neunhundert Beteiligte aus der Stadt verbannt.
[Foto: Georgi Krainukow]

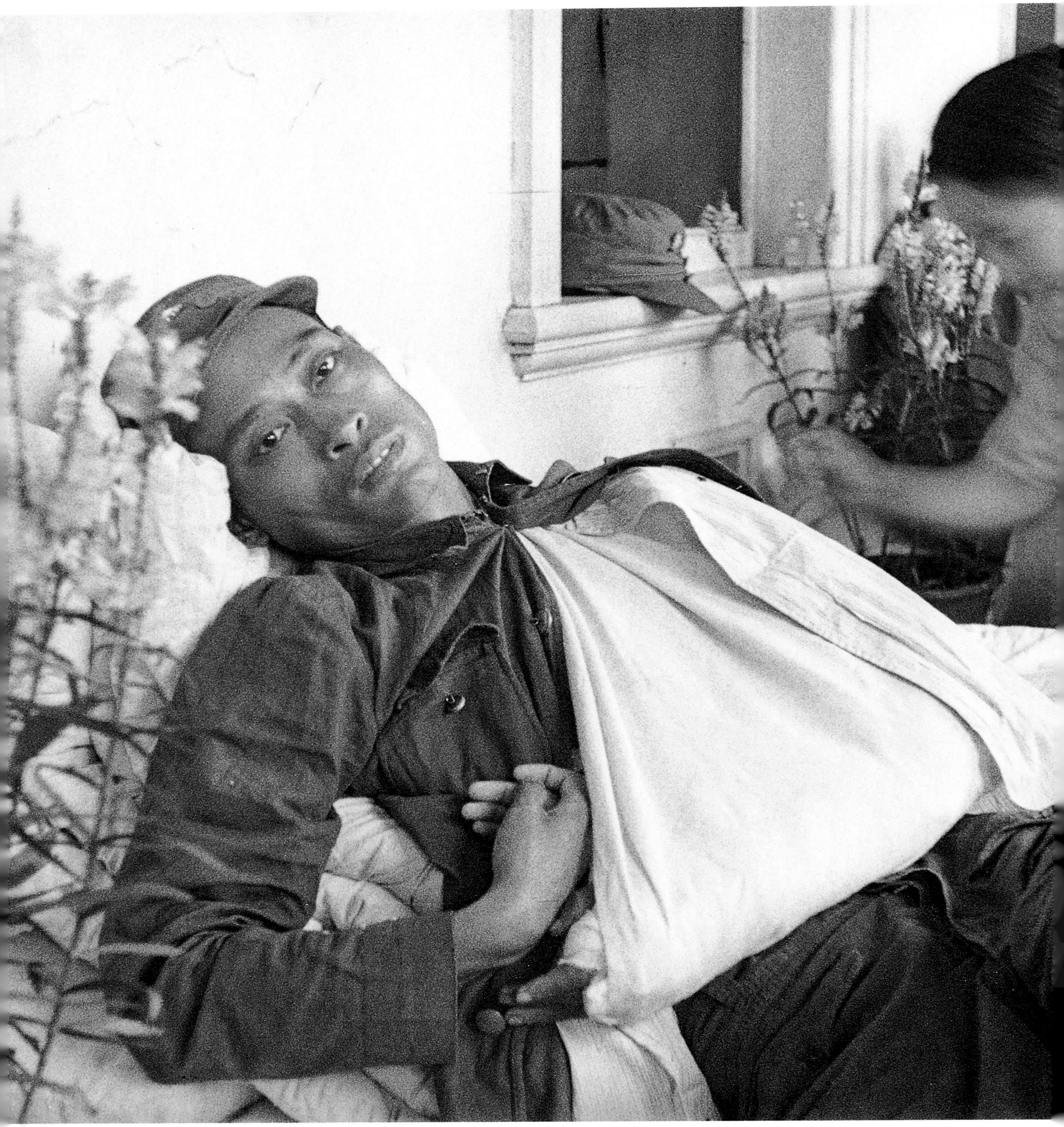

Die Wunden Chinas: Im August 1938, als dieses Foto von einem russischen Kameramann aufgenommen wurde, war die japanische Armee bis tief ins Landesinnere Chinas vorgedrungen. Dieser Soldat, der während des Hankou-Feldzugs verletzt worden war, gehörte zu den wenigen Glücklichen, die in einem Hospital medizinisch versorgt werden konnten. Als Augenzeuge von Chaos und Schrecken während des chinesischen Rückzugs berichtet der amerikanische Militärattaché Frank Dorn von der »ungeheuren Angst Tausender blutender, verdreckter, verwundeter Soldaten, die sich auf der Flucht vor dem Feind durchkämpften und um eine Schale Reis, einen sauberen Verband, eine Fahrt auf dem Lastwagen oder einen Platz zum Ausruhen flehten, selbst wenn ihre dumpfen, fiebrigen Augen zu erkennen gaben, daß sie um die Vergeblichkeit ihrer Bitten wußten«.
[Foto: Georgi Krainukow]

6
DER KRIEG MIT JAPAN
1937–1941

Vierzig Jahre lang spielte Japan – als gefürchteter Feind und bewundertes Vorbild – in einem schwachen oder uneinheitlichen China einen chinesischen Führer gegen den anderen aus. In der Einheitsfront von Guomindang, Kommunisten, Warlords und den geflohenen Mandschu-Truppen des Zhang Xueling herrschte Einigkeit darüber, daß vor allem anderen den Japanern Einhalt zu gebieten war. Die Einheitsfront wurde von Schriftstellern, Intellektuellen, Studenten und Arbeitern begrüßt, die deutlich machten, daß die Guomindang zukünftig um ihre Loyalität zu bitten haben würde, statt sie zu unterdrücken.

Zwar hatten die innerchinesischen Auseinandersetzungen ein Ende gefunden, doch dem Kampf gegen die Japaner nutzte das wenig. Die versprengten Kommunisten besaßen kaum Waffen, und die Soldaten Zhang Xueliangs, deren Moral bereits durch die Jahre des Exils zersetzt war, waren ohne Führer: Zhang Xueliang hatte als Beweis seiner Aufrichtigkeit angeboten, nach der Entführung in Xian mit Chiang Kai-shek nach Nanking zurückzukehren. Chiang nahm das Angebot an – und brachte Zhang wegen Meuterei und Verrats vor ein Militärgericht. Zhang wurde zum Tode verurteilt, doch Chiang wandelte das Urteil in lebenslange Haft und schließlich in strengsten Hausarrest um. Eine maßgebliche Rolle in der mandschurischen oder chinesischen Politik konnte Zhang dadurch nicht mehr spielen.

Chiangs eigene Armee repräsentierte eine merkwürdige Mischung aus Antiquiertheit und Ultramodernität. Während seiner Nanking-Herrschaft hatte Chiang die Bündnisse mit den Warlords aufrechterhalten, die ihn im Verlauf und nach dem Ende des Nordfeldzugs unterstützt hatten. Viele Warlords konnten sich keine modernen Waffen leisten und blieben in ihren Heimatprovinzen, wo sie eine unglückselige Landbevölkerung terrorisierten. Die Bauern schützten sich so gut sie konnten mit notdürftig bewaffneten Milizen gegen die Warlords und die allgegenwärtigen Banditen. Die ehemaligen Whampoa-Kadetten, die den Kern der Chiang-treuen Offiziere bildeten, waren zwar hervorragend in Militärtheorie und Guomindang-Ideologie ausgebildet, verfügten aber häufig über wenig Kampferfahrung. Falls dies doch einmal der Fall war, wie bei Cai Tingkai, der sich so hervorragend gegen die Japaner während deren Angriffs auf Shanghai im Jahr 1932 geschlagen hatte, wurden sie von Chiang als Bedrohung empfunden. Er schickte sie deshalb in die Provinz und löste ihre Einheiten auf.

In den dreißiger Jahren zog Chiang anstelle der Komintern-Experten deutsche Offiziere, von deren Fähigkeiten er sich eine Stärkung der Armee versprach, zu Rate. Die Deutschen, die Chiang schon bei der Vertreibung der Kommunisten des Jiangxi-Sowjets geholfen hatten, errichteten ein Verteidigungssystem um Nanking, falls die Japaner erneut Shanghai angreifen und in Richtung der Guomindang-Zentrale vorrücken sollten. Sie rieten Chiang des weiteren, eine mobile Eingreiftruppe gut ausgebildeter und bewaffneter Soldaten in Divisionsstärke aufzustellen. Die Deutschen unterwiesen Chiang jedoch nicht darin,

wie er auf die schnellen Panzerattacken reagieren sollte, welche die Japaner auf ihren Truppenübungsplätzen in Manchukuo perfektioniert hatten.

Chiang litt ständig unter Geldmangel für seine Armee, und nicht einmal das Organisationstalent seines Schwagers T. V. Soong konnte zur Solvenz der Guomindang beitragen. Chiang versuchte, finanzielle Defizite teilweise durch Tauschgeschäfte mit den Deutschen zu beheben. Als Gegenleistung für das in China reichlich vorkommende Wolfram, das Deutschland zur Herstellung von Panzern und Panzergranaten benötigte und anderswo nicht zu haben war, wollte er die neuesten deutschen Waffen erwerben. Doch aus dem Handel wurde nichts, als Hitler ein Militärbündnis mit Japan einging und sämtliche militärischen Vereinbarungen, die japanischen Interessen zuwiderlaufen könnten, platzen ließ. Die Amerikaner, Briten und Franzosen sorgten sich zwar wegen der wachsenden Macht der Japaner, doch waren sie hauptsächlich an der Wahrung ihrer Sonderprivilegien in China interessiert und beschränkten sich auf die Verweigerung der Anerkennung des japanfreundlichen Regimes in Manchukuo. Der Effekt war aber gering. Die Japaner wurden lediglich veranlaßt, den Völkerbund zu verlassen.

Der eigentliche Ausbruch des chinesischen Krieges gegen Japan wurde durch einen scheinbar nebensächlichen Zwischenfall im Juli 1937 ausgelöst. Seit die Japaner die Guomindang gezwungen hatten, eine entmilitarisierte Zone in Nordchina zwischen Beiping, Tianjin und der Großen Mauer hinzunehmen, nutzten sie das Gebiet für militärische Manöver. Die ursprünglich als Ausbildung ihrer Polizeikräfte dargestellten Aktionen nahmen jedoch an Umfang und Provokation zu. Im Juli 1937, als japanische Soldaten Geschützstellungen in der Nähe der Marco-Polo-Brücke südlich von Beiping aushoben, kam es zu einem Schußwechsel zwischen japanischen und chinesischen Soldaten. Die Japaner protestierten, doch anstatt sich wie so oft zuvor zurückzuziehen und zu entschuldigen, blieben die Chinesen standhaft. Chiang beorderte Verstärkung zu ihrer Unterstützung. Japanische Truppen aus Manchukuo rückten in das Gebiet vor. Japan mobilisierte zusätzliche Armeeverbände. Im August befanden sich beide Nationen im offenen Krieg.

Der Fall von Hankou. Japanische Soldaten, angeführt von einem Offizier mit Samurai-Schwert, nehmen im Oktober 1938 den zerbombten Bahnhof von Hankou in Augenschein. Der Verlust dieser Stadt war für die Chinesen ein harter Schlag. Sie hatten nach den katastrophalen Niederlagen in Ostchina versucht, dort einen Regierungsstützpunkt und eine neue Verteidigungslinie aufzubauen. Als sich die bevorstehende Eroberung abzeichnete, brachte die chinesische Verwaltung überall Sprengstoff an, um die Stadt in Schutt und Asche zu legen. Aber sowie die Beamten sich abgesetzt hatten, entfernten ihn die Einwohner, um weitere Zerstörungen ihres Eigentums zu verhindern. Der japanische Kommandant ordnete eine friedliche Übernahme der Stadt an, untersagte Plünderungen und ließ für die siegreichen Soldaten »patriotische Prostituierte« herbeischaffen. Dennoch wurden, so Frank Dorn, »die chinesischen Nachzügler und Verwundeten, die nicht in der Lage oder zu schwach waren zu entkommen, in den Fluß geworfen«.
[Foto: Georgi Krainukow]

Um einer Wiederholung des japanischen Angriffs auf Shanghai zuvorzukommen, befahl Chiang Kai-shek seiner neuen Luftwaffe, die japanischen Kriegsschiffe zu bombardieren, die inmitten Shanghais vor Anker lagen. Es war ein äußerst stürmischer Tag. Die unerfahrenen Piloten flogen sehr hoch, um der japanischen Flugabwehr zu entgehen, und hatten zudem Windstärke und -richtung falsch kalkuliert. Keine einzige Bombe traf die japanischen Schiffe. Zwei jedoch fielen auf dichtbesiedelte chinesische Wohn- und Einkaufsviertel, eine davon unmittelbar vor eines der größten Kaufhäuser Shanghais. Die Wucht der Explosion war dermaßen verheerend, daß die Menschen in die Luft gewirbelt und an die Gebäudewände geschmettert wurden. Mehr als zweihundert Zivilisten wurden getötet und Tausende verletzt.

Die Japaner reagierten auf diesen Fehlschlag mit Truppenanlandungen und größerer Verstärkung. Die Schlacht um die Stadt konzentrierte sich auf die Chinesenviertel und Vorstädte unter sorgsamer Umgehung der internationalen Konzessionsgebiete. Da eine Flut von Chinesen dort Zuflucht suchte, sah sich die ausländische Polizei genötigt, die Tore zu schließen. Im nachfolgenden Chaos errichteten die Japaner feste Stellungen in den chinesischen Industrievororten und rückten von dort aus vor. Chiang Kai-shek machte seine Eliteeinheiten mobil. Sie sollten die Stadt als Symbol der Integrität Chinas um jeden Preis verteidigen und halten. Damit sollte das Land zusammengeschweißt und Chiang als starker und entschiedener Führer hochstilisiert werden, doch wurde lediglich die militärische Beweglichkeit der Gebietskommandanten eingeschränkt. Der Befehl behinderte außerdem die von Chiang Kai-shek angeordnete Demontage der wichtigsten Industrieanlagen: Maschinen, die für die industrielle oder militärische Produktion von Bedeutung waren, sollten per Schiff oder Bahn zu bestimmten Punkten im Landesinneren transportiert werden. Auch Fabrikbelegschaften und ausgesuchte Facharbeiter wurden ins Landesinnere verbracht – eine logistische Meisterleistung, die sich in den kommenden Jahren auszahlen sollte. Selbst die Universitäten in Nord- und Zentralchina packten in diesen Monaten ihre Bücher und Laborausrüstungen und verfrachteten sie – zusammen mit Studenten und Lehrkräften – in den Südwesten Chinas, außerhalb japanischer Zugriffsmöglichkeiten.

Noch während dieses strategischen Rückzugs hielten sich die chinesischen Soldaten standhaft und tapfer, wenn auch unter enormen Verlusten. Doch der vernichtenden Feuerkraft der modernen japanischen Artillerie und Luftwaffe waren sie nicht gewachsen. Als die japanischen Entsatztruppen in Hangzhou südöstlich von Shanghai landeten, brach die Verteidigungslinie zusammen. Im Dezember geriet der fluchtartige Rückzug der chinesischen Soldaten zum Chaos, als Hunderttausende von Zivilisten zu ihnen stießen.

In der Zwischenzeit errang die japanische Armee in Nordchina einen Sieg nach dem anderen. Nachdem sie Ende Juli Beiping und Tianjin kampflos eingenommen hatten, verlegten die Japaner Soldaten und Nachschub per Eisenbahn nach Süden und Richtung Westen. Somit wäre es den Chinesen wohl möglich gewesen, die Japaner durch Zerstören der Schienenwege oder Überfälle auf Knotenpunkte aufzuhalten. Doch mangels eines einheitlichen Verteidigungsplans wichen die unkoordinierten chinesischen Streitkräfte, als eine Stadt nach der anderen fiel, ohne Gegenwehr zurück.

Gleichwohl wurde der japanische Vormarsch bei der strategisch wichtigen Stadt Taiyuan in Shanxi kurzzeitig gestoppt. Das Gebiet war reich an Bodenschätzen und als Zugang zum Gelben Fluß sowie zum landwirtschaftlichen und industriellen Herzland der Wuhan-Region am Yangtze von strategischer Bedeutung. Chinesische Streitkräfte der Guomindang und des Warlords Yan Xishan leisteten dort über einen Monat lang erbitterte Gegenwehr, um die Stadt trotz des ununterbrochenen Bombardements der japanischen Artillerie und Luftwaffe zu halten. Nach dem Fall der historischen Stadtmauern kam es zu gnadenlosen Kämpfen Mann gegen Mann, bis die Verteidiger aufgaben und am 8. November 1937 flohen. Chinesische Zivilisten und Soldaten drängten sich auf der einzigen Brücke, die eine Flucht über den Fluß Fen ermöglichte, und stießen sich oftmals gegenseitig hinab, wenn Japaner sie im Tiefflug bombardierten. Mehr als zehntausend starben. Solch horrende Verluste waren keine Seltenheit mehr. Der amerikanische Militärattaché Frank Dorn berichtete über die japanischen Vergeltungsmaßnahmen für die Greueltaten chinesischer Nationalisten an japanischen Zivilisten in Donghzou:

Links: Die Früchte des Krieges. Ein toter chinesischer Soldat wird von einem ehemaligen Kameraden seiner Kleider entledigt. Das Opfer war einer der vielen Toten auf dem Nebenschauplatz der Kämpfe zwischen Japanern und einer Mischung aus regulären chinesischen Truppen, örtlichen Guerillaeinheiten und Banditen vor den Ereignissen an der Márco-Polo-Brücke im Juli 1937. Das Foto wurde von Fang Dazeng aufgenommen, einem fünfundzwanzigjährigen Fotojournalisten, der in den Süden fuhr und den Ausbruch der offenen Kämpfe hinter der Marco-Polo-Brücke dokumentierte. Er verschwand Ende Juli auf der verheerenden Marschroute der 132. Division der chinesischen Armee. Wahrscheinlich wurde er ermordet.
[Foto: Fang Dazeng]

Rechts: Das Nummernschild dieses Dodge weist ihn als Stabsfahrzeug der 132. Division aus – auf demselben Schlachtfeld südlich von Peking zusammengeschossen, auf dem Fang vermutlich umkam. Frank Dorn hatte den japanischen Hinterhalt, in den die chinesischen Soldaten gerieten, beobachtet: »Ausweglos im Kreuzfeuer gefangen, wurden die chinesischen Soldaten abgeschlachtet, ihre Körper durch Metallsplitter zerfetzt. Nach dem Gemetzel lagen fast

sechshundert Chinesen auf dem Schlachtfeld oder hingen auf groteske Weise aus Geschossen durchsiebten Fahrzeugen.« Die japanische Luftwaffe bombardierte daraufhin die Verwundeten.
[Foto: Georgi Krainukow]

Panik auf den Straßen. Im August 1937 erfaßte der Krieg auch Shanghai. Japanische Soldaten besetzten die Küste und die Hafenanlagen entlang dem Fluß Huangpu und begannen mit dem Granatfeuer auf die Stadt. Auf dem Foto drängen chinesische Zivilisten mit allem Hab und Gut, das sie tragen können, zum Tor des französischen Konzessionsgebiets, wo sie auf Sicherheit hoffen konnten.

Ein Gesicht aus Cathay. Neben dem grausamen Antlitz des Krieges betrachtete Georgi Krainukow auch mit Leidenschaft die Menschen in China, die den unsicheren Zeiten ausgeliefert waren.
[Foto: Georgi Krainukow]

Links: Neue Hoffnung für die Verwundeten. Die mangelnde Versorgung von Verletzungen war einer der Gründe für die unglaublich hohe Anzahl chinesischer Opfer. Chinesische Soldaten werden aus einem Güterwaggon geladen und auf dem Bahnhof behandelt. Der kanadische Arzt Norman Bethune (auf der rechten Seite kniend) war ein Veteran des Spanischen Bürgerkriegs. Er entwickelte ein System von Feldlazaretten, die es den Ärzten ermöglichten, direkt auf dem Schlachtfeld Notfälle zu behandeln, die von der Front zu ihnen gebracht worden waren.

Rechte Seite: Bethune arbeitete für die kommunistische Guerilla in einem behelfsmäßigen Feldlazarett, das in einem buddhistischen Tempel eingerichtet worden war. Die Ausstattung war einfach, aber lebensrettend. Sie konnte in zehn Minuten zusammengepackt werden, falls japanische Soldaten durchbrechen sollten.

[Fotos: Owen Lattimore]

Den vom Langen Marsch nahezu aufgeriebenen Kommunisten war durch Chiang Kai-sheks Entführung in Xian und durch die Bildung der Einheitsfront eine verzweifelt ersehnte Ruhepause gewährt worden. Ihre Guerillatruppen waren zwar nun technisch in die antijapanischen Verteidigungskräfte der Nationalisten integriert, doch blieben sie in der Kommandostruktur autark. Außerdem verfolgten sie in Yanan weiterhin ihre eigene Linie, wenngleich sie sich aus Rücksicht auf die Politik der Einheitsfront und auf die Bauern und Großgrundbesitzer, bei denen sie sich verbargen, mit Forderungen nach einer radikalen Landreform zurückhielten. Statt dessen konzentrierten sie sich auf Pachtreduzierung und Neuverteilung des Landes der geflohenen Großgrundbesitzer. Das Land derer, die geblieben waren, rührten sie nicht an. Geschickt nutzte die Führung der Kommunisten den antijapanischen Nationalismus, um ihre eigene Präsenz und Popularität zu erweitern. Die Methoden der Massenmobilisierung, die sie in den vergangenen fünfzehn Jahren durch ihre Organisation von Arbeiterstreiks oder des Bauernwiderstands im Jiangxi-Sowjet entwickelt hatten, erwiesen sich nun als äußerst wertvoll. Kleine Gruppen kommunistischer Kader zogen durch die Dörfer, ernannten Führer und brachten ihnen die grundlegenden Prinzipien der Militärorganisation und des Guerillakampfs bei. Kommunistische Guerillaeinheiten begannen, mit einfachsten und manchmal selbstgebastelten Waffen die japanischen Versorgungslinien wirkungsvoll zu stören, versprengte Trupps zu ergreifen und kleine, isolierte Kommandos oder Garnisonen der Japaner zu überfallen, um deren Waffen und Munition zu erbeuten. Wenn möglich, schlossen sich die Guerillas mit Kommunistengruppen zusammen, die während der dreißiger Jahre in abgelegenen Orten überlebt hatten. Diese Gruppen hatten oft örtliche Sympathisantennetze aufgebaut, die sich zu kommunistischen Zellen weiterentwickeln oder als Basis lokaler Verteidigungsmilizen dienen konnten. Stärkere Guerillaverbände wurden nur kurzzeitig zusammengezogen, um Eisenbahnlinien der Japaner zu unterbrechen oder um größere Versorgungszüge oder Kompanien anzugreifen.

Im Schutz dieser irregulären kommunistischen Truppen fand Bethune das perfekte Betätigungsfeld für seine Fähigkeiten. Er richtete in der Nähe des vorgesehenen Kampfgebiets in einem Tempel oder einem verlassenen Gasthaus ein kleines Feldlazarett ein, das in weniger als zehn Minuten wieder abgebaut werden konnte. Mittels einfacher Bluttransfusionen, Notamputationen, antiseptischer Mittel und intravenöser Salzlösungen konnte Bethune viele Leben retten.

Bethune starb 1939 an einer Infektion, die er sich während einer der Feldoperationen zugezogen hatte. Die Bewunderung, die er dem antijapanischen Widerstand auf dem Land sowie dem stoischen Mut und der physischen Duldsamkeit der Chinesen entgegenbrachte, empfanden auch einige andere westliche Zeitgenossen, die es geschafft hatten, nach Yanan oder in die Grenzregionen zu gelangen, wie Edgar Snow, James Bertram, Anna Louise Strong und Evena Carlson. Die Kommunistenführer, denen sie begegneten, lebten in der trockenen Bergwelt Nordchinas in Höhlen, ernährten sich von einfachster Kost und schienen ihre politische Überzeugung zielbewußt und unbeirrbar zu verfolgen. Diese Entbehrungen wurden von den Besuchern als Tugend und als Beweis politischer und moralischer Geradlinigkeit betrachtet, wie sie Edgar Snow in seiner Darstellung des Langen Marschs schildert:

»Sie sangen nahezu täglich auf der Straße, und ihr Fundus an Liedern war unerschöpflich. Sie sangen nicht auf Kommando, sondern spontan, und sie sangen gut [...]. Ihre Disziplin schien ganz und gar aus ihnen selbst zu kommen. Als wir in den Bergen an wilden Aprikosenbäumen vorbeikamen, schwärmten sie unvermittelt aus, bis alle ihre Taschen gefüllt hatten [...]. Doch die Früchte der privaten Obstgärten rührte niemand an, und das Getreide und Gemüse, das wir in den Dörfern aßen, wurde voll und ganz bezahlt.«

Die enthusiastischen Berichte dieser Westler über ihre Erfahrungen bei den Kommunisten in Nordchina verliehen all jenen Hoffnung, die über die katastrophalen Fehlleistungen der Guomindang-Truppen entsetzt waren.

Viele Chinesen konnten sich weder für die Führung Chiang Kai-sheks in seinem neuen Stützpunkt Chongqing begeistern noch für die Kommunisten und ihre Guerillataktik. Statt dessen versuchten sie sich irgendwie mit den Besatzern zu arrangieren, um ein halbwegs menschenwürdiges Leben in ihren okkupierten Städten führen zu können. Ausgehend von solchen Inseln der Stabilität, könnten, so argumentierten die Kollaborateure, die organisatorischen Fähigkeiten der Japaner sowie Chinas ökonomische und menschliche Ressourcen gemeinsam ein neues China hervorbringen. Das war Wasser auf die Mühlen all jener, welche die Regierung Puyis in Manchukuo trotz der omnipräsenten Macht der Japaner als ohnmächtig erachteten. Doch Puyi war letztendlich ein Mandschu, und die Japaner hatten seit der Jahrhundertwende ihren Zugriff auf diese Region verstärkt.

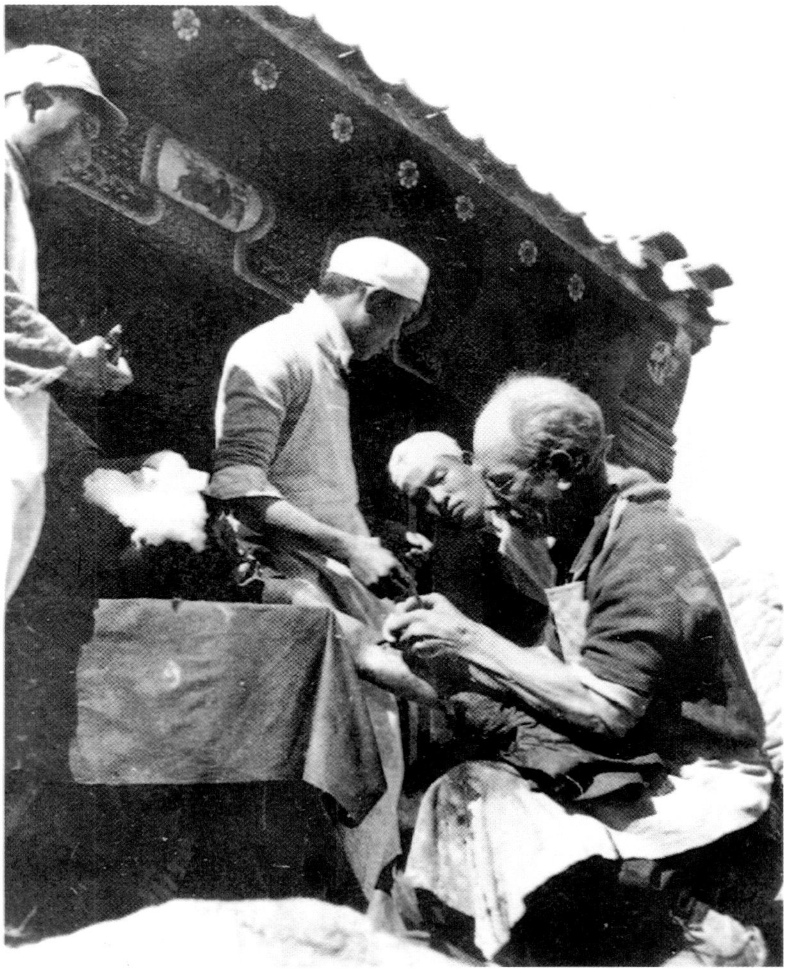

Nach ihrer Einnahme Beipings im Jahr 1937 hatten die Japaner dort ein neues Regime eingesetzt. Die chinesische Geschäftswelt kooperierte bereitwillig mit den Eroberern, bildete ein »Friedenserhaltungs-Komitee« und bewegte Wang Kemin dazu, die Führung der neuen Regierung zu übernehmen. Wang war ein hervorragender klassischer Gelehrter, der gegen Ende der Qing-Epoche einen der höchsten Prüfungsgrade absolviert, in Japan studiert und als Qing-Beamter in mehreren Positionen gewirkt hatte. Für die Geschäftswelt weitaus wichtiger war jedoch die Tatsache, daß er nach der Revolution von 1911 ein erfahrener Wirtschaftsadministrator wurde und in der Folge in mehreren Warlordkabinetten als Finanzminister, als Geschäftsführer eines chinesisch-französischen Bankenkonsortiums, als Präsident der Bank von China und als Finanzberater des mandschurischen Warlords Zhang Zuolin und seines Sohnes Zhang Xueliang fungiert hatte. Wangs Befugnisse als Oberhaupt der Beiping-Regierung wurden durch Offiziere des japanischen Geheimdienstes und durch die sogenannte »Vereinigung des Neuen Volkes« gestützt. Deren Mitglieder sollten entsprechend ähnlicher Organisationen, die zuvor schon in Taiwan und Manchukuo ins Leben gerufen worden waren, japanische Werte propagieren, die Einheit zwischen Japanern und Chinesen vorantreiben sowie chinesische Hilfskräfte für die japanischen Kriegsanstrengungen mobilisieren.

Wang Jingweis Weg zur Macht unter den Japanern war schwierig. In der Qing-Zeit war Wang ein Antimandschu-Terrorist, der 1910 den

Spitzenfunktionäre und Gefolgsleute. Die kommunistischen Führer in Yanan drei Wochen vor dem Ausbruch des Krieges mit Japan: Von links: Zhou Enlai, Mao Zedong und Bo Gu. Mao hatte Zhou und Bo Gu übertrumpft und wurde während des Langen Marschs Parteichef.

Rechts oben: Kommunistische Soldaten warten im Sommer 1937 auf eine Schulung durch den Sowjetdiplomaten und Theoretiker Adolf Joffe. Nach weiteren Auseinandersetzungen mit Chiang betrachtete die Parteispitze solche Studiengruppen als grundlegend zur Aufrecht-

erhaltung des inneren und ideologischen Zusammenhalts.

Rechts unten: Die überschwengliche Amerikanerin Agnes Smedley hielt sich ebenfalls 1937 in Yanan auf. Sie romantisierte die Kommunisten und ihre Führer, wie hier Zhu De. Zhu war Soldat, ein Warlordoffizier und opiumsüchtig, bevor er sich der Partei 1923 in Deutschland anschloß. Er wurde Chef der kommunistischen Streitkräfte. Smedley verfaßte eine schmeichelhafte Biographie über ihn. [Foto: Owen Lattimore]

Regenten des Kindkaisers Puyi zu ermorden versuchte. Dafür wäre er beinahe hingerichtet worden. Als aktiver Gefolgsmann Suns während dessen zweiten Exils und seiner Rückkehr nach Kanton agierte Wang Jingwei im Verlauf der Unruhen im Jahr 1927 als führende Stimme der Guomindang-Linken in Wuhan. Anschließend tat er sich als Antikommunist in der neuen Guomindang-Regierung hervor, in der er mehrere Jahre lang als Präsident des Exekutiv-Yuans amtierte. Gegen Ende der dreißiger Jahre erteilte Chiang Kai-shek Wang den Auftrag, mit den Japanern über die seiner Ansicht nach demütigenden Vertragsbedingungen zu verhandeln. Wang sollte als projapanischer Beschwichtiger auftreten, obwohl er sich selbst für einen glühenden chinesischen Nationalisten hielt.

Wang Jingwei beobachtete die militärischen Katastrophen von 1937 und 1938 mit zunehmender Bestürzung. Er sah keine Möglichkeit, wie Chinas derzeitige politische Führung den Zusammenbruch des Landes aufhalten könnte. Zweifellos war er davon unterrichtet, daß deutsche Abgesandte Ende 1937, kurz vor der »Vergewaltigung Nankings«, an Chiang Kai-shek herangetreten waren und ein Angebot der Japaner über die friedliche Beilegung der Feindseligkeiten überbrachten. Als die Japaner jedoch nach dem Massaker von Nanking die Forderung erhoben, die chinesischen Nationalisten müßten die Regierung von Manchukuo anerkennen, wurden alle Verhandlungen abgebrochen. Anfang November 1938 jedoch, kurz nach dem Fall von Wuhan, rief der japanische Premier Prinz Konoe zur Bildung der »Neuen Ordnung Asiens« auf. Laut dieser Neuen Ordnung sollten die Chinesen, das Volk von Manchukuo und andere Völker in Fernost unter japanischer Führung gemeinsam gegen die Kommunisten und die Vorherrschaft der Westmächte vorgehen. Am 30. November 1938, kurz nach Konoes Bekanntmachung, trafen sich zwei der engsten Mitarbeiter Wang Jinweis mit einem japanischen Stabsoffizier in Shanghai, um darüber ausgiebig zu diskutieren und um einige vorläufige Abkommen zu unterzeichnen.

Am 12. November, genau zwischen diesen beiden Ereignissen, spielte sich in Changsha eine der schlimmsten Katastrophen des Krieges ab. An diesem Tag wurde der Gouverneur der Provinz Hunan mit Sitz in Changsha, einer der Adjutanten und engsten Vertrauten Chiang Kaisheks, durch die Nachricht aufgeschreckt, japanische Soldaten seien im Anmarsch auf die Stadt. Ohne auch nur im geringsten diesem Gerücht

Giftgaskrieg. Japanische Soldaten tragen während eines Manövers Gasmasken. Chinesische Berichte vom September 1937 nannten vierhundert Todesopfer nach japanischen Giftgaseinsätzen in der Provinz Hebei. Die Japaner pumpten Gas auch in die Tunnelsysteme, die chinesische Partisanen unter ihren Dörfern angelegt hatten.

nachzugehen, befahl er, entsprechend der Politik der verbrannten Erde, die Stadt in Brand zu setzen. Die Feuersbrunst forderte unter den achthunderttausend Einwohnern und Flüchtlingen, die dort zusammengedrängt waren, enorme Opfer. Ins Unermeßliche ging die Zerstörung kultureller Schätze. Tatsächlich befanden sich überhaupt keine japanischen Soldaten in der Nähe der Stadt. Das groteske Mißgeschick hatte Wang Jingweis Vertrauen in die Guomindang-Führung zutiefst erschüttert.

In seinem Versteck in Chongqing bereitete Wang Jingwei seine Pläne mit Bedacht vor. Er flog zunächst geschäftlich nach Chengdu und dann nach Kunming, um schließlich die Grenze von Vietnam Richtung Hanoi zu überschreiten. Nach mehreren Verhandlungen mit den Japanern und zwei Versuchen Chiang Kai-sheks, ihn in die Knie zu zwingen – erst durch Bestechung, dann durch einen Mordanschlag –, reiste Wang Jingwei nach Shanghai, wo er mit Mitgliedern des Beiping-Regimes Wang Kemins und japanischen Unterhändlern zusammentraf. Kurz danach flog er zweimal nach Tokio, um die formellen Bedingungen der »Neuordnung der sino-japanischen Beziehungen« zu klären, die er schließlich Ende 1939 unterzeichnete.

Erneut wehte im Land die Flagge der Guomindang, und die Gerichtsbarkeit der neuen Nationalregierung Wang Jingweis in Nanking – mit Suns drei Volksprinzipien als offizieller Ideologie – erstreckte sich vom Huai-Fluß im Norden bis zur Insel Hainan im Süden, nach Osten bis Shanghai und Zhejiang und nach Westen bis zur Grenze von Sichuan. Ebenso wie Chiang Kai-shek gründete Wang seine eigene Militärakademie in Nanking, an der jährlich tausend Kadetten ihre Ausbildung abschlossen. Wangs Armee erreichte dank dieser neuen Offiziere, der verbliebenen Guomindang-Streitkräfte und diverser Warlordeinheiten eine Stärke von etwa sechshunderttausend Mann. Vom Ausland wurde er ebenfalls – selektiv – anerkannt, so von Deutschland, Italien, Spanien, Vichy-Frankreich, Rumänien, Ungarn, Japan, Manchukuo und Thailand.

Nachdem Wangs Regime die Macht übernommen hatte, hörten die Morde schlagartig auf, mit denen Chiang Kai-sheks Agenten unter seinem Sicherheitschef Dai Li Ende der dreißiger Jahre die Kollaborateure der Japaner in Shanghai dezimiert hatten. Möglicherweise gab es darüber einige frühere Vereinbarungen, da Wang wie auch Chiang Kaishek trotz ihrer grundlegenden Differenzen eine tiefe Abneigung gegen den Kommunismus hegten. Einer der ersten diplomatischen Schritte von Wangs Nanking-Regime war der Beitritt zum von Japan und Deutschland angeführten antikommunistischen Pakt. Und trotz der Einheitsfront ließ die Wachsamkeit der Agenten Dai Lis gegenüber den Kommunisten nicht nach.

Nach dem Fall Wuhans im Oktober 1938 und der Changsha-Katastrophe im November ließen die Japaner das Chongqing-Regime weitgehend in Ruhe. Es konnte nun ungestört seine militärischen und industriellen Stützpunkte entwickeln, während die Japaner ihre militärischen Kommunikationslinien konsolidierten und ihre langfristige militärische Zukunft planten. Die Kommunisten jedoch setzten den Krieg fort. Sie lösten sich von ihrer früheren Guerillastrategie in dem Glauben, daß ihre Bauernmobilisierung ihnen neue Kraft verleihen würde. Im Jahr 1940 verübten sie eine Reihe größerer Anschläge gegen die Japaner in Nordchina, die sie »Offensive des Regiments der Einhundert« nannten. Nach anfänglichen Erfolgen wurden diese Attacken von den Japanern mit außerordentlicher Grausamkeit in einem Feldzug unter der Devise »Tötet alles, verbrennt alles, plündert alles« beantwortet. Die kommunistischen Verbände mußten verheerende Verluste hinnehmen. Mehr zu erleiden hatten aber die Dörfer, in denen die Kämpfe stattfanden. Die Japaner töteten, verstümmelten oder vergewaltigten jeden und jede. Dorfbewohner, die sich in den unterirdischen Tunneln versteckten, die sie auf Anraten der Kommunisten gegraben hatten, wurden ausgeräuchert oder starben an Giftgas, das die Japaner in die Erdlöcher einströmen ließen. Diese Offensive des Regiments der Einhundert endete mit einem enormen Prestige- und Popularitätsverlust der Kommunisten, den sie erst nach Jahren wettmachen konnten.

Während die Kommunisten noch die militärischen Einbußen durch die Japaner – etwa hunderttausend Mann – zu verkraften hatten, wurden sie zusätzlich von den Guomindang-Truppen in Zentralchina bedrängt. Chiang Kai-shek, alarmiert durch die Meldung Dai Lis über die hohe Anzahl ehemaliger Kommunisten, die den Anordnungen der Guomindang nicht in der Weise Folge leisteten, wie sie es der Einheitsfront zufolge eigentlich sollten, befahl unter Androhung von Disziplinarstrafen der kommunistischen Neuen Vierten Armee, die südlich des Yangtze operierte, sich auf die Nordseite des Flusses zurückzuziehen oder sich zu disziplinieren. Als die Kommunisten zögerten, ordnete Chiang einen Überraschungsangriff gegen sie an. In nur wenigen Tagen im Januar 1941 tötete die Guomindang mindestens dreitausend kommunistische Soldaten durch mehrere hinterhältige Überfälle. Noch viel mehr wurden hingerichtet oder gefangengenommen. Als die aufgeriebenen Einheiten nach Norden auswichen, verhinderte die Guomindang jegliche militärische Unterstützung, selbst Salzlieferungen, und marschierte in das vom Yanan-Regime kontrollierte Gebiet ein. Der Krieg gegen Japan trat erneut hinter einem Krieg Chinesen gegen Chinesen zurück.

Yanan Ende 1943 oder Anfang 1944: Ein amerikanischer Militärberater und die ihm anvertrauten Chinesen nehmen ihre Notration mit Stäbchen ein. Nach dem japanischen Angriff auf Pearl Harbor im Dezember 1941 wurden die Vereinigten Staaten zu Alliierten Chinas. Die von den Amerikanern frisch ausgebildeten chinesischen Einheiten kämpften weiter während des Birma-Feldzugs im Jahr 1944 und belegten damit die Behauptung der amerikanischen Kommandeure, daß chinesische Soldaten, »wenn sie gut geführt, bezahlt und ausgerüstet« seien, das gleiche leisten wie alle Soldaten der Welt.

7
WELTKRIEG UND BÜRGERKRIEG
1942–1949

Zwischen 1938 und 1941 war Chiang Kai-shek mit seinem Regime fast gänzlich isoliert. Die einzige Verbindung zur Außenwelt stellte die Birma-Straße her, die Tausende Arbeiterkulis durch die Bergwälder von Kunming bis Lashio in Nordostbirma durch die Felsen geschlagen hatten. Bei dem Projekt, das nahezu gänzlich ohne moderne Ausrüstung fertiggestellt wurde, kamen zahllose Zwangsarbeiter durch Unfälle und Krankheiten ums Leben. Die unbefestigte Straße war stets von Erdrutschen und Überflutungen bedroht und mußte bei schlechtem Wetter – oder wegen des diplomatischen Drucks der Japaner auf die britische Verwaltung in Birma – häufig gesperrt werden. Nichtsdestotrotz erwies sich ihre Vollendung als Triumph chinesischer Beharrlichkeit gegenüber allen Widrigkeiten.

Der Hitler-Stalin-Pakt im Jahr 1939 hatte jede Hoffnung auf weitere russische Hilfe begraben. Chiang bat den amerikanischen Kongreß um Kredite, doch mit wenig Aussicht auf Erfolg, da die Vereinigten Staaten selbst vollauf damit beschäftigt waren, sich von der Großen Depression zu erholen. Die einzige bedeutsame Hilfe von außerhalb erfolgte durch eine Handvoll amerikanischer Kampfpiloten, die man die »Fliegenden Tiger« nannte. Chiang hatte sie 1937 angeheuert, um der chinesischen Luftwaffe zu größerer Durchschlagskraft zu verhelfen. Später kämpften sie als Söldner und erhielten eine Prämie von fünfhundert Dollar für jedes abgeschossene japanische Flugzeug. Ihr Anführer Claire Lee Chennault war ein wegen eines Gehörschadens aus der US-Air-Force entlassener Veteran des Ersten Weltkriegs. Unter seinem Kommando errangen die Flieger mit ihrer Staffel veralteter P-40 eindrucksvolle Siege über die Japaner. Mit ihrem Heldenmut verhinderten sie einige der schlimmsten japanischen Bombenangriffe auf Chongqing und verschafften den chinesischen Verteidigern dadurch den dringend benötigten moralischen Auftrieb. Am Verlauf des Krieges vermochten auch sie jedoch schwerlich etwas zu ändern.

Mit dem Eintritt US-Amerikas in den Krieg, nach dem japanischen Überfall auf Pearl Harbor im Dezember 1941, wurde das Chongqing-Regime offizieller Alliierter der Amerikaner. Auch wurde China, zusammen mit den Vereinigten Staaten, Großbritannien und der Sowjetunion, zu den »Big Four«, den vier Mächten der freien Welt gezählt. Aufgrund des Kriegsfinanzierungssystems der Amerikaner kam China in den Genuß des *lend-lease*, einer Art Leihpacht von Kriegsmaterial: Militärische Ausrüstung, Lastwagen, Kraftstoff und Flugzeuge wurden zur Verfügung gestellt, mußten aber nicht bezahlt werden, sofern sie im Kampf gegen Japan zum Einsatz kamen.

Der Zusammenbruch der britischen Streitkräfte in Singapur nach nur eintägiger Schlacht im Februar 1942 steigerte die Bedeutung des chinesischen Militärpotentials. US-Präsident Franklin D. Roosevelt ernannte Joseph Stilwell, einen ehemaligen Militärattaché, zum Koordinator des Lend-lease-Programms, zum Kommandanten der amerikanischen

Oben: Harmonie für kurze Zeit. Chiang Kai-shek, Madame Chiang und General Stilwell legen im April 1942 ein Lächeln auf – Chiang drückte für das Foto schnell seine falschen Zähne ein. Die Harmonie zwischen dem gerade ernannten amerikanischen General und Chiang trübte sich nach der Niederlage der Chinesen und ihrer Weigerung, den Anordnungen »Essig-Joe« Stilwells Folge zu leisten. Stilwell sagte, Chiang und er befänden sich »allein mit einem einzigen Sandwich auf einem Floß, während das rettende Schiff irgendwo in der Ferne verschwindet«.

Rechte Seite: First Ladys. Ende 1942 reiste Madame Chiang nach Washington, um für Unterstützung für ihren Gatten zu werben. Der Kongreß empfing sie mit »standing ovations«. Die Präsidentengattin Eleanor Roosevelt lud sie ins Weiße Haus ein. Stilwell hielt Madame Chiang für eine »clevere, gewitzte Frau«. Die meisten Amerikaner verfielen ihrem Charme, obwohl einige über ihre Vorliebe für seidene Laken irritiert waren.

Truppen auf dem neuen »China-Birma-Indien-Schauplatz« und zu seinem persönlichen Gesandten bei Chiang Kai-shek. Der chinesisch sprechende Stilwell traf im März 1942 in China ein und stürzte sich sofort in den Kampf gegen die Japaner in Birma. Nach wochenlangen heftigsten Gefechten wurden die Alliierten geschlagen, die Japaner schnitten die Birma-Straße ab und überrannten das Land bis zur Grenze nach Indien. Stilwell gab seiner Enttäuschung auf typische Weise Ausdruck:

»Ich kann sie nicht erschießen, ich kann sie nicht rausschmeißen, und mit ihnen zu reden hat keinen Sinn. Letzten Endes bin ich bloß der Handlanger, der die Drecksarbeit macht und dafür die Schläge kassiert.«

Wütend und gedemütigt, konnte er sich mit einer kleinen Gruppe chinesischer und amerikanischer Soldaten unbehelligt aus Birma nach Indien absetzen. Für den Rest seines Lebens gab er die Schuld an der Niederlage der Inkompetenz Chiang Kai-sheks, dessen feigen Führungsoffizieren sowie der Arroganz und dem Rassismus der Briten, von denen Stilwell glaubte, daß sie die einheimische Bevölkerung derart von oben herab behandelt hätten, daß diese die Japaner freudig begrüßte.

Nach dem Verlust Birmas und seiner Versorgungsstraße war Chiang Kai-shek isoliert. Chennaults »Fliegende Tiger« waren nun in die US-Air-Force integriert, Chennault selbst blieb als Brigadegeneral in China. Mit amerikanischen Flugzeugen wurde ein neuer Luftkorridor von Indien nach Kunming über die lange und gefährliche Strecke über den Himalaja, *The Hump*, eröffnet. Um die Leistungsfähigkeit zu erhöhen, bauten amerikanische Ingenieure in Zusammenarbeit mit der Chongqing-Regierung neue Flugplätze. Zehntausende von Kulis und Zwangsarbeitern mußten dafür das Land einebnen und Steine brechen. Einige Flughäfen lagen weit östlich von Chongqing, in der Region von Guilin. Von diesen Stützpunkten aus hofften Chennault sowie die chinesischen Befürworter des Luftkriegs, ihre Bombenattacken gegen die Japaner in Ostchina fliegen und vielleicht sogar Japan selbst überfallen zu können.

Chennault gewann die Unterstützung und das Wohlwollen von Chiang Kai-shek und dessen Frau Soong Meiling. Er war hingerissen von ihrem jugendlichen Aussehen und ihren Englischkenntnissen: Sie sprach mit einem gedehnten Südstaatenakzent. In seinem Tagebuch vermerkte er später, daß sie »stets eine Prinzessin« für ihn war. Chennault verehrte beide als Quelle der Inspiration für ihr Land und als großartige Führerpersönlichkeiten. Diese Ansicht teilten auch viele ehemalige Missionare und andere Amerikaner, die Chiang Kai-shek als Symbol der »freien Welt« betrachteten, für deren Wiedererrichtung die Alliierten kämpften. Einige Berichterstatter jedoch waren weniger angetan von Madame Chiang. Die englischen Autoren W. H. Auden und Christopher Isherwood begegneten ihr 1938:

»Sie ist eine kleine Dame mit rundem Gesicht, exquisit gekleidet, eher lebhaft als hübsch und im Besitz von nahezu erschreckendem Charme und Selbstbewußtsein. Offensichtlich weiß sie mit jeder erdenklichen Art von Besuchern umzugehen. [...] Sie konnte furchterregend sein, sie konnte reizend sein, sie konnte sich geschäftsmäßig geben oder auch erbarmungslos; es heißt, daß sie manchmal persönlich Todesurteile unterzeichnete. [...] Merkwürdigerweise habe ich noch nie eine Bemerkung über ihr Parfüm gehört. Es ist das köstlichste, das je einer von uns gerochen hatte. [...]

Wir nahmen am Teetisch Platz.

›Ach, sagen Sie mir bitte‹, fragte Madame, ›mögen Dichter Kuchen?‹

›Aber ja‹, erwiderte Auden, ›sehr gern sogar.‹

›Oh, da bin ich aber froh. Ich dachte, daß Sie vielleicht spirituelle Nahrung vorziehen.‹«

Stilwell hielt Chiang Kai-shek sogar für unfähig, unentschlossen und seine Leute und Führungsoffiziere für korrupt.

»[Chiang] schreibt endlose Instruktionen für dieses und jenes, die sich auf fragmentarischen Informationen und einer blödsinnigen Vorstellung von Taktik begründen. Er glaubt, daß er psychologisch versiert sei, ja, er glaubt sogar, daß er über alles Bescheid weiß, und schwankt zwischen allen möglichen Wegen hin und her, wechselt seine Meinung bei jeder Veränderung der Lage. [...] Es ist mir absolut unmöglich, mit diesem Schwarm von Parasiten und Kriechern umzugehen.« *(The Stilwell Papers)*

Auch vertrat er die Ansicht, daß Chennaults Glaube an die Überlegenheit der Luftstreitkräfte überzogen und unrealistisch sei, daß die voreilig gebauten Flugplätze gegen die vorherzusehenden japanischen Attacken nicht verteidigt werden könnten und daß die meiste Tonnage, die über den *Hump* geflogen wurde, überflüssig sei oder gestohlen würde.

Stilwell selbst war davon überzeugt, der Schlüssel zu Chinas Widerstandskraft läge bei den chinesischen Elitedivisionen, die einen Gegenangriff auf die Japaner in Birma führen sollten, um die Versorgungswege wieder zu öffnen, und anschließend von Chongqing aus die chinesische Herrschaft zu verankern. Er verbrachte lange Zeit in Indien, um die Ausbildung dieser Elitedivisionen zu überwachen, und ging nach Birma, sobald der Feldzug dort 1943 begann. Ebenso wie Chennault reiste er nach Washington, um seinen Vorstellungen Nachdruck zu verleihen.

Während man sich in Chongqing, Kunming und Washington mit derartigen strategischen Überlegungen befaßte, hatten sich die Kommunisten langsam von ihren verheerenden Verlusten nach der Offensive des Regiments der Einhundert und dem Zwischenfall mit der Neuen Vierten Armee erholt. Da die Einheitsfront ohnehin nur noch eine Farce war, konnten die Kommunisten nun ungehindert darangehen, die Landreform, die soziale Kontrolle und die Massenmobilisierung nachdrücklich zu verwirklichen. Von der Basis in Yanan aus wurden die in den Grenzregionen neu entstandenen Verwaltungen gesteuert. Entsprechend wuchs die Zahl der Chinesen, die mit Propaganda und Organisationsmethoden der Kommunisten in Berührung kamen. Der Bedarf an Versorgungsgütern und Munition hatte nach wie vor höchste Priorität, so daß sie auch weiterhin Nachschubzüge sowie Garnisonseinheiten der Japaner und deren Kollaborateure überfielen.

Die Yanan-Regierung litt unter chronischem Geldmangel. Sie verfügte über keine industriellen Ressourcen, ihre Währung schwankte, und sie konnte es sich nicht leisten, ihre zumeist mittellose Gefolgschaft durch Erhebung von Steuern vor den Kopf zu stoßen. Dennoch verzichteten die Kommunisten in dieser Zeit größter Not zwischen 1942 und 1943 vermutlich auf die Herstellung von Opium für die japanisch besetzten Gebiete und erlaubten einheimischen Produzenten auch nicht, das Rauschgift gegen Bezahlung über ihr Territorium zu transportieren. Im Gegensatz dazu bemühten sich die Japaner und die Warlordverbündeten des Chongqing-Regimes nicht im geringsten, den gewinnträchtigen Drogenhandel zu verheimlichen.

Trotz ihrer Finanz- und Versorgungsprobleme waren kommunistische Guerillaeinheiten in vielen Gebieten Nordchinas aktiv, stießen sogar bis in das Umland von Beiping und in die Provinz Shandong vor und behaupteten erneut ihre militärische Präsenz in der Zentralregion des Yangtze, aus der sie 1941 von der Guomindang vertrieben worden waren.

Zwar war die antijapanische Haltung der sichtbarste Teil der kommunistischen Aktivitäten, doch gab es auch andere, gleichermaßen wichtige Aspekte, die von außenstehenden Beobachtern weniger erkannt wurden: der stetige Machtzuwachs Mao Zedongs, die Einschränkung der Unabhängigkeit der Intellektuellen und die Verschärfung des Klas-

Leben im japanischen Taiwan. Fahrgäste auf einer traditionellen Fähre im Sommer 1940; Frauen am Strand; eine Frau überquert 1943 in Taipeh eine Straße – im Hintergrund japanische Filmplakate. An der Kleidung wird die Durchmischung chinesischer und westlicher Einflüsse deutlich.

店
陳三五娘

Leben in Beiping. Der Alltag vieler Chinesen wurde durch den Krieg und die japanische Besatzung kaum berührt. Hedda Morrison, die von 1933 bis 1946 in Beiping (Peking) lebte, beobachtete das tägliche Leben jener Zeit. Als Deutsche und somit der Form nach Alliierte der Japaner konnte sie sich während des Krieges in Nordchina frei bewegen. Die einfachen Menschen in ihrer geliebten Stadt zu fotografieren, wurde zu ihrer Leidenschaft. Doch folgte sie einer unumstößlichen Regel: Nie durften das wahre Gesicht des Krieges, die Japaner oder deren Marionettensoldaten auf ihren Bildern erscheinen. [Fotos: Hedda Morrison]

Das andere Gesicht Beipings (Pekings) während der japanischen Okkupation. Im eisigen Winter des Jahres 1941 werden die Leichen Verhungerter von städtischen Arbeitern eingesammelt – unter den Augen armseliger Kinder. Der schlichte Sarg ist mit dem Namen eines Friedhofs in der Nähe der Stadt beschriftet. Prostituierte mit modischen westlichen Frisuren machen eine kleine Pause, bevor sie wieder auf Kundenfang gehen. Vor einem Kino durchsucht die Kollaborationspolizei einen Radfahrer in traditionellem Mantel nach Waffen und antijapanischer Propaganda.

Links: Der letzte Versuch. Die Amerikaner, die eine Fortsetzung des Bürgerkriegs verhindern wollten, arrangierten in Chongqing ein Treffen zwischen Mao Zedong (vorn im Jeep) und Chiang Kai-shek. Der Mann mit dem Homburg ist der amerikanische Botschafter Patrick Hurley. Diese Verhandlungen erwiesen sich als Fehlschlag, da Chiang damit rechnete, als Sieger aus dem Konflikt hervorzugehen. Im weiteren Verlauf des Krieges schickte Chiang seine besten Truppen in den Norden, wo sie von den Kommunisten vollständig zerschlagen wurden.

Rechte Seite: Besiegte Soldaten der Guomindang warten 1947 auf ihren Abtransport per Bahn in den Süden.

Unten: Ein Aktivist der Kommunisten wird in Shanghai Ende der vierziger Jahre von der Polizei, Armeeangehörigen und Polizisten in Zivil zu seiner Exekution geführt.

Letztendlich konnte Chiang Kai-shek das Wohlwollen, die Militärhilfe und die finanzielle Unterstützung der Amerikaner, die ihm immer noch zur Verfügung standen, nicht sinnvoll verwenden. Zugegebenermaßen verhielten sich die USA in ihrer Politik selbst wankelmütig, doch die zentrale Botschaft war eindeutig. Ein katastrophaler Bürgerkrieg auf chinesischem Boden sollte unter allen Umständen vermieden und ein akzeptables Programm sozialer Reformen verwirklicht werden, während Chiang sich um die ansatzweise Einführung demokratischer Prinzipien in seine Regierung kümmerte. Um diese Ziele voranzutreiben, ermöglichte es der amerikanische Botschafter in Chongqing, daß Mao Zedong unter Schutzgeleit zu Vorgesprächen mit Chiang Kai-shek über die Vereinigung nach Chongqing reiste. Präsident Truman entsandte General George Marshall – der sich später durch den nach ihm benannten Aufbauplan für Europa einen Namen machte –, um zwischen den gegnerischen Parteien zu vermitteln. Marshall konnte für eine kurze Waffenruhe sorgen und bereitete eine demokratische Konsultativkonferenz vor. Chiang jedoch verwarf diese Pläne, der Konferenztermin blieb ungenutzt, und die Kämpfe flammten wieder auf. Trotz dieser Fehlschläge schickten die Amerikaner den Nationalisten nunmehr nicht benötigtes Kriegsmaterial und ließen durch ihre Marine strategische Hafen- und Transportanlagen für die nationalistischen Streitkräfte halten, auch dann noch, als diese erneut zusammengezogen wurden, um die Feindseligkeiten mit den Kommunisten wieder aufzunehmen. Amerikanische Veteranen mit Chinaerfahrung, wie General Wedemeyer, kehrten ebenfalls zurück, um der Guomindang zu helfen.

Ohne japanische Besatzung als nationale Provokation wurde es für Chiang Kai-shek unmöglich, sein auf wackeligen Füßen stehendes Regime zu stabilisieren. Die kommunistischen Streitkräfte unter der Führung eines ihrer fähigsten Generäle und einstigen Whampoa-Absolventen, Lin Biao, hielten trotz des Ansturms von Chiangs Truppen die Nordmandschurei, während linke Guerillas in der Region und hinter den Linien der Guomindang operierten. 1947 gaben die kommunistischen Gruppen auf Anweisung Mao Zedongs die Hinterhalttaktik auf und gingen zu Frontalangriffen über. Die nationalistischen Streitkräfte waren – schlecht geführt, unter lascher Kampfmoral leidend und unsicher über den eigentlichen Sinn der Kämpfe – trotz ihrer modernen Ausrüstung

und des technischen Beistands der Vereinigten Staaten unfähig, ihre Schlüsselpositionen in Nordchina zu halten. Ende 1948 hatten die Kommunisten den Gegner zum Rückzug gezwungen. Im Januar 1949 fiel Beiping kampflos. Derk Bodde, ein Mann aus dem Westen, hielt diese Situation in seinem Tagebuch fest: »An ihrer Spitze rollte ein Lautsprecherwagen, aus dem unaufhörlich der Refrain plärrte: ›Willkommen sei die Befreiungsarmee in Beiping! Willkommen sei die Volksarmee in Beiping! Wir gratulieren dem Volk von Beiping zu seiner Befreiung! ...‹ Daneben und dahinter marschierten in Sechserreihen an die zwei- oder dreihundert kommunistische Soldaten in voller Kampfausrüstung. Sie schritten energisch voran und schienen erhitzt zu sein, als hätten sie eine lange Strecke zurückgelegt. Sie sahen alle rotwangig und gesund aus und schienen frohen Mutes zu sein. Als sie die Straße hinaufmarschierten, brach die Menge auf den Gehsteigen in Applaus aus.«

Als Chiang Kai-shek und seine führenden Offiziere sich auf die vorsorglich eingerichteten Stützpunkte in Taiwan zurückzogen – wohin sie bereits viele der schönsten Gemälde aus dem kaiserlichen Palastmuseum, die historischen Archive und die verbliebenen Goldreserven geschafft hatten –, rückten die Kommunisten rasch zum Yangtze vor. Im April fielen, ebenfalls kampflos, Chiangs Hauptstadt Nanking und Ende Mai Shanghai. Am 1. Oktober 1949, als kommunistische Truppen Chongqing und Kanton erreichten, verkündete Mao vom Tor des Himmlischen Friedens in der alten Kaiserstadt aus, die wieder in Beijing rückbenannt wurde, die Gründung der Volksrepublik China.

Oben: Roter Stern über China. Auf dem Banner des Mannes im Strohhut, eines Bewohners Shanghais am Rand der Siegesparade der Kommunisten im Jahr 1949, steht, daß er »seine ganze Energie der nationalen Verteidigung« widmen wird. Hinter ihm marschieren Trommler unter Fotos von Mao und dem Kommandanten der Volksarmee, Zhu De.

Rechte Seite: Kurz darauf im selben Sommer klammern sich Kinder an die Eingangssäulen eines der repräsentativen ausländischen Gebäude an der Promenade, um die neuen Herren Chinas besser sehen zu können.
[Fotos: Sam Tata]

Links: Die Kommunisten und die Lamas. Mao mit den beiden führenden buddhistischen Persönlichkeiten 1954 in Beijing (Peking), dem Dalai Lama (rechts) und dem Pantschen Lama. Ihre weltliche Macht endete im Jahr 1950 mit der gewaltsamen Einvernahme Tibets in die Volksrepublik China. Mao wollte sie trotz allem auf seine Seite ziehen. Der Dalai Lama fand nach dem fehlgeschlagenen Aufstand in Tibet im Jahr 1959 Asyl in Indien. Fünf Jahre später opponierte auch der Pantschen Lama gegen die chinesische Politik in seiner Heimat.

Rechte Seite: Zhou Enlai 1954 in Genf, wo er sich bei den Verhandlungen um ein Ende des französischen Kolonialkriegs in Vietnam für die chinesischen Interessen einsetzte. Der amerikanische Außenminister John Foster Dulles weigerte sich, ihm auf der Konferenz die Hand zu reichen. Doch Zhou gewann durch sein diplomatisches Geschick Anerkennung und konnte China als konstruktive Kraft auf dem internationalen Parkett etablieren.

kommunistischer Organisator in Wuhan und wurde Führer der Neuen Vierten Armee im Tal des Yangtze während des Zweiten Weltkriegs. Mao hatte Rao so sehr vertraut, daß er ihn zum Vorsitzenden der Abteilung ernannte, die die Förderung und Disziplin der Parteimitglieder überwachte – eine der Schlüsselpositionen im kommunistischen Patronagesystem. Rao arbeitete außerdem am Entwurf der neuen Verfassung mit. Gao Gang hatte den Guerillastützpunkt in Shaanxi mitgegründet, wohin sich Mao während des Langen Marschs im Jahr 1935 zurückgezogen hatte. Während des Koreakriegs koordinierte Gao die gesamten Truppen- und Nachschubbewegungen durch seine Region. 1952 ernannte ihn Mao zum Chef der staatlichen Planungskommission zur Überwachung des Fünfjahresplans. Der Fall zweier hochkarätiger Führer aufgrund vager Beschuldigungen wegen politischer Unzuverlässigkeit und persönlicher Ambitionen – ohne tatsächliche Beweise – deutete auf ernsthafte Schwächen und Zersplitterung im Machtzentrum der Partei, vielleicht auch auf eine zunehmende Paranoia Mao Zedongs.

Einer der Gründe für den Sturz von Gao – sowie dem von mindestens sechs weiteren Führungspersönlichkeiten der Mandschurei in den Jahren 1954 und 1955 – könnte darin zu suchen sein, daß er sich skeptisch über die Idee der kollektiven Leitung der Unternehmen geäußert hatte. Genau zu dieser Zeit begann die maoistische Parteiführung, radikale Änderungen der Strukturen und Arbeitsweisen auf dem Land vorzuschlagen, da sich ihrer Meinung nach eine Art von neuem, ländlichem Kapitalismus ausbreitete. Aufmerksamen Beobachtern zufolge schien

8
EIN KOMMUNISTISCHER STAAT
1949–1957

Die neue kommunistische Regierung sah sich mit gewaltigen Herausforderungen konfrontiert, von denen die nationale Einheit und die Beendigung des fast vierzig Jahre währenden Bürgerkriegs die bedeutendsten waren. Innerhalb weniger Monate konnte ein Flügel der kommunistischen Armee im Süden bis Kanton und ein anderer weit westlich bis in die Region Xinjiang vorstoßen. Dieses ausgedehnte Gebiet mit vorwiegend muslimischer Bevölkerung war seit den zwanziger Jahren stets dem Wohlwollen der Sowjetunion und verschiedener Warlords ausgeliefert. Die Möglichkeit, daß es seine Unabhängigkeit erklärte oder zum Marionettenstaat der Sowjetunion würde, stellte eine ernstzunehmende Bedrohung der Westgrenze Chinas dar. In weniger als einem Jahr hatten die Kommunisten ihren Einfluß über die ganze Region von Urumqi bis Kashgar ausgedehnt. Die Sowjetunion gab sich mit der Eingliederung der Mongolei als Satellitenstaat zufrieden und überließ Xinjiang den chinesischen Kommunisten.

In einem dritten Vereinigungsfeldzug rückte eine starke Streitmacht nach Süden durch die Provinz Qinghai bis zur tibetischen Hauptstadt Lhasa vor. Tibet war unter den Warlords und während des Zweiten Weltkriegs unabhängig gewesen, und Chinas Einflußnahme hatte sich bis dahin auf einige Gebiete beschränkt, wobei es sich ständigem Widerstand der Tibeter und ausländischer Kräfte gegenübersah. Jetzt jedoch marschierte die chinesische Armee unter dem Vorwand, das tibetische Volk kämpfe gegen seine feudalistische Ausbeutung, im Namen der »Befreiung« ein – auch wenn sich die Tibeter fragten: Befreiung von was? Die kommunistischen Truppen überrollten die Gegenwehr der kleinen tibetischen Armee und nahmen im Oktober 1950 ganz Kham ein. Nachdem die Chinesen ihre militärische Überlegenheit demonstriert hatten, warteten sie geduldig auf die Kapitulation Tibets. Sie erfolgte im Frühjahr 1951, nachdem die Vereinten Nationen Appelle zur Intervention und zur Verteidigung der Rechte des fünfzehn Jahre alten Dalai Lama ignoriert hatten.

Tibet war zwar eine gewisse religiöse Unabhängigkeit zugesagt worden, doch dem in Autonome Region Xizang umbenannten Land wurde unverkennbar die Militärherrschaft der Kommunisten aufgezwungen. Jetzt schienen sich nur noch Hongkong und Taiwan dem kommunistischen Einfluß zu entziehen. Um nicht das Risiko einer Konfrontation mit Großbritannien einzugehen, dessen Präsenz in Fernost noch beachtlich war, verzichteten die Chinesen auf den Versuch, Hongkong einzunehmen, obwohl die Kolonie weder zu Land noch zu See zu verteidigen gewesen wäre. Die Rückeroberung Taiwans hingegen würde einen großartigen Abschluß des Befreiungskriegs bedeuten und letztlich die Schmach des japanischen Sieges über China aus dem Jahr 1894 tilgen. Umfangreiche Einheiten der Volksbefreiungsarmee wurden in die Provinz Fujian an der Ostküste gegenüber von Taiwan und den Inseln

Im Quellwasser. Mao entspannt sich Ende der fünfziger Jahre mit Familienangehörigen von Parteiführern in der Feriensiedlung Lushan in der Provinz Jianxi. Er schwamm gerne und demonstrierte damit seine Robustheit. Nur seine Leibwächter waren beunruhigt, gelegentlich auch seine Ärzte, wenn im Wasser manchmal Tierkadaver oder menschliche Exkremente trieben. Während seiner gesamten Herrschaft wurden bevorzugt Bilder am oder im Wasser veröffentlicht, nur gegen Ende ersetzt durch Fotos mit leuchtender Sonne.

Links: Ein frostiges Bündnis. Mao besuchte 1949 Stalin, der seine Forderungen nur unzureichend erfüllte. Dennoch reagierte Mao zornig, als Chruschtschow Stalin 1956 demontierte.

Rechte Seite: Parteiaktivisten verteilen Land. Die Landreform erwies sich als schwierig, da »Ausbeuter« bestraft und »Opfer« belohnt werden mußten, und zwar je nach Parteiloyalität und Erduldung von Kriegshandlungen.
[Foto: Shi Panqi]

Quemoy und Matsu verlegt, auf denen die Nationalisten noch Stützpunkte unterhielten.

Im Dezember 1949 verließ Mao Zedong zum erstenmal China, um in Moskau Stalin zu treffen. Im Vergleich zu Stalin war Mao ein Emporkömmling. Zwar konnte er den größten Sieg der Kommunisten im bevölkerungsreichsten Land der Welt für sich verbuchen, doch die Spannungen zwischen China und der Sowjetunion, die auf das erste Engagement der Komintern in China im Jahr 1920 zurückgingen, blieben bestehen. Mao wurde in Moskau keineswegs enthusiastisch empfangen und mußte sogar mehrere Tage auf eine Zusammenkunft mit Stalin warten. Die Vertragsverhandlungen erwiesen sich als schwierig und kompliziert, so daß Mao im Januar 1950 Zhou Enlai, der gerade zum Premierminister Chinas ernannt worden war, aufforderte, ebenfalls nach Moskau zu kommen. Zhou hatte sein diplomatisches Geschick in Yanan und während der heiklen Verhandlungen gegen Ende des Kriegs mit Amerikanern und Nationalisten in Chongqing bewiesen. Seine Anwesenheit brachte Bewegung in die Dinge. Als schließlich im Februar 1950 ein Vertrag unterzeichnet wurde, versicherten sich beide Staaten des unverzüglichen Beistands, sollte einer von ihnen von Japan oder einem seiner Verbündeten angegriffen werden – letzteres eine schwach verschleierte Umschreibung für die USA, die bei der Rehabilitierung Japans nach dem Krieg eine maßgebliche Rolle gespielt hatten. Die Sowjetunion bot China Kredite in Höhe von dreihundert Millionen Dollar an. Im Gegenzug mußte China die »Unabhängigkeit« der Mongolei anerkennen und das Engagement der Sowjets bei der Transmandschurei-Eisenbahn und die sowjetische Besatzung von Port Arthur und Dairen akzeptieren. In weiteren Übereinkünften ging es um gemeinsame Unternehmen in Xinjiang, wo die Sowjets bei der Erschließung von Metallerzvorkommen und Öl- und Gasfeldern behilflich sein wollten – deren vorrangige Nutznießer sie sein würden. Ein Luftfahrtsabkommen machte den Weg frei für Verbindungen zwischen Peking und Irkutsk sowie anderen Städten der östlichen Sowjetunion.

Die Sowjets entsandten des weiteren technische Berater, speziell Ingenieure und Baufachleute. Chinas Aufbauprogramm für die Städte war nun geprägt durch die typisch stalinistische klotzige Architektur, die besonders an Regierungsgebäuden, Hotels und Bahnhöfen zutage trat. Unter dem Einfluß der Sowjets ebneten die Chinesen eine große Fläche vor dem Tor des Himmlischen Friedens der Verbotenen Stadt ein, um einen Aufmarschplatz für Massendemonstrationen – nach dem Vorbild des Roten Platzes in Moskau – zu schaffen. Neben dem Platz wurden die Große Halle des Volkes und das Museum der chinesischen Revolution errichtet, und man plante den Bau eines Denkmals für revolutionäre Märtyrer in der Mitte des Platzes. Chinesische Architekten und Architekturhistoriker, die einen mehr an Chinas Vergangenheit angeglichenen Baustil forderten, wurden überstimmt. Liang Sicheng, Sohn des radikalen Qing-Philosophen Liang Qichao, war einer dieser Kritiker. Sein Vorschlag, einen großen Volkspark unter Einschluß der alten, für ihre Schönheit weltbekannten Stadtmauer zu schaffen, wurde als undurchführbar und feudal zurückgewiesen, da die Stadtplaner sie als Bedrohung und Verkehrsproblem betrachteten. Sukzessive wurden die Wallanlagen und ihre großartigen Tore zerstört und durch neue, breite Boulevards ersetzt, welche die Innenstadt entlang der ehemaligen Anlage umschlossen.

Gleich Zehntausenden anderer Intellektueller und Künstler entschied sich Liang Sicheng, im kommunistischen China zu bleiben, obwohl er wie seine Familie und Freunde inständig auf ein republikanisches China hofften. Die Kommunistische Partei appellierte an den Patriotismus der Intellektuellen und ihre Pflicht zum Aufbau eines neuen China. Ihnen wurden anständige Gehälter und verantwortliche Positionen zugesagt, sofern sie sich zum Bleiben entschlossen. Entsprechende Schritte wurden unternommen, um prominente Chinesen aus den Vereinigten Staaten oder Europa zurückzulocken. Viele gingen darauf ein, auch dann, wenn sie kaum Sympathie für die Ideologie der Kommunistischen Partei empfanden oder wenig darüber wußten. Diejenigen aus wohlhabenden oder intellektuellen Familien ließen sich durch den Hinweis auf die verschiedenen demokratischen Strukturen überzeugen, wie etwa die Konsultativkonferenz des Volkes, bei der sich auch Nichtkommunisten zu Wort melden konnten. An der Spitze solcher Organisationen standen viele ehemalige Warlords, republikanische Politiker und ehemalige Guomindang-Anhänger, aber auch Leiter von Universitäten und Forschungsinstituten, Führer von Arbeiterorganisationen sowie einige, die während der nationalistischen Zeit zur Grünen Bande oder anderen antikommunistischen Geheimgesellschaften gehört hatten.

Später mußten viele ihre Entscheidung zur Rückkehr bitter bereuen. Sie wurden eingekerkert und hatten in kleinen Gruppen – unter immensem Druck linientreuer Kommunisten – angebliche bourgeoise Sünden und persönliche Fehler zu »bekennen«. Zu jener Zeit jedoch verliehen die Schriftsteller, Maler und Wissenschaftler – vom großartigen Dichter Lao She bis zu einigen der weltweit führenden Raketentechniker – dem Erscheinungsbild der Kommunisten einen ebenso kosmopolitischen Schimmer wie die Anerkennung Chinas zunächst durch die kommunistischen Blockstaaten, dann innerhalb von drei Monaten auch durch Birma, Indien, Pakistan und Ceylon sowie bald darauf durch Norwegen, Dänemark, Finnland und Schweden. Ein weiteres diplomatisches Ziel Chinas war die Isolierung Taiwans, da die Exilregierung der Guomindang noch immer den chinesischen Sitz bei den Vereinten Nationen und im Sicherheitsrat innehatte. Deshalb lehnte China das britische Angebot der Anerkennung ab, weil die Engländer weiterhin diplomatische Beziehungen zu Taiwan unterhielten. Um den Einfluß über ganz China abzusichern, teilten die Kommunisten das Land in sechs Verwaltungsbezirke auf, die jeweils von einem Quadrumvirat erfahrener Parteiführer geleitet wurden, die die Kommunistische Partei, die Zivilregierung sowie den politischen und den militärischen Flügel der Volksbefreiungsarmee repräsentierten. In einigen Fällen fielen drei oder gar vier dieser Positionen zugleich auf einen einzigen Mann, was ihm enorme Macht verlieh. Potentielle Saboteure wurden identifiziert und festgesetzt, die Bevölkerung entwaffnet, die Inflation wurde durch stringente Preispolitik bekämpft, und Prostituierte wurden registriert und mußten sich einer »Umerziehung« unterwerfen. Die Opiumgeschäfte wurden verboten und die Verwaltungen in Stadt und Land mit Parteitreuen besetzt.

Die Kommunistische Partei widmete sich mit Eifer der Landreform. Obwohl die Konfiszierung nur einen geringen Prozentsatz der Chinesen betraf, nämlich diejenigen, die als Großgrundbesitzer und reiche Bauern identifiziert wurden, waren Millionen Menschen davon betroffen. Um den Reformkurs abzusichern, unterzog die Partei Hunderttausende von

Studenten in Eilkursen einer revolutionären Ausbildung und verteilte sie dann auf ländliche Gebiete, wo sie mit verdienten Parteikadern zusammenarbeiteten. Die Methoden, die im Jiangxi-Sowjet, in Yanan und während des Bürgerkriegs entwickelt worden waren, wurden verfeinert und angepaßt. Gang und gäbe waren die Entlarvung angeblicher Ausbeuter, Volkstribunale und öffentliche Verfahren, auf die häufig Beschimpfung, Schläge oder der Tod folgten. Bei diesen Prozeduren betrat eine neue Gruppe potentieller revolutionärer Führer die Bühne, die Hunderttausenden von Bauern einen Vorgeschmack auf die revolutionären Aktivitäten vermittelte und die Armen und landlosen Arbeiter, die ein Stück des konfiszierten Landes erhielten, fest an die Partei band. Mittlere oder weniger reiche Bauern durften ihr Land und Vieh behalten, wurden aber angehalten, ihren Besitz mit »Gruppen der gegenseitigen Hilfe« zu teilen, deren Gewinn sich aus der erhöhten landwirtschaftlichen Produktivität ergab und in direkt proportionalem Verhältnis zu ihren Investitionen stand.

Das erste Jahr der Volksrepublik war hart und unberechenbar, aber auch voller Hoffnung, da der Wiederaufbau des geschundenen Landes zu greifen schien. Obgleich der Staat sich in vielerlei Hinsicht in das soziale Leben einmischte, hätte das Maß an Gewalt und Zwangsmaßnahmen vermieden werden können, wäre es nicht zum Ausbruch des Koreakriegs im Sommer 1950 gekommen. Die Chinesen waren – anders als die Russen, die das Regime Nordkoreas kontrollierten – nicht vorgewarnt, da sich ihre militärische Aufmerksamkeit auf Tibet und die Küste von Fujian gegenüber von Taiwan richtete. Aber die schnelle Entsendung von Truppen der Vereinten Nationen unter General Douglas MacArthur nach Korea, die dramatische Wende der militärischen Situation in Nordkorea nach MacArthurs riskanter Landung mit Amphibientruppen bei Inchon sowie die raschen UN-Truppenbewegungen zur chinesischen Grenze übten einen außerordentlichen Druck auf die chinesische Führung aus. Im Oktober 1950 wurden Zehntausende chinesischer Soldaten von Fujian nach Norden in Marsch gesetzt, viele überschritten insgeheim die nordkoreanische Grenze.

Die Chinesen hielten die Fiktion aufrecht, es handle sich bei diesen Soldaten um »Volksfreiwillige«, darunter zahlreiche unerfahrene Rekruten. Doch tatsächlich war es eine großangelegte und konventionelle militärische Operation, die unter Maos allgegenwärtiger Führung von General Peng Dehuai koordiniert wurde. Peng, ein Veteran des Jiangxi-Sowjet und des Langen Marschs, war durch die Offensive der Hundert Regimenter im Jahr 1940 im Norden gegen die Japaner bekannt geworden. Diese Operation hatte furchtbare Vergeltungsmaßnahmen Japans zur Folge und letztlich den Aufbau des kommunistischen Militärs um gut zwei Jahre verzögert. Dennoch gelang es vierhunderttausend kommunistischen Soldaten, sich einer robusten und überlegen bewaffneten

Der Koreakrieg. Chinesische Kriegshelden werden in Nordkorea gefeiert (links). Das paßte besser zu dem von dem Kommunisten vermittelten Bild, eine revolutionäre Armee von Freiwilligen habe den industrialisierten, kapitalistischen Westen besiegt, als die Rückkehr verwundeter chinesischer Kriegsgefangener nach dem Waffenstillstand im Jahr 1953 (rechts).

Armee zu widersetzen, deren Kommunikationslinien zu zerstören und ihren Angriffsschwung aufzuhalten. Genau um diese Art militärischer Operation ging es jetzt in Korea, da mangelhaft ausgerüstete und bewaffnete chinesische Soldaten einer überwältigenden Artillerie und Luftstreitmacht der Vereinten Nationen unter Führung der Amerikaner gegenüberstanden. Ohne warme Winterkleidung, adäquate Munition und Technologie stürmten die Chinesen mit immensem Mut in »menschlichen Wellen« die Stellungen der Vereinten Nationen, was zu enormen Verlusten auf beiden Seiten führte. Während der Westen mit nuklearer Vergeltung drohte und die Chinesen ihn der Anwendung chemischer Waffen bezichtigten, geriet der Krieg im Sommer 1951 in eine langwierige Pattsituation. Erbitterte Kämpfe forderten das Leben Hunderttausender von Chinesen, doch Peng kommandierte immer noch mehr als siebenhunderttausend Mann. Der abschließende Vertrag beließ die Grenze zwischen Nord- und Südkorea etwa dort, wo sie vorher auch war. Aber die Chinesen hatten fraglos das Vorrücken der UN-Truppen verhindert und dem Verlauf des Krieges eine Wendung gegeben.

Auf lange Sicht gesehen wirkte sich der Koreakrieg auf China weniger auf militärischer, sondern mehr auf emotionaler und organisatorischer Ebene aus. Der Krieg und die dadurch erzeugten Spannungen führten zu bleibender Furcht und zu Mißtrauen gegenüber den Vereinigten Staaten und zu einer tiefen Paranoia gegenüber der Loyalität der eigenen Bevölkerung. Trotz der Sympathie vieler amerikanischer Beobachter für den Stützpunkt in Yanan hatten die USA nach Meinung der chinesischen Führung den Kommunisten insgesamt nicht geholfen, der Guomindang hingegen erheblichen Beistand in Form von Luftbrücken, Truppentransporten, Material und Beratungen während des Bürgerkriegs gewährt. Zudem unterstützten sie Anfang 1950 den Anspruch der Nationalisten auf einen Sitz in den Vereinten Nationen. Mit dem Ausbruch des Koreakriegs hatte Präsident Truman die Siebte Flotte in die Straße von Taiwan beordert und den Festlandchinesen dadurch die Möglichkeit genommen, die Insel zurückzuerobern. Die immensen Verluste, welche die UN-Truppen den Chinesen beigebracht hatten – Schätzungen gehen von neunhunderttausend Toten aus –, wurden den Amerikanern angerechnet. Den Amerikanern wurde auch die Schuld dafür zugeschoben, daß über vierzehntausend kommunistische Kriegsgefangene nach Taiwan statt nach China repatriiert werden sollten. Die Unterstützungskampagne für die chinesischen Kriegsanstrengungen lief nun unter dem heimischen Slogan »Hilfe für Korea, Widerstand gegen Amerika«.

Die kommunistischen Kampagnen, Geld zu sammeln, Rekruten einzuziehen und bei der Bevölkerung um Verständnis für die erschwerten Lebensbedingungen zu werben, richteten sich nun mit allem Zorn gegen den Westen. Obwohl die westlichen Geschäftsleute und Missionare

»Feudalistischer Aberglaube«. In China wurde als eine Konsequenz aus dem Koreakrieg die Kampagne gegen den alten Aberglauben und »kapitalistische Elemente« gestartet. Christliche Kirchen wurden geschlossen, andere Religionen unterdrückt und deren Priester »umerzogen«, um sie auf die neue Gesellschaft vorzubereiten. Dazu gehörten auch ein taoistischer Priester (oben) und eine buddhistische Nonne (unten).

Rechte Seite: Die buddhistischen Lamas in Tibet verloren ihre weltliche Macht, blieben aber ansonsten unbehelligt – bis zum Aufstand in Tibet im Jahr 1959.
[Foto rechts: Hedda Morrison]

China schon hatten verlassen müssen, fand eine Jagd statt auf Sündenböcke und Opfer, auf heimliche Freunde und Bekannte von Ausländern, auf Menschen mit ausländischer Ausbildung und Berufserfahrung oder solche, die zum Christentum konvertiert waren oder auch nur Missionare kannten. Angriffe auf Kirchen und ausländische Geschäfte eskalierten und vertieften die ohnehin wegen der Übernahme ausländischen Besitzes und der Nationalisierung ausländischer Geschäfte bestehenden Spannungen. Die Idee des Massenkampfes und der Kritikkampagnen, ursprünglich gegen die Großgrundbesitzer und Intellektuellen gerichtet, griff nun auf die chinesische Geschäftswelt über, auf die Bürokratie und alle, die des Wuchers oder der Korruption für schuldig gehalten werden konnten. Fast dreißigtausend Menschen wurden nach zeitgenössischen Quellen allein in der Provinz Guangdong exekutiert, gewöhnlich aufgrund von äußerst oberflächlichen Verfahren.

Die »Etikettierung«, durch die eine Person nach Klassenzugehörigkeit oder früherem Familienhintergrund klassifiziert wurde, verschärfte und verbreitete sich. Mit dem Terror dieser Brandmarkung wuchs auch die Unterwerfung unter die Regierungsdoktrinen, bis viele Chinesen sich selbst der extremsten Regierungspolitik fügten. Für den einfachen Chinesen wurde es zudem schwieriger, sich aus der Politik herauszuhalten, denn wer an solchen Kampagnen wie der »Drei-Anti«-Kampagne des Jahres 1951 gegen Korruption, Verschwendung und bürokratische Obstruktion nicht teilnahm, wurde per se als schuldig angesehen.

Die »Fünf-Anti«-Kampagne des Jahres 1952 war noch ausgedehnter und gnadenloser. Sie wandte sich gegen alle Angehörigen der »Bourgeoisie«, die angeblich Bestechung, Steuerhinterziehung oder Vertragsbruch begangen hatten, traf Einzelpersonen und ihre Familien und eskalierte nach ständiger öffentlicher Demütigung vielfach in Selbstmorden oder Fluchtversuchen.

Der Koreakrieg wurde schließlich durch einen Waffenstillstand im Jahr 1953 beigelegt – nach dem Tod Stalins und der Wahl von Eisenhower zum Nachfolger Trumans. Die Chinesen konnten sich wieder auf den wirtschaftlichen Aufbau des Landes konzentrieren, der auf dem ersten Fünfjahresplan für die Jahre 1952 bis 1956 basierte. Dieser Generalplan nach sowjetischem Muster hatte vor allem die staatseigenen Industriebetriebe im Visier, mit Schwerpunkt auf Bergbau, Eisen und Stahl, Schwermaschinenbau, Eisenbahnen, Lastwagen und Kraftwerke. Er stabilisierte erfolgreich die Löhne in den Städten, begrenzte die Inflation und stellte das Vertrauen zur Regierung wieder her. Beispielhaft für die Erfolge waren Planung und Konstruktion einer Straßen- und Bahnbrücke über den Yangtze bei Nanking, die termingemäß eröffnet wurde und die Verbindung zwischen Peking und Shanghai erleichterte. Der politische Druck blieb jedoch bestehen. Er erhielt eine neue Stoßrichtung durch Mao Zedongs plötzliche Behauptung, daß Gao Gang und Rao Shushi, die mächtigen Parteifunktionäre in Chinas beiden wichtigsten Industrie- und Wirtschaftsgebieten Mandschurei und Shanghai, schuldig seien, sich den Prioritäten und der Einheit der Partei widersetzt zu haben, indem sie ihre eigenen, persönlichen »Lehen« aufbauten. Gao Gang beging, als die Vorwürfe erhoben wurden, Selbstmord und bekräftigte damit in den Augen der Partei seine Schuld, denn Selbstmord wurde als letzter Hochverrat angesehen.

Der untadelige revolutionäre Leumund beider Männer machte die Anschuldigungen um so bestürzender. Rao Shushi war seit früher Zeit

Die Bändigung des Yangtze. Seit jeher war der Fluß für die Chinesen das Symbol für die unbezwingbaren Kräfte der Natur. Jahrhundertelang überspannte ihn keine Brücke. Weder die Ingenieure der Qing noch die der Guomindang verfügten über die notwendigen Mittel und Fähigkeiten für diese Aufgabe. Die Eisenbahnlinien und Straßen aus Peking endeten am Nordufer, wo man mit Fähren übersetzen mußte. Eine Brücke über den Yangtze stand auf der Prioritätenliste der Kommunisten ganz oben. Sie wurde durch die technische Hilfe sowjetischer Ingenieure ermöglicht. Dieses Foto aus dem Jahr 1957 zeigt die massiven Brückenpfeiler kurz vor ihrer Fertigstellung. Auf der zerbrechlich wirkenden Dschunke wird Bambus für den Gerüstbau transportiert. [Foto: Marc Riboud]

Links: Die Kommunisten und die Lamas. Mao mit den beiden führenden buddhistischen Persönlichkeiten 1954 in Beijing (Peking), dem Dalai Lama (rechts) und dem Pantschen Lama. Ihre weltliche Macht endete im Jahr 1950 mit der gewaltsamen Einvernahme Tibets in die Volksrepublik China. Mao wollte sie trotz allem auf seine Seite ziehen. Der Dalai Lama fand nach dem fehlgeschlagenen Aufstand in Tibet im Jahr 1959 Asyl in Indien. Fünf Jahre später opponierte auch der Pantschen Lama gegen die chinesische Politik in seiner Heimat.

Rechte Seite: Zhou Enlai 1954 in Genf, wo er sich bei den Verhandlungen um ein Ende des französischen Kolonialkriegs in Vietnam für die chinesischen Interessen einsetzte. Der amerikanische Außenminister John Foster Dulles weigerte sich, ihm auf der Konferenz die Hand zu reichen. Doch Zhou gewann durch sein diplomatisches Geschick Anerkennung und konnte China als konstruktive Kraft auf dem internationalen Parkett etablieren.

kommunistischer Organisator in Wuhan und wurde Führer der Neuen Vierten Armee im Tal des Yangtze während des Zweiten Weltkriegs. Mao hatte Rao so sehr vertraut, daß er ihn zum Vorsitzenden der Abteilung ernannte, die die Förderung und Disziplin der Parteimitglieder überwachte – eine der Schlüsselpositionen im kommunistischen Patronagesystem. Rao arbeitete außerdem am Entwurf der neuen Verfassung mit. Gao Gang hatte den Guerillastützpunkt in Shaanxi mitgegründet, wohin sich Mao während des Langen Marschs im Jahr 1935 zurückgezogen hatte. Während des Koreakriegs koordinierte Gao die gesamten Truppen- und Nachschubbewegungen durch seine Region. 1952 ernannte ihn Mao zum Chef der staatlichen Planungskommission zur Überwachung des Fünfjahresplans. Der Fall zweier hochkarätiger Führer aufgrund vager Beschuldigungen wegen politischer Unzuverlässigkeit und persönlicher Ambitionen – ohne tatsächliche Beweise – deutete auf ernsthafte Schwächen und Zersplitterung im Machtzentrum der Partei, vielleicht auch auf eine zunehmende Paranoia Mao Zedongs.

Einer der Gründe für den Sturz von Gao – sowie dem von mindestens sechs weiteren Führungspersönlichkeiten der Mandschurei in den Jahren 1954 und 1955 – könnte darin zu suchen sein, daß er sich skeptisch über die Idee der kollektiven Leitung der Unternehmen geäußert hatte. Genau zu dieser Zeit begann die maoistische Parteiführung, radikale Änderungen der Strukturen und Arbeitsweisen auf dem Land vorzuschlagen, da sich ihrer Meinung nach eine Art von neuem, ländlichem Kapitalismus ausbreitete. Aufmerksamen Beobachtern zufolge schien kaum ein Zweifel daran zu bestehen, daß, obwohl die Bauern mehr produzierten, für das Wirtschaftswachstum insgesamt weniger zur Verfügung stand, weil die erfolgreichen Bauern einfach mehr aßen und mehr Kinder hatten, während die weniger erfolgreichen ihren Grund verkaufen und wieder zu Landarbeitern werden mußten. 1955 ordnete die Partei daher an, größere Kooperativen zu bilden. In diesen Kooperativen konnten die Menschen weiterhin eigenes Land besitzen, aber der Anteil, den sie proportional zu ihrer Investition erhielten, ging zurück, während der Anteil des Staates in Form von zu künstlich niedrigen Preisen angekauftem Getreide anstieg. Auch bestimmte der Staat zunehmend darüber, welche Feldfrüchte angebaut werden sollten. Theoretisch sollte der aus dem Land gezogene Mehrwert in die Industrie gepumpt werden, um dort weitere Kollektivbetriebe zu schaffen, die bestehenden Arbeitsplätze zu sichern, mehr Arbeiter einzustellen und niedrige Getreidepreise für die städtische Bevölkerung beibehalten zu können.

Ein offensichtliches Resultat des Falls von Gao Gang und Rao Shushi war die Zunahme der Macht und Vorrechte Maos. Hielt sich Mao in Beijing auf, so residierte er in Zhongnanhai, einem streng bewachten See- und Waldanwesen an der Westseite der Verbotenen Stadt. Dort lebte er nach seinem eigenen Zeitgefühl, las am privaten Swimmingpool und ließ Funktionäre und Gefolgsleute kommen, wann immer es ihm paßte: bei Tag oder Nacht. Wöchentliche Tanzabende boten der Parteispitze die Möglichkeit, sich bei Walzer und Foxtrott mit ihren Untergebenen informell zu treffen. In dieser abgeschirmten Umgebung wurden Sekretärinnen und Dienerschaft für Mao nach und nach zu einem Fundus für sexuelle Kontakte. Mao hatte ein ziemlich emotionales Durcheinander durchlebt: Seine erste Frau verließ er im Jiangxi-Sowjet, wo sie anschließend von den Nationalisten festgenommen und erschossen wurde. Seine zweite Frau schickte er von Yanan aus zur »medizinischen Behandlung« in die Sowjetunion und heiratete in dritter Ehe Jiang Qing, eine frühere Schauspielerin aus Shanghai. Diese wiederum verärgerte ihn wegen ihres hypochondrischen Wesens. Dennoch hielt Mao einen Anflug von Familienleben aufrecht und verbrachte viel Zeit mit seinen beiden Töchtern aus zweiter und dritter Ehe. Einer der beiden Söhne Maos aus erster Ehe fiel in Korea, der andere war geistig behindert.

Auf seinen ständigen Reisen durch China zeigte Mao seine ruhelose und exzentrische Seite. Wenn er an wichtigen regionalen Parteitreffen teilnahm oder in einer seiner Villen residierte, die er sich in ausgewählten Städten selbst angeeignet hatte, fuhr er in seinem Privatzug mit Salon- und Schlafwagen und eigenen Leibwächtern. Auch dort hatte er gern junge Frauen um sich. Als Mao später entdeckte, daß seine Waggons vom eigenen Sicherheitschef verwanzt worden waren, wurden die Verantwortlichen abberufen. Bei diesen Fahrten trat Mao sorgfältig inszeniert in der Öffentlichkeit auf und posierte für die Fotografen mit

Zeit für die Angehörigen. Obwohl die Geschichte seiner Familie von Tragik durchzogen war – seine erste Frau und seine Brüder wurden während des Bürgerkriegs hingerichtet, ein Sohn aus erster Ehe kam im Koreakrieg um, und der zweite verbrachte viel Zeit in einer Nervenheilanstalt –, präsentierte sich Mao in seinem komfortablen Anwesen in Zhongnanhai in Beijing nach außen als liebenswürdiger Patriarch.

Rechts: Mao beim Lesen mit seiner Tochter Li Na, deren Mutter Jiang Qing war, seine dritte Frau und später Mitglied der »Viererbande«.

Unten: Mao im Jahr 1951 mit seiner ältesten Tochter Li Min, die während des Langen Marschs als Kind seiner zweiten Frau zur Welt kam. Sie blickt auf Li Na. Der kleine Junge ist Mao Yuanxin, der Sohn von Maos totem jüngeren Bruder. Dr. Li, der Leibarzt Maos, meinte, daß Li Na »bissig, hinterhältig und ausgesprochen unverschämt« gewesen sei, Li Min hingegen »ernsthaft, einfach, höflich, aber nicht besonders intelligent«.

Rechte Seite: Mao, dessen Füße, Beine und Bademantel nach einem Bad im Xiang schlammbeschmutzt sind, mit Kindern aus seiner Heimatstadt Hunan.

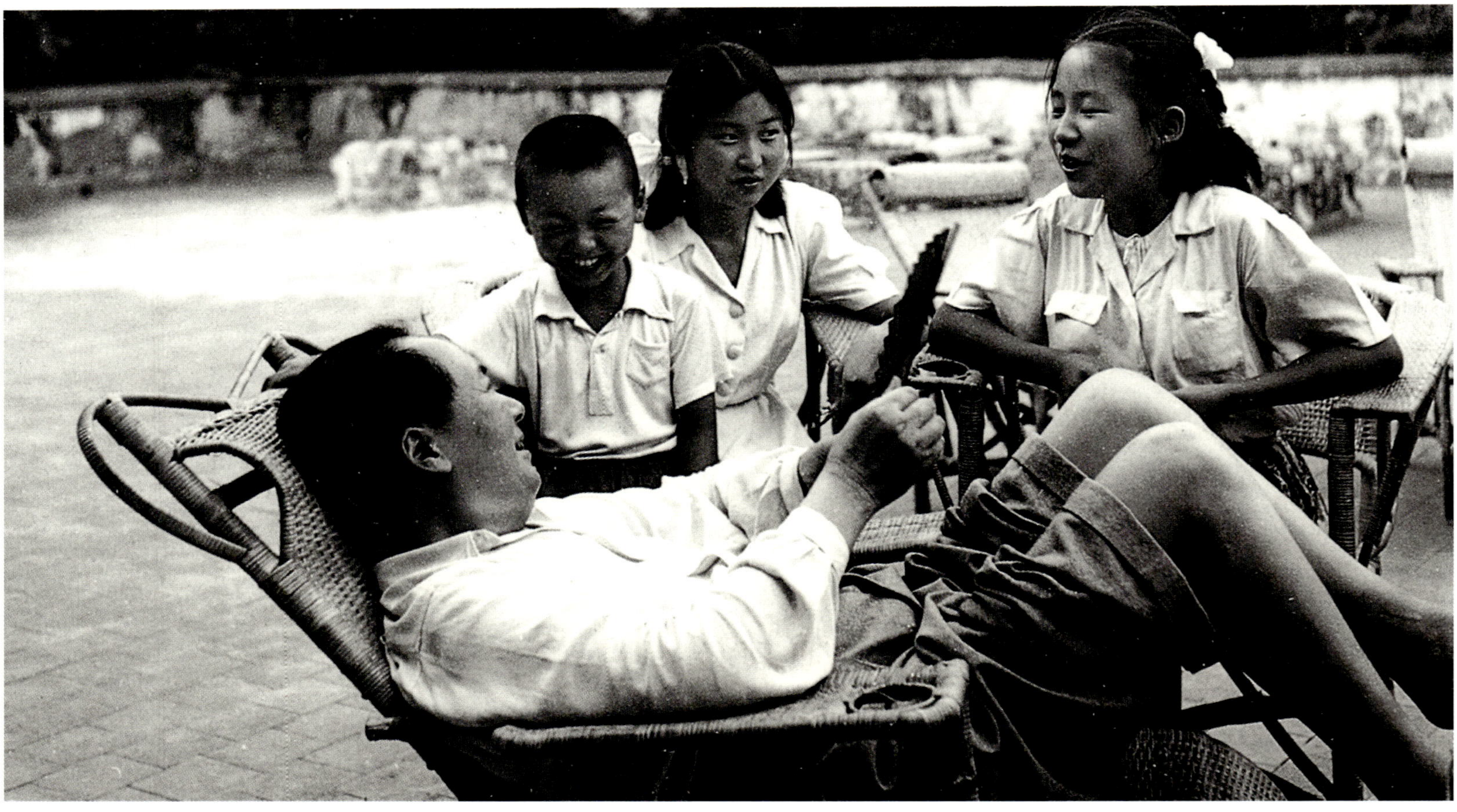

Links: Öffentliche Demütigung. Die Großgrundbesitzer gerieten nach der ersten Landreform in den Jahren 1950 und 1951 ins Visier. Auch Mitte der fünfziger Jahre setzte sich der Prozeß der Nivellierung fort. Nun waren die wohlhabenden Bauern dran, wie dieser in der nördlichen Provinz Jilin.

Rechte Seite: Der Propagandaminister Zhang Bojun wird im Juli 1957 auf einer Versammlung von dreitausend Mitarbeitern seines Ministeriums angegriffen. Einige Monate zuvor hatte Mao während der Bewegung »Laßt hundert Blumen blühen« die Kritik der Intellektuellen herausgefordert. Doch die kurz darauf folgende »Anti-Rechts-Kampagne« der Partei führte schließlich zu solchen Szenen.

dazu passenden ehrfürchtig dreinblickenden Arbeitern, Studenten und Bauern. Dabei konnte er auch einer seiner Vorlieben, dem Schwimmen, frönen, indem er mit seinem Gefolge in einem Fluß wohldosiert seine Leutseligkeit und Fitneß unter Beweis stellte – Mao war 1953 sechzig Jahre alt geworden. Diese Reisen in die Provinz ermöglichten ihm neben der Befriedigung seiner Neigungen auch Treffen mit zahlreichen Parteifunktionären, deren Reaktionen und Vorschläge er abwägen und deren Charakter und Loyalität er persönlich unter die Lupe nehmen konnte. Aber wenn man Maos immenses Prestige als Vater der Revolution in Betracht zieht, seine Posten als Vorsitzender des Ständigen Ausschusses des Zentralkomitees der Kommunistischen Partei, als Staatschef, als Vorsitzender der Militärkommission, läßt es sich schwer sagen, wie oft es jemand wagte, seine Gedanken offen mitzuteilen.

Was Mao Mitte der fünfziger Jahre hörte, sah und las, überzeugte ihn davon, daß die Partei sich auf der korrekten Linie bewegte, ihm grundsätzlich ergeben und es an der Zeit war, die Intellektuellen aktiver zu seiner Unterstützung heranzuziehen, indem er die Zügel lockerte, die seit der Ausrichtungsbewegung des Jahres 1942 in Yanan noch fest angezogen waren. Diese Entscheidung fand gleichzeitig mit einer ähnlichen Entwicklung in der Sowjetunion und in Osteuropa statt – oder sie mag dadurch begünstigt worden sein. Anfang 1956 hatte Chruschtschow als Nachfolger Stalins mit einer Rede vor hohen Parteifunktionären dessen Exzesse angeprangert. Diese Rede hätte auch als Kritik am Vorsitzenden Mao ausgelegt werden können, da der Personenkult um ihn zunahm und seine Schriften vom ganzen Land gelesen werden mußten. Chruschtschow forderte zudem eine Entspannung im Kalten Krieg zwischen den Sowjets und den Amerikanern und unterstrich diese Haltung durch einen Besuch Präsident Eisenhowers in Camp David. Solche Aktionen widersprachen den wiederholten Aussagen Maos, ein Zusammenprall zwischen den Sowjets und dem kapitalistischen Block sei unvermeidlich, und der Ostwind setze sich dann gegenüber dem Westen durch. Chruschtschow schien seine Entscheidung, China niederzuhalten, zu bestärken, indem er mehrere chinesische Anfragen nach weiterer technischer Hilfe bei der Entwicklung von Nuklearwaffen abwimmelte. Gleichwohl gestattete er chinesischen Physikstudenten, im Kernspaltungsinstitut von Dubna zu studieren. Da sich seine neue Haltung zur Entspannung in krassem Widerspruch zu den sowjetischen Machtansprüchen in Osteuropa stand, kam es im Laufe des Jahres 1956 zu Aufständen in der Tschechoslowakei und in Ungarn, die durch massiven Militäreinsatz niedergeschlagen wurden. Noch während dieses grundlegenden Richtungswechsels rief Mao die Partei und die Intellektuellen auf, in Kultur und Wissenschaft »hundert Blumen blühen« und »hundert Schulen wetteifern« zu lassen.

Weil auf diesen Appell während des Jahres 1956 von keiner maßgeblichen Person oder Gruppe eine Resonanz zu vernehmen war, vermutete Mao, daß seine Botschaft nicht richtig angekommen sei. Im Februar 1957 ließ er einen Aufruf an Spitzenkader und Intellektuelle über die »Widersprüche« in der Gesellschaft folgen. Darin drückte er aus, daß die meisten sogenannten Widersprüche keine antagonistischen seien und nur bestimmte offenkundige politische Verbrechen oder Handlungen des Klassenkampfes als solche betrachtet werden sollten. Er plädierte für einen objektiven Blick auf die chinesische Gesellschaft und ihre gegenwärtigen Probleme und wie diese von Politik und Verhalten der Partei reflektiert werden könnten. Mao sprach offen und bestimmt über die hohe Anzahl derer, die während der Revolution umgekommen waren, dachte über die Probleme bei den Landreformen verschiedener

Die Freilegung der Ming-Gräber, an der zwischen Mai und August 1958 gearbeitet wurde, war eines der ersten Massenprojekte des Großen Sprungs nach vorn. Im Mai besuchte Mao mit einer umfangreichen Gefolgschaft die Ausgrabungsstätte vierzig Kilometer nördlich von Beijing. Er grub etwa eine halbe Stunde lang, begann heftig zu schwitzen, legte dann eine Teepause ein – und kehrte nicht mehr zur Arbeit zurück. Kommentar seines Arztes: »Es war das einzige Mal in den zweiundzwanzig Jahren, die ich für ihn tätig war, daß er körperlich gearbeitet hat.« Dennoch wies Mao die Parteikader nach dieser Aktion an, daß »Beamte, ungeachtet ihrer Stellung, ob hoch oder niedrig, körperliche Arbeit zu leisten haben, solange sie dazu fähig sind«. Die Menschen aus Beijing und Umgebung hatten trotz glühender Hitze und heftigen Regens an der Ausgrabungsstätte zu arbeiten und mußten gewaltige Steinbrocken und Unmengen Sand mit einfachen Schaufeln und in Körben abtransportieren.

9
DER GROSSE SPRUNG, DIE GROSSE HUNGERSNOT
1958–1965

Der Sturm der Kritik, der durch die Bewegung der »Hundert Blumen« entfacht wurde, schreckte die kommunistische Führung nicht ab, sondern trieb sie in eine noch radikalere Richtung. Mao hatte fest daran geglaubt, daß der menschliche Wille eine unaufhaltsame Kraft darstellte, die alle Hindernisse überwinden könne. Sein eigenes Überleben und das der Partei schienen diese Ansicht zu bestätigen. Nach Maos Vorstellung hatten menschliche Willenskraft und die Massenmobilisierung der Partei und mit ihr den Bauern dazu verholfen, die Macht der Japaner und der Guomindang zu brechen. Beide Faktoren zusammen hatten auch die übermächtige Streitmacht der Vereinigten Staaten in Korea in die Knie und schließlich zum Frieden gezwungen. Chinas Wachstumspotential war ebenso unbeschränkt wie seine Bevölkerung. Wenn die Sowjetunion weitere Hilfe abblockte, die Vereinigten Staaten ihre verbohrte Feindseligkeit gegenüber China aufrechterhielten und man auf die Intellektuellen nicht zählen konnte, dann mußte sich die Parteispitze jetzt eben den Bauern und Arbeitern zuwenden. Nach Maos Meinung waren die Bauern wie ein »unbeschriebenes Blatt Papier«, und entsprechend lag es an ihnen, darauf das »allerschönste Gedicht zu schreiben«. Solche Gedanken beruhten eher auf Maos früheren persönlichen Erfahrungen als auf irgendeiner klassisch marxistischen Theorie der Klassenfrage und des revolutionären Potentials.

Die Zusammenfassung von Landarbeitern in Kooperativen zwischen 1956 und 1957 war für Mao ein hervorragender Start hinsichtlich der Umsetzung seiner Vorstellungen. Doch der angeborene Konservativismus und die Habgier mancher reicher Bauern und Landkader wurmten ihn. Mao empfand, daß jetzt eine Verschmelzung der bestehenden 740 000 Kooperativen zu weitaus größeren Einheiten vonnöten war, um die kreative Energie der gesamten ländlichen Bevölkerung freisetzen zu können. Essentieller Bestandteil dieses Prozesses sollte die Abschaffung der privat bewirtschafteten kleinen Felder sowie des Rechts auf persönlichen Landbesitz sein und darüber hinaus die Bezahlung eines jeden nach seinen Bedürfnissen. Im Frühjahr 1958 erfolgte die Bildung der ersten experimentellen Landkommunen, indem fünfundzwanzig Kooperativen zu einzelnen Kommunen von etwa neun- bis zehntausend Haushalten mit rund fünfzigtausend Menschen vereinigt wurden. Ende 1958 behauptete die Partei, die spontane Überzeugungskraft dieser Beispiele hätten zur Formation von 26 000 Kommunen im ländlichen China geführt, die neunundneunzig Prozent der gesamten Landbevölkerung umfaßten.

Das Zusammenspiel von menschlichem Willen und sozialer Organisation, von dem Mao und seine radikaleren Gefolgsleute wohl glaubten, es würde Chinas produktive Kapazitäten transformieren, sollte der Auf-

Schlichte Schmelzöfen wie hier in der Provinz Henan gehörten zu den Kernpunkten der Vision Maos, das Land schnell zu modernisieren. Es stellte sich jedoch bald heraus, daß der Stahl aufgrund seiner Minderwertigkeit nicht zu gebrauchen war. Maos Arzt Dr. Li erinnert sich daran, wie die Schmelzvorrichtungen das Landschaftsbild veränderten: »Überall gab es diese Öfen, und wir konnten die Landarbeiter sehen, die ständig damit beschäftigt waren, Brennmaterial und Rohstoffe heranzuschaffen. Nachts erhellte die Glut der Öfen den Himmel, soweit das Auge reichte.«

hebung der überkommenen Teilung der Arbeit, der Altersgruppen und der Geschlechter entspringen. Durch Kinderaufzucht in Tageskrippen, Kochen in zentralen Küchen und Übertragung der Fürsorgepflicht für die Alten auf die gesamte Kommune würden Millionen von Frauen für die Arbeit auf den Feldern freigesetzt. Durch die Zentralisierung der Milizen unter Führung der Kommunen würde ganz China zur Volksarmee, fähig, jeden Aggressor von außen zurückzuwerfen. Durch die Ausbildung paramedizinischen Personals, der sogenannten Barfußärzte, für jede Produktionsbrigade würde Gesundheitsfürsorge für alle zugänglich gemacht. Auch die Erziehung würde auf Schulen der Kommunen konzentriert und mit gründlicherer ideologischer Schulung verbunden werden, so daß es zu einem spontanen Zuwachs an intellektueller Kreativität käme: Jeder Bauer könnte nun ein Dichter, ein Schriftsteller, ein Maler werden. Die Industrie würde hinaus in die Vorstädte und auf das Land verlagert werden, wenn ländliche Haushalte ihr eigenes Brennmaterial sammeln, ihre eigenen Hochöfen im Hinterhof haben und ihre überflüssigen Haushaltsgegenstände und unnötigen Werkzeuge zu Stahl schmelzen würden, um damit den Grundstein eines neuen industriellen Aufschwungs zu legen. All diesen Anstrengungen würden Klarheit und Wirksamkeit durch die leitenden Gedanken des Vorsitzenden Mao verliehen.

Die Produktionsziffern, die die Kommunevorsitzenden an das Parteibüro in der Provinz schickten und die von dort weiter nach Beijing gegeben wurden, schienen alle Hoffnungen der Maoisten zu rechtfertigen, den Transformationsprozeß mit einem einzigen »Großen Sprung nach vorn« zu schaffen. Im Jahr 1958 war die Ernte offenbar die weitaus größte in der Geschichte Chinas. Dichte Bepflanzung, tiefe Furchen, neuerschlossenes Land und der Einsatz jeder zur Verfügung stehenden Hand erbrachten in vielen Gegenden eine um das Zehnfache höhere Ernte als gewöhnlich. In ihrer Euphorie versprachen die lokalen Parteiführer, dieses Ergebnis im kommenden Jahr zu verdoppeln oder gar zu verdreifachen. Die Regierung konnte somit ungehemmt immer mehr Getreide in Form von Steuern vom Land abziehen, im Vertrauen darauf, daß immer noch mehr für die Kommunearbeiter bliebe als jemals zuvor. In einigen Gegenden waren die Ernteergebnisse so unglaublich hoch, daß die Bauern angewiesen wurden, Land brachliegen zu lassen. Andernorts wurden die Feldfrüchte einfach umgepflügt oder an das Vieh verfüttert, so daß unterschiedliche Pflanzen für eine abwechslungsreiche Ernährung angebaut werden konnten.

Nur allmählich wurde klar, daß etwas ganz fürchterlich schieflief: Die Zahlen standen in keinem Verhältnis mehr zur Realität. Sie waren vielmehr das Ergebnis einer Spirale der Euphorie. Unter dem Druck, immer aufgeblähtere Ergebnisse vorweisen zu müssen, wuchsen die Mengenangaben auf dem langen Weg von den Kommunechefs bis zu den Zentralbüros, wo entweder niemand die Fähigkeit besaß, sie zu kontrollieren – viele Statistiker, Buchhalter und Ökonomen waren der Säuberungsaktion der Anti-Rechts-Bewegung von 1957 zum Opfer gefallen –, oder nicht den Mut aufbrachte, etwas zu sagen.

In einigen Gegenden begannen gegen Ende 1958 lokale Parteigrößen nach günstigeren Organisationsformen zu suchen, um die Leistungshysterie zu beruhigen und zu kleineren, handhabbaren Einheiten zurückzukehren. Ein paar Funktionäre aus Beijing unternahmen Inspektionsreisen aufs Land, um herauszufinden, was sich tatsächlich ereignet hatte. Erst im Juli 1958 raffte sich anläßlich eines Treffens der Partei-

spitze in den Bergen von Jiangxi im kleinen Feriendorf Lushan ein Funktionär auf, Mao direkt darüber aufzuklären, daß etwas nicht stimmte. Dieser einsame Kritiker war Peng Dehuai, der ehemalige Chef der chinesischen Streitkräfte in Korea, der, nachdem er im Jahr 1954 zum Verteidigungsminister berufen worden war, die Volksbefreiungsarmee als Folge der hohen chinesischen Verluste in Korea professionalisiert und modernisiert hatte. Peng war ein zu erfahrenes Parteimitglied, als daß er Mao direkt oder öffentlich kritisiert hätte. Statt dessen händigte er ihm ein Papier aus, in dem er erörterte, was er über die Probleme des Großen Sprungs nach vorn gehört hatte, und auch anmerkte, daß einige ländliche Gegenden mit spektakulären Produktionsziffern gleichzeitig Hilfe vom Staat erhalten hätten, was ihre Angaben weiter ansteigen ließ. Mao ließ diese Bemerkungen unter anderen Parteiführern in Lushan kursieren und griff Peng wegen Cliquenbildung an, eine der schwerwiegendsten Beschuldigungen innerhalb der kommunistischen Führungsspitze. Mao enthob Peng seines Postens und schloß auch mehrere seiner engeren Vertrauten aus der Partei aus. Peng nahm nie wieder eine einflußreiche Stellung in Partei, Armee oder Staat ein.

Durch den Sturz Peng Dehuais ließ sich jedoch der erbarmungslose Niedergang nicht aufhalten, der sich zunächst in extremer Lebensmittelknappheit, dann Ende 1959 und 1960 in einer Hungersnot äußerte. Das dem Land entzogene Getreide kam den städtischen Arbeitern zugute, vor allem natürlich den Regierungsbeamten und deren Familien in Beijing. Zwar erschien in der chinesischen Presse keine Meldung über die Hungersnot, deren Ausmaß dem Ausland verborgen blieb, doch belegten später zahllose mündliche und schriftliche Berichte, wie ganze Dörfer und Kommunen dezimiert wurden und die Menschen Larven aus der Erde wühlten oder Rinde und Eicheln aßen. Die Katastrophe beruhte auf unsinnigen Anbaumethoden: Es wurde zu spät gesät, Korn verkümmerte auf schlecht erschlossenem Ödland, der Boden laugte wegen zu tiefen Ackerns aus, und die verzweifelte Bevölkerung war gezwungen, Saatgut zu essen. Das Krankheitsrisiko unterernährter Kinder stieg, und die Fruchtbarkeitsquote sank. Es war eine der schlimmsten Hungersnöte in der Geschichte der Menschheit. Später wurde aus demographischen Erhebungen ersichtlich, daß innerhalb von drei Jahren nach dem Großen Sprung zwanzig Millionen Menschen an Hungerfolgen gestorben waren.

Unter den Opfern befanden sich viele Intellektuelle und andere Kritiker der Partei, die wegen ihrer offenen Äußerungen im Jahr 1957 aufs Land verbannt worden waren. Völlig unerfahren mit ländlicher Arbeit, konnten sie wenig beitragen und starben, falls sie es nicht schafften, irgendwie die Sympathie der Bauern zu erringen. Tausende kamen in Zwangsarbeitslagern um, als ihre ohnehin dürftige Ration auf täglich ein oder zwei kleine, mit Spreu gefüllte Mehlklöße reduziert wurde.

Der Dozent Ningkun Wu war von der Universität Chicago zurückgekehrt, um dem kommunistischen China als Englischprofessor zu dienen. Doch wurde er als Ultrarechter denunziert, weil er anhand des Romans *Der große Gatsby* von Fitzgerald unterrichtete, der die Phänomene der amerikanischen Kultur- und Sozialgeschichte sowie des damit verbundenen amerikanischen Traums schilderte. Er wurde, nur in dünne Baumwolle gekleidet, zusammen mit weiteren Intellektuellen in die Wildnis an der sibirischen Grenze geschickt, um dort ein Arbeitslager aufzubauen. 1960 kam er in ein Spezialgefängnis für politisch Rechte, wo er unter extremem Hunger litt. Eines Tages erhielt er eine ergreifende Nachricht in wundervoller Kalligraphie, in der um etwas Essen gebeten wurde. Wu zögerte, seine lebenerhaltende Ration zu teilen, bis eine weitere Nachricht in der gleichen klassischen Handschrift eintraf. »Wer das Leben eines Menschen rettet, vollbringt eine größere Tat, als Buddha eine siebenstöckige Pagode zu bauen.« Wu stand am Rande der Verzweiflung angesichts einer »solch eleganten Kalligraphie, reduziert auf solch erniedrigende Umstände«. Wenige Tage später mußte er den Autor dieser Bittschrift beerdigen, der an Hunger gestorben war.

Mutter und Tochter ziehen ihr Floß den Fluß Li im Südwesten stromaufwärts. Bis weit in die fünfziger Jahre noch wurde China mit Muskelkraft in Bewegung gehalten. Der Große Sprung koordinierte in einer Reihe gigantischer Projekte die Arbeit Hunderttausender Menschen im Vertrauen darauf, daß deren gebündelte Leistungskraft das technische Defizit ausgleichen würde. [Foto: Emil Schulthess]

Folgende Doppelseite: Menschenketten. Die ersten Aktionen zur Massenmobilisierung während des Großen Sprungs betrafen Kanalisierungs- und Bewässerungsmaßnahmen wie hier in der Provinz Jiangxi, wo die Landbevölkerung rund hundertvierzigtausend Kubikmeter Erde bewegte. Ein Jahr nach dem Projektbeginn im Dezember 1975 kamen Mao die ersten Bedenken wegen der hohen Verluste an Menschenleben bei solchen Vorhaben. In einer Rede an die Parteiführung sagte er: »Die Hälfte unserer Bevölkerung wird zweifellos sterben. Und wenn nicht die Hälfte, dann doch ein Drittel oder wenigstens zehn Prozent ... Wenn ihr schon dabei nicht eure Stellung verliert, muß zumindest ich daran glauben.« Er schlug vor, die Gesamtmenge des zu bewegenden Materials auf siebzig Milliarden Kubikmeter zu begrenzen – im Gegensatz zu den ursprünglich vorgesehenen hundertneunzig Milliarden. Im vorausgegangenen Jahr war eine Masse von fünfzig Milliarden Kubikmetern umgesetzt worden.

ländischer Einfluß sollte nicht als Tabu betrachtet werden. Insgesamt führte das zu einer partiellen Erneuerung der kulturellen Vitalität, wie sie vor der Anti-Rechts-Kampagne und der gebetsmühlenartig über einen Kamm geschorenen Phrasen des Großen Sprungs bestand.

Kein Geringerer als Premier Zhou Enlai verteidigte die Unabhängigkeit kreativer und intellektueller Arbeit, sofern sie nicht gegen die Partei oder den Sozialismus gerichtet war. Liu Shaoqi schlug zudem vor, daß Hochschulabsolventen und Experten die Parteifunktionäre ersetzen sollten, falls es diesen an technischen Kenntnissen mangelte. Massenorientierte Forschungsprojekte, wie man sie während des Großen Sprungs schätzte, wurden aufgegeben, und akademische Foren nahmen ihre Arbeit über westliche Wissenschaftler von Kopernikus bis Einstein oder über Ökonomen von Adam Smith bis Maynard Keynes wieder auf. Die philosophische Fakultät der Universität Beijing bot Seminare über Kant, John Dewey und die Existentialisten an. Einige, die während der Säuberungsaktionen aufs Land geschickt wurden, durften zurückkehren – teilweise auch an ihre Arbeitsplätze. Zwar schrieben sie nicht über ihre Hungererfahrungen, doch es ist zu vermuten, daß sie mit ihrer Familie und engen Freunden darüber sprachen. Der Vorsitzende des Beijinger Parteikomitees rief eine Gruppe zusammen, die die Dokumente des Zentralkomitees während des Großen Sprungs durchgehen und die »Spuren zur Verantwortlichkeit für den Hunger« suchen sollte. Die Schuld für einen Großteil des Machtmißbrauchs, der die Anti-Rechts-Kampagne des Jahres 1957 begleitete, wurde Mao zugeschoben – ob es nun der Wahrheit entsprach oder nicht. In der moderaten Form versteckter Andeutungen und historischer Allegorien wurde Mao als letztes Glied einer langen Reihe von Tyrannen dargestellt.

Vielleicht am deutlichsten in ihren Auswirkungen waren die Veröffentlichungen von Wu Han, einem führenden Historiker. Der Experte für die Geschichte der Ming-Dynastie (1368–1644) schrieb mehrere Essays über despotische Ming-Herrscher und die mutigen Beamten, die kein Blatt vor den Mund nahmen und es gelegentlich wagten, sich zu widersetzen. Die ersten wurden auf Ermunterung der Partei Ende der fünfziger Jahre geschrieben. 1961 jedoch arbeitete Wu Han seine Ansichten zu einem abendfüllenden Theaterstück aus, in dem ein couragierter Ming-Minister sich gegenüber lokalen Beamten für die gequälten Bauern einsetzte. Er ging dabei so weit, den Grausamsten dieser machtmißbrauchenden Elite zum Tode zu verurteilen. Doch der Kaiser revidierte den Urteilsspruch, verzieh dem Bösewicht und enthob den mutigen Minister seines Amtes. Man mußte seine historische Vorstellungskraft nicht überanstrengen, um zu erkennen, daß der Kaiser Mao war, der Minister Peng Dehuai und die Beamten die Kader aus der Zeit des Großen Sprungs. Wu Hans Stück wurde einige Male in Beijing aufgeführt und schließlich veröffentlicht.

Wu Han arbeitete auch mit einer Gruppe bekannter Wissenschaftler und Schriftsteller in Beijing an einer Reihe von Essays mit dem Titel »Bemerkungen über ein Drei-Familien-Dorf«. Diese Geschichten durchstreiften weidlich die chinesische Historie, erzählten von Herrschern, die nicht auf Kritik oder Vorschläge hören wollten oder die zuviel Autorität an sich rissen. Andere Essays blickten unverhohlen auf die Gründe für die von Menschen verursachten Hungersnöte in China, betrachteten chinesische Reformer der Vergangenheit mit guten Ideen, aber ohne praktische Erfahrungen und setzten den »wahren Königsweg«, begründet

Im Bann des technischen Fortschritts. Der Große Sprung bezog sich gleichermaßen auf die technologische wie auf die landwirtschaftliche Entwicklung. Ausstellungen wie hier zum »Industriellen Fortschritt« im Jahr 1959 galten als Antwort auf Maos Ermahnungen des vorausgegangenen Jahres: »Die Landwirtschaft hat den Sprung geschafft, sie ist auf dem richtigen Weg. Die Industrie hinkt jedoch noch hinterher. Sie muß nun im Brennpunkt der Aufmerksamkeit stehen. Einige meinen sogar, man solle direkt am Arbeitsplatz und neben der Maschine schlafen. Das nächste Jahr wird das der entscheidenden Schlacht sein.« Gleichzeitig warnte Mao jedoch davor, auf diesem Gebiet der Ideologie der Sowjetunion sklavisch zu folgen. »Man muß nicht glauben, daß jeder Furz der Stammväter köstlich duftet.«
[Foto: Brian Brake]

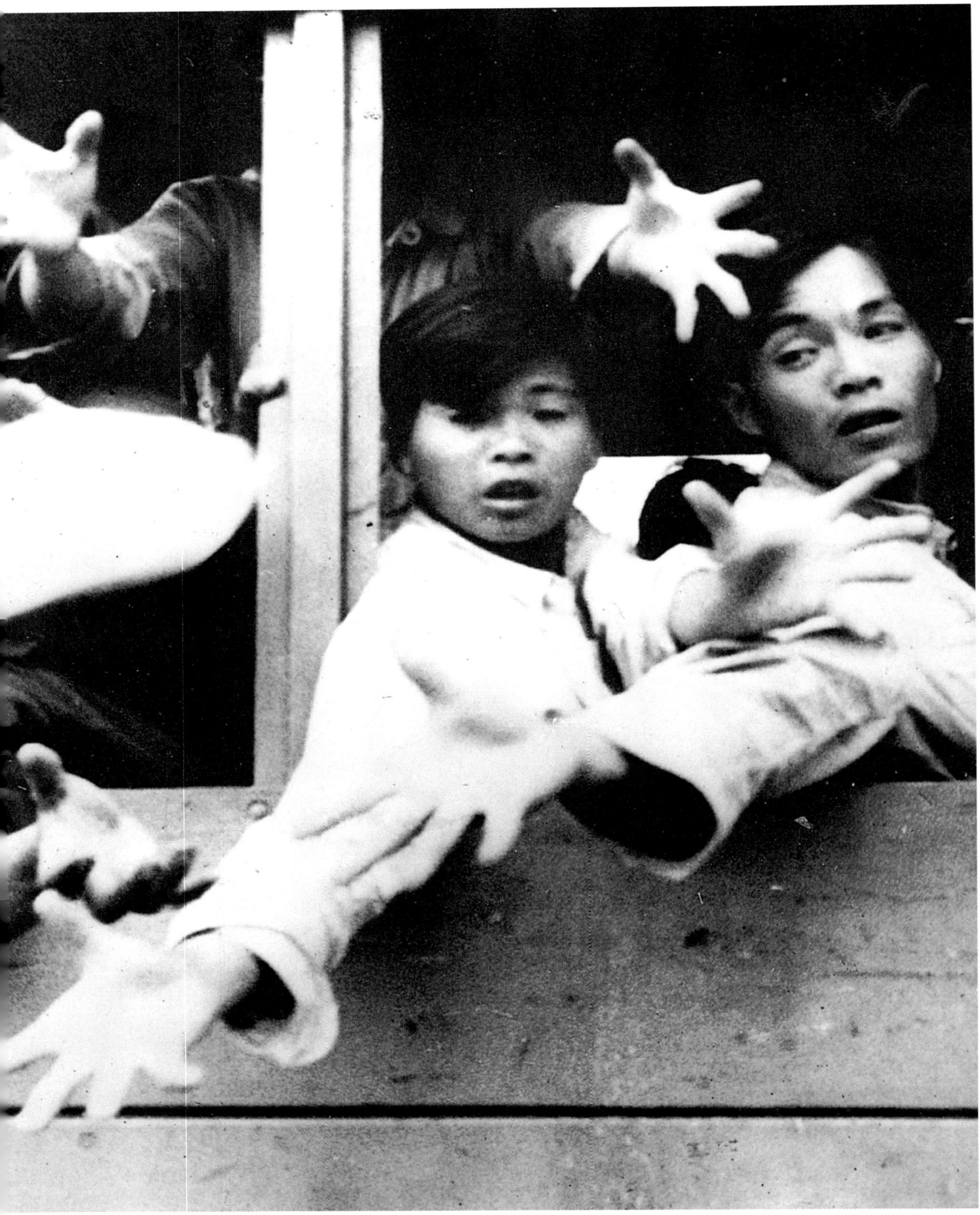

Hungersnot und Festgelage. Die katastrophale Ernährungslage in den ländlichen Gebieten Chinas zwischen 1959 und 1962 wurde nicht nur vor dem Ausland verheimlicht, sondern auch vor dem Großteil des eigenen Volkes.

Oben: Flüchtlinge wie diese, die in Hongkong um Essen betteln, fanden häufig keinen Glauben, wenn sie von den entsetzlichen Zuständen berichteten.

Rechts: Auch die Nachbarstaaten Nordkorea, Vietnam und Kambodscha ließ man im ungewissen. Ihre Diplomaten wurden in die Irre geführt – wie hier mit diesem üppigen Buffet in der Großen Halle des Volkes am 1. Mai 1964.
[Foto rechts: Rene Burri]

auf Humanität, Gesetz und Moral, dem Tyrannenweg von Macht und Gewalt entgegen. Diese Essays wurden in weiten Kreisen imitiert.

Mao wandte sich im Sommer 1959 gegen Peng Duhai und ersetzte ihn durch Lin Biao. Von allen leitenden Funktionären war Lin gewiß am seltensten in Erscheinung getreten und wies das blasseste Profil auf. Manche schrieben das der Tatsache zu, daß er Anfang der fünfziger Jahre unter einer schweren Tuberkulose gelitten hatte. Wie Peng verfügte Lin über einwandfreie revolutionär-militärische Referenzen. Er hatte die Whampoa-Akademie durchlaufen, stieg schnell in hohe Ränge der kommunistischen Armee auf und kommandierte auf dem Langen Marsch ein Korps. Später koordinierte er beim endgültigen Sieg der Kommunisten zwischen 1947 und 1949 deren Strategie in der Mandschurei.

Unmittelbar nachdem er 1959 zum Leiter des Verteidigungsministeriums ernannt wurde, kümmerte sich Lin Biao um die Politisierung der bewaffneten Streitkräfte. Er forderte auf militärischer und politischer Ebene absolute Loyalität gegenüber den Ansichten Mao Zedongs und schrieb einen mehrfach veröffentlichten Beitrag, daß die Konzentration auf die Professionalisierung und moderne Bewaffnung, wie sie von Peng verlangt wurde, sich strikter ideologischer Kontrolle zu unterwerfen habe. Er beorderte mehr als hunderttausend Offiziere der Volksbefreiungsarmee zum Dienst auf Mannschaftsebene, um ihr Bewußtsein für das Leben normaler Soldaten zu schärfen. 1960 umriß er seine Ansicht zu einem korrekten Wertesystem der Armee, nach dem Menschen immer Priorität gegenüber Waffen haben sollten, politische Arbeit gegenüber militärischer Arbeit, Ideologie gegenüber Routineausbildung und lebendige, praktische Erfahrungen gegenüber Buchwissen.

Im Jahr 1963 hatte Lin Biao für die Zusammenfassung und Publikation kurzer revolutionärer Aphorismen und Reden Maos unter dem Titel »Worte des Vorsitzenden Mao Zedong« gesorgt, die er an seine Soldaten verteilte. In seiner handschriftlichen Einleitung unterstrich Lin besonders solche Elemente der Gedanken Mao Zedongs wie Selbstverantwortlichkeit und Opferbereitschaft, die zu der Zeit bei Parteiführern wie Liu Shaoqi auf Mißbilligung stießen.

Diesem neuen Mao-Kult wurde durch eine Massenkampagne zur »Nacheiferung Lei Fengs«, die Lin innerhalb der Armee startete, größerer Nachdruck verliehen. Lei Fengs Bild wurde zusammen mit seinem »Tagebuch«, das detailliert seine selbstlose und leidenschaftliche Hingabe an den Vorsitzenden Mao als höchsten Steuermann und Führer pries, an alle Soldaten verteilt. In dieser Parteiversion wurde Lei Feng als Kind einer Familie geschildert, die von den Japanern, gierigen Großgrundbesitzern und Guomindang-Rechten wiederholt erniedrigt worden war. Nachdem diese Feinde seine Familie durch Armut, Krankheit und Selbstmord in den Tod getrieben hatten, fand Lei Feng eine neue Familie in der Volksbefreiungsarmee. Dort lernte er, einen Lastwagen zu fahren, eine Fähigkeit, die ihm eine neue Welt intellektueller Erfahrungen eröffnete, als er zu verstehen suchte, was den Lastwagen fahren ließ. Er träumte von dem Tag, an dem das »ganze, riesige China mechanisiert« sein würde. Lei Feng wollte lediglich eine »Schraube in der Maschine« namens China sein. Mao Zedong rühmte die ideologische Initiative, die Lei Fengs »Tagebuch« repräsentierte, und erwiderte die Ehre, die Lin ihm durch die »Mao-Bibel« erwiesen hatte, indem er die Titelseite des Tagebuchs mit seiner eigenen Kalligraphie schmückte und anordnete, daß das Buch in allen Schulen Chinas studiert werden solle.

Die besorgte Führungsspitze, im Januar 1962 auf einem der seltenen ungestellten Fotos von einem Treffen, bei dem die Fehler der Wirtschaftspolitik korrigiert werden sollten. Von links nach rechts: Zhou Enlai (Premierminister), Chen Yun (oberster Wirtschaftsplaner), Liu Shaoqi (Maos Stellvertreter als Staatsoberhaupt), Mao, Deng Xiaoping (Generalsekretär der Partei) und Peng Zhen (Parteisekretär Beijings). Deutlich sieht man Maos Zahnlücken, die nach Angaben seines Arztes darauf zurückzuführen sind, daß er seine Zähne nur mit grünem Tee ausspülte, anstatt sie zu putzen. Im vorausgegangenen Jahr hatte der Hunger selbst die Führungsschicht erreicht. Maos Arzt hielt fest, daß die Getreiderationen auf sechzehn Pfund pro Monat reduziert wurden und es nur wenig Gemüse sowie fast kein Öl gab. Selbst in der exklusiven Siedlung Zhongnanhai breiteten sich Hepatitis und Ödeme aufgrund der Fehl- und Unterernährung aus. Mao verzichtete auf Fleisch. Einige seiner Leute jagten in den umliegenden Hügeln Wildziegen.

Vom Verteidigungsministerium aus erweiterte Lin Biao stetig sein Tätigkeitsfeld, wobei ihm Luo Ruiqing zur Seite stand, ein Kamerad aus der Whampoa-Akademie des Jahres 1926. Luo arbeitete lange an der Seite Lins, bis er zum Minister für öffentliche Sicherheit und zum Chef des Sicherheitsdienstes der Volksbefreiungsarmee ernannt wurde. Mao ernannte Luo schließlich 1959 zum stellvertretenden Verteidigungsminister unter Lin und zum Stabschef der Volksbefreiungsarmee. Luo und Lin verfügten somit für ihre Aktivitäten über eine effiziente Plattform beim Militär und beim Sicherheitsdienst.

Mao verschwand Ende 1965 aus der Öffentlichkeit und ließ sich in Shanghai nieder. Dort hatte sich seine Frau Jiang Quing, die bestimmte Vorstellungen über die Kunst des Volkes und revolutionäre Volkstheo-

rien entwickelt hatte, eine machtvolle Basis für Operationen in der Shanghaier Kulturbürokratie aufgebaut. Obwohl Mao und seine Frau sich mehrere Jahre hindurch nicht sehr nahestanden, brachte Maos Frustration über seine Unfähigkeit, seine eigene Kritik an der auflebenden »reaktionären bourgeoisen Ideologie« in der Parteipresse zu veröffentlichen, die beiden offenbar wieder zusammen. Bald nachdem Mao nach Shanghai gezogen war, publizierte einer der engsten Freunde seiner Frau einen scharfen Angriff gegen das Stück von Wu Han über die Ming-Dynastie, das die grundlegenden Voraussetzungen der Gedanken Mao Zedongs leugne. Die Idee einer besonderen Geschlossenheit der »Gedanken Mao Zedongs« war in Yanan entwickelt und von Lin Biao neu gefaßt worden. Er postulierte, daß die Massen, nicht moralisierende Intellektuelle, die treibende Kraft historischer und sozialer Veränderung seien. Diese Kritik fand sich in Lin Biaos Militärpublikationen wieder und zeigte Mao und seinen Gefolgsleuten, daß sie ein neues potentielles Forum hatten. Lin wollte seinen offenbar politischen Radikalismus noch stärker unter Beweis stellen und ließ alle Insignien militärischer Ränge in der Volksbefreiungsarmee entfernen. Damit kehrte er zu dem einfachen Bild einer informellen Volksbefreiungsarmee zurück, wie es sie in den Tagen von Yanan gab, aber von Peng Dehuai abgeschafft worden war. Die Richtlinien waren jetzt klar für einen neuen und komplizierten politischen Kampf um die Frage des radikalen politischen Engagements abgesteckt. Aber worauf das alles exakt hinauslaufen würde und wie diese Angelegenheit Form gewinnen sollte, zeichnete sich noch nicht ab.

Der Schein wird gewahrt. Trotz der äußerst prekären Lage wurde nach außen hin das Bild einer glücklichen Nation verbreitet. Singende Schulmädchen tanzen mit hölzernen Gewehren und Spielzeugmunition unter einem Spruchband, das die heroische Arbeiterklasse Rumäniens grüßt.

10
DIE KULTUR-REVOLUTION
1966–1976

Gegen Wu Han vorzugehen, war eine taktisch geschickte Entscheidung. Zum einen machten ihn seine Schriften ohnehin angreifbar für den Vorwurf reaktionären Denkens und des Verrats an Mao. Zum anderen bot seine Position als stellvertretender Bürgermeister von Beijing, die ihn mit dem Zentrum der kommunistischen Bürokratie verband, Mao eine Gelegenheit – er muß sich zwischen 1964 und 1965 dazu entschlossen haben – zur gründlichen Säuberung von Parteiführern, die radikalen Veränderungen ablehnend gegenüberstanden. Ein Indiz für die tiefe Sympathie, die Wu Han in der Welt von Kultur und Medien genoß, war die lange Zeitspanne, die zwischen den Anschuldigungen der Shanghai-Gruppe gegen Wu Han und deren Veröffentlichung in der nationalen Presse lag. Selbst als Mao im Januar 1966 ein Komitee unter dem Bürgermeister von Beijing, Peng Zhen, mit der Untersuchung beauftragte, kam dabei nur ein verschwommener Bericht heraus, der keinen der Hauptvorwürfe gegen Wu erhärtete. Erst auf Maos wiederholte Aufforderung forcierte das Komitee seine Recherchen.

Im Mai und Juni 1966 wurden die Hauptrichtlinien, die zur Kulturrevolution führen sollten, in den Äußerungen Maos und der Gruppe aus Shanghai deutlich. Durch ihre Forderung nach lückenloser Untersuchung bürokratischer oder feudaler Tendenzen, die noch in der Parteispitze und im Kulturbereich unter der Oberfläche schwelten, brachten sie unmißverständlich zum Ausdruck, daß sie den revolutionären Schwung wiederaufleben lassen wollten. Die Bürokratie reagierte zunächst schwerfällig. Doch ein findiger Philosophiedozent der Universität Beijing – wo eine einzige Fakultät von einem Parteikomitee mit Jiang-Qing-loyalen Wissenschaftlern dominiert wurde – hing eine großformatige Wandzeitung aus, auf der das Parteikomitee und der Präsident der Universität beschuldigt wurden, die Studenten zu unterdrücken und ihre eigene Machtposition zu konsolidieren. Die Verwaltung in Beijing ließ das Plakat abreißen und ordnete ein Verfahren gegen den Philosophiedozenten an. Als Mao davon hörte, sorgte er dafür, daß der Inhalt des Plakats über Radio Beijing verbreitet und in der *Volkszeitung* veröffentlicht wurde. Mao fügte in Erinnerung an Gedanken, die er während seiner eigenen revolutionären Jugend geäußert hatte, hinzu, daß das Plakat »die ganze Welt aufwühlt« und zeige, daß »Rebellion gerechtfertigt« sei.

Liu Shaoqis plumper Versuch, die Lage zu entschärfen, indem er Untersuchungsgruppen der Partei auf den Aufruf ansetzte, rief noch mehr Widerstand seitens der Extremisten hervor. Im August 1966 schlossen sich Studenten- und Schülergruppen in Elitehochschulen und Oberschulen von Beijing zu »Roten Garden« zusammen und demonstrierten für Mao. Mit ihren roten Armbinden und einer Art paramilitärischer Uniform mit Kappen und Ledergürteln waren sie bald überall im Land vertreten und organisierten Tribunale und öffentliche Kritikveranstaltungen gegen ihre Lehrer und die Schulverwaltungen. In

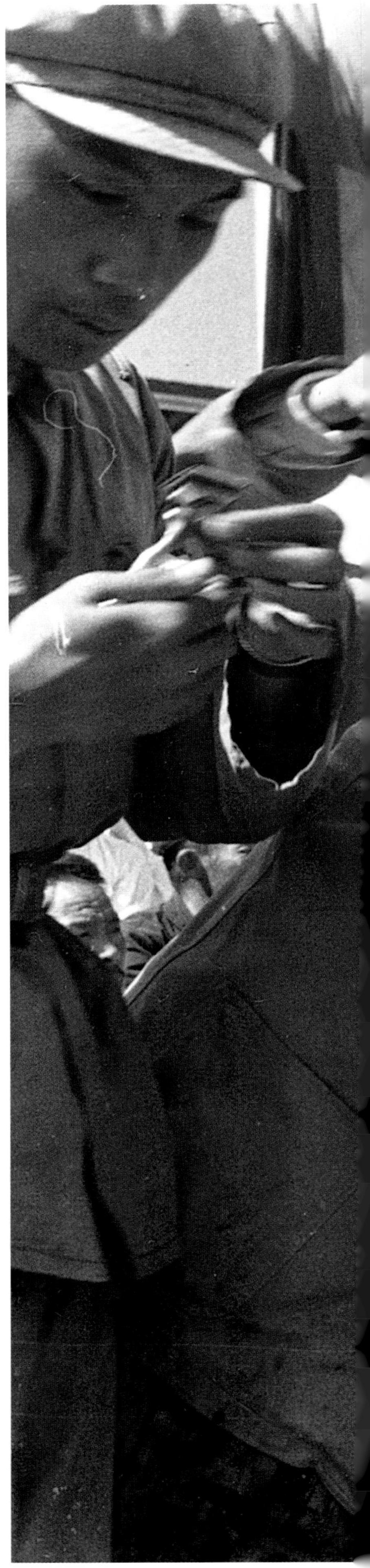

Ein Mitglied der Schwarzen Bande: Ein junger Rotgardist schneidet am 12. September 1966 Li Fanwu, dem Gouverneur der Stadt Harbin im äußersten Norden Chinas, die Haare ab. Das Plakat, das er um den Hals trägt, kennzeichnet ihn als Angehörigen der Schwarzen Bande, einer Sammelbezeichnung für alle, die beschuldigt wurden, sich der von Mao proklamierten Kulturrevolution zu widersetzen. Junge Mädchen, von Mao aufgerufen, die »überkommenen und feudalen Elemente« ihrer Gesellschaft zu zerschmettern, waren oft die schärfsten und aggressivsten Rotgardisten. In ihren autobiographischen Erinnerungen schildert Liu Sola, wie sie sich im Alter von elf Jahren um die Aufnahme in die Rote Garde ihrer Schule bemühte. Ihrem Antrag wurde stattgegeben, nachdem sie ihre eigene Familie öffentlich unflätigster Reden bezichtigt und dabei geholfen hatte, eine Lumpensammlerin zu überwachen, die als Frau eines ehemaligen Großgrundbesitzers angeklagt wurde. Die Beschuldigte schnitt sich unter den Augen Lius die Kehle durch – eine tragische Reaktion, die in jenen Jahren häufig vorkam.
[Foto: Li Zhensheng]

黑帮分子
李范伍

Der Mao-Kult. Vom August 1966 bis weit ins folgende Jahr hinein fanden auf dem Tiananmen-Platz in Beijing riesige Demonstrationen der Roten Garden statt, die an dem auf dem Tor zur ehemaligen Verbotenen Stadt stehenden Mao vorbeidefilierten. Hier winken die Rotgardisten im Mai 1967 mit ihren Mao-Büchern. Überall ist das Frontispiz mit seinem Bild aufgeschlagen. Später schrieb die damalige Rotgardistin Liu Sola, daß »einer Million Rotgardisten das Herz wie bei einem Hormonschub schwoll, wenn der Vorsitzende Mao ihnen zuwinkte. Bald waren wir darauf konditioniert, in Tränen auszubrechen, wenn er erschien. Mao war göttlich. Die revolutionären Wellen der ganzen Welt hoben und senkten sich auf sein Kommando.«
[Foto: Paolo Koch]

Folgende Seite oben. Mao versucht sich im Juni 1966 auf einem Schießplatz der Armee als Gewehrschütze. Liu Shaoqi in der Bildmitte beobachtet ihn dabei, und der Generalstabschef der Armee, Luo Ruiqing, lächelt aufmunternd.
Unten: Im Dezember 1966 wird Luo Ruiqing, inzwischen des Verrats an der Revolution beschuldigt, in einen Korb gezwängt von Rotgardisten zu einer Massenkritik-Veranstaltung geschleppt. Im selben Monat wurde Liu Shaoqi seines Postens enthoben.
[Foto: Co de Kruijf]

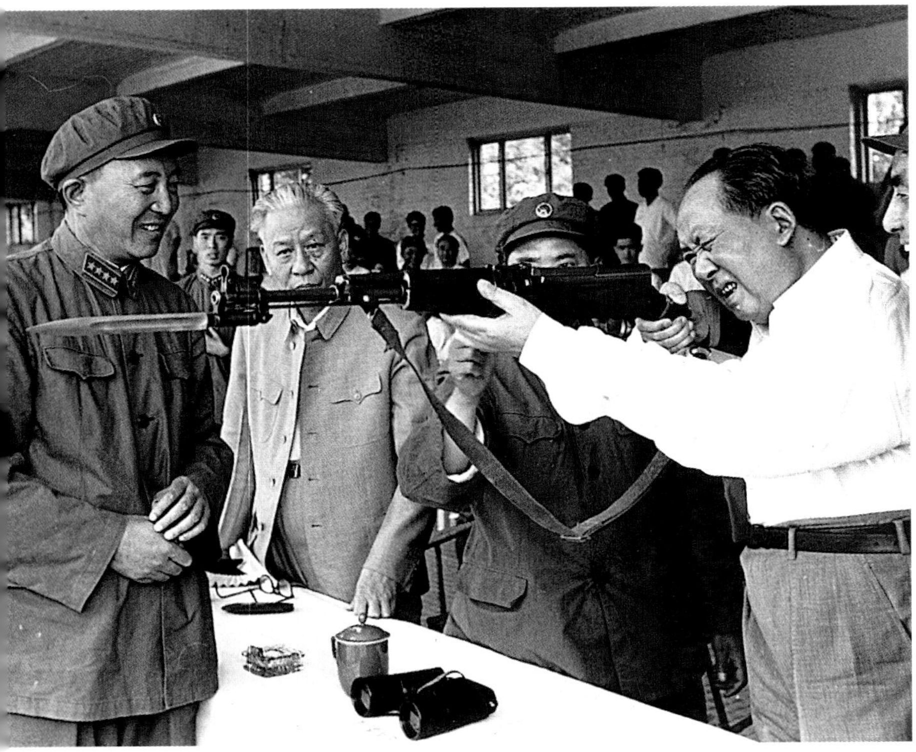

mourösen *Qipao* mit geschlitztem Rock zu kleiden. Deng Xiaoping wurde auf öffentlichen Kundgebungen von schreienden Massen gedemütigt, man griff ihn mit beleidigenden Wandzeitungen an und zwang ihn zum Rücktritt. Einer seiner Söhne wurde von Roten Garden aus einem Fenster geworfen und blieb den Rest seines Lebens gelähmt. Liu war zu mächtig, als daß er auf freien Fuß gesetzt werden konnte. Er wurde ins Gefängnis gesteckt. Als sein Gesundheitszustand sich rapide verschlechterte, verweigerte man ihm medizinische Hilfe. Er starb vermutlich 1973 im Gefängnis. Deng Xiaoping überlebte die Erniedrigungen und zog sich aus der Öffentlichkeit zurück.

Angriffe auf diese Männer der höchsten Parteiebene wären selbst für die fanatischsten Roten Garden ohne Duldung oder Billigung des staatlichen Sicherheitsapparats und der Volksbefreiungsarmee nicht möglich gewesen. Seit die Armee sich fest in der Hand Lin Biaos befand, der sich kategorisch auf die Seite Maos geschlagen hatte, war nicht zu erwarten, daß sie zugunsten Lius oder Dengs eingreifen würde, obgleich beide mit hochgestellten Offizieren eng befreundet waren. Ebensowenig konnten die maßgeblichen Persönlichkeiten aus dem Kulturleben auf militärischen Schutz hoffen, da Lin Biao Maos Frau Jiang Qing bei der Verbreitung ihrer Ansichten in den Armeepublikationen und durch die Tanz- und Theatertruppen, die eine gewichtige propagandistische Rolle in der Armee spielten, geholfen hatte.

Der Sicherheitsapparat stand hingegen mehr im Schatten, ein Grund vielleicht, daß Luo Ruiqing, über dreißig Jahre ein enger Mitarbeiter Lin Biaos, eines der Hauptopfer der Kulturrevolution wurde. Nach ihm spielte nämlich Kang Sheng, ein treuer Genosse Jiang Qings und der Shanghai-Radikalen, der als gnadenloser Chef der Sicherheitsabteilung der Partei in Yanan galt, eine weitaus bedeutsamere Rolle, was zu einem faktischen Machtzuwachs Maos führte.

Im Frühjahr 1967 brach in China das Chaos aus. Sämtliche Schulen und zahlreiche Regierungsbüros wurden geschlossen. Rote Garden blokkierten Eisenbahnlinien und Straßen. Die industrielle Produktion kam bedenklich ins Stocken. Viele Aktionen erinnerten an die Streiks, durch die die Kommunistische Partei in den zwanziger Jahren versucht hatte, ihren Einfluß zu erweitern, die sie aber seit der Machtübernahme 1949 systematisch unterdrückt hatte. In zahlreichen Städten waren rivalisierende Rote Garden in blutige Kämpfe verstrickt, häufig mit Gewehren oder sogar mit Granaten und Artillerie aus Armeebeständen. Viele Rotgardisten kamen bei diesen Auseinandersetzungen um. Gelegentlich eröffnete die Armee das Feuer, um ihre eigenen Einrichtungen zu schützen oder um die Menge auseinanderzutreiben. Die Bürokratie war gelähmt. Niemand konnte sich vor unvermittelten Kritiken oder Angriffen sicher fühlen, die seine Zukunft ruinierten und ein ganzes bisheriges Leben im Dienst der Revolution einfach negierten. Die ungeheure Masse von Rotgardisten erschwerte die Überwachung so sehr, daß das Registrierungssystem, das Bauern und Arbeiter ihren Kommunen und Arbeitseinheiten zuordnete, faktisch zusammenbrach. Das Schreckgespenst eines unkontrollierbaren Chaos tauchte auf. Anlagen höchster Geheimhaltungsstufe wie die Forschungsinstitute, die an Chinas Wasserstoffbombe arbeiteten, und die Basen der Interkontinentalraketen standen vor der Übernahme durch die Roten Garden, welche die Verantwortlichen und Wissenschaftler als Revisionisten oder Rechte bezeichneten. Gefängnisse und Arbeitslager wurden von den Rotgardisten gestürmt, und die Häftlinge mußten ihre Loyalität gegenüber dem revolutionären Maoismus bekunden. Auf Militäreinheiten war kein Verlaß mehr. In einigen Fällen kam es zu internen Flügelkämpfen, selbst Meuterei drohte.

Mitte 1967 schien zwischen Mao, Jiang Qing und ihren Unterstützern, Lin Biao und vielen Überlebenden der Parteispitze eine interne Übereinstimmung darüber erzielt worden zu sein, daß ein Mindestmaß an Ordnung wiederhergestellt werden müsse. Die Methode, die man ersonnen hatte, bestand darin, den Sieg der Kulturrevolution zu erklären – obwohl weiterhin zu »unaufhörlicher Wachsamkeit« ermahnt wurde. »Revolutionäre Komitees« wurden in Städten, Kommunen, der Industrie, in Staatsunternehmen und Schulen gebildet. Die Führung dieser Komitees sollte aus drei Komponenten bestehen: Vertretern der revolutionären Massen, loyalen Parteikadern und Mitgliedern der Volksbefreiungsarmee. Natürlich würde das Gleichgewicht zwischen diesen drei Kräften gemäß den jeweiligen Umständen variieren, aber es würde wieder eine anerkannte Einrichtung geben, an die Probleme zur Lösung herangetragen werden könnten. Allmählich wurde durch diese Maßnahmen eine gewisse Ordnung der Zentralverwaltung und Provinzregierungen wiederhergestellt, obwohl Mao und seine Gefolgschaft ihre revolutionäre Rhetorik zunächst nicht mäßigten. Der »Säuberungsprozeß« im Bereich der Kunst wurde zu diesem Zeitpunkt unerbittlich, da Jiang Qing versuchte, ihre Vision einer reinen »Kunst des Volkes« durchzusetzen. Sie förderte revolutionäre Opern und Filme mit lupenreiner nichtfeudaler und nichtbourgeoiser Gesinnung. Dazu gehörten in erster Linie Werke, welche die Erinnerung an die heroische Guerillazeit wachriefen, wie *Das rote Frauenbataillon*, *Die rote Laterne* und *Das weißhaarige Mädchen*, in dem die Haare einer zukünftigen Revolutionärin aufgrund der Grausamkeiten eines Großgrundbesitzers weiß geworden waren. In den späten sechziger Jahren durften eine Zeitlang keine anderen Stücke aufgeführt werden.

Nichtsdestotrotz begann sich die Ausrichtung der Rotgardisten langsam zu ändern. Die Partei verkündete eine große Bewegung der städtischen Jugend, »in die Berge und in die Dörfer« zu gehen, um die revolutionären Erfahrungen mit den Bauern zu teilen und gleichzeitig von ihnen zu lernen. Übergeordnetes politisches Ziel dieser neuen Strategie war, einige der während des Großen Sprungs gepredigten wichtigsten Aspekte wieder zu aktivieren: die Aufhebung der Trennung zwischen Kopf- und Handarbeit, zwischen Stadt und Land und auch zwischen Männern und Frauen in den Bereichen Arbeit und Fortkommen.

Viele junge Chinesen aus den Städten folgten diesem Aufruf des Vorsitzenden Mao freiwillig. Sein Bild hatte sich bei ihnen nicht getrübt, weder durch die Fehler des Großen Sprungs noch durch die Gewalt und

Der Lächerlichkeit preisgegeben. Persönlichkeiten des öffentlichen Lebens, die gedemütigt werden sollten, wurden häufig Narrenkappen über den Kopf gestülpt, während man sie durch die Straßen trieb. Als dieser Anblick alltäglich wurde, fertigte man größere Kappen an, um die Aufmerksamkeit wachzuhalten. Hier wird im September 1966 solch ein überdimensionales Exemplar Ren Zhongyi, dem Parteisekretär von Heilongjiang, aufgedrückt.
[Foto: Li Zhensheng]

Mao-Konterfeis, gezeichnet, gemalt, gewebt oder als Skulptur, wurden während der Kulturrevolution zu einem der Hauptproduktionsartikel. In dieser Seidenweberei machten Mao-Drucke auf Seide im Jahr 1967 achtzig Prozent der Herstellung aus. Kein Chinese konnte riskieren, sich öffentlich ohne Mao-Anstecker und das kleine rote Buch zu zeigen oder in der Wohnung beziehungsweise am Arbeitsplatz kein Mao-Porträt aufzuhängen.

Die Kunst und Mao gehörten während der Kulturrevolution untrennbar zusammen. Maos Frau, Jiang Qing, eine ehemalige Schauspielerin, lenkte während dieser Zeitspanne die nationale Kulturpolitik und reduzierte die Theaterspielpläne auf eine Handvoll offiziell akzeptierte »revolutionäre Opern«, die zumeist von den Kulturbrigaden der Volksbefreiungsarmee unter dem Kommandanten Lin Biao, einem der ergebensten Gefolgsleute Maos und seiner Frau, aufgeführt wurden. Im Hauptbahnhof von Guangzhou (Kanton) führt 1967 eine solche Kulturtruppe die »Worte des Vorsitzenden Mao« in Form eines Balletts auf. Das Buch wurde drei Jahre zuvor von Lin Biao zusammengestellt. Musikalisch wird das Stück begleitet von einer Art Zither und einer kleinen Flöte. Traditionelle Instrumente waren zugelassen, solange sie korrekt ausgedrückte revolutionäre Gefühle untermalten.
[Foto: Max Scheler]

das Chaos der Kulturrevolution. Sie packten also, was ihnen lieb und teuer war, verabschiedeten sich von ihren Eltern, wurden auf dem Weg zu Bus oder Bahn von fröhlichen Massen verabschiedet und traten die Reise an: einige ins nahe Umland, andere in rauhe Gegenden wie Tibet, die Innere Mongolei oder nach Qinghai.

Diese Jugendlichen, die »aufs Land gingen«, sollten angeblich ein neuer Typus maoistischer Elite sein, waren aber von den Revolutionskomitees aus pragmatischen und zynischen Gründen ausgewählt worden: Man säuberte die Städte von unerwünschten »Elementen« und verlagerte die Kosten für ihren Unterhalt aufs Land. So handelte es sich bei vielen dieser Auserwählten um unverbesserliche und unbequeme junge Leute, oft von problematischer sozialer Herkunft, als Unruhestifter registriert, oder um solche, für die es keine Jobs gab. Einige waren während der Anti-Rechts-Bewegung schon einmal aufs Land geschickt worden, hatten sich während der Kulturrevolution zurückgeschlichen und wurden jetzt wieder fortgejagt.

Zwischen 1968 und 1972 schickte man an die zwölf Millionen Jugendliche aufs Land. Manche waren von dieser Erfahrung tief bewegt, da sie eine ländliche Armut und harte Arbeit kennenlernten, die sie nie vergaßen. Andere wollten nicht von zu Hause fort, oder sie wurden, wenn sie endlich an ihrem Bestimmungsort angekommen waren, nur widerwillig aufgenommen. Lediglich wenige Landkommunen verfügten über ausreichend Lebensmittel. Die Jugendlichen aus der Stadt hatten, selbst wenn sie körperlich stark waren, keine Ahnung von der Landarbeit. Auch wenn sie ohne Unterbrechung arbeiteten, konnten sie ihren Lebensunterhalt kaum selbst erwirtschaften. Für ihren Aufenthalt auf dem Land war keine zeitliche Begrenzung vorgesehen, so daß sich bei ihnen die Befürchtung festsetzte, möglicherweise bis zum Ende ihres Lebens in einem abgelegenen Dorf ohne Elektrizität und fließendes Wasser bleiben zu müssen. Die Bauern begegneten ihnen häufig abwartend und mißtrauisch. Es gab kaum Berührungspunkte bei Gesprächen, und die Lebensstile und Erwartungen lagen Welten auseinander. Den jungen Männern aus der Stadt traute man keine Zukunftsaussichten zu, sie galten somit als schlechte Partie für ein Mädchen vom Dorf. Die jungen Mädchen aus der Stadt dagegen erschienen in den Augen der Dorfjugendlichen als exotisch oder schön – man stellte ihnen somit aggressiv

Links: Buddhistische Mönche vom »Tempel der Glückseligkeit« in Harbin erdulden den Spott der Massen. Eines der Plakate, hinten links, fordert die Menge auf, »Geister und Dämonen« auszurotten, während ein anderes agitiert: »Was sind diese buddhistischen Sutras? Nur eine Sammlung von Hundefürzen.« Der Fotograf Li Zhensheng nutzte wieder seinen Presseausweis der Partei, um diesen revolutionären Moment am 24. August 1966 aufzunehmen.
[Foto: Li Zhensheng]

Rechts: Die Roten Garden terrorisierten die Bevölkerung, aber bald schon bekämpften einander rivalisierende Gruppierungen im Wettstreit um die korrekte Linie sich auch gegenseitig. Im Januar 1967 zwang die Fraktion, die Harbin beherrschte – immer mit revolutionären Parolen auf den Lippen –, Mitglieder einer konkurrierenden Rotgardistengruppe auf die Knie und zu einem Schuldbekenntnis.
[Foto: Li Zhensheng]

nach. Wenn sie nachgaben oder gar heirateten, stand ihnen ein Leben voller harter Arbeit und stumpfsinniger Plackerei bevor.

Für die städtischen Jugendlichen bestand eine Lösung darin, Unterricht zu geben oder die Dörfer durch Organisationstechniken und Überzeugungskraft den gleichen Prozeß des Klassenkampfs durchlaufen zu lassen, den sie von den Roten Garden kannten. Dadurch brachen alte Fehden auf, und radikalisierte Bauern, die sich als Opfer ihrer erfolgreicheren, härter arbeitenden Mitmenschen fühlten, konnten diese jetzt einfach als »Überbleibsel des Feudalismus« bezeichnen oder sie beschuldigen, »den kapitalistischen Weg zu gehen«, um sie aus ihren führenden Positionen in den Produktionsbrigaden zu drängen. In den Verwaltungen der Volkskommunen gab es häufig Fraktionskämpfe, die die Rotgardisten funktionalisieren konnten, um Aufruhr und gewalttätige Konfrontationen im Namen der revolutionären Praxis anzufachen. Gingen die Jugendlichen aus der Stadt zu weit, konnte es ihnen passieren, als Rechtsabweichler bezeichnet und in eines der zahlreichen Arbeitslager gesteckt zu werden, wo sie ohne Lohn im Straßenbau oder zur Landerschließung eingesetzt wurden, gequält von ihren Aufsehern und häufig zum Selbstmord getrieben. Ohne Möglichkeiten, sich zu beschweren und Kontakt zu ihren Familien aufzunehmen, brachen sie physisch und psychisch zusammen und gaben, wenn sie nach allen Regeln der Kunst verhört wurden, Einzelheiten ihres früheren Lebens oder aus ihrer Familie preis, was zu noch höheren Strafen führte – oder sie erfanden Straftaten ihrer Freunde in der Hoffnung, ihre eigene Strafe zu reduzieren.

Ab 1970 teilten auch Ältere die Erfahrungen dieser Jugendlichen, da die Führung der Kulturrevolution nun in großem Umfang Menschen aus dem Kulturbereich in »Kaderschulen« aufs Land schickte, wo auch sie Leben und Arbeit der Bauern kennenlernen durften. Die zumeist älteren Intellektuellen, die in der Regel nicht mit den Bauern zusammenlebten, wurden zu erniedrigenden Arbeiten wie dem Säubern der Latrinen ihrer Arbeitseinheiten herangezogen. Aufgrund ihres Alters und ihrer Unerfahrenheit mit der Landarbeit erreichten sie eigentlich nichts außer einem tiefen Solidaritätsgefühl untereinander angesichts der ständigen Attacken durch die verhaßten kulturrevolutionären Phrasen.

Während die Ordnung in China sich nach und nach stabilisierte, verschärfte sich der Kampf um die Macht unter den übrigen Parteiführern, denn Mao war im Jahr 1970 bereits siebenundsiebzig Jahre alt und augenscheinlich in schlechter gesundheitlicher Verfassung. Bei seinen wenigen öffentlichen Auftritten stützte er sich auf Krankenschwestern,

und seine Gliedmaßen zitterten aufgrund seines Leidens, das von seinen im Westen ausgebildeten Ärzten als Lou-Gehring-Krankheit diagnostiziert wurde, die das zentrale Nervensystem angreift. Maos Frau und ihre Vertrauten gierten nach weiteren entscheidenden Posten. Mehrere waren schon zu Mitgliedern des Ständigen Ausschusses des Politbüros ernannt worden, aber Jiang Qing blieb diese Ehre verwehrt. Der offensichtlich unerschütterliche und diplomatisch routinierte Zhou Enlai, Maos langjähriger Stellvertreter und Premierminister Chinas seit 1950, konnte allen Angriffen der Roten Garden entgehen und seine Position im Parteiapparat geschickt aufrechterhalten, war aber ebenfalls gebrechlich und schien Mao nicht lange überleben zu können. Später fand man heraus, daß Zhou damals an einem frühen Stadium von Krebs litt, an dem er 1976 starb.

Bei all diesen politischen Kämpfen und physischen Gebrechlichkeiten blieb nur Lin Biao als logischer Anwärter auf die absolute Macht. Zwischen 1967 und 1970 setzte er alles daran, formal zum verfassungsmäßigen Nachfolger Maos erklärt zu werden, wofür die Zustimmung von Chinas Pseudolegislative, dem alljährlich zusammentretenden Nationalen Volkskongreß, nötig war. Aber Mao enthielt, unter Einsatz seines Prestiges, seinen endgültigen Segen vor. Es gab Gerüchte, daß er den Ambitionen Lins, obwohl er ihn offiziell seinen »engsten Kampfgefährten« nannte, zu mißtrauen begann. Der Kult um Mao hatte groteske Ausmaße erreicht. Er wurde ständig bei den öffentlichen Zeremonien am Morgen und am Abend als »rote, rote Sonne« im Herzen aller Chinesen beschworen und überall auf Plakaten und Spruchbändern mit »zehntausend Mal zehntausend Jahre« begrüßt, eine Phrase, die früher auf die chinesischen Kaiser angewandt wurde. Maos Rastlosigkeit kam ihm jetzt zugute, als er in seinem Spezialzug mit seinen Begleitern, Ärzten und Leibwächtern durch das Land reiste, wodurch er sich einen unmittelbaren Eindruck vom Verlauf der Kulturrevolution und der Loyalität seiner Gefolgsleute verschaffte.

Anfang 1971 erfuhr Mao von einem Plan, ihn zu stürzen oder sogar in seinem Zug in die Luft zu sprengen. Er beschloß im September 1971, gegen Lin vorzugehen, bevor dieser losschlagen konnte. In einer bisher nicht aufgedeckten Folge von Ereignissen floh Lin Biao mit einigen Familienmitgliedern im Flugzeug aus Nordchina in Richtung Sowjetunion. Die Maschine stürzte über der Inneren Mongolei ab, alle Insassen kamen um. Dies war zumindest die Fassung, welche die bestürzten Kader zu hören bekamen und die sie an die Arbeiter und Bauern weitergeben sollten. Für viele Chinesen war diese Geschichte aber so unschlüssig und unglaubwürdig, daß ihr Vertrauen in die Partei schwer angeschlagen oder völlig zerstört wurde.

Die Aufnahme von Beziehungen zu den Vereinigten Staaten im folgenden Jahr kam für das chinesische Volk fast ebenso überraschend. Eine Aura des Chauvinismus hatte Aktionen und Phrasen der Kulturrevolution durchzogen – ein Grenzkrieg mit der Sowjetunion brach 1969 aus, die Vereinigten Staaten wurden als Chinas Erzfeind dargestellt und wegen ihrer Rolle im Vietnamkrieg gebrandmarkt, die britische Botschaft wurde niedergebrannt, und die Diplomatie Chinas zielte darauf ab, den revolutionären Kampf der Dritten Welt gegen die »Hegemoniebestrebungen der beiden Supermächte« zu unterstützen. Dennoch hatte sich China während der turbulenten Jahre der Kulturrevolution um einen Sitz in den Vereinten Nationen bemüht, den Taiwan noch immer einnahm und – trotz des stetigen Widerstands der Vereinigten Staaten – Chiangs Reich 1971 schließlich erfolgreich aus den Vereinten Nationen verdrängt. Den Chinesen wurde bewußt, daß sie unter langfristigen außenpolitischen Gesichtspunkten versuchen sollten, die Vereinigten Staaten auf ihre Seite zu ziehen, weg von der Sowjetunion.

Dem Sicherheitsberater von Präsident Nixon, Henry Kissinger, schien dieser Schritt ebenfalls opportun. Die Intentionen der Sowjets waren nicht vorauszusehen, und der Kalte Krieg setzte sich unvermindert fort. Da die Taiwan-Frage wegen der unvermindert starken Sympathie für Chiang Kai-shek politisch noch akut war, fiel es schwer, Nixons tiefverwurzelten Antikommunismus aufzubrechen. Nachdem einige Monate lang Geheimverhandlungen einer kleinen Gruppe von Regierungsbeamten beider Seiten stattgefunden hatten, landete Präsident Nixon am 21. Februar 1972 auf dem Flughafen von Beijing und traf am Nachmittag desselben Tages mit Mao Zedong zusammen.

Das gemeinsam veröffentliche, äußerst vorsichtig formulierte Kommunique versprach keine sofortigen durchgreifenden Veränderungen, legte aber, um jede Kontroverse um die Unabhängigkeit Taiwans zu vermeiden, besonderen Wert darauf, daß es nur ein China gäbe. Die Möglichkeiten unterschiedlicher ausländischer Investitionen in China wurden vereinbart, und der kulturelle und wissenschaftliche Austausch brachte vereinzelte Westler ins Land. Den meisten wurde geschickt vorgegaukelt, das Land sei eine offene sozialistische Gesellschaft, in der die Bürger alle Freiheiten genossen und wo Verarmung, Kriminalität und das ganze Spektrum persönlicher Untugenden ausgerottet waren. Die Führer der Kulturrevolution demonstrierten jedoch ihre Absicht, die Nation fest im Griff zu behalten. So wurden die ausländischen Gäste in Fabriken, Volkskommunen und Universitäten stets von »Revolutionskomitees« empfangen und erhielten dabei einen Eilkurs in Maoismus.

Mit einer eigentümlichen Verdrehung der Intention der Massenkampagne rief die Parteiführung 1973 und 1974 eine Bewegung zur »Kritik an Lin Biao und Konfuzius« ins Leben. Konfuzius hatte angeblich den rückschrittlichen Versuch begünstigt, die alte Welt aristokratischer Privilegien gegenüber den neuen Impulsen, die China hin zu einer zentralisierten, kaiserlichen Struktur unter den Qing führte, zu stützen. Rein didaktisch, wie dieser Rückgriff auf die Vergangenheit gesehen werden wollte, lieferte er dem Volk letztlich einen Grund, Konfuzius zu lesen. Entsprechend bedeutete die bloße Tatsache der Öffnung gegenüber dem Westen, so klein sie auch sein mochte, daß westliche Bücher wieder offiziell gelesen werden durften, wenn auch anfangs nur unter dem Vorwand, die sprachlichen Fähigkeiten anzuheben. Bücher, die den Scheiterhaufen Ende der sechziger Jahre entgangen waren, durften somit zu Hause und in den Bibliotheken erneut in die Regale gestellt werden. Universitäten und Schulen erhielten ebenfalls wieder einen zögerlichen, aber kontinuierlichen Zugang zu westlichen Technik- und Wissenschaftszeitschriften.

Linke Seite: Erschöpft vom Chaos, das er selbst angestiftet hatte, zog sich Mao seit Januar 1972, dem Zeitpunkt, da dieses Foto aufgenommen wurde, von seinen extremen revolutionären Vorstellungen zurück. Er hatte sich des militärischen Oberbefehlshabers Lin Biao entledigt, der jahrelang als sein »engster Waffenbruder« galt, und insgeheim den Besuch des amerikanischen Präsidenten Richard Nixon im folgenden Monat vorbereitet. Die Aufnahme zeigt ihn bei der Beerdigung eines seiner frühesten revolutionären Gefährten, Chen Yi, mit dessen Witwe Zhang Qian. Mao hatte sich einen Bart wachsen lassen, was nur in Zeiten tiefster Depression geschah. Beim Treffen mit Nixon Ende Februar war er wieder glatt rasiert.

Rechts: Die Parteilinie. Die Demonstrationen hörten mit dem Nachlassen der Kulturrevolution nicht auf. Sie änderten lediglich ihre Stoßrichtung. In diesem Zug nach Beijing im Jahr 1974 skandieren die Passagiere Parolen unter einem Banner, das sie dazu auffordert, »Lin Biao und Konfuzius zu kritisieren und den Kampf zu Ende zu führen«. Lin Biao war bereits 1971 heimlich aus seinem Amt entfernt worden. Sein angeblich auf der Flucht in die Sowjetunion durch einen Flugzeugabsturz verursachter Tod wurde erst 1972 bekanntgegeben. Durch die Verknüpfung des in Ungnade gefallenen Generals mit Konfuzius wollte die Regierung Lins reaktionären Charakter und seine Opposition gegen den Klassenkampf betonen.

Auch wichtige politische Persönlichkeiten, die während der Kulturrevolution abgesetzt worden waren, gelangten ohne Aufsehen wieder in ihre Stellungen. Deng Xiaopings umfangreiche Kenntnisse des Parteiapparats wurden, als die Rekonstruktion einsetzte, erneut gebraucht. Ende 1975 war er wieder einer der Vizepremierminister und bald darauf Generalsekretär. Im Januar 1976 hielt er die Trauerrede anläßlich des Begräbnisses von Premierminister Zhou Enlai, würdigte die Fairneß und den gesunden Menschenverstand seines langjährigen Mentors sowie die Bedeutung, die er der Stabilität Chinas zumaß. Deng ließ offen, ob man allen anderen Führern Chinas ebenfalls diese Tugenden nachsagen konnte.

Dengs Rückkehr an die Spitze war nur von kurzer Dauer, denn im April 1976 wurde er abermals entmachtet, nach einem in der Geschichte der Partei nach 1949 einmaligen Ereignis: nämlich einer riesigen, spontanen Demonstration im Zentrum Beijings. Der augenscheinliche Grund dieser Versammlung war die Trauer um Zhou Enlai am Tag des Qingming-Festes zu Ehren aller Toten. Am Abend vor den Feierlichkeiten trafen Bürger aus ganz Beijing am Denkmal der Revolutionsmärtyrer ein, das von der Partei in der Mitte des Tiananmen errichtet worden war. Sie schmückten das Monument mit Kränzen, Gedichtrollen, Blumen und Fotografien Zhou Enlais. Lobesreden zu Ehren Zhous wurden gehalten und die Gegensätze zwischen dem sorgsamen und pragmatischen politischen Vorgehen Zhous und der derzeitigen Führung herausgestellt, wobei der Vorsitzende Mao von Kritik nicht verschont blieb.

In derselben Nacht räumte die vom Bürgermeister herbeigerufene Polizei das Denkmal und versuchte, weiteren Demonstrationen vorzubeugen. Doch am 5. April versammelte sich dort wieder eine große Menschenmenge, legte erneut ihre Ehrengaben und Trauerbotschaften nieder und äußerte sich nun weitaus zorniger. Als Spezialeinheiten der Polizei auf ungeschickte Weise darangingen, das Treffen aufzulösen, geriet die Menge außer Kontrolle, wehrte sich und versuchte, in die nahe gelegenen Regierungsgebäude einzudringen. Der Bürgermeister rief Entsatztruppen zu Hilfe. Noch gegen Abend hielten die gewalttätigen Auseinandersetzungen an. Der Platz wurde schließlich geräumt, viele wurden festgenommen. Berichte, daß Bürger bei den Kämpfen getötet worden seien, verbreiteten sich schnell in der Stadt, konnten aber nicht bestätigt werden. Der hastig zusammengetretene Ständige Ausschuß des Politbüros erklärte die Demonstration zur konterrevolutionären Aktion und machte Deng Xiaoping direkt dafür verantwortlich, obwohl er gar nicht daran teilgenommen hatte. Aber dadurch, daß die Parteiführung behauptete, dieses Ereignis sei von langer Hand vorbereitet worden, und zwar von jemandem, der gerade in Ungnade gefallen und als »kapitalistischer Wegbereiter« von der Macht ausgeschlossen worden war, wollte sie den Verdacht ausräumen, daß spontane politische Aktionen, die nicht der Koordination der Partei unterlagen, in China möglich wären. Deng, der in Beijing um sein Leben fürchtete, setzte sich nach Südchina ab, wo er in Guangdong Unterschlupf bei einem hohen General fand und von dort aus abwartete, wie sich die Dinge entwickelten.

In Hinblick auf die Omnipräsenz von Polizei und Armee in Beijing sowie auf die fehlende Erfahrung der Bevölkerung, selbständig eine Demonstration zu organisieren, verwundert es nicht, daß eine unmittelbare Folgeaktion ausblieb. Doch im Juli 1976 schlug die Natur in der Region um das Industriezentrum von Tangshan in Nordchina zu, und zwar mit dem größten Erdbeben in Chinas Geschichte. Große Gebiete der Stadt und des Umlands wurden vollständig dem Erdboden gleichgemacht. In Tianjin, siebzig Kilometer vom Epizentrum entfernt, fielen Gebäude zusammen oder wurden unbewohnbar. Man schätzte die Opfer auf dreihunderttausend Tote, eine halbe Million Verletzte und zahllose Obdachlose.

Solche Naturkatastrophen wurden in China gewöhnlich als Vorboten eines schrecklichen Ereignisses für die Menschheit betrachtet. Die Regierung tat alles, um diese Mutmaßungen zu zerstreuen. Das Erdbeben wurde nüchtern analysiert, und Menschen von außerhalb wurden von der Region strikt ferngehalten. Alle ausländischen Hilfsangebote stießen

Maos Tod, zehn Minuten nach Mitternacht am 9. September 1976, wurde der Nation um vier Uhr nachmittags verkündet. Die Parteispitze hatte entschieden, den Leichnam des Großen Vorsitzenden zu konservieren, und ließ deshalb die Temperatur in dem Raum, in dem er aufgebahrt war, absenken. Seinem Körper wurden zweiundzwanzig Liter Formaldehyd injiziert. Das Ergebnis fiel, einem Arzt Maos zufolge, katastrophal aus. »Maos Gesicht war aufgedunsen wie ein Ballon, sein Hals war so dick wie sein Kopf... Auch seine Ohren waren geschwollen und standen rechtwinklig von seinem Kopf ab.« Erst einige Stunden intensiver Massage vermochten Kopf und Nacken wieder so weit herzurichten, daß beide Körperteile halbwegs normal wirkten.
Zwar waren Millionen Chinesen vom Tod Maos aufrichtig betroffen, wie die nebenstehende Szene in Shanghai veranschaulicht. Andere jedoch nahmen das Ereignis zwiespältig auf. Jung Chang, deren Eltern während der Kulturrevolution der Säuberungswelle zum Opfer gefallen waren, schrieb in ihren Memoiren: »Die Nachricht von Maos Tod erfüllte mich mit einer solchen Euphorie, daß ich einen Moment wie betäubt war. Aber meine verinnerlichte Selbstzensur setzte sich sofort durch. Ich nahm wahr, daß rings um mich herum eine wahre Heulorgie einsetzte, und ich wußte, daß ich mich dieser Vorstellung anzuschließen hatte. Es schien keinen Ort zu geben, meinen Mangel an wahren Gefühlen zu verbergen, bis auf die Schultern der Frau vor mir, einer offiziellen Studentenvertreterin, deren Herz gebrochen zu sein schien. Ich lehnte meinen Kopf schnell auf ihre Schultern und hatte mich dadurch angemessen in der Gewalt.«
[Foto: Xia Yong Lee]

auf Ablehnung. Die Hilfsmaßnahmen für die Region beschrieb man in gebührender maoistischer Terminologie als spontan von den Massen im Geiste der Selbstverantwortung erbracht.

Das Erdbeben war in den Augen vieler Chinesen ein böses Omen, aber auch im Lichte der Geschichte. Mao Zedong, der in den vergangenen Jahren etliche Schlaganfälle erlitten hatte, lag im Koma, betreut von seinen engsten Begleiterinnen und Leibwächtern, und gab nur gelegentlich Laute von sich. Leitende Mitglieder des Politbüros standen paarweise und abwechselnd ebenfalls Wache, falls etwas Unerwartetes passierte und Zeugen gebraucht würden. Die hinzugezogenen Ärzte befanden sich in einem Zustand ängstlicher Verzweiflung, unfähig, Mao länger am Leben zu halten, und ständig befürchtend, für seinen Tod verantwortlich gemacht zu werden. Der Tod trat schnell und ruhig ein, am 9. September 1976, kurz nach Mitternacht. Hua Guofeng, ein nur wenig bekannter Politiker aus Maos Geburtsprovinz Hunan und stets ein gewissenhafter Gefolgsmann, war im Monat zuvor von Mao mit den beziehungsreichen Worten: »Mit dir in Verantwortung findet mein Herz Ruhe«, zum Nachfolger auserkoren worden. Maos Tod wurde noch in derselben Nacht verkündet, und die Nation bereitete sich auf die Trauer vor.

Der letzte der großen Führer. Deng Xiaoping, selbst im Alter von achtzig Jahren noch aufrecht und tatkräftig, nimmt zum fünfunddreißigsten Jahrestag der Gründung der Volksrepublik China die Ehrengarde ab. Den Aufstieg nach Maos Tod verdankt er seiner unverwüstlichen Natur. Zweimal war er aus Parteifunktionen entfernt worden: 1966 während der Kulturrevolution und im stürmischen politischen Frühling 1976. Er schaffte ein drittes Mal den Weg nach oben, gestützt auf einen starken Rückhalt in der Volksbefreiungsarmee und der Parteibürokratie. Hinzu kam allerdings Dengs untadelige revolutionäre Vergangenheit: Er wurde 1904 geboren und trat der Kommunistischen Partei bei, als er als Werkstudent Anfang der zwanziger Jahre in Frankreich weilte. Er gehörte zum Jiangxi-Sowjet, nahm am Langen Marsch teil und war anschließend mit daran beteiligt, den kommunistischen Guerillastützpunkt Yanan im Norden Chinas aufzubauen, die Ausgangsbasis zum endgültigen Sieg im Bürgerkrieg im Jahr 1949.

11
DIE WELT NACH MAO
1976–1986

Unmittelbar nach Maos Tod bemühten sich seine Ärzte fieberhaft, die sterblichen Überreste des Großen Führers zu konservieren, da das Politbüro beschlossen hatte, ihn, wie Lenin vor dem Kreml, einbalsamiert auf dem Tiananmen-Platz aufzubahren. Das politische Gerangel um die Macht hielt unverändert an, und die kulturrevolutionären Gruppen waren bestrebt, ihre Position zu konsolidieren. Hua Guofeng erschien zwar nicht als Persönlichkeit mit nennenswerter politischer Substanz, aber er war klug genug, um zu erkennen, daß er schnell aktiv werden mußte, wollte er an der Macht bleiben. Er verhandelte mit den Führern der Streitkräfte in Beijing und dem ehemaligen Chef von Maos Leibgarde, um gegen Jiang Qing und ihre unmittelbare Gefolgschaft vorzugehen. Anfang Oktober, kurz nach Maos Staatsbegräbnis, wurden drei der Mitstreiter Jiang Qings zu einer Dringlichkeitssitzung des Politbüros beordert. Die Anführer der Kulturrevolution erschienen ordnungsgemäß – und wurden beim Betreten des Versammlungsraums verhaftet und zusammen mit Jiang Qing unter Arrest gestellt. Sie wurden zunächst der Cliquenbildung beschuldigt, als »Viererbande« betitelt, die ungesetzmäßigerweise die Macht an sich reißen wollte und darüber hinaus für das Leiden unzähliger Chinesen verantwortlich sei. Ein Hinweis auf ihr zukünftiges Schicksal wurde sofort offenkundig: Auf den offiziellen Fotos von der Beisetzung Maos wurden alle vier wegretuschiert und durch Pflanzen und Hintergrundlandschaft ersetzt. Weitere Gefolgsleute der »Viererbande«, von denen viele in der vergangenen Dekade mächtige Positionen innehatten, wanderten ebenfalls ins Gefängnis.

Auch wenn Hua Guofeng seine Stellung der Protektion Maos zu verdanken hatte, galt er jetzt unter den Konfliktparteien als Kompromißkandidat. Von seinen Gegnern wurde er dafür verspottet, Frisur und Kleidung Maos nachzuahmen und kein anderes ideologisches Konzept zu haben als die ständig wiederholte Phrase, was auch immer Mao gesagt oder geschrieben habe, sei richtig. Hua verfügte über keinen eigenen Wahlkreis oder keine Hausmacht in Partei oder Armee. Innerhalb weniger Monate wurde deutlich, daß der wahre Nutznießer von Maos Tod und der Verhaftung der »Viererbande« der zweimal entmachtete, aber immer noch unentbehrliche Deng Xiaoping war. Anfang 1977 wurde Deng wieder zum stellvertretenden Premierminister und im Sommer Generalsekretär der Partei.

Obwohl Mao ihn viele Jahre hindurch gebraucht hatte, war ihm stets klar, daß Deng ein Pragmatiker war, berühmt für seine Vorliebe, eher »aus den Tatsachen zu lernen«, als nur eine theoretisch korrekte Antwort auf anstehende Probleme zu finden. Manchen blieb Dengs süffisanter Ausspruch in Erinnerung, mit dem er auf die leidenschaftliche Suche nach ideologischer Korrektheit anspielte, die Mao als so wichtig erachtete: Egal, ob die Katze weiß oder schwarz ist – Hauptsache, sie fängt Mäuse. Ende der siebziger Jahre veranlaßten Deng Xiaoping und seine engsten Verbündeten – mit Hua Guofeng als dafür nominal Verantwortlichem – eine vorsichtige Öffnung der chinesischen Wirtschaft und erweiterten die Möglichkeiten für Auslandsverträge und Investitionen.

Deng lag besonders daran, die private Bewirtschaftung der Felder wieder in Gang zu setzen, die lokalen Märkte auf dem Land freier zu gestalten, Initiativen anzuregen, die Produktion zu stimulieren und lokalen Investitionen neue Wege zu öffnen. Es ging ihm dabei um genau jene Bereiche, die Mao während des Großen Sprungs mit einem Bann belegt hatte und die während der Kulturrevolution als »kapitalistische Tendenzen« gebrandmarkt worden waren. Als Deng feststellte, daß einige jüngere Parteiführer, Opfer der Kulturrevolution, schon begonnen hatten, diese Politik in den Provinzen Guangdong und Sichuan zu verwirklichen, gab er ihnen öffentlich Rückenwind. Die Produktivität stieg so stark an – und im Gegensatz zum Großen Sprung entsprachen die Zahlen diesmal den Tatsachen –, daß Deng das Beispiel einer offenen Entwicklung unter staatlicher Kontrolle in diesen beiden Provinzen zum Modell für die gesamte Nation erklärte.

Die Führungsspitze der Partei kam im Dezember 1978 zu einer ordentlichen Sitzung des Zentralkomitees zusammen, um die neue Politik zu diskutieren und zu konsolidieren. Daß diese »Vier Modernisierungen« notwendig waren, wenn China in Industrie und Handel, Erziehung, Militärorganisation und Landwirtschaft Fortschritte erzielen wollte, war bereits von Zhou Enlai zu dessen Lebzeiten zur Diskussion gestellt und von Hua Guofeng ausführlichst wiederholt worden. Nunmehr jedoch wurde sorgfältig auf die praktische Bedeutung des Kurswechsels geachtet und wie er sich zu den Gedanken Mao Zedongs verhielt. In vorsichtigen Formulierungen gelangten die Parteichefs schließlich zu der Feststellung, daß Mao zu siebzig Prozent korrekt gehandelt habe. Es wurde daraus nicht ganz klar, ob die restlichen dreißig Prozent impliziter Kritik sich eher auf den Großen Sprung nach vorn oder auf die Kulturrevolution bezogen. Auf letztere wurde allerdings durch die Schlußfolgerung Bezug genommen, die Probleme Chinas seien hauptsächlich Lin Biao und der »Viererbande« zuzurechnen.

Die Versammlung befaßte sich auch mit der Frage, die bereits im Jahr 1956 eine zentrale Rolle gespielt hatte und Anfang der sechziger Jahre erneut laut wurde: nämlich wie es um die Rechte der chinesischen Künstler und Intellektuellen stünde und wie weit ihnen zugestanden werden könne, ihre Vorstellungen – innerhalb der Verfassung – auszudrücken. Die Schlußfolgerungen der »Hundert-Blumen«-Bewegung schienen sich zu wiederholen, daß Kritik und Diskussion gefördert werden sollten und auch zu Experimenten im Bereich der Kunst ermutigt werden könne, sofern sie nicht die Partei oder die Regierung unterminierten. Dadurch drücke sich aus, daß Volksdemokratie behutsam mit Zentralismus verschmolzen werden solle und daß die Gleichheit aller Menschen vor dem Gesetz ein Grundrecht sei. Diese Änderungen, wie das Recht auf Versammlungsfreiheit und das Anbringen von Wandzeitungen, fanden Aufnahme in die Verfassung, die 1978 vom Nationalen Volkskongreß überarbeitet und ratifiziert wurde. Um den Entscheidungen Nachdruck zu verleihen, wurden zahlreiche Fälle, die bis zur Anti-Rechts-Kampagne zurückreichten, wieder aufgenommen. Zehntausende von Intellektuellen und Künstlern durften nach Hause zurückkehren, in vielen Fällen nach mehr als zwanzig Jahren Exil, Zwangsarbeit und Inhaftierung.

Trotz ihrer schlechten Erfahrungen nahmen die Chinesen die neuen Direktiven mit Begeisterung auf, überzeugt davon, daß die aktuelle Situation sich von jener der Jahre 1956/1957 deutlich unterschied. Eine Flut neuer Zeitschriften erschien, oft von Hand vervielfältigt oder auf Abzugsmaschinen hergestellt, voller innovativer Kurzgeschichten und Gedichte oder mit Essays und politischen Reflexionen. Einige wie *Heute* oder *Erkundungen* wurden umgehend zu Kultobjekten und waren sofort nach ihrem Erscheinen vergriffen. Gleichzeitig gestattete die Polizei in Beijing den Einwohnern, ihre Meinungen auf einer langen Mauer gleich westlich der Verbotenen Stadt zu plakatieren. Diese Gegend entwickelte sich rasch zu einem populären Treffpunkt von Schriftstellern, Beobachtern und selbst ausländischen Journalisten, die nun in größerer Anzahl nach China kamen. Im Oktober erhielt diese Wand im Volksmund den Namen »Mauer der Demokratie« als Anspielung auf die freizügigen politischen Äußerungen vieler Wandzeitungen und die bewegten Tage der »Vierter-Mai-Bewegung« im Jahr 1919, als der Ruf nach Demokratie und Wissenschaft ein zentrales Anliegen der Jugend war.

Unter all den Dichtern, die für *Heute* schrieben, erlangte ein Mann namens Bei Dao rasch große Popularität. Bei Dao, der wie viele Autoren im China des zwanzigsten Jahrhunderts unter einem Pseudonym schrieb, kam 1949 als Sohn einer gutbetuchten akademischen Familie zur Welt. Er repräsentierte eine ganze Generation, die in der Volksrepublik geboren und aufgewachsen war. Wie so viele seiner Altersgruppe ging er 1966 zu den Roten Garden und nahm an der ersten, begeisterten Welle der Bewegung teil. Er zog sich jedoch, durch die Gewalt desillusioniert, zurück und entwickelte allmählich seinen eigenen zutiefst metaphorischen Stil, mit dem er seine Empfindungen über das von der Revolution zerrüttete China ausdrückte. In einem Gedicht, das seine Gefühle als Augenzeuge der gewaltsamen Niederschlagung der Demonstration zur Ehre Zhou Enlais im Frühjahr 1976 durch die Polizei reflektierte, dachte Bei Dao über die Macht des Zweifels, die Notwendigkeit, jede sogenannte, von der Partei propagierte Wahrheit zu hinterfragen, nach. Er schrieb auch über das Paradoxon, das einen an Dingen zweifeln läßt, deren Wahrheitsgehalt einem durchaus bewußt ist. Dieses Gedicht wurde 1978 zur Hymne der chinesischen Jugend. In einem weiteren Gedicht befaßte sich Bei Dao mit dem verblassenden Bild der Revolution, die zwar noch in Bewegung und auch kraftvoll war, aber nunmehr altmodisch und überladen mit Erinnerungen und Nostalgie – wie verstaubte Ikonen in einem fast vergessenen Museum. Das Proletariat möge sich wohl noch weltweit die Hand reichen, doch innerhalb Chinas werde das Leben des Volkes wie durch ein unsichtbares Netz zusammengezogen.

Ein junger Elektriker namens Wei Jingsheng, ebenfalls Rotgardist aus einer Kaderfamilie, belastete sich nicht mit Metaphorik. Wei ließ sich von Artikeln über westliche Politik anregen, die in limitierten Parteizeitschriften erschienen, welche sein Vater mit nach Hause brachte. Er unternahm den heldenhaften Versuch, die Auswirkungen demokratischer Theorien auf den Erfolg des marxistisch-leninistischen Sozialismus zu durchdenken. Zwar bekannte er sich zu den Zielen der Revolution und den zentralen Gesichtspunkten des Sozialismus, doch er stellte auch fest, daß die Ideologie in China verkümmert sei und zugleich diktatorische Züge angenommen habe. Sie habe die Kraft zur visionären Veränderung verloren und werde nur dazu benutzt, die Elite zu stützen. Daher seien die von Deng Xiaoping gepredigten Vier Modernisierungen

Linke Seite: Die Mauer der Demokratie in Beijing erhielt ihren Namen in jenen Tagen der Begeisterung, als dort ganz offen alle politischen Ansichten kundgetan werden konnten, nachdem Deng Ende 1978 eine weitgehende politische Öffnung versprochen hatte. Ein junger Chinese klebt ein Plakat an, auf dem er die Zusammenkunft der Parteispitze in Beijing als »Schildkrötenei, das in die Große Halle des Volkes rollt« bezeichnet. Er verunglimpft mit dieser traditionellen Metapher aus dem Wortschatz sexuellen Gespötts heftig die Herkunft der Parteigrößen. Als an dieser Mauer jedoch vom ehemaligen Rotgardisten Wei Jingsheng und anderen jungen Leuten eindringliche Forderungen nach Demokratie angeschlagen wurden, reagierte die Regierung energisch. [Foto: Marc Riboud]

Rechts: Am 8. Dezember 1978 kratzen Arbeiter die Anschläge ab. Anfang 1979 wurde das Anbringen von Plakaten an der Mauer der Demokratie verboten. Wei wurde wegen seiner Kritik an der Partei zu fünfzehn Jahren Haft verurteilt.

nicht ausreichend. Es müsse eine fünfte Modernisierung geben, die Wei als »authentischen Pluralismus« definierte, von der Verfassung verteidigt und ausgedrückt in einem wirksamen Wahlsystem. Wei ließ seine Ideen über Wandzeitungen und Zeitschriften wie *Erkundungen* verbreiten, die er mit herausgab. In weiteren Essays kritisierte er Deng Xiaoping noch direkter und verfaßte auch eine Reportage über Chinas berüchtigtstes Gefängnis für politische Gefangene nahe Beijing, das ihm von ehemaligen Insassen beschrieben worden war. Eine Menge weiterer junger Autoren unterschiedlichen Temperaments und Formats entwickelte ähnliche Ideen wie Bei Dao und Wei Jingsheng oder entwarf eigene Vorstellungen über die Zukunft Chinas.

Zu diesem Zeitpunkt, Anfang 1979, widersprachen die Erfordernisse der Außenpolitik und des nationalen Zusammenhalts der neuentdeckten Suche nach Freiheit. Im Januar reiste Deng Xiaoping in die Vereinigten Staaten zu einem Treffen mit Präsident Carter. Er wurde von den amerikanischen Massenmedien mit offenen Armen aufgenommen. Deng wollte Möglichkeiten für umfangreiche Joint-ventures oder auch Einkäufe beispielsweise bei Coca-Cola oder Boeing erkunden sowie den kulturellen und wissenschaftlichen Austausch ankurbeln. Dieses Streben nach ausländischem Kapitalismus, vom Fernsehen nach China übertragen, unterstrich die Bedeutung der Vier Modernisierungen und zeigte den Chinesen eine Glitzerwelt ausländischer Produkte und Lebensweisen.

Gleichzeitig äußerten die Chinesen immer wieder Befürchtungen über die langfristigen Ziele der Sowjets in Südostasien. Das amerikanische Engagement im Vietnamkrieg war 1975 beendet. Die Sowjetunion stieß in dieses Vakuum vor, offensichtlich um ihre Marinestützpunkte in den Häfen Vietnams auszubauen. Die vietnamesische Armee war in Kambodscha eingefallen, wo sich die Streitkräfte der Roten Khmer, unterstützt von den Chinesen, mit ihrer eigenen Auslegung gewaltsam wiedereingeführter maoistischer Rhetorik und Praxis mit Ruhm bedeckten. Um die Vietnamesen zur Räson zu bringen, unternahm die chinesische Armee einen als rasch und kompakt geplanten Überfall auf Vietnams Grenze. Doch er geriet zum verpfuschten und ergebnislosen Feldzug, der, obwohl er in der staatlich kontrollierten Presse vollmundig gerühmt wurde, zu erheblichen Verlusten der chinesischen Armee und zum Rückzug führte.

Als Wei Jingsheng unklugerweise mit ausländischen Journalisten über diese Niederlage diskutierte, wurde er wegen Hochverrats verhaftet. In seinem Verfahren wiederholte Wei mutig seine Ansichten über die Bedeutung demokratischer Werte und die Notwendigkeit offener Debatten über Chinas Belange. Unbeeindruckt verurteilten ihn die Richter zu fünfzehn Jahren Schwerarbeit. Weis Freunde hatten seine Ausführungen heimlich auf Kassettenrecordern, die sie in den Gerichtssaal hinein- und wieder hinausschmuggeln konnten, aufgezeichnet und publik gemacht. Zum gleichen Zeitpunkt wurden die Veröffentlichungen an der »Mauer der Demokratie« restriktiver gehandhabt, und im Frühjahr 1979 durften die Chinesen nirgendwo mehr Wandzeitungen anbringen. Statt dessen machte man eine überwachte Gegend in einem Park zugänglich, wo sich die Veröffentlichung zuvor einer offiziellen Prüfung unterziehen mußte. Die Flut der Meinungsäußerungen ging zurück, die Herausgeber der lautstärkeren Zeitschriften wurden verhaftet oder schikaniert und die meisten Publikationen schließlich eingestellt. Kritische Reportagen waren weiterhin zugelassen, besonders wenn sie als »konstruktive Kritik« auf Gebieten angesehen wurden, auf denen die Regierung selbst Mängel einräumte.

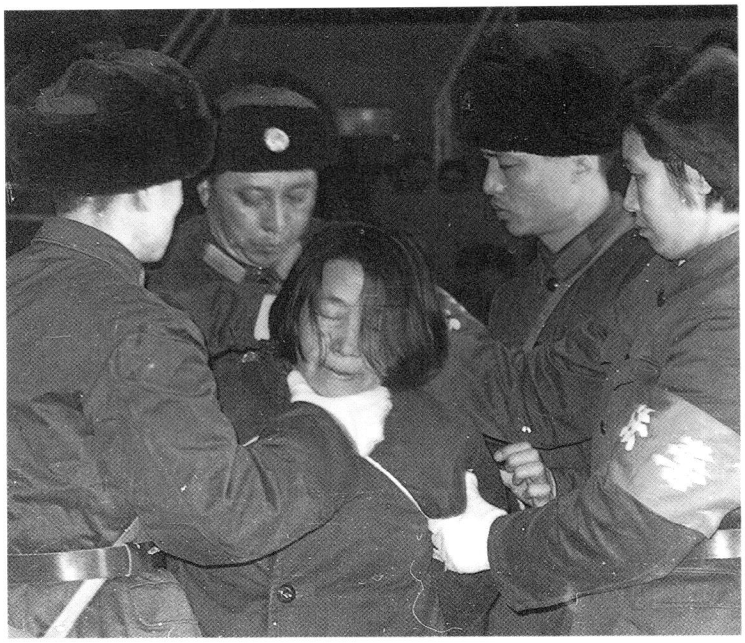

Als Mitte 1979 in der Parteipresse Artikel über einen Fall schwerer Korruption in der mandschurischen Provinz Heilongjiang erschienen, wollte der Pekinger Journalist Liu Binyan, ein mutiger Reporter, selbst recherchieren. Er war ein erfolgreicher Journalist, bis er die Aufforderung Maos während der »Hundert-Blumen«-Bewegung, sich offen zu äußern, zu wörtlich nahm – mit dem Resultat, daß er sich von 1958 bis 1961 der »Besserung durch Arbeit« unterziehen mußte, gefolgt von einer teilweisen Rehabilitierung und erneuter Bestrafung in der Siebenter-Mai-Kaderschule von 1969 bis 1977. Drahtzieherin des Korruptionsfalls in Heilongjiang war das weibliche Parteimitglied Wang Shouxin, die als Geschäftsführerin eines staatlichen Kohlebetriebs arbeitete.

Exekution einer Schieberin: Eine Welle von Korruptionsfällen kam ans Licht der Öffentlichkeit, als unter Deng die Probleme des Landes mittels gründlicher Untersuchungen in Angriff genommen werden sollten. Wang Shouxin, die Geschäftsführerin eines Brennstoffunternehmens in Heilongjiang, wurde nach dreitägigem öffentlichen Gerichtsverfahren im Oktober 1979 zum Tode verurteilt. Ihre Vergehen kamen durch die Recherchen des Journalisten Liu Binyan ans Tageslicht, die er in einem Beitrag unter dem Titel »Menschen oder Monster?« veröffentlichte. Er schrieb, es gäbe »Wang Shouxins aller Schattierungen und Größen, in allen Ecken des Landes ...«
[Fotos: Li Zhensheng]

Während der siebziger Jahre hatte sie ein weitverzweigtes Netz für Schiebereien aufgebaut, durch das dem Staat und der einheimischen Bevölkerung Hunderttausende Dollar entzogen worden waren. Liu beschrieb im August 1979 diese Praktiken schonungslos in einem fünfundsechzig Seiten langen Bericht mit dem Titel »Menschen oder Monster?«. Einen Monat später erschien er in einer Beijinger Zeitschrift. Aber obwohl der Report über Wangs Habgier und Vergehen für die Leser ebenso erschreckend wie unterhaltend war, wies Liu auch darauf hin, daß Wang in einer rauhen Umgebung in schwierigen Zeiten aufgewachsen war und daß die Partei ihren Aufstieg allzu leicht gemacht habe. Denn während die Funktionäre Fleischklöße in sich hineingeschlungen hätten, habe das Volk an Baumrinde genagt oder sei während der Hungersnot zwischen 1959 und 1962 umgekommen. Liu betonte in seiner Erzählung des weiteren, daß nur der Mut anständiger Menschen und ihre Wandzeitungen, mit denen sie ihrem Ärger Luft verschafft hatten, die Sache an die Öffentlichkeit gebracht und den Staat zum Handeln gezwungen hätten.

Kurz nach Lius Veröffentlichung wurde Wang Shouxin zum Tode verurteilt und durch einen Genickschuß exekutiert. Ihre Handlanger erhielten lange Gefängnisstrafen. Das Eindrucksvolle an Lius Bericht war seine Universalität: Jeder in China kannte jemanden wie Wang Shouxin, und jeder dachte an die, die von einer Anklage verschont blieben. Liu mußte sich zwar die Kritik einiger Parteimitglieder gefallen lassen, besonders in Heilongjiang, wo man vermutete, er schriebe hauptsächlich des Geldes wegen, aber er wurde weder Ziel einer Kampagne wie Wu Han noch zum Schweigen gebracht wie Wei Jingsheng. Er behielt als lebendes Gewissen der Partei einen gewissen Freiraum.

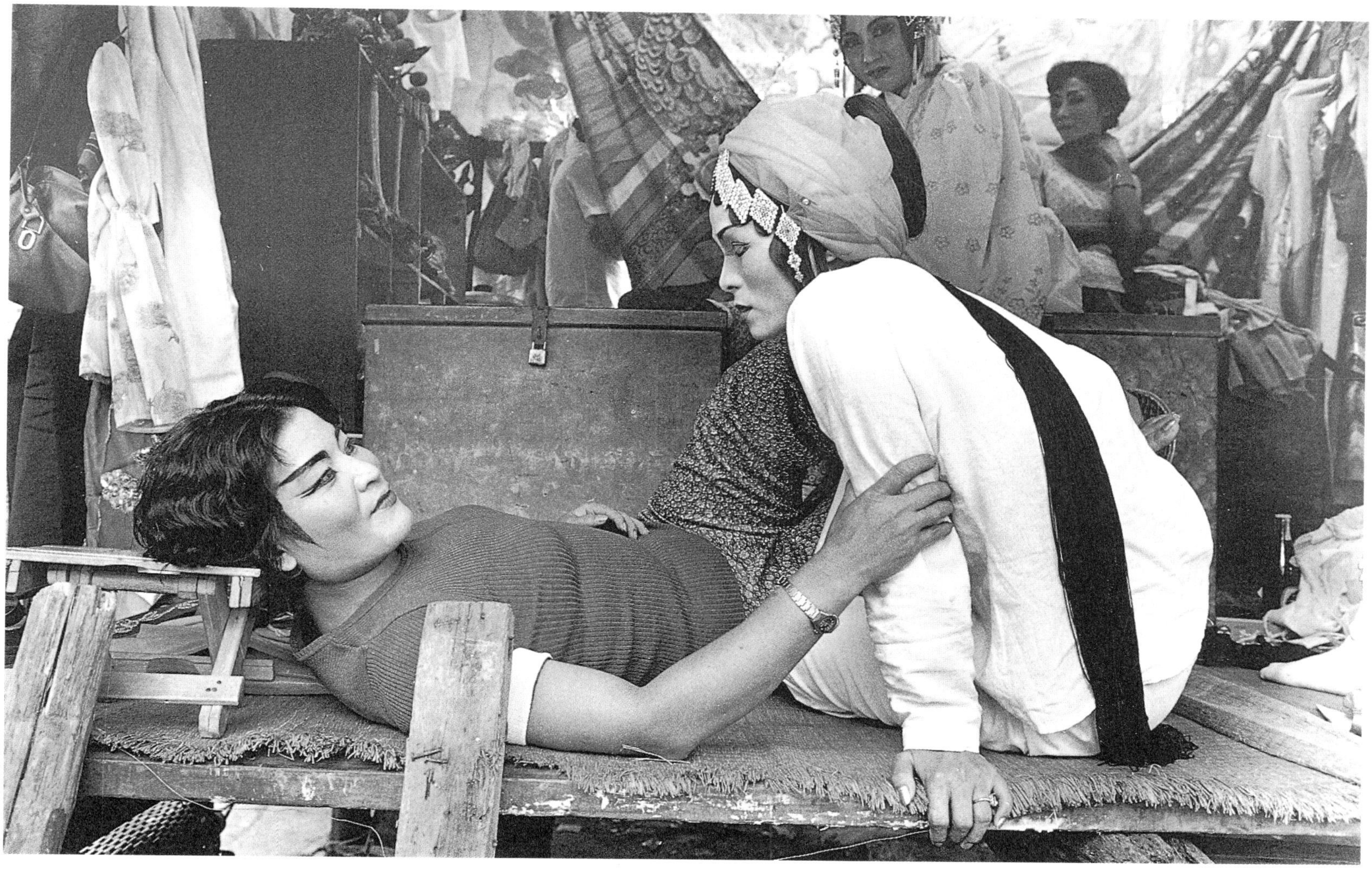

The show goes on: Dynastien mögen verschwinden, Revolution, Bürgerkrieg und Teilung folgen, doch die chinesische Oper begeistert weiterhin Menschen jeden Alters im ganzen Land. Der Rollentausch der Geschlechter war seit jeher populär: Männer spielten Frauen und umgekehrt.

Linke Seite: Der französische Konsul in Yunnan nahm 1905, in den letzten Jahren der Qing-Dynastie, dieses Foto auf, auf dem ein Mann eine Frauenrolle spielt.

Links: Cheng Yan Qiu, auf dem Bild links, war einer der gefeiertsten Schauspieler in den zwanziger und dreißiger Jahren. Obwohl er fast einen Meter achtzig maß, faszinierte er die Zuschauer mit seinen einfühlsamen Frauendarstellungen. Besonders schätzte man an ihm seine Fähigkeit, Emotionen durch die Bewegung seiner wallenden Ärmel auszudrücken. Chen weigerte sich, für die Japaner aufzutreten, und zog sich auf einen Bauernhof zurück. In der Volksrepublik bildete er jedoch eine ganze Generation von Schauspielern aus und stieg zum Vizepräsidenten des chinesischen Instituts für Schauspielforschung auf. Die Operntradition wurde von kommunistischen Ideologen während des Großen Sprungs nach vorn und der Kulturrevolution in die Propagandamühle der Partei eingebaut, entwickelte sich aber in Taiwan weiter.
[Foto: Auguste François]

Oben: Eine als Mann agierende Schauspielerin posiert mit ihrer Kollegin 1976 in Keelung in Taiwan für ein Bühnenfoto.
[Foto: Chang Chao-Tang]

Der Osten trifft auf den Westen. In Taiwan entwickelten sich in den achtziger Jahren durch die Verquickung von traditioneller Oper und westlichem Einfluß neue Formen des Tanzes. Hier führt die taiwanesische Experimentaltanzgruppe Yun-men – Tor der Wolken – ein von Lin Huai-min choreographiertes Stück auf. Lin Huai-min wurde bei Martha Graham in New York ausgebildet. Auf dem Festland vollzog Dengs Regime nach einem kurzen Flirt mit der Toleranz wieder eine Kehrtwendung: Jegliche Form moderner Kunst repräsentiere »bourgeoisen Liberalismus« wenn nicht gar »geistige Umweltverschmutzung«.
[Foto: Liu Chen-Hsing]

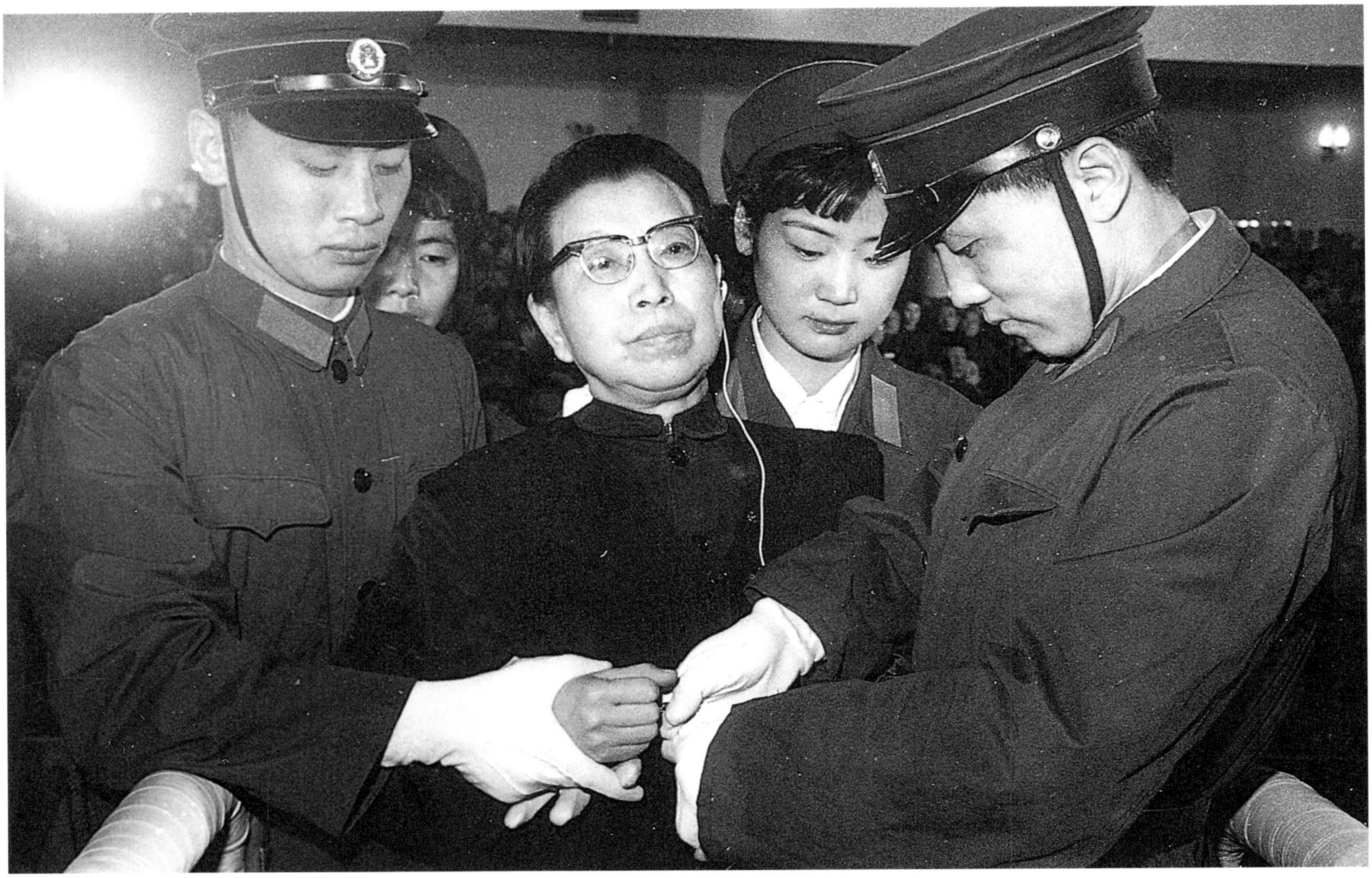

diesen Aspekt etwas in den Hintergrund zu drängen, wurden im November 1980 zehn Menschen vor fünfunddreißig Richter gestellt. Bei fünf der Angeklagten handelte es sich um Führungsoffiziere, die sich 1971 an Lin Biaos »Verschwörung« beteiligt hatten, einer war Chen Boda, Maos früherer Sekretär und Redenschreiber, ein scharfer Befürworter der Kulturrevolution, und die anderen waren die »Viererbande« selbst. Mit absonderlicher Präzision beschuldigte die Anklage die »Viererbande«, 729 511 Menschen verfolgt und weitere 34 800 in den Tod getrieben zu haben.

Auszüge dieser Verhandlung wurden im chinesischen Fernsehen gezeigt und betonten die Uneinsichtigkeit und den Zorn der vier Rädelsführer. Einer schwieg angesichts aller Vorwürfe, doch Maos Frau Jiang Qing schrie ihren Protest heraus und bestand auf ihrer Unschuld. Mao habe hinter all ihren Aktionen gestanden, eine Aussage, welche die Ankläger schwer widerlegen konnten. Für auswärtige Besucher war das Todesurteil für Jiang Qing mit nicht mehr Legalität verbunden als im Fall von Wei Jingsheng. Tod lautete auch das Urteil für den schweigenden Zhang Chunqiao, beiden wurde jedoch eine Bewährungszeit von zwei Jahren eingeräumt, innerhalb derer sie Reue zeigen könnten. Die anderen mußten langjährige Gefängnisstrafen in Kauf nehmen. So endete ein Kapitel der bizarren Geschichte der Kulturrevolution als chaotisches Melodram.

Wenn ermittelt werden konnte, daß 729 511 Menschen in China zu Opfern geworden waren, was besagte das insgesamt über dieses ordentliche Gerichtsverfahren und über die legalen Strukturen der Partei? Und wer vermochte zu sagen, wie viele Millionen Leidensgenossen es gab, die unbekannt und im dunkeln blieben? Die Fragen lasteten schwer über dem Verfahren und konnten auch nach allen Urteilssprüchen nicht beantwortet werden.

Ein Mann, der hartnäckig darüber nachdachte, war der Wissenschaftler Fang Lizhi. Der 1936 geborene Fang repräsentierte eine Zwischengeneration: nicht alt genug, um im kommunistischen Untergrund aktiv gewesen zu sein wie der Journalist Liu Binyan, und nicht jung genug, um niemals das Leben außerhalb Chinas kennengelernt zu haben wie der Dichter Bei Dao. Fang stammte aus einer akademischen Familie, konnte seine Ausbildung trotz der Wirren 1949 fortsetzen und entwickelte sich zu einem herausragenden Wissenschaftler. Wegen seiner Kritik an der Partei während der »Hundert-Blumen«-Bewegung wurde er gezwungen, sich der »Besserung durch Arbeit« zu unterziehen; seine Mitgliedschaft in der Partei wurde gestrichen, ihm aber nach seiner Rehabilitierung wieder zuerkannt. Während seiner »Besserung durch Arbeit« konnte er ein Buch bei sich behalten, eine sowjetische Studie der Kosmologie. Er las es wieder und wieder und war besonders von der *Big-Bang*-Theorie über die Entstehung des Universums angezogen. Kurz darauf entdeckte er, daß diese Annahme, wonach die Genesis des gesamten Kosmos auf einen einzigen Urknall zurückzuführen ist, auch auf die Möglichkeit des Rückzugs der Materie auf dem gleichen Weg in ein Stadium der Formlosigkeit und bis zur völligen Auslöschung hindeutet. Das widersprach der Überzeugung von Engels, daß das langsame und kontinuierliche Wachstum des Sozialismus so

Linke Seite: »Die Umkehrung des Urteilsspruchs«. Diese Parole beschrieb Dengs Versuch Anfang der achtziger Jahre, einige der größten während der Mao-Zeit begangenen Ungerechtigkeiten zu sühnen. Maos Frau Jiang Qing wird vorgeführt, um im Januar 1981 ihr Todesurteil entgegenzunehmen. Die Anklage lautete auf Verfolgung und Tötung von Hunderttausenden während der Kulturrevolution. Sie wurde mit den anderen Mitgliedern der »Viererbande« im Oktober 1976, einen Monat nach Maos Tod, verhaftet. Das Urteil setzte Jiang Qing eine zweijährige Frist, innerhalb derer sie Reue zeigen müsse, um zu einer lebenslänglichen Haft begnadigt zu werden. Statt dessen erklärte sie, es wäre ehrenvoller, ihr würde der Kopf abgeschlagen. Dem Gericht rief sie zu: »Verurteilt mich zum Tode vor einer Million Menschen auf dem Tiananmen-Platz!«
Obwohl sie uneinsichtig blieb, in Isolationshaft kam und später unter Hausarrest gestellt wurde, ist die Todesstrafe nicht vollzogen worden. 1993 hieß es, sie habe Selbstmord begangen.

Rechts: Mit den anderen Mitgliedern der »Viererbande« wurde auch Yao Wen Yao angeklagt, eine Verschwörung gegen die Parteiführung angezettelt, über vierunddreißigtausend Menschen gefoltert sowie einen bewaffneten Aufstand und einen Mordversuch an Mao geplant zu haben. Das Urteil für ihn lautete zwanzig Jahre Gefängnis.

unvermeidlich, machtvoll und auch irreversibel sei wie der Verlauf der Geschichte der Galaxis. Während der Kulturrevolution geriet Fang nochmals aufgrund seiner rückwärtsgewandten Einstellung in Bedrängnis, blieb jedoch standhaft und startete Mitte der siebziger Jahre wieder eine erfolgreiche akademische Karriere, die ihn bis zum Posten des Vizepräsidenten der Technischen Universität Hefai in der Provinz Anhui, eines der führenden naturwissenschaftlichen Forschungszentren Chinas, aufsteigen ließ.

Durch einen Forschungsaufenthalt in England im Jahr 1979 angeregt, begann Fang seine Theorien zu konkretisieren. Er griff Ideen auf, die in der Zeit des »Vierten Mai« vorherrschend gewesen waren, und betrachtete Demokratie und Naturwissenschaft als eng miteinander verwoben: Wissenschaftliche Forschung bedeutete eine Suche nach der Wahrheit mit gebührendem Respekt vor Beweisen. Ein Wissenschaftler könne seine Forschungsergebnisse nicht ignorieren, nur weil es so aussah, als liefen sie in eine unerwünschte Richtung. Die großen Naturwissenschaftler des Westens hatten die Wahrheit als unangreifbar angesehen und sich staatlichen Versuchen widersetzt, die Resultate ihrer Arbeit zurechtzubiegen. Als Fang den Weihnachtsliedern in der – anglikanischen – Kings College Chapel in Cambridge lauschte, wurde ihm

Ideal und Realität. Unter dem Bild mit einem schmeichelhaft großen Zhou Enlai, der bei der Besichtigung einer neuen, prachtvollen U-Bahn-Station von Bewunderern umgeben ist, warten im Jahr 1985 Fahrgäste im schmuddeligen Hauptbahnhof Pekings. Man hatte gehofft, die kapitalistischen Formen, die während Dengs radikalem Wirtschaftsprogramm eingeführt wurden, dadurch unter Kontrolle zu halten, daß man auf der führenden Rolle der Partei beharrte und sich von einer Art modifizierter Mao-Zedong-Ideologie leiten ließ. Den Geist dieser politischen Direktive sollte das Bild ausdrücken.
[Foto: Koen Wessing]

bewußt, daß die Europäer, die sich während des Mittelalters in den Fesseln der katholischen Kirche gefangen sahen, offensichtlich den Mut aufgebracht hatten, sie abzustreifen, und daß die Chinesen genauso aus dem langen Schatten Maos heraustreten könnten. Was China brauchte, waren Spontaneität, Originalität, Kreativität und eine Rückkehr des Forschergeists.

Solche Überlegungen hätten, von einem Privatmann ausgesprochen, wenig oder keine Resonanz erzielt. Aber zu Lasten der Partei mit großem Witz, rhetorischer Kraft und bitterem Sarkasmus vom Vizepräsidenten der angesehensten Universität Chinas vorgetragen, zeigten sie enorme Auswirkungen. Während zahlreicher Gespräche in anderen Universitäten verbreitete Fang seine Botschaft von der Notwendigkeit demokratischer und wissenschaftlicher Opposition gegenüber einer verknöcherten Partei. Mitte der achtziger Jahre ermunterte Fang seine Studenten, die Wahlen auf lokaler Ebene, die bisher wegen der vom Staat vorgeschlagenen Kandidaten als reine Formalität galten, ernst zu nehmen. Einige Gemeinden hatten jedoch darauf bestanden, ihre eigenen Kandidaten zu nominieren und zu wählen, obwohl sie im Falle ihrer Wahl von der Partei nicht zugelassen wurden. 1986 stellten Fang und seine Studenten in Hefei ihre eigenen Kandidaten auf und veranstalteten eine große Demonstration, als die Partei keine fairen Wahlen zulassen wollte. Die Nachricht von dieser Kundgebung verbreitete sich in anderen Städten, von denen Wuhan und Shanghai als industrielle Zentren, die während der früheren Phasen der Revolution eine bedeutende Rolle gespielt hatten, die wichtigsten waren.

Einige Parteigrößen in Beijing empfanden das als eine ernsthafte Bedrohung, und so schlugen sie Anfang 1987 zu. Nicht damit zufrieden, Fang Lizhi von den Verwaltungsposten der Universität abzulösen und ihn aufzufordern, seine Energie auf die wissenschaftliche Forschung zu konzentrieren, beschloß das Politbüro, Hu Yaobang, den Deng Xiaoping persönlich zum Generalsekretär der Kommunistischen Partei ernannt hatte, zum Sündenbock zu machen. Seit er als gerade vierzehnjähriges Parteimitglied während der Zeit des Jiangxi-Sowjets seine Karriere begann, avancierte er unter Mao zu einer beliebten und immer auch kontroversen Persönlichkeit, die für ihren Witz und Esprit bekannt war und sich bei der Organisation der chinesischen Jugendkorps ausgezeichnet hatte. Nach einigen Sitzungen wurde Hu Yaobang abgesetzt mit der Begründung, »Fehler in prinzipiellen politischen Fragen« begangen zu haben.

Hu Yaobangs Entlassung entbehrte nicht einer gewissen Ironie, denn er war einer der ersten Parteiführer, welche die neuen experimentellen Trends in Literatur, den Künsten und im Film Mitte der achtziger Jahre als »bourgeoise Liberalisierung« bezeichnet hatten. Doch das in diesen studentischen Aktionen verborgene Risiko schien den greisen Führern eine profundere Gefährdung anzukündigen, die sie später als »geistige Umweltverschmutzung« bezeichneten. Die meisten dieser Funktionäre hatten die Erniedrigungen und die Schrecken der Kulturrevolution am eigenen Leib erfahren. Für sie war der Grat zwischen Lebendigkeit und Chaos äußerst schmal – ein Grat, den China nicht noch einmal überschreiten sollte. Mit einer überraschenden Geste all denen gegenüber, die der Meinung waren, Lin Biao hätte ein für allemal seinen ewigen Frieden gefunden, erweckten sie das Beispiel Lei Fengs wieder zum Leben, eines Lastwagenfahrers der Volksbefreiungsarmee, der sich für das Weiterbestehen der Revolution geopfert hatte. In ganz China wurden die Schüler und Lehrer aufgefordert, Lei Feng erneut zu studieren. Es hatte den Anschein, als wollten die Führer Chinas das Land wieder einmal in eine frühe Periode revolutionären Eifers zurückstoßen.

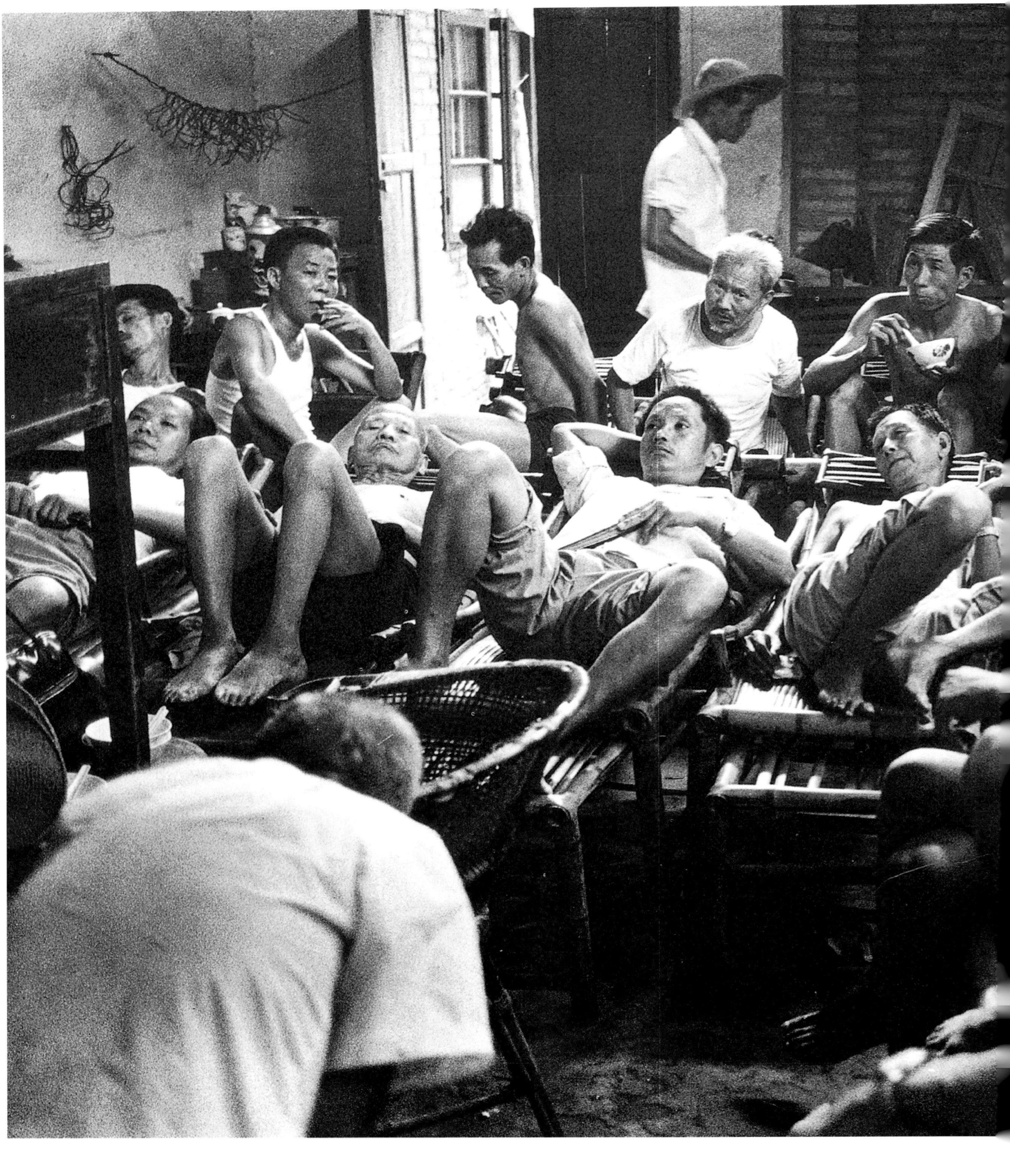

Männer entspannen sich auf Liegestühlen in einem öffentlichen Badehaus. Sie essen eine Kleinigkeit, rauchen und hören einem Geschichtenerzähler zu. Der ökonomische Wandel und die Loslösung vom Kollektivismus in Landwirtschaft und Industrie eröffneten einerseits die Möglichkeit, selbständig initiativ zu werden und einen bescheidenen Wohlstand zu erlangen, brachten aber gleichzeitig Instabilität und den Verlust sicherer Arbeitsplätze für Millionen von Chinesen. Politische Treffen sowie Kritik- und Selbstkritiksitzungen, die einen erheblichen Teil der Freizeit der Menschen beansprucht hatten, waren nun nicht mehr so dominant. Es gab mehr Muße, um allerlei Zerstreuungen zu genießen.
[Foto: Koen Wessing]

Mönche und Polizisten. In Tibet kam es 1988 erneut zu Demonstrationen gegen die chinesische Vorherrschaft. Sie wurden gewaltsam unterdrückt. Obwohl viele Tempel und Klöster während der Kulturrevolution zerstört worden waren, hatten die Chinesen nicht alle buddhistischen Zeremonien verboten. Hier wird im Januar 1995 im Kloster Gandem wie in alten Zeiten, jedoch unter den wachsamen Augen chinesischer Polizisten, das Fest des heiligen Tsong Khapa begangen.
[Foto: Kadir van Lohuizen]

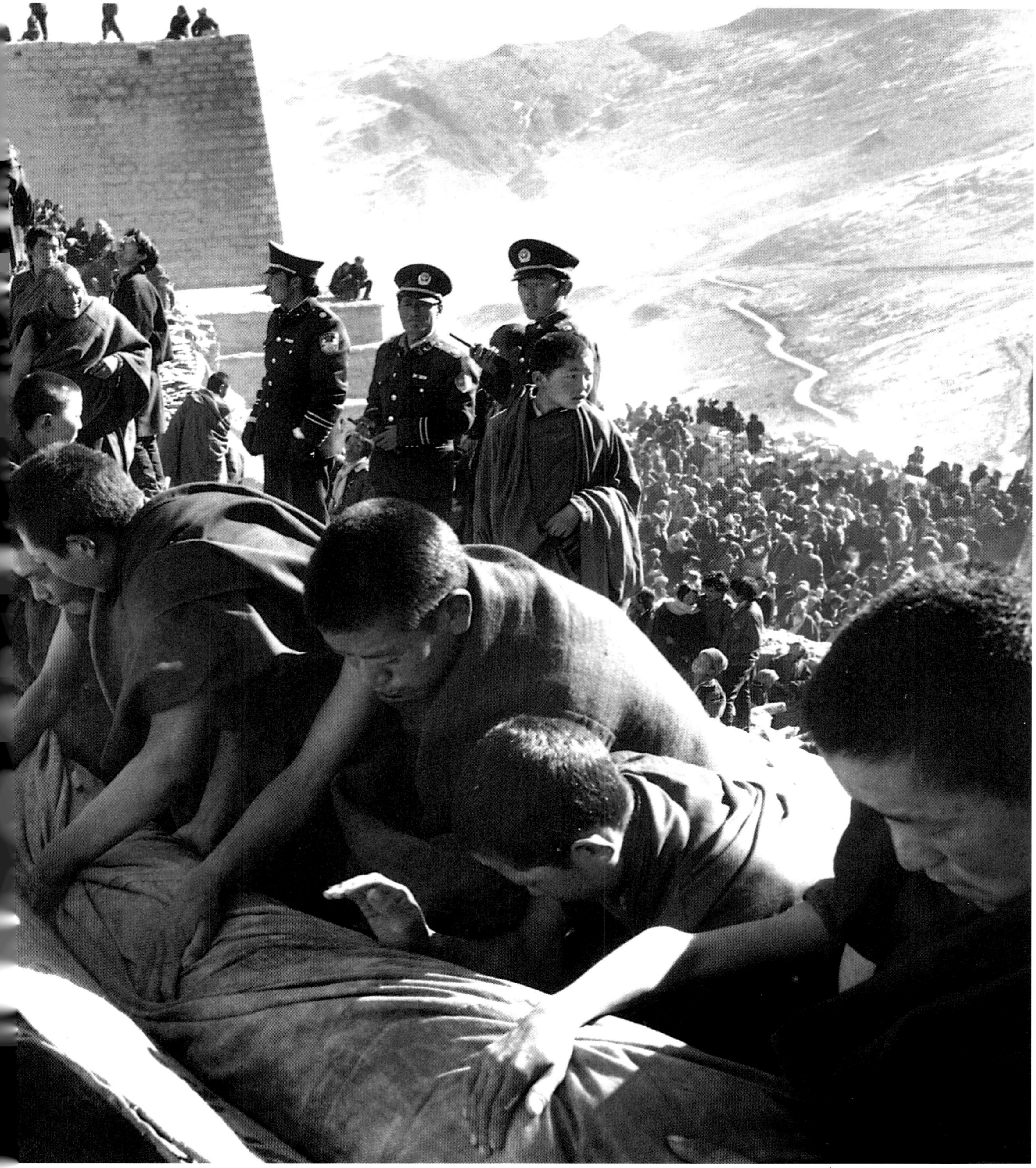

S L A N D
Amur
HEILONGJIANG
Qiqihar
Mandschurei
Harbin
MONGOLEI
Jilin
Changchun
JILIN
Wladiwostok
Shenyang (Mukden)
Fuxin
Fushun
Baotou
Hohhot
Datong
Zhangjiakou
Anshan
LIAONING
Dandong
Beijing (Peking)
Tangshan
HEBEI
Tianjin
Lüshun (Port Arthur)
P'yong-yang
NORD-KOREA
Japanisches Meer
(Hwangho)
Shijiazhuang
Taiyuan
HANXI
Jinan
Weifang
Seoul
Inchon
SÜD-KOREA
SHANDONG
Gelber Fluß
Qingdao
Tokyo
Pusan
JAPAN
Zhengzhou
Kaifeng
Xuzhou
HENAN
JIANGSU
Nanyang
ANHUI
Hwaila (Huai)
HUBEI
Hefei
Nanjing (Nanking)
Yichang
Shanghai
Wuhan
Hangzhou
Staatsgrenzen
Jingdezhen
Nanchang
ZHEJIANG
UNAN
Changsha
JIANGXI
Provinzgrenzen
Wenzhou
Ostchinesisches Meer
Ganzhou
FUJIAN
Fuzhou
Eisenbahn
Xiamen (Amoy)
Taipeh
GUANGDONG
Chinesische Mauer
Guangzhou (Kanton)
Shantou
Tainan
TAIWAN
600 km
Hongkong
Macao
600 Meilen
Land über 100 m
Südchinesisches Meer

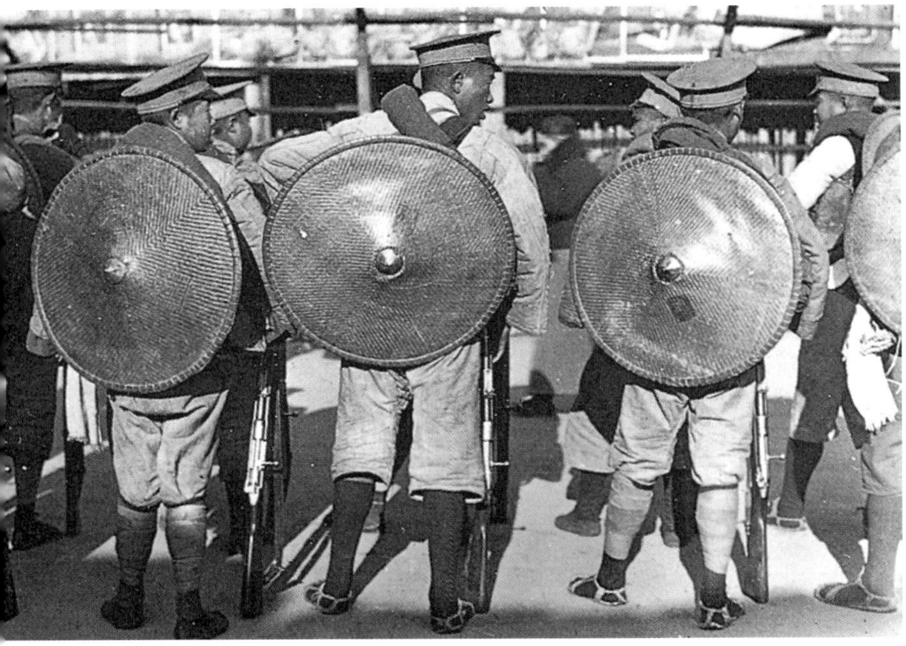

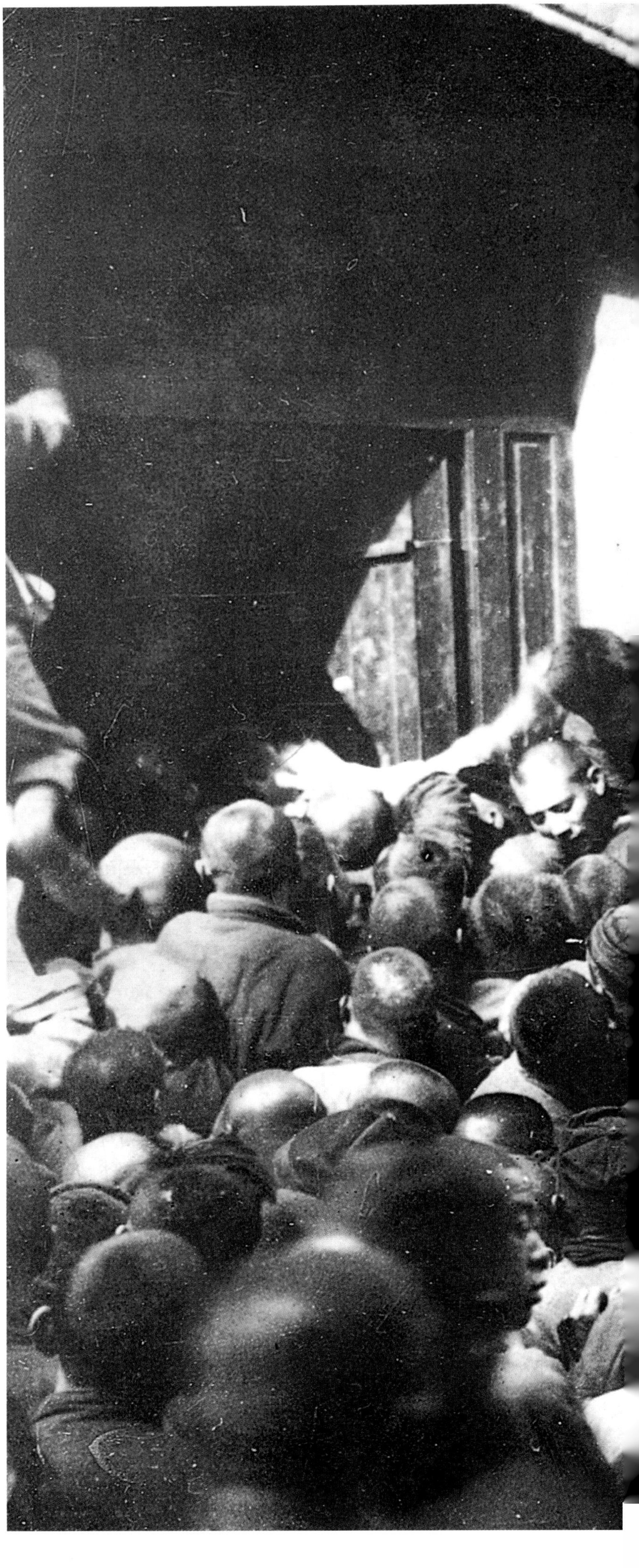

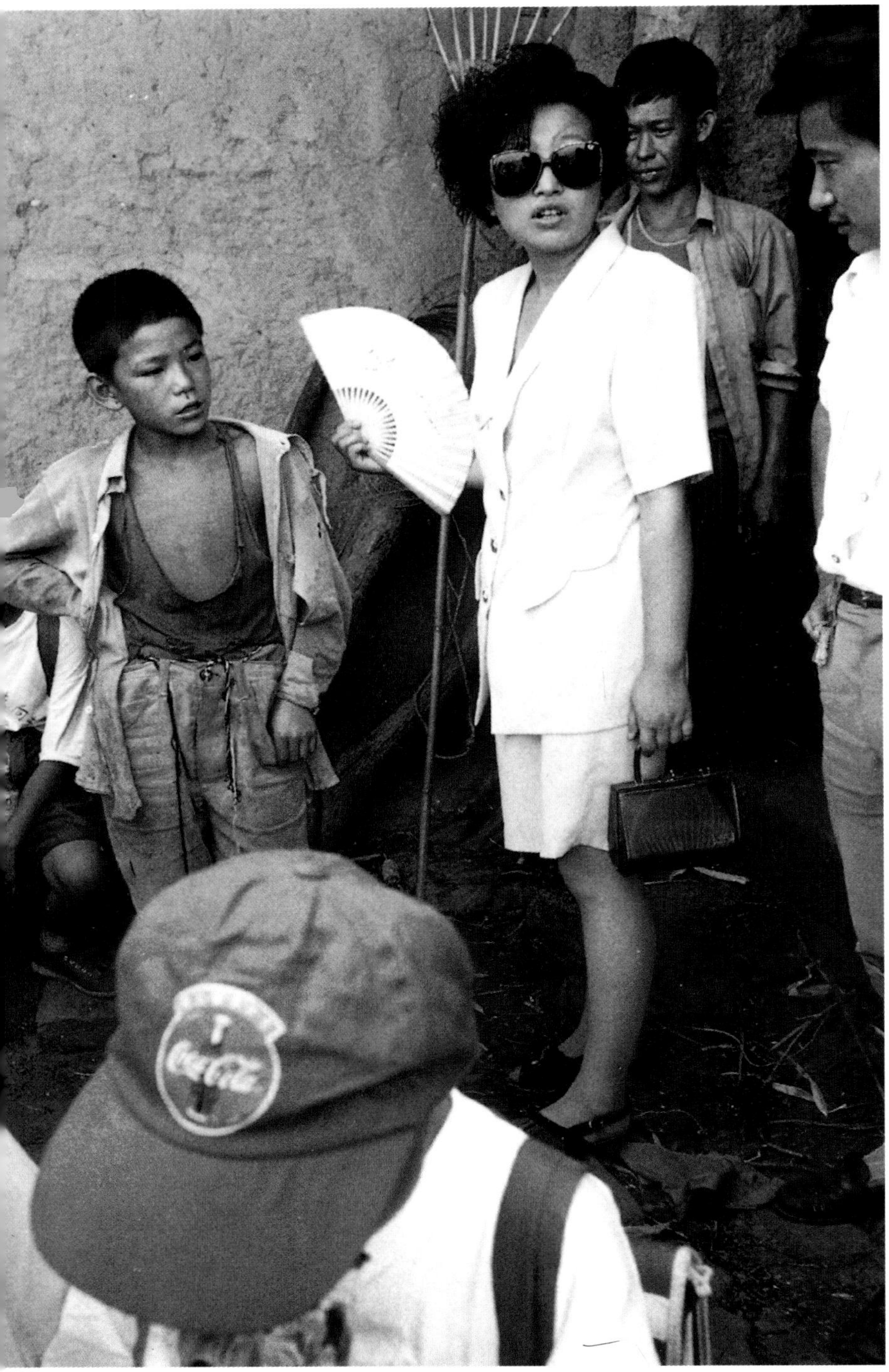

Oben: Cola und Kapitalismus. Eine sich Luft zufächelnde kommunistische Funktionärin stellt im Jahr 1993 einen Jungen aus einem Dorf in Sichuan (auf dem Foto links) als Gewinner eines von Coca-Cola finanzierten dreitägigen Aufenthalts in Shanghai vor. In den neunziger Jahren fanden immer mehr Wohltätigkeitsveranstaltungen zugunsten der »unterprivilegierten Armen« statt, die manchmal gemeinsam von Regierungsinitiativen wie dem »Projekt Hoffnung« und ausländischen Sponsoren durchgeführt wurden. Der Junge machte zwar die Reise, aber sein Glück verursachte so viel Neid in seinem Heimatdorf und Ärger in der Familie, daß er daraufhin nach Shanghai durchbrannte und ein zweites Mal zurückgebracht werden mußte.
Rechte Seite: Als Anfang der neunziger Jahre die Börse eröffnet und Lotterien eingeführt wurden, brach in Shanghai das Spekulations- und Wettfieber aus. Die Kurse aller neuen Aktien schnellten nach oben. Unter denen, die das Nachsehen hatten, brachen Unruhen aus. Skrupellose Finanzhaie häuften schon bald riesige Summen an, die sie vertrauensseligen Menschen mit fadenscheinigen Versprechen aus der Tasche gezogen hatten. [Foto: Yong He]

Fackel hochhielt – alsbald als »Freiheitsgöttin« tituliert –, zum Symbol der Bewegung wurde und die Begeisterung neu entfachte. Im Wechsel von mörderischer Hitze und heftigen Regenschauern, angesichts der zunehmenden sanitären Probleme und des nachlassenden Enthusiasmus wäre die Bewegung wahrscheinlich irgendwann im Sande verlaufen. Die Armee und die Parteiführung wollten aber nicht länger warten.

Spät in der Nacht des 3. Juni stürmten kampferprobte Soldaten, die durch Luftschutztunnel an den Ecken des Platzes geschleust worden waren, den Tiananmen. Sie erhielten Unterstützung von weiteren Einheiten, Panzern und Kettenfahrzeugen, die sich durch die äußeren Barrieren walzten, willkürlich schossen und jeden niedermachten, der ihnen in den Weg kam. Zwischen Tagesanbruch und dem Mittag des 4. Juni war der Platz von Demonstranten geräumt. Viele hundert, möglicherweise tausend Zivilisten hatten ihr Leben verloren. Eine vollständige Nachrichtensperre, der Einzug sämtlicher Krankenhausunterlagen, ein Trauerverbot für alle betroffenen Familien, die Abriegelung des Platzes und die Verbrennung oder Beseitigung sämtlicher Leichname machten es unmöglich, genaue Zahlen zu erfahren. Unendlich viel mehr Menschen starben im Bürgerkrieg, während der Landreform oder der Kulturrevolution, aber diese Morde waren ganz besonders überflüssig und tragisch.

Die Vergeltungsmaßnahmen der Regierung erfolgten gründlich und schnell. Deng Xiaoping und weitere Spitzenfunktionäre trafen mit den Offizieren und Mannschaften zusammen, welche die Demonstrationen beendet hatten, und rühmten sie als Helden und Retter des Volkes. Studenten und Arbeiter und deren prominenteste Unterstützer wurden festgenommen und eingesperrt. Steckbriefe mit den Fotos der meistgesuchten Flüchtlinge wurden im ganzen Land ausgehängt. Eine unablässige Folge von Regierungserklärungen brandmarkte die Demonstranten als dumm und rücksichtslos, als Verräter an Sozialismus und Staat sowie als Werkzeuge ausländischer Manipulatoren. Bei Sympathiekundgebungen in vielen anderen großen Städten Chinas, von Mukden bis Shanghai, von Wuhan bis Lanzhou und Chengdu, waren, wenn überhaupt, nur wenige ausländische Kamerateams und Beobachter dabei, und so konnten die Provinzregierungen das Ausmaß der Proteste verheimlichen und sie schließlich vollständig unterdrücken. Der Bürgermeister von Shanghai, ein Ingenieur und eher blasser Karrierebürokrat der Partei namens Jiang Zemin, wurde für sein rasches Eingreifen mit der Beförderung in das Ständige Komitee des Politbüros und dem Posten des Generalsekretärs der Partei belohnt. Die massivsten Protestkundgebungen außerhalb Chinas fanden in Hongkong statt, doch lösten sie sich ohne Zwischenfälle auf. Manche Proteste im Ausland waren zwar lautstark und eindringlich, aber keine Regierung konnte sich zu ökonomischen oder diplomatischen Sanktionen durchringen. Chinas Führer hatten ihr Spiel gewonnen.

Die chinesische Regierung hatte zutreffenderweise damit gerechnet, daß die wirtschaftlichen Errungenschaften der vergangenen Jahre den meisten Chinesen wichtiger waren als völlig unbekannte und nie erfahrene demokratische Verhältnisse. In den sechs Jahren nach Tiananmen, während denen die Studenten Chinas in wöchentlichen Sitzungen die Interpretationen der Regierung über das Geschehen eingebleut bekamen und den mahnenden Vorlesungen über den Marxismus-Leninismus-Maoismus lauschten, blieb die Aufmerksamkeit des ganzen Landes auf das wirtschaftliche Wachstum gerichtet.

Während die Steigerungsrate des Bruttosozialprodukts erstaunliche dreizehn Prozent pro Jahr verzeichnete und der Außenhandelsüberschuß gegenüber den Vereinigten Staaten sich auf dreißig Milliarden Dollar belief, lag das Hauptproblem der chinesischen Führung darin, die Inflation zu dämpfen sowie das Investitionsvolumen und den Kapitalfluß zu kontrollieren. Über diese Fragen und darüber, wie sich das Wachstumsniveau halten ließ, wurde in der Parteiführung offen gestritten. Trotz seines hohen Alters von achtundachtzig Jahren unternahm Deng Xiaoping 1992 einen öffentlichkeitswirksamen Besuch in den neuen und rapide wachsenden Wirtschaftssonderzonen im Süden Chinas. Dabei betonte er, daß ein solcher Wandel gut und einem lebensfähigen »Sozialismus chinesischer Prägung« förderlich sein würde. Es war jedoch offensichtlich, daß er seine Linie nicht vollständig durchsetzen konnte. Die Phase kollektivierter Landwirtschaft in China war Geschichte, aber viele der riesigen und ineffizienten staatlichen Industrieunternehmen litten unter einem administrativen Wasserkopf, häufig unnützen Produkten und einer aufgeblähten, ineffizienten Belegschaft, weil das Risiko, einfach große Mengen an Arbeitern zu entlassen, als zu gefährlich erachtet wurde.

Da das Budget und die Truppenstärke der Volksbefreiungsarmee in den achtziger Jahren beschnitten wurden, sollte sie nun durch Waffenexporte für sich selbst sorgen, was ihr auch erfolgreich gelang: Allein an den Irak und den Iran wurden Raketen und Ausrüstung im Gesamtwert von rund einer Milliarde Dollar verkauft. Offiziere erhielten nach ihrer Entlassung häufig einträgliche Posten in der staatlichen Industrie. Die Streitkräfte durften in eine Vielzahl an Projekten investieren – von Hotels, Ferienanlagen und Nightclubs bis zu Industrieanlagen –, wodurch unglaubliche Summen in ihre Kassen flossen.

Solche wirtschaftlichen Experimente und Erfolge konnten jedoch nicht darüber hinwegtäuschen, daß viele der traditionellen Probleme noch nicht ausgeräumt waren. 1991 ließ die Provinzialregierung von Anhui Löcher in die Deiche der Flüsse Huai und Chu sprengen, wodurch Tausende Dörfer überflutet, neunhunderttausend Menschen obdachlos und weitere drei Millionen abgeschnitten wurden. Die Kohlenminen der Region, die Kraftwerke und die Städte flußabwärts sowie die weniger gut zu kontrollierende und gefährdete städtische Bevölkerung sollten vor einer Überflutung bewahrt werden. Ein Regierungssprecher beschrieb diese Aktion mit einer Metapher aus dem chinesischen Schachspiel: den Bauern opfern, um den Wagen zu retten. Das exponentielle Wachstum von Städten wie Shanghai, kommunal oder von ausländischen Immobiliengesellschaften finanziert, brachte unterschiedliche, doch stets hartnäckige soziale Schwierigkeiten mit sich. Die Stadtverwaltung von Shanghai schätzte die Zahl der Arbeitsmigranten innerhalb Chinas auf hundert Millionen, von denen sich allein auf dem Raum Shanghai zwei Millionen konzentrierten – darunter auch Flüchtlinge der Überflutung von Anhui. Die Zahl stieg 1994 weiter an und führte zu einem rasanten Anstieg von Gewalt und Kriminalität in der Stadt, die zu sechzig Prozent den Wanderarbeitern angelastet wurden. Wohnungsmarkt und Verkehr

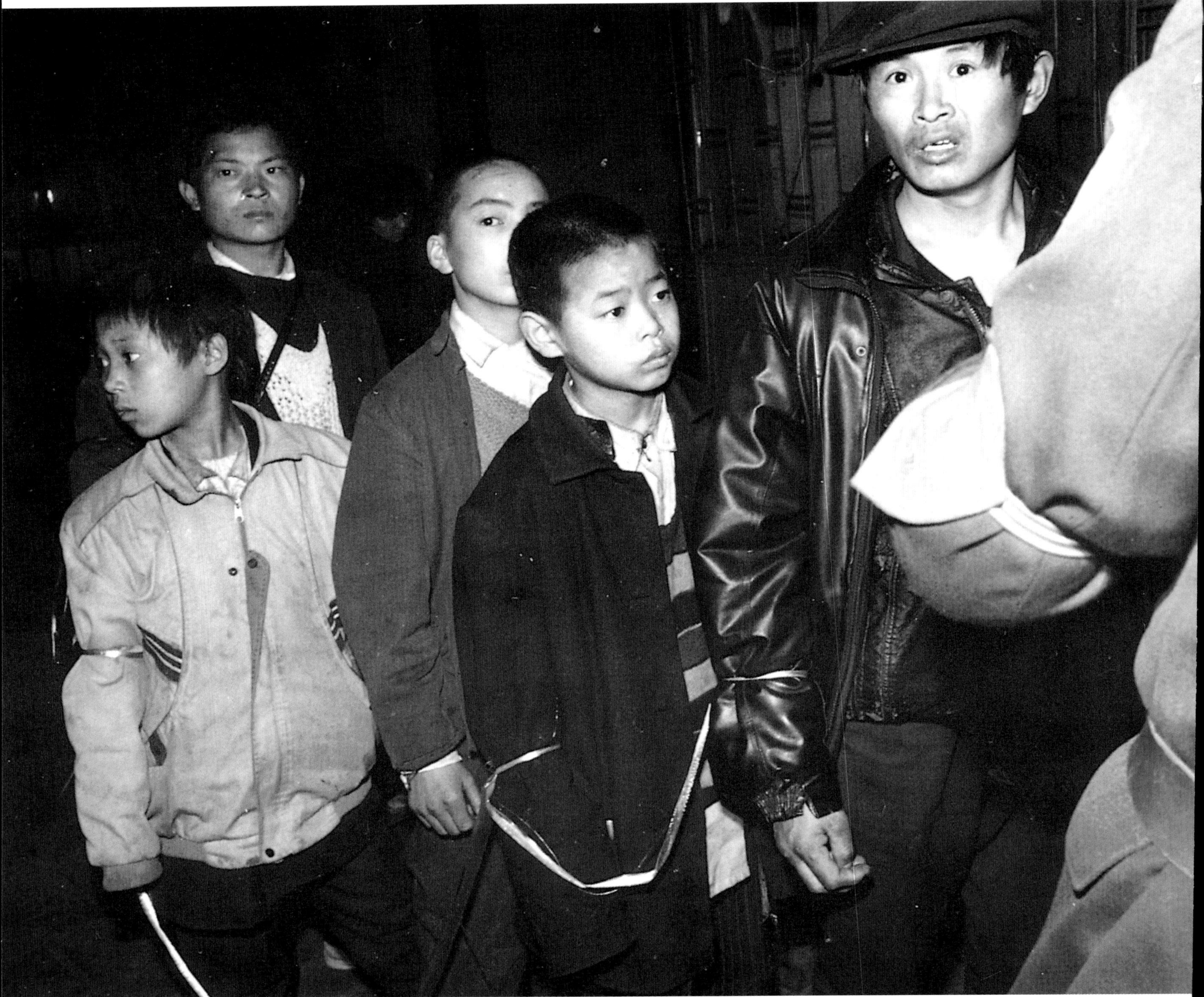

Oben: Verlockungen der Stadt. Der zwölf Jahre alte Chen Long mit der dunklen Jacke in der Bildmitte wartet auf seinen Abtransport aus Shanghai in das rund zweieinhalbtausend Kilometer entfernte Heilongjiang. Ihm war es gelungen, von seinem Heimatdorf im Norden nach Shanghai zu trampen und sich duchzubetteln. Seine Mutter hatte nach der Scheidung einen anderen Mann geheiratet und ihn verstoßen. Die Polizei führte ständig Razzien durch, um Neuankömmlinge zu erwischen und nach Hause zu schicken.
Rechts unten: Chen kehrt mit leeren Händen zurück, anderen gelingt es, einen Teil ihrer Habseligkeiten zu retten.
Rechts oben: Mit manchen ging die Polizei nicht sehr zimperlich um, und sie mußten mit hohen Gefängnisstrafen rechnen, wie der junge Migrant, den man verdächtigte, ein Fahrrad entwendet zu haben. Die meisten lernten schon früh, nicht die Einhei-

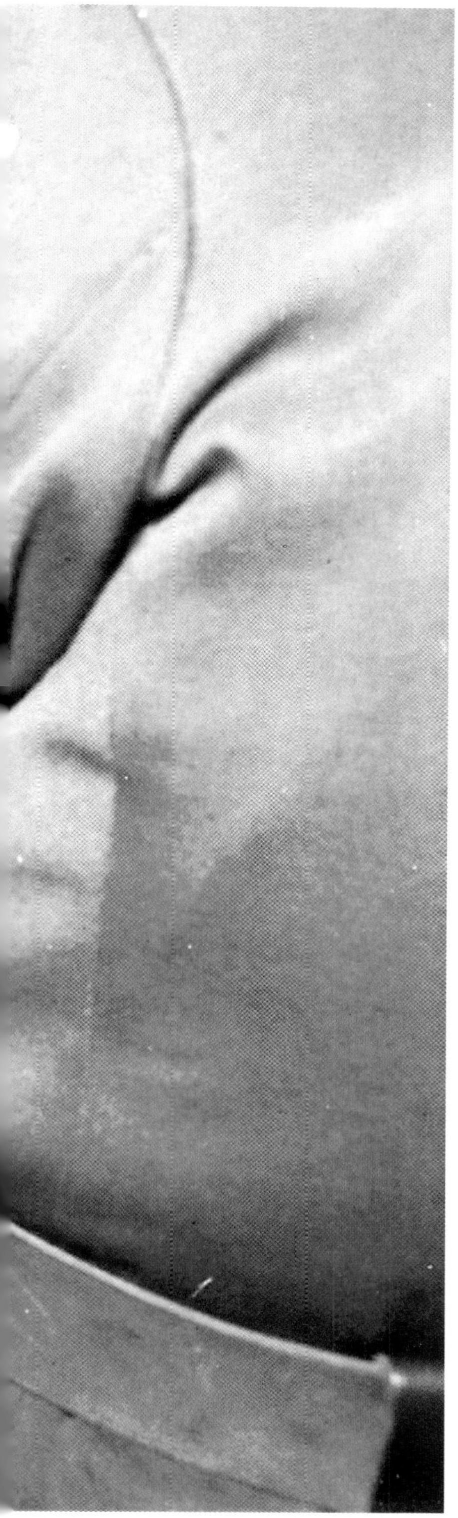

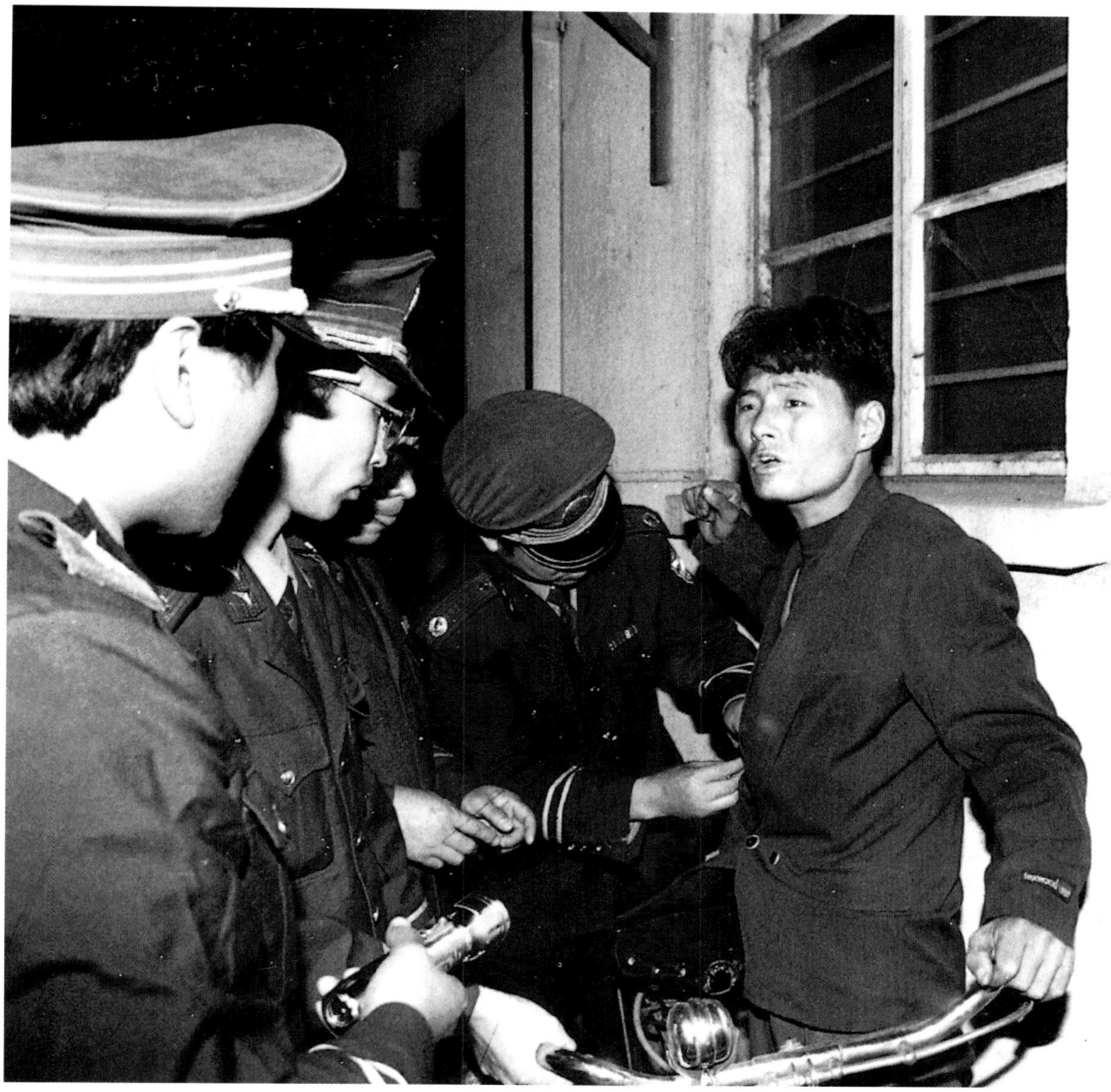

mischen zu bestehlen. Statt dessen beraubten sie sich gegenseitig. Angst und Mißtrauen breiteten sich dadurch unter dieser großen, umherziehenden Bevölkerungsgruppe aus. Im Jahr 1992 schätzten die Behörden, daß mehr als hundert Millionen Menschen auf der Suche nach Arbeit durch das Land wanderten. Auf den Städten lastete dadurch ein ungeheurer Druck.
[Fotos: Yong He]

China im Wettkampf. Sport bietet trotz strenger Trainingsmethoden einen angenehmen Ausgleich zu den wirtschaftlichen und politischen Zwängen. Seit Ende der achtziger Jahre verzeichnen Chinas Athleten auch auf internationaler Ebene bemerkenswerte Erfolge.
Linke Seite: Das überragende Können chinesischer Tischtennisspieler war 1971 Ausgangspunkt der »Pingpong-Diplomatie«, durch die sich der Bambusvorhang zwischen China und den Vereinigten Staaten erstmals öffnete. [Foto: Bruno Barbey]
Links: Seit Anfang der neunziger Jahre werden immer jüngere Kinder für internationale Turnwettkämpfe gedrillt. [Foto: Tom Stoddart]
Unten: In Taiwan entwickelte sich dank des starken Einflusses der Vereinigten Staaten Baseball zu einer der beliebtesten Schulsportarten. Die Mädchen und Jungen taiwanesischer Teams belegten bei internationalen Wettkämpfen regelmäßig Spitzenplätze. [Foto: Raymond J. Yang]

Oben: Alltagsleben. Eine Wohnung zu finden, war auch weiterhin schwer. Viele Paare machten das Beste aus der Lage und teilten die Küche mit anderen. Auch in einer Hütte wie dieser, einem typischen Hutong in Beijing, kann sich eine Familie gemütlich einrichten.

Rechts: Ältere Leute fanden ihren Frieden im nahezu unveränderten Leben auf dem Wasser: auf Booten, wie sie schon zur Zeit der Qing-Dynastie die Flüsse befuhren.
[Fotos: Xu Yong]

Rechte Seite: Es gab natürlich auch das aktuelle Bild des unabhängigen, modernen Paares mit einem Kind, das elegant gekleidet in die urbane Glitzerwelt schreitet – hier handelt es sich um die Luxuseinkaufsmeile Huaihai lu in Shanghai 1995.
[Foto: Co de Kruijf]

waren hoffnungslos überfordert, die Quote der unerwünschten Schwangerschaften erhöhte sich, und die gesundheitliche Situation in den »Stammesdörfern« erreichte einen kritischen Punkt.

Die bürokratische Antwort auf solche Probleme bestand in der Forderung nach noch mehr Wachstum. 1995 entwickelte die Stadt Shanghai zusammen mit der Berliner AEG-Schienenfahrzeugbau ein superschnelles U-Bahn-System, um Arbeitsplätze zu schaffen und das Verkehrschaos zu entwirren. Um die jährlichen Überschwemmungskatastrophen in den Griff zu bekommen, wurde Chinas umfangreichstes staatliches Industrieprojekt, der Bau des weltweit größten Staudamms bei den Drei Schluchten am Mittellauf des Yangtze, von Premierminister Li Peng 1994 gegen den seit vierzig Jahren andauernden Widerstand verschiedener Planer und Berater im Volkskongreß durchgesetzt. Nur wenige Monate später verabschiedete man ein weiteres staatliches Bauvorhaben, mittels dem ungeheure Wassermengen über Aquädukte und durch Pipelines vom Huai in die wasserarmen Regionen des Nordens gepumpt werden sollen.

Der Kampf der Regierung, Wirtschaft und Bevölkerung unter Kontrolle zu halten, machte deutlich, daß die Führung nicht in der Lage war, das in der Vergangenheit erfolgreiche Überwachungsniveau beizubehalten. Doch fand sie keine adäquate Lösung, wie Verantwortung zu delegieren wäre oder welche Maßnahmen für die soziale Kontrolle angewandt werden sollten. Die Phrasen des Maoismus wurden immer noch breitgetreten, und jeder Funktionär von Deng Xiaoping an abwärts betonte, daß sich an den grundlegenden politischen Vorgaben nichts geändert habe. Ab dem Jahr 1995 griffen die Probleme, mit denen sich China zu befassen hatte, auf Bereiche über, die nach Erfindungskraft und einer Zukunftsplanung in umfassendem Rahmen riefen. Wenn dezentralisierte, demokratische Lösungswege vermieden werden sollten, hätte eine geeignete Form zentraler Steuerung gefunden werden müssen. Die Anzahl der Parteiangehörigen war Ende der achtziger Jahre auf fünfundvierzig Millionen angestiegen, doch seit Anfang der neunziger Jahre bemühten sich viele ambitionierte und gutausgebildete junge Chinesen nicht mehr um einen Mitgliederausweis, so daß die Aussichten der Partei entweder in einer Überalterung oder in einem allmählichen Absinken ihres Bildungsniveaus bestehen.

Die Umweltfragen, mit denen die nächste Generation von Führungskräften konfrontiert sein wird – um wen auch immer es sich handelt –, erscheinen nahezu unlösbar. Eines dieser Probleme beruht auf dem rapiden Absinken des Grundwasserspiegels in ganz Nordchina: Der Wasserverbrauch in Landwirtschaft und Städten übersteigt seit langem die jährlichen Niederschlagsmengen und die vorhandenen Speicherkapazitäten. Das geplante Bewässerungssystem vom Huai aus kann darauf nur eine partielle Antwort sein, weil das Problem insgesamt nicht lösbar ist. Die Kosten würden so immens hoch liegen, daß sich die Frage stellt, wie sie jemals aufgebracht werden sollen. Das Ackerland redu-

Die Überschwemmung des Anhui im Frühjahr 1991, ausgelöst durch enormen Niederschlag im Gebiet der Flüsse Huai und Chu, war eine der schlimmsten Naturkatastrophen Chinas seit vielen Jahren. Als bereits Hunderte von Toten gezählt wurden und der Ernte- und Sachschaden in die Milliarden ging, öffnete man die Deiche, um »Flutverteilungsbereiche« zu schaffen und die Kohlegruben, Industrieanlagen und Städte stromabwärts zu schützen. Die von dort Evakuierten hatten nur einen Tag Vorwarnzeit und sollten lediglich das Allernötigste mitnehmen. Für diesen Mann, der von Rettungstrupps auf einer vom Wasser eingeschlossenen Erhebung gefunden wurde, war sein Sarg das Wichtigste. [Foto: Yong He]

zierte sich rapide durch Erosion und die Erschöpfung der Böden, verbunden mit dem Mißbrauch chemischer Düngemittel und der rücksichtslosen Preisgabe guten Ackerlands zugunsten von Straßen, Industrieanlagen und Wohnungsbau. Während der Kulturrevolution wurden alle brachliegenden, aber fruchtbaren Böden kultiviert und damit ungeheure Umweltzerstörungen verursacht, indem man Grasflächen der Steppen umpflügte und Hügelregionen entwaldete, Flußbetten begradigte und die Überflutungsgebiete kultivierte – ein Grund für die schreckliche durch den Anhui verursachte Flutkatastrophe im Jahr 1991. In der Zukunft werden entweder massiv Nahrungsmittel importiert, durch erhöhten Export von Fertigerzeugnissen bezahlt oder neue Technologien wie den hydroponischen Anbau in Nährlösungskulturen auf künstlichen Bodenersatzstoffen entwickelt werden müssen – ein riskantes und unerprobtes Gebiet. Mit seinen 1,2 Milliarden Menschen stellt China einen unermeßlichen Markt für einheimische und ausländische Produkte dar, es wird aber in absehbarer Zeit den Druck auf das Land und die Probleme der Nahrungsmittelversorgung nicht los.

Unten: Die Herausforderungen der neunziger Jahre. China ist mit Bevölkerungswachstum und Autonomieforderungen konfrontiert. In Sichuan blicken Passanten scheu und verstört auf ein ausgesetztes Baby – ein Mädchen. [Foto: Chen Rong]

Rechte Seite: Demonstranten, die Anfang der neunziger Jahre in Taipeh ein unabhängiges Taiwan forderten, gerieten mit der Militärpolizei aneinander. [Foto: Raymond J. Yang]

Das entbehrungsreiche Leben in der Volksrepublik, die staatliche Bevormundung bei der Bevölkerungskontrolle in den siebziger und achtziger Jahren, erzwungen durch ökonomische Sanktionen, Sterilisation oder Zwangsabtreibungen auch im fortgeschrittenen Stadium, hatten das Bevölkerungswachstum gedämpft, aber nicht zum Stillstand gebracht. Diese Strategie führte zu grausamen sozialen und menschlichen Konsequenzen: wie der Kindstötung von Mädchen, dem Aussetzen von weiblichen Säuglingen vor Waisenhäusern oder auch der Früherkennung des Geschlechts des Embryos, um die Schwangerschaft zu unterbrechen, falls es sich um ein Mädchen handelt. Doch da die Partei geschwächt ist, steht zu erwarten, daß sie kaum mehr die Kraft aufbringt, solche Mißbräuche zu verhindern und die Fortpflanzungsquote einzudämmen. Die Wasser- und die Luftverschmutzung, verursacht durch fossile Brennstoffe und chemiebelastete Abwässer, nahmen in den neunziger Jahren ein solches Ausmaß an, daß es gelegentlich zum offenen Krieg zwischen Gemeinden und der benachbarten Industrie kam. Die Umweltverschmutzung wird noch bedrohlicher, wenn es der Regierung, wie 1995 angekündigt, gelingt, im nächsten Jahrzehnt für jede chinesische Familie ein Auto bauen zu lassen. Im Vergleich zu diesen Problemen war der Erhalt aussterbender Tierarten, von ausländischen Beobachtern dringlich gefordert, innerhalb Chinas nur schwer auf eine Liste mit Umweltprioritäten zu setzen.

Chinas Außenpolitik zeigte sich seit 1989 sehr bestimmt. Der Zusammenbruch der Sowjetunion, der vielleicht auf seltsame Weise die Warnungen einiger Kader der Führungsspitze vor unkontrollierten Demokratisierungsversuchen ohne vitale Wirtschaftsbasis bestätigte, eröffnete einen völlig neuen Handlungsraum in Mittelasien. China, die neue Zentralmacht der Region, könnte Zugang zu Wasser, Brennstoffen und neuen Märkten an seiner Westgrenze bekommen. Gleichzeitig ließen die starken islamischen Strömungen aus vielen der neuen, aus der ehemaligen UdSSR hervorgegangenen Republiken mögliche Unruhen in Xinjiang, wo die moslemischen Uighuren 1989 nachdrücklich für ein Mindestmaß an religiöser Autonomie und Selbstverwaltung demonstrierten, befürchten. Der Abzug der Russen aus ihrem Flottenstützpunkt Wladiwostok, gefolgt vom Abzug der Amerikaner aus ihrer Flottenbasis in der Subic Bay auf den Philippinen, machte China aufgrund des Fehlens nennenswerter japanischer Streitkräfte zur dominanten Seemacht der riesigen Region vom Südchinesischen Meer bis nach Sachalin. China nahm eine aggressive Haltung gegenüber Taiwan, Vietnam, Malaysia, den Philippinen, Brunei und Indonesien aus Anlaß des Streits um Öl- und Erdgasvorkommen bei den Spratly-Inseln ein, obwohl dieser Archipel fünfhundert Meilen von Chinas Küste entfernt liegt. Chinesische Kriegsschiffe patrouillierten in dem Gebiet und setzten Grenzmarkierungen an strategisch wichtigen Orten. Das expandierende Atom-U-Boot-Programm Chinas, die gelungenen Tests von Interkontinentalraketen, der geplante Kauf von Flugzeugträgern sowie die erfolgreiche Entwicklung von Luft-zu-Luft-Betankung für Kampfbomber – all das wirft ein Schlaglicht auf das Risiko für andere Ölinteressenten, sollte die Konfrontation eskalieren.

Gegenüber den Vereinigten Staaten blieben die grundsätzlichen Spannungen bestehen. Trotz des hohen Außenhandelsüberschusses waren die Chinesen nicht zu beschwichtigen, als die Amerikaner 1995

die Meistbegünstigungsklausel mit einem »Fortschritt« Chinas in der Menschenrechtsfrage verknüpften und aufhoben. Die amerikanischen Bemühungen, eine Gesetzgebung zum Copyright und zum Schutz geistigen Eigentums einzufordern, bekümmerte die Chinesen herzlich wenig. Statt dessen nahmen sie, als die Amerikaner dem damaligen Präsidenten Taiwans, Lee Teng-hui, ein Visum für einen Kurzbesuch seiner alten Universität in Cornell erteilten, zurückgekehrte amerikanische Bürger chinesischer Herkunft fest, die sich aktiv in Menschenrechtsbelange einmischten, und riefen ihren Botschafter aus Washington zurück. Während die Amerikanisierung großer Teile der chinesischen Wirtschaft toleriert werden konnte, waren die politischen Auswirkungen, die damit einhergingen, völlig unakzeptabel. Großbritannien wurde 1995 für seine Versuche heruntergemacht, sich noch vor 1997 für demokratische Freiheiten der Hongkong-Chinesen einzusetzen und Hongkongs Wirtschaftsbasis für die Zukunft auf Kosten der benachbarten chinesischen Sonderwirtschaftszonen in Shenzhen und Kanton zu stärken, beispielsweise durch den Bau des gigantischen Flughafens auf der Insel Lomtak und ein Landgewinnungsprojekt im Hafen von Hongkong.

Im Jahr 1996 ist ein Jahrhundert vergangen, seit die Qing-Regierung ihren ersten Versuch unternahm, konstitutionelle und wirtschaftliche Reformen durchzuführen – ein Jahrhundert immenser Hoffnungen, großartiger Experimente und unvorstellbaren Leids. Das China des ausgehenden zwanzigsten Jahrhunderts ist unleugbar militärisch stärker als hundert Jahre zuvor, der Einfluß des Auslands wurde beschränkt, die Wirtschaft stärker diversifiziert, das Volk weiter geeint – aber die Probleme blieben so immens wie je. Eine Bevölkerung, doppelt so groß wie zur ausgehenden Qing-Zeit, und eine Führung, überaltert und so gut wie ohne Rückhalt, bergen die gleichen Unsicherheiten für die Zukunft und Probleme für das Heute wie jene, mit denen ihre längst vergangenen Vorgänger konfrontiert waren.

Auf dem Weg in die Zukunft. Das Streben nach einem materiell gesicherten Leben ist Mitte der neunziger Jahre das Hauptanliegen in China. Ein junges Paar sammelt in der Küstenstadt Xiamen, dem früheren westlichen »Vertragshafen« Amoy, seine Hochzeitsgeschenke auf Booten. Die Besitztümer der beiden sind glückverheißend jeweils zu Paaren arrangiert, darunter auch die Votivkerzen und traditionellen Gaben aus reifenden Früchten. Vorsichtig verladen sie ihre Doppelbettmatratze, eine symbolische Vorwegnahme der nun folgenden Jahre. [Foto: Xu Yong]

0193

ZEITTAFEL

Begriffe in GROSSBUCHSTABEN sind im Glossar auf Seite 261 noch einmal erläutert

1895 Chinesisch-japanischer Krieg und der ungleiche Vertrag von Shimonseki.
1896 Versuch der Qing, Sun Yat-sen aus London zu entführen.
1898 England pachtet die New Territories bei Hongkong für 99 Jahre. Kaiser GUANXU wird von der Kaiserinwitwe CIXI nach seinen erfolglosen REFORMEN DER HUNDERT TAGE gefangengesetzt.
1900 BOXERAUFSTAND. Rußland errichtet einen Flottenstützpunkt in Port Arthur und erhält Konzessionsgebiete in der Mandschurei.
1901 Reformen der Qing-Armee
1904 Der russisch-japanische Krieg endet 1905 mit der Übertragung von Port Arthur und Konzessionsgebieten in der Mandschurei an Japan.
1905 Antiamerikanischer Boykott. Ende des konfuzianischen Prüfungssystems. Bildung einer revolutionären Anti-Mandschu-Allianz in Tokio. Sun Yat-sen gründet die GUOMINDANG.
1908 Tod der Kaiserinwitwe CIXI und des Kaisers GUANGXU. Der letzte Kaiser PUYI besteigt als Dreijähriger den Thron.
1910 General YUAN SHIKAI wird von den Qing-Regenten entlassen.
1911 Republikanische Revolutionäre entmachten die Qing im Zentrum und Süden Chinas. Sun Yat-sen bildet eine provisorische Regierung in Nanking.
1912 Wahlen. SONG JIAOREN sorgt für den Sieg der GUOMINDANG. PUYI tritt formal zurück. Yuan Shikai soll erster Präsident werden. Peking wird Hauptstadt. Die Ära der Warlords beginnt.
1913 Ermordung Song Jiaorens.
1915 YUAN SHIKAI akzeptiert Japans EINUNDZWANZIG FORDERUNGEN, löst das Parlament auf und erklärt sich zum Kaiser.
1916 YUAN SHIKAI stirbt, der korrupte DUAN QIRUI wird sein Nachfolger.
1917 150 000 chinesische Arbeiter werden nach Frankreich geschickt. DUAN QIRUI stellt sich im Ersten Weltkrieg auf die Seite der Alliierten.
1919 VIERTE-MAI-BEWEGUNG. Proteste vor dem Tor des Himmlischen Friedens und im ganzen Land gegen den Vertrag von Versailles, der Japan begünstigt. Intellektuelles Erwachen. Chinesische Studenten zieht es nach Frankreich.
1921 Offizielle Gründung der KPCh.
1922 Kommissionäre der KOMINTERN kontaktieren Sun Yat-sen.
1923 Sun Yat-sen akzeptiert sowjetische Hilfe und bildet in Kanton eine Militärregierung. Einheitsfront von Guomindang und KPCh.
1924 Sun Yat-sen gründet die WHAMPOA-MILITÄRAKADEMIE mit Chiang Kai-shek als erstem Kommandanten.
1925 Tod Sun Yat-sens. Chiang steht an der Spitze der Guomindang.
1925 Die Tötung von Chinesen durch ausländische Truppen in Shanghai (DREIZEHNTER-MAI-MÄRTYRER) und Kanton entfacht antiausländische Stimmung.
1926 Demonstrationen gegen die japanische Aggression. Chiang Kai-shek beginnt den NORDFELDZUG. Bürgerkrieg zwischen Kommunisten und Guomindang.
1927 Die Kommunisten werden aus Shanghai vertrieben und können Kanton nicht einnehmen. Mao flieht in die Berge. Die Komintern-Kommissionäre müssen das Land verlassen.
1928 Gründung des Jiangxi-Sowjets. Die Guomindang herrscht von Kanton bis Mukden. Hauptstadt ist Nanking.
1929 ZHU DE hilft Mao beim Aufbau der Roten Armee. Die Große Hungersnot dauert bis 1931 an.
1931 Mukden-Zwischenfall. Kämpfe zwischen Chinesen und Japanern, die jetzt die Mandschurei kontrollieren.
1932 Japan nimmt den chinesischen Teil Shanghais ein. PUYI wird regierendes Oberhaupt des japanisch kontrollierten Manchukuo und 1934 Marionettenkaiser.
1934 Der LANGE MARSCH der Kommunisten. Mao Zedong übernimmt die Führungsrolle. Japan besetzt die entmilitarisierte Zone Nordchinas.
1935 Gründung eines kommunistischen Stützpunkts in Yanan nach dem Langen Marsch.
1936 Chiang wird nach der Entführung durch ZHANG XUELIANG gezwungen, mit den Kommunisten eine zweite Einheitsfront gegen die Japaner zu bilden.
1937 Zwischenfall an der MARCO-POLO-BRÜCKE. Japan beginnt die Invasion.
1938 VERGEWALTIGUNG VON NANKING. Chiangs Hauptstadt wird nach Chongqing verlegt. Mao wird unumstrittener Führer der Kommunisten.
1940 Kommunistische EINHUNDERT-REGIMENTER-OFFENSIVE von Japan niedergeschlagen. Kollaborationsregime in Peking und Nanking.
1941 NEUE-VIERTE-ARMEE-ZWISCHENFALL. 3000 Kommunisten von Nationalisten getötet. Zusammenbruch der Einheitsfront. Nach dem japanischen Angriff auf Pearl Harbor im Dezember werden die Nationalisten Verbündete der Vereinigten Staaten.
1942 Die USA entsenden General Stillwell, um Chiang zu helfen. England verliert Singapur, Malaysia und Birma an Japan. AUSRICHTUNGSBEWEGUNG der KPCh.
1944 Bei der japanischen Offensive kommen 500 000 Guomindang-Soldaten um. Chiangs Reputation wird durch Korruption und Repression angeschlagen.
1945 Im August zünden die USA die Atombombe. Japan kapituliert. Rußland besetzt laut Beschluß von Jalta die Mandschurei erneut und liefert den Kommunisten Waffen.
1946 Wiederaufflammen des Bürgerkriegs.
1947 US-General Marshall versucht erfolglos, zwischen Mao und Chiang in Chongqing zu vermitteln.
1948 Nationalisten von den Kommunisten im Norden geschlagen.
1949 Peking wird im Januar von den Kommunisten eingenommen. Mao ruft die Volksrepubik China aus. Peking in Beijing zurückbenannt. Chiang flieht nach Taiwan.
1950 Ausbruch des Koreakriegs. Einnahme Tibets und Erklärung zur autonomen Region. Landreformen in China.
1951 Kampagne UNTERDRÜCKUNG DER KONTERREVOLUTIONÄRE. DREI-ANTI-KAMPAGNE.
1952 Die KPCh will die Wirtschaft durch die FÜNF-ANTI-KAMPAGNE in Griff bekommen.
1953 Waffenstillstand in Korea. Erster FÜNFJAHRESPLAN.
1955 Schaffung größerer Landkooperativen, aus denen der Staat höhere Abgaben zieht.
1956 Chruschtschow demontiert Stalin auf dem XX. Parteitag der KPdSU.
1957 HUNDERT-BLUMEN-BEWEGUNG im Mai, erstickt durch die ANTI-RECHTS-KAMPAGNE im Juni.
1958 Der GROSSE SPRUNG NACH VORN beginnt. Volkskommunen werden aufgebaut und Kleinstschmelzöfen eingesetzt. Gewalttätige Proteste gegen China in Tibet.
1959 Lebensmittelrationierungen
1960 Hungersnot bis 1962 als Ergebnis des Großen Sprungs.
1963 Der Mao-Kult beherrscht China. *Worte des Vorsitzenden Mao Zedong* von LIN BIAO herausgegeben.
1965 Mao bringt die KULTURREVOLUTION von seiner neuen Basis in Shanghai aus in Gang.
1966 Die ROTEN GARDEN treten in Aktion. Chaos in ganz China.
1967 Die Kulturrevolution erreicht ihre gewalttätigste Phase.
1968 Die Roten Garden werden aufs Land geschickt.
1969 Konflikte an der chinesisch-sowjetischen Grenze.
1971 Die VR China übernimmt den bisher von Taiwan gehaltenen UN-Sitz.
1971 Tod von Maos Thronerbe Lin Biao nach einem Staatsstreichversuch.
1971 Aufenthalt einer Tischtennismannschaft in den USA, »Pingpong-Diplomatie«.
1972 US-Präsident Nixon besucht China.
1973 Viele Funktionäre, die während der Kulturrevolution abgesetzt worden waren, nehmen ihren Platz wieder ein, darunter DENG XIAOPING.
1975 Tod Chiang Kai-sheks in Taiwan.
1976 TIANANMEN-ZWISCHENFALL. Demonstrationen nach dem Tod von Zhou Enlai. Deng erneut abgesetzt. HUA GUOFENG wird Premierminister und Chef der KPCh. Mao stirbt. Verhaftung der VIERERBANDE.
1977 Deng Xiaoping kehrt an die Macht zurück.
1978 VIER MODERNISIERUNGEN. MAUER DER DEMOKRATIE. WEI JINGSHENG fordert als fünfte Modernisierung die Demokratie.
1979 Ein-Kind-Familien werden propagiert, vier WIRTSCHAFTSSONDERZONEN geschaffen. Fehlgeschlagene Intervention der Volksbefreiungsarmee in Vietnam.
1980 Deng wird Premierminister. »Viererbande« verurteilt.
1981 China öffnet sich ausländischem Kapital. Anfang vom Ende der Kollektivierung auf dem Land.
1982 Kampagne Deng Xiaopings und der Partei gegen die »geistige Umweltverschmutzung« durch westlichen Einfluß auf die Künste.
1984 England stimmt der Rückgabe Hongkongs 1997 zu.
1986 Vierzehn weitere Städte und die Insel Hainan werden zu Wirtschaftssonderzonen.
1988 Hardliner Li Peng wird Premierminister. Gewalttätige Proteste in Tibet gegen China.
1989 BEIJING-MASSAKER. Deng läßt studentische Proteste auf dem Tiananmen-Platz am 4. Juni brutal niederschlagen.
1990 Die Wirtschaft im Südosten boomt.
1994 China wird wegen der Menschenrechtsfrage nicht Veranstalter der Olympischen Spiele.
1995 Chinas Seemachtbestrebungen nehmen an Umfang zu. Das DREI-SCHLUCHTEN-PROJEKT am Yangtze wird in Angriff genommen.
1995 China zeigt sich gegenüber Taiwan kriegerisch.

GLOSSAR UND BIOGRAPHISCHE ANMERKUNGEN

Anti-Rechts-Kampagne (1957): Verfolgung von Intellektuellen nach der Bewegung »Laßt hundert Blumen blühen«.

Ausrichtungsbewegung (1942): Kampagne, die Gedanken Mao Zedongs in der KPCh durchzusetzen.

Beijing-Massaker (1989): Auf Befehl von KP-Hardlinern wurden Hunderte prodemokratische Demonstranten von Einheiten der Volksbefreiungsarmee in Beijng umgebracht.

Boxeraufstand (1900): Bauern aus Nordchina griffen mit Unterstützung der Kaiserinwitwe Cixi Christen und Ausländer an. Nach der erfolglosen Besetzung des Pekinger Botschaftsviertels wurde die Rebellion niedergeschlagen.

Cixi (1835–1908): »ehrwürdige Begleiterin« des Kaisers Xianfeng. Nach seinem Tod 1861 wurde sie Kaiserwitwe und ihr Sohn Tongzhi Kaiser. Nach dessen Tod 1874 machte sie ihren Neffen Guangzu zum Kaiser. Tatsächlich beherrschte sie China bis zu ihrem Tod.

Deng Xiaoping (geb. 1904): Trat 1920 der KP in Frankreich bei. Veteran des Langen Marschs. Hohe Posten in den fünfziger und sechziger Jahren, während der Kulturrevolution gestürzt. Premierminister 1980.

Drei Volksprinzipien: Suns Formulierung der Guomindang-Ideologie: Nationalismus, Demokratie und Volkswohlstand.

Drei-Anti-Kampagne (1951): Bekämpfung der Korruption, Verschwendung und Obstruktion in der Parteibürokratie, verbunden mit der Fünf-Anti-Kampagne.

Drei-Schluchten-Projekt: Bau eines Staudamms am Yangtzekiang. Beginn 1995.

Dreissigster-Mai-Märtyrer (1925): Unbewaffnete Studenten und Arbeiter werden von Polizisten unter britischem Kommando beschossen.

Duan Qirui (1865–1936): Premierminister nach dem Tod von Yuan Shikai 1916. Schloß geheime Abkommen mit Japan, die zur »Bewegung des Vierten Mai« führten.

Einheitsfront: Guomindang und Kommunisten schlossen sich 1923 bis 1927 zunächst gegen die Warlords, 1937 bis 1945 gegen Japan zusammen.

Einhundert-Regimenter-Offensive (1940): erfolgloser und verlustreicher Versuch der Kommunisten, die Japaner in Nordchina anzugreifen.

Einundzwanzig Forderungen (1915): Die Annexion der Mandschurei und wirtschaftliche Zugeständnisse wurden von den Japanern unter Zustimmung Yuan Shikais durchgesetzt.

Fünf-Anti-Kampagne (1952): zielte gegen Unternehmer, die nach 1949 blieben, vernichtete Einzelpersonen und ganze Familien, stabilisierte die KP.

Fünfjahresplan, erster (1953–1957): Wirtschaftsplanung nach sowjetischem Vorbild.

Grosser Sprung nach vorn (1958–1961): gescheiterter Versuch Maos, die Produktivität durch Massenmobilisierung und revolutionären Eifer zu steigern. Übertriebene Erfolgsberichte führten zu katastrophalem Produktionsausfall, 20 Millionen Menschen starben am Hunger und seinen Folgen.

Grüne Bande: kriminelle Geheimgesellschaft der zwanziger und dreißiger Jahre in Shanghai. Von Guomindang und der Wirtschaft eingesetzt, um Streiks und kommunistische Aktivitäten zu unterdrücken.

Guangxu (1872–1908): vorletzter Qing-Kaiser, dessen Hundert-Tage-Reformen 1898 erfolglos verliefen.

Guomindang: 1905 von Sun-Yatsen gegründete Nationalistenpartei.

Hu Shi (1891–1962): Professor an der Peking-Universität, Schriftsteller, Führer der »Vierter-Mai-Bewegung«.

Hu Yaobang (1915–1989): Generalsekretär der KPCh. 1987 gestürzt wegen Unterstützung der Studentendemonstrationen 1986. Sein Tod führte zu den Kundgebungen von 1989.

Hua Guofeng (1921): Premierminister nach Mao. Von Deng 1980 ausgeschaltet.

Hundert-Blumen-Bewegung (1957): kurze Zeitspanne, in der Mao Intellektuelle zur Kritik ermutigte.

Jiang Qing (1914–1993): Maos dritte Frau, früher Schauspielerin in Shanghai. Hauptantriebskraft der »Viererbande«, 1976 verhaftet.

Jiangxi-Sowjet (1928–1934): Die Kommunisten zogen sich in die Berge zurück und bildeten eine neue Regierung auf dem Land.

Komintern: internationale Sektion der russischen KP. Abgesandte organisierten die Einheitsfront zwischen KPCh und Guomindang.

Kulturrevolution (1966 bis 1976): Mao forderte die »permanente Revolution«, was zu landesweitem Chaos und Angriffen junger Rotgardisten auf Lehrer und Akademiker führte.

Langer Marsch (1934/35): Auf der Flucht vor den Truppen Chiang Kai-sheks marschierten die Kommunisten 8400 Kilometer vom Jangxi-Sowjet nach Yanan, ihrem neuen Stützpunkt.

Lei Feng: ein junger Soldat der Volksbefreiungsarmee, zum Prototypen des aufopferungsbereiten Kommunisten hochstilisiert.

Li Dazhao (1889–1927): Mitgründer der KPCh, Herausgeber der *Neuen Jugend*, exekutiert von Zhang Zuolin.

Liang Qichao (1873–1929): Philosoph zur Qing-Zeit, nach den Hundert-Tage-Reformen 1898 nach Japan vertrieben. Seine Progressive Partei bildete später eine Alternative zur Guomindang.

Lin Biao (1908–1971): Bewunderer und Gefolgsmann Maos, stellte die »Mao-Bibel« zusammen. Der designierte Nachfolger Maos kam aber zwei Jahre später bei einem mysteriösen Flugzeugabsturz ums Leben.

Liu Shaoqi (1898–1969): ebenfalls als Maos Nachfolger designiert, jedoch während der Kulturrevolution gestürzt.

Marco-Polo-Brücken-Zwischenfall (1937): Mit der Eroberung dieser Brücke kurz vor Peking begann die japanische Invasion Chinas.

Mauer der Demokratie (1978/79): Das Ankleben von Plakaten mit der Forderung nach Demokratie war an dieser Mauer in Beijing kurzfristig erlaubt.

Neue Jugend: führende Zeitschrift der »Vierter-Mai-Bewegung«.

Neue-Vierte-Armee-Zwischenfall: vernichtender Angriff auf die Kommunisten durch die Guomindang.

Neues-Leben-Bewegung: Chiang Kai-shek propagierte in den dreißiger Jahren puritanische Werte, um Chinas Moral zu erneuern.

Nordfeldzug (1926–1928): gemeinsamer Feldzug von Kommunisten und Guomindang, um das Land zu vereinen und die Warlords zu vertreiben.

Puyi (1905–1967): letzter Kaiser Chinas, Führer des von den Japanern eingesetzten Regimes in Manchukuo von 1932 bis 1945.

Rote Garden: zunächst studentische Speerspitze der Kulturrevolution Maos von 1966.

Song Jiaoren (1882–1913): prominenter Guomindang. Wurde ermordet, als er eine führende Position in Chinas erstem Parlament einnehmen wollte.

Tiananmen-Zwischenfall (1976): Anti-Mao-Demonstration anläßlich des Todes von Zhou Enlai.

Tiananmen-Massaker (1989): siehe Beijing-Massaker

Unterdrückung der Konterrevolutionäre (1951): Kampagne gegen die Guomindang, Geheimgesellschaften und religiöse Sekten, bei der Tausende exekutiert wurden.

Vergewaltigung von Nanking (1937/38): Sieben Wochen lang plünderten japanische Soldaten Chiang Kai-sheks Hauptstadt (Nanking) und töteten über 100 000 Menschen.

Vier Modernisierungen: 1978 verkündet, umfaßten sie Industrie und Handel, die Erziehung, das Militär und die Landwirtschaft.

Viererbande: Maos dritte Frau Jiang Qing und drei Gefolgsleute wurden nach Maos Tod 1976 verhaftet und beschuldigt, für Exzesse seit der Kulturrevolution 1966 verantwortlich zu sein.

Vierter-Mai-Bewegung (1919): Studenten demonstrierten auf dem Tiananmen-Platz in Peking gegen den Versailler Vertrag und die Abkommen mit Japan. Bezeichnet auch die nachfolgende intellektuelle Gärung.

Wang Jingwei (1883–1944): führender Guomidang in den zwanziger und dreißiger Jahren. 1940 Chef des Kollaborationsregimes mit den Japanern in Nanking.

WEI JINGSHENG: Plakateschreiber an der Mauer der Demokratie. Seine Forderungen nach Demokratie und die Anprangerung der Korruption innerhalb der Partei brachten ihm 15 Jahre Haft ein. Nach seiner Freilassung nahm er seine Kritik wieder auf und wurde 1995 erneut inhaftiert.

WHAMPOA-AKADEMIE: Militärakademie bei Kanton. Von Sun Yat-sen mit Hilfe der Komintern 1924 aufgebaut. Chian Kai-shek war der erste Kommandeur.

WIRTSCHAFTSSONDERZONEN: überwiegend in Städten der Ostküste ausgewiesene Bereiche, in denen ausländische Direktinvestitionen möglich waren.

YUAN SHIKAI (1859–1916): mächtiger Kommandeur der Nordchina-Armee, der die Abdankung der Qing-Dynastie 1912 durchsetzte. Sun bot ihm die Präsidentschaft an, mit dem Resultat, daß Yuan das Parlament auflöste und sich zum Kaiser ernannte.

ZHANG XUELIANG (geb. 1898): Sohn des Warlords Zhang Zuolin. Entführte Chiang 1936, um ihn zur Einheitsfront mit den Kommunisten gegen Japan zu zwingen.

ZHANG ZUOLIN (1875–1928): mandschurischer Warlord, von den Japanern ermordet.

ZHOU ENLAI (1899–1976): mächtiger und seit dem Langen Marsch hochgeachteter KP-Führer.

ZHU DE (1886–1976): oberster Militärberater des Jiangxi-Sowjets. Kommandeur der Roten Armee im Zweiten Weltkrieg.

DANKSAGUNG

Für ihre Unterstützung bei der Beschaffung von vielen wertvollen Fotografien möchten wir uns bei folgenden Personen und Institutionen sehr herzlich bedanken:
In Beijing bei Wang Qingcheng und der Abteilung für Zeitgeschichte der Chinesischen Akademie der Sozialwissenschaften; Xu Peide und Zhang Fengguo von der Nachrichtenagentur Xinhua; Xia Chuntao und Zhou Yan; Su Shengwen, beim Historischen und Museum der Chinesischen Revolution, Beijing; Tang Dajun und dem Institut für Moderne Chinesische Literatur; Cheng Shouqi von der Cheng-Yan-Qiu-Familiensammlung; dem Palastmuseum; Liang Congjie von der Liang- und Lin-Familiensammlung; der Familie von Fang Dazeng; Xu Yong; Li Zhensheng; Liang Xiaoyan; Gao Bo. In Jinan bei Shi Panqi. In Nanking beim Chinesischen Historischen Archiv II, Wang Xiaohua, Xu Shoulin und Sun Yongxin; Shen Xiaoyun und Chen Qianping von der Universität Nanjing (Nanking). In Shanghai bei den Städtischen Archiven; beim Historischen Museum und Tang Weikang; bei Er Dongqian und Yong He; Huang Meizhen von der Fudan-Universität.
In Taiwan bei Su Tien-lun; Cheng P'ei-k'ai; Chin Heng-wei von *Tang-tai monthly*; Thomas Wu; Chou Wan-yao, Wang Ai-ling und Wu Mei-hui von der Academia Sinica; Chung-yang she (Zentrale Nachrichtenagentur); den Guomindang-Partei-Archiven von Yang-ming shan; den Nationalen Verteidigungs-Archiven (Kuo-fang Pu); Wu Chin-jung und der Kollektion Wu Chin-miao; Chang Chao-t'ang; Hsieh San-T'ai; Raymond Yang; Liu Chen-hsiang; Lin Shoui-i; der Kollektion Teng Nan-kuang.
In den USA bei Carma Hinton und Richard Gordon, Orville Schell, David Lattimore, Frederic Wakeman, Wang Chi, Ryan Dunch, Catherine Curran und der Sidney Gamble Foundation for China Studies; Raymond Lum [und den Hedda Morrison and Frank Canaday Collections] von der Harvard-Yenching Library; dem Peabody Museum; der Harvard-Universität; den United Methodist Archives; der Yale Manuscripts and Archives Collection, den Yale-in-China Archives; den YMCA Archives; Sondra Bierre und den Hoover Institution Archives von Stanford; in Los Angeles bei der University of Southern California, Paul Christopher und der George Krainukov Collection.
In Kanada bei Sam Tata; in Italien beim Bischöflichen Institut für Auswärtige Missionen in Mailand; in Frankreich bei Eric Baschet von Keystone, beim Musee Guimet, bei Marc Riboud, Pierre Seydoux von der Association Auguste François; in den Niederlanden bei Evelien Schotsman von Hollandse Hoogte; in England bei der Overseas Missionary Fellowship und den Hulton Getty Collections.

QUELLEN

S. 58 (Bildunterschrift/BU): Puyi, ehemaliger Kaiser, *Autobiographie*; S. 70: Ross Terrill, *Mao*, New York 1980; S. 70/88 (BU): Milly Bennett, *On Her Own*, New York 1993; S. 97: W. H. Auden und Christopher Isherwood, *Journey to a War*, London und New York 1939; S. 112 (BU): Puyi, *Autobiographie*; S. 119/122/127/128: Frank Dorn, *Sino-Japanese War*, 1974; S. 128: Edgar Snow, *Red Star Over China*, New York 1938; S. 142: Joseph Stillwell, *The Stillwell Papers*, Hrsg. Theodore White, New York 1948; S. 142: Claire Lee Chennault, *Way of a Fighter*, New York 1949; S. 142: W. H. Auden und Christopher Isherwood, *Journey to a War*, London und New York 1939; S. 144 (BU): Joseph Stillwell, *The Stillwell Papers*; S. 158: Derk Bodde, Peking Diary, 1948–1949: A Year of Revolution, New York 1950; S. 172 (BU): Zhisui Li, *The Private Life of Chairman Mao*, London und New York 1994; S. 176: R. MacFarquhar, Hrsg., *The Hundred Flowers*, London 1960; S. 179 (BU): Zhisui Li, *The Private Life of Chairman Mao*; S. 179 (BU): R. MacFarquhar, T. Cheek, E. Wu, Hrsg., *The Secret Speeches of Chairman Mao from the Hundred Flowers to the Great Leap Forward*, Cambridge 1989; S. 180 (BU): Thisui Li, *The Private Life of Chairman Mao*; S. 181: Ningkun Wu Yikai, *A Single Year*, London und New York 1993; S. 183/188 (BU): *The Secret Speeches of Chairman Mao*; S. 196/203 (BU): Liu Sola, *Chaos and all That*, 1994; S. 212 (BU): Zhisui Li, *The Private Life of Chairman Mao*; S. 212 (BU): Jung Chang, *Wild Swans*, London und New York 1991.

Bibliographische Hinweise zur neueren Geschichte Chinas findet man in Jonathan D. Spence: Chinas Weg in die Moderne, Hanser Verlag, München 1995.

REGISTER

Kursiv gesetzte Ziffern verweisen auf BildunterschriftenAmoy 50, *258*

ABBILDUNGSNACHWEIS

Agence France-Presse, Paris 190 l.; Agence Vu, Paris 213, 238, 241; American Museum of Natural History (freundlicherweise zur Verfügung gestellt vom Department of Library Services) 12/13 l., 22, 31; Association Auguste François, Paris 222; Associated Press/Wide World Photos 98 u., 152 o., 157, 217; Historisches Museum Beijing 55; Norman Bethune Archives/Osler Library of History of Medicine, University of Montreal 135; Black Star/Colorific 182/183, 206, 207; Central News Agency, Taiwan 115, 220; Chang Chao-T'ang, Taiwan 223 o.; Chen Rong 256; Chen Yan Qiu Collection 223 u.; Chinesische Akademie der Sozialwissenschaften, Beijing 106, 107; Chinesisches Historisches Archiv II, Universität von Nanjing 43 u., 52 u., 54, 56 r. u. r. a., 57, 66 o. u. u., 68, 74, 75, 77 l. u. r., 87 r., 98 o., 99, 128, 154, 155 o.; Paul Christopher Collection 3 (Haupttitel), 116–118, 120, 123, 126, 130 – 133; Contact Press Images/Colorific 227, 236/237; Fang Dazeng Collection 122 l.; Sidney D. Gamble Foundation for China Studies, USA © 1986 2 (dem Haupttitel gegenüberliegende Seite), 13 u. r., 14 o., 69, 100/101; Guomindang Party Archives, Taiwan 30 o., 33 M., 50 o., 56 l., 71, 113, 138, 150, 155 u.; Harlingue-Viollet, Paris 48/49; Harvard-Yenching Library/Frank Cannaday Collection: 14 u.; Hedda Morrison Collection: 148/149, 166 u.; John Hillelson Agency 45 o., 189; Hsieh San-T'ai, Taiwan 239, 243; Hollandse Hoogte, Amsterdam 228/229, 230/231, 233, 253; Hoover-Institution Archives, Stanford University/Milly Bennett Collection 70, 88; Alexander H. Buchman Collection 73, 93; Frank Dorn Collection 102 o., 140; Jay Calvin Huston Collection 92; Joshua B. Powers Collection 24/25 r., 32, 33 r.; Albert Wedemeyer Collection 151; Ivan D. Yeaton Collection 144; Hulton Getty Collections 51, 59, 78 o., 79, 80/81, 89, 94, 102 u., 103, 111, 124/125, 127, 129, 142, 143, 156 u., 171, 194/195; L'Illustration/Sygma, Paris 13 r. o., 18 o., 20 o., 26, 34/35, 44/45 (doppels. Abb. u. o. l.), 52/53 r., 56 l. a., 76, 96, 97; Katz Pictures 251 o.; Liang Congjie 104/105; Li Zhensheng 197, 198, 199, 201, 205, 208, 209, 211, 218/219; Liu Chen-Hsiang 224/225; Magnum, London 1 (Schmutztitel), 4/5 (Impressum und Inhalt); 6/7, 168/169, 191, 214 216, 234/235, 240 u., 250; Dario Mitidieri 240 o.; Musee Guimet, Paris 10, 15, 16; Kadir van Lohuizen 244/245; Overseas Missionary Fellowship/School of Oriental and African Studies, London 20 u., 134, 166 o., 167; Palastmuseum, Beijing 28/29, 37, 62/63, 110 o.; Panos Pictures, London 242 o.; Peabody Museum of Archeology and Ethnology, Harvard University/Lattimore Foundation 13/137; Bischöfliches Institut für Auswärtige Missionen, Mailand, Sammlung Leone Nani 17, 21, 24 l., 38/39, 43 o., 46 l. o.; Rapho, Paris 202/203; Roger Viollet, Paris 41, 90/91, 112; Historisches Museum Shanghai 82, 83, 84, 85; Städtische Archive Shanghai 86/87 l.; Shi Panqi 163, 176, 177; Sam Tata/freundlicherweise zur Verfügung gestellt von B. T. Batsford, London 158, 159; Sammlung Teng Nan-Kuang, Taiwan 108, 145, 146/147; United Methodist Church Archives Madison, New Jersey 18 u., 27, 40, 42, 60, 61; Underwood & Underwood, San Francisco 110 u. : Sammlung Wu Chin-Miao, Taiwan 109; Nachrichtenagentur Xinhua, Beijing 52 o. l., 114, 152 u., 153, 156 o., 161, 162, 164, 165, 170, 172 o. u. u., 173, 174, 175, 178, 180/181, 184/185, 187, 193, 200, 204 o. u. u., 210, 221, 226; Xu Yong, Beijing 252 o. u. u., 258/259; Y. M. C. A. of America Archives, University of Minnesota 64, 65, 67; Yale University-In-China Archives, Yale Manuscripts and Archives Collection 50 u.; Raymond J. Yang, Taiwan 251 u., 257; Yang Yankang 242 u.; Yong He, Shanghai 246., 247, 248/249, 254/255